Le Belge

Du même auteur :

Technomades. La piste électronique, Stock, 2001.

Drogue et techno. Les trafiquants de rave,
en collaboration avec Nacer Lalam et Michel Schiray,
Stock, 2000.

Thierry Colombié

Le Belge

*

Embouccaner la planète

Stock

Leçon numéro un

C'était un mercredi. Je m'en souviens comme si c'était hier.

Comme si hier avait toujours été un mercredi.

Quinze heures et trente minutes. Je descends les Champs-Élysées sur mon scooter au ralenti. Le trafic parisien est dense, l'air nappé de pétrole, saturé d'une onde sourde qui brûle l'asphalte. Je gare les deux roues près d'un kiosque à journaux, garde les clés en main droite. J'ai des principes. Je m'applique. Même devant un kiosque à nouvelles. Je prends l'hebdomadaire et tends la pièce de dix francs. Superstition. Quand je lance un appel à la fortune, je fredonne toujours « La Javanaise » de Gainsbourg. Ne la siffle jamais. Jamais. Superstition. Et comme toujours le marchand de journaux me rend la monnaie illico en petites pièces, sa mine burinée par l'ozone. Comment ça va bien ce mercredi, monsieur Cheker ? Et comme tous les mercredis, je lui réponds. Comme un mercredi, mon ami, comme un mercredi. Je pourrais ajouter. J'ai l'âme d'un arnaqueur requinqué, d'un pistolero sans pitié. Mais je m'abstiens. Je suis libre. Je jongle avec des clés, la nuit, le jour. Je suis libre.

Cinquante pas. Je m'assois sur un banc vert, déplie le *Canard*, laisse filer mon regard par-dessus les gros titres. Les piétons, des dizaines à la minute, forment un paravent mouvant, idéal pour épier les allées et venues des habitués du Fouquet's. Je cherche les bonnes tables. Les hommes de mon milieu ne posent jamais les clés sur la table. Le malheur n'est pas invité. Superstition. Je compte trois tables dispersées, trois groupes d'hommes. Costume, cravate, cheveux ras, gestes souples, pas de sacoches, pas d'attaches. Je compte quatre gardes du corps, debout, dispersés aux quatre coins de la large terrasse. Bizarre. Ils descendent rarement du 1er étage. Que font-ils là, à la vue de tous, eux qui détestent le bruit du monde ? Le chef a une oreillette. Il reluque les plus belles femmes du monde, profite de l'aubaine.

Le *Canard* commence à me salir les doigts. Je connais tous ces visages. On se croise souvent. Paris, Anvers, Londres, Amsterdam, Milan, New York. Je retrouve vite surnoms, curriculums et hiérarchie. La mémoire est une arme.

Première table. Les deux hommes ont plus de soixante ans, d'éminents spécialistes des œuvres d'art, faussaires hors pair. Deuxième table, juste à côté. Un Italien et un haut fonctionnaire. Fausse monnaie. Normal. Dans trois mois, on change de pièces, de billets. Euro. Un homme chauve sort de la salle, traverse la terrasse. Serre la main de l'Italien, tape sur l'épaule du fonctionnaire. Il s'assoit, regarde le chef à l'oreillette. Le Basque réside au Luxembourg. Il vient de recevoir douze tonnes de papier. Il a mis près d'un an à réaliser son tour de table. Le haut fonctionnaire de la future monnaie unique est fasciné par les pièces. Il vit un cauchemar. Il joue trop, perd, s'endette. Le Basque a dû l'intégrer dans son jeu. Le fonctionnaire sert déjà d'informateur aux Italiens pour les chantiers de la nouvelle Europe. Le Basque est un professionnel de la fausse monnaie. Son carnet d'adresses est au coffre. Des adresses et des dossiers. Et même des photos. Je n'ai pas voulu faire partie de son tour de table. Le Basque ne m'a jamais inspiré confiance. Trop proche de Sucette. Le troisième groupe parle avec les mains. Des bagues font briller les doigts. Un stylo voltige de main en main. Jeu de cartes, des comptes, des numéros. La mode est aux fausses cartes bancaires. Les banques, toujours les banques. Elles spéculent sur le temps. Elles sont nos trésors de guerre.

Une terrasse de faussaires, l'air du temps, rien de nouveau en France. Rien pour former mon nouveau comité d'affaires. Pourquoi suis-je venu perdre mon temps sur les Champs ? Avant de m'éclipser, je lis enfin le titre éclairé du *Canard*. La cohabitation ne tient qu'à un film !

Quinze heures passées de trente-six minutes. Mon prochain rendez-vous est prévu à dix-sept heures tapantes. Affaire de routine. Lui seul, par sa seule parole, est en mesure de régler le litige en quelques mots. Il a le rôle suprême, celui que procureurs et curieux de la justice républicaine jalousent dans des moments de déprime, de colère, lorsqu'ils aimeraient enfin être coupés du jeu politicien, libérés de la bride des maquereaux du suffrage universel. Trancher dans le vif. Il est juge de paix, patron de guerre. Sa sentence est sans pitié, respectée, sans appel.

J'enfourche mon scooter. Le vibreur de mon portable se met en branle. Je le déloge du holster. Lis sur l'écran. Lecture ? Yes. Yes. Le message défile. Report rdv demain même heure. Expéditeur inconnu. Supprimer ? Yes. Yes. Tchao, le rendez-vous ! J'enfile le casque. Mon instinct tique. Ce n'est pas son mode d'action. Il a la réputation d'être un partisan de l'exactitude, un méticuleux de l'heure fixe, refuse toujours d'attendre. Il déteste repousser ses rendez-vous, que ce soit dans un bar de banlieue ou dans l'antichambre d'un ministère. Un juge de paix est toujours convié à plusieurs tables de négociations. C'est son rôle, son devoir, sa parole. Sa puissance n'est pas que de feu. Un juge doit être pointilleux, chiffonnier du temps, le pouvoir d'effacer ses rendez-vous. A-t-il une affaire plus importante à régler ?

Je n'ai toujours pas bougé. Les bras croisés, assis sur la selle en cuir du scooter, je réfléchis. Pourquoi ai-je reçu ce message au moment précis où j'allais démarrer ? Pourquoi ai-je reçu ce message sur mon téléphone portable ? Le juge ne connaît pas mon nouveau numéro. N'utilise pas cet outil pour ses rendez-vous. L'un de ses hommes peut à tout moment me retrouver, même à l'autre bout de l'Europe. Il connaît mes points de chute. On s'y est souvent retrouvés durant ces vingt dernières années. Alors ? Ce message n'est pas innocent. Il comporte une autre information. Mon instinct ne me trahit jamais. Je relis mentalement le message. Report rdv demain même heure. Je cherche le lieu. Où ? Pas quand, ni comment, mais où ? Chaque juge a ses codes de procédure. Ce message doit transporter un code, une clé. Il me faut décoder, déverrouiller, fouiller dans ma mémoire, me souvenir de mon dernier rendez-vous. Je cherche.

Mes pupilles filent vers la plus belle avenue du monde, saturée de moteurs à explosion. Le soleil d'automne illumine d'une couleur safranée les visages des passants, melting-pot des Champs. Je donne un coup d'œil sur la terrasse. Les gardes du corps n'ont pas bougé.

Quel code ? Quelle clé ?

Dernier rendez-vous. Nom de code : Même. Même heure. C'est ce mot qui nous avait déjà servi lors du règlement d'un important chantier à Paris, il y a plus de dix ans, en pleine guerre du Golfe. Une sombre affaire d'ampoules. Je tiens l'outil, le lien, dans mes mains. L'encre a noirci mes doigts. Le *Canard*. Pourquoi n'y ai-je pas pensé plus vite ? Je déplie le *Canard* à la page sept, toujours la même page, le même chiffre. J'avise. Sur « L'album de la comtesse ». Première phrase.

Chi-rac mi-né par les cas-set-tes.

Neuf syllabes. Neuf, allée de la Comtesse-de-Ségur. Neuf. J'ai la clé !

Démarrage électrique. Je lance un dernier coup d'œil à la terrasse du Fouquet's. Deux hommes en costume noir s'installent à la table voisine du Chauve. Je m'engage sur les Champs. Dans moins de cinq minutes, je vais errer sous les ombrages de la comtesse, dans l'allée des flâneurs. Zigzags, bagnoles, piétons, vélos, plantons. À droite, rue de Berry et premier feu rouge. Quinze heures et quarante-neuf minutes. Pourquoi ce neuf après quarante ? Il faut que je calme mes bouffées de chiffres. Je connais le parc Monceau par cœur. Ses arbres, ses monuments, ses fontaines. J'y courais petit. Neuf. On pourrait imaginer que c'est le numéro d'un immeuble de Haussmann, une bâtisse cossue où seraient inscrits des noms de sociétés domiciliées à Nassau ou au Luxembourg. L'allée du Parc est bordée de verdure et de statues. Par précaution, le contact est toujours mobile. Non pas un homme avec un parapluie, ni un couple jetant des miettes de pain aux pigeons. Non. Bien plus simple, plus classique. Qui peut bien se promener sur l'allée de la Comtesse-de-Ségur ?

Été 1991. Une femme. Elle porte le tailleur de marque d'une épouse du huitième arrondissement, bourgeoise jusqu'au bout des ongles, les lunettes dans les cheveux. Elle a la mine réjouie de la jeune mère poussant son rejeton dans une poussette à l'ancienne, roues hautes, couffin large. Qui croirait que cette belle femme est l'une des silhouettes des bars feutrés du quartier, bouchonneuse d'un soir, maîtresse d'une nuit ? Qui pourrait reconnaître la femme de confiance d'un homme sans visage ? C'était un mercredi, comme aujourd'hui. Je m'étais assis sur un banc, seul, le *Canard* sous le bras. Elle s'était avancée doucement, les yeux rivés sur sa poussette. Le mouchoir était tombé à mes pieds. Elle s'était penchée, elle m'avait frôlé. Elle m'avait soufflé le chiffre. La clé. C'était 27, oui, 27, comme aujourd'hui, comme ce 27 septembre. Elle a laissé la poussette et a disparu. Dans le ventre de plastique, il y avait deux ampoules et des inscriptions en russe. Une seule ampoule aurait suffi à rayer Paris de la carte de France. Je n'aurai jamais dû accepter un tel chantier, mais la prime allait me permettre de me refaire. J'avais passé une nuit blanche. Je m'étais dit. Un jour ou l'autre, des milliers d'ampoules éclaireront le ciel de la Terre et la nuit deviendra éternelle. Blanche. Le danger ne vient pas du nucléaire. Il vient de la peur. De celle qui anime les timides.

Un coup de klaxon secoue ma pensée chimérique. Je glisse doucement vers un nouveau feu rouge. La rue de Berry coupe la rue d'Artois. Le parc n'est plus très loin. Dans le rétroviseur, je vois grossir une moto qui vient se placer sur ma gauche. Deux hommes, deux casques, deux visières fumées, deux vestes de cuir. Les chiffres ne trahissent jamais. Des flics ? Repeinte en noir, la grosse cylindrée n'a plus de marque. Quelques détails interpellent pourtant le passionné de chromes que je suis. J'en retiens deux au cas où se seraient des nouveaux de la préfecture de police ou d'un autre service peu contrôlé. Les flics finissent souvent par ressembler à leurs voyous. Le passager du bolide fait un signe de la main à un clochard en quête de pièces, une pancarte FIN autour du cou. Le clochard lève le pouce et presse le pas. Un clochard pressé ? Feu vert. Je remets les gaz. La moto tourne à droite, rue d'Artois. Je laisse le scooter aux portes du jardin. Il faut que je vérifie. Rien n'a changé depuis dix ans. Sauf les bourgeoises. Elles sont encore plus riches et vendent leurs sourires rafistolés par la chirurgie esthétique. Avant le rendez-vous reporté à demain, je tiens à m'assurer que le parc Monceau compte toujours des bancs. Et des poussettes. Un parc peut être fermé. Il faut toujours vérifier. Je sors le *Canard* de ma poche et m'installe à côté d'un couple de Japonais, sur le premier banc venu. Je parcours « L'album » et lit lentement une première fois, puis une seconde fois. Un nom attire mon attention. Cet homme est mort depuis quelques mois après avoir délivré, dans le journal *Le Monde*, l'un des plus gros scandales de cette année 2000. Compte rond. Les cassettes. La pointe d'un iceberg. Il est mort, dit-on, d'une longue maladie. Il faut toujours se méfier des on-dit. « L'album de la comtesse » compte un titre, un chapeau et trois petits paragraphes. Titre, neuf syllabes. Chapeau, treize.

Ur-nes bri-dées et thu-nes pour les pi-res lut-tes.

Suite logique de pèteries en *contre-ut*. Neuf, treize, manque donc le onze. Est-ce un nouveau signe chiffré ? Premier paragraphe, quarante-trois syllabes. Je lève les yeux sur une poussette qui vient de frôler le journal. La jeune femme ne sourit pas. Le bébé pleure. Elle s'arrête à moins d'un mètre des Japonais. Un cortège de sirènes longe le parc et va s'éteindre dans les rues voisines. Le bébé pointe son doigt en direction des sirènes. Il ne pleure plus.

La femme plonge sa main dans le sac et capte un portable. Elle se tourne doucement vers moi. Blonde, larges boucles sur les épaules, des épaules de nageuse, un visage d'une étrange beauté nordique, barré d'une paire de lunettes noires. Une larme coule sur sa joue droite. Elle répète une syllabe que je ne comprends pas. Mal. Mot ou peut-être mort. À qui parle-t-elle ? Elle insiste. Ses yeux sont tenus au secret malgré la larme. Neuf. Elle se rapproche. Elle répète. Neuf. Je la regarde partir et je ne comprends toujours pas. Neuf. La clé. J'aurais dû entendre ce mot de passe demain. Qui vient me chercher là sur ce banc, là où je n'aurais jamais dû me trouver. Que se passe-t-il ?

J'hésite à la rattraper.

Qui m'a envoyé ce message ? Quelle est la mission de cette femme ? Pourquoi a-t-elle laissé couler cette larme ? Je laisse mon regard glisser vers un jeune couple qui déambule, main dans la main. Je cherche. Une vieille dame lance de la mie de pain. Des pigeons se battent. Des moineaux attendent les miettes. Je repasse le film. Une moto, deux hommes, un clochard, deux feux rouges. Qui a pu deviner que j'allais prendre la direction du parc ? Le *Canard*, « L'album », les syllabes, onze puis quarante-trois. Le parc, les sirènes, la femme, la clé, le mot de passe. Il manque le lien. Une seule personne peut le connaître. Une seule. Je cours. Je retrouve le scooter, accélère. La réponse me vient comme une claque, comme une erreur de programmation. Un flic barre la rue d'Artois. La dernière pièce du puzzle. Merde ! Le PMU. 11. 43. Neuf. La clé du mystère. Neuf balles. Compte rond. Je freine. À moins de cent mètres, des flics en civil courent dans tous les sens. Les badauds sont dispersés. C'est son point de chute.

Demain, il n'y aura plus de rendez-vous. Demain est une autre histoire.

Une dette à honorer.

Chapitre un

Éva

1

Emboucaner la planète.

Éva chasse les mots du Napolitain, cette folle idée de voler la planète, de la rendre blanche comme l'éternité. Elle le hait.

Éva relève légèrement sa manche.

Plus que trois minutes avant de poser le pied sur le quai. Elle est assise au dernier rang du wagon réservé aux voyageurs de première classe. Éva range son livre dans un cartable en cuir roux. D'un geste précis, elle chausse une paire de lunettes de soleil achetée dans un magasin de luxe parisien. Cash, dollars américains. Éva est superstitieuse. Elle s'assoit toujours dans le sens de la marche, épaule droite contre la vitre, futur mari à portée de main gauche. Son instinct face au danger. Deux gardes du corps veillent discrètement sur le couple, chacun accompagné d'une Italienne de l'île volcanique de Gorgona. Éva adore l'odeur de la lave noire. Les deux hommes veillent sur quatre autres couples d'Italiens. Les malles à double fond doivent impérativement arriver à bon port. Éva regarde sa montre en or massif. Soupire. Presque dix-sept heures. Ce maudit train a toujours une heure de retard.

Éva ferme les yeux. Quel jour déjà ?

Elle revoit la fiche de l'hôtel Riviera. Gênes. Suite Magenta. 3 mars 1956. Elle s'est levée tôt, avec le jour, toujours par superstition. Après la douche, elle s'est offerte nue à la lumière blanche du miroir en pied, montée sur ses talons hauts. Bras croisés. Robe ou pantalon ? Elle s'est changée cinq fois, hésitante, virevoltante, gaie puis soudain agacée. Pourquoi ne fait-elle pas suivre son dressing parisien ? Pourquoi Catarina, sa femme à tout faire, sa confidente et secrète conseillère, doit-elle toujours rester à Paris ?

Son futur mari a ouvert les yeux sur le dos nu de la jolie chanteuse. Il ne peut s'en détacher. Sa fierté masculine déforme déjà le drap. Le corps de la jeune femme est aussi élancé que ceux des mannequins des grands couturiers. Éva est l'une des plus jolies chanteuses de cabaret de Paris, la seule à pouvoir noyer d'un coup de cils l'ambition de tous les galants du monde. Samy adore la prendre par surprise. L'espionner. La dévisager. De son père, elle a le nez fin, légèrement épaté, une large bouche aux dents blanches parfaitement alignées, et le teint cuivré du soleil du Cap Corse. De sa mère, elle a reçu des pommettes hautes, des lèvres charnues et une fossette sur la joue gauche. Et ses yeux, bleus, qui virent au violet lors de ses colères, de ses caprices. Éva a toujours dit. C'est un héritage d'une lignée orientale. Mon arrière-grand-père est né dans une luxuriante oasis de la nouvelle Syrie, le krak des Chevaliers.

Éva fredonne la chanson écrite à son attention par Boris Vian, son plus fidèle amant. Toujours nue, elle interpelle la femme de chambre qui boucle deux grandes malles de voyage de marque Hoshkosh. La jeune employée est intimidée par la douce harmonie du corps opalin. Elle lève doucement les yeux et fixe les longs cheveux bruns de la Française. Éva lui demande. Robe ou pantalon ?

La locomotive roule au pas. Le futur mari chauffe un long cigare cubain glissé entre ses fines lèvres. Éva tourne son visage contre la vitre. Met sa main en visière pour éviter d'être éblouie par les rayons du soleil printanier, déjà vif pour ce jour de mars.

Où est-il ?

Éva est superstitieuse. La seule fois où elle ne l'a pas vu, elle a perdu une valise. Et aujourd'hui, elle n'a pas droit à l'erreur. Il faut qu'il soit là, comme d'habitude, le menton posé sur les bras croisés, la fenêtre ouverte au mistral.

Le wagon passe lentement devant le panneau. Marseille, gare Saint-Charles. Éva scrute. Elle reconnaît les maisons à deux étages au crépi jaune fané. Ses yeux se posent sur des carrioles à bras chargées de légumes, calées sur leur unique pied de bois, autour desquelles s'agglutinent des ménagères. Un groupe de gamins. Une boucherie. L'atelier de menuiserie n'a pas changé. Ses pupilles montent au premier puis au second étage, et se dilatent. Il est là, fidèle au rendez-vous, le menton posé sur les bras croisés, tel un ange, un rien protecteur.

Elle pose la main gauche sur le genou de son futur mari. La paume est chaude, humide. Elle a vu le gamin. Se reprend. Je ne suis pas venue à Marseille pour me faire peur. Avec les sous des valises, je vais me venger de ces crapules, de ce misérable Napolitain, qui m'ont obligée à sucer le trottoir. Les femmes corses ont aussi leur honneur. Elle rêve de le voir agoniser. Éva ferme les yeux pour retenir ses larmes vengeresses. Elle a perdu de vue le visage du gamin mais elle pense à lui, comme à tous les enfants des quartiers de Marseille, cette ville qui l'a vue grandir dans les malheurs de la guerre. Faites, sainte Restitude, que ce petit homme ne devienne jamais comme tous ces bandits de boulevard ! Faites qu'il puisse rejoindre l'Amérique le plus vite possible pour vivre en paix !

Le train s'est arrêté. Le voiturier est devant le wagon, prêt à recevoir les bagages du couple et de leurs courriers invisibles. Éva est soudain secouée d'une bouffée d'hilarité. Les hommes de Sperlonga vont bientôt flotter le ventre ouvert dans le Vieux-Port.

2

Les bras croisés sur le rebord de la fenêtre, le gamin compte le nombre de wagons. Dix. Dix wagons. Le train a longé la côte. Il vient d'Italie. C'est le plus long de la journée. Cela fait près d'une heure que le môme guette la locomotive. Le train le hante. Les Marseillais le hantent. Il les entend parler de liberté, de fortune, d'espoir, sur les marchés, dans les bars, sur la Corniche. Les Marseillais ont l'île du Frioul en point de mire, les vagues sous les pieds. Ils planent, volent, délirent. Les Marseillais n'ont qu'une seule idée en tête. Un train pour Gênes, un bateau et au loin, très loin, le rêve. L'Amérique.

Le gamin braque le train.

Il entend la voix de son père, Franck, l'accent grave et sa pointe nordiste. Comme tous les Marseillais, Franck rêve encore et toujours. Mais il n'en parle jamais à sa femme. Jamais. Dans son atelier, il martèle le cuir, travaille le bois, coupe, scie, ajuste. Il redouble. Bois et mots. Il lève peu les yeux sur son premier garçon qui n'en finit plus de grandir. Le gamin préfère le contact du fer, l'éclat du métal, le poids du marteau, le fil aiguisé des couteaux. Le gamin lui répète souvent. Je ne serai pas menuisier. Je serai riche. J'irai en Amérique.

Le gamin braque sa mère.

C'est quand qu'on prend le train pour l'Amérique ? Max est impatient, surtout quand le train vient d'Italie. Sa mère n'a pas le courage de lui dire. Elle ment chichement. On fait des économies, c'est sûr, oui, c'est promis, mon chéri, on ira en Amérique. Marthe ne veut pas briser le rêve de son garçon. Elle l'aidera à partir le jour où il aura les épaules assez larges pour découvrir le Nouveau Monde. Mais elle ne grimpera plus sur un bateau, les valises au bout des bras, non, elle ne revivra plus ce cauchemar.

Le cœur déchiré, Marthe a trop vite quitté l'Algérie, sa terre natale. Son père, mobilisé par l'armée de Pétain, est parti pour la France. Marthe ne l'a jamais revu, n'a jamais reçu une seule lettre. Poussée par la colère, sa mère a décidé de prendre le bateau pour Marseille, tirant sa fille par le bras, le cœur gonflé de chagrin. Elle a frappé aux portes de l'administration allemande. Rouge de colère, elle a craché sur le drapeau frappé de la croix gammée. Votre mari ? Porté disparu ! Elle s'est acharnée. Est-il mort sous les balles ? Est-il dans un camp ? Je veux savoir ! Elle n'a jamais su.

C'était en 1942. Marseille, comme d'autres villes du Sud, se veut résistante. La mère de Marthe abandonne l'idée de revoir Alger la Blanche, la cité paresseuse, et pose la valise chez une lointaine cousine, là, tout près de la gare Saint-Charles. C'est grâce à la cousine qu'un an plus tard, à vingt ans, Marthe épouse un homme robuste, formé à la coupe des forêts de Flandre. Comme la plupart des bûcherons, il bouge sans cesse, de la coupe d'une forêt à une autre, sa hache sur l'épaule. Payé à façon, il a pour habitude de dormir n'importe où, mais il n'aime guère la solitude. Très vite, il persuade sa jeune femme de quitter Marseille et de partir pour le Massif central. Ils s'abritent sous les hauts châtaigniers d'une vallée perdue, loin du trafic des bons de ravitaillement, tout près des fermes des paysans. Marthe donne naissance à une fille, Martine, quelques mois avant la Libération. Franck veut ouvrir un atelier de menuiserie. Il veut transformer le bois, lui rendre ses belles couleurs d'automne. Il veut faire entrer de la chaleur, de la lumière dans les maisons de l'après-guerre, poncer le bois pour effacer le chagrin des veuves.

Il va le faire à Marseille.

Franck reste secret jusqu'au dernier jour. Durant l'hiver 1945, Marthe et Martine ont trouvé refuge dans un petit hôtel près de la préfecture. Franck, lui, se lève avec le jour et passe ses journées à chercher un appartement et un atelier, si possible près de la gare Saint-Charles. Peu avant la naissance du deuxième enfant, il trouve, enfin. Seul, devant la haute maison aux deux étages, il imagine la belle vie. Au rez-de-chaussée, il ouvrira son atelier, fabriquera des meubles, surtout des armoires et des tables. Grandes. Le bûcheron aime imaginer les coudes, les assiettes, les papiers, les couteaux, le pain, l'odeur du vin, tous ces petits riens de la vie qui font le quotidien d'une table, la chaleur d'une famille. L'espérance de tous les jours. Au second étage, il y installera sa femme, sa fille et un lit de nouveau-né en bois de noyer pour y déposer un petit gars. Franck est resté muet jusqu'au dernier jour, la veille de Noël. Il a payé les charges de l'hôtel et emporté malles et outils vers le nouveau nid de la famille Vander.

Max est né deux mois après l'ouverture de l'atelier. Depuis ce jour, Marthe a décidé de ne plus jamais partir, de ne plus jamais regretter. Max ne comprend pas sa mère. Il rêve de partir. Il veut courir sur le port de Gênes, monter sur le paquebot et affronter les pires tempêtes. Marthe a beau lui rappeler qu'il faut beaucoup d'argent, il ne comprend toujours pas. Il répète les mêmes paroles qui amusent tant ses frères et sœurs. Il répète. On dirait qu'on irait en Amérique, faire fortune, et qu'on reviendrait les bras chargés de cadeaux pour nos amis de la Belle-de-Mai. On dirait qu'on débarquerait sur le Vieux-Port, au volant d'une grosse voiture américaine et qu'on se garerait devant le Grand Hôtel, et on inviterait tous nos amis à une grande fête comme celle du 14 juillet. Et puis, on partirait nager dans la calanque de Morgiou, on passerait quelques jours de vacances à Paris, avant de retourner là-bas en Amérique.

Le gamin fête aujourd'hui ses dix ans, ce 3 mars de l'année 1956.

Les bras croisés sur la fenêtre, le menton posé sur son poing serré, il meurt d'envie de grimper dans le train de Gênes. Pourquoi ne pourrait-il pas tenter sa chance ? Le gamin rêve toujours. Sur le gâteau d'anniversaire, il y aurait une enveloppe. Il la déchire et sort sept billets, des tickets pour voguer vers l'Amérique. Max a le choix entre New York et Buenos Aires, mais il préfère la grande ville du Nord. Il est prêt à partir n'importe où, toujours vers l'Ouest. Max a vérifié sur la carte, accrochée sur l'un des murs de sa classe d'école. L'Ouest, c'est à droite du Frioul, du château d'If. Il recompte. Sept billets. Ses trois sœurs, Victor et ses parents. Et le sien. Avant d'embarquer sur le paquebot, ils montent dans le train pour Gênes. Là-bas, sur l'immense port, la traversée coûte moins cher. Le gamin sait aussi que ce n'est pas la seule raison. Il a entendu courir cette rumeur qui pousse les familles vers Gênes. On l'appelle, là-bas, *'rica loto. America loteria*. La loterie. Il paraît que c'est gratuit. Il faut juste inscrire son nom et le nombre de personnes à embarquer. Le gamin écrit sur le bout de papier, Vander, sept. L'écriture est ronde, droite. À Gênes, on peut gagner son ticket pour l'Amérique. Pas à Marseille. Sur le Vieux-Port, le ticket est beaucoup plus cher qu'en Italie, et il n'y a pas de loterie. Pas encore. Quand il aura fait fortune en Amérique, il organisera une loterie pour faire gagner un ticket à tous ses copains de la Belle-de-Mai. Et avec eux...

Dans l'atelier de Franck, le gamin a entendu beaucoup d'histoires sur cette loterie. Au milieu des copeaux de bois, quand le travail se fait attendre, son père joue aux cartes pour tuer le temps. Et gagner un peu d'argent. Le jeudi, le gamin compte les points quand il ne file pas au cinéma voir *Les Anges aux figures sales* avec Bogart. La bobine crache des images d'Amérique sur un drap tendu au milieu de la rue. New York, le combat de Jerry, le prêtre contre Rocky, le gangster. Rocky qui défend Jerry. Les gamins de la Belle connaissent les dialogues par cœur. Autour des cartes, les copains de papa parlent. Toujours les mêmes hommes, émigrés, Grecs, Arméniens, Siciliens ou Sardes, tous pères des copains de classe. Ces hommes croient tout savoir, parlent beaucoup et râlent toujours en levant les mauvaises cartes. Le Sarde dit que c'est l'État américain qui cherche des bras, des têtes aussi, pour construire les buildings, tracer des routes, conduire des camions gros comme la maison. Bâtir des cités du futur, dessinées par des in-gé-ni-eurs. Pipo, lui, parle de la mafia. Il n'a pas peur. Il parle de cette autre loterie, d'une affaire très rentable tenue par la Mafia des deux côtés de l'Atlantique. Il parle des hommes de Lucky

Luciano et ose même avancer des noms. Des villes. Alger, Beyrouth, Tanger ou Gênes. Et bien sûr Naples. Les hommes de Luciano sont partout, dans tous les ports de la Méditerranée, sournois, riches, violents, pingres. Pipo parle avec les mains, roule les « r ». Il sait. Max écoute discrètement. Sur les quais des grands ports d'Italie, les hommes de Luciano recherchent des familles qui veulent embarquer pour le rêve américain. Ils offrent le voyage, et même le gîte, et du travail, beaucoup de travail. Un toit en Amérique. Max revoit Pipo allumer une américaine de contrebande. Et les trois autres joueurs qui sont restés sans voix, les cartes dans les mains. Il se rappelle le visage du Sicilien, toussant comme pour briser le silence, et ses mots qui décrivent l'une des plus belles arnaques de sa vie de mafioso. Pipo roule les « r ». Dit.

Les hommes de Luciano récupèrent les familles sur le quai de la gare en leur racontant qu'ils travaillent pour le gouvernement italien et qu'ils sont chargés de les accompagner au bateau. Bien sûr, tout le monde s'y presse, le transport est gratuit. Ils chargent en priorité les familles. Les hommes de Luciano font signer des reconnaissances de dette, lors d'une mise en scène digne des studios de Cincinnati. Rabattus depuis la gare ou sur le port de Gênes, les commis mafiosi n'entraînent pas plus d'une cinquantaine de familles vers une grande table, posée à deux pas de la jetée. Un homme distribue des bouts de papier où chaque chef de famille doit apposer son nom et le nombre de migrants. Les cinquante familles sont noyées dans une immense foule qui crie, qui pleure d'une seule et même larme, qui prie pour faire partie des cinquante bulletins gagnants. Fabuleuse arnaque. Pipo tousse le tabac blond, poursuit. Cette foule est composée pour l'essentiel des familles des hommes de Luciano. Se retrouve tous les jours au même endroit pour répéter la même scène. La mise en scène spectaculaire donne de l'authenticité au faux tirage au sort, à la *'rica loteria*, et les plus fous espoirs à tous ces postulants au voyage vers l'Amérique. Dans une telle euphorie, comment les cinquante hommes de France, de Grèce ou de pays plus à l'est de la grande Europe, peuvent-ils imaginer qu'ils signent là, sur un bout de papier, l'entrée dans la période la plus triste de leur vie ? Comment peuvent-ils imaginer que d'autres hommes de Luciano, des ports de Porto Rico à ceux du golfe du Saint-Laurent, vont les réceptionner à coups de poing ? Comment peuvent-ils concevoir que tous les mois, pendant dix, vingt, peut-être trente ans, ils seront obligés de payer une cotisation, de fournir la fameuse enveloppe qui va faire la fortune des familles siciliennes ?

Pipo a regardé les visages interloqués de ses trois copains de jeu tout en allumant une nouvelle blonde. Il annonce. Carreau. Franck vient de comprendre que Pipo n'a rien de cette gueule d'ange que toutes les femmes tentent de suivre du regard.

Pipo est un homme de Luciano.

Max est Rocky, l'affranchi.

Max, où es-tu ?

Le gamin tourne le dos à la fenêtre et voit sa mère entrer dans la petite cuisine, les bras chargés de bois. L'aide à enfourner les rondins dans la cuisinière. Marthe regarde la pendule située au-dessus de la fenêtre qui donne sur les marchands ambulants. Bientôt dix-huit heures. Marthe passe sa main dans la tignasse frisée de son fils et lui pose une bise sur la joue. Elle est fière de son fils, fière de ses grands yeux noirs, comme les siens, fière de son insatiable curiosité. Mais Marthe doit retenir ses larmes. L'une de ses voisines, née au Maroc, vient de lui annoncer une mauvaise nouvelle. C'est une nouvelle à la fois crainte et attendue par la communauté des pieds-noirs, contraints de prendre le bateau pour cette France si étrangère, de ceux qui vont débarquer à Marseille dans les semaines à venir, le cœur brisé. La voisine pleure. L'indépendance du Maroc a été signée dans la matinée. Et pour sécher ses larmes, pour les cacher vite dans ses doigts noirs, Marthe a pensé. Plus jamais. Plus jamais repartir. Pour fêter les dix ans de son garçon, Marthe lui a promis des montagnes de gâteaux à l'anis, des tartines de confiture et même des bonbons au caramel. Devant la table chargée de sucreries, il a reçu ses copains du quartier, profitant de l'occasion pour leur montrer les cachettes de l'appartement. Les cinq garçons ont englouti toutes les victuailles en moins de dix minutes, aidés le temps d'une courte pause par la gourmandise immodérée de Franck. Rassasiés, les jumeaux ont dû rejoindre leur mère. Max est descendu avec Martin, son frère de mêlée dans la cour de l'école. Ils vont profiter des dernières lueurs de la journée pour se faufiler dans les ruelles du Vieux-Port. Voler des images de jupes trop courtes. Retrouver les terrasses des bistrots. Rêver des anges aux figures sales.

Être gangsters. Être Rocky.

3

Le ciel bleu s'est doucement teinté d'un voile orangé. Max et Martin dévalent les marches de la gare pour rejoindre la Canebière. Sur le chemin, ils poussent la porte du bar Chez Léon à la recherche de Jeannot, le fils aîné de Pipo, et de Jojo le Grec, tous deux âgés de dix-huit ans. Léon, le patron aux grosses moustaches blanches, ne sait pas où les deux jeunes voyous peuvent bien se trouver. Allez donc voir sur le Vieux-Port, chez Dédé. Ils attendent peut-être que la femme de leur vie leur tombe dans les bras ! Les piliers du bar ont éclaté de rire. Max a senti dans la remarque de tonton Léon, comme il a l'habitude de l'appeler depuis que son père l'a mis au parfum de ses parties de cartes, que l'atmosphère est tendue. Mais avant que Max ne tourne les talons, Léon lui a tendu son gros poing fermé. Ouvre, petit, c'est pour toi. Max a découvert un louis d'or. Profite bien de ce grand jour, petit, allez maintenant, foutez-moi le camp !

Les deux garçons déboulent sur le Vieux-Port, le souffle coupé. Une couleur ocre baigne les bateaux accrochés au port et les cargos qui barrent l'horizon. Max tient la pièce dans la main droite. Serrée. Le cadeau de tonton Léon l'a rendu fou de joie mais une question le taraude. Que faire de cette pièce dorée ? L'échanger contre un vélo, pour filer, libre, dans les calanques après Pointe-Rouge ? La garder comme un nouveau porte-bonheur ? Les deux garçons marchent lentement le long des terrasses, cherchant du regard les grands copains, sur la pointe des pieds. Max tient absolument à voir Jeannot. Pour l'autre cadeau. Promis.

Les deux garçons se dirigent vers le bar de Dédé, une des dernières terrasses au bout du quai des Belges. Martin ne peut s'empêcher. Comme par bêtise. Du milieu de la route, il s'adresse aux passants avec le ton fort des marchands de poisson. Oh ! Regardez bien mon copain ! Là-haut, à la Belle, on l'appelle le Petit Belge, regardez-le bien car un jour il sera le roi du quai des. Martin n'a rien vu venir. Par un réflexe étonnant, le chauffeur de la Jaguar E a donné un violent coup de volant vers la gauche, évitant de justesse de les écraser. La calandre de l'anglaise défonce la terrasse de Dédé, cassant tables et chaises dans un terrible fracas. Les joueurs de cartes, tournés vers le minot, se retrouvent les fesses à terre. Projetées en l'air, les cartes retombent une à une sur la voiture de luxe des Napolitains. Quatre hommes en costume rayé, les cheveux gominés, sortent de la traction, un pistolet à la main. Les gamins courent se réfugier dans le bar. Le quatuor tire en l'air des balles perdues. Le chauffeur, cheveux courts, blond, yeux verts, entre dans le bar. Où sont les gosses ? Il pointe son calibre vers le patron. Si tu veux pas avoir de problèmes, je te conseille, Dédé, de me les refiler vite sinon je le ferme ce bistrot, et tout de suite ! Le patron ne tremble pas. Comme tout Marseille, il a reconnu Tany Zampa, déjà présenté comme l'héritier des Canards. Comme tout Marseille, Dédé sait que Tany est un trouillard. Mais rien ne fait peur à un Corse. Surtout pas un Napolitain. Les gamins sont derrière le zinc, aux pieds de Dédé. Effrayés. Dédé est protégé par un puissant clan corse du village de Calenzana, ses copains d'enfance. Dédé s'en fout. Protégé ou pas, il ne cédera pas au chantage de l'héritier. Écoute, Tany, dit le patron au grand blond entouré des trois porte-flingues. Tu vas pas t'en prendre à des gosses de dix ans, quand même, oh ! On sait tous que tu aimes la castagne mais faut que je te dise, Tany, si tu touches à un seul cheveu des gamins, je prends le flingue qui est là, sous le bar – il touche alors les cheveux de Max, mort de trouille – et je te transforme en passoire de bénitier. Et seulement après, quand les cochons t'auront bouffé les couilles, j'en aviserai Mémé. Le patron n'a pas peur de mettre sa vie en danger. Tany n'osera pas. Pas les gamins. Dédé toise Tany. Tany regarde autour de lui, fait monter la colère. Ses hommes sont prêts. Ils feraient tout pour lui. Tany, c'est le fils de Mathieu le Napolitain, un trafiquant comme Marseille en compte des centaines. Aventurier. Pas plus. La rumeur le prétend capo de la mafia italienne, placé ici à Marseille pour contrôler le port et les bars de la Côte d'Azur. Les Corses savent que les Napolitains sont les rois des rumeurs. N'y prêtent aucune attention.

Parle, Napo, parle. Pendant que tu parles, j'économise de la salive.

Tany baisse le canon du flingue. Mémé, le frère d'Antoine, le plus dangereux, le plus intelligent. L'ombre dans l'ombre du parrain. Le prénom du Corse résonne comme un avertissement. Tany doit ménager sa fougue. Surtout, ne pas être traité de « marraine » dès le dos tourné. Réagit vite. D'accord, je laisse tranquille les gamins mais en échange, puisque tu as l'air d'un bon père et d'un bon payeur, tu changes de maison de protection. T'auras qu'à dire aux hommes de Mémé que c'est Tany dorénavant qui passera prendre l'enveloppe, le premier jour du mois. Et s'il n'est pas content, le Corse, je. Tany a vu le canon dans le miroir, derrière le zinc. D'un geste vif, il se jette à terre. Les plombs tirés du fusil à pompe brisent les bouteilles rangées sur des étagères, derrière le zinc. Et le miroir. Les débris tombent aux pieds des garçons. Des salves partent alors dans tous les sens, les badauds crient, se jettent à terre. Tany et ses gorilles se replient dans la rue. Disparaissent au volant de la Jaguar E. Dédé entend Tany crier. T'es mort, Dédé, vous êtes tous morts ! Dédé sourit malgré la casse. Tany ne changera jamais. Il est comme les autres, les Marius, Ninan et autres Coco qui annoncent leur mort aux Corses en se sauvant. Dédé serre la main au téméraire. Tu bois un verre, Jeannot ?

5

Max et Martin ont sauté dans les bras de Jeannot. Dédé ferme le bar et envoie le serveur avertir Mémé et Antoine. Ils s'en débrouilleront entre patrons, de cette histoire, pense Dédé. Jeannot est accompagné de deux jeunes hommes, des pistolets-mitrailleurs en bandoulière. Air patibulaire des professionnels de la gâchette et de l'extorsion de fonds. Max se surprend à rire, comme pour évacuer la peur qu'il ne veut surtout pas dévoiler aux yeux du Sicilien. Comme pour se rassurer de sortir vivant de cet imbroglio à l'italienne. Max déplie sa main droite. Tend la pièce à Jeannot. C'est pour toi, pour. Le Sicilien replie la main du môme. Garde-la sur toi, Petit Belge, il faut toujours garder les cadeaux de Léon. Tu vois, c'est grâce à ce louis que vous avez évité de vous faire écraser. Alors, porte-la sur toi, jour et nuit, et un conseil. Demain, vous allez monter voir la Bonne Mère et lui réciter deux fois Jésus Marie. Un jour, toi comme moi, nous aurons besoin de sa miséricorde. Max, assis sur le comptoir, acquiesce d'un hochement de tête mais déjà une question le turlupine. Par quel miracle le beau Jeannot est-il venu voler à mon secours ?

Jeannot finit son ballon de blanc et conseille à ses deux camarades d'armes de prendre la tangente. Je raccompagne les gosses à la Belle-de-Mai. Salut Dédé. Dehors, l'horizon semble retenir une blanche lumière de fin d'hiver. Ne vous tracassez pas, les enfants, j'en fais mon affaire de Tany. Max et Martin sont sonnés par la violence des coups de feu. Ne savent quoi répondre. Le trio prend la direction de la Canebière, pas lent, tête pensive.

Jeannot, c'est un grand frère de la Belle-de-Mai. Toujours rassurant, l'oreille attentive, le Sicilien sait transmettre une décharge de confiance, de vitalité, dès qu'il pose sa main sur les épaules des gosses. La mort violente lui a volé la vie d'un frère et, depuis, il n'a de cesse de chercher, dans l'insouciance des gamins, ce sourire qui lui déchire le cœur. Le cadet a été fauché par un chauffard, trouillard, qui a pris la fuite. Tout le quartier a assisté à l'enterrement deux ans auparavant. Max, alors gamin de huit ans, était plus intéressé par les parties de cartes dans l'atelier de son père que par celles qui se tenaient chez Léon. Il n'aurait jamais pu comprendre cette histoire de voyous, cette fuite du chauffard, et cette mort malheureuse d'un gamin qui jouait tranquillement au coin de la rue.

Peu après l'inhumation, Jeannot a disparu pendant plusieurs mois. Certains ont raconté qu'il avait retrouvé le chauffard et qu'il lui avait écrasé chaque membre, les roues de la voiture ruisselant de sang. Cette torture lui aurait même valu d'être approché par les Canards, la bande de Napolitains, qui œuvraient sans pitié dans l'entreprise du racket. Mais il n'aurait pas supporté l'arrogance de Tany, couvé par les hommes de Sperlonga. D'autres ont affirmé qu'il avait été vu en Sicile, dans son village natal, où il serait allé porter la nouvelle, une ceinture d'ail autour de la taille, pour demander vengeance auprès des sages. Et leur porter le deuil. Max a bien entendu ces histoires mais il ne peut imaginer cet homme, si sincère, si doux et si élégant avec les femmes, animé d'un tel sentiment de vengeance. Max ne peut pas encore ressentir cette douleur. Martin l'apostrophe. Et si ton frère Victor était jeté sous les roues des wagons, tu ferais quoi ?

De retour à Marseille, Jeannot est devenu le confident de quelques garçonnets de la Belle-de-Mai. Dès la sortie de l'école, Max et Martin ont pris l'habitude de courir vers le bar de Léon y déguster un verre de limonade. Pister le beau Jeannot. Comme le soupire une nuée de jeunes femmes, de la Belle aux Cinq-Avenues, il n'en peut plus d'être beau, le Jeannot. Ce ne sont pas tant ses muscles saillants ou son physique d'acteur de cinéma qui troublent leurs yeux d'aguicheuses, mais cette façon de passer la main dans ses cheveux et de ferrer d'un œil malicieux les roucoulements féminins. Max est loin de se douter de quoi pourraient être capables toutes ces prétendantes, mais il apprend doucement la leçon en essayant de mimer ce même regard langoureux dans le miroir Dubonnet du bistrot. Jeannot est toujours là, là où on ne l'attend pas. Comme chez Dédé. Il raconte les dernières blagues des matelots, volées sur le port, triche aux cartes, jette les boules, même les billes. Mais à cette heure où les verres se remplissent de parfum d'anis, le front du beau Sicilien s'est soudain couvert de perles de sueur. Il a dû s'arrêter quelques instants dans un bar pour boire un grand verre d'eau. Chasser l'image de Tany. Les enfants sont loin de se douter. Jeannot a signé là son arrêt de mort. Lui seul le transpire.

Le vertige oublié, Jeannot a repris les menottes des garçons. Main gauche. Main droite. Comme souvent, les deux espiègles ne peuvent s'empêcher de grimper sur les épaules du colosse. De là-haut, ils dominent le monde des adultes. Ils remontent la Canebière d'un pas vif, dos au Vieux-Port. Attiré par un léger bruit, le jeune Sicilien s'arrête net sur le trottoir, à une vingtaine de mètres de l'entrée du Grand Hôtel. Comme portées par un coussin d'air, deux longues voitures noires les dépassent et freinent devant l'édifice luxueux. Max regarde le grand copain et reste interdit. Ne comprend pas pour quelle raison le Sicilien ne bouge plus. Max veut continuer sa marche mais Jeannot serre la main. Chuchote. Ne bougez plus, les petits, et ouvrez grand vos yeux d'ange.

Les portières de la dernière voiture s'ouvrent sur six personnages portant tous le même costume. Chapeau de feutre noir, veste gris souris sur une chemise noire, cravate noire, pantalon noir, chaussures en cuir. Les gardes forment une haie de protection entre la première Cadillac et le hall, refoulant d'un seul et même regard l'aide d'un jeune groom. La portière arrière droite s'ouvre lentement. Un homme habillé d'un long manteau en cuir, âgé d'une quarantaine d'années, sort de l'habitacle. D'un geste précis, l'homme au cigare saisit une main gantée de noir. Max et Martin sont comme magnétisés par l'incroyable déploiement de sécurité et la brillance des chromes américains. Sur le perron, d'autres hommes attendent les invités de marque. Tout en abaissant le chapeau sur son visage pour se couvrir d'ombre, Jeannot entraîne les enfants sur le trottoir d'en face où des badauds se sont arrêtés pour fixer leur curiosité. Il sait qu'il prend le risque d'être reconnu, d'enfreindre la règle. Max, quant à lui, ne peut s'empêcher de fixer le couple. Il est surpris par la tenue de la dame qui, les épaules larges et le dos droit, se dirige vers les marches, encadrée par sa garde rapprochée. Elle porte un pantalon qui finit dans de longues bottes de couleur fauve, et une veste en daim sur une chemise noire. Mais ce n'est pas son accoutrement masculin – qui ne ressemble en rien aux tenues des femmes de la Canebière, et encore moins aux tabliers traditionnels des mères de la Belle-de-Mai – qui trouble Max. Non. Pas le paraître, devenu superflu, mais l'extraordinaire beauté de son visage. Un choc. Éva se retourne. Éva soutient de longues secondes le regard de l'enfant. Jeannot baisse son chapeau sur ses yeux. Max se sent soudain nu, pauvre et démuni. L'icône a désormais des yeux bleus.

6

Éva est excédée. Éva fait les cent pas dans son appartement parisien. Éva peste. Je n'aurais jamais dû accepter de tenir les comptes de Samy. Jamais dû accepter de lui servir de pied-à-terre, à lui, comme à ses associés du monde entier. Jamais accepter de l'épouser. J'aurais mieux fait de me concentrer sur ma carrière de chanteuse, d'actrice. Elle regarde à nouveau le calendrier de son agenda. Le mariage est prévu dans quelques jours, le 15 juin, dans un luxueux hôtel de Limassol, la station balnéaire en vogue de la côte sud de Chypre. Samy est parti pour Beyrouth, sa ville natale. Pourquoi ai-je accepté ? Elle ne supporte plus l'odeur des havanes. Ne supporte plus de le savoir avec d'autres femmes. Éva s'allonge sur la liseuse. Catarina a compris. Elle lui masse les épaules, comme avant chaque entrée en scène. Éva ferme les yeux. Le cabaret lui manque. Elle n'est pas faite pour briller dans l'ombre des seigneurs des fleurs du mal. Il lui faut de la lumière, de la chaleur, des regards. Après le mariage, je repars en tournée. Tant pis pour lui. Elle sent déjà la chaleur de l'inévitable verre de vodka lui brûler le stress. Elle se voit priser la poudre blanche et ouvrir le rideau noir. La scène. Le cabaret. Les tournées internationales.

Et les hommes.

Samy a débarqué dans sa vie de starlette, de strass et de paillettes comme d'autres en sont sortis sans prétention. Vite.

C'était quatre ans auparavant, en plein cœur de Beyrouth, dans cette ville cosmopolite où tout homme prospère possède un coffre-fort et la faiblesse de prendre les femmes pour des catins. Des tapins. Ce soir-là, Samy était venu seul. Il s'était assis au fond de la salle du Café de Paris, le luxueux cabaret français. Le Libanais aime profiter du sourire des serveuses, du spectacle des artistes parisiens en tournée autour de la Méditerranée. Il lui suffit alors d'une seule chanson pour ressentir l'ivresse des folles nuits de Montmartre et les visages familiers des bars de Saint-Germain-des-Prés. Samy commande un cognac. Il allume un barreau de tabac cubain, le merveilleux cadeau de M. Paul, Cubain par bonheur. Samy crapote l'instant. Je l'ai bien mérité.

Dans la matinée, sa secrétaire a déposé un télégramme de Mexico signé Cox Bostoni, l'un de ses amis originaire de Marseille. Samy décode vite le message. Bostoni lui promet un premier paiement d'un million de dollars sur un compte numéroté en Suisse, s'il parvient, d'ici trois jours, à expédier mille fûts d'huile d'olive à destination de Porto Rico. Samy n'a qu'une seule solution. L'avion. Samy se rend dans le quartier des ministères. Le chauffeur le dépose devant le Palais de justice. Le haut fonctionnaire est toujours à l'heure. Samy ne marchande pas la prime de risque. Il faut faire vite. L'ami maronite lui serre la main. L'avion part en fin d'après-midi, fait une escale au Koweït. Tu peux dire à Cox que l'avion sera à Cuba, demain, vers midi. Samy imagine la suite. Les fûts transbordés sur des bateaux de pêche portoricains. Cox possède des bateaux pour mener à bien ses opérations spéciales. Pour la pêche au gros. Samy donne une avance de mille dollars à son protecteur. Dans son bureau, Samy rédige le câble à l'attention de Bostoni. Les olives sont noires. J'attends les autres commandes. La règle, entre les deux associés, est de ne jamais laisser les soutes d'un avion vides. Si Cox a bien travaillé, le Libanais devrait réceptionner des caisses d'objets d'art de la civilisation précolombienne. Chez les princes saoudiens, la spéculation va bon train. Comme les affaires.

Des fûts d'huile !

Samy a chipé l'idée à une fripouille du bazar. Samy est devenu l'un des plus puissants hommes d'affaires de l'ombre du Liban. Modèle de Sam. Circulation de fûts. Commerce international. Samy est associé au patron de la plus importante banque du pays des Cèdres, Tabank. À des Français, des Syriens, des Italiens. Selon les saisons. Grâce aux relations du banquier, le Libanais a perfectionné le modèle de Sam. Les fûts tournent sans arrêt autour de la planète. Huile, pétrole, produits de la chimie, de la pharmacie. ET. Les fûts sont une merveilleuse façade. Qui aurait la fâcheuse idée de vérifier le contenu des bidons d'huile ? Comment les curieux pourraient-ils remonter jusqu'à moi, alors qu'aucun document officiel ne porte mon nom ? La plupart de mes compatriotes s'entre-tuent pour contrôler le commerce clandestin de l'or et du pétrole. Qui oserait imaginer que moi, le Libanais, je puisse faire fortune avec le lait d'une plante ? Qui ? Samy prend des précautions. Les câbles reçus de Mexico sont rangés dans le coffre-fort de la société d'import-export. Demain, à midi, Cox va donner l'ordre de transfert sur l'un des comptes à numéro. Un million de dollars. Largement de quoi couvrir les frais d'expédition et le prix du billet d'avion pour Paris, via Genève. Mille fûts. Un million de dollars dans un mois. Deux mille dollars l'unité. Samy appelle son expert-comptable. L'expert est un ancien employé de la Banque de France. Il a fui le pays en emportant un souvenir. Une plaque originale de fabrication de billets de cent francs. Samy lui annonce la nouvelle. Deux mille dollars l'unité. L'expert dit. Cela ne sera pas suffisant pour acheter le gouvernement français. Les Corses ne vont pas céder. Ils n'aiment pas les Libanais. Samy lui a ordonné. Débrouille-toi avec le Commissaire à Marseille. Lui, il n'aime que le pognon.

Lors de son dernier voyage en France, Samy a été averti par un proche collaborateur du ministre de l'Intérieur. Un ami du banquier de l'Intabank. Un ami du Commissaire. T'es surveillé, Samy. On filoche tes déplacements en France, Paris, Marseille, Lyon, aussi en Europe et au Moyen-Orient. Samy n'a pas peur. Qui ? Les services du contre-espionnage, la brigade des stupéfiants. Tout le monde s'y met. Tu t'es fait des ennemis ? Samy est parti sans répondre. Il ne veut pas retourner en prison. Jamais ! Il en fait une question d'honneur. Samy a très mal vécu les trois mois de cachot au Caire. Samy se gratte l'avant-bras droit. Il n'a pas apprécié le coup de la fourchette plantée par le maton. Le maton, lui, a apprécié le bakchich. Trois mois. Pour une bricole. C'est son meilleur ami égyptien, maillon important du modèle de Sam, qui est personnellement intervenu auprès du roi. Non, vraiment, il ne veut plus remettre les pieds entre quatre murs. Je suis indispensable au modèle de Sam. Comment le monde pourrait-il tourner sans moi ? Samy a décidé de mettre en place un vaste réseau d'informateurs. France, Syrie, Suisse, Maroc, Libye, Liban. Pour échapper aux chasseurs de trafiquants.

L'expédition des fûts d'huile tombe à point pour financer les intermédiaires de l'ombre, au moins pour couvrir l'année 1952. Avec les statuettes précolombiennes, il pourra se payer le passeport diplomatique. Français. Le Commissaire lui a promis.

La salle de spectacle s'est assombrie. Samy a commandé un autre cognac. Posées sur les tables rondes, des bougies éclairent les pas feutrés des serveuses. Les serveuses sont toutes françaises. Elles se faufilent entre les tables sous les yeux extasiés des diplomates, hommes politiques en vue, émirs et Bédouins du Golfe déjà millionnaires, et autres agents palestiniens. Elles donnent un carton. Samy crapote. Éva Marin présente « Le moineau de Paname ». Suivent les titres des chansons et le nom des compositeurs, dont ceux de Boris Vian et de Fréhel. Samy connaît Fréhel. Paroles acides, propos anarchistes, expériences stupéfiantes. De la bonne publicité pour le modèle de Sam. Samy ne connaît pas Boris. Peu importe. Samy commande un troisième cognac. Le rythme de son cœur s'accélère. Ce matin, avant son entrevue avec le haut fonctionnaire, Raman est passé le voir. Ce soir, mon ami, tu vas au Café de Paris. Raman a insisté. Tu ne le regretteras pas. Raman a franchi la porte du bureau. S'est retourné. J'ai oublié. Surtout, prends la table du fond.

Éva s'assoit lentement sur un tabouret, face au micro. Le brouhaha a soudain quitté la salle. Silence. Elle regarde une dernière fois le pianiste longiligne et lance un sourire à l'accordéoniste aux cheveux ébouriffés. Le soufflet se détend. La voix est claire, le timbre chaleureux, rond. Samy ne peut se détourner des lèvres. La fièvre du cognac donne à ses joues rondes des couleurs d'automne. La robe est longue, pailletée, les épaules blanches, les bras fins, des rondeurs parfaites. Samy adore les Françaises. Raman avait raison. Je suis mieux là que chez ma mère à bouffer des tajines. Samy est ensorcelé par la voix cristalline. Il s'imagine déjà sortir le bel oiseau du Café de Paris. Lui offrir le souffle d'une nouvelle liberté. La grande et belle vie. Les applaudissements donnent un air de madone à cette jeune Française, dont le sourire illumine les yeux en amande. Samy anticipe la fin de soirée. Il doit agir avant tous les autres, ne pas la laisser surprendre par les voleurs de beauté des émirats voisins. Il ne supporterait pas de la croiser dans un palais de Sharjah, la peau, blanche, privée de soleil de la côte des Pirates. Il ne supporte pas les Arabes, leurs harems, leur arrogance, leurs fausses barbes. Les applaudissements redoublent. Elle dit. Merci. Je suis très heureuse de revenir au Café de Paris. J'adore le Liban. Je m'y sens comme à Paris, libre. Samy se contient. Elle est venue à lui, pour lui. Son astrologue perse lui a toujours dit. Elle chante. Elle est ton modèle. Elle te suivra mais il faudra te méfier. Elle te trahira. Les paroles de l'astrologue s'évanouissent dans les vapeurs d'alcool. On verra bien. Ses lèvres frôlent le micro. Un ami l'a spécialement écrite pour moi. Un cadeau pour la paix. Samy reconnaît les premières notes. Ses yeux se troublent. Samy se souvient de cette fastueuse escapade parisienne. Il y avait Cotrone, un pilier de la contrebande au Canada, et deux de ses associés corses, Paul le Cubain et Casta, deux sacrés flibustiers, ceux-là ! Ils sont entrés dans le Bar des Calanques, à deux pas des Champs-Élysées, et ont repris en chœur les ballades chantées par Tino, un jeune homme à l'accent corse. Tino s'amusait des regards émoustillés des jeunes hommes. Dévorait ceux de Samy au grand désespoir de Paul. Honte pour les Corses.

Les spectateurs sont debout. Éva semble émue. Je vais vous chanter la dernière. C'est ma préférée. Éva est superstitieuse. Elle finit toujours son spectacle par cette chanson, en souvenir de sa première scène parisienne, de ses premières roses jetées sur scène. Éva n'a pas pris le micro, a fait taire ses musiciens. Elle descend les quatre marches. Le déhanchement dilate les pupilles des hommes, assombrit celles des femmes. Éva se faufile parmi les tables en murmurant le même refrain. *Où sont tous mes amants, tous ceux qui m'aimaient tant, moi mon cœur n'a pas vieilli pourtant, où sont tous mes amants ?* Elle se dirige au fond de la salle et pose doucement ses fesses sur les genoux de Samy. Lui frôle les lèvres d'un subtil baiser. Éva reprend son souffle et donne toute sa puissance à ses derniers mots.

Ils sont toujours là !

Éva s'est assoupie dans les mains douces de Catarina. La jeune Russe lui pose un baiser sur les lèvres. Madame. Éva ouvre les yeux. Oui, oui, il faut que je termine. Elle reprend place au bureau. Finir les comptes de Samy. D'un côté, elle inscrit le nombre total des fûts qui transitent par les ports du Havre, de Boulogne et de Marseille, à destination de l'Amérique du Nord. De l'autre, les sommes déposées dans les banques suisses. Éva tire une troisième colonne. Samy, mariage. Éva reste un moment le stylo plume levé, hésite, trace un cercle. Zéro. Elle hésite encore. Si elle pouvait, elle en resterait là. Mais elle ne peut plus reculer. Elle ajoute cinq zéros et UN. Un million de dollars. Il me doit bien ça.

7

Jeannot a insisté pour ramener Max et Martin chez eux mais, durant le trajet, il n'a rien dit. Il n'a pas peur de la mort. Il est mort le jour où son frère est mort. Il n'a plus rien à perdre. Il jubile intérieurement de l'affront qu'il vient de faire subir à Tany. Dès demain, il devra répondre de son geste devant Mémé. Mais il s'en fiche. Il déteste les Napolitains et leur arrogance sempiternelle. Je me défendrai. Je lèverai une armée à la Belle. Faut pas toucher aux gamins, jamais ! Ont-ils fait exprès d'abîmer une voiture ? Jeannot serre les dents. Le rire de son frère le hante. Chasse la tristesse d'un coup de pied tendu dans une poubelle. Retrouve dans sa fraîche mémoire les deux Cadillac, le visage de la belle. Éva.

Jeannot et Max laissent Martin et filent vers l'atelier de Franck. Une forte odeur de bois transperce les volets fermés. Dis-moi, Max, je peux te confier un secret ? Max n'a pas entendu la question de son bienfaiteur. Jeannot le bouscule. Oh, petit, je te parle ! Max semble être dans un état second. Envoûté. Cette apparition tient du miracle.

Max, reprend Jeannot, tout va bien, t'es blessé ? Max lève les yeux vers ceux du Sicilien. Chuchote. Dis, Jeannot, tu vas pas raconter à mes parents, hein ? Jeannot sourit. Mais non, ne t'inquiète pas, je ne dirai rien pour l'accident. Mais tu sais que demain matin toute la ville va le savoir, mon père d'abord, puis ton père et, ensuite, il va falloir que je m'explique. Max fronce les sourcils. Son ami n'a pas compris.

Jeannot poursuit. Je t'expliquerai quand tu seras plus grand, c'est un peu trop compliqué pour toi mais il faut que tu saches que. Jeannot se mord la lèvre. Max est-il prêt à entendre des paroles d'homme ? Décide de lui confier. Tu vois, Max, je ne suis peut-être pas celui que tu penses et je vais te dire un peu de vérité. À Marseille, comme dans de nombreuses villes de France ou d'Italie, il y a deux types d'hommes. Ceux qui travaillent sur le port, dans des magasins, dans des épiceries, menuisiers, comme ton père. Ce sont des hommes qui ont décidé d'être honnêtes, de ne pas voler les autres, de ne pas les menacer avec un revolver, enfin, ils essayent car la vie n'est pas très facile parfois. Et puis, il y a d'autres hommes, beaucoup moins nombreux, c'est vrai, des hommes qui se déplacent toujours en groupes, avec des armes. Des policiers ? interrompt naïvement Max. Non, pas des policiers, non, on les appelle les hommes du Milieu. Pourquoi du Milieu ? Ben, parce qu'ils sont au milieu de toutes les affaires, au milieu de toutes les histoires de la ville, et qu'ils sont persuadés que, sans eux, le monde ne pourrait pas tourner rond. Max saisit la balle au bond. Et les hommes du bar, comme le Tany, ils font partie du Milieu ? Oui, Tany et ses amis font partie d'une équipe de Napolitains, des fous, prétentieux, mais vraiment capables de tout. Sauf d'emmerder les Corses. Ce ne sont pas les seuls à Marseille, non. Il y a aussi des groupes d'Arméniens, des Grecs, et bien sûr des Corses qui gèrent leurs affaires le plus souvent en famille. C'est quoi, les affaires ? Jeannot sent la curiosité de Max s'amplifier comme chaque fois qu'il vient l'enquiquiner sur la terrasse du bar, après la lecture par Léon de ce satané journal. Et c'est quoi, un journal satirique ? Et c'est quoi, l'Assemblée nationale ? Et c'est quoi, un député ? Et c'est qui, le vrai maire de Marseille, Gaston ou Nicolas ? Une avalanche s'abat sur le pauvre Jeannot dont l'éducation civique s'est arrêtée à la compréhension d'un autre milieu aux contours invisibles. Le Sicilien est même obligé de planquer *Le Canard enchaîné* pour que Max ne puisse le mitrailler de quoi, quoi, quoi, quoi !

Jeannot n'a pas le temps de répondre à la question du minot. Marthe a passé la tête par la fenêtre. Max, la soupe est prête ! Jeannot prend la main du petit. Je te raconterai tout ça plus tard, Petit Belge, allez, va, et ne dis rien. Max regarde son grand copain qui fonce dans la nuit vers le bar de Léon. Il pense alors que Jeannot n'a pas compris. Jeannot peut très bien raconter à Franck l'incident de l'après-midi. Je m'en fous. Au contraire, je sais que, lui, il me protège. Max se met à parler à voix haute comme si le Sicilien était resté là. Jeannot, ne parle à personne des Cadillac, du Grand Hôtel, à personne, tu m'entends ! Et surtout pas de. Le mot lui reste dans la bouche. Comment c'est son prénom ?

Jeannot se retourne vers l'atelier et voit le gamin disparaître dans l'ombre du couloir. Il s'arrête pour allumer une cigarette, une blonde d'Amérique. Il a pris le même geste que son père, Pipo, la même façon de tenir sa cigarette entre le pouce et l'index. Jeannot n'a pas réussi à confier son secret à Max. Je t'ai sauvé la vie, deviens mon petit frère. Jeannot regrette. Il aurait dû lui dire aussi combien il l'aime, comment il a fait pour intervenir aussi vite, lui dire qu'il est passé chez Léon et que ce dernier a crié. Oh, t'as les petits qui te cherchent ! Ils sont descendus vers le Vieux-Port, et ça m'étonnerait pas qu'ils aillent faire les cons sur la terrasse de Dédé, ça, c'est bien possible ! Il aurait aimé lui dire qu'il avait entendu la voix de son frère lui dire. Cours, cours, vite, ils sont en danger. Il aurait voulu lui dire que cette voix les avait sauvés, et que tout ça, c'est grâce à la Bonne Mère qui veille sur le petit disparu. Bien sûr, Jeannot lui aurait menti. Comment Max aurait-il pu croire à l'histoire des jumelles, du bateau, d'Éva, du train, des signes ? Le Sicilien en aurait profité pour lui avouer un bout de son secret, lui dire enfin ce qu'il avait réussi à savoir. Lui dire que son jeune frère n'est pas mort d'une maladie subite mais sous la torture. Oui, sous la torture ! À dix ans, quand on vit à la dure, on est capable de comprendre ce mot barbare. Lui dire que son frère avait été enlevé par des hommes sans pitié pour une sombre histoire de dette, un compte non réglé par son père lorsqu'il travaillait sur le port de Gênes. Lui dire que son père avait préféré abandonner le gosse aux mains des bourreaux pour sauver ses trois autres fils de la vendetta. Lui dire qu'ils se sont réfugiés ici à Marseille, tout près de la gare, pour prendre le premier train au cas où les assassins retrouveraient leur trace. Enfin, il aurait peut-être eu la force, malgré les larmes qu'il n'aurait eu de cesse de ravaler, de lui parler de cet homme au manteau. Des Cadillac. De lui ouvrir les derniers tiroirs de sa malle secrète.

Jeannot a jeté la cigarette sur les rails.

Le vélo a glissé sans bruit, comme les Cadillac sur la Canebière.

Le cycliste a jeté la lame sur les rails.

Vous êtes tous morts !

Chapitre deux

Le Comité

8

Max n'a pas repris de soupe. Pas faim. Sa discrétion est inhabituelle. Lui qui chahute son frère, s'exerce aux pires grimaces dans le dos de ses sœurs, et commence à tenir tête aux propos de son père, lui qui oblige tous les soirs sa grande sœur à lui faire les devoirs. Si tu fais pas mes devoirs, je dis à Boby que tu es amoureuse de lui ! Lui, le Petit Belge, n'a pas d'appétit. Et quand ses sœurs sautent sur l'occasion pour le narguer, il ne tente même pas de répondre. Je vais au lit. Allongé sur le dos, les mains posées sur le ventre, Max est longtemps resté les yeux ouverts, obsédé par la grâce de la dame au pantalon. De ses yeux bleus. Jamais il n'a éprouvé une telle sensation de chaleur sous le ventre, et c'est bien la première fois qu'il voit son drap se gonfler de bonheur.

Le lendemain matin, Max retrouve Martin sur le chemin de l'école. Plus de deux cents gamins forment la transhumance de l'école communale. En passant devant l'école des curés, un énorme croassement envahit la rue. Une sage guerre contre les grenouilles de bénitier. Dans le tumulte, les deux gamins ont décidé. Messe basse. On ne dit rien aux copains. Après l'école, on ira voir Jeannot chez Léon. Il nous dira ce qu'il faut faire. Max a regardé Martin dans les yeux. Tu dis rien, tu le jures ? Martin a hoché la tête. Durant la matinée, Martin a noté les absences de son voisin de pupitre. Pourquoi n'a-t-il pas répondu à la question sur la leçon d'arithmétique ? Martin a suivi Max qui se dirige vers le coin de la pièce. Le maître a haussé la voix. On ne rêve pas en classe ! Que cela serve de leçon a tout le monde ! Max aurait dû se retourner au moins une fois pour déranger le cours. Il n'a rien fait. Il a même oublié de rejoindre sa chaise, les dix minutes de punition passées. Lors du déjeuner, Marthe a essayé de lui parler. Pourquoi ne manges-tu pas ? Rien à dire. Je n'ai rien à dire. Laissez-moi ! Max a laissé son cartable chez Léon. Je n'irai pas à l'école. Je n'irai plus à l'école. Léon n'a rien dit. Le Petit Belge est descendu en courant, seul, vers le Vieux-Port. Il est resté au coin d'une rue, à deux pas du Grand Hôtel. Elle ne peut pas être partie. Max a pris le temps d'observer le manège des grooms, et d'assister pour la première fois de sa vie à la parade des gens riches. Du luxe. Comment font-ils pour être aussi riches, aussi beaux ? Pourquoi les femmes sont presque aussi belles que ma dame à moi ? Son regard a balayé les environs de l'hôtel. Que ça à foutre. Attendre. Regarder. Pour jouer avec le temps, il s'est pris pour un policier. Les méchants doivent être cachés dans la voiture grise. Max est surpris. Pourquoi les deux hommes attendent sur la banquette arrière ? D'autres individus viennent leur parler. Reprennent leur place dans le grand hall. Bizarre. Soudain Max reconnaît le père de Jeannot, Pipo, le copain de son père. Pipo monte les marches. Il est encadré par deux inconnus aux lunettes noires. Une heure après, il n'est toujours pas ressorti. Bizarre. Seule sa dame manque à l'appel. Max commence à s'ennuyer. Le jeu du policier ne l'intéresse plus. Pense à sa mère. Max imagine sa Marthe, avec des chaussures à talons, une gabardine couleur saumon jetée sur les épaules, descendre d'une limousine. Coiffée d'un chignon de beauté qui ferait briller ses yeux noirs, des boucles en or aux oreilles, elle disparaîtrait dans le hall de l'hôtel. Un jour, maman, un jour. La voiture grise n'a toujours pas bougé. Ni les hommes. Max s'est assis sur un cageot vide. Il imagine déjà ce jour de grand soleil où, accompagné de la belle dame, il descendra d'une Cadillac sous les flashes des reporters. Je serai galant, comme Jeannot. Je donnerai aussi la main à ma mère.

Je les inviterai dans ma suite.

Les jambes engourdies, il décide de faire quelques pas devant les marches. Voir de plus près. Peut-être essayer d'entrer. Une Traction avant blanche se gare devant les marches du Grand Hôtel. Moteur allumé. En un coup de vent, sa dame dévale les marches et s'engouffre dans la voiture. La Citröen descend vers le port, suivie doucement par la voiture grise. Max ne sait plus quoi faire. Il court. S'arrête. Court. Les voitures se sont volatilisées. Intrigué, Max rejoint le bar de Léon, remontant les escaliers de la gare. Max a le souffle coupé. Il passe la porte du bistrot et s'étale sur la première chaise. Léon a le *Canard* entre les doigts. Reprends ton souffle, petit. Que se passe-t-il ? Max passe derrière le comptoir et boit un grand verre d'eau. Léon, je peux te demander quelque chose ? Léon tourne une page. Tu vois pas que je lis. C'est important, Léon. Quoi ? Voilà, j'ai vu une femme très belle en passant devant le Grand Hôtel et je voudrais savoir si tu la connais, si tu peux me dire son nom. Léon sourit. Oh, petit, tu serais pas tombé amoureux, des fois ? Il lisse sa moustache. Ah, des belles femmes à Marseille, c'est pas ce qui manque, mais faudrait que tu m'en dises un peu plus sinon tu vas repartir bredouille ! Alors ? Max décrit son icône. Elle est assez grande, belle, magnifique. Des yeux bleus. Un pantalon pour faire du cheval. Elle est avec un homme qui doit avoir beaucoup d'argent et, ah oui, ils ont trois Cadillac avec plein d'hommes habillés en noir. Léon pose le *Canard* sur la table. Pas terrible comme description, crois-moi, des Cadillac au Grand Hôtel, on en voit souvent mais, dis-moi, cherche un peu, t'as pas un autre détail ? Si, y a pas une demi-heure, elle est montée dans une Traction blanche. Léon fixe Max par-dessus ses grosses lunettes qu'il chausse pour lire le journal.

Il se lève brusquement et prend Max par la main. Viens.

Ils passent une porte, montent deux marches et entrent dans une salle enfumée. Des hommes jouent aux cartes.

Max compte machinalement quatre jeux de cartes et seize chaises. Table de quatre. Max pénètre pour la première fois dans l'antichambre du jeu et des tables rondes qui font la gloire de Léon dans le quartier. L'un des plus grands clandés de la ville. Jusqu'alors, Léon lui avait toujours refusé d'entrer. C'est pas pour les gosses, ni pour les caves. La salle est réservée aux habitués, triés sur le volet. Un décor simple où le velours bleu nuit posé sur les tables en bois offre le plus grand confort aux chutes des cartes. Et des liasses de billets. Dollars, marks, francs suisses.

Léon se dirige vers la table du fond, attend la fin de la partie en rongeant ses ongles. Murmure à l'oreille d'un homme. Max ne peut apercevoir son visage, la face ombrée par le rebord du chapeau noir. L'homme se lève et ordonne à Léon de le suivre. Léon reprend le gamin par la main. Toi aussi. Ils sortent du bar, entrent dans une voiture et prennent la direction du Vieux-Port. Devant le Grand Hôtel, l'homme se tourne vers Max. Le gamin recule, impressionné par la longue cicatrice qui déchire le menton anguleux. L'homme avale un bégaiement. Cet hôtel, petit ? Max hoche la tête. Oui, c'est celui-là. L'homme balafré sort de la voiture et se dirige vers le groom, planté au bas des marches. Ils échangent quelques mots, puis le chauffeur revient derrière le volant sans mot dire. Après avoir réfléchi quelques instants tout en allumant une cigarette brune, il se tourne vers le Petit Belge, assis sur la banquette arrière. Elle s'appelle Éva. C'est tout ce que tu voulais savoir ? Max est toujours impressionné par le regard noir du balafré. Il aurait aimé pouvoir laisser filer un non mais la syllabe n'est pas sortie. Max ne sait toujours pas ce qui l'a poussé à nouveau devant l'hôtel, pourquoi l'autre homme a quitté si vite la table de poker. Max prend peur. Que me veut-il ?

Sur le chemin du retour, la voiture fait un crochet par le quartier du Panier et s'arrête devant un magasin de chaussures. Max suit les pas des deux compères. Serre comme eux la main d'une jeune employée. Entre dans une pièce sombre où des rayonnages supportent des colonnes de boîtes cartonnées. Un homme aux grands pieds s'avance et tend les bras au balafré. *Abraccio*. Max connaît l'importance de l'accolade des bergers de l'île de Beauté. Confiance. Les deux hommes échangent quelques mots en corse. Léon se baisse à la hauteur des yeux de Max. Reste là quelques minutes, petit, on va aller dans la pièce à côté pour discuter d'une affaire. Tiens-toi tranquille pendant ce temps, d'accord ? Le trio disparaît derrière un rideau noir. Seul un filet de voix parvient aux oreilles du gamin. Max ne peut s'empêcher d'avancer vers le rideau sur la pointe des pieds. Trouve un trou d'épingle dans la toile. Découvre les chaussures des trois hommes qui forment un « y ». Max retient un gloussement d'exclamation. Les noires vernies, les plus petites, sont au balafré. Il les reconnaît. Mais le plus étonnant, ce sont les talons. Au moins dix centimètres ! Max n'en revient pas. Pourquoi se rehausser ? Max discerne désormais la plupart des mots échangés de l'autre côté du rideau, sauf ceux, souvent exclamatifs, de l'idiome corse. Max a du mal à comprendre. Le vocabulaire n'est pas celui de ses camarades, ni celui de Léon. Les hommes parlent un jargon d'un autre monde. Liban. Chemises. Pharmacie. Cousin. Soie. Lin. Max tente juste de mémoriser l'une des dernières tirades du balafré. Facile. Si on arrive à trouver le cousin, on trouvera la soie, et peut-être même la pharmacie. Je vais arranger le Libanais.

9

Ce dernier entracte a perturbé le comportement habituellement enjoué de Max. Il n'a pas perdu son inusable énergie mais il est comme sonné par ses dernières péripéties dans l'univers obscur des adultes. Et puis, il y a cette longue absence de Jeannot, son grand copain qui a disparu, depuis maintenant quatre mois. Max ne comprend pas. Il peut désormais passer la porte du poker, avec la bénédiction de Joseph le Balafré, mais les paroles entendues autour des tables rondes restent énigmatiques. Alors, il se rend utile, bouge, et n'hésite jamais à perturber les parties, malgré les remontrances de tonton Léon. Court acheter des paquets de cigarettes pour recueillir de larges pourboires. Reste des heures, silencieux, à observer l'étrange jouissance des joueurs à découvrir leur dernière carte. À compter quelquefois les sommes astronomiques qui nappent le tapis bleu nuit. Max aimerait ressembler à ces hommes de confiance qui vont et viennent, les valises bourrées de billets, surveillent les tricheurs, les revolvers à portée de main. Et comment ne pas être émerveillé devant cette émeraude, fraîchement débarquée de Colombie, qui a servi de banque à l'un des plus gros coups de bluff de la vie du clandé de Léon ?

La porte du poker de Léon est connue de toute la région. Ceux du comptoir, qui n'y sont jamais admis, avancent même de toute la Méditerranée. Léon reçoit les plus grands joueurs de passage à Marseille, des banquiers suisses aux stars du show-business, des policiers de haut grade aux pires trafiquants internationaux. D'autres, recommandés par des pairs influents, y passent pour apprendre. Comme ce jeune homme aux yeux verts, appelé le Pistachier, qui ne pense qu'à devenir le plus grand acteur du cinéma français. Mais point d'Éva. Ni de Libanais. Joseph le Balafré est le garant de Léon. Sa sécurité, son authenticité, sa notoriété. Léon assure la discrétion et la protection du lieu en échange d'une cotisation que les joueurs doivent donner à chaque tour de cartes. Max, au fil des jours, comprend la présence apparemment inutile de quatre hommes accoudés au zinc, toujours prêts à intervenir. Mais ce qu'il ne saisit pas, ce sont ces policiers de Marseille qui viennent serrer la main de Léon, toujours à l'heure de l'apéritif. Max l'a demandé vingt, trente fois à Léon mais le patron n'a jamais répondu. Jusqu'au jour où, excédé, il lui a répliqué d'un ton sec. C'est pour les orphelins de la police. T'es content ?

Malgré l'attention grandissante de Joseph, Max ne peut se détacher du fantôme de Jeannot. Depuis qu'il l'a quitté devant l'atelier, personne ne l'a revu, ni Léon, ni son père.

Personne. Pipo porte depuis le masque du malheur. Devant ses amis, il garde son sang-froid, reste optimiste. Il reviendra un jour au bras de l'une de ses conquêtes, il est comme moi, combien vous pariez ? Peut-être est-il parti vers Gênes sur les traces de son grand-père, jadis souteneur dans les quartiers ouvriers, qui sait ? Mais en privé, seul avec sa femme, sa plus fidèle conseillère, il tremble. Ils m'ont retrouvé ! Ils veulent me rendre fou ! Tuer toute ma descendance avant de me buter comme un chien. Pipo tremble pour son dernier garçon. Réfute d'un revers de main la rumeur qui court dans les rues phocéennes. Tany aurait lui-même puni l'affront du jeune Sicilien. L'impétueux Napolitain, le petit des Canards, des Narcas, se serait vengé le soir même. Certains l'ont même entendu dire. Je l'ai saigné comme un sale cochon. J'ai découpé le corps de Jeannot en morceaux avant de le jeter dans les calanques. La rumeur prétend aussi que Tany n'a pas attendu l'accord de son père, le conseiller écouté des Napolitains marseillais. Que c'est Gaby, l'ombre de l'ombre de l'héritier, qui s'est chargé de l'égorger. Tany, lui, ignore. Personne n'a été témoin du crime. Et chacun y va de son écheveau. Léon ne colporte rien ou si peu. La rumeur, petit, n'est jamais bonne à dire. Pas plus que la vérité.

Ce tapage autour de Tany ne console pas la blessure du Petit Belge. Loin s'en faut. À l'école, il n'est plus le camarade espiègle, ni l'écolier turbulent qui a régenté la cour de récréation. Il ne réagit presque plus aux insultes, ni aux menaces proférées par l'entourage de son éternel rival, Emmett le Grec. Enfin presque.

Emmett profite de l'indolence de Max. Il lui ordonne de lui remettre le louis d'or. Max ne le regarde même pas. Casse-toi, tu m'emmerdes. Vexé, Emmett le jette à terre. Alors, lavette, t'as tes règles ? Max se relève d'un bond. Le défi n'est plus dans le geste. Il est désormais dans les mots. Max se rapproche. Écoute, gros lard, écoute bien le Belge. Si tu crois que je vais te filer ce cadeau, alors, là, tu te trompes ! Mais comme tu es joueur, on va se la gagner aux enchères, d'accord ? Emmett l'observe de longues secondes sans voix. Il ne sait quoi répondre. Ne sait même pas ce que le mot enchères veut dire. Emmett ne doit pas perdre la face devant le cercle de copains. Je vois que tu n'as pas perdu ta langue, on croyait tous qu'on te l'avait coupée, à moins que. À moins que quoi ? coupe Max. À moins que ça soit la belle femme du Grand Hôtel qui te rende malade, heing... Qu'en penses-tu, Martin ? Martin regarde le bout de ses sandales. Max n'est pas surpris. Martin a toujours eu la faiblesse de se ranger sous une grande gueule. Max se rapproche d'Emmett, plus grand et plus bâti que lui, et lui montre la pièce. Il a soudain abandonné l'idée de mettre la pièce aux enchères, l'idée de ce jeu stupide de gosses qui consiste à pisser le plus loin dans la mer, du haut de la Corniche. Il cherche la force dans les yeux en amande d'Éva et prend à témoin les garçons de l'école. Dit. Celui qui osera parler à la belle dame aura la pièce. Max voit les joues de son adversaire rougir. Il l'a attaqué sur son point faible, sa timidité, les filles. Les deux jeunes coqs ont vite appris. C'est toujours celui qui lâche le dernier mot qui remporte le match de l'improvisation verbale. Un peu faible, ton pari, Petit Belge, mais je prends.

L'attroupement intrigue le directeur de l'école. Il traverse la cour et s'approche sans bruit du groupe. Joue des coudes pour franchir les rangs serrés des écoliers, et reste bouche bée lorsque Max, le regard électrisé par l'enjeu, répond à Emmett devenu pâlot. Tu peux te dire que tu as déjà perdu, Emmett, car tu vois, j'en rêve toutes les nuits, de ses yeux, de son corps, de ses draps qui se soulèvent, et sachez-le, sachez-le tous, elle sera ma femme et pour vous faire taire tous, s'il le faut, je deviendrai le général de Marseille ! Dans la seconde, Max se met à courir vers le grand portail en fer forgé, le pousse et disparaît dans le quartier de la Belle-de-Mai, la main serrée sur son louis d'or. La terrasse de Léon en vue, il s'arrête pour reprendre son souffle, la main droite collée contre son cœur. Il sent les à-coups frapper sa poitrine et ne peut se dégager de l'image d'Éva sur les marches de l'hôtel. Cette obsession le rend fou. Je suis trop petit, trop pauvre. Je ne pourrai jamais la rencontrer, jamais lui parler. Il me faut devenir riche, très riche, comme l'homme au manteau, comme Joseph. C'est la seule solution. Joseph m'aidera. Il m'apprendra les règles du Milieu, me protégera. Je vengerai Jeannot. Je sortirai ma famille de la misère. L'école, les bonnes manières, tout ça, j'y crache dessus !

Le directeur n'a pas eu le temps d'intervenir. Max est déjà loin. Il n'ignore pas qu'un gosse qui traîne chez Léon a peu de chances d'échapper à la pression sociale du Milieu. Aux sirènes de l'argent. En ces temps de vaches maigres, où la ville sort à peine des tickets de rationnement, où la contrebande n'a jamais été aussi florissante, Lucien a bien du mal à raisonner ses gamins. Comment leur faire comprendre que le trafic est un délit quand tout le monde en profite ? Drapé dans son rôle de père Fouettard, il condamne le chapardage général, fustige les gains immoraux qui débordent des poches des trafiquants ou des proxénètes. Il en sait trop. Mais que peut-il faire ? Dénoncer les crimes impunis ne mène à rien, si ce n'est à sa propre perte. Lui-même, n'a-t-il pas pris les armes pour soutenir ses amis syndicalistes lors des grèves des dockers ? N'a-t-il pas dénoncé, du haut de son perchoir, les trafiquants corses à la solde des Américains qui ont tiré sur leurs propres frères ? Ne ferme-t-il pas les yeux lorsqu'un patriarche corse lui donne des liasses de billets pour aider à l'éducation des enfants du quartier ? Pourquoi continue-t-il à recevoir ces hommes qui font trembler patrons de bistrot, directeurs de casino et hommes politiques et qui ne s'embarrassent point de morale pour expédier du venin aux Américains ?

11

Dans l'avion pour Beyrouth, Joseph repense au Petit Belge, un léger pincement au cœur. Cela fait deux semaines qu'il a quitté Marseille. Paris, Tanger, Francfort, à nouveau

Paris, et aujourd'hui Beyrouth. Les avions, les palaces, le luxe. J'ai tout ce que je veux. Je peux tout acheter. Sauf le rire d'un gamin. Joseph n'a jamais pu gagner la confiance d'une femme de caractère pour assurer sa descendance. Alors, quand Éva lui a demandé de veiller sur Max, il s'est pris au jeu. Éva n'a jamais voulu de lui et il a toujours respecté son veto. Max est leur fils virtuel, adopté, protégé. Éva a demandé à Joseph de le jurer en corse. Il ne doit se douter de rien. Si le gamin n'avait pas voulu connaître le prénom de la belle dame, le Balafré ne serait pas dans cet avion. Pire, il aurait croisé la mort. Et cette idée le fait frissonner. Jusque-là, il s'est sorti vivant de bien des embuscades, depuis ses premiers coups de feu sur la plage des Catalans jusqu'à cet interminable règlement de comptes qui déchire la communauté corse. Qui aurait pu deviner que le détournement de milliers de caisses de cigarettes sur un cargo hollandais, le *Combinatie*, déclencherait une telle vendetta ? Sans ce déplacement instinctif au Grand Hôtel, il n'aurait jamais su que le Libanais était à Marseille pour ouvrir une nouvelle route « de lin et de soie ». Ce plan prévoyait en effet sa propre élimination, savamment maquillée sous le sceau de la vendetta corse. Son ami chausseur du Panier, l'une de ses grandes oreilles, avait mené une discrète enquête. Je le tiens de ses proches, Joseph, cinq sur cinq. Le père Zampa est dans le coup. Pourquoi le conseiller napolitain veut-il enfreindre les décisions du Comité ? Joseph n'a pas répondu aux grandes oreilles. Il faut toujours se méfier des grandes oreilles.

Joseph était allé voir Mémé et Antoine.

Éva avait joué le jeu.

Depuis la fin de la guerre et la découverte de trois cents kilos d'opium par les douaniers marseillais, puis l'arraisonnement du *Sainte-Hélène* dans le port de Sète, Samy le Libanais sème la zizanie. Il s'obstine, s'obstine, prend des baffes. Il faut anticiper. Diversifier les modes de transport d'opium et de morphine-base. Il faut brouiller les cartes des flics. Trouver d'autres intermédiaires. Diviser pour mieux régner. Samy avait insisté pour être invité à la réunion du

Comité à Damas. Les trafiquants corses avaient juste ri. Mauvais signe. Comme quand les Siciliens rient ! Mauvais signe. Tu as beau être chrétien, maronite, je-sais-pas-quoi, t'es d'abord un étranger, un du Proche-Orient. Sois content qu'on te parle, qu'on te tue pas comme un chien. Samy avait voulu protester mais il avait pris une baffe. Avertissement. La prochaine fois, évite de m'énerver de bon matin. Mémé avait conseillé Antoine. Il faut lui trouver une femme, à nous. Sinon, il va nous faire marron, le Libanais. Marcel a besoin de lui.

Pour les banques. Le canal de Suez. Les cercles. Les relations.

Harouk est le chef de la garde rapprochée de Samy, un homme d'affaires avisé. Entouré de trois gardes du corps, Harouk attend son vieil ami corse au pied de l'avion. Joseph a horreur de se plier aux formalités douanières. Les hommes s'embrassent. Un garde ouvre la porte d'une longue Cadillac de couleur blanche. Harouk ouvre le bar miniature et sert deux verres de whisky. Comme d'habitude, ils filent vers l'un des quartiers généraux du Comité, le Joe's Bar. Joseph sent un frisson lui courir l'échine. D'où vient ce froid, Harouk ? Harouk détache les syllabes. Cli-ma-ti-sa-tion. J'ai signé le monopole de l'importation, il y a à peine trois mois, juste avant l'été. C'est le dernier bijou de l'industrie automobile américaine. Je les vends comme des petits pains aux nouveaux princes du pétrole du golfe Persique. Il boit une gorgée. Satisfaction. Demain, un cargo va débarquer cinquante voitures. Je dois t'avouer que je suis un peu nerveux. Joseph connaît l'esprit d'entreprise de son vieil ami. Méfie-toi, tu vas faire trop de jaloux, et un jour. Joseph passe la main à la hauteur des carotides. Joseph n'est pas venu au Liban pour s'extasier sur les progrès de la technologie, ni pour applaudir aux dernières folies des Bédouins du désert. Avant de prendre son envol en première classe, Joseph avait envoyé un câble à son ami, qui finissait par un mot codé – « chamo » – signifiant que le péril était presque dans la demeure, tout au moins sur la route du « lin ». De l'opium.

La Cadillac franchit un contrôle de l'armée sans s'arrêter. Joseph hésite. Harouk est-il au courant de la présence de Samy à Marseille ? A-t-il participé à l'envoi des cinquante kilos de la Cadillac ? Joseph et Harouk ont été placés par Lucky Luciano aux côtés de Samy le Libanais pour le surveiller. Le capo sicilien a toujours pensé que cet opportuniste le doublerait à la première occasion. Et en premier lieu avec les Napolitains, la Camorra. Joseph est chargé de gérer la logistique du trafic sur la Côte d'Azur et de veiller sur les hommes de Zampa. Harouk, lui, a brillamment réussi sa mission. Devenir le chef de la garde rapprochée du Libanais. Pour le féliciter, Luciano avait fait jouer ses relations pour lui offrir la licence d'importation des Cadillac. Joseph hésite. Harouk aurait-il pris le risque de s'associer avec Samy et les Napolitains ? Harouk parle des princes du pétrole. Certains seraient intéressés pour assurer la banque de plus importantes expéditions. Joseph écoute d'une oreille. Pense toujours. Chamo. La limousine contourne la place des Canons. Harouk note la discrétion du Corse. Va droit au but. Quel problème t'amène au pays des changeurs d'or ? Joseph regarde les buildings des banquiers de l'or noir. Il y a un problème qu'il nous faut résoudre, tous les deux, seulement tous les deux. On verra par la suite s'il faut en rendre compte à Luciano. Harouk hausse le sourcil droit, caresse sa barbe d'une main hésitante. Boit d'un trait le second verre de malt. À ma connaissance, le problème, ce sont les Turcs ! Il y a de la révolution dans l'air ! Sais-tu que nos producteurs de pavot turcs ont décidé de s'unir pour entamer de nouvelles négociations ? Ces incultes disent être au courant des prix de la came en Amérique. Ils disent qu'on les exploite, qu'ils prennent de plus en plus de risques pour faire passer les caravanes en Syrie. Je suis sûr que les Syriens sont dans le coup, qu'ils leur montent la tête pour augmenter leur bakchich. Et si tu veux mon avis, les Syriens sont en train de préparer un mauvais coup.

Joseph a toujours les yeux qui courent dans la ville et montent vers les gratte-ciel toujours en construction. Je n'ai que faire des revendications des producteurs, je m'en fous. Le problème, c'est pas les Turcs, c'est Samy. Il faut que tu saches exactement ce que Samy manigance sur Marseille, et il faut que nous prenions une décision avant de nous montrer au Joe's Bar. Harouk fait signe au chauffeur de s'arrêter. Le temps est décompté.

Joseph raconte. J'ai fait suivre Samy et Éva dans Marseille par mes hommes. Ils ont vu Éva monter dans la Traction blanche du père Zampa. Samy, de son côté, a rejoint la jeune femme et le Napolitain à l'hôtel Normandie en empruntant une porte de service. Incognito. Grâce à Dieu, le barman, un ami de l'île, a réussi à les écouter discrètement. Le couple est venu surveiller la livraison d'une Cadillac, comme la tienne, sur le port de Marseille, pas climatisée, du moins je l'espère, mais flanquée de cinquante kilos de morphine-base. Je te laisse deviner à qui elle est destinée. Le lendemain, Samy a envoyé Éva sur le port pour prendre possession de la bagnole. Mais elle est arrivée trop tard. Harouk est surpris. Trop tard ? Et devine ! Tu vas pas me dire que c'est toi qui. Joseph prend une nouvelle rasade de whisky. Non, ce n'est pas moi qui ai donné l'ordre.

Harouk connaît la puissance du clan des Calenzanais sur Marseille. Antoine, Mémé et bien d'autres, tapis dans l'ombre. En un claquement de doigts, ils peuvent faire brûler les docks de Marseille. Ils contrôlent le poumon de la région, manœuvrent les syndicats, manipulent les hommes politiques. Alors voler une voiture... Harouk a toujours en mémoire cette sentence d'un vieil homme du Milieu. Celui qui contrôle l'opéra tient la ville. Celui qui contrôle le port tient la région. Et celui qui contrôle les deux tient la France. Harouk a pris graine. Antoine lui a expliqué un jour, au bord d'un lac en Suisse. C'est simple. Il faut que tu parviennes à faire comprendre aux entreprises qui sont sur le port que tu es le seul à pouvoir assurer leur sécurité. Et la sécurité, pour les entreprises, c'est pas le vol, elles sont assurées par d'autres escrocs du légal, non, c'est la paix sociale. Et cette paix-là, elle s'achète. Tu comprends ?

Harouk a bien compris. Et là, dans la limousine, il n'a pas de mal à imaginer le partage. La morphine-base pour les douaniers, pour la caisse noire, et l'argent de la Cadillac, vendue au premier garagiste, pour les dockers.

Harouk semble sincère. Je ne suis pas au courant. Je te jure. Que penses-tu faire ? Joseph a longtemps réfléchi. Voilà mon avis. Samy ne sait toujours pas que je suis au courant de son affaire avec les Napolitains, et tu sais que nous devons garder de bonnes relations avec eux. Samy ne doit jamais savoir que nous sommes derrière ce vol, et surtout pas mettre Éva en péril. Mes hommes ont laissé cinq kilos aux douaniers. Avec le reste, on a une arme entre les mains. Tu piges ? Harouk ne suit pas.

Le Balafré poursuit. Voilà ce que je te propose. Je vais m'occuper personnellement de mettre les stups sur le coup, quarante-cinq kilos de base, c'est toujours bon pour les statistiques. Joseph allume une cigarette d'un geste lent. Je crois que le moment est venu d'en finir avec Samy et ses producteurs de la Bekaa. On peut faciliter le boulot des flics français et j'en connais, à la direction, qui ne demandent que ça. Le moment est venu de travailler avec Raman. Et toi. Harouk opine. Donne l'ordre au chauffeur de redémarrer. Harouk n'est pas surpris. Le Balafré porte peu d'estime à Samy. Il a toujours regretté d'avoir poussé Éva sur les genoux de Samy au Café de Paris, décision prise avec Mémé et Marcel. Et grâce à Raman. Même si Joseph le Corse a assisté au mariage fastueux du maronite et de sa protégée à Chypre, au grand dam des Bédouins du Golfe, il a gardé la même fascination pour la jeune chanteuse. En lançant les flics sur les traces du Libanais et dans le camp des Napolitains, Joseph retrouvera son Éva.

Et, pour l'occasion, venger Jeannot. Pour Max. Corriger Tany.

Harouk sait par ailleurs que les familles de la Cosa Nostra se déchirent autour du trafic d'héroïne. La blanche perturbe la paix sociale des Américains. La question brûle le sang de Luciano. Faut-il continuer à vendre la drogue aux États-Unis ou freiner les importations en provenance des laboratoires français ? Le débat divise la mafia sicilienne. Les derniers succès de la Company, le bureau des narcotiques, ont montré les limites du système de protection de membres influents du Congrès. Et de la corruption. Les hommes politiques sont montés en première ligne contre ce nouveau fléau de l'Amérique, justifiant cette vague de répression. Mais Harouk n'est pas sot. La seule volonté du président américain ne pourra stopper la course aux profits du Comité. Les milliards de dollars fabriquent trop de courtisans et le poids des fleurs de pavot ici, au Proche-Orient, et déjà en Asie centrale, en Chine et dans les confettis des empires occidentaux, participent au financement d'opérations gigantesques. Sans parler du haschisch. Chasse aux sorcières. Zones rouges. Péril jaune. Le Liban est au centre. Incontournable. Harouk en est persuadé. Si les Siciliens décident de vendre moins de came, les prix vont flamber. Au mieux, relancer les contacts avec les Portoricains, les Mexicains ou les Cubains. Au pire, en finir avec les Ritals.

12

Joseph note sur l'agenda. 30 septembre 1956. Milani. Joseph a convoqué son ami dans sa villa située au pied de la Bonne Mère. Milani est l'un de ses associés, comme le Corse en compte près d'une cinquantaine. Ce qu'il aime, c'est sa parfumerie. Joseph l'a chargé de la logistique sur le port de Marseille, du déchargement en pleine mer des marchandises, du choix des dockers. Milani est souvent au contact des Libanais. Il a appris l'anglais en côtoyant les Américains. Dès 1944, ils ont fourni l'essentiel de la contrebande sur le port phocéen. Essence, cartons de chocolat, cigarettes, or. Par la suite, Milani a assuré des opérations clandestines sur la Méditerranée pour le compte des familles corses. Avant de l'avertir de son projet, le Corse doit le mettre en confiance. L'amener en douceur à baisser sa garde. Milani, comme nombre de voyous, a pour habitude de vérifier plusieurs fois l'esquisse d'une affaire avant de s'y lancer corps et âme, quitte à passer par le filtre policier des indicateurs. En ces temps de règlements de comptes liés à l'affaire du *Combinatie*, chaque bandit corse peut tomber dans n'importe quel traquenard. Et les hommes du Milieu, même les plus expérimentés, ne veulent pas se laisser entraîner dans le scénario sordide d'une manipulation annoncée. Milani est vigilant. Être un homme de confiance de l'un des plus puissants contrebandiers de la Méditerranée a aussi un prix. Celui de disparaître avant lui. Sauf trahison.

Le maître d'hôtel cambodgien ouvre la porte. Joseph vous attend dans le salon. Milani suit le guide, les patins sous ses chaussures anglaises. Le patron est debout, face à l'immense baie vitrée, les jumelles en bandoulière. La vue sur la Méditerranée est unique. À gauche, les blanches calanques, les Goudes, puis la Corniche, le château d'If, et loin sur la droite les barques des pêcheurs de Niolon. Le salon est ovale, comme un ballon de rugby. La baie est arrondie comme le bar qui lui fait face. Joseph n'a toujours pas tourné les yeux vers son ami. Tu n'es pas à l'heure, Milani. Tu sais que je n'aime pas ça. Milani s'avance vers la baie. Une dizaine de tableaux semblent former des hublots. Les œuvres de Cézanne, de Braque et même de Derain représentent une seule image. Le port de l'Estaque. Joseph se retourne. Abraccio. Confiance. Ce sont les tableaux volés par Caputu aux nazis ? Joseph consent. Milani est toujours aussi impressionné par le salon. Magnifique, je reconnais que tu as du goût, Joseph. Mais ces patins... Le Balafré rit. C'est Hmong. Il trouve ça raffiné. Tu vois, cette villa, c'est l'aboutissement d'une vie merveilleuse. Mais je suis tout le temps à Tanger. Pourquoi tu n'en construis pas une ? Milani s'approche d'une photo. Joseph dit. Tu le reconnais ? L'homme a les cheveux longs, une barbe grillée par le sel, la peau tannée par le soleil. Non, je vois pas. Le Balafré tourne le cadre. Le même personnage, en costume trois pièces et borsalino. Luciano ! ça alors !

Joseph regarde Milani. Pourrait le reconnaître entre mille. Il a pris le petit Milani sous son aile quelques mois après la guerre. Joseph dirigeait une petite armée de jeunes Corses pour enregistrer des paris clandestins sur le champ de courses d'Auteuil. Il lui avait fait connaître quelques hommes du pouvoir, députés, sénateurs et autres marchands de bulletins, lui laissant en toute confiance la gérance d'un restaurant parisien. Milani avait acheté le casino du Mont-Dore, une sacrée affaire revendue le double à un pied-noir de Paris. Joseph y venait laver son bas de laine. En retour, Joseph l'avait intégré dans ses affaires comme l'un de ses associés. Temporaire. Le Corse avait importé cette technique des Indes. Ses hommes de l'art n'étaient plus rétribués en billets mais en marchandises. Libre à chacun de choisir. Payés en morphine-base, ils pouvaient revendre la marchandise à un chimiste ou formaient, à plusieurs, d'éphémères sociétés d'exportation d'héroïne. Une équipe. Le pot commun de morphine-base permet de produire plusieurs kilos de poudre blanche et de l'expédier vers le Mexique ou le Canada. Là, des hommes de la diaspora corse se chargent de la réception et de la vente contre un pourcentage. Pour Joseph, logisticien hors pair, ce mode de paiement offre un autre avantage. Orienter les policiers vers l'activité de ces petits groupes et bénéficier de la mansuétude des frères de la Résistance.

Joseph invite son ami à boire un apéritif corse. Alors, tu me mets au parfum ? Ils rient de bon cœur. Milani est d'abord un commerçant. Sa subite fortune dans la parfumerie fait des jaloux jusqu'aux portes de Grasse. Milani enlève sa veste, couleur vert pomme. D'où le surnom. Pom. Pom prend le Balafré au mot. Justement, il faut que je t'y mette, si c'est pas déjà fait. T'as entendu parler de la Cadillac de Samy ? Joseph lève le verre de vin Mariani. Non, pourquoi cette question ? Elle a quoi la Cadillac ? Pom se frotte les mains. Il y a plusieurs mois, en avril exactement, Samy et Éva sont descendus au Grand Hôtel. Jusque-là, rien d'anormal, sauf qu'ils ne m'ont rien dit. J'ai su par hasard qu'ils attendaient une Cadillac, chargée. Et tu sais que je n'aime pas que l'on me double, ici, chez moi, heing ? Le regard de Joseph s'est glissé sous ses épais sourcils noirs. Et tu veux me faire croire que tu n'étais pas au courant ? Milani n'est plus impressionné. Promis. Par contre, il se dit. Pom hésite. Il se dit qu'on leur a volé la voiture. On dit que c'est un coup de Zampa ! Joseph éclate de rire. Écoute, Pom, l'homme qui a fait le coup, tu l'as en face de toi. Milani manque de s'étouffer. Toi ? Oui, moi. C'est pour ça que tu es là. Pour que je te mette au parfum.

Le Corse raconte l'histoire. L'intervention d'Éva. Le voyage à Beyrouth. L'accord de Harouk. Milani siffle. Admiratif. Joseph se lève et arrête ses pas devant la baie. Il faut punir le Libanais, sans gêner les affaires de Marcel. Nous avons tous besoin des laveurs de dollars, de l'Intabank. T'as une idée, Joseph ? Ouais, une bonne idée. Il faut qu'il sache que le port de Marseille ne lui appartient pas encore. Et surtout pas s'il s'associe dans notre dos avec les Napolitains. Joseph lui indique la marche à suivre, le plan élaboré avec Harouk au Joe's Bar.

Le lendemain, Pom va boire un café chez Dédé sur le Vieux-Port. Il doit attendre le signal donné par l'un de ses hommes pour monter dans la Traction du père Zampa, comme chaque fois qu'il désire voir le Napolitain. Zampa se déplace toujours seul, sans garde du corps. Il a fait sa place ici, à Marseille, dans le quartier du Panier. Mais ce quartier devenu insalubre n'est qu'une planque pour le Napolitain, une pause dans sa longue vie de baroudeur. Comme Pipo le Gênois, il est condamné à mort par plusieurs groupes de voyous qui le recherchent à Conakry, Tanger ou Dakar. Des tueurs à gages seraient à ses trousses. Comme Pipo, il doit veiller à protéger sa descendance. Aussi a-t-il choisi de former son premier fils, Tany, à l'école des Canards, son propre banc, en l'envoyant à la capitale. Recommandé.

Le Napolitain a connu Joseph en Indochine. Ils furent associés dans une belle affaire de trafic de piastres, la monnaie locale. Grâce au Corse, il a été introduit dans les fumeries d'opium de Saïgon où se retrouvaient les puissants trafiquants des îles de la Méditerranée. Les fumeries servaient de base arrière à la mise en place des comités d'affaires. Les Français, bien sûr, y étaient majoritaires. Zampa y a croisé des dizaines de Corses, navigateurs en mer, trafiquants à terre. Mais point d'Union corse, point de système mafieux à l'italienne. Non, Zampa ne l'a jamais cru. Il connaît les *cosci*, ces familles siciliennes qui tissent la toile de la Cosa Nostra, ou les noyaux de la Camorra. Il fut plus surpris de rencontrer d'autres navigateurs beaucoup plus discrets. Basques, bretons, normands et catalans, des hommes qui, à leur manière, ont une conception tout aussi stricte de la protection de la famille. Et des affaires. Mais les Français ont dû faire face à une concurrence sauvage des Chinois et surtout des Russes, de plus en plus présents sur le marché des armes. Ils en ont perdu Diên Biên Phu, l'honneur et la guerre. Délaissant les Corses, trop impliqués dans des affaires d'espionnage et de magouilles ministérielles, Zampa a préféré s'envoler pour l'Afrique de l'Ouest. À Dakar, recommandé par un ami diplomate issu d'une grande famille de Biarritz, il a investi une partie de sa fortune dans des discothèques. Grand joueur, le Napolitain s'est associé avec d'autres Français dans les trafics d'or, de fausse monnaie, de pierres précieuses, et même dans la prostitution. Sous couvert de séminaires organisés par des francs-maçons parisiens, il organisait l'envoi des plus belles femmes d'Afrique noire dans les bordels d'Afrique du Nord et quelques châteaux discrets de la province française. Milani, quant à lui, ne s'est jamais associé avec lui. Zampa a choisi définitivement Marseille comme camp de base, délaissant ses intérêts dans deux bars parisiens. Pom l'a rencontré en 1953 aux côtés de son fils, Tany. Sous la férule des Corses, et de l'aura grandissante des Calenzanais, ils se sont retrouvés dans la rue aux côtés de Gaston, nouveau prétendant à la mairie. L'avocat socialiste avait été sauvé *in extremis* d'une violente manifestation des syndicalistes rouges. Par quel mystère le Napolitain avait-il été invité à cette campagne électorale ?

Milani a grimpé dans la Traction. La Traction blanche s'est arrêtée devant le bar des Italiens. Sur la terrasse, trois hommes lézardent au soleil, tels des iguanes solitaires. Zampa invite Pom à s'asseoir dans la cuisine autour d'un café italien. Alors, tu veux me parler, Pom ? Eh bien, je t'écoute. C'est au sujet des cinquante kilos de base, Napo. Tu as brûlé une étape. Zampa se lève brusquement et appelle, en patois napolitain, sa troupe de lézards. Les trois hommes font face à Milani, peu impressionné par les épaules tatouées des Napolitains. Ne fais pas l'idiot, Zampa, reprend calmement Pom. Je suis envoyé par Joseph et tu sais que tu n'as rien à craindre. Je suis ici pour te proposer un marché. Alors, assieds-toi, fous-moi tes iguanes dehors et ouvre grandes tes oreilles. Napo fait un signe de la main. Dehors. La garantie de son ami de Saïgon le rassure. Il boit par petites gorgées le café brûlant.

Le marché est simple, reprend Pom. Nous avons réussi à mettre la main sur les cinquante kilos. Si tu veux les récupérer, il faut que tu nous aides. L'homme aux cheveux ras pose sa tasse. Comment ? Pour ce coup-ci, on est prêts à te pardonner. Tout le monde fait des erreurs. Celui qui a commis la faute, c'est Samy. C'est lui qu'il faut punir. Arrange-toi pour faire revenir Samy à Marseille, au pire sur le territoire français. Nous, on se charge de le mettre dans les pattes des policiers parisiens. Zampa réfléchit. Il doit prendre une prime. C'est la tradition. Et en échange ? Milani enfonce le clou. Samy au frais, on t'associe avec nous. On a déjà l'accord des associés du Libanais, Harouk et Raman. Joseph les a retournés, il se porte garant.

Pom lâche la dernière cartouche. Si tu fais entrer tes amis de Sperlonga dans la danse, si on unit nos forces, nous pourrons convaincre les Familles siciliennes de ne pas jeter l'éponge aux États. Zampa est au courant du débat américain. Il dit. Pour Samy, je n'ai pas le choix. Et d'ailleurs, j'ai toujours pensé qu'il allait me refiler de la merde. Quant à mes amis, je ne peux parler pour eux. Mais je me ferai l'avocat de Joseph. Je lui dois bien ça. Je monte au plus vite sur Paris avertir mes amis, Marius en premier. J'inviterai l'un de mes condés de la Préfecture de police à déjeuner aux Trois Canards. Ne t'en fais pas, il veut monter en grade, revenir au plus vite sur Marseille.

Zampa voudrait demander à Milani quel sort est réservé à Éva. Mais se tait. Il verra plus tard. Comme Joseph, Zampa n'a pas apprécié le mariage de la belle avec le Libanais. Pour une autre raison qui ne regarde que lui. Milani se lève. Une jeune femme passe la porte de la cuisine. Oh, pardon ! Le Napo la rattrape par le poignet. Non, reste là, *cosa bella*. Il faut que je te présente. Milani. Flora. Flora. Milani. Voilà l'une des jolies femmes de ton pays, Pom, une petite merveille. Comment tu la trouves ?

Milani n'en croit pas ses yeux.

La sœur d'Éva dans les bras du Napolitain, ça alors !

13

Le mistral fait voler la mousse sur les vagues assourdissantes. Aucun bateau n'est sorti braver la mer froide et tempétueuse de ces premiers jours de décembre 1956. Joseph est paisiblement installé sur le rocking-chair, devant la baie. La douce balance est propice à la réflexion, les yeux absorbés par les nuages qui filent à toute allure dans le ciel. Samy est passé près de la correction. Le Balafré a lu les derniers rebondissements de l'affaire de Samy dans le journal de Gaston. L'éditorialiste du *Provençal* s'interroge sur l'arrêté ministériel qui a permis à Samy d'être expulsé vers le Liban. Joseph pense modestement que le patron de la rédaction aurait mieux fait de venir le voir. Lui, l'amoureux des peintres de l'Estaque, il lui aurait donné une leçon de géopolitique appliquée à la diplomatie. L'art de la vraie vie. Pas des amalgames. La mode est aux amalgames. On confond tout. Du haut de sa villa, Joseph semble tenir ce recul qui lui permet de manipuler les hommes, modeler le monde de l'ombre à sa guise, même s'il ne peut pas tout contrôler. Il lit la presse tous les jours. Peste chaque fois contre cette désinformation qui court dans les colonnes des quotidiens nationaux. De la pure propagande, indigeste, scabreuse. Comment les journalistes peuvent-ils encore croire à cette quête incessante de la vérité, une et indivisible ? N'ont-ils pas compris que la vérité compte autant de facettes que l'homme fabrique de mensonges ?

Le ciel se rouille. Le scénario a fonctionné à merveille. Sauf pour le dernier acte. Zampa a récupéré les quarante-cinq kilos de morphine. Un chimiste d'une société allemande a réussi à obtenir près de cinq kilos d'héroïne, dans une villa parisienne d'un diplomate brésilien. La poudre a été expédiée par bateau vers Rio de Janeiro à destination de Miami. En signe de reconnaissance, Zampa a donné une enveloppe à Joseph. Une liasse de dollars et un mot. Mes amis sont intéressés par ta proposition. Exactement ce que Joseph avait prévu en intégrant Zampa dans son scénario. Si les hommes de Luciano n'ont plus l'aval des Familles siciliennes, Joseph et ses associés feront appel à la Camorra, cette organisation criminelle spécialisée dans la contrebande, la gestion du monopole des fournitures aux administrations locales. Et les marchés de gros, bétail, viande, lait. Et bientôt latex. Zampa est formel. Mon fils sera à la hauteur. Son équipe commence à faire parler d'elle en France. On peut compter sur lui, Joseph. Zampa est informé régulièrement de l'enquête sur le réseau de Samy. L'inspecteur parisien a table ouverte dans ses établissements. Donnant, donnant. Les flics ont épluché plus d'un million de télégrammes dans trente bureaux de poste. Du jamais vu. L'arrestation du Libanais a fait beaucoup de bruit dans les couloirs parisiens des ministères et de l'Assemblée nationale. Sous la pression des plus hauts dignitaires maronites du pays des Cèdres, Mitterrand, le jeune garde des Sceaux, proche de Gaston, a cosigné le décret d'expulsion. *Idem* pour Harouk. Joseph l'avait averti. Les flics remonteront jusqu'à toi, un petit sacrifice pour la grande fortune. N'aie crainte, mon ami l'avocat s'occupera du dossier. Il a des relations à la Chancellerie. Si tu es arrêté, Samy ne pourra imaginer que tu joues contre lui. Harouk n'avait pas insisté. Ses affaires avec les Bédouins n'en seraient pas affectées. Au contraire. Sortir par la grande porte de France, lavé du délit, serait un signe fort pour les pétroliers sous haute protection.

L'inspecteur de Paris a prévenu Zampa, quelques heures avant l'expulsion des deux Libanais. L'avocat est passé voir Joseph. On n'a pas eu le choix. Samy ne peut pas rester en France. Il est expulsé avec Harouk. On n'a pas fini d'en parler. Éva a juste été interpellée. Juste. Les services secrets libanais ont orchestré l'arrivée de Samy à l'aéroport. *Le Provençal* a titré en une. Le retour en fanfare. Joseph n'a pas eu de mal à reconnaître la griffe de Mounir, le correspondant de Milani à Beyrouth, commissaire de la police politique. Une relation des Calenzanais. Samy et Harouk ont descendu les marches de la passerelle sous les flashes des reporters venus spécialement de tout le Proche-Orient. La claque habituellement réservée à l'accueil des chefs d'État a salué les victimes du complot. Mais quel reporter aurait pu imaginer que les deux hommes d'affaires venaient de jouer un rôle clé dans la signature du cessez-le-feu du canal de Suez ? Joseph se gratte la cicatrice. L'affaire s'est concentrée sur la France. Le *hic* de l'histoire, c'est le sort réservé à Milani. Le Calenzanais a été sacrifié sur l'autel de la diplomatie. Joseph ne l'avait pas prévu. Milani a été interpellé en flagrant délit, porteur de six cents millions de francs. Il s'est défendu, a accusé Samy. Samy m'attendait dans l'appartement d'Éva, je n'ai jamais su que je transportais de l'argent. Les interpellations se sont étendues dans le Sud.

Joseph se lève, prend les jumelles. Seuls les goélands ne bougent pas. Ils restent comme immobiles, face au mistral. Joseph repose la longue-vue. Il ne comprend pas pourquoi Milani portait cette valise de billets. Entorse au scénario qui se retourne contre son bras droit. Pom l'a-t-il doublé ? Le Balafré en doute. Il pense aux Cubains et aux Marseillais qui vont être sûrement inquiétés dans cette affaire et il se demande si son scénario, si bien ficelé, ne prend pas l'eau.

Joseph rejoint le bar de Léon. On vient de l'informer. Paul te cherche.

Il faut faire vite, surprendre l'adversité.

Comme chaque mercredi avant l'apéritif du soir, Léon lit le *Canard*. À la demande. Joseph observe la scène toujours avec le même étonnement. Léon est assis sur le zinc. Les fesses trop larges débordent au-dessus du bac à eau. Le patron tient le journal des deux mains, grand ouvert. Ne manque jamais de le plier pour attraper un verre de blanc. Lecture sèche salive. Léon aime partager. Contrairement à ses clients, le pied-noir sait lire. Rescapés d'une trop longue guerre, délaissés par la reconstruction d'un pays qui a besoin de sang neuf, de forces vives, ses fidèles clients survivent de petits trafics. Léon a appris à lire dans les écoles coloniales du Maroc, qui ont, elles, continué à fonctionner pendant la guerre contre les Allemands. Tous les mercredis, dès que le soleil tombe sur l'Estaque, Léon savoure ce moment où il offre sa tournée de mots à ses fidèles. À la radio, cette presse encanaillée est censurée. Léon est sa voix, satirique, chaude, gourmande, agressive et enjouée.

Le Libanais fait le titre.

Joseph est soudain bousculé par deux gamins qui en ont marre d'entendre les canardages de Léon. Ils n'aiment pas le silence imposé par le patron pour la lecture. Joseph lève la main sur la tête surmontée d'un chapeau mais ne peut l'atteindre. Max se retourne. Loupé. Il soulève le bord du feutre, d'un geste précis, singeant Paul le Cubain. M. Paul laisse des pourboires en dollars américains dans les mains de Max. Joseph ouvre de gros yeux mais ne peut que sourire. Max insiste. Refait le geste plusieurs fois de suite. Le Balafré reste interloqué. Max insiste. Fait un geste, murmure. Dehors. Joseph suit Max sur la terrasse. Max prend un air des plus sérieux. Faut pas rester là, Joseph, y a des hommes qui te cherchent. Martin rejoint Max. Ils se sont fait le film. Tout prévu. Léon leur a dit. Les enfants sont toujours innocents. Personne ne vous soupçonnera. Si vous faites ça, Joseph saura vous remercier. Tiens, Max, tu donneras ce bout de papier à Joseph. De la part de Paul.

Les deux gamins prennent chacun une main du Corse et se dirigent vers la voiture du Balafré. Joseph a vite compris. Sûrement un coup de Samy. Il ne voit pas d'autre ennemi. Il pousse les gamins sur la banquette arrière et demande à Hmong de démarrer. Joseph se tourne vers Max. Que se passe-t-il ? Max a toujours le chapeau trop grand sur ses cheveux noirs. M. Paul est venu cet après-midi au poker. J'étais à côté de lui. Il a demandé le silence. Il était très calme. Il a parlé de l'affaire du Libanais et il s'est mis en colère. Je l'ai jamais vu comme ça ! Il a dit. Débrouillez-vous pour m'amener Joseph ici, le plus vite possible. Moi, je m'occupe d'aller chercher Marcel. Ce sera le juge, je m'en porte garant.

Joseph est rassuré. Marcel est son ami. Il l'a aidé à abattre un grand rival à Paris pour entrer dans le milieu très fermé des cercles de jeu.

Joseph aimerait sourire devant l'imitation du Petit Belge mais l'heure n'est pas à la rigolade. Continue, petit.

Il y a eu un long silence puis tout le monde a quitté la salle. Et comme ils sont tous partis en voiture, je me suis dit que je n'avais pas le temps de t'avertir, mais je. Le Balafré le coupe. C'est gentil mais on m'a prévenu. Et comme j'aime pas que l'on me convoque comme un vulgaire voyou, j'ai pris les devants. Je suis venu mais il n'y a personne.

Il ajoute, étonné. Tu connais l'affaire du Libanais, toi, le Petit Belge ? Ben, c'est-à-dire que Léon s'est mis sur le comptoir, puis il a lu les titres du *Canard*, et tu sais comment il fait, il demande, alors, on commence par quoi ? et ils ont crié, le Libanais ! le Libanais ! Léon a lu l'article, et c'est là que j'ai compris que le Libanais, c'est le même que celui de M. Paul. Et pourquoi ? demande le Balafré. Cela pourrait être un autre Libanais ? Max hésite. Joseph peut avoir une réaction violente. Max ose. Ah, non ! Dans l'article, il parle de Joseph, un Corse qui a plein d'amis en Italie, dans la mafia, à Tanger. C'est toi, non ? Joseph esquisse un sourire, pour ne pas être démasqué, mais les enfants ont compris. Jusqu'à maintenant, Joseph n'a pas voulu faire de telles confidences à Max, encore moins à Martin. Quelques jours auparavant, le Balafré avait rencontré Luciano sur un yacht amarré au port de Monte-Carlo. Luciano est inquiet. Les Familles de la Cosa Nostra n'arrivent pas à s'entendre. Faire entrer les camorristes dans le trafic changerait le tour de table. Il faut préparer une grande réunion, décider de l'avenir. Luciano semble fatigué. Je compte sur toi pour que tu fasses comprendre aux Siciliens que les Napolitains sont en mesure de leur voler la poule aux œufs d'or. Tu comprends ?

Le Balafré se sent soudain démuni, faible, enseveli sous les problèmes de cette affaire qu'il ne maîtrise plus. Le mieux, pense-t-il, c'est de disparaître le temps que les flics terminent le boulot. Je réglerai le problème directement avec les Cubains à La Havane. J'en profiterai pour leur parler de cette nouvelle réunion.

Chapitre trois

Les Cubains

14

Le Cubain est furieux. Il ne peut croire le document secret-défense. Le rapport a été reproduit dans une salle obscure du ministère de la Défense nationale, quelques heures après son dépôt au ministère de l'Intérieur. Rédigé le 31 novembre 1956, quelques jours après les arrestations de Harouk, Milani, Samy et Éva, ce document compromet de nombreuses personnes ayant rendu de loyaux services à la France. Le risque d'un grave incident diplomatique est réel. C'est un fidèle collaborateur du ministre, grande figure de la Résistance, qui a sur-le-champ alerté un officier de la Défense. L'officier est le demi-frère de Paul et, malgré la distance diplomatique qu'il prend vis-à-vis du Cubain, il ne peut trahir son sang. Paul n'a-t-il pas rendu d'importants services au contre-espionnage au Mexique ou à Cuba ? Le rendez-vous a lieu sur la place Saint-Sulpice, face à la mairie du sixième arrondissement. Sans mot dire, l'homme aux lunettes carrées a tendu la petite valise et a disparu aussi vite dans une voiture du ministère.

Paul entre à l'intérieur de l'église, se signe face aux Âmes du purgatoire et prend place sur un banc, loin des dévots. À l'aide d'un petit couteau au manche nacré, il déchire l'enveloppe et sort discrètement les trois feuillets à l'en-tête de la Préfecture de police. Le papier, le style, la police de caractère lui rappellent soudain ces deux années où, sur un coup de tête de jeunesse, il avait débuté une carrière de gendarme. Aujourd'hui, il doit savoir lire entre les lignes.

Partant du Libanais SAMY, le trafic de stupéfiants (opium, morphine, héroïne) se subdivise en trois branches principales marseillaises :

la première avec HAROUK aboutit au groupe de Henri de PROPRIANO et MILANI ; MILANI est le fondé de pouvoir du groupe lorsqu'il se déplace à Beyrouth et Paris, et le transporteur de fonds des associés ; HAROUK est l'homme de confiance de SAMY et l'un des expéditeurs de drogue ;

la deuxième comprend le Libanais RAMAN, et BOLINI, contact direct de SAMY ; les intermédiaires à LA HAVANE sont BOSTONI, CASTA et LECCA, et au Canada, COTRONI (trafiquant international canadien) ; BOLINI loge à Paris, à l'hôtel du Bois de Boulogne, endroit fréquenté par la pègre internationale ; BOLINI assure la liaison entre les vendeurs libanais et les acheteurs marseillais réfugiés à CUBA (M. Paul, BOSTONI) ; BOLINI est secondé par LECCA ; par voie télégraphique, BOSTONI s'informe auprès de LECCA du bon déroulement des expéditions ; LECCA transmet à Beyrouth ; LECCA est l'homme de confiance de BOSTONI ; RAMAN est l'un des principaux associés de KHOURY ; RAMAN est propriétaire de l'hôtel Capitole à Beyrouth ; RAMAN est en relation avec le trafiquant égyptien, Hadj Abou SALIM ;

la troisième aboutit à la Parfumerie française à Marseille, exploitée par la concubine d'ORDIONI ; ORDIONI Henri a connu le commissaire de police libanais, Mounir M., lors du naufrage du *Champollion* ; ORDIONI est chargé d'acquitter le prix des marchandises ; "Gromico" est chargé du règlement financier des transactions pour le compte de SAMY ; caissier à la Compagnie commerciale et financière à Paris, "Gromico" reçoit des sommes d'argent de Mounir A. ; il transfère ces fonds sur un compte à la Société des banques suisses au nom d'un banquier respecté du Liban.

Quatre autres personnes, citées dans cette affaire, doivent impérativement être mises sous surveillance :

ALBERTINI Dominique : il est connu pour être un trafiquant de stupéfiants, voyageant de par le monde dont à Beyrouth, aux USA ou au Canada ; il est le demi-frère de CESARI dit La Main d'or, important chimiste ;

Antoine G. : analphabète et fiché au banditisme ; possède Le Versailles à Marseille, principal pourvoyeur des maisons de prostitution de tous les pays tolérant ces pratiques ; relation de NASSER Mustapha, de TUTER Sewim, fille de Ali Osman, trafiquant turc ; TUTER fille est venue en France en 1954 pour recevoir le paiement de stupéfiants pour le compte de SAMY ;

Barthélemy G. dit Mémé : frère d'Antoine, propriétaire du bar Le Paradou ; associé dans l'exploitation de la plage de La Ciotat comme BOLDRINI et "Lolo" ;

LECCIA Grégoire, neveu d'ORDIONI, signalé en mai 1956 par le SRPJ de Rouen comme trafiquant de stupéfiants ; se rend à plusieurs reprises au Canada en 1955 et 1956 ;

MOLINELLI Pascal, trafiquant de cigarettes, complice de FRANCHI, lui-même ancien complice de MILANI.

Paul replace les feuillets dans l'enveloppe et ferme la valise. Jusque-là, il a lu beaucoup de documents confidentiels écrits par les fédéraux aux États-Unis, par la Royale Gendarmerie canadienne et même par les services secrets soviétiques, et pas que des lignes concernant le trafic de drogue ! Mais, là, nom de Dieu ! c'est bien la première fois que les condés français rendent compte d'une telle vision d'ensemble ! Et même si le rédacteur s'est mélangé les pinceaux, pense-t-il en fixant le ballet des bougies, le danger rôde autour des laboratoires. Et, en filigrane, se dessine le travail de sape d'un magistrat instructeur qui doit avoir l'accord de la Chancellerie. Paul en déduit qu'il y a une volonté politique, des individus haut placés qui veulent casser les reins des Marseillais, et en premier lieu des trafiquants corses. Qui oserait ? Paul a les mains jointes, le regard obscur des mauvais jours. Une vengeance politique ? Un coup bas des Canards ? Du Commissaire ? Des Libanais ? Mais qui pourrait tirer profit de l'arrestation de ses amis ? Et de la sienne ? Paul réfléchit à la piste politique. La Quatrième République est à bout de souffle, maintenue à bout de bras par un gouvernement de gauche qui se heurte à la droite coloniale, dure, enfoncé dans le bourbier nord-africain. Une revanche des socialistes, un avertissement de Gaston donné aux Calenzanais ? Paul hésite. La solennité du lieu de culte lui permet de raison garder, de ne pas se laisser emporter par une colère noire. Paul ferme la valise. Piste diplomatique ? Les Français subissent une forte pression des Américains. Canal de Suez. Héroïne. Ils n'apprécient pas de savoir que la came est tournée en France, exercent des pressions sur les Familles. À New York, Miami ou Buffalo, Paul a ressenti le malaise de ses amis de la Commissione, l'arbitre suprême de la Cosa Nostra. Et ses répercussions à Cuba, au Mexique et au Canada. L'autre piste peut provenir d'une trahison d'en haut. Paul ouvre à nouveau la valise. Relit les noms de la liste pour découvrir ceux qui n'y figurent pas.

L'organigramme qui prend racine en Turquie, via les Libanais, ne reflète qu'une partie de l'activité planétaire du Comité. Paul procède par élimination. Mon ami Marcel ? Impossible ! Paul le considère comme un frère de sang, lui comme ses frères. Comme leurs associés de leur quartier général marseillais, L'Artistic Bar. Déjà une référence pour la Commissione et pour les cinq Familles de New York. Le Grand Marcel est trop proche des cercles du pouvoir, des grands partis et des services parallèles. Une question d'honneur. Marcel, dont la prétention affichée est d'investir le cœur des cercles de jeu parisiens, ne peut avoir donné Samy. Associés dans des affaires de jeu, de carambouilles et dans des projets immobiliers au Liban ou en Inde, ils sont si proches du génial directeur général de l'Intabank, cette tentaculaire machine à laver l'argent des trafics, qu'une telle trahison entraînerait un véritable krach financier au Proche-Orient.

Paul hésite. Les Siciliens ? Les Israéliens ? Peu probable. Non. Ils ont un besoin croissant de devises, les premiers pour corrompre, les seconds pour armer leur jeune pays. La dénonciation d'une partie du Comité serait un coup dur.

Non, Paul fait fausse route. Il ne lui reste plus alors que le pré carré de sa *Little Corsica*. Vendetta du *Combinatie* ? Paul est soudain pris d'une illumination. Salutaire gamberge dans la maison de Dieu. Un homme fait en effet le lien entre les Siciliens et le *Combinatie*, oui, un homme très puissant qu'il sait collectionneur de tableaux de maître, un homme très puissant à Marseille. Le Cubain sort un stylo et un calepin de la poche intérieure de sa veste italienne. Il hésite un instant, sachant combien les policiers sont friands d'une telle pièce à conviction. Écrit. Noël. Le prénom du frère du petit homme. Paul vise le calendrier. Il lui reste vingt-cinq jours avant les fêtes de fin d'année pour comprendre les motivations du parfait imbécile qui a lancé les stups sous le Cèdre.

Et trouver aussi une autre réponse.

Pourquoi Sucette, les Venturini, les seuls Corses qui fricotent avec les Canards, ne sont-ils pas mentionnés ?

Le lendemain matin, Paul prend le premier avion pour l'aéroport de Marignane. Fausse identité, fausse barbe, et son Colt 45 planqué dans sa chaussette gauche. Paul a la gueule de bois. Il repense aux nombreux verres de champagne qu'il a enfilés la veille au Fouquet's en compagnie de Marcel et de quelques affairistes inconnus du fichier du grand banditisme. S'il devait donner les noms de ces personnages, quel hurluberlu serait à même de le croire ? Chaque fois qu'il revient en France, il ne peut s'empêcher de penser combien le paysage social de son pays natal ressemble à tous ces pays d'Amérique latine où les hommes du pouvoir pratiquent une désinformation de masse. Arrivé peu avant onze heures à l'aéroport, Paul loue une voiture et prend la direction du Vieux-Port. Cela fait plus d'un an qu'il n'est pas rentré au pays, et la seule vue des blanches falaises lui soulève le cœur de nostalgie. Paul est en cavale et reste prudent dans ses déplacements. Même s'il bénéficie de l'aide du contre-espionnage, de faux papiers, Paul a trouvé refuge au Canada, aidé par son vieil ami Jean Jehan, l'aventurier du Grand Nord. De là, il circule sur le continent américain de Buenos Aires à Montréal, un jour à Cuba, l'autre au Mexique. En France, il a été condamné à une peine de travaux forcés par contumace, accusé d'avoir participé au vol des bijoux de la villa Yakimour. Arrêté quelques jours après le vol des deux cents millions de centimes, il a croupi deux longues années sous les verrous. Prétextant une trop longue attente du procès, son avocat lui a offert une liberté provisoire. Accompagné de Casta, autre ami corse de cavale, il pose sa valise à Miami. Corses et Siciliens le surnomment le Prof. Il parle le corse, la langue de son village dominé par la pointe d'Ovace, l'espagnol, l'anglais, l'italien, l'allemand et bien sûr le français. Son aisance dans n'importe quel milieu lui permet de frayer son physique passe-partout dans les palaces. Il baigne dans l'antichambre de la planète dollar. Millions de dollars.

Paul gare la voiture près de la gare Saint-Charles.

Les Marseillais sont emmitouflés dans de longues écharpes bariolées. Le ciel est bleu, plus bleu qu'à Mexico, mais le soleil manque de force, de chaleur. Paul cache sa fausse barbe dans la boîte à gants, ferme la voiture à clé et prend la direction de la Belle-de-Mai. Ces pas s'arrêtent devant le bar de Léon, où la buée révèle déjà le relent anisé. Paul ne se trompe pas. Ce lieu est une mine d'informations et le patron une encyclopédie du Milieu marseillais. Le Cubain pousse la porte vitrée et se dirige vers le comptoir. La porte de la salle de poker est fermée. Léon le prend dans ses bras. Abraccio. Paul ? Toi ici ? Deux gamins le bousculent. Que font ces gosses ici ? Léon se tourne vers Max. Allez jouer dehors ! Paul le prend en aparté. Joseph est là ? Léon ressent d'emblée l'empressement inhabituel du Cubain. Il hésite. Un problème ? Non, non, répond calmement Paul. Non. Léon est intrigué. Cela fait plus d'un an qu'on t'a pas vu, et t'arrives là comme un cheveu sur la soupe, sans dire bonjour. Oh, t'as pris la grosse tête ? Mon bistrot sent trop le pastis ? Paul calme Léon. Je suis désolé. Je dois repartir au plus vite. Oui, c'est vrai, c'est important. Léon est blessé. Tu n'as qu'à attendre ici. Les tables seront ouvertes cet après-midi. Si tu as quelques dollars à perdre, c'est le moment. Paul s'assoit au comptoir. Un pastis, double dose. Léon retrouve le sourire. Il faut qu'il avertisse Joseph au plus vite. Le Cubain pose le feutre noir sur le zinc. Depuis quand tu fais bosser des gosses dans ton bar ? Léon sourit. Depuis toujours tu le sais bien. Sans eux, ce bistrot sentirait la mort. Le Cubain doit doucement revenir sur Joseph. Dis-moi, Léon, j'ai cru apercevoir Joseph à Francfort la semaine dernière, tu crois que c'était lui ? Léon pose les mains sur sa bedaine. À plat. Possible. Tu sais, c'est comme toi, il n'est pas souvent là. Il a laissé ses cabarets à une jeune équipe. Tu sais, il s'est rangé des voitures. Il fait plus grand-chose à part quelques bricoles, de quoi assurer ses vieux jours. Paul doit attendre les autres joueurs. Léon n'est pas disposé à parler, c'est évident. Joseph, rangé des voitures...

Paul a attendu la fin d'après-midi. Il a promis une récompense aux joueurs qui lui donneraient des informations sur Joseph, car, bien entendu, personne ne l'a croisé ces derniers temps. Avant de partir, ne voulant pas assister à la lecture du *Canard* de Léon, le Cubain a laissé un mot. Je repars pour Cuba. Si tu vois Joseph, donne-lui ça.

Appelez Paco sur 222 mètres. Il transmettra sur Channel 3. Rendez-vous à l'étage de Santiago.

15

Casta est venu chercher le Prof au pied de l'avion d'Air France. Les diplomates uruguayens lui autorisent la fantaisie. Ils s'installent sur la banquette d'une longue limousine battant pavillon sud-américain. De vrais faux diplomates !

Hôtel Hilton, *por favor*.

Paul a voyagé en première classe sous le nom de Samuel Roland, un banquier suisse au-dessus de tout soupçon. Mais son visage n'a pas échappé à l'œil scrutateur de Mike, policier américain du bureau des narcotiques. Paul n'a pas de chance. Le flic a embarqué sur le même vol déguisé en touriste fortuné, chemise à fleurs, chapeau de paille. Non pas pour suivre le *Frenchie* mais pour surveiller le commandant de bord. Mike ne peut éviter l'amalgame. Il doit y avoir un point commun. Mike a flairé la bonne affaire au grand dam de ces brutes de fédéraux de New York qui ferment les yeux sur le trafic d'héroïne. Mike ne peut nier les liens ambigus du FBI avec les Familles siciliennes. Sécurité du territoire ou chasse aux sorcières, peu importe la raison, pire, la trahison, les uns ont besoin des autres. Point à la ligne. Dès son arrivée à son bureau de La Havane, le flic a consulté les derniers télex d'Interpol. Trouvé ! Paul Bejin, trafiquant international notoire, poursuivi par deux mandats d'arrêt internationaux, l'un signé en France en 1952, l'autre aux États-Unis en 1954 ! *Fucking Frenchie, all the same !* Mike est certain. Il a mis la main sur une *hot potatoe* et se méfie déjà. Les patates chaudes sont connues pour cramer en un clin d'œil la carrière des agents des narcotiques, les *horse's boys*. Mike prend le téléphone et prévient les services d'immigration cubaine de sa découverte. Il ne veut pas en entendre parler pour le moment. Il doit suivre le commandant dans les prochaines heures. Hilton, piscine, hôtesses, cocktail.

Casta, lui, n'a rien à craindre au pays du président Batista. Il circule en toute liberté dans les rues de La Havane et s'offre même le luxe de faire des bras d'honneur aux policiers cubains qui somnolent sous les cocotiers. N'est-il pas l'amant favori de la femme du dictateur ? À l'inverse du Prof, calme, réfléchi et peu belliqueux, Casta est extraverti, fantasque, colérique. Mais... Le Corse a un don. Depuis son terrible accident dans les Appalaches, il a des visions. Les images l'immobilisent. La musculature massive est comme soudain grippée par ce futur anticipé. Les deux Corses, aussi appelés les Cubains depuis qu'ils ont monté leurs blanches affaires sous les tropiques, se chamaillent souvent au sujet de ce don du ciel. Pour le Prof, ce n'est qu'un accident nerveux qu'il faut imputer à sa débordante frénésie.

Durant le trajet les menant vers l'hôtel Hilton, Casta l'informe de sa dernière vision. Il faut que tu saches, Paul. Je sais que tu me prends pour un dingue mais, la nuit dernière, alors que je rentrais du casino, je t'ai vu, là comme je te vois, avec ta gueule de faux banquier suisse, les menottes à la main ! Paul enlève ses lunettes noires. Se frotte les yeux. Te fous pas de ma gueule, Casta. Tu sais que j'aime pas ça. Le Corse vocifère. Putain, tu me crois jamais ! Mais ce qui me fait pas rire, moi, c'est que les mecs qui vont te serrer, ce sont les mecs de l'immigration d'ici, de Cuba ! Ouais, monsieur le professeur, de Cuba. La chaleur moite a soudain ramolli la pensée de Paul. Décalage, coup de fatigue, stress. Il rêve déjà du massage merveilleux de sa maîtresse cubaine. Saint-Sulpice, Âmes du purgatoire. Paul remet ses lunettes. C'est pas le moment de déconner, crois-moi. On a une bonne raison de s'inquiéter. Il y a eu du grabuge à Paris. Samy s'est fait sauter, il y a une quinzaine, avec Harouk et d'autres de la troupe. J'ai lu une synthèse des condés bougrement bien faite. Je suis persuadé que c'est l'un de chez nous qui a balancé. Casta grimace. Un Corse ? Tu sais bien que c'est impossible. On cause pas et je vois pas l'intérêt. Je pencherai plutôt pour les Napos. Peut-être, reprend Paul, Napos ou pas, le problème est à venir. On est dans le collimateur des stups. Je sais que c'est pas nouveau mais il va falloir redoubler de vigilance. Casta n'a pas entendu. Il pense à la folle nuit qu'il vient de vivre dans les draps de sa maîtresse. Une folle...

La limousine longe l'océan sur le boulevard du Malecon, zigzague entre vieilles calèches et grosses voitures américaines. S'engouffre sur une grande avenue en direction du quartier du Vedado, le centre d'affaires de l'île. Au bas des gratte-ciel, plus lumineux que ceux de Beyrouth, les trottoirs poussiéreux sont bondés d'une foule nonchalante aux mille visages métissés. Le mouvement urbain est lent, comme si l'on passait les images des anges de New York, de Rocky, au ralenti. Pendant que les plus âgés jouent des parties d'échecs interminables, les *copelias*, les marchands de glaces ambulants, vendent de la paresse en cornets. Toujours au ralenti. Paul aime retrouver cette ambiance baroque où le temps se fige, où le bleu du ciel reste invariable.

La voiture dépose discrètement les Corses devant le Hilton et disparaît dans le brouhaha des hauteurs de la ville. Ils s'engouffrent sous la façade bleutée de l'hôtel de luxe, croisent des milliardaires américains qui attendent un taxi. Casta demande à l'hôtesse les clés de la suite. Pas de message ? La jeune fille se tourne vers les casiers. Casta apprécie. Elle prend une enveloppe blanche, dit en français, “S'il vous plaît, monsieur”, nargue les Français qui l'ont déshabillée des yeux. Le Corse lit à haute voix.

Je suis dans le patio, Cox.

Le patio est la seconde maison des clients de l'hôtel, le véritable centre d'affaires de la ville. À toute heure du jour et de la nuit, les hommes en costume clair se retrouvent dans l'intimité de ce large puits de lumière couvert d'une pyramide de verre, sous l'œil discret du pianiste de jazz. Une oreille indiscrète pourrait y entendre les accents du monde entier, malgré l'hégémonie des Nord-Américains. Le patio est divisé en une dizaine de petits salons bordés de plantes luxuriantes aux feuilles immenses. Des tables basses forment le centre de plusieurs fauteuils de velours rouge et de canapés de cuir blanc. Cox est en grande discussion avec deux hommes, l'un en chemise blanche, l'autre en polo de marque Lacoste, son éternel verre de champagne à la main. Paul sursaute en reconnaissant les visages des hommes qui l'attendent et se demande par quel hasard Cox a pu arriver à ce moment-là. Le Prof comprend vite. Casta et lui-même sont attendus de pied ferme par des membres influents du Comité.

Cox d'abord. À quarante-cinq ans, le Marseillais Bostoni est resté un homme svelte, de taille moyenne, soucieux de garder une image juvénile malgré sa calvitie avancée. Son curriculum est aussi long qu'une avenue de Los Angeles, mais Paul et Casta lui doivent leur réussite. Paul n'a de cesse de rappeler ce jour où, profitant de sa liberté provisoire, il est parti rejoindre Agosti au Mexique, celui qui se tient justement à droite de Cox, là, sous ce toit de luxe et de verre. Dans leurs bagages, pas l'ombre d'une paire de chaussettes mais quelques kilos de poudre planqués dans le double fond. Bostoni est un homme à l'intelligence fine pouvant mener plusieurs actions de front aux quatre coins du monde. Comme nombre de matelots corses, il a débuté dans le trafic en expédiant de l'opium aux grands caïds marseillais. La guerre lui a permis de se noyer dans les eaux troubles des services de renseignements de Londres, relevant la tête au milieu des frous-frous des danseuses nues des cabarets de Paris. Depuis, amnistiant les mauvaises fréquentations des voyous collabos, Bostoni est gagné par la fièvre du profit et la grande vie. Ainsi peut-il s'enorgueillir en privé d'avoir monté sa propre "pyrotechnie", autrement dit son propre réseau d'expédition d'héroïne vers l'Amérique du Nord, grâce à son ami Agosti, l'homme des basses opérations. Cox, lui, a ramassé la mise. Cinq cabarets en France, des filles en Allemagne, ses deux réseaux pyrotechniques, sans oublier les opportunités du Nouveau Monde. Et, bien sûr, son carnet d'adresses. Immense. Indispensable. Sa force. Comme tous les Résistants ou prétendus, il tutoie ceux qui brillent sur la scène du pouvoir politique, dont nombre de militaires. Combien en a-t-il sauvés ? Combien de familles ? Il ne compte plus. Cox sait que le temps efface les souvenirs, même les plus intenses, et doit assurer sa propre sécurité. Et pour cela, il a demandé protection auprès des Pazani, une famille corso-sicilienne de Paris, dont le bar Laeticia de la rue Notre-Dame-de-Lorette constitue le point de ralliement des insulaires déracinés.

Grâce à ce premier convoyage depuis le port du Havre jusqu'à Veracruz, les deux Corses ont rencontré l'étrange Agosti, ce petit homme malingre, un bois de réglisse toujours coincé au coin de lèvres noires. Agosti, aujourd'hui vêtu d'un polo trop grand, l'énigmatique Agosti est si peu bavard que l'on pourrait le prendre pour un sourd-muet. Inutile de chercher à savoir quel a été son passé, à l'Agosti. Dès qu'une question l'irrite, et toutes les questions sur son passé l'irritent, il sort son flingue et menace l'imposteur d'un silence sadique. Le Prof a tout de suite compris. Agosti est un névropathe, complexé, peut-être à l'image de Joseph, par sa petite taille. Complexe de Napoléon. Et ses troubles, il les tient enfermés dans le sous-sol de son horlogerie de Mexico, le temple du trucage. Agosti passe des nuits entières à démonter des malles, valises et autres bagages, les expédiant au plus vite vers Los Angeles, Miami, Dallas ou La Nouvelle-Orléans. Avion, voiture, bateau, camion, train. Tout roulement à billes est lesté de poudre à délirer. Enfin, comment expliquer l'autre Agosti, celui qui voyage beaucoup et qui reçoit tout le gratin latino-américain à Acapulco, des starlettes aux galonnés, des espions aux révolutionnaires en barbe ?

Et pour quoi faire ?

Bostoni, Agosti... Paul est encore plus surpris de voir apparaître un troisième larron, l'homme aux bagues d'or et à la langue zozotante. Que fait le grand Jean Jehan à Cuba ? Que peut faire cet autre Marseillais dans les parages ? Jean, dit le Grand, a débarqué aux États-Unis quelques années avant la guerre. Après avoir vécu dans le Grand Nord, appris à bâtir des igloos avec des Inuits, son tempérament de feu lui a valu de faire ses preuves auprès des contrebandiers de la Prohibition. C'est dans ce milieu interlope, où le commerce d'alcool mélange les genres et les hommes, que Jean a rencontré des caïds de la mafia, Genovese, Galante et le capo Salvatore Maneri, un Sicilien incontournable dans le commerce d'héroïne. Jean a permis à des Français, installés depuis peu au Canada, d'entrer en contact avec ces grandes familles de trafiquants, siciliennes et irlandaises. Jean sert de tampon à Sucette, aux Venturini, seule famille corse associée aux Canards. Peut-être pour mieux les contrôler. Tous les mois, des palettes de bouteilles d'apéritif sont déchargées au Canada. Ce n'est pas du vin Mariani, l'ancêtre du Coca-Cola, et ses bulles de cocaïne. Pas des bulles de cocaïne.

Une autre poudre.

Alcool, drogue, jeux.

Le triptyque de l'art nouveau, du divertissement.

Abraccio. Après les traditionnelles embrassades, Jean, Cox Bostoni et Agosti invitent les deux Cubains à s'asseoir autour de leur table basse chargée des journaux du jour. Bostoni entre dans le vif du sujet. Alors, Paul, quelles sont les nouvelles de Paris ? Pas très bonnes, les gars, pas très bonnes. Vous savez tous que Samy et d'autres se sont fait ramasser chez Éva, c'est dans les journaux depuis quinze jours, je vous apprends rien. La bonne nouvelle, c'est qu'ils ont les meilleurs avocats de Paris et que nous pouvons compter sur notre touche habituelle au parquet pour calmer les curieux. De toute façon, les Libanais sont déjà rentrés chez eux, accueillis en *welcome heroes*. Les autres ne parleront pas. Ils se sont entendus pour parler d'une même voix d'un projet d'ouverture d'un casino à Tanger. Cela devrait faire un bon alibi. Cox devine le malaise. Mauvaise nouvelle ? Paul va droit au but. Milani s'est fait serrer avec six cents millions ! Je trouve vraiment bizarre qu'un type comme lui puisse aller à un rencard avec Samy avec tant de liquide.

Les quatre hommes attendent la suite avec impatience. Casta a allumé d'une seule flamme un cigarillo local. Paul saisit le moment. On a été balancés, les gars, c'est sûr. Les regards se croisent comme pour déceler un iota de trahison dans l'œil du voisin. Paul se veut rassurant. Je ne crois pas que ce soit l'un de nous, ni ceux de L'Artistic. Quel Corse aurait intérêt à tuer la poule aux œufs d'or ? J'ai longuement réfléchi à la situation. Il n'y a qu'une seule piste à suivre.

Paul raconte d'un trait l'épisode du document secret et sa vaine recherche de Joseph à Marseille. Le raisonnement du Prof apparaît de plus en plus clair aux yeux des Français, même si certains masquent quelques réticences en voulant lui couper la parole. Paul lève alors le bras, invite ses amis à l'écouter jusqu'à la fin. Et le raisonnement, appuyé par des informations récoltées lors de son passage éclair sur le Vieux-Port, tient la route.

Joseph a tenté d'éliminer Samy, suite à la doublure de la Cadillac pour les Narcas. Il a chargé Milani de monter l'opération. Milani s'est appuyé sur Zampa et les Napolitains. J'ai eu confirmation depuis. Milani, l'imbécile, a cru bien faire en se faisant coffrer pour montrer son innocence à Zampa. De son côté, Joseph aurait promis aux gars de Sperlonga de les intégrer dans une nouvelle équipe, avec l'idée de s'appuyer sur les camorristes de Naples, les cousins de nos Napolitains, et de gros financiers. Pour cela, il ne fait aucun doute que Raman est la nouvelle pierre angulaire, vu les relations étroites qu'il entretient avec les possibles banquiers de l'affaire, les émirs du Golfe. Et quand on connaît l'importance des Pirates...

Les quatre hommes, Casta le premier, restent stupéfaits devant la brillante démonstration du Prof. Ils connaissent chacun des protagonistes de l'affaire, même si le rôle de Zampa semble encore confus. Mais la conclusion de Paul est sans appel. Joseph a imaginé qu'il pouvait doubler Luciano en s'alliant avec la Camorra. Et nous, on finira comme les Indiens. Sans territoire.

Le mouchoir d'Agosti efface une goutte d'eau salée qui coule sur sa tempe.

Jean intervient. Mais qui lui servira de relais en Amérique, aux États ?

Jean Jehan est un intime de Luciano, le seul, avec Joseph et le vieux Rossi, à l'avoir croisé lors d'une réunion du Comité. Il poursuit. Je crois pas, Paul, Luciano est incontournable. Comment imaginer travailler sans lui ? S'il t'entendait, crois-moi, il te mangerait les yeux à la petite cuillère ! Paul se lève du fauteuil et pose ses mains sur le dossier de Casta. Jean, tu sais comme moi que Joseph est le meilleur second que Luciano ait jamais eu sur la Méditerranée. C'est lui qui a mis en place le système radio qui permet à toutes les équipes de communiquer entre elles de l'Égypte au Portugal. Et Luciano, il est comme tout le monde, non, tu le crois immortel ? Le jour où il trépassera, qui lui succédera sur la Méditerranée ? Qui se chargera de contrôler les ports. Qui ? Toi ? Jean ne peut répondre. Il ne connaît en effet aucun personnage de l'envergure du Marseillais pour gérer toutes ces affaires et notamment l'approvisionnement en morphine-base des laboratoires phocéens. Joseph apparaît en effet comme un challenger d'envergure. Un félon.

Paul se rassoit.

Voilà ce que je vous propose. Vous êtes tous d'accord que, si Luciano disparaît, nous ferons aussi les frais du nettoyage ? Un hochement de tête général vient confirmer. Le mouchoir d'Agosti éponge le front du petit homme. Bien. Alors je vous propose d'abord de mettre au courant nos amis siciliens du plan de Joseph, avant que le Balafré vienne les retourner dans notre dos. Ensuite, toi, Jean, tu décolles dès demain pour Montréal, et tu avises Luca Venturini du problème. Si tout va bien, il devrait en référer à Marcel, et lui seul a la possibilité de convoquer une session extraordinaire du Comité. Une fois que tout le monde sera réuni, je m'occuperai personnellement de leur démontrer le plan de Joseph. Il faudra alors qu'il s'explique devant Marcel et les autres. Personnellement, je ne suis pas contre l'entrée des Napolitains dans le business mais je ne veux pas en faire les frais. D'accord ?

Paul avale un grand verre d'eau. Il sent comme un malaise planer sous la pyramide de verre. Long et étrange silence. Attrapant un verre de jus de fruits glacé, Jean dit. Je vais aller voir Luca. Je suis sûr qu'il comprendra la situation surtout que, ces derniers temps, les affaires marchent plutôt bien au Canada. Cette idée de Sucette est une bonne idée. Les hommes rient enfin de bon cœur et quittent le petit salon cubain.

Jean salue le groupe et part préparer ses bagages.

Agosti est rejoint par deux de ses hommes de main. Les deux jumeaux portoricains ont discrètement surveillé la réunion. Agosti convie tout le monde à une grande fête. Ce soir, le Mexicain invite au salon du casino de l'hôtel.

Paul, Cox et Casta se dirigent vers la piscine. Installés sur des chaises longues, ils profitent de la quiétude du lieu pour parler de leurs affaires locales. En dépliant ses lunettes de soleil, Casta félicite le Prof pour sa qualité d'orateur et enchaîne. Paul, il faut que je te mette au parfum. Ici, c'est pas triste non plus ! Casta parle un long quart d'heure, son visage inondé de soleil tandis que Bostoni, déjà informé, se délecte dans l'eau bleue au milieu de belles métisses. J'ai rencontré le gros Intrator et Batista. Paul sourit. Comment va sa femme ? Casta laisse filer un signe de béatitude. C'est sérieux, Paul, pour une fois que je suis sérieux. Il inspire. Les Siciliens veulent passer la main. Paul ne comprend pas. N'y croit pas. Passer la main ? Oui, précise Casta, ils nous proposent l'affaire de notre vie. Ah bon ? Je croyais que l'affaire de ta vie, c'était la Présidente ? D'accord, je reste sérieux. Il me semble que l'affaire de notre vie, mon ami, ce sont les cent kilos de came qu'on livre aux Siciliens tous les mois. Cent millions de dollars. Bientôt deux cents, peut-être quatre cents. Sauf si les Siciliens freinent. Avec ça, on s'est déjà payé quelques bars ici, à Porto Rico et aux Antilles. Et même si on est mille à se partager le gâteau, je.

Casta s'approche des lunettes noires de son ami. Ne joue pas au Napolitain avec moi, ça te va pas. Pas toi ! Intrator vient d'avoir le feu vert de la Commissione. Ils nous laissent leurs affaires sur Cuba. Paul enlève ses lunettes et se frotte les yeux. Cuba, murmure-t-il, mais comment... Rien de plus simple, poursuit Casta. Chaque mois, au lieu de nous refiler une valise d'un million de dollars, ils nous donnent un hôtel, un casino, un cabaret. Du troc, comme au bon vieux temps. Lavage direct. Cuba, Paul, Cuba ! Casta se laisse distraire par un magnifique maillot de bain sorti des eaux. Et Batista ? Il n'a pas le choix. Paul ne jubile pas. Trop beau pour être vrai. Il sait que Batista est l'homme lige de la mafia sicilienne. Et, dans l'ombre, de la CIA. Tout le monde y trouve son compte. Les Familles lavent les bénéfices des trafics dans le secteur des jeux, investissent dans le tourisme. La CIA s'occupe du reste. De Fidel, des Barbus.

Paul enchaîne. Je connais les Siciliens. C'est trop gros. Casta anticipe. Fidel n'est pas un danger pour nous. Intrator m'a promis que, s'il pointait sa gueule de métèque sur l'île, la Commissione enverrait l'armée américaine. Paul remet ses lunettes. Combien de tonnes ? Intrator en demandait cinquante sur quatre ans. J'ai négocié à quarante sur trois ans. Quatre cents millions de dollars. Quarante tonnes... Paul se lève, pense soudain au Balafré. Il faut d'abord régler le problème de Joseph, puis aviser les amis de L'Artistic.

Convoquer le Comité.

Paul traverse le patio et se dirige vers la réception. Ma suite, *por favor*. L'hôtesse lui répond, toujours en français. Un moment, s'il vous plaît. Elle décroche le combiné, compose un seul numéro et dit en espagnol. *Esta aqui*. Il est ici. Puis lui donne les clefs. Bon séjour, monsieur Paul. Le Prof se retourne et bute contre la poitrine de deux hommes en uniforme. Voulant esquisser un pas de côté, il est brutalement jeté à terre par les deux agents du bureau d'immigration. Un troisième homme vient le relever et lui dit, tout en lui passant les menottes à la main. Monsieur, vous êtes en état d'arrestation. Paul ne peut apercevoir le quatrième homme qui a surveillé la scène, ni l'autre groupe de policiers cubains qui est allé cueillir ses deux amis autour de la piscine. Paul, qui est arrêté pour la cinquième fois, sait qu'il doit silence garder. Il esquisse juste un petit sourire quand lui revient la vision de son ami Casta. Les gus de l'immigration !

Dans la voiture qui le mène au poste, il ne peut s'empêcher de penser qu'il ne faut jamais mésestimer son adversaire. Et si Joseph était déjà à Cuba en train de négocier avec Intrator ?

16

« Dis, Sucette, tu as eu des nouvelles des Cubains ?

Depuis peu, Marcel. Ils devraient être là, comme prévu. Bostoni et Casta ont été laissés en liberté provisoire dans l'affaire de Samy, après avoir été attrapés puis expulsés de Cuba, il y a dix mois environ. Quant au Prof, ton ami, on peut dire qu'il a de la veine ! Non seulement il a échappé aux travaux forcés dans l'affaire des bijoux, peine réduite à deux ans, tu parles d'une justice ! mais il a réussi à sortir de taule en juillet, il y a deux mois. Depuis, il a repris de plus belle ! Les condés le suivent à la trace dans le monde entier, il y en a même qui disent...

Qui disent que quoi ?

Ben, qu'il aurait filé quelques tuyaux à la maison Poulaga pour l'histoire du *Saint-Malo* et des quatorze kilos d'héroïne.

Tu crois qu'il était au courant pour l'histoire du bateau ?

Tu sais bien, Marcel, faut pas prendre Paul pour une andouille. Et puis, quatorze kilos, c'est pour endormir les caves. C'est vraiment un homme d'envergure. D'ailleurs, c'est toi qui l'as baptisé le Prof dans le Milieu, non ?

Ouais, mais c'est pas une référence, ce Milieu.

Oh, dis ! T'aurais pas les chevilles qui gonfleraient toi ? N'oublie jamais que, sans eux, t'aurais jamais pu arriver aussi haut. Et puis, toi aussi, t'as eu des filles sur le trottoir, faudrait pas que tu l'oublies ! D'accord, tu te crois plus intelligent et t'as aujourd'hui plus d'envergure, mais bon, tu sais à qui tu le dois, non ?

Je le dois à ma seule confiance, mon ami, et à ma seule ambition.

Tu parles, si t'avais pas des croix de guerre, si t'avais pas fait dans la cigarette sur la Méditerranée, et connu les fourbes des services secrets au Maroc, qui t'aurait initié à l'art de la fraude ? Comment t'aurais fait sans tous ces experts à ta disposition pour blanchir tout ce fric et pour rester encore vivant après tous les mecs que t'as fait descendre ?

Faut savoir passer entre les mailles et aussi entre les balles, c'est tout un art. Et faut aussi savoir déléguer à des jeunes qui ont de l'ambition, sans pitié. L'erreur des vieux qui veulent rester dans le coup, qui veulent pas partager, c'est qu'un jour ou l'autre ils se font buter. Quand ça pousse derrière, crois-moi, faut savoir esquiver, se mettre le dos contre le mur pour ne pas être surpris, et laisser passer la fougue de l'âge.

Tout ça, c'est bien joli mais tu sais qu'un jour ou l'autre tu vas aussi te faire buter, Marcel. Les jeux, les casinos, les carambouilles, la drogue, les armes, et j'en passe, sans compter les protections en haut lieu, faut pas que t'oublies que ça fait des jaloux un peu partout dans le monde !

Tant que mon nom sera au firmament de la criminalité des cols blancs, comme disent les journalistes, je ne craindrai rien. Mais pour cela, il va falloir que je reste à l'affût de toutes les affaires, à prendre ou à laisser, et que je garde en mémoire la phrase de notre ami palestinien.

Laquelle ?

À petit business, il faut un nom immense.

Bien, j'essaierai de m'en souvenir pour la politique.

Et ce jour-là, te souviendras-tu de ton ami ?

Cela dépendra s'il a toujours un nom immense. »

17

Ils sont douze. Six Corses et six Siciliens. Et un chairman. Chacun a reçu par porteur spécial une mallette en fer-blanc. À l'intérieur, un passeport rouge, frappé de l'emblème de la principauté, et une carte spéciale en plastique. Colloque de la Radio Industrie, 2 et 3 septembre 1957. Le passeport permet de se déplacer dans le palais et au casino en toute liberté. Il ne comporte ni nom, ni photo.

Juste une signature.

Les douze hommes sont invités à se retrouver à neuf heures à la porte du salon Comte-de-Torrigni, Hôtel de Paris.

Intrator a fait le voyage depuis Cuba via la Sicile.

Les amis de L'Artistic ont invité d'autres Corses pour sceller le troc.

Came contre Cuba.

Joseph, introuvable depuis l'affaire de Samy, devrait être présent pour s'expliquer sur le rôle des Libanais et sur son projet d'alliance avec les Napolitains. Pas ceux de Sperlonga. Marcel saura le persuader d'abandonner cette folle idée devant la nouvelle proposition des Siciliens. Demandera la vie. Joseph ne l'a-t-il pas aidé à éliminer son premier grand rival parisien, le Saint ? Si les Siciliens sont en mesure de fourguer quatre tonnes de pure, c'est qu'ils ont déjà pris la décision d'ouvrir les vannes en grand.

Marcel jette un dernier coup d'œil sur le Rocher du prince. Repense au fastueux mariage du prince et de la belle actrice américaine, et à la préparation de ce colloque dans un salon aux vitres aveugles. Il ferme sa malle de voyage, ouvre la mallette et prend le passeport. Repense à Joseph, à son royaume de Tanger, à son intelligence, aux coups de feu à Paris, à sa maison d'édition de musique douce, à tous ces chanteurs corses qui lui doivent carrière. Qui d'autre que Joseph aurait pu avoir l'idée de convoquer le Comité à un colloque monégasque sur la radio privée ? Marcel doit reconnaître le culot du petit homme. N'a-t-il pas participé au montage de cette fameuse radio qui a guidé les trafiquants de tout poil sur la Méditerranée ? N'a-t-il pas, par l'intermédiaire de sa maison d'édition, contribué à l'essor de la télévision et de la radio privées dont les antennes se dressent dans le ciel bleu de la principauté ?

Marcel enfile son imperméable.

Dans moins d'une heure, il va jouer sa fortune en fumant un cigare de La Havane.

Leçon numéro deux

Neuf balles. Demain, une autre histoire, une dette à honorer.

Je vais bientôt fêter mes quarante années de bons et déloyaux services au royaume de l'escroquerie, de l'entourloupette. Pire, de la manipulation. Il y a quarante ans, j'ai bifurqué, pris l'école de la rue. J'ai acheté des clopes aux habitués des bars de Pigalle et n'ai jamais rechigné à faire passer des bouts de papier d'une main à l'autre, reluquant déjà les filles de joie. J'avais douze ans. J'étais attiré par le gain, l'argent facile et les combines. J'adorais les chiffres, mais pas les mathématiques. Je collectionnais les clés et avais vite appris à ne jamais les poser sur une table. Superstition. Les mains dans les poches, j'adorais faire chanter les pièces au bout de mes doigts. La cour de l'école avait été mon premier terrain de jeu. J'y louais mes poings au caïd du pré carré. Et ni les raclées de mon père, ni les tirages d'oreille de mon instituteur n'avaient retardé mes ardeurs de chenapan. J'avais choisi la débrouille contre l'instruction, sentant déjà l'aversion pour un système qui ne profitait qu'aux riches. Et riche, je voulais le devenir. Mon père m'a toujours dit. Si tu veux être riche, fréquente les riches. Ne croise les pauvres que le temps de les arnaquer. J'ai grandi dans le taxi de mon père, me prenant pour un chauffeur fou, imaginant que j'allais suivre le pas de mon père sur le macadam parisien. Mais ce n'est pas le macadam des rues qui m'a attiré, non, ce sont les gens qui l'habitent. Le nez collé au pare-brise, j'ai vite reconnu les espions des trottoirs, les flambeurs des terrasses, les piliers de bistrot, et, la nuit tombante, les dealers de nuit, les gardiens de boîte, les flambeurs des clandés, les filles. Et les flics en civil. Mon père en connaissait beaucoup.

Et puis, il y avait les caïds des faubourgs, maîtres éphémères des quartiers, qui devaient faire le chiffre. Coûte que coûte. LE chiffre. Ils n'avaient que ce mot à la bouche, le chiffre, entre deux bouffées de blonde, trois coups de poing, un coup de feu. Mon père devait cracher au bassinet. Pour sa sécurité. Mon père tremblait à chacune de leurs visites. J'étais fasciné par l'élégance de ces hommes, par leur facilité à se déplacer dans la rue. Mais ces caïds étaient de petits chefs. Ils tremblaient à leur tour. Ils devaient apporter l'enveloppe. Personnellement. Dix à vingt pour cent du chiffre d'affaires. À négocier. Il faut toujours négocier. Dans quelles poches finissaient les liasses de ces enveloppes ? Qui profitait de la manne de la sécurité ?

J'ai longtemps couru après le mystère. Comme celui des Canards, le bar des Napolitains et ses trois caves, décrit comme le temple des tortures pour les infidèles de l'enveloppe, et pour les irréductibles, la découpe à la scie. À vif. À mort. J'ai vite appris à ne plus chercher à savoir. Il y a des mystères qui doivent rester mystérieux. C'est Willy de Pigalle, l'Arsène Lupin des pierres de jade, qui me l'avait répété deux fois en m'enfonçant la casquette sur les yeux. J'ai compris. Âgé d'à peine seize ans, j'ai pris un paquebot pour l'Amérique. Recommandé par un tailleur du Sentier, je me suis retrouvé dans le même système d'enveloppes à Chicago. On ne refait pas le monde.

À peine rentré en France, je suis frappé de plein fouet par la mort du Belge. Après avoir bourlingué de par le monde, vécu mille richesses, connu cent misères, je me retrouve dans un jeu complexe dont je ne connais pas les règles. Les trottoirs de Paris m'invitent à nouveau à la danse des mystères, ceux qui ont soufflé sur ma révolte d'adolescent. Qui m'a invité au bal de ce règlement de comptes ? Qui ? Il connaît mes antécédents, mon expérience militaire et mes quelques séjours dans les rangs des services de renseignements. Il m'a choisi pour ces raisons-là. Il doit aussi savoir que j'ai travaillé pour les Familles italo-américaines et les Corses. Il sait que je suis potentiellement en mesure de résoudre ce nouveau mystère de Paris. Il doit donc savoir ce que peu de personnes savent. Ce pour quoi il l'a touché, ce pour quoi je me dois d'honorer. Une dette. Le Belge m'a sauvé la vie et plusieurs fois la mise. Je n'ai jamais pu lui rendre. Et cette femme du parc, que sait-elle ?

J'ai retrouvé la chambre d'hôtel en plein cœur du Marais. J'appuie sur le voyant rouge. Des équipes de télévision sont déjà sur place. L'hypothèse du règlement de comptes est déjà avancée. Déjà des Arabes de la couronne. Les journalistes ne disent jamais rien de cet univers. Ou si peu. Ils penchent pour une vengeance. Tour de Pise ou tour de Babel ? Quel directeur de la rédaction aurait l'audace de faire le lien ? Qui oserait donner un coup de pied dans la fourmilière, perdre sa place, son ordre social ? Je déplie à nouveau le *Canard* sur le lit. Chirac miné par les cassettes. Neuf syllabes. Les journalistes sont manichéens. L'un d'eux m'a dit un jour, l'écharpe rouge autour du cou. Nous sommes le miroir du lecteur. Je lui ai rétorqué. Mais qui le fabrique, le miroir ? Et avec quelles enveloppes ? J'ai ri, fort, exprès. Pas lui.

J'éteins la télé, allume la radio. L'info passe en boucle. Le dernier parrain est mort. Cela fait quarante ans que j'entends que le dernier parrain est mort. Ce soir, je ne sors pas. J'anticipe. L'assassinat du Belge est l'amorce d'une bombe, une déflagration dont on ne peut mesurer la force. Bluff ou ultimatum ? En l'éliminant, les commanditaires veulent ouvrir un nouveau chapitre de la géopolitique souterraine. Dans notre cercle d'initiés à la vendetta, des paris et des contrats, la mort d'un juge n'est pas un simple attentat commis par des forcenés ou des impatients incontrôlables. Impossible. Un tel geste n'est que déclaration de guerre entre deux ou plusieurs factions dont il est toujours bien difficile de savoir quels sont leur nature, leurs possibles liens, et leurs véritables mobiles. Dans cet univers d'*omerta* où seule la parole donnée orchestre les folles transactions, où seuls les avocats arbitrent le lavage des profits, où les caïds connus de Paris ou de Marseille ne sont que des personnages de boulevard, des seconds rôles, il faut toujours raison garder. Les beaux voyous, de la stature du Belge, sont aussi manipulés. À tout moment, la foudre peut s'abattre sur l'un des hommes chargés de faire appliquer les règles. Le juge n'est qu'un fusible. Mais de qui ? De quoi ? C'est l'évidence, le Milieu est au centre des affaires illégales mais pas seulement. Ces hommes sont condamnés à l'invisibilité, souvent à la cavale, à éviter le canon qui brille dans leur dos. Version papier glacé. Le Milieu n'est pas seulement un nid de prédateurs nocturnes, un ramassis de proxénètes jaloux, des voleurs qualifiés de fourgons blindés ou des artisans collecteurs de machines à sous. Ils le sont, c'est vrai, pour les affaires courantes, celles qui remplissent d'argent sale les coffres des voyous, les portefeuilles des corrompus ou les trésors des cabinets noirs, de gauche comme de droite. Mais pas seulement.

Je laisse la radio cracher ses tubes. Descends à la réception et demande la clé de mon coffre. Je prends la sacoche verte, referme l'écrin blindé et remonte dans ma chambre. Par l'escalier. Je glisse le minidisc dans le lecteur, règle mes écouteurs. La réponse est peut-être numérique. Commencer par ça. Qui pourrait me croire ?

Première plage. Meeting électoral. Le discours dénonce le danger venu de l'extérieur. Pas de danger dans la ville, pas de danger pour la ville. L'orateur est médiocre. J'ai pris des photos. J'avais pour mission de suivre l'orateur avant le meeting. Son image. La première photo montre deux hommes qui se serrent la main. L'un est le directeur de cabinet de l'orateur, l'autre, un homme de confiance du Belge. Marché conclu. Le premier a dit. S'il est élu, je peux vous assurer que vous aurez le feu vert pour installer votre parc de machines à sous sur notre commune. Le second dit. OK. On s'arrangera pour la piscine de sa villa. On a prévu un voyage aux Antilles, cadeau, lui et sa femme, vous et votre femme. Le chevalier blanc l'a bien mérité. Les pauvres pourront continuer à rêver et les riches à voter. Le voyou tient toujours sa parole mais personne n'est dupe. Il meurt plus vite. Le directeur du cabinet le sait. Ses collaborateurs sont en contact avec des hommes de la Table ovale. Prévoir c'est gouverner.

Deuxième plage. Autre meeting, autre élection. Le sermon fustige l'ennemi de l'intérieur. Et comme d'habitude, l'ennemi est jeune, pauvre, sans emploi, déraciné. Peu de mots sur les gens du voyage. J'ai noté sur mon calepin. Bizarre. J'ai aussi suivi cet homme à des rendez-vous fort discrets. Il n'a pas voulu marcher. Il a dit. Je ne suis pas à votre botte. Si je suis élu, ne comptez pas sur moi. Allez voir ailleurs. Il a été élu de justesse. Ils se sont souvenus de son obstination. On appelle ça le baptême du feu. Feux de poubelles, de voitures, insultes taguées, vols à main armée, et braquages de banques. Et jamais n'importe lesquelles. Jamais. J'ai vérifié. Quand l'élu ne contrôle plus sa ville, ses quartiers, ni même ses fidèles, il revient toujours à la politique de la main tendue.

Troisième plage. Une réunion politique quelque part dans le Sud, un vrai bordel. Le tribun s'emporte contre les gangsters qui pillent la France, dénonce l'existence d'un crime organisé. Il va trop loin. On appelle ça le plan d'urgence. Il ne faut jamais dire de telles évidences. Ils ont payé le prix fort. Ils savent que je suis l'un des meilleurs spécialistes. Je regarde les photos. Le tribun promène son chien, sa femme, sa maîtresse. Le tribun est protégé mais il est cerné. Je lui ai d'abord envoyé une charmante demoiselle, une étudiante en droit. Parfaite. Elle est partie sans rien dire. Il est devenu fou. La dernière, la sixième, est partie avec sa femme. Puis je lui ai envoyé des photos de ses ébats, des films, et j'ai même réalisé des montages. Le tribun a fini par craquer. Pour la prochaine élection, il me l'a juré devant sa fortune, devant ses avocats, il ne parlera plus de crime organisé en France. À l'Assemblée, promis, il ira rejoindre la commission antidrogue.

L'information est vitale. La mémoire est une arme.

Il faut que je me remette dans le bain. Je ne vois rien, ne sens rien, ne devine rien. Manipulation. Il faut toujours se méfier de ce mot-là. Je jette violemment le minidisc contre la télévision. Je délire. Qui va me manipuler ? J'ai appris à ne jamais tourner le dos. J'ai appris à me méfier du vieux qui promène son chien. Je me méfie de tout. À tout moment, le témoin peut me contacter. Il a mon numéro. À tout moment, il peut surgir de l'ombre et prendre le son d'une déflagration, l'odeur de la mort. Ou me donner les clés. Pour comprendre.

Je reprends mon souffle. J'allume la télévision. Publicités. Il faut que je me concentre sur la résolution du mystère. Journal de vingt heures. Une civière sort d'un bar. Cordon de sécurité. Le mort n'est pas ordinaire.

Pour comprendre l'histoire d'un règlement de comptes, il ne suffit pas de compter le nombre de balles. Seule la dernière compte. Sa cible, sa trajectoire, son impact, la façon dont la cible tente d'éviter la dernière balle avant qu'elle efface à jamais les couleurs de la vie. Il faut comprendre la façon dont le tueur peut jouir de la souffrance du condamné. Ressentir le sadisme exubérant. Comprendre la dernière balle. Reprendre le cours de l'histoire. Les deux hommes sur la moto. Le clochard. Le message. La femme. Revenir dix ans en arrière. Quarante ans. Refaire le canevas d'une vie. La Belle, les Corses, la blanche, les filles. Suivre les pas d'un homme, déchirer ses cloisonnements, retrouver les commanditaires. Je dois le faire malgré tout.

Pour l'honneur d'être en vie. Pour l'honneur.

Chapitre quatre

Bibi

17

Max n'est ni corse, ni sicilien, ni napolitain. Pas facile de briller dans ce monde à l'accent méditerranéen quand on a un nom imprononçable. Faute à son père. Et son père, même s'il joue un peu d'argent en attendant le travail, n'est ni un voleur, ni un braqueur, encore moins un assassin. Max a entendu plus d'une fois son père s'exprimer en des termes durs, impitoyables, maudissant toutes ces crapules qui vivent au crochet de la société. Franck n'est pas contre l'oisiveté, mais il répète toujours qu'elle se mérite, qu'elle ne peut être volée à l'innocence des pauvres et des incultes. Et s'il peut avoir de l'indulgence pour les grands voleurs, ceux qui prétendent ne voler que les riches, Franck l'ébéniste a du mal à supporter l'arrogance des julots, ces petites frappes qui vivotent sur le dos des prostituées. Arrogants, habillés comme des princes à la petite semaine, le peigne côtoyant le flingue enrayé, ils traînent leurs gueules d'amour jusqu'aux sorties des écoles. Et ça, non, aucun père ne peut l'accepter. Franck a d'ailleurs fait savoir que ses filles ne seraient jamais de cette fête-là. Il préfère, au pire, qu'elles se marient avec un trafiquant pour profiter de la grande vie, mais qu'elles tapinent, là, au bout de la rue, ça, jamais ! Franck n'est pas dupe. Il sait faire la différence entre un trafiquant et tous ces harengs d'eaux sales depuis qu'il lance les cartes au bar de Léon. Oh, il n'y va pas souvent, non, une à deux fois par semaine, juste pour se tenir au courant des petites histoires du quartier et des plus grandes, celles qui filent à la marseillaise sur tous les zincs de la cité et d'ailleurs. Franck a toujours été étonné par cette faconde méridionale qui grossit toute scène anecdotique et qui, dans le même temps, peut réduire à chagrin un exploit du plus haut mérite. Et puis, s'il vient se montrer chez Léon, c'est aussi pour prendre des nouvelles des étoiles montantes de la Belle-de-Mai.

De son fils, le Belge.

Franck est à la fois fier et furieux. Furieux que son fils, celui qui doit donner l'exemple à Victor, son petit frère, ait abandonné si vite les bancs de l'école pour prendre le maquis de la rue et frapper la semelle des trottoirs malfamés. Mais il est paradoxalement fier de le voir franchir la porte du poker comme un affranchi. De trimbaler ce surnom. Son enfance. Max n'est pas perturbé par la ronde de son paternel, au contraire ! Il se plaît à lui montrer ses passe-droits et à faire défiler ses fréquentations, même si ces hommes sont pour la plupart des maquereaux. Et Max s'en défend habilement. Il se fait une place au milieu des harengs pour éviter à ses sœurs d'être malmenées, voire battues et jetées en pâture dans leurs bras. Et mieux encore, pour protéger Victor. Les arguments sont irréfutables.

Max a fait du bar de Léon son laboratoire, et du *Canard enchaîné* son autel d'éducation satirique. Sans se douter qu'il apprend tous les mercredis une forme ludique du civisme à travers le décryptage acide de l'actualité. Il s'efforce de tout lire, dévore les grands dessins de la dernière page, et décortique cette étrange lucarne où des écrivains tordus s'acharnent à faire jongler les syllabes. Max n'a trouvé personne qui puisse lui décrypter les phrases écrites sur « L'album de la comtesse », et pour quoi faire ? Pour Léon, l'instruit de la place, cela ne fait aucun doute. Cet album est un ramassis de messages codés qui, oh ! ce serait bien le comble ! sert les intérêts obscurs des politiques et autres personnes d'influence. L'accent pied-noir sursaute. Méfie, le Belge, te fais pas tourner la tête par ces imbéciles, hein ? Depuis que De Gaulle a retourné sa veste sur la question de l'indépendance de l'Algérie, Léon n'en loupe pas une. Mais Léon doit couper son pastis avec beaucoup d'eau. La plupart de ses clients ne sont-ils pas des tire-au-flanc du Service, la garde rapprochée du géant ?

Des messages codés ? Pourquoi pas ! Max a déjà quelques idées qui volent dans son esprit comme un grand vent fouette la petite pluie, au large de Porquerolles. L'usage est répandu chez les trafiquants de grande envergure, ceux qui ont pour ambition de poser leurs malles dans les plus beaux hôtels du monde.

Joseph l'avait affranchi des codes maritimes. Il lui avait expliqué comment il s'était servi de la radio à ondes courtes pour que ses bateaux puissent naviguer tranquillement sur la Méditerranée, entre Marseille et Tanger. Les caps, les ports, les îles ou les marchandises, tous les éléments ayant trait aux divers trafics avaient un nom codé. Max se souvient de « Freddy » pour tabac et de « Santiago » pour Porquerolles, l'île située au large de Toulon. Max s'était souvenu du mot écrit par M. Paul. Appelez Paco sur 222 mètres. Il transmettra sur Channel 3. Rendez-vous à l'étage de Santiago. Max n'avait pas osé dire au Balafré qu'il avait oublié de faire la commission. Après tout, quelle importance ? Joseph lui avait recommandé de bien faire attention à ceux qui détiennent le pouvoir des radios et surtout des journaux. Le *Canard*, le *Provençal*. Joseph était sérieux. Tu vois, petit, on vit encore dans un monde d'oreilles. Il faut t'en souvenir. La guerre a fermé les écoles, car les nazis savaient que les instituteurs étaient des Résistants, mais ils ont oublié de détruire toutes les radios. Ses ondes invisibles ont réuni des milliers d'hommes, d'ici à l'Afrique, autour d'un meneur, un vrai chef de guerre. Sans la radio, pas de victoire et, sans victoire, pas de protection ! Max n'avait pas compris, du haut de ses onze ans, la signification des mots propagande et protection. Jamais personne ne lui en avait parlé, pas même son instituteur. Il en avait bien touché deux mots à un copain de classe, Sombrero, un ténor du premier rang, qui se voyait déjà à la mairie de

Marseille, mais ce dernier avait rougi. Honteux, mouché par le petit crâneur, il avait dû consulter le dictionnaire. Joseph aurait aimé lui conter son dernier combat. Lui dire comment les Corses s'étaient fait rouler dans la farine par les Siciliens. Ruinés. Qu'ils auraient dû l'écouter. Que Fidel allait foutre dehors Batista et les Siciliens et, avec eux, les Corses et leurs maudites affaires. Que Luciano le savait par un mystérieux groupe de Boston, un groupe où se mélangent les puissants du secret et les chefs de la Commissione, un groupe portant le nom de Mayflower. Fleur de mai, comme à la Belle. Mais Joseph s'était soudainement éteint quelques semaines après la victoire du Che, débarqué sur un autre bateau, le *Granma*.

Tous les mercredis, c'est Max qui prend la place de Léon pour lire les nouvelles satiriques. De sa voix posée mais vivante, il parvient à réunir les fidèles de Léon, ceux qui ne sauront jamais lire, et ses anciens copains de classe qui tuent le temps à jouer aux cartes ou à courir les filles. Il y a aussi des femmes, oh, non, pas de trop, non, mais des femmes habillées de longs imperméables qui boivent du café, les doigts chargés de nicotine. Et depuis quelques mois, à l'heure de cet apéritif où les julots passent la porte du poker pour aller remettre la taxe des trottoirs au Commissaire, il y a Bibi. Bibi accompagne son grand frère à la Belle-de-Mai. Proxénète influent de l'Étang de Berre, il est presque heureux de retrouver l'arrière-salle de Léon. Ses enveloppes ne servent plus à financer le trésor de guerre du FLN. Car durant la guerre d'Algérie, il n'avait pas eu le choix. Son ancien protecteur était mort sous les balles de jeunes caïds d'origine algérienne, ayant pour objectif de prendre le contrôle des tripots et bordels des communes de l'Étang. Autour de Berre, les raffineries de pétrole attirent une main-d'œuvre bon marché, les marchés publics se chiffrent en milliards. L'argent liquide, noir comme le pétrole, y a toujours nourri paris et divertissements, contrats et magouilles. C'est un énorme marché clandestin alimenté par la fraude fiscale dont tout le monde profite sans vergogne. Mais cette manne représentait d'abord pour le FLN l'un de ses principaux tiroirs-caisses de la guérilla. Les accords d'Évian signés, le frère de Bibi a fait savoir au gang de Hocine qu'il ne comptait plus participer à l'effort de guerre. Mais Hocine, à la surprise du proxénète, a éclaté de rire, laissant filer sa victoire à la barbe des voyous. Hocine lui a dit. Je suis sur le point de partir définitivement en Kabylie, sur les terres de mes ancêtres. Tout est réglé comme du papier à musique. J'ai laissé mon territoire à mon plus grand adversaire, Antoine le Calenzanais, en souvenir de la bataille pour le contrôle des machines à sous, des baraques à fruits. La querelle remonte à l'avant-guerre mais Hocine n'a jamais oublié le geste d'Antoine qui, le tenant en joue, lui a épargné le trou noir. Il a certes perdu la bataille des fruits mais, grâce à Dieu, il a pu faire fortune dans le trafic d'armes avec la complicité d'individus qui, dans le même temps, ont fourni les mêmes stocks aux barbouzes et autres partisans de l'Algérie française. Avec ce magot, Hocine a un autre plan. On m'a prédit, en haut lieu, une affaire pleine de promesses. Le pétrole. Et ses dérivés.

Max a appris cet étonnant épisode de la bouche joliment dessinée de Bibi, à la fin de l'été 1962. Jusqu'alors, ils ne se sont pas trop parlé, juste remarqués du coin de l'œil, tous deux amusés par les coulisses de l'actualité révélées par les plumes du *Canard*. Bibi a gardé l'habitude de rester près de son frère, ne répondant jamais aux mouvements de menton des canailles. Qui pouvait ne pas remarquer cette taille fine et ce visage angélique ? Mais le grand frère veillait. Et si l'un osait s'approcher de trop près ou laissait glisser une main baladeuse, il remettait l'érudit à sa place d'un seul froncement de sourcils. Max arrivait à soutenir le regard de la jeune femme durant une poignée de secondes, mais il n'avait jamais osé lui parler, ni même lui offrir un Coca-Cola, sa boisson préférée. Ce mercredi estival, donc, Bibi entre au bras de son frère dans le bar. Comme d'habitude, il commande un Coca et un verre de blanc, et disparaît derrière la porte de poker, l'enveloppe cachée dans son holster. Bibi fait un clin d'œil à Max, assis à l'autre bout du zinc, toujours aussi amusée de voir ce jeune homme en train de faire le pitre. En signe d'accusé de réception et emporté par l'euphorie de sa dernière prestation orale, Max dédie le nouvel article à Bibi, le rayon de soleil du mercredi, et entame, dans un nouveau silence, une lecture de circonstance.

Titre : À Oran, c'est toujours le bordel !

En Algérie, la guerre n'est toujours pas finie. C'est une curieuse mésaventure que vient de vivre l'un des plus importants patrons de bordel d'Oran, pourtant protégé par une noria de policiers français à la retraite. Le grand « Raymond », connu pour son train de vie luxueux, ne peut plus prétendre ne pas connaître les truands de la métropole. Il vient en effet de passer une semaine de vacances avec l'une des têtes brûlées du Milieu, un tête-à-tête qui lui aurait coûté la modique somme de 500 000 francs. Nouveaux, bien sûr. L'histoire a commencé au début de l'année, lorsque le grand « Raymond » aurait oublié de payer sa cotisation au club des protecteurs, tous connus pour avoir été formés dans les caves sordides du bar Les Trois Canards. Averti une première fois par les caïds de Paname, le bordelier oranais aurait fait connaître à ces messieurs de la pègre son refus de coopérer financièrement, proposant sournoisement qu'ils aillent à la pêche. Bien mal lui en a pris. Aussitôt, un Cessna s'est envolé pour l'Algérie avec à son bord quelques redoutables gâchettes, et un pilote connu pour ses talents de recouvrement. Quelques heures plus tard, le grand « Raymond » était enlevé sous le nez et à la barbe de ses belles hôtesses, et embarqué à bord de l'avion de tourisme. C'est à plus de mille mètres d'altitude, alors qu'il était suspendu par les pieds au-dessus de la Méditerranée, qu'il aurait reconnu avoir été maladroit. L'histoire ne dit pas quel est le nom du pilote, un voyou chevronné dit-on, mais dans le Milieu, tout le monde y voit la main experte d'un Marseillais. Le « Tio », comme on le surnomme dans le Mitan, n'en serait pas à son premier coup d'envergure. Amis bordeliers, vous êtes maintenant prévenus. Avec les voyous, la guerre n'est jamais terminée !

Sifflets d'admiration, murmures, exclamations. Les langues se délient. Je te dis que c'est celui qui s'est allié avec les Napolitains, avec Tany Zampa, ils font même dans les chevaux avec les Napos depuis la Normandie ! Mais non, tu racontes toujours que des conneries, toi ! Moi je te dis que c'est pas lui, c'est encore un coup des barbouzes, peut-être même des gars du Service, toutes ces olives qui ont un noyau à la place de la cervelle.

Max en profite pour passer derrière le bar, en enjambant le comptoir. Il ouvre le frigo, sort deux bouteilles de Coca, avise que Bibi n'a pas été rejointe par son frère, prend une longue inspiration et se dirige, en apnée, au-devant de la demoiselle. Salut, Bibi, je peux ? Il lui tend la bouteille. D'un simple coup d'œil, elle lui fait signe de la poser sur le zinc, lui montrant son verre à peine vidé. Tu n'as pas encore bu ? lui lance-t-il, essayant de contrôler son enthousiasme. Non, j'étais en train de t'écouter. Tu sais qui c'est, toi, ce Marseillais ? Max ne l'entend pas, la boit du regard. Des yeux noisette, des cheveux bruns, longs, aujourd'hui tirés et serrés en queue-de-cheval, et là, entre son tout petit nez et ses lèvres de jeune fille, ce grain de beauté. Max, tu m'écoutes ? Euh, oui, oui, bredouille-t-il. Le Marseillais ? Ben, je sais pas, faudrait demander au Commissaire, celui qui discute avec ton frère, mais je crois pas que ce soit le moment. Elle dit. Il paraît que c'est vrai ? Qu'il a été commissaire du secret, espion ? C'est possible, moi tu sais, ces histoires... Quoi, tu vas pas me dire que tu ne sais rien ? Max prend un ton un peu moins mielleux. Tu sais, on m'a toujours dit de rester loin de ces affaires, et c'est un bon conseil. Et puis, t'es bien curieuse pour une fille de ton âge ! Elle sourit, malicieuse. Pourquoi ? Il y a un âge pour être curieuse ? Max hésite, se mord la langue. Tu sais, Bibi, j'avais un ami sicilien, c'était comme un grand frère. Jeannot disait toujours, enfin, c'est son père et son grand-père qui lui disaient toujours, pour les affaires, ne ramène jamais de femme à la maison. Jamais. Elles bavent toujours. C'est la traduction en français, mais je. Elle saute sur l'occasion. Bravo ! Je vois que tu es à bonne école, et bien sûr, tu vas faire pareil, non ? Bibi le nargue du coin de l'œil et ajoute avec un brin d'ironie. Et toi, le Belge, tu n'aimerais pas ramener un jour une femme dans ta maison ?

18

Une maison, une femme, Éva, un hôtel.

Max ne peut sortir de son esprit la femme du Libanais, malgré les avances affichées de Bibi. Pourtant, ramener une femme à la maison...

Il a bien tenté de voler des baisers à des copines du quartier mais sans conviction. À chaque occasion, il ferme les yeux et imagine qu'il embrasse enfin la belle dame. Son cœur est au fantôme. Il reste indomptable, au grand désespoir des midinettes qui craquent sur sa carrure athlétique, son charme de jeune premier, et son audace révélée au rang de chef de bande. Elles aiment bien, les filles, le voir mener sa petite troupe d'effrontés dans les rues de la Belle-de-Mai, le voir courir, toujours plus vite, les poches pleines de victuailles volées à la va-vite sur les étals de la ville. Les filles épient le retour de la bande, servent aussi de guetteurs de l'Opéra au Panier, des Cinq-Avenues aux Catalans. Par Martin, toujours aussi bavard, elles savent qu'ils travaillent à la commande, que c'est le fourgue qui leur demande d'aller visiter des voitures, des maisons, des magasins. Mais pas les entrepôts. Non, pour cela, il faut savoir conduire de grosses bagnoles et avoir l'autorisation, sinon...

Les filles ne sont pas dupes. Malgré leur jeunesse, malgré leur discrétion habituelle, elles ont appris à ne rien dire, à tout écouter. Et c'est entre elles qu'elles partagent leurs rêves, entre elles, qu'elles s'adjugent les convoitises et se partagent leur territoire. Miser sur celui qui va les sortir du quartier. Comme Tany, le beau Napolitain. Choisir celui qui est à la fois mignon et malin, espiègle et amoureux, volontaire et courageux. Choisir celui qui sait mener sa petite troupe, assurer de bons conseils et établir son règlement, ses codes, sa petite loi. Oh, bien sûr, les adolescentes de la Belle-de-Mai savent que certaines bandes ne sont que des chenilles, des larves qui écloront plus tard, sous l'aile providentielle de voyous chevronnés. Les trottoirs sont le fonds de commerce des gangsters, des plus grands, ça, oui, qui ne le sait pas à Marseille ? Et d'ailleurs, ne dit-on pas que c'est partout pareil ? Que certains caïds de la cité contrôleraient des trottoirs ou des lieux plus proprets, en Europe et même là-bas, en Amérique du Sud ? Les filles ne sont pas dupes. La mode est à la rébellion, à l'insurrection, à se faire courir par les condés, à se faire remarquer par les ténors des barreaux, la mode est à la vie qui va vite. Vite. Vite comme les passes, vite comme les hommes qui passent, vite comme un voleur qui court. Vite. Les filles ne sont pas dupes. Les grands frères ont choisi. On leur a appris à lire, à écrire et à compter. Mais ils avaient la bougeotte, alors ils ont fait un bras d'honneur au baccalauréat. Les enfants de la Belle ont gardé cette haine de la police depuis cette sale guerre où les condés de la Milice venaient chasser les Rouges, les femmes en premier pour les déporter. Les enfants de la Belle sont devenus contrebandiers. Pour lutter. Ils ont pris leur plume et ont multiplié. Combien d'années de salaire à l'usine pour acheter une voiture ou pour mener une belle vie ? Qui veut aller mourir à feu doux pour la gloriole d'un patron radin ? N'y a-t-il pas d'autres exemples à suivre ?

Max a longtemps écouté les bégaiements de Joseph. Max a toujours cru qu'il bégayait pour éviter de tout dire, retarder sa vérité, entière, pleine, qu'il cherchait ses mots pour éviter de relier ses tourments. Joseph lui répétait toujours. Le courage est la foi, l'argent, ton Église. Il disait. Tu vois, aujourd'hui ce sont les grands, ceux qui ont plus de vingt ans, qui tiennent la rue, protègent les commerces. Mais tu vois, cette rue, il ne faut plus que tu la regardes avec des yeux d'enfant. Ce n'est pas la cour de récréation mais la cour des Miracles. Il suffit de montrer que tu as du courage et tu te feras respecter. Quand il parlait de la vie, le Corse quittait la terrasse de Léon et marchait vers la gare. La rue, c'est la lutte finale, une lutte à mort entre nous, les paumés, et les flics, les ratés. Au début, c'est ce qu'on croit, le bien, le mal. Sans partage. Et puis, si Dieu garde ta vie, tu te rends compte que tout le monde se retrouve au milieu, car tous les paumés et les ratés ont un point commun : ils ont peur du lendemain, ils ont peur de la mort. C'est pour cela que l'on se bat. Pour se protéger du lendemain. Les flics protègent les citoyens au nom de l'intérêt général, et nous, on protège les citoyens dans leur intérêt particulier. Tu saisis, petit ? Durant ces promenades, Max a remarqué le respect des commerçants sur les pas du Corse. A vite appris la leçon.

Divertissement et protection.

Le Balafré lui avait conté ses affaires à Tanger, à Paris, et la leçon qu'il avait tirée au contact des Siciliens, des chefs des Familles. Il te faut regarder la rue autrement, petit. Par le filtre de cette devise de Luciano. Divertissement et protection. Trottoirs, terrasses, bistrots, hôtels, commerces, arrière-salles, sous-sols, caves, et, sur le macadam, taxis, bus ou camions. Distraire et protéger les clients, de leur portefeuille à leur vie privée. En voyant des ouvriers qui s'activaient autour d'un chantier électrique, Joseph n'a pu s'empêcher. Il y a aussi tout ça, surtout les travaux publics. J'ai participé à la construction d'une route large comme deux fois la Canebière à Cuba, reliant La Havane à Santiago. Mes associés sont des hommes importants. Joseph n'a pas précisé. Il avait envie de l'affranchir, lui parler de ses associés, des deux grandes Familles de New York, de Santo Trafficante, de Luciano et du président Batista. Mais Max n'est pas corse. Il ne pourra jamais lui dire que les seniors du Mayflower ont droit de vie ou de mort sur le président américain. Irlandais ou pas. Mais à quoi bon ? Le Balafré, ce jour-là, lui a juste dit. Souviens-toi, Max, l'avenir de l'homme, c'est le divertissement et la protection.

Max a invité Bibi à s'asseoir sur la terrasse, avec l'accord du grand frère, resté accoudé au bar à côté de la bouteille de blanc. Léon lui a fait un clin d'œil. Bon pour accord. Martin s'invite à la table sous le regard désapprobateur de Max. Mais depuis qu'il l'a désigné comme son garde du corps, en récompense de son premier match de boxe victorieux, des paris gagnés, il ne peut le mettre à l'écart. Et Bibi en profite. Elle parle de l'histoire de son grand frère, de Hocine le Kabyle, faisant mine, elle aussi, de souffler le mot « protection » dans les plumes d'un ange qui ressemblerait étrangement à un jeune homme de la Belle. Bibi joue des cils, allume le désir de Martin. Max envoie un grand coup de pied dans le tibia de son ami. Martin baisse les yeux. Max pose ses coudes sur la table et se penche sur deux invités. Je vais vous confier un secret. Fermez les yeux. Imaginez une place avec une fontaine, des terrasses, des bars, des ambulants et, tout autour, des magasins, c'est bon ? Bien, imaginez. C'est le matin très tôt. Il n'y a personne, tout est fermé. Il fait nuit. Un poissonnier se lève, prend sa voiture à bras et descend sur le port. Il achète son poisson. En remontant, pan ! des voyous l'assomment et lui volent la marchandise. D'après vous, que va-t-il faire ? Bibi ouvre les yeux. Il va retourner au port acheter de nouveaux poissons ! Max réfute. Impossible, il n'a pas assez d'argent. Alors ? Martin, en se marrant. Il court chez les flics, porter plainte ! Max objecte. Et tu crois que ça va lui permettre d'ouvrir son magasin sans poisson ? Crétin, va ! Martin est vexé. Ben non, s'il n'a pas de poisson, ça sert à rien. Bibi a refermé les yeux. Je vois. Martin, t'as oublié quelque chose d'important. Max la regarde, intrigué. A-t-elle fait l'innocente lorsqu'elle a parlé de son frère ? Possible. Max a toujours senti qu'elle est depuis longtemps au parfum. Elle ajoute, sereine. S'il a payé la cotisation, alors ça change tout ! Martin en profite pour frotter sa jambe contre le mollet de la belle. Aïe ! Il mange sa douleur. Quelle cotisation ?

Max hésite. Avertit Martin. Ce que je vais te dire là n'est qu'un exemple, tu me promets de ne rien faire de pareil sans mon autorisation, d'accord ? Martin se frotte la jambe. Bibi le provoque. Il prend aussi le coup de pied de Bibi pour un avertissement. D'accord.

Max poursuit, le menton haut. Bibi a raison. S'il a payé la cotisation, ça change tout. Il est remboursé sur-le-champ. Le racket, ce n'est pas seulement une charge sur provision. Il faut assurer au marchand de poisson non seulement sa tranquillité, mais aussi son chiffre d'affaires. Faire en sorte qu'il y ait du monde pour attirer le monde. Un poissonnier sans clients, c'est comme une boîte sans sardines. C'est froid, vide. Et pour cela, il vaut mieux être à la tête d'une grande équipe, car une équipe de vingt soldats, c'est au moins vingt familles à nourrir. Vingt poissons par jour. Sept mille dans une année ! Et du monde dans la boutique ! Max sourit. Le système est génial. Le voyou prend de l'argent au poissonnier, troque cet argent contre des vêtements, de la nourriture, de l'essence pour la voiture, des trucs de tous les jours, comme du poisson. Il mange du poisson et, à la fin du mois, il récupère une partie des recettes du poissonnier. Et ainsi de suite. Et si la chance sourit aux détrousseurs, si les flics chassent sur d'autres terres, filent d'autres terreurs, alors la bande achète le fonds de commerce. Le poissonnier paie son loyer et sa prime d'assurance désormais à la même personne. Et la mode, dans le Milieu, c'est de contrôler aussi les fournisseurs installés sur le port, les sociétés de bateaux, les postes de carburant, tout ce qui touche de près ou de loin aux commerces. Génial, non ?

Max a parlé vite. Martin n'a pas tout compris. Bibi, elle, craque. Les yeux de Max brillent. Son raisonnement est clair, ses mots précis, son envie au bord du souffle. Bibi ne dit mot, se retient pour laisser venir le Belge à ses pieds. Il serait bien le seul à résister. Elle mate les seize printemps. Dos taillé en V, muscles des bras légèrement gonflés, épaules larges, un physique d'athlète, puissant, vigoureux. Et ce menton légèrement avancé qui affiche une farouche volonté de déplacer des montagnes, cette façon de poser les mains à plat sur la table, comme pour asseoir son ambition. Bibi craque. Son instinct ne la trompe pas. Un jour, il entrera dans une grande équipe et elle, sa femme, ira acheter des poissons sur la place de la fontaine. Ce jour-là, il ne sera pas loin d'entrer dans la cour des Miracles. Max a parlé vite. Il se rappelle les mots du Corse. Lui aussi rêve secrètement, le menton posé sur ses poings, d'entrer dans la cour des grands. Il voit toujours passer le train, de la fenêtre de la cuisine. Il se rappelle Éva, sa promesse, il sent son épiderme gonfler, il n'a pas le choix. Il doit monter sur le toit du Mitan et y rester, résister à toutes les tempêtes. Le Milieu l'apostrophe, l'aimante. Depuis qu'il a quitté l'école, il côtoie le Mitan tous les jours, les sens à l'affût. Il observe, renifle, tâte et surtout écoute. Sa mémoire carbure à la confidence, celle que l'on croit confier à l'innocent comme pour exorciser le mal dans un sursaut d'orgueil. Et ce Mitan-là, comme celui de Lyon, de Paris ou de Toulon, comme celui de Francfort ou de Londres, il prend toujours la forme d'un triangle. Toujours.

Max continue son exposé. Dessine la pyramide sur un bout du *Canard*.

Il commente en secret, ses lèvres en murmure.

En bas, la main-d'œuvre, fauchée, misérable, stupide et docile, meurtrière et généreuse, paresseuse et envieuse, des milliers d'hommes en perdition qui remplissent prisons et cimetières. Il fait des ronds. À l'intérieur, il pose des croix. Les soldats morts au combat. Restent quelques vivants. Le stylo part d'un rond à la base et monte en flèche au premier étage. De nouveaux ronds jouent aux quilles, certains tombent sans vie, d'autres, plus coriaces, plus malins, ceux qui ont du bon sens, inné, oui, Max en est persuadé, l'arme est acquise mais la vue est innée, ceux-là montent à nouveau, doucement, par les marches qui se dessinent sous la plume. Doucement, sans se presser. Pour se faire remarquer par ceux qui sont plus haut, tout en haut, et qui surveillent les cartes d'état-major. Les généraux. Max hésite. Dessiner combien d'étages ? Il forme un point d'interrogation. Martin bâille, trop intello pour lui. Max écrit sur la pointe de la pyramide. Comité. Comité d'affaires. Il les prend à confesse. Un jour, Joseph m'a dit. Tu vois, ici, ce n'est pas comme en Amérique, ce ne sont pas les Familles qui tiennent les villes, mais des hommes, des associés. Joseph m'a pris le stylo des doigts. Il a dessiné la carte de France, vaguement, puis il a écrit, Paris, Lyon, Marseille. Max reproduit le schéma. Le trait file de la capitale à la cité phocéenne, en suivant le Rhône. Vous comprenez ? Le Belge note. Nationale 7. Martin semble se réveiller. Comme avec la DS ?

Max décrit à Bibi la poussière, les bus, les poteaux, les camions, le trafic et les DS. Ils sont allés jusqu'à Valence avec des copains, sept petites frappes qui chantaient à tue-tête dans la DS blanche. Tu te souviens, Martin ? Martin se frotte les mains. Il a aimé cette fureur de la route, cet incessant va-et-vient des véhicules, l'odeur de pétrole brûlé. Max et Martin étaient partis avec Ciaro, le Tunisien de la Belle, et son équipe. Ils avaient appelé ça la « tournée des grands-ducs », courant d'un dancing à un bar, d'un hôtel de passe à des trottoirs sans nom. Max avait noté que Ciaro était partout reçu comme un ami, et que la nationale 7 lui semblait familière. Comme les DS. Tu te souviens, Martin ? Martin esquisse un sourire.

Bibi est au bord des larmes.

Elle a des copines qui travaillent sur le bord de la nationale et, à elle, ce n'est pas la peine de faire un dessin. Elle regarde Max et lui dit. Désolée, Max, mais il n'est pas question que je monte dans une DS. Va falloir que tu trouves d'autres colombes ou que tu te décides à m'offrir d'autres bagnoles. Sache que j'ai un faible pour les américaines.

19

Quelques mois se sont écoulés depuis les dessins sur le *Canard*. Tous les mercredis, Max guette du coin de l'œil l'entrée de la belle Bibi, mais point de belle fontaine, ni de beaux poissons. Le grand frère vient seul déposer son enveloppe dans les mains du Commissaire. Et lorsque Max lui demande des nouvelles de sa sœur, il fronce les sourcils. Max a bien envie de lui envoyer les poings de Martin dans la figure, de le faire parler, pour lui donner quelques nouvelles – Que fait-elle ? Où est-elle ? Pourquoi ne vient-elle plus ? –, mais non, ce n'est pas le moment ! Le grand frère... Son protecteur est là, soupesant l'enveloppe, et ce n'est pas n'importe qui. Le Commissaire est important. Il prend de l'envergure, amasse les enveloppes. Et pour certains beaucoup trop. C'est Léon qui parle, Léon, l'oreille du Mitan, le chroniqueur des jeux interdits. Max écoute, observe les réactions de l'auditoire, trie et mémorise. Depuis que le Belge a fêté ses dix-sept ans, Léon l'invite aux plus cruelles confidences du moment, le met au courant des soubresauts du Mitan.

Léon est formel. Le Commissaire, c'est l'homme trouble par excellence, le type de personnage que l'on retrouve dans les romans d'espionnage ou dans les films américains. Le problème, c'est de faire le tri entre le vrai et le faux, et ça, le Commissaire, il en joue ! Certains disent qu'il est mythomane. Car si on peut le voir à Marseille, un jour aux côtés du Grand Marcel, l'autre dans l'ombre d'Antoine et des Calenzanais, bien calé entre ces deux grands ténors du Milieu, il a investi à Paris, Nice, Londres. Certains prétendent qu'il travaille toujours pour la DST, et même pour la CIA, que c'est un infiltré à l'américaine qui en profiterait pour monter des dossiers sur les hommes influents du pays. Le Commissaire est un homme d'une intelligence remarquable, formé au secret et à la manipulation, doté, dit-on, d'un pouvoir surnaturel qui lui permet de lire dans les pensées des autres. Il fait des jaloux. Il multiplie avec un succès insolent les affaires commerciales grâce à la complicité de conseillers fiscaux hors pair, connus dans toute l'Europe pour maîtriser les systèmes de blanchiment. On dit même qu'il prêterait la trésorerie de ces restaurants à la mode moyennant une commission de vingt pour cent ! Le Commissaire intrigue. Il serait mêlé à la fameuse guerre des cercles à Paris, passant d'un consortium d'hommes d'affaires à un autre. Sans ciller. Sans états d'âme. Sachant jouer au mieux de ses relations et de sa ruse. Mais ce qui intéresse Max, c'est plus précisément le lien du fameux Commissaire avec Tany Zampa, sa bête noire, un homme bientôt âgé de trente ans dont les exploits se fêtent à grands bains de champagne. Un braqueur génial ou un détraqué chanceux ? Max n'a pas encore digéré l'affront de Tany sur la terrasse du Vieux-Port. Et n'ignore pas la terrible rumeur qui coule dans le caniveau de la Belle-de-Mai. Tany le Napolitain n'aurait-il pas tué Jeannot d'un seul coup de couteau ? Le corps du Sicilien, c'est vrai, n'a jamais été retrouvé. Max garde espoir. Jeannot ne peut pas l'avoir quitté si vite. La rumeur persiste. Les goélands auraient dispersé le corps démembré du Sicilien au large du Frioul. Et cette idée macabre ranime sa colère. Son désir de revanche.

Pour l'instant, Max garde un œil sur le Commissaire, releveur de compteurs en chef, lequel apprécie la vitalité du jeune lecteur du *Canard* et sa fièvre pour les coulisses du pouvoir. Des pouvoirs. Le Commissaire aime la compagnie des jeunes. Il discute du temps, de l'air du temps. Tany est en prison depuis deux ans. Dommage, a-t-il rajouté, c'est un homme d'avenir, il faudra compter sur lui. Le Napolitain est l'un de ses proches hommes de l'art, comme il les surnomme amicalement. Peut-être même le bras droit. À la tête d'une vingtaine de têtes brûlées, il gère la sécurité et la protection des affaires du Commissaire et de quelques associés locaux sur la Côte, des restaurants jusqu'aux hôtels de passe. Mais sa réputation, hormis celle d'être un don Juan, Tany l'a faite en montant au braquage, choisissant les gros coffres, des cibles inédites. Depuis le fameux casse de la Caisse familiale, il y a tout juste trois ans, le Mitan a fait ses comptes. Tany a pris la part la plus importante du butin, investissant au moins quatre cents millions d'anciens francs dans des boîtes de nuit sur la Côte et à Paris. On dit aussi que des associés du hold-up ont disparu, volatilisés, peut-être éliminés. Tany, c'est le petit, le protégé, le surdoué des Canards, celui qui a trouvé la perle rare, le Tio. Braqueur froid, gâchette brûlante, la nouvelle lumière des Napolitains, accepté pour son courage destructeur. Tany touche des sous sur des centaines de kilos, sa part, expédiés vers le Nouveau Monde. Des milliards. Pour Max, ce n'est pas une surprise. Comment pourrait-il oublier la phrase de Joseph, reprise par Léon après la réunion de Monaco. Tout le monde dans la came ! Impossible de l'oublier. Et lorsqu'il regarde passer le Commissaire, suivi de son comptable et de ses deux gardes du corps, des hommes du Service, il se garde bien de lui emboîter le pas. Max n'aime pas les alliés de Tany et encore moins tous ces condés voyous qui fredonnent la trilogie de Pétain. Travail. Famille. Patrie.

Quelques jours plus tard, Max croise Ciaro, l'un de ses grands copains proxénètes, sur la terrasse du bar, leur quartier général. D'habitude jovial, Ciaro semble préoccupé, anxieux. Il vient d'apprendre que Tany a recouvré la liberté, après ses deux années de punition. Tany était tombé pour faux papiers lors d'un contrôle dans un night-club parisien, mais tout le Milieu marseillais sait que c'était le seul élément à charge qui avait permis au magistrat de l'épingler dans le cadre du procès relatif au vol de la Caisse familiale. Les Canards avaient fait pression. Tany a échappé de justesse à la perpétuité, grâce au magistrat. Profitant de l'aubaine, Ciaro avait fait enlever deux des filles de Tany, les faisant tourner en France et en Belgique. Mais depuis peu, démasqué par les hommes du Napolitain, Ciaro est dans l'obligation de les lui rendre, persuadé de devoir payer une très grosse prime. Sa vie.

Habillé d'un costume rayé blanc et noir, comme à son habitude, Ciaro l'élégant n'est pas venu chez Léon pour lui parler de ses tracas. Il a un autre message. Bibi te donne rendez-vous sur le quai de la Gare, demain, jeudi à quatorze heures, et elle. Léon tape sur l'épaule du Belge. Oh, jeune, viens donc me voir deux minutes. Léon reprend le chemin du comptoir, le chiffon dans les verres fumants. Max suit Léon derrière une porte qui fait face à celle du poker. Ils entrent dans une salle obscure, sans fenêtre. Max tâtonne pour appuyer sur l'interrupteur mais Léon lui dit. Non, attends. Et chuchote. Charlot, t'es toujours là ? Max plisse ses yeux pour tenter de voir l'ombre, qui doit être là entre les bouteilles de vin et de pastis, mais ne peut distinguer de forme. Max ne comprend pas. Pourquoi ne pas allumer la lumière, Léon ? Tiens-toi tranquille, lui répond fermement le patron, je t'expliquerai plus tard. Léon fait craquer une allumette. Au fond de la salle, un homme est assis, les chevilles croisées sur une petite table. C'est pas trop tôt. L'homme relève son béret et allume une cigarette avec le feu que lui tend le patron. Écoute, Charlot, c'est pas le moment de faire le fanfaron. Aux dernières nouvelles, on te cherche partout de Toulon à Perpignan. Et même sur Paname. Je peux te planquer trois jours seulement. Pas un de plus, tu m'entends ? Charlot tire sur sa clope doucement, son visage aux traits fins ondoie sous la fine flamme. Et où ? Pas dans un trou à rats, heing, ni dans un truc pareil ! Sinon, j'avale toutes les bouteilles et je ne réponds de rien !

Max s'étonne du ton. Comment peut-il parler à Léon de cette manière ? Et depuis quand le connaît-il ? Max a beau fouiller dans sa mémoire, ce visage ne lui dit rien. Il ne l'a jamais vu dans le quartier, et encore moins à la table de poker. L'homme à la cigarette ressemble un peu au garde du corps de l'Acteur, qui vient jouer de plus en plus gros sur le tapis bleu, mais ce n'est pas lui. Pas assez large d'épaules. Léon se tourne alors vers Max et lui dit. Écoute bien. Dans une vingtaine de minutes, il va faire nuit noire. Je frapperai trois coups sur la porte. Au signal, tu passes par la porte de derrière, toi, Charlot, tu le suivras à quelques mètres, et vous filez discret vers la boucherie des deux frères. David vous attendra pour vous donner les clefs. Charlot a entendu parler des frères. Des pros pour planquer les mecs en cavale, un peu dans la came et les faux dollars.

Léon souffle sur la flamme, donne une tape affectueuse dans le dos de Max et se retire. Max se dirige à tâtons vers le rouge luminescent de la cigarette quand, soudain, il trébuche et tombe de tout son poids sur la table. Oh, jeune, tu peux pas faire attention ! Désolé, mais je. Max ne finit pas sa phrase. Il lance un grand coup de pied contre ce qu'il croit l'avoir fait tomber, mais ne trouve que la cheville de Charlot. Espèce de ! Où es-tu ? Charlot se lève et Max, planqué sous la table, en profite pour déplacer la chaise. Il lui dit. OK, ça va, j'ai cru que tu l'avais fait exprès. Tu peux te rasseoir, on a du temps devant nous. Le choc est sourd. Charlot est furieux. Non seulement il ne peut attraper Max caché il ne sait où, mais il a l'impression de s'être fêlé le coccyx. Ça va pas, non ? dit-il, la voix étranglée par la douleur, et contraint de ne pas crier. Tu crois pas que j'ai assez de problèmes comme ça ! Intérieurement, Max jubile. Il sait qu'il ne va pas être traité comme un homme de main, utilisé par Léon pour aider un cavaleur, mais comme un vrai partenaire. D'égal à égal. Donné pour rendu. T'avais pas à me faire ce croc-en-jambe, Charlot. Je suis plus jeune que toi, mais je n'ai pas l'habitude de me laisser monter sur les pieds. Bien, dit l'homme au béret. Je te tends pas la main car tu risquerais de me jeter contre les bouteilles, mais je m'en souviendrai.

Toujours dans l'obscurité, les deux comparses restent muets de longues minutes. Un filet de lumière encadre la porte qui donne sur la salle du bar. Ils entendent quelques éclats de voix et des vagues de rires. Le volume du son est comme bâillonné. C'est la première fois que Max passe autant de temps sans rien dire aux côtés d'un homme qu'il ne connaît pas et, qui plus est, dans le noir. Que lui dire ? Il a appris à garder sa langue, à ne pas se jeter dans une discussion comme un gamin dans l'eau claire des calanques, surtout en présence d'un supposé cavaleur. Mais là, dans l'obscurité, sa curiosité le titille. Charlot allume cigarette sur cigarette. Max ne peut s'empêcher, impatient. Alors, comme ça, tu as des problèmes ? Le visage se fige dans un souffle de fumée. Léon t'a pas mis au courant ? Si, si, ment-il finement, mais il m'a juste dit que tu cherchais un endroit au calme, c'est tout. Charlot écrase son mégot dans le cendrier posé sur la table. Disons que je suis parti seul avec la caisse, tu piges ? Max ne pige rien mais fait à nouveau semblant. La caisse du supermarché ? Presque, oui, presque.

Disons la caisse d'une banque. On était trois, brelicatés comme dans un western, chacun une cagoule sur la tête. On est entrés dans la banque sans problème. J'étais chargé de mettre le fric dans les sacs pendant que les deux autres devaient garder en joue le personnel et les clients. Le truc, c'est qu'on a dû laisser un copain dans l'affaire. Y avait un mec qui était armé. Il a tiré sur lui et il l'a blessé dans le dos, tu vois les dégâts... Max a déjà entendu une histoire similaire. Dit. Puis vous avez buté le mec et vous êtes partis en courant. Charlot ne bouge plus. Ouais, mais j'ai fait un sale coup. On est montés dans la bagnole et on a réussi à semer les poulets qui étaient déjà là... Depuis qu'ils ont la radio, ça fait chier, les condés ! Si ça continue, ils vont arriver avant nous sur les braquages et va falloir qu'on les bute, enfin... J'ai déposé mon pote et me suis barré. Mais comme. Max devient impertinent. Mais comme t'as des soucis, côté finances, tu as pris la tangente avec le blé. Et depuis, ton pote, il te cherche partout. Des coups fourrés comme ça, Max en entend presque tous les jours, ici, chez Léon ou dans la bouche des vieux briscards du Boulevard de Paris. Comme les Pères tranquilles dont certains font toujours des bringues de tonnerre avec le maire de Marseille. Charlot ajoute. Faut que je reste planqué trois, quatre jours pour laisser passer la tempête. Après, je descendrai vers l'Espagne. Paraît que là-bas, avec des dollars, t'es le roi ! Silence, sourires. Soudain, ils entendent un son inhabituel de l'autre côté de la porte. Les gars du poker ? C'est quoi ? demande Charlot. Max colle l'oreille. La radio. Charlot se rapproche de la porte. Tu comprends ? Max discerne mieux la voix nasillarde qui semble provenir de l'autre bout de la planète.

Un président vient d'être assassiné mais je n'arrive pas à savoir lequel.

Une longue minute s'écoule. Grésillements. Les voix radiophoniques sont quasi inaudibles mais, apparemment, les clients du bar observent le silence. C'est Kennedy ! Il a été tué par balles, ça alors... Mafia. Le mot est sorti aussi vite que la déflagration imaginée par Charlot. Quoi ?

Quelle mafia ? Quelle mafia ? Toi qui m'as l'air de connaître un peu la musique, tu ne vas pas me dire que tu ne connais pas les Familles ? Tu sais comme moi, Max, que les beaux mecs du Milieu les connaissent bien. Léon m'a dit de ne pas te parler de Joseph le Balafré, paraît que ça te met le bourdon. Alors, ne fais pas l'innocent, c'est plus de ton âge. Max est surpris. Je vois pas le rapport entre la mafia, le Milieu et Kennedy. Impossible d'imaginer que tout cela est lié. Non, je crois pas. Faut plutôt voir du côté du Viêt-nam et des communistes. Max hésite. Grâce à l'entrefilet lumineux, Charlot distingue la jeunesse du visage de son interlocuteur qui semble parler comme on lit dans les livres. Ou peut-être dans les journaux. Max reprend. Et je ne vois pas de rapport avec Joseph ! Charlot vient de marquer un point. Il a trouvé un point sensible.

Les secondes semblent suspendues à la respiration des deux jeunes hommes, à la voix du speaker de la radio, au silence qui pèse dans le bar. Charlot soupire. Comme d'habitude, les journalistes rabâchent le fait divers, vomissent l'horreur mais ne sont pas encore autorisés à anticiper. Le fait, rien que le fait et bien sûr l'indignation. Celui qui, fort justement, s'indigne, est-il au courant des liens entre Irlandais et Siciliens ? Charlot a envie de faire partager ces interrogations avec le gamin mais il se résigne.

Il faudrait qu'il lui explique comment s'organise le trafic de l'or blanc. Les importateurs de morphine, turcs, libanais. Les acheteurs de la Côte, de Marseille, de Nice, des belles gueules du Milieu, qui s'associent à des banquiers de l'establishment, prêteurs d'argent, pour le tour de table. Et les tourneurs, ces mille chimistes magiques aux mains d'orfèvre, employés à la va-vite, quand surgit un bateau, en plein sous la lune. Et les passeurs, ceux qui voyagent vraiment. Et cette poudre, qui vogue, qui vole vers le Nouveau Monde, achetée là-bas par les Familles siciliennes à prix d'or. Les Familles. Que les grands du Milieu touchent par des contacts qu'ils doivent savoir rendre fidèles. Tous veulent retrouver leurs billes. Certains font la culbute.

L'or blanc fait aussi des victimes. Charlot ne peut affranchir le petit. À quoi bon ? Charlot ravale sa sotte idée de complot. Les tueurs sont allés trop loin. Charlot est irrité par la mort de Kennedy. Comment ont-ils pu en arriver là ? Certes, il ne connaît pas tous les tenants et aboutissants. Certes, il connaît le sens de la démesure des Familles et, pire, l'inconscience de quelques hommes du Milieu français, disséminé aux quatre coins de la planète. Certes, il sait combien les directives du Comité peuvent aboutir à des associations d'intérêts de tous ordres, par-delà les obédiences politiques et morales. Certes. Mais quel client de ce bar sans nom, quel passager de la ville pourrait imaginer ce que la nouvelle peut cacher ?

Charlot ne peut oublier.

Il y a quelques mois, de passage à Francfort pour la préparation d'un braquage, il a rendu visite à l'incontournable Roger la Bricole. Au premier étage de sa brasserie, dans un bureau à la porte blindée, Charlot a surpris un voyou français, ami de Tany, napolitain comme lui, en train de pointer son revolver sur une carte des États-Unis. Sur le coup, il n'avait pas réagi. Dallas est un point de ralliement entre vendeurs et acheteurs d'héroïne, et un lieu d'affaires pour la contrebande de pétrole et d'or. Jusque-là, rien de troublant. Non, ce qui lui semblait suspect, c'était de trouver ce Lucien, ici, à Francfort, une carte de l'Amérique dans les doigts. Charlot connaissait vaguement Lucien pour l'avoir servi de nombreuses fois à L'Abreuvoir, le bar tenu par son oncle Mimi à Paris, mais il ne le connaissait que sous une seule étiquette. Tueur sans gages. Charlot avait demandé à la Bricole – une des relations de ses oncles, connue pour être l'un des plus sûrs fournisseurs d'armes du Milieu – ce que Lucien pouvait bien faire dans le bureau, seul avec son arme. La réponse du brasseur avait été claire. Une commande. Un gros coup. Occupe-toi de tes bricoles.

Charlot tire sur le mégot. À quoi bon ?

Chapitre cinq

Les oncles

20

Léon frappe trois coups. Max s'engouffre dans la rue sombre, Charlot sur ses pas. Le froid saisit les mains. Une forte odeur de bois brûlé fixe la chaleur d'un poêle. Deux minutes de marche. Le Belge entre seul dans la boucherie. Charlot jette des coups d'œil par la vitrine légèrement embuée. Une tête de veau lui tire la langue. David, l'un des deux frères, le tablier immaculé de sang, donne les clefs. Max sort. On y va. Une rue à droite, puis à gauche, un boulevard, des marches. Max s'arrête devant une maison, haute de trois étages, à l'angle de deux ruelles sombres. C'est ici, au rez-de-chaussée. Tu vas être tranquille. Max fait signe du menton. Au coin de la rue, un panneau faiblement éclairé. Police.

L'appartement est divisé en deux grandes pièces, une chambre-salon et une cuisine-salle d'eau. Le frigo est rempli de victuailles et des saucisses sèchent, accrochées aux poutrelles du plafond. Charlot s'interroge. Pas de télévision, pas de radio, pas de journaux. Il ne peut vivre sans un bruit. Cela lui rappelle la prison. Le silence lui fait peur. Max prend deux bouteilles de Coca et s'assoit à la table de bistrot, plantée au milieu du salon. Depuis l'annonce à la radio et les réflexions du cavaleur, Max a toujours la musique de Charlot dans la tête. Que sait-il au juste sur la mafia ? Dis-moi, Charlot, si tu parles de mafia, c'est pas pour faire le mariole, alors, pourquoi tu m'en parles ? Charlot entre dans le salon. Comme d'habitude, il s'est assuré de sa sécurité. Il a déposé son revolver sur une desserte puis une serviette par-dessus. Ses hôtes ont pensé à tout. Rien ne manque. Et, comme convenu, les fenêtres ne donnent pas sur la même rue. Toujours plus facile pour filer en douce. Charlot soupire. Disons que c'est le premier mot qui m'est venu à l'esprit. Mais avant que je t'explique le pourquoi du comment, on va se faire une bouffe. Depuis que tu es à la lumière, je croise dans tes yeux une certaine assurance. Et comme on va passer ces trois jours ensemble, on va causer un peu. On ne sait jamais. Comme dit mon oncle Mimi, il faut toujours penser à la relève.

Charlot casse les œufs. Omelette au jambon de pays. Il dévoile quelques bribes de sa vie de voyou. Il aime faire comprendre que c'est un voyou, pour le moment jeune, bientôt « beau ». Il préfère cela à flic. N'a-t-il pas échappé à une carrière de gendarme sur l'île de Beauté, comme Paul le Cubain, ruiné à Cuba, associé de Mimi au bar du Gondolier ? Max comprend mieux l'allusion à Joseph. Charlot connaît la Corse. Et une ribambelle de Corses. Son père est mort en déportation. Élevé par son oncle, premier magistrat et ancien gendarme sur l'île de Beauté, mais surveillé par sa grand-mère paternelle comme du lait sur le feu, il quitte le village à l'âge de quatorze ans pour Paris et découvre les lumières de la ville. Charlot parle toujours de la Vraie Vie. Il dit. Vivre la Vraie Vie. La voyoucratie ordinaire ne peut se départir de V. Victoire. Vengeance. Vite.

Je suis parti vivre deux merveilleuses années à Paris, avant de rejoindre Toulon. Ce sont mes oncles qui m'ont appris le métier. Que faire, quand t'as seize ans et que t'as les plus belles femmes de la ville sur les genoux ? Entrer au séminaire ?

Charlot a aujourd'hui vingt-deux ans, et quel curriculum ! Max commence à le situer. Léon lui a toujours dit. Pendant que tu fais baver un lascar, pense à le situer. Ses relations d'affaires, les condés qu'ils fréquentent, les filles qui le côtoient. Comme ça, tu anticipes, tu fais moins curieux. À la longue, ton interlocuteur appréciera ton flair. Charlot continue. Toulon, l'Arsenal et le quartier des filles, le Petit Chicago des matelots américains. Charlot fait partie d'une équipe importante, discrète. Des oncles dans le business des bars, des hôtels de passe et de nombreuses relations à la cantine corse des services les plus divers de la République. Pénitencier compris. Max ne situe pas très bien les Toulonnais mais il sait combien l'Arsenal est important non seulement pour la ville, le maire, les élus de tout bord, mais surtout pour les caïds de la prostitution. Une véritable industrie que les Marseillais ne peuvent qu'envier. Un jour, ose-t-il penser...

Tout au long du huis clos, Max endosse le rôle du parfait coursier, fait preuve d'une étonnante vigilance dans ses déplacements. Un regret pourtant l'agite. Bibi. Il aurait aimé être au rendez-vous, annoncé par Ciaro. Hasard ou coïncidence du calendrier ? Pour ne pas perdre l'allure, il a envoyé Martin, une lettre d'excuses dans la poche, une larme de nostalgie dans les mots. Plus tard, pense-t-il, oui, mais ce sera peut-être trop tard... Mais les affaires sont les affaires, et les filles, ce n'est pas non plus ce qui manque ici, à Marseille, ou à Toulon. Ciaro le Tunisien lui en trouvera même en Allemagne. Charlot l'a presque supplié. Reste avec moi. Je ne supporte pas d'être seul. Et amène un jeu de cartes, je vais t'apprendre le poker et quelques tours de passe-passe. Pour un Corse, c'est presque un comble. Ils dominent les tables des maisons de jeu, des croupiers aux banquiers, en France, en Espagne depuis peu et dans les bouts de terre de la francophonie. Cette école du divertissement est une institution et la fièvre autour des cercles parisiens, ces antichambres du beau monde où il est de bon ton de se faire remarquer au bras d'une belle d'un jour, n'est que la partie sensationnelle d'une bataille féroce des réseaux d'influence.

Max ouvre souvent la fenêtre. Il ne supporte pas cette haleine de nicotine, les doigts tremblotants du Toulonnais. Il enregistre, ne jette rien, engloutit. Max donne le change, fait semblant de perdre au poker. Il observe cet homme, cinq ans de plus, des traits lisses, cheveux bruns, raie sur le côté, large front et grandes oreilles. L'air de rien, surtout pas celui d'un braqueur à l'international. Charlot est un bavard. Quelquefois il s'arrête net, le mot en équilibre sur le fil du monologue, regarde le Belge comme pour jauger sa pertinence. Doit-il lui faire confiance ? Léon l'a rassuré. Il enchaîne. Les mots. Les cigarettes. Ramasse toujours les cartes sur le tapis vert. Trois jours et presque trois nuits. Charlot a des bouffées d'insomnie. Charlot sait qu'il parle trop mais c'est ainsi depuis que les ruelles de Pietralba l'ont vu grandir, à la fin de la guerre, depuis qu'il a rencontré son tuteur, Mimi, frère de son père mort dans les camps et frère du gendarme. Mimi. Pas cinq minutes sans parler de Mimi, Dominique de son prénom. Mais d'Aude, sa belle-mère, celle qui s'est occupée de l'orphelin comme d'un fils, il parle à mots couverts. Par respect, par tradition, par peur aussi. C'est elle, la vraie patronne. Avec un grand « V ». Comme vigilance.

Après la guerre, Charlot est resté dans le giron de sa grand-mère, sa mère étant occupée à Paris. Il l'a rarement vue, pour ainsi dire pas connue. À Pietralba, il a découvert le chapardage des cerises et les histoires du maquis, celles qui deviennent grandioses dans les bouches des bergers solitaires. Qui ne connaît pas la légende de Bellacoscia, Belles-Cuisses, cet homme qui, toute sa vie durant, a su résister aux assauts des gendarmes ? Mais, c'est vrai, l'île ne compte pas que des aventures de bergers, de coups de feu et de vendetta. Non. Les plus grandes folies des insulaires se vivent au bout du monde, à Saïgon, Vientiane, Macao ou, de l'autre côté de la planète, à Santiago du Chili, Porto Rico ou Toronto. Expédiées sur des bateaux à vapeur, le bouche à oreille les fait échouer à Marseille, puis à Ajaccio ou Bastia. Vécues par des hommes qui n'ont rien à perdre, par de vrais aventuriers. Et puis, il y a aussi celles qui, tous les jours, sont rapportées par des hommes de la famille, installés à Nice, Paris ou Lyon. Toujours en vadrouille. C'est autour du *fucone*, l'âtre situé au milieu de la grande pièce des maisons de village, les saucissons du Niolo séchés par la fumée, que Charlot a découvert pour la première fois les activités de Mimi et du lointain cousin, Caputu, la grande gueule, dit aussi le Bienfaiteur.

21

Fin 1954. Après la messe, toutes les familles se retrouvent dans l'école du village. D'un pas décidé, l'embonpoint en guise de triomphe, le Bienfaiteur monte sur l'estrade de la classe primaire. Il se lance dans un long discours, le second sermon de la soirée, applaudi doucement par l'abbé. Grâce à Caputu, grâce à sa fortune, grâce à ses relations, les enfants du village ont enfin un lieu digne de l'enseignement public, un tremplin pour l'instruction, un modèle d'intégration pour la France. Le Bienfaiteur est modeste. Il parle du bon modèle mais il feint d'ignorer qu'il est lui-même un modèle pour de nombreux hommes de la vallée. Résistant de la première heure, comme nombre d'insulaires acquis à la cause de la République et aux privilèges alloués par Napoléon, il s'est installé dans la région d'Antibes. Il aurait fait son premier coup en volant des tableaux de maître aux nazis, les massacrant pour l'occasion. Pour l'exemple. Pour la mémoire. Oubliant trop vite comment il a fait exploser le trafic des cartes de pain et la contrebande alimentaire. Le Bienfaiteur est un exemple pour tous, même si tout le monde sait qu'il est un important personnage du Mitan. Même son autre cousin, le gendarme, celui que Caputu prépare au fauteuil de la mairie à sa place, ne peut s'empêcher d'en rire. Sans dire. C'est avec l'argent des tableaux, et profitant des relations nouées dans le maquis, que ce personnage tout en rondeurs s'est lancé dans la prostitution, des hôtels minables aux réseaux de luxe. Grands hôtels, festival de Cannes, soirées hystériques du show-biz, il offre à prix d'or les plus belles filles du monde, réservant aux hommes en vue les formes divines des Vénézuéliennes et des Argentines. Il fournit même le champagne, des caisses entières issues du marché noir. Comme au bon vieux temps des restrictions ! Dans le même temps, il emploie des photographes et même des cinéastes pour immortaliser quelques scènes d'amour dont les journaux pourraient un jour publier d'étonnantes galipettes.

Une précieuse précaution. Au cas où.

Caputu est un personnage incontournable de la Côte d'Azur, de Saint-Tropez à Monaco. Les plus gros portefeuilles en liquide se bousculent au sein de son clandé, réputé pour sa discrétion. Le Bienfaiteur n'hésite pas à prendre l'avion pour les Amériques et à négocier. Négocier. Il ne pense qu'à ça. Négocier. Des filles, les plus belles, les moins chères. Qu'importe la chair ! En Europe, elles valent le triple, jusqu'à dix fois plus. Les affaires se bousculent et l'argent se transforme en boutiques honorables, façades acidulées du vice et du crime. Comptes en Suisse, coffres bourrés d'or, collections en tout genre avec une préférence pour les timbres, en somme ce que tout caïd bienheureux peut s'offrir pour envisager une retraite dorée. Quand il ne peut se déplacer pour traiter quelques affaires urgentes, en France ou au Venezuela, sa seconde terre, il envoie l'un de ses nombreux cousins. Pas le gendarme, non, même si ce dernier n'est pas le dernier des imbéciles, mais Mimi, le dernier des dix enfants. Recommandé par Caputu, Mimi part à la capitale dès la Libération. Sous la férule de sa mère, et puisant dans les bénéfices du trafic des œuvres d'art de son aîné, il ouvre un bar dans la région parisienne. Gamin, Charlot l'a aperçu revenir au village au bras d'une femme de caractère, Aude, celle qui allait devenir plus tard sa belle-mère... pour les affaires. Homme affable, d'une galanterie peu pratiquée sur l'île, Mimi n'a jamais parlé de ses négoces en présence des enfants. Mais Charlot se souvient parfaitement de l'affaire Caracas.

Son vrai cadeau de Noël.

Charlot n'aurait jamais dû connaître l'affaire Caracas, jamais découvrir les coulisses de cet incroyable périple transatlantique d'Aude et Mimi. Mais ce soir-là, après le bruyant débouchage des bouteilles de champagne à l'école et la fièvre qui montait des lèvres trempées dans les bulles, le Neveu s'est assoupi autour du fucone alors que sa grand-mère coupait des tranches de *prisuttu*, ce délicieux jambon, gorgé d'ail et d'oignons. Bercé par les paroles des hommes, engourdi par la chaleur du brasier, Charlot n'a pas pu lutter contre les paupières lourdes. Puis tout doucement, sans rouvrir les yeux, alors que les bûches crépitaient au milieu de la grande pièce, il a glissé ses oreilles innocentes dans le feu de la discussion. Et ce qu'il a entendu ce soir de Noël dépassait son imagination.

Mimi est engagé dans un long monologue en langue française, ponctué de temps en temps par des exclamations d'Aude et truffé d'expressions dans sa langue natale. Il raconte comment en août 1951 il a été sollicité par Lecca de Marseille pour transporter une valise à Caracas ! Une prime de risque en dollars, deux billets aller et retour dans une cabine de luxe réservée sur un paquebot – le Marseillais l'oblige à être accompagné d'une femme –, des habits en cachemire et un bout de papier comme seul contact. Et une adresse, une seule, à Caracas, à avaler en cas de danger imminent, celle de du Grand Dédé de Saint-Jean. Mimi emporte Aude dans ses malles. Après une somptueuse traversée, où il a pu monter un clandé avec des bourgeois encanaillés, ils débarquent sur les quais de La Guaira, le port de la capitale vénézuélienne. Les douaniers ne fouillent pas le couple, leur demandant juste leur point de chute. Hôtel Hilton. *Bienvenido*. Un taxi s'avance. Le chauffeur est corse. Un œil dans le rétroviseur, l'autre sur la valise. Tout est prévu ! Sauf peut-être le comité d'accueil, et quelle surprise ! Leurs valises à peine posées dans le hall, ils voient sortir de plusieurs voitures une nuée de voyous marseillais, la plupart originaires de l'île de Beauté, habillés comme des millionnaires !

Charlot se souvient très bien de la réflexion de son parrain, soudain pris de panique. Crois-moi, mon frère, j'ai bien cru que c'était notre tour ! Mais non. Ils sont passés sans les voir, attendus plus discrètement par des Israéliens pour régler un différend sur des machines à sous et entrevoir un plan d'investissement dans une chaîne de restaurant. Mimi l'apprendra plus tard de la bouche de Lecca. Avant le départ, le Marseillais les avait avertis. Pas de vagues. Tranquille. Lune de miel. Mais il n'avait rien dit sur les malfrats corses. Mimi pensait trouver à Caracas des marins de passage, des hommes d'affaires et autres voyageurs zélés, mariés à des charmantes locales, mais de là à retrouver le gratin de la Carlingue, Collabos et indicateurs de la Milice, non, ça, il n'en revient toujours pas ! Mimi et Aude ont bien essayé d'éviter ces « ordures », en vain. Où qu'ils se déplacent dans le centre, bars, restaurants, cabarets, impossible de les éviter. Les hommes sont recherchés par tous les maquisards, traqués par Interpol, condamnés à mort par contumace par les hommes de De Gaulle, et parmi eux Mimi reconnaît le plus arrogant, le plus dangereux, celui que tout le Mitan soupçonne d'avoir emporté la caisse de la Gestapo. Auguste Ricord. Aude en tremble de peur, elle qui a dû porter l'étoile jaune avant de la faire bouffer à un milicien. Ricord est entouré d'une armada de gardes du corps, des Latino-Américains formés à la fameuse École des Amériques, une annexe du Pentagone implantée au Panama. Des soi-disant contre-guérilleros entraînés à stopper la fièvre rouge. C'est une fille de Lecca qui les a mis au parfum des affaires de Ricord et du Grand Dédé de Saint-Jean, l'homme aux boutons de manchettes en diamants. Tenancière d'une maison de tolérance, elle connaît tout le gotha des trafiquants et autres canailles qui transitent par Caracas. Certains courent après des émeraudes colombiennes, des objets d'art précolombien ou des valises d'argent massif, tandis que d'autres allumés veulent détourner du pétrole ou vendre des armes aux mouvements de guérilla qui allument des foyers sur tout le continent.

En moins de quatre ans, Ricord est devenu l'un des plus importants expéditeurs de Sud-Américaines. Plusieurs centaines, peut-être un millier par an ont été envoyées sur les îles de la mer des Caraïbes, en Amérique centrale, jusqu'à

La Nouvelle-Orléans dans le quartier français, et embarquées dans des avions pour la France, l'Allemagne de l'Ouest et la Belgique. En tous ces points d'expédition, il a placé des logisticiens, des hommes du Milieu qui régulent le moindre problème et encaissent les dividendes. La plupart sont des hommes défaits dans des guerres régionales ou locales comme Roger la Bricole, un Lyonnais qui trouve refuge en Allemagne, ou le frère de Carbone, son ancien associé marseillais. Installé à Barcelone et à Madrid, le Phocéen lui expédie des Européennes ainsi que des voyous, porteurs de valises et de nouvelles adresses. La filière latine est fiable. Ricord compte sur d'autres personnes de confiance, comme son neveu dit le Seigneur, et d'anciennes fréquentations marseillaises. Parmi eux, Agosti le Mexicain ou Venturini, attaché commercial de marques de boissons au fort goût d'anis.

Et puis, il y a... la came. Mimi sait que la valise a été doublée de fonds secrets mais seul le prix de la course l'intéresse. Payée cash en dollars américains. Aude est d'accord avec Mimi. Ils décident de faire de nouveaux voyages. Et de tirer un trait sur le passé. Trois, quatre, peut-être plus. Des valises chargées de poudre. Charlot n'a jamais su. Les confidences sont toujours rares. Mimi assure le passage dorénavant en avion entre l'Europe, à partir de la France, de l'Espagne ou de la Belgique, et le Nouveau Monde, Mexique et Venezuela en priorité. De son côté, Aude profite de plus longs séjours pour mettre en place un réseau de distribution d'héroïne et de cocaïne autour des cabarets. Aude a toujours eu beaucoup de chance. Elle peut compter sur l'aide de vieilles copines qui chassent dans les palaces latino-américains. Joue la confidente auprès de jeunes Vénézuéliennes, exploitées à la va-vite par le Seigneur, ce psychopathe qui les terrorise jour et nuit. Pour elles, rien que pour elles, Aude leur promet du travail en France. Le piège se referme autour des belles de nuit. Les filles sont récupérées à Paris ou à Bordeaux, puis louées sur place ou ailleurs. Le Venezuela est un Eldorado. Tout est à faire. Tout reste à faire.

Le trafic va durer moins d'un an quand, en mai 1952, le couple est arrêté à Caracas. Mimi est certain. Ricord les a balancés. Une véritable ordure, le toujours collabo ! Traite des blanches, trafic de stupéfiants. Traqués par les Américains, recherchés par Interpol. Rien ne manque. Le couple est aux abois. Mimi n'a pas le choix. Au pays de l'Eldorado, il propose un marché au chef de la police. Le policier n'a pas le choix. Pas à ce prix-là, non. Dix mille dollars. Leur bas de laine. Marché conclu. Un policier français de l'ambassade s'en mêle. Depuis peu, son cheval de bataille, ce sont ces Français d'Amérique qui tissent la Latina Connection. Pas question de discuter. Sauf si... Mimi n'a pas le choix. Près du fucone, il a pris son frère à témoin. N'as-tu pas gagné tes lettres de noblesse dans le Mitan en refilant quelques informations de bon calibre ?

Caputu a repris une tranche de saucisse. Mimi a des frissons. À Caracas, la mort rôde dans les prisons. Pire que le bagne, dit-on. Papillon le bagnard lui a raconté. Mimi règle ses comptes. Il met l'inspecteur sur la piste d'un petit laboratoire en Seine-et-Oise et, en échange, gommés les délits ! Aude et Mimi rentrent en France, libres. Un mois plus tard, ils apprennent la saisie de cinq kilos de morphine dans ce laboratoire. Une goutte dans leur océan diaphane. Mais l'enquête se dirige vers leur fournisseur marseillais. Lecca est l'homme de confiance de Bostoni, proche des Cubains et de toute la pègre internationale qui se retrouve dans un hôtel parisien du bois de Boulogne. Samy, Harouk, Raman, Paul, Milani, Marcel.

Charlot l'a répété pour réveiller Max. Emboucaner la planète.

Charlot était près du feu. Il se souvient très bien.

Les pieds sur le fucone, Caputu a réfléchi. Mimi n'avait pas réclamé son aide. Caputu lui a posé des questions sur le rôle du Mexicain, Agosti. Mimi lui a parlé du magasin d'horlogerie à Mexico. Des planques. Du business. Caputu a repris plusieurs verres d'arbouse, l'eau-de-vie familiale.

Cul sec. Il connaît bien Lecca. Il connaît aussi le Prof impliqué dans le vol des bijoux de la villa Yakimour. Quelques années auparavant, il a empoché la prime de cinq millions offerte par la société d'assurances pour avoir dirigé les flics vers la Marquise, la fabuleuse pierre aux soixante millions de centimes.

Charlot se souvient mot pour mot.

Pars au Mexique et tente de travailler en direct avec Agosti. Je me charge de te trouver un nouveau fournisseur. En Amérique, une révolution se prépare, un marché énorme, des sachets par millions, c'est maintenant qu'il faut se lancer. Va voir le Mexicain de la part de Paul, il ne devrait pas s'opposer à importer de nouvelles pendules de France. Fabriquées en Suisse.

Max n'en croit pas ses oreilles. Il a bien entendu. Samy, le Libanais.

Charlot vide sa mémoire.

Mimi et Caputu se sont embrassés. Abraccio. Accolades. Rires. Ce soir-là, ils ont vidé la bouteille de feu tout en fredonnant leur *sirinadu*, cette complainte nostalgique qu'ils avaient pris l'habitude de chanter sous les fenêtres de quelques douces du pays.

Moi, j'ai pas fermé l'œil de la nuit. Et depuis...

22

Depuis cette soirée, Mimi a suivi les conseils du Bienfaiteur. Agosti est d'accord. Les commandes affluent. Mimi devient directeur d'une société en horlogerie dans la région toulousaine. Pendant quatre ans, il expédie vers le Mexique des dizaines de kilos d'héroïne, qualité Main d'or, par le truchement d'envois postaux. Mention Fragile. Montres et pendules sont réalisées sur commande. Elles valent une petite fortune. Des œuvres d'art de la miniature. Agosti les réceptionne sur les quais de Veracruz, puis les expédie aux États-Unis. Quatre ans de travail minutieux, minuté. Quatre ans de profit sans la moindre anicroche avec la police et la justice. Mais le danger se rapproche. Des réseaux de passeurs tombent dans l'escarcelle des commissaires zélés, des incorruptibles venus de Paris et formés en secret par des agents américains. Caputu veille-t-il au bon grain ? Il a toujours été le premier à dégraisser les flics, sniffant d'un trait les failles de leurs vices. Même cachés. Caputu est un révélateur. Son instinct dépasse son ambition. N'a-t-il pas le privilège de fournir les condés en cigarettes de contrebande, de les pousser dans les bras de galantes, en échange du silence ?

Les millions de francs planqués en Suisse, Mimi et Aude mènent grand train à l'étranger. Suites, voyages, luxe. En France, ils restent discrets. La discrétion est l'une des meilleures armes pour échapper à l'oreille d'un indicateur, d'un jaloux, minable en affaires ou revanchard en amitié. Ou en amour. Aude est de plus en plus séduisante. Le métier ne se perd pas. Après Toulouse, le couple s'installe à Paris, Charlot dans les bagages. Ils ouvrent L'Abreuvoir, une brasserie comme il en existe des centaines dans la capitale, une façade pour laver à froid le fric des trafics, et surtout un lieu de rendez-vous ouvert à tous les opportuns. Et à toutes les sympathies. Ils rejoignent le grand club des Corses, qui, avec les Auvergnats, possèdent la majorité des débits de boissons. Des débits tout court. Débit. Crédit. Solde. Cabarets, clubs privés, cercles, salons, et même les guinguettes du bord de Marne n'échappent pas à la passion des Corses qui trouvent là une occasion de se rassembler, de recevoir et de chanter les hymnes des vallées. Les fournisseurs, eux aussi, connaissent les chansons par cœur. L'argent n'a pas d'odeur. De vieux voyous veulent se ranger. Qui pourrait trouver étrange que le commerce désormais planétaire d'alcools anisés, dont la politique commerciale est même prise en modèle par des multinationales américaines, puisse cacher une nuée de représentants aux valises doublées de fonds ? Et que dire des valises diplomatiques ? Et ce projet de consolider un Service dans l'ombre du Général ?

Depuis l'âge de quatorze ans, Charlot découvre un monde fermé, secret. Les bandits de grand chemin comptent en nouveaux francs, dollars et marks. Les combines relèvent du délit économique, de l'arnaque financière, du frisson spéculatif. Les protections sont aussi larges que les Champs-Élysées. Mimi poursuit son idée première, fruit du mimétisme familial. Il achète des hôtels de passe, un premier à Toulon, puis un autre à Avignon. Le succès des affaires le pousse même à prendre des parts dans une maison de rendez-vous parisienne à la réputation osée. Rose hôtel. Au vrai nom de Charlot, différent du sien. Son carnet d'adresses s'épaissit, ses astuces se combinent, ses relations en font un homme envié, appelé à donner de précieux conseils à une grande famille parisienne de Sétif. Les Zemour tapent fort. Ils veulent Paris. Mimi est souvent en déplacement, là pour régler les litiges dans les hôtels, ici pour entretenir ses relations, ailleurs pour estimer les opportunités. Insatiable charmeur, il réussit à convaincre un cousin de prendre la gérance de L'Abreuvoir. Les affaires sont d'abord familiales. Comme à New York ou à La Nouvelle-Orléans.

Lointain parent du Pietralbais, cousin à la bonne occasion, l'énigmatique Zoby est un filou aux mille et une combines. Pour lui, un problème, même immense, doit être réglé en quelques minutes, au mieux en une poignée de secondes. Charlot a découvert un étonnant personnage, doté d'un bagou de maquignon, aimant les femmes débonnaires et pouvant sortir de son portefeuille une série de cartes tricolores, dont celle d'un autre cousin, sénateur et conseiller très écouté au ministère de l'Intérieur. Charlot a aussi trouvé dans les bagages de Zoby un homme parlant sept langues, particulièrement inquiétant tant par son physique que par son mutisme. Adolphe, surnommé ainsi pour être né en Allemagne, est son véritable homme de main, capable de repasser une chemise comme de tuer d'une seule balle un lièvre bondissant à cent mètres. L'histoire de cette amitié, peut-être mêlée d'amour, est encore trouble pour Charlot. Adolphe ne lui a jamais parlé de Zoby, malgré des journées entières passées à pêcher dans les étangs de Sologne, malgré leur proximité au bar, autour des tireuses de bière et des déclamations des voyous, des bagarres et des parties de cartes. La rumeur le voit dans des bordels à mecs du côté de Saint-Ouen. Qui sait ?

Dans le feu de l'adolescence et de l'impertinence, Charlot a longtemps tenté de faire parler l'Allemand, allant jusqu'à le provoquer intimement, mais il s'est heurté à un mur, ne pouvant décrocher la moindre anecdote sur sa vie. Les doutes se sont vite accumulés autour du personnage. Espion, pourquoi pas, mais à la solde de qui ? Trafiquant, escroc, tueur à gages, flic infiltré ? Chasseur d'hommes ? Charlot se méfie. Par Zoby, dans ces moments d'extase où il retrouve l'inspiration des conteurs corses, osant même des quatrains chantés, Charlot a écouté des histoires de braquages, en France, en Allemagne. Rien d'autre. L'Allemand est une énigme. Et sa frénésie à s'enivrer presque tous les soirs renforce l'incertitude de son destin, l'image d'un sordide désespoir.

L'Abreuvoir se transforme vite en pizzeria, laveuse à la mode. Ce bout de comptoir du neuvième arrondissement devient une place incontournable de toute la truanderie locale et internationale. Comme le bar des Trois Canards de la rue Rochechouart. Américains, du Sud, du Centre, du Nord, Palestiniens d'Égypte, Libanais, Nord-Africains et même russophones ayant traversé, on ne sait comment, le mur de Berlin. Seuls les Asiatiques, isolés dans le sud de Paris, ne semblent pas participer aux conciliabules. C'est dans l'effervescence de cet incroyable va-et-vient, où Adolphe loue ses talents de polyglotte, que Zoby est devenu le deuxième oncle spirituel de Charlot. Car Zoby n'est pas n'importe qui. C'est avant la Seconde Guerre mondiale que l'homme, né à la fin du dix-neuvième siècle, s'est lancé dans les affaires. Vendeur de cocaïne dans les cabarets de jazz parisiens, amis des grands musiciens américains et des plus belles femmes des scènes à frous-frous, buveur invétéré de champagne, Zoby a aussi profité de son grain de folie pour s'éprendre du quotidien des crapules. Extorqueur de fonds, braqueur dans le coup, proxénète sur Pigalle, il a connu ces folles années trente où les extravagances des nantis n'étaient pas encore commentées tous les matins autour des chaînes de montage Renault de l'Île-Séguin. Pour Charlot, Zoby est un personnage hors du commun qui ne compte même plus le nombre de fois où il est sorti indemne d'une fusillade, d'un contrat. Mais c'est avant tout un professeur hors norme qui transforme la moindre corvée en une chronique ludique, le moindre coup de feu dans une banque en un spectacle pyrotechnique.

Max se réveille. Le mot cabaret le réveille. Zoby doit connaître Éva.

Mimi doit connaître Éva. Mimi a des parts dans de nombreux bars de la région de Toulon notamment. Éva doit chanter au Maritime à Toulon. Un phare pour les voyous. Max jubile. Merci Charlot, merci Léon.

23

Charlot répète plusieurs fois. Zoby est exceptionnel. Un jour, je te le présenterai. Ta gueule devrait lui plaire. Avec lui, c'est tout de suite ou jamais. Je me porte garant. Charlot parle beaucoup. Max pense qu'il parle trop, qu'il devrait mesurer son enthousiasme. Le Belge le lui dit. Tu es bavard. Charlot n'écoute pas, comme tous les grands bavards. Max ne peut l'arrêter. Il anticipe. Il va pouvoir compter sur Charlot. Et le Toulonnais enfile les mots.

Max oublie Bibi. D'autres fantômes le hantent.

D'autres mots l'aimantent.

Zoby a été l'un des lieutenants de Pierrot le Fou, le plus brillant logisticien de la bande des Tractions avant. D'une logique implacable, le chronomètre autour du cou comme un entraîneur de boxe, comptant à toute heure sur une noria d'adresses d'agents immobiliers et de notaires véreux, Zoby a pris du galon dans le Milieu, le jour où il a sauvé la vie de Pierrot le Fou. *In extremis*.

L'épisode s'est déroulé dans une villa, cossue, située à une vingtaine de kilomètres de Paris. Une aire de repos pour les braqueurs fous. Encerclés par la police, les bandits ont réussi à prendre la fuite en empruntant une étroite galerie reliant la cave de la maison à un vaste hangar de ferraille, situé à une cinquantaine de mètres. Arrêté, déféré, Zoby est entré dans la légende. Depuis, Zoby profite de cette aura pour se frayer un chemin dans les marais de la finance parmi les escrocs invisibles de la fraude fiscale, se liant pour l'occasion à des Corso-Siciliens de Paris, déjà en avance sur les micmacs de l'Europe de l'acier et du charbon. Les Siciliens sont toujours en avance. Charlot balance une salve de termes techniques.

Max lui fait signe d'arrêter.

Trop, c'est trop pour le moment. On verra plus tard. Continue. Zoby ?

Charlot a découvert la passion de Zoby pour la politique, avec un petit « p », les manœuvres pour amorcer les pompes à fric et l'ambiance électrique des élections électorales. Sur son île natale, aux côtés de son cousin éloigné, le Bienfaiteur, et de son autre cousin aux vraies cartes tricolores, Zoby intimide. L'intrigue, la menace, l'extorsion, le doute, l'adrénaline, le pouvoir, le risque. Il n'a jamais fait de différence entre voyoucratie et politique. Zoby dit. Même moule, même trouble d'eau, même duperie. Les Trois Mêmes. Force d'ego. Jeu de rôles. Charlot connaît cette devise par cœur. Art de la manipulation, de la guerre d'esprit, du détournement. Du divertissement. Zoby amuse la galerie. Même moule, même trouble d'eau, même duperie. Combien de fois a-t-il entendu cette phrase de la bouche de Zoby et de celles, gonflées d'ivresse anisée, de ses associés de passage, flics ou voyous ? Combien de fois l'a-t-il vu escroquer des ignorants, cherchant à régulariser leurs papiers ou à se procurer des faux administratifs, en louant l'avantage de ses relations, gagnées en Indochine ou en Algérie, des hommes aujourd'hui aux commandes de l'État ou de services d'intérêt public ? Combien de fois a-t-il fermé la pizzeria pour y accueillir des assemblées plénières dont le noyau dur est toujours constitué d'une cinquantaine d'amis, un jour adeptes d'une secte politico-philosophique, le lendemain du Service gaullien, la veille d'une obédience maçonnique – la seule fois où Charlot a vu des initiés d'Afrique noire, la plupart membres de plusieurs grandes compagnies françaises organisées autour du commerce du pétrole et de ses dérivés ?

Intrigants personnages. Max suit les mains de Charlot qui mettent en scène les histoires. Il l'imagine, seul, au milieu de cette distorsion, initié, point par point, sans mot dire, à la grande faisanderie de Zoby. Son deuxième oncle a transformé la pizzeria de Mimi en une annexe du Deuxième Bureau, un nouveau théâtre de l'ombre où viennent se tamponner des hommes, comme les boules d'un flipper, attirés par la cave, inexorablement aimantés par le profit. La protection. Et, comme fonds de commerce, la grandeur de la France, la sauvegarde de la démocratie, voilà l'astuce ! Zoby entretient sa flamme patriotique comme il boit du pastis, pour profiter de l'éphémère ivresse que lui procure l'ébullition des globules rouges, blancs, bientôt bleus. Ce dealer de cocaïne d'avant-guerre n'a pas non plus oublié d'investir quelques francs dans la nouvelle filière, la Blanche. Il parie sur telle ou telle expédition, demandant toujours qui la protège, qui s'en porte garant.

Depuis la fin des années cinquante et la fermeture provisoire de L'Abreuvoir, Zoby compte sur la « caisse du Canada », sa caisse de retraite. D'abord sollicité pour acheter un kilogramme d'héroïne, n'ayant qu'à avancer l'argent, il a laissé les gars de la filière canadienne s'occuper de tout. Cette première valise a été transportée par un diplomate africain, ce qui l'a fait partir dans un immense éclat de rire ! Ils sont une dizaine à s'être partagé les cinq kilos de poudre, certains misant sur un kilo, d'autres sur un seul paquet de cinq cents grammes. Mimi a pris contact avec un ami d'une des Familles de New York. Mimi et l'Italien se sont retrouvés spécialement à Montréal pour y accueillir l'Ivoirien. Zoby a décidé de ne pas prendre les bénéfices mais de les rejouer. Banco. Une, deux, trois, six, dix fois. Dix passages. Pour le onzième, il a hésité. Zoby n'aime pas hésiter. Malgré les vingt hommes assurant la sécurité entre Marseille et Paris, la DS et ses cent cinquante kilos – Zoby avait vingt kilos à son compteur – a disparu. Volatilisée ! Des hommes du Service ont été mis sur le coup, presque tous des anciens des commandos Delta de l'OAS. Personne n'a jamais revu la voiture. Seul un cadavre a été repêché quelques jours plus tard dans la Seine. Triste dénouement à un profit escompté. L'affaire n'a pas fait une seule ligne dans la presse. Zoby a tout perdu.

Max compte. Deux oncles. Il en manque trois. Le temps manque.

Les trois jours sont épuisés.

Charlot se confie une dernière fois à Max, avant de monter dans une DS. Si un jour t'as besoin, tu peux me trouver à Toulon ou à Paris chez qui tu sais. Bonne chance, le Belge, et n'oublie pas les oncles. Je me porte garant.

24

Marie, femme de Zoby, commerçante.

J'ai connu Zoby en 1941 à Paris, j'étais serveuse de restaurant, quant à lui j'ignore quelles étaient ses activités. J'ai vécu maritalement avec lui. Il a été ensuite interné à Pithiviers par les Allemands, il avait été pris dans une rafle dans un café. Je l'ai épousé en mars 1944, puis séparé en 1949. Nous n'avons pas eu d'enfants. Pendant que j'étais avec lui, nous avons tenu deux bars à Marseille. J'avais acheté le premier en vendant mes bijoux et m'étais associée dans le second avec l'un de ses amis, Michel S. Avant notre séparation, Zoby et ce Michel m'avaient évincée sans me donner d'argent. En 1951, j'ai rencontré à nouveau Zoby, et peu de temps après j'ai acheté L'Abreuvoir. Nous ne vivions pas ensemble mais il venait régulièrement dans mon établissement, où il était comme chez lui, servait les clients et faisait la cuisine. Je lui donnais un peu d'argent. En 1956, j'ai vendu le bar, et c'est avec cet argent que j'ai acheté mon commerce actuel. Je connais aussi Mimi. Du temps de L'Abreuvoir, il y venait souvent. C'est un grand ami de mon mari. Je n'ai jamais rien su de ses affaires. Je connais aussi Aude, sa femme. Pour moi, Aude et Mimi étaient des amis de Zoby et rien de plus.

Yoko, maîtresse de Charlot, ancienne prostituée, nièce d'un trafiquant international basé à Francfort, impliqué dans la filière de Bostoni et de M. Paul.

Commme vous le savez, je me suis longtemps prostituée, notamment à Paris. En 1959, j'avais 21 ans, j'ai fait la connaissance de Mimi et d'Aude à L'Abreuvoir. Je fréquentais cet établissement en cliente et peu à peu je suis devenue l'amie de Mme Aude. J'ai également connu Charlot, que Mimi et son épouse considéraient comme leur fils et qu'ils ont élevé. En 1969, je suis allée me reposer chez Mimi et Mme Aude dans leur villa à Toulon. Là, j'ai revu Charlot et je suis devenue sa maîtresse mais nos relations étaient épisodiques. C'est ainsi que je suis devenue la « nièce », Charlot appelant Mimi son « oncle ». À L'Abreuvoir, j'ai aussi connu un autre oncle de Charlot, le prénommé Zoby, qui était comme chez lui. J'ai fait un voyage fin 1972 aux États-Unis, à Boston, rejoindre Mme Aude qui voulait assister au procès de Charlot et qui, étant très fatiguée, m'avait demandé d'aller avec elle. Cela m'intéressait d'aller aux USA car j'espérais y voir ma sœur, Danielle, qui était à l'époque la maîtresse de P., lui-même arrêté aux USA pour trafic de stupéfiants. Elle a d'ailleurs été innocentée.

Dans le fichier présenté, je reconnais Zoby, Mimi, Charlot et son ami Roger Miro, que j'ai vu au cours du procès de Boston, et le Belge, l'homme en chemise noire qui figure sur la photo numéro 52. Vous me dites que son nom est Vander, effectivement je me souviens que c'est cela. C'est un ami de Charlot. Je l'ai rencontré avec Charlot à la villa de Toulon et à L'Abreuvoir.

Mouche, maîtresse de Zoby.

C'est en 1963 par l'intermédiaire de Mimi et Aude que j'ai fait la connaissance de Zoby, alors qu'il occupait l'appartement situé au-dessus de L'Abreuvoir. Je me suis installée avec lui. Auparavant j'avais exercé le métier d'entraîneuse dans des cabarets à Marseille. Par des copines, j'ai été amenée à aller travailler dans un hôtel à Avignon où je me suis plus ou moins prostituée. Cet hôtel appartenait à Mimi et Aude, et c'est ainsi que je les ai connus. Comme j'étais sous la coupe d'un homme, un Corse que je ne pouvais plus voir, je suis partie au Canada, chez ma sœur, pour essayer de prendre une nouvelle direction. Je suis restée huit mois à Québec suivant des cours d'anglais. Comme j'ai eu un accident de voiture au Canada, je suis revenue à Aix avec la somme de l'assurance, soit huit cent mille anciens francs. Là, j'ai repris contact avec Aude et j'ai pris la gérance de son hôtel de passe toulonnais. Ensuite, j'ai rencontré Zoby et c'est à ce moment-là qu'il a quitté son emploi de gérant de L'Abreuvoir. Il s'est lancé dans des affaires commerciales et ne m'a jamais fourni la moindre explication. Nous vivions largement et il était très généreux avec moi. En 1970, Zoby était toujours un homme d'affaires. Comme je pouvais l'accompagner, je me suis rendue avec lui à Milan, à Cagliari, à Genève et en Allemagne et aussi en Turquie et en Grèce. La seule personne avec qui Zoby était en relations, c'est Ambrosio, un homme d'affaires italien. Je savais aussi que Zoby était gaulliste. Après la mort du Général, l'idée lui est venue de créer un mouvement politique qui préconiserait l'arrivée au pouvoir du fils du général de Gaulle. C'est ainsi qu'est né le Centre des républicains libéraux (CRL). Il m'a engagée comme secrétaire.

Henri, chef d'entrepôt à Rungis.

Début juillet 1971, j'ai été amené à rencontrer le sieur Zoby qui cherchait un transporteur pour amener à Marseille du matériel sanitaire. Cette affaire ne s'est pas faite mais par contre il a repris contact pour me parler d'un mouvement de défense des artisans, cadres et salariés qu'il avait l'intention de créer, sous l'insistance de ses amis politiques, qui d'après lui étaient de hauts personnages du régime. Il m'avait cité entre autres les noms d'Edgar Faure, Gaston Defferre ou François Mitterrand. Il m'avait précisé qu'il était ancien sénateur et que son frère n'était autre que le député de la Corse. Avec quelques amis, j'ai accepté de faire partie du comité directeur de ce mouvement. Dès que l'entreprise aurait pignon sur rue, Zoby m'avait promis qu'il en prendrait la direction. Quelque temps après, il m'a fait savoir qu'il avait rencontré chez des avocats, dont Me Ferri, le fils du Général qui lui avait dit qu'un homme comme lui, un battant, devait, dans l'optique des élections législatives de 1973, constituer un parti politique défendant le gaullisme orthodoxe avec comme finalité l'élection à la présidence de la République du contre-amiral Philippe de Gaulle. Je reconnais que mes amis et moi avons été subjugués par le personnage de Zoby qui d'autre part faisait état de services exceptionnels dans la Résistance, l'armée, la marine et de glorieuses blessures de guerre à la face et au ventre. J'ai ainsi participé avec lui à des réunions politiques à Paris, Saint-Quentin, Marseille et La Seyne/Mer, et je l'ai même accompagné prendre livraison d'une DS 21 électronique, immatriculée au nom du CRL. Nous descendions régulièrement dans un grand hôtel marseillais où tout le personnel était littéralement à sa botte comme dans les salons où il recevait des gens importants. Zoby a raconté des histoires tellement ahurissantes, tel ce rendez-vous avec Pompidou, que nous avons décidé de nous renseigner auprès de policiers de Rungis. Immédiatement, ils nous ont dit de nous sortir de ce guêpier car Zoby n'était pas un personnage recommandable et ils ne pouvaient nous en dire plus. Nous avons rédigé nos lettres de démission. Zoby nous a insultés et nous sommes partis en claquant la porte. Je précise que Zoby se prétendait un ennemi acharné de la drogue. La lutte contre les stupéfiants était un des thèmes principaux des tracts rédigés par le CRL. Il m'avait aussi expliqué que l'un de ses neveux avait été arrêté pour un tel trafic aux USA.

Courant 1972, Zoby m'a dit qu'il était en pourparlers pour le compte d'une maison suisse, Utexo de Genève, pour une exportation de « *butter oil* » vers le Ghana, affaire qui devait se traiter rapidement en raison d'une question de change. Cette affaire portait sur 2 000 tonnes et il m'avait demandé si je pouvais assurer les manutentions de chargement et de déchargement des camions ; l'exportateur était une société parisienne qui n'existe plus. Une petite quantité de beurre est arrivée et est repartie, le reste devant transiter durant le courant du mois suivant. C'est à ce moment-là qu'il m'a demandé d'établir une facture pro forma, et j'ai fait une facture définitive qui s'élevait à environ 40 000 francs, que la société parisienne a versés. J'ai été entendu à ce sujet par les douanes et c'est là que j'ai appris que la facture que j'avais établie avait été l'un des documents ayant servi à la société parisienne pour percevoir dix millions de subventions qu'elle n'aurait pas pu toucher car la marchandise n'a pas été exportée. C'est tout ce que je peux dire sur le « trafic de beurre » et je crois savoir que les douanes n'ont pas réussi à déterminer le rôle de Zoby dans cette affaire.

Casimir, directeur de société, ex-membre du CRL.

Je m'occupe de politique depuis quinze ans et il m'a semblé que les idées de ce parti, le CRL, rejoignaient mes convictions. J'ai donc adhéré après avoir reçu la visite de Zoby, se présentant comme le directeur de campagne de Philippe de Gaulle à la présidence. Je me suis donc consacré au parti en organisant des réunions où Zoby était accompagné de nombreuses personnalités. Un jour suivant, Henri est venu me voir et m'a parlé en aparté, me mettant en garde contre Zoby. Il m'a dit de me méfier de lui car il avait trafiqué ou trafiquait, je ne m'en souviens plus, de la drogue, qu'il y avait également des trafics d'armes et de moteurs d'avion à Rungis. J'ai essayé d'en savoir plus mais Henri n'a pas voulu dévoiler l'origine de ses renseignements. Néanmoins, j'ai rencontré Zoby pour avoir le cœur net sur ces prétendus trafics. Il m'a répondu qu'il avait été un truand mais était redevenu un honnête homme. Il m'a dit avoir gagné beaucoup d'argent dans des affaires commerciales et qu'étant pur gaulliste il voulait mettre cet argent au service de la France. Je n'ai revu Zoby que quelques fois, ayant décidé de prendre le large. Plus tard, lors d'un voyage à Paris, il m'a entretenu de ses activités politiques et qu'il pourrait s'occuper d'implantations d'usines à Saint-Quentin et Bohain. Il m'a assuré qu'il était en relations avec des industriels italiens qui voulaient quitter leur pays en raison de la situation actuelle et souhaitaient s'installer en France. Il m'a parlé de l'implantation d'une usine d'ascenseurs pouvant employer 2 000 personnes et une autre de 800 personnes. Depuis, je ne l'ai plus revu.

Zoby, commerçant.

Je suis administrateur de la société FRAN, construction d'immeubles, de bungalows, etc., dont le siège social est à Cagliari en Sardaigne. Le président de cette société est le Dr Ambrosio de Cagliari. Elle a été créée en 1971, et prenait la suite d'une autre société dont l'objet et le siège sont les mêmes que ceux de FRAN. Elle est composée de cinq membres, tous travaillant dans le bâtiment, et qui sont porteurs de parts. Je vous précise volontiers que les vrais patrons sont Ambrosio et moi-même. En ce moment notre société a des chantiers vers Palerme. Lorsque la FRAN a pris la suite de l'ancienne société, j'ai obtenu de la Banque populaire suisse de Genève une avance de 1 500 000 dollars. En France, je n'ai aucun revenu. Mon activité est en Italie. J'ai été commerçant toute ma vie, tenant différents commerces tant à Marseille qu'à Paris. Le dernier établissement à mon nom était L'Abreuvoir à Paris, une affaire que j'ai proposée par la suite à mon ami Mimi. Depuis une douzaine d'années, je vis avec ma concubine Mouche. Nous avons une villa près de Toulon, payée 240 000 francs par chèque bancaire sur mon compte parisien, un appartement de 300 000 francs à Paris, et le rez-de-chaussée d'un immeuble du neuvième où sont installés les locaux du CRL. Je suis le seul à disposer de la signature du compte ouvert au nom du CRL. Je n'ai jamais payé d'impôts. J'ai connu « l'Allemand » à L'Abreuvoir où il était alors employé au Sahara dans les pétroles. Mimi, je le connais depuis trente ans, c'est mon « pays » et mon ami. Je connais d'ailleurs toute sa famille. Nous sommes toujours restés en relations mais nous n'avons traité aucune relation commerciale ensemble. Quant à Charlot, je l'ai vu « naître ».

Première lettre anonyme, adressée à Monsieur le Commissaire.

De la part de « l'Allemand ».

« L'Allemand » m'a dit si je l'ai pas vu mardi y faudra écrire ou qu'il me dit chez vous c'est à l'hôtel que je l'ai connu. Il m'a donné les noms pour ceux qu'il a été en Amérique pour la drogue je vais tâcher d'y voir clair car lui était fin saoul. Y a d'abord Zoby qui dirige un Centre, avant c'était une société qu'il dirigeait avec un Ambrosio d'Italie c'est lui qui a payé ses voyages en Amérique mais il a encaissé le pognon de la drogue. Y a aussi une fille, Mouche, mais elle a une piaule de plusieurs millions dans le seizième. Il lui a aussi acheté une villa près de Toulon sur les bords de mer et elle aura une retraite car il l'a fait turbiner. Après y a Mimi qui est en taule. C'est Zoby qui l'a donné, il savait où qu'était sa planque. Après y a la femme de Mimi, Aude, quand elle était pas là, il m'a amené à son hôtel rue Lafayette. J'ai vu un gars petit, brun, maigre, il nous a dit qu'il se barrait et il a parlé d'un autre qui est planqué mais plein aux as. Il allait aussi en Amérique pour Mimi qui l'a donné pour toucher la prime de la drogue. Y a aussi un zigue à La Seyne et un patron de bar là-bas qui en sait long, ils se sont tous débarrassés de « l'Allemand » et eux ils se sont rempli les profondes y paraît que Zoby a deux visages, le truand, c'est lui qui a plein de cicatrices d'un règlement de comptes, et un autre Zoby qui est à l'hôtel des allongés en Corse, c'est un mec dangereux, « l'Allemand » a pas voulu descendre un mec avec qui il avait trop dit c'est pour ça qu'il le laisse sans un flèche à la rue pour qui se fasse ramasser. C'est tout monsieur. Que justice soit faite.

Deuxième lettre anonyme, adressée à Monsieur le Commissaire.

Affaire Mimi en prison. Il a trafiqué la drogue sous les ordres de Zoby qui habite chez Mouche à Paris c'est elle qui passait la drogue demandé lui pourquoi elle vous a pas dit qu'avec Arielle dans la fin octobre elle avait un gros sac de drogue et des dollars qu'elle a menés chez Mimi pour que ce soit revendu à barbes demandez lui comment quelle a payé son logement à Paris et la villa ou y a que des drogués qui y vont y faire des parties et les billets de 50 000 d'où qu'ils viennent c'est Zoby le chef il a monté le parti politique pour qu'on ne lui dise rien et qu'il puisse trafiqué demandé à son ancien président du parti comment qu'il lui faisait transporté la drogue et les dollars en Hollande par des camions de la douane blindés ça passait la frontière en règle et à l'autre qui trafiquait la viande de rungis demande à Zoby c'est lui qui a fait descendre Siméon parce que Mimi voulait la place de Zoby Mimi et ses truands gardaient le parti à cause de la drogue qui y était — faites excuse mais je ne donne pas mon nom je ne veux pas finir comme Siméon. Voir aussi la maison F. de Roanne qui avait trafiqué le fisc c'est un client à BOVÉ de Toulouse avec Zoby ils ont acheté pour 100 millions avec l'argent et Zoby en a donné à sa femme qui a le commerce bidon à Paris. Je pense avoir rendu service à la justice.

Troisième lettre anonyme, adressée à Monsieur le Commissaire.

Texte adressé à Mouche.

Si tu ne vas pas faire des aveux et dire tout ce que tu sais des trafics de drogue de Zoby cette lettre ira au commissaire qui s'occupe de Mimi qui habite près de Toulon avenue de la résistance corse et qui pourra demander en Amérique comment Charlot a été arrêté. Zoby te balancera tu le connais c'est maintenant « l'Allemand » qui couche avec lui il continue à se saouler et à parler il dira comment avec Mimi tu passais la drogue et d'où vient l'argent de ton appartement et d'où vient les billets de 50 000 francs qu'il en a plein les poches et où y a pas de traces d'épingle de quel hold-up ils viennent si tu ne fais pas des aveux et que tu parles de cette lettre à Zoby, « l'Allemand » te descend, dis au commissaire qu'il a pris le nom d'un mort comme ça il a deux identités et il a pu avoir le casier judiciaire vierge de l'autre qui porte son nom et qui dort au cimetière parle lui des dollars de la drogue et des hold-up des trafics de la viande, « l'Allemand » a retrouvé son vieil ami de la rue Rochechouart et si tu parles de cette lettre je le saurai par « l'Allemand ». Je vous fais ces aveux spontanés car j'ai été entrainé par l'ancien président du parti bidon où Zoby avait monté un trafic de, outre la drogue, viande, beurre tout ça à Rungis. Voilà.

Chapitre six

Nicole

25

La tuile, la grosse tuile !

Max aurait dû suivre les conseils de Charlot. Merde !

Max est assis sur le matelas dur comme le fer, le visage enfoui sous ses mains. Refuse de croire à cette maudite réalité. Aux barreaux qui le séparent de la liberté. J'aurais dû écouter Charlot, faire confiance à son expérience, le suivre. Max se souvient des mots du Corse. Dix mois auparavant.

Laisse tomber les petits vols, c'est pas comme ça que tu vas pouvoir t'en sortir. Il faut que tu ouvres les yeux, Max. Tu prends un risque, tu touches une misère du fourgue qui lui, un jour, te balancera aux condés dès qu'il en aura besoin. Prends exemple sur moi. Fais un grand coup, fais-toi remarquer par une bonne équipe, bouge de la Belle, va à l'Estaque. Ce quartier est trop petit pour toi. Et en plus, ces pieds-noirs autour de toi, ces minables de proxos, c'est pas bon.

À l'époque, Max n'a pas relevé. Les Corses étaient en guerre contre les voyous rapatriés. À Paris, Marseille, Nice, des petites villes de la petite France, ils avaient débarqué en conquérants, prenant les voyous déjà en place pour des larbins. Les Corses, leurs nouveaux Arabes ! Belle ironie ! Les Corses ont laissé faire jusqu'au jour où ils se sont fâchés. Des dizaines de pieds-noirs ont disparu dans des carrières de chaux ou noyés, lestés au fond des calanques. Jamais personne n'a cherché à les retrouver. Max revoit les yeux de Charlot, gonflés de sang. Faut pas faire les marioles avec nous. On n'a peur de personne.

Charlot a vu des familles arriver sur Toulon, Paris. Certaines ont posé les valises, d'autres sont parties au Canada, aux États. La même filière que la poudre, les mêmes intermédiaires, les mêmes contacts. Celles qui ont choisi le Nouveau Monde sont pour la plupart de confession juive, aidées depuis le port de Marseille par un homme du Mitan qui commence à faire parler de lui dans les brasseries de l'Hexagone. Le surnom fait froid dans le dos. Oran, l'article du *Canard*, les yeux ronds de Bibi, le Tio, encore lui ! Mais qui est donc ce Marseillais qui peut s'offrir les avantages des dockers ? Comment a-t-il pu entrer dans le cercle fermé des Napolitains ? Joue-t-il un rôle important pour Tany, lui, le protégé des Canards qui serait en train de retourner le Commissaire contre les associés de L'Artistic ?

Max passe d'un souvenir à un autre avec une précision d'horloger.

Comme Mimi.

Revoit Léon, les mains posées sur le zinc. Et ses éternelles interrogations.

Qui, ces dernières années, a tué de puissants associés corses, pour la plupart inconnus des condés de la direction, si protégés par ceux de Marseille ou d'Ajaccio ? Qui a repris leurs bars et cabarets sur la Côte, à Bruxelles ou à Francfort ? Pour moi, martelait Léon, il n'y en a qu'un seul, le Commissaire ! Trop occupé à compter ses milliards de la came, des armes, le Commissaire. Et dans son sillage, des violents comme Gaby, l'homme de l'ombre de Tany le Napolitain, et le Tio qui forment le ticket de demain.

Max avait cru que le pied-noir, blessé par le sort réservé aux rapatriés, délirait. Que, ne supportant plus les Corses, il se rapprochait instinctivement du clan des Napolitains, les seuls capables de tenir tête aux hommes de L'Artistic et des bars du boulevard de Paris.

Avec le recul, Max est en train de comprendre la prémonition de Léon. Tu verras, les Napolitains feront tout pour récupérer le Commissaire et, ce jour-là, les Corses retourneront sur leur île. Et je paierai le champagne à tout le quartier.

Léon est informé par des amis de la communauté installés à Nice. Ils savent que le Commissaire veut déstabiliser Albert le Niçois, autre gros trafiquant, incontournable, associé sur des affaires régionales, racket, proxénétisme, casinos, aux deux frères, Mémé et Antoine. L'officier de la Sécurité du territoire a retourné un homme influent, connu pour ses méthodes de boucher, lui promettant l'aide des pieds-noirs. Ce dernier, Bianchi est le fondateur de l'ombre du Service, fabricant d'un pastis provençal, une façade trop méridionale pour être prise au sérieux. Un homme proche de Sucette, ancien associé des Canards sur le Canada, mais ayant su revenir vers ses amis insulaires pour bénéficier des relations entretenues dans les Cercles. Bianchi a cru pouvoir utiliser la redoutable force de frappe du milieu rapatrié, formé aux opérations commando de l'OAS. Mais le fabricant d'alcool s'est cassé les dents contre Albert. Comment Marcel aurait-il pu approuver une telle manœuvre de la part de son condé, principal moteur du trafic de came ?

C'est Charlot qui a mis la puce à l'oreille de Max. Un jour qu'il lui relatait une scène de mitraillage devant un Cercle parisien, le Corse lui a dit. Marcel n'a pas voulu faire confiance au Commissaire. Un condé dans un Cercle, jamais ! Marcel l'avait dit si fort que le Commissaire en avait tremblé de peur. Et il y avait un contexte. La guerre des cercles qui s'ajoutait à celle du *Combinatie*, toujours pas terminée, même si Marcel et son frère Philou, aidé des Calonna et des Venturini, avaient pris le dessus.

Max reconstitue le puzzle mais les diverses trahisons troublent le montage. Se souvient des paroles de Charlot, ses doigts lissant son 357 Magnum. C'est pas du cinéma, Max, c'est la vérité vraie. Tu peux me croire. La guerre a commencé quand Marcel a décidé de prendre Paris. Prendre Paris, c'est prendre les Cercles, entrer au cœur de tous les pouvoirs, dans l'antichambre des puissants. Faire ami-ami, avec ceux qui décident de la manne publique. Je te souhaite un jour d'y entrer mais va falloir que tu la joues mariole. C'est pas demain la veille ! Aidé par les Venturini, par ton ami Joseph et d'autres fous, Marcel a envoyé le Saint, aux Allongés. Il est alors devenu l'homme de confiance du Riche, un mec puissant, tout le monde lui mangeait dans la main, se prosternait. Puissant, je te dis, mais tu peux pas comprendre. Bref, en douce, Marcel est approché par le grand rival du Riche, Peritti. Le Riche et Peritti étaient associés sur la came, sûr, ils mettaient juste le fric, comme des banquiers, mais ils se jalousaient, c'est une tradition chez nous, trop d'orgueil. Marcel, faut comprendre, c'est la perle rare, pas deux comme lui dans un siècle, la pépite d'or. Un jour, Marcel va voir le Riche pour affaire. Le Riche, un peu énervé de le savoir proche de Peritti, lui dit. Il t'a donné la permission, Peritti, de venir me voir ? Et là, de colère, c'est aussi simple que ça, crois-moi, Marcel lui a cassé un cendrier sur la tête. C'est comme ça qu'elle a commencé la guerre, Max, par un coup de cendrier.

26

La tuile, la tuile ! Max aurait dû se méfier de la commande de ce fourgue qu'il ne connaît pas, d'un pied-noir de Nice. Une histoire à dormir debout, les pieds dans les fers. Une amende, un avertissement, mais de qui ? Léon ? Le frère de Bibi, passé à tabac par Max et sa bande pour avoir voulu mettre sa Bibi au boulot ? Son ami Ciaro pour lui avoir volé le roucoulement d'une belle des Cinq-Avenues ?

Max se regarde dans la glace fendue, accrochée au mur de sa nouvelle piaule. Ses yeux sont pochés, son nez marqué par une gifle, ses cheveux ébouriffés. Sur le mur de chaux blanche sont inscrits à l'encre noire des insultes et des souvenirs tout frais. Méu, 1964. Ses deux complices ont les yeux collés au plafond bas, sale, les pupilles plongées dans l'unique ampoule de cette petite pièce aveugle. Hormis la porte, fermée à double tour dans un lancinant écho métallique. Thibault et Gualbert se sont allongés sur des lits de camp militaires. Max n'a même pas pu compter sur l'expérience des deux amis, âgés de trois et cinq ans de plus.

Max tourne comme un fauve mal dressé dans une cage. Marmonne. Comment ai-je pu être aussi con pour me lancer dans cette aventure ? S'assoit par terre, dos au mur, et se repasse le film. Il doit trouver la réponse. Qui ? Et pourquoi ? Même s'il ne trouve pas, même s'il sent toujours la gifle lui tomber sur le visage, à répétition. Au moins, pense-t-il, je pourrai parler des Baumettes.

C'est Thibault, entré en courant au bar de la Gaîté, proche de celui de Léon, qui a ouvert le bal, deux jours avant. Enfin, vous êtes là, je vous cherche partout ! Thibault les pousse discrètement à l'extérieur. Il reprend son souffle. Léon nous a trouvé une affaire en or. Dans une heure, y a une bagnole, une 403 bleue, qui va aller se garer devant le bar des Catalans. Le mec a un rencard avec un chimiste. Dans le coffre, il y a. Thibault est soudain pris d'un frisson. De froid ou de peur ? Vérité ou trahison ? Max hésite. Thibault peut-il être dans le coup ? Après tout, c'est bien lui qui a joué le rôle d'intermédiaire, non ? Thibault finit. Une valise. Max a regardé Gualbert. Une valise ? Et quoi dedans ? Thibault semble très nerveux. Je sais pas, moi ! Léon a juste pensé à nous pour que l'on puisse gagner vingt mille et vous savez bien qu'il aurait pu mettre les jumeaux sur le coup, alors ? Vingt mille à trois, c'est pas bien divisible.

Cela commençait mal.

Gualbert siffle. Vingt mille... C'est pas tous les jours. Mais j'aimerais bien savoir ce qu'elle contient, cette valise. T'en penses, Max ? Le Belge est toujours le référent de la bande. Sa bande l'apprécie pour son instinct, son anticipation, sa logique, sa rapidité d'action. Il chuchote. J'en pense que ça doit avoir rapport avec la came. Il repense soudain à Joseph et à l'histoire des cinquante kilos de morphine dans la Cadillac de Samy. Et les embrouilles derrière. C'est peut-être du matériel, des produits chimiques mais je vois pas qui pourrait se trimbaler avec de la base dans sa caisse, faudrait qu'il soit givré de se promener avec. Max hésite. À moins que quoi ? dit Thibault qui tremble toujours. À moins que ce soit tout simplement de la poudre. Les trois visages s'observent. Thibault insiste. C'est qu'il faut vite le dire à Léon si on décide de laisser tomber, mais il a insisté. Il compte sur toi, Max. Léon joue à merveille avec les sentiments de son protégé. Grâce à lui, n'a-t-il pas réussi à tenir un Smith & Wesson, à casser la vitre d'une bagnole, à l'aide de la porcelaine des bougies, à arracher les fils pour démarrer à la va-vite et à conduire n'importe quelle voiture jusque dans les chemins de poussière des calanques ? Max voit Léon qui opine. Vas-y petit, c'est ta chance. Gualbert, connu dans la pègre de la Belle pour sa pingrerie, sa manie de la petite monnaie, objecte. Si c'est de la poudre, vingt mille, c'est pas suffisant. Je veux dix mille. Max analyse. Gualbert veut marchander la proposition de Thibault. Donc celle de Léon. Car Léon prend sa part. Gualbert n'y est pour rien. Thibault s'énerve. C'est à prendre ou à laisser. Si tu veux pas, Gualbert, tu restes là. À toi de voir. Gualbert emboîte le pas de ses deux complices.

Suivre la chance. Pari mutuel.

L'approche n'a pas été trop difficile. Le bar est séparé de la plage par une seule rue. De grandes baies vitrées sur la Méditerranée derrière lesquelles des tablées de joueurs donnent de l'atout. Il est presque quinze heures. Dans quelques minutes, la 403 doit se garer près du bar. Le trio s'est dispersé. Chacun s'est posté dans une rue. Trois rues donnent sur la grande crique au sable fin. Ils sont à moins de cent mètres des baies embuées. Le plan a été minutieusement préparé dans le tramway. Dès que la 403 passera devant l'un des complices, celui-ci sifflera autant de fois qu'il y aura de personnes dans l'habitacle. Pour donner le signal, mesurer le danger. Si l'information est bonne, il n'y aura qu'un coup de sifflet.

L'opération se déroule en plein jour, sous le nez des clients, le canon du patron. Ils ont voté pour le scénario le plus osé, la grosse décharge d'adrénaline, cette sensation de brûler leur rébellion dans ces secondes de jouissance. Partagées. Voler la voiture en moins de dix secondes avant que le chauffeur ne tourne la clé de contact. C'est la spécialité du trio. L'écharpe autour du visage, ils ont déjà piqué une bonne vingtaine de voitures le plus souvent en plein trafic, le moteur tournant au ralenti à un stop ou à un feu tricolore. Ensuite, ce n'est qu'une partie de haute voltige. Connaissance parfaite du plan de circulation, sens interdits faciles à emprunter, impasses et postes de police à éviter et, pour finir, des garages ouverts au maquillage. Ni vu, ni connu. Pas vu, pas pris.

C'est Thibault qui siffle. Une fois.

Jusque-là, Léon a tenu parole.

Thibault se lance en courant derrière la 403, tandis que les deux autres courent vers le bar. La voiture stoppe. Thibault est arrivé le premier. Il ouvre la portière, prend l'homme par les épaules et le propulse sur le trottoir. Max et Gualbert en profitent pour lui mettre un grand coup de pied dans les côtes. Ils sautent dans la voiture. Thibault enclenche la première vitesse. La voiture cale sous les baies du bar, sous les yeux ronds des clients qui viennent au secours du molesté. Thibault tourne la clef de contact. Le moteur rugit. Des coups de feu claquent. La 403 prend la route de la Corniche. Suivie de très près par une puissante Ford.

La voiture attendait l'homme à la 403 et probablement la valise.

La valise, elle est où ? Thibault crie. Elle est où ? Max et Gualbert ne trouvent que des journaux datés des jours derniers et, dans la boîte à gants, un revolver. Elle doit être dans le coffre. Max se souvient du pressentiment. Il n'y a pas de valise...

La Ford de grosse cylindrée a une calandre chromée. Elle

frôle la malle de la 403. Dans le rétroviseur, Thibault voit sortir un bras, puis un pistolet. Toujours sur la Corniche, la 403 double, zigzague pour éviter les tirs nourris qui claquent de la Ford. On est dans la merde ! Gualbert prend le revolver. Il est chargé. Il ouvre le feu sur la Ford. Thibault brûle un stop, la Ford aussi. Rétroviseur. Thibault voit une seconde voiture, filant le train de la Ford. Les sirènes hurlent. Les flics ! Toujours là où il ne faut pas, ces... En moins de cent mètres, alors que l'hippodrome est en vue, la Ford réussit un formidable tête-à-queue, repartant aussi sec dans l'autre sens, à la grande surprise du flic qui n'a pu réagir. Gualbert est soudain pris de panique. Il imagine les flics ouvrir le coffre, puis la valise, et leur mettre le nez dans la poudre en rigolant. Cinq ans ! La totale ! La course se poursuit, direction Pointe-Rouge. Il y a maintenant trois voitures balisées qui leur collent aux fesses. Pointe-Rouge, une impasse. Il faut tourner avant. Thibault demande à Max. Qu'est-ce qu'il y a à gauche ? Les Baumettes, pauv'con ! Les Baumettes !

L'interrogatoire a duré près de trente heures. De mémoire de L'Évêché, il y a longtemps que l'on n'a pas assisté à une telle course-poursuite dans les quartiers sud de la ville. Max observe les flics. Ils tapent sur une machine à écrire. Le Belge répond le minimum, reproduit mot pour mot le jeu de rôles préparé dans l'arrière-salle du poker. Comme au cinéma. Les flics connaissent beaucoup de monde. Les fiches parlent comme des indics, d'une seule voix. En tout cas, ils savent compter les billets dans l'enveloppe... Les flics félicitent le trio. Bravo, les gars, grâce à vous, on vient de coffrer quelques durs à cuire. C'est quand que vous entrez dans la police ? Les rires fusent. Même l'inspecteur principal est venu les narguer. Alors, on veut se faire la Belle-de-Mai ? Max hausse les épaules. Comme ses deux amis, c'est la première fois qu'il sent les menottes aux poignets, les haleines mêlées d'anis et de tabac qui lui glissent sous le nez. Et la gifle. À lui seul, pour l'exemple. Fini de rigoler maintenant ! Alors elle est où, cette valise ?

Max fait les cent pas dans la cellule. Il n'a toujours pas de réponse.

Qui ? Il reprend.

Léon nous demande d'aller piquer une bagnole, plutôt une valise. Mais pas de valise. La chance. Sinon, cinq ans ! La Ford nous attend. C'est sûr. Le but est de nous poursuivre, de balancer des munitions, pour... attirer l'attention des flics ! Et hop, dans les filets.

L'inspecteur a été clair. Grâce à vous, on vient de coffrer des durs à cuire. Mais il n'a rien dit de plus. À eux de deviner. S'ils ont interpellé des caïds, ce sont ceux de la Ford ou ceux du bar des Catalans. Ou les destinataires de la valise. Ou ceux qui l'ont posée dans une autre voiture. Des durs à cuire... Max connaît quelques noms. Il frissonne à son tour. Qui s'est joué de nous ?

Thibault répète, les yeux éblouis par l'ampoule. On est pas dans la merde ! Gualbert soupire. La nouvelle a dû faire le tour du comptoir de Léon, de la Belle. Trente heures. Toujours personne. Max a bien essayé d'avertir sa sœur aînée, pour éviter la fureur de son père et la honte à sa mère, mais il n'a vu venir personne. Pas même Léon. L'inspecteur leur a répété. Vous nous dites où vous avez planqué la valise et on vous relâche dès que l'on a vérifié, vu ? L'inspecteur est quasiment chauve. Max le reconnaît. Il a déjà vu sa photo dans la collection de son ami Ciaro, surnommé aussi le Photographe pour ses tirages pris à la sauvette des gueules de l'Évêché. En feuilletant l'album, Ciaro s'était arrêté sur ce visage long. Un condé voyou, un vrai, rangé du côté des Canards. De Tany. Un ennemi timide de ceux de L'Artistic.

Les trois voleurs de voiture n'ont jamais vu de valise. Jamais. C'est un traquenard, je vous dis ! Le Chauve n'en croit pas un seul mot. Il est persuadé que la valise est dans les mains de Max. Le Chauve lui dit. T'es un meneur, un petit caïd. C'est écrit. Célibataire, sans enfant, sans profession, surnommé le Belge par ses amis de la pègre de la

Belle-de-Mai. Protégé de Léon. Individu à surveiller. Le Chauve insiste. Il lui dessine un organigramme, la valise au milieu. Des gros caïds sont dans le coup. Des noms ! Max découvre pour la première fois le vice des flics, la vertu des gifles. Max ne sait rien. Il sait juste que Le Chauve n'est pas un ami d'Antoine. Thibault confirme en sourdine. C'est leur boulot. Le jour à courir après des voyous, la nuit à se faire courir par d'autres voyous. Ils se font la main sur les petits, tapent dans celles des grands au nom de la grandeur de la France. De sa sécurité. On est dans la merde !

Le Chauve est en colère. Toujours pas de traces de la valise. Tant pis, on va mettre le juge dans le coup. On va vous charger. Pour l'exemple. Pour sauver la France.

Deux mois dont un avec sursis. Pour l'exemple. Drôle d'univers, la prison. Après la garde à vue, Max est allé directement dans la prison des mineurs, les Petites Baumettes. À quelques centaines de mètres de l'endroit où les flics les ont finalement serrés contre un platane. Pas de souvenirs particuliers des Petites, non. Juste un apprentissage tout en douceur des codes des matons et l'éveil au rôle de conseiller. Malgré quelques tensions entre des groupes de détenus, où chacun retrouve ses repères du quartier, de la bande, du clan. Sans comparaison avec les Grandes Baumettes ! Le maton connaît par cœur. Là-bas, ce sont les durs à cuire, les maniaques du calibre. Ici pas de pointeurs, pas de violeurs, peu de hiérarchie. Les journées sont monotones, les nuits noires, froides. Une seule couverture, dormir tout habillé, et se réveiller transi. Ne pas penser au bruit des verres chez Léon, aux éclats de rire, aux couleurs, à Bibi, encore moins à Éva. Consoler sa mère, venue plusieurs fois lui apporter quelques bricoles, la rassurer. Un mois, c'est pas grand-chose, maman, pas grand-chose. Cloisonner.

Apprendre la patience.

L'eau du broc est glacée, quelquefois gelée, et la cohabitation avec les deux autres petites frappes dégénère souvent en petites phrases assassines. Seul le maton semble heureux d'arpenter les couloirs des Petites. Les Grandes fatiguent la tête. Max a sympathisé avec Castro, un rêveur. Ils se causent tous les jours. Le maton a un rêve. Petit, ici, c'est peut-être pas le festival de Cannes, mais on oublie pas de s'amuser. Tous les jours, il sort le portrait de Romy Schneider, caresse son visage. Parle souvent de révolution. Les matons sont romantiques, comme certains beaux voyous. Comme certains acteurs qui brillent sur les marches du festival. Qui perdent aux tables du poker. Max n'imaginait pas que les matons puissent être aussi courtois. C'est pas pour rien. La cantine améliore l'ordinaire. Le troc est roi au même titre que les réprimandes sont sévères, de la gifle humiliante au passage à tabac. Et il vaut mieux se mettre à la bonne avec le chef, celui qui gère les flux et le stock de la cantine générale, s'arranger pour tourner autour de son business en chopant du travail administratif.

Il vaut mieux savoir lire.

Max a vu les rouleaux de billets tomber des poches des détenus, ramassés par les gardes en échange de paquets de clopes, d'une couverture, de savons ou d'un isolement pour échapper à un compte mal réglé. La prison, aux Petites aussi, c'est la même rengaine qu'à l'air libre, sauf ces murs infranchissables. Enfin presque, cela dépend aussi de la taille des rouleaux, de la largeur de la valise. Toujours le même refrain. Chacun pour soi, tous avec moi. Max a retrouvé des copains de la Belle et par là même son aura, non pas de petite frappe – sa force physique est redoutée bien au-delà de son quartier – mais cette capacité à fédérer. S'engager. Tenir sa parole. Faites-moi confiance. Ceux qui sont là confirment. Les plans proposés par le Belge ont toujours été méticuleusement préparés et accomplis avec panache. Mais ils sont surpris de le croiser en promenade dans la cour des Petites. Comme lui a fait remarquer un voleur à l'étalage, avec une dose de réalisme. Si t'es là, c'est qu'on t'a volé la confiance.

Max esquive.

Vol de confiance, vol de liberté. Putain de valise !

Durant ce mois à l'ombre, Max a même attiré l'attention

du directeur, un homme connu dans le Milieu pour sa sévérité à l'encontre des mineurs, un fervent adepte de la réinsertion par le travail communautaire. Derrière des vitres sans teint, il a vite remarqué le Belge, souvent appelé pour jouer le rôle de juge. Le directeur a inscrit à la plume sur la fiche de sortie. Individu promis à un brillant avenir. Sans définir lequel...

Depuis la sortie des Baumettes, malgré les recommandations du directeur, Max n'a rien changé de ses habitudes. Il devine que Léon les a manipulés, voulant peut-être s'immiscer dans les troupes du Commissaire, comme du temps de la table du poker.

Mais Max ne peut tuer Léon. Personne ne comprendrait ce geste, et pire, les condés n'attendent que ça. Perpète pour les assassins. Le scénario est bien ficelé. Max sait qu'il n'est pas fait pour se lever tous les matins à l'aube, ni se satisfaire d'un salaire de misère, d'une paye d'ouvrier. La prison en est le triste modèle, car c'est le black, le liquide, les liasses enroulées qui font la saveur et le piquant d'une vie sans routine. Et puis, pourquoi foutre en l'air toutes ces années passées autour du comptoir de Léon ? La prison a joué un rôle de révélateur. Max a pris conscience de la puissance d'un mot.

Manipulation.

27

Max s'est lancé dans le grand bain. Il est décidé à manifester sa nouvelle ambition, à révéler ses convoitises. Le Belge a fait fi des remontrances de sa mère. Ignorant les sages conseils de son père, il a cédé aux sirènes de deux de ses amis, proxénètes de cœur, pour rejoindre leur groupe. Puis à celles de Bibi. Bibi a du cran. Elle est venue le chercher le jour de sa sortie, accompagnée de la grande sœur de Max, Martine, et son éternel soupirant, Boby le Fou. Ils sont partis faire une bringue chez Léon, comme le veut la coutume, et Bibi s'est évanouie dans ses bras. Un leurre pour une première nuit d'amour dans un hôtel de la gare. Mais au lever du jour, Bibi a craqué, les larmes confondues par sa pudeur, les yeux rougis par la honte.

Parle, Bibi, parle.

Bibi a parlé. Elle a ramassé ses larmes du revers de la main. Elle lui a raconté comment son propre frère l'a poussée sur le trottoir, pour aider la famille. Elle s'est exécutée, croyant la parole implorante et découvrant les pervers qui la déshabillent du regard, la bave sur les trottoirs. C'est ceux-là qu'il faut mettre en prison, ces enfants de putain qui ne pensent qu'à lâcher leur foutre de malheur ! Bien sûr, elle gagne du fric... Mais ça compense pas tout, tu sais, Max. Son frère lui en prend de plus en plus, pour l'enveloppe, dit-il. Mais un jour, elle l'a suivi et elle l'a vu, avec l'une de ses tapineuses, dévaliser un magasin de fringues. Max, je n'en peux plus. Il te faut m'aider. Max est coincé. S'associer avec les deux autres, Ciaro le Tunisien et Jojo le Grec, c'est d'abord participer à l'affaire. Et participer... Ciaro, vingt-six ans depuis peu, julot depuis dix ans, l'a conseillé. Tu la laisses tomber ou tu la prends sous ta protection. Sous notre protection. Max a longtemps hésité et, courant du mois d'avril, il s'est jeté à l'eau. Dans le grand bain. À sa grande surprise, Bibi s'est jetée dans ses bras, les pupilles étoilées par l'ivresse. La liberté. Le grand frère a disparu avec une enveloppe.

Merci, Max, merci. Tu ne le regretteras pas.

L'été s'éveille. Max campe sur la terrasse de Léon. Grâce aux revenus de Bibi, il prend le temps de réfléchir et d'accroître sa connaissance du Mitan, ses codes, ses équipes. Réfléchir sur les commandes, chercher dans le *Canard* les coups à la mode, comprendre l'économie et la finance, les escroqueries qui volent l'air du temps. Cloisonner. Préparer des plans, répondre à des invitations, trouver d'autres filles. Accroître ses revenus indirects pour investir dans des bénéfices directs. Les associations de voleurs de quartier se font sur le pouce, le plus souvent à la demande d'un fourgue, véritable centrale d'achat du Milieu, mais aussi selon les informations puisées au hasard des rencontres et aux opportunes coïncidences. Dans le Milieu, l'information est vitale et elle se négocie. Tel pourcentage pour telle affaire. Quelquefois, le colporteur de l'information capitale peut tourner plusieurs mois à Marseille, Paris ou Lyon sans trouver la moindre équipe. D'autres fois...

Max se rappelle l'un de ses braquages. Il avait juste donné un coup de main pour assister, médusé, à l'exécution d'un véritable coup de maître. Une dizaine de voyous, braqueurs de la Belle et d'Endoume. La cible ? La caisse de l'Olympique de Marseille, le club des plus grands joueurs de France. L'informateur ? Un proche parent du comptable. Le vol a eu lieu au nez et à la barbe des tauliers de l'OM, le chef voleur déguisé en arbitre, les complices en joueurs aux couleurs bleu et blanc. L'effet de surprise fut tel que personne ne prit le risque de crier au secours. Les voleurs sont repartis en courant, fermant la porte de la pièce où se trouvaient les compteurs de pièces et billets. Inconnus, comme ils étaient venus. Aucun journal n'a fait écho de cet épisode inédit pour des raisons troubles. Léon hésite. Un proche parent du comptable serait le racketteur du club, un homme de très haute tenue dans le Milieu. Il aurait monté l'opération après que les dirigeants du club ont soudain décidé de se passer de sa protection, connu pour être l'un des dirigeants du Service local. Encore une histoire de pastis, croirait le candide, mais Max sait mettre un surnom sur cette ombre. Le visage hâlé, Max savoure la décharge d'adrénaline. Le frisson glisse sur ses vertèbres, satisfait de pouvoir démêler les intrigues. Comprendre. Surnommer. Enregistrer.

Ciaro s'approche, le costume taillé par des couturiers de Naples. On y va. Ciaro n'a pas pris le temps de boire un verre de champagne. Max, Bibi et Jojo se lèvent. Bibi se tourne vers Nicole. Tu viens ? Nicole est habillée d'un tailleur, chaussures hautes, et porte en chignon de magnifiques cheveux blonds. Oui, j'arrive. Bibi a rencontré Nicole dans un chic salon de coiffure. Elles ont bavardé de tout, d'un rien. Bibi l'a invitée au bal. Tu danses ? Elle n'a pas dit non. Avant de monter dans la Caravelle cabriolet, Bibi présente Nicole à Ciaro. Ciaro lui baise la main, l'œil doux du dragueur réveillé par les yeux verts, pâles. Max ne s'est pas trompé. Bibi a bien fait son boulot. Jusque-là, tout va bien. Ne pas l'effrayer, y aller en douceur, et surtout la faire rire pour la mettre en confiance. Non, nous ne sommes pas des voyous. Les trois hommes ont de l'allure. Nicole les observe. Ciaro est trop élégant, Jojo trop rustre, Max pris par Bibi. Dommage. La Caravelle peine. Ciaro conduit. La main gauche au volant, l'autre à la radio. Cherche un air de java. Ciaro est un excellent danseur. Trois, quatre, tous les temps. Il déteste le rock. À sa droite, Bibi s'est assise sur les genoux de Max. Bibi est belle avec son foulard au vent chaud et ses lunettes de soleil de couleur rouge. Bibi aime le rouge, mais pas les Italiens. Trop prétentieux ou trop secrets. Pas de juste milieu chez les Ritals. C'est pour ça aussi qu'elle préfère le Belge. Max est discret.

Nicole est assise derrière avec Jojo. Une tactique de Ciaro. Jojo, c'est le leurre, celui qui fait peur aux filles, celui qui pousse naturellement les filles dans les bras de Ciaro ou de Max. Tout dépend avec qui ces deux derniers sortent. En ce samedi d'août, où le soleil tape fort sur la Caravelle, c'est au tour de Bibi de sortir au bal. Un cadeau de Max. C'est Ciaro, l'homme providence, le monsieur-la-morale qui doit retenir les mains baladeuses de Jojo. Faire semblant de les retenir. Ciaro jette des coups d'œil dans le rétroviseur. Nicole est pile dans la mire.

Ciaro rêve déjà. Dans quelques années, elle viendra le remercier de l'avoir mise sur le bon chemin, celui du fric, du chic, celui des paillettes, peut-être même des seconds rôles au cinéma. Merci, Ciaro, mon amour. Ciaro la baladera aux quatre coins de la planète dans des voyages organisés, dans des clubs. Il organisera des sauteries. Il ne peut pas s'en empêcher. Roi des macs de la Provence.

C'est la java bleue. Ciaro la connaît par cœur. *Celle qui ensorcelle.* Jojo a passé la main sur les épaules de Nicole, profitant d'une courbe trop pressée. Ciaro en profite, se retourne et, fronçant les sourcils, moleste Jojo. Jojo retire sa main. Max et Bibi rigolent en s'embrassant. La vie est belle, vraiment belle en Caravelle.

Au bal, ils retrouvent quelques amis de la Belle. Il y a les vieux comme Robert le Cannois la quarantaine passée et des julots sans ambition. Et puis des patrons de bistrot bien connus de la place publique pour n'être que des gérants de paille de quelques personnages du Milieu, des hommes qui pourtant n'ont pas encore l'imposante stature des Corses en vue, et de quelques invisibles, ceux auxquels personne n'oserait se comparer. De vrais industriels. Immobilier en priorité, mais aussi sociétés d'import-export, établissements financiers et d'épargne, bref, la grande classe. Ceux-là ne viennent jamais dans les bals et n'ont pas de soucis avec leurs filles...

Le bal est populaire. Le plancher a été posé sur le sable. L'orchestre joue les standards des danses de salon, beaucoup trop de tangos aux oreilles de Max, pas assez de moderne. Le soleil tombe sur New York, plein ouest, plein rêve. Bibi s'y voit déjà. Elle tourne, serre de près son homme, son protecteur. Nicole fuit Jojo. Jojo joue le jeu. Il devient détestable et gagne. Elle se rapproche de Ciaro, prend sa main pour éviter celle de Jojo. Autour de la piste, des groupes de jeunes hommes toisent les filles. Le pastis remonte le courage. Max suit le mouvement général. Bibi tourne autour de lui, et le couple tourne autour d'un poteau imaginaire qui serait planté, là, au centre de la piste patinée de talc. Ils croisent le regard de Ciaro, les yeux perdus dans les prunelles claires de Nicole, conquérant d'un jour ordinaire. Max croise aussi le regard de quelques petits caïds de la Corniche, qui parlent à voix basse. La relève. Robert le Cannois les connaît presque tous par leurs noms. Il a grandi avec leurs pères. Et leurs mères, avant de s'exiler à Cannes. Trop long à t'expliquer, Max. Pour le moment, dit-il au Belge, ils sont muselés par leur jeunesse mais avec cette putain de came, tout est en train de changer. La bande des Catalans, celle d'Endoume, ceux du Panier et de l'Opéra. Ils s'y mettent tous.

Robert le Cannois est venu en ami. Il surveille le manège de Ciaro. Ce soir, il ne travaille pas. Il supervise. Si tout se passe bien, il devra s'occuper de la belle victime. Robert l'a vu au premier coup d'œil. Nicole ne va pas être facile à dompter. Elle ne pourra pas rester longtemps dans les parages. Elle appellera au secours et cela deviendra trop risqué. Robert lui trouvera une place sur Cannes. On verra. Max a répondu à l'instinct. C'est pas gagné. Faut d'abord que Ciaro ne la laisse pas filer dans les bras des autres vautours. Robert regarde le Belge. Il ressemble à Marlon Brando, le physique, oui, mais aussi cette façon de fixer son regard sur son interlocuteur. Le dernier regard. Comme le dernier mot. Ne rien céder. Le Belge, il faut l'amener plus haut. Il a de l'avenir. Jojo est assez d'accord. Pourquoi assez ? demande le Cannois. Disons qu'il est un peu trop romantique. Pour rien au monde, il te laissera filer avec Bibi, je crois même que. Que quoi ? Robert est soudain perplexe. Ben, qu'il pourrait te foutre une balle entre les deux yeux. Le Cannois sourit. C'est exactement la réponse qu'il attendait. Max n'est pas un romantique, non, plutôt un intrigant qui ne sait pas encore faire la différence entre le cœur et la raison. Il va vite apprendre. Les deux julots rigolent.

La plage du Roucas-Blanc est noire de monde. Comme cette nuit sans lune. Nicole sourit. Ciaro aussi. Ciaro aime la Caravelle pour voir les étoiles, sentir la fraîcheur nocturne et éblouir les filles. Chasser les filles, tenter de les ferrer sans violence. En finesse. Jojo est resté avec Robert. Le cabriolet se gare à une centaine de mètres de Callelongue, le dernier village de pêcheurs avant les falaises des calanques. Des lames sous les étoiles. Soudain froides. Max et Bibi sautent par-dessus la portière, et disparaissent dans la nuit. Bibi ne supporte plus ces scènes. Elle se blottit contre Max.

Dépêche-toi, Ciaro, dépêche-toi. Bibi a les yeux rougis par la honte.

Max la réconforte. Ciaro est toujours délicat, ça va aller.

Ciaro et Nicole sont sortis de la Caravelle. Ils sont debout, les fesses posées sur le capot du moteur encore chaud. Nicole regarde à droite, à gauche, ne voit que les parois verticales des calanques. Où sont-ils allés ? Sa voix chevrote. Ciaro s'avance vers elle. Je vais être franc avec toi, ma belle. Tu viens de passer ta soirée avec un voyou, c'est au moins ça de gagné ! Nicole le regarde effarée. Elle tente de se débattre. Ciaro la maintient dans ses bras tatoués. Il a quitté sa veste, ôté sa chemise et montre ses puissantes épaules qui débordent d'un débardeur blanc. Et alors ? Nicole n'est pas si impressionnée. Elle en connaît d'autres. Et alors, cela veut dire que tu vas dorénavant quitter ton salon de maquerelles et que tu vas aller travailler pour le beau Ciaro. Ciaro évite la gifle. Question d'habitude. Nicole est sa vingt-huitième gifle. Tu ne l'aimes déjà plus, le beau Ciaro, hein ? Nicole tente de se débattre mais les mains du Tunisien lui brisent les poignets. D'habitude, je ne laisse pas le choix. Mais là, je te pose la question parce que je te trouve très jolie et que je voudrais pas faire du mal à une si belle coiffeuse. Alors, ma belle de nuit, tu te laisses faire ou tu veux que je force la porte ? Ciaro a les pupilles dilatées, le sadisme dans la force des bras. Nicole ne peut consentir. Jamais elle ne s'est fait autant berner, jamais elle n'a vécu un tel cauchemar. Elle ne répond pas. Elle n'a pas le choix. Elle a un plan. Nicole enlève sa chemise, découvrant son soutien-gorge rouge, sa poitrine forte, une taille de guêpe. Ciaro est fasciné, comme toujours, il n'y a que la première fois qui l'intéresse, le reste... Ciaro reçoit un coup de genou entre les jambes. Il hurle. Max et Bibi entendent. Vite, elle se barre ! Le coup du genou est connu. Seul Ciaro, masojubilateur, joue le rôle du premier prédateur. Max se jette sur Nicole, comme sur un ballon de rugby. Ciaro a retiré sa ceinture. Nicole hurle. Salaud ! Bibi pose ses mains sur ses oreilles. Nicole n'a plus le choix. Les cris rebondissent sur les falaises des calanques et plongent dans la mer calme, grise. La nuit, tous les viols sont gris.

Bibi a bien essayé de consoler les larmes de la coiffeuse. Mais Nicole n'est pas dupe. Demain, tu verras, ta vie va changer. Le boulot, les horaires, les fins de mois de misère, les méprises de la patronne, tout ça, demain, c'est terminé. Tu vas découvrir la liberté. Nicole ne peut pas comprendre ces dernières paroles. Que vais-je devenir ? Bibi la rassure. Ciaro l'avertit. Désormais, tu m'appartiens. Pas de gaffe, pas de téléphone. Si j'apprends que tu avertis ton père ou ta mère, c'est d'abord eux que je massacre. Max connaît la comédie par cœur. Une fille ne tue jamais son père. Nicole n'en peut plus de chagrin. Que vais-je devenir ?

Le jour se lève sur la gare. La Caravelle s'arrête devant le bar de Léon. Robert le Cannois est satisfait. Il peut aller rendre compte. Bibi prend Nicole par le bras. Tu t'installes sur la terrasse. Je t'envoie l'un de mes clients. On le surnomme la Douceur. Avec un peu de chance, il crachera sa douceur dans ta main. Il est trop excité par les nouvelles. Combien ? La question est sortie des lèvres de Nicole. Elle se surprend. Bibi sourit. Tu verras avec lui. Il connaît les tarifs comme le fond de sa poche. Les filles ont les paupières qui clignotent de fatigue. Travailler un dimanche, c'est gagner deux jours de semaine.

Nicole va devoir s'y faire. De gré ou de force.

28

Léon n'est pas là. Il est parti à Nice. Les affaires du Mitan ne sont pas simples. Les informations se contredisent. Il y a du grabuge dans l'air. Léon doit en avoir le cœur net. À Nice, il va retrouver ses vieux amis rapatriés. Ils sont dans le coup avec le Commissaire dans une carambouille d'acier. Ils savent ce qui se prépare à Marseille.

Max trouve Léon de plus en plus étrange. Depuis peu, des bandes viennent narguer le pied-noir sur la terrasse, des groupes de voyous de toute la région, de l'Étang, de Martigues, et même de Cannes. Les filles sont chahutées. Léon sent son protecteur qui vacille. Trop de laisser-aller. Léon est inquiet. Il reçoit de plus en plus d'hommes travaillant pour le Service, des colleurs d'affiches aux syndicalistes, des représentants à la petite semaine aux fonctionnaires des collectivités, et même de grosses pointures de multinationales. La table de poker s'anime de confessions, de confusion, de menaces. Les élections approchent. Des armes circulent. Des faux papiers tournent.

Et puis un jour, Léon s'est confié à Max. Seuls, autour de la table de poker. On lui a demandé de le faire, en souvenir de Joseph, de son intuition. Tu vois, Max, il faut que tu saches où tu vas mettre les pieds. Je vais te citer un exemple mais c'est à toi de réfléchir tout seul et de prendre ta décision. On t'aime beaucoup à Marseille, et pas seulement les filles. J'espère que tu comprends. Plus tard, peut-être, tu comprendras mais il faut aussi laisser le temps au temps. J'ai joué trop de sales tours à des gens qui m'ont beaucoup déçus, qui te vendent leur honneur comme ils vendraient leur mère ! Je suis en danger, je le sais. Je dois te laisser des indices. Un jour viendra, je te le souhaite, où tu devras te souvenir de Léon, de Joseph, des vieux. Ce jour-là, tu auras compris que nous n'étions que des pions.

Léon a gardé ses larmes d'attachement pour son Belge. Il a semé les indices.

Une société de publicité s'est installée près de la gare Saint-Charles. Les trois associés sont connus comme des loups blancs. Le plus important, c'est Marini, un voyou de la trempe de Zoby. Les deux larrons se connaissent. Ils se croisent souvent sur les Champs au Fouquet's, le quartier général de milliardaires, à la recherche d'associés. Marini participe aussi à des plénières à L'Abreuvoir, traîne dans les couloirs secrets de l'Élysée et mange à tous les râteliers. Son cousin est salarié de la société DIP, P comme publicité. Belle façade. L'un de ses cousins, Markus, est un instructeur du contre-espionnage, à ne pas confondre avec le Service même s'il est difficile d'y retrouver les siens. Markus est proche, très proche des fondateurs du Service.

Léon ne connaît pas les fondateurs du Service, seulement des subalternes. C'est Robert le Cannois, proche ami de Bianchi, qui est au courant. Derrière le Service, derrière l'institut de publicité, derrière une constellation de sociétés et de cartels se cache la Finance, comme on le surnomme sur les bancs républicains, le stratège du cabinet noir du mouvement gaulliste. De droite. Robert est formel. Robert l'a confié à Léon. C'est là que tout se décide. Crois-moi, Léon, nous sommes tous manipulés, nous, les voyous, en premier ! Ils ont les indicateurs, les flics, les juges, et le pire, c'est qu'ils se prennent pour des chasseurs d'hérétiques ! Robert le tient d'un Corse aux dents longues qui se prend pour l'héritier de Napoléon. Ils ont travaillé ensemble sur les plages. Sucette est un meneur d'hommes, charismatique, qui a le gène du commerce. C'est grâce à Sucette que Robert a fait travailler les filles sur les plages, grâce à ses nouvelles fonctions dans la politique. À Paris.

Les plages de la Côte. Les Affaires maritimes. Des petits paradis du divertissement plantés aux portes des grands hôtels, des passes à mille francs, des bars, des locations de chaises longues. Des lieux idéaux pour surveiller le beau monde. Pour lancer des parties, des orgies, des délits. Sucette orchestre sans pareil mais il n'est pas fortiche avec les filles. Non, ce qui l'intéresse, c'est le secret, l'intrigue, le pouvoir, les syndicats, le débat public. C'est pour cela qu'il a fondé le Service. Pour entrer en politique par la petite porte, celle des secrets et des combines. Des dossiers. Son visage est jovial, son sourire fripouille, son regard assassin. Le Service lui permet de fabriquer une chaîne d'indicateurs, des services les plus obscurs au giron des ministres, et de se servir des voyous, de leurs méthodes, pour mieux tenir les vicieux. Il a bien sûr croisé Nicole et Bibi à Cannes. Nicole a vite compris. Les vicieux, elle les tient par les couilles ! Sur la plage, elle a toujours évité Sucette même si elle a pu penser qu'il aurait pu l'aider à retrouver les bras de son père. Mais à quel prix ? Nicole préfère son Ciaro, vicieux, certes, mais fier de l'être. Elle le vole. Des millions. Ce sont tous des vicieux. C'est pour ça qu'ils se branlent en public. Pour jeter à la face des peureux l'eau du bain et le plastique des sucettes. C'est ce qu'elle dit, Nicole.

Max le sait. Bibi lui a raconté sur la terrasse du Carlton.

Et Sucette ? Léon roule une cigarette. Sucette, il a fait fortune en vendant de l'anisette en flacons dans le monde, même aux Inuits ! Grâce aux Canadiens, au Grand Jean et à d'autres comparses corses comme lui, il a rencontré les Cotrone, des Siciliens ayant fait fortune du temps de la Prohibition, et des Irlandais. Siciliens, Corses, Irlandais.

Max se souvient de la réaction de Charlot, de la fureur contre la mafia, de Lucien, le tueur à gages.

Léon continue. Sucette a découvert les liens étroits de ces familles richissimes avec les partis politiques du Canada et des États. Il a même craqué pour une Irlandaise qui est en bons termes avec les Kennedy. On dit qu'elle a les joues cuivrées. Comme le whisky. Les Nord-Américains sont en avance d'une guerre, celle de l'alcool. L'argent est distillé dans des comptes à Nassau ou aux Bahamas, puis revient dans les caisses des partis par le biais de fondations et de dons anonymes. Le modèle est parfait.

Léon boit une gorgée d'eau. Je vais revenir à mon exemple. Tu suis toujours ?

Sucette exporte de l'anis et importe le modèle américain. Tu comprendras, un jour, pourquoi les réseaux sont si soudés autour du Service. Et pourquoi le Service a besoin de fric. Ainsi les hommes du Service montent des sociétés l'air-de-rien, comme cette société de publicité. En réalité, du racket organisé pour les partis en tapant dans les coffres des entrepreneurs. La publicité, ils disent, c'est le nerf de la guerre, du commerce ! Et quel entrepreneur n'est pas sensible aux marchés publics, aux grands travaux ? Alors, ils signent pour de la publicité, comme en Amérique ! Tu comprends pourquoi le Service peut avoir besoin de voyous, de vrais extorqueurs de fonds ? Tu comprends, Max ?

Max opine, déboussolé. Il revoit des articles du *Canard*, reconstitue de mémoire les cercles. Sucette a aussi des amis en Afrique, des hommes qui tiennent des mairies en Corse et sur le continent. Max repense aux oncles de Charlot. À Zoby. Sucette place des hommes dans les Petits Clubs de la francophonie, des nouveaux maçons de la nouvelle politique. Max avait noté. Petits Clubs. L'expression est d'un ancien garde des Sceaux, planqué pendant la guerre dans la cave d'un bruyant ascenseur sur le Vieux-Port. Sucette est l'ami du cousin de Zoby, le sénateur, l'homme aux vraies cartes tricolores. Le monde est petit. Quelques mois après le départ de Charlot, Max avait sursauté en lisant l'article. Zoby est lié à une affaire d'escroquerie aux assurances. Max s'était senti tout à coup manipulé.

Charlot l'avait-il mené en bateau ?

Léon rassure le Belge. Je suis au courant. Je lis le *Canard* depuis plus longtemps que toi. D'autres noms apparaissent, des noms qui sentent le brûlé, la marque incandescente du contre-espionnage. Les basses œuvres de la République. Retiens ces noms, Max, il te faut savoir qui tu vas croiser dans l'obscurité, Alouette, Labbé, Marini, Markus, Zoby, et ne sois jamais étonné d'y retrouver Sucette. Si un jour tu le croises dans un couloir, tu lui murmureras ce code. Opération Résurrection. Crois-moi, il aimera ta poignée de main.

29

Max ! Dépêche-toi ! Le Belge finit de bâillonner Nicole et l'allonge dans la malle de la DS. Ciaro laisse le volant à Max. Il compte les billets, prépare l'enveloppe. Ciaro a été averti par l'un de ses guetteurs de la Belle. Le père de

Nicole est sur la trace de sa fille. Nicole tape des poings sur la tôle. La DS prend la route de la promenade des Anglais. Ciaro n'est pas mécontent de se débarrasser de Nicole. Depuis ces deux mois de formation, elle l'a volé plusieurs fois, l'a obligé à la corriger. Ciaro n'aime pas se servir de sa ceinture pour une liasse de billets.

Max sifflote « La Javanaise » de Gainsbourg, un air d'automne qui laisse l'été filer à l'indienne.

La DS se gare devant un bar du front de mer. Robert le Cannois est au zinc, à l'heure comme toujours, impatient de retrouver la belle Nicole. Le patron du bar est perplexe. Les Marseillais ont abîmé la nouvelle. Nicole a des hématomes sur tout le corps. Robert se fâche. Vous pouviez pas faire attention, non ? Ciaro se fâche. Les hommes en viennent aux mains. Nicole en profite pour filer à l'anglaise. Max lui court après, la rattrape. Nicole, déconne pas, ça sert à rien de te défiler, tu risques de finir dans un ravin. Nicole a envie de le gifler. C'est la faute de sa Bibi, si elle est là aujourd'hui avec juste de quoi se payer un café dans la poche ! Pas une fringue, même pas ses affaires intimes, surveillée, jour et nuit. Nicole pleure dans les bras de Max. On dira que tu avais besoin de prendre l'air, d'accord ? T'es chic, Max. T'es chic. Tu voudrais pas... Nicole aimerait bien se venger de Bibi, lui piquer son mec, son mac-belle-gueule, le seul de la bande à écouter les filles. À retenir sa force quand il gifle. Nicole sait que Max a de l'ambition. Elle l'a deviné dès son premier regard. Il est différent des autres. Il n'a pas besoin de porter un costard, il est si costaud... Tu voudrais pas... Max éteint la flamme de la belle aux cheveux blonds, coupés à la garçonne. Plus tard, Nicole, plus tard. Je n'ai pas encore les moyens. Ciaro n'accepterait pas mon prix. T'es encore trop chère, Nicole, plus tard. Plus rien n'étonne Nicole, sauf l'ingratitude de Ciaro. Incapable de la faire jouir. Tous des vicieux !

Nicole garde espoir.

Elle a réussi à donner une lettre à un client. Donnant, donnant.

Le père de Nicole rôde dans les quartiers de Nice. Robert

se fâche. Si j'apprends que c'est toi qui le rencardes, je te balance au zoo, c'est compris ? Nicole ne répond pas. Elle vient de passer la pire semaine de sa vie, sous l'œil goguenard de ses protecteurs, ne pouvant faire autrement que monter des minables dans sa piaule minable située au-dessus du bar. Elle n'a pas une minute à perdre. Ciaro doit de l'argent à Robert. Nicole croise un ami de Max. Lui non plus ne peut pas malgré son train de vie. Boby le Fou est massif, impulsif, évasif. Il bouge sans arrêt. Paris, Lyon, Nice, l'Italie, l'Espagne. Boby est un as de la cambriole. Il n'a pas le vertige, saute d'un toit à un autre, se sert de son flingue comme Nicole de son rouge à lèvres. Avec douceur, au meilleur prix. Boby demande conseil à Max. Nicole a pris peur. Cent mille pour un contrat, c'est assez ? Max craint pour Martine, sa grande sœur. Comment va-t-elle faire pour vivre avec cet allumé du bleu canon ? Non, c'est pas assez. Demande le double. Boby hésite. Il se lève et disparaît. Je te dirai plus tard, Max, je vais réfléchir mais t'as raison, Max, faut le double. Nicole attend sur la terrasse, toujours entourée de ses gardes du corps. La nouvelle fille du bar niçois est une bombe, les habitués se l'arrachent. Le patron se frotte les mains. Les clients attendent leur tour en rêvant autour des deux machines à sous, discrètement planquées dans le coin du bar. Avec une partie du pactole, le patron se paie des vacances à Veracruz. En DS.

Le patron hurle. Ciaro ! Téléphone ! L'appel vient de Marseille, d'un commissariat. Le père de Nicole vient d'appeler la police. La DS reprend la route en direction de l'Italie. C'est Albert le Niçois, le patron de Robert, qui a décidé. Robert, tu les ramènes à Cannes, j'ai une place pour la petite. Nicole change de gamme, de standing, promène sa coupe d'ange dans les grands hôtels de la Méditerranée. Robert l'a observée travailler. De la classe, du peps, rapide. Nicole va pouvoir gagner de l'argent de poche et peut-être trouver un moment pour téléphoner à son père. Déjà deux mois sans nouvelles. La DS s'arrête devant une brasserie, à deux pas de l'hôtel de ville. Bienvenue, les gars. Champagne. Pour Nicole, la soirée est inoubliable. Elle boit pour oublier sa nouvelle vie. Ciaro n'aime pas la voir saoule, il dit toujours que les femmes devraient ne jamais boire, elles parlent toujours trop quand elles sont défoncées.

Nicole jubile.

Elle a réussi à coincer Max dans la cave de la brasserie. Max, tu peux m'aider à porter les bûches ? La cheminée de sa piaule fume du bois humide. Max descend les marches. Dans la cave, des lits superposés entourent une longue table. Nicole est au courant. Le patron héberge des maçons portugais, une main-d'œuvre qui ne discute pas et qui bosse sans rechigner. Leur argent de poche passe dans les machines à sous. En échange, le patron leur offre des bouteilles de pastis. Bianchi, le producteur, offre les bouteilles. Échange de bons procédés. Le fournisseur a un faible pour les Portugais. C'est lui qui leur trouve des chantiers sur Nice en truquant des enveloppes à la mairie. Max n'aime pas Bianchi depuis qu'il roule pour le Commissaire, depuis ce printemps 1964 où Albert le Niçois lui a déclaré la guerre.

La cave est vide. Les Portugais bossent dans une marina, l'une des pompes à fric du Service, du Milieu, des élus. Nicole pose les bûches sur les bras de Max. Max est pris au piège. Max, tu voudrais pas... Max hésite. Nicole se déshabille. Une bombe humaine.

Les journées passent, Nicole gagne.

Un matin, le patron cannois hurle. Téléphone ! Ciaro, c'est pour toi ! Cette fois-ci, c'est Robert, seul, qui décide. Foutez-moi le camp à Marseille ! Le Tunisien n'a pas le choix mais son envie de lui en mettre une entre les deux yeux lui démange la crosse. Le père ne peut imaginer que Nicole reviendra à Marseille, sur les lieux du viol gris. Robert regrette de voir partir la belle Nicole. Robert adore les films d'Hitchcock. Nicole ressemble d'ailleurs à ? Le Cannois n'arrive pas à trouver le nom de l'actrice fétiche. Grace Kelly ! Max adore le cinéma américain. Depuis la scène de la cave, il emmène Nicole au cinéma, la fait jouir en silence. Robert est furieux. Foutez-moi le camp ! La voiture récupère Bibi à la gare de Cannes au grand dam de Nicole. La DS ne fait pas d'escale à Nice. Ciaro et Max décident d'offrir deux jours de bonheur à leurs protégées. Comme dans un film de la Nouvelle Vague. Chacun son rôle. Nicole refuse d'être la bêcheuse. Ciaro lui promet la lune, se prend pour Belmondo. Bibi plante ses griffes dans le dos de Max. Max lit le *Canard* tout haut, sur la plage de Cassis au lever du jour. Personne n'écoute.

Des flics rappliquent, les font dégager.

La DS reprend la route, fait un détour par le casino de Beaulieu, champagne, la plage de La Ciotat puis le Vieux-Port. Après une longue journée de tractations, Ciaro réussit à louer une place dans le quartier de l'Opéra. Pas pour longtemps. Ce n'est pas le téléphone qui l'avertit, mais son ami, inspecteur de la Mondaine. Le père a porté plainte. Il faut changer d'univers. Cette fois-ci, Nicole a le temps de prendre ses affaires.

Contre l'avis de Max, Bibi a décidé de rester. Jojo est aussi de la fête. La DS remonte la nationale 7, croise d'autres voitures du Milieu, s'arrête souvent devant les passages à niveau. Trois hommes sont appuyés sur le capot. Max imagine Jojo le Grec, son harmonica aux lèvres, sifflant le train. Et si on le braquait ? La troupe rit. La DS fait des queues-de-poisson, brûle les stops et freine dans des nuages de poussière. La DS s'arrête dans des bars. Avignon, Valence, Lyon, Dijon. Ciaro connaît son petit monde. Max commence à comprendre. La nationale 7. Le pouvoir des Corses. Bars, recommandations, hôtels de passe, réseaux occultes des croix de guerre, Service, guerres des clans, l'ossature des familles. Jojo profite du voyage pour régler quelques affaires à Paris. Le Grec a plusieurs contacts et déjà six belles de nuit qui tapinent dans le vingtième arrondissement. Jojo est sous la protection des Grecs de Lyon, dont certains ont gardé des contacts en Turquie et au Liban. Jojo en parle peu. Omerta chez les Grecs. Max finit par savoir. Les Grecs sont dans la came et s'occupent de la logistique depuis le port du Pirée. Dans l'import-export, c'est la guerre avec les Arméniens. En France aussi.

La radio le crache. Les banlieues de Lyon, Paris, Marseille, Grenoble et Strasbourg sont le théâtre de nouvelles violences urbaines. Le terme fait marrer les trois proxénètes qui vont placer les filles à Paris.

La DS se gare devant le Taca d'Oli, un bar tenu par des Grecs dans le cinquième. Les deux filles restent dans la voiture pendant que les hommes vont aux nouvelles. Le bar sent le brassage du yaourt, fines herbes et olives. Max laisse les deux amis et part faire le tour de Paris avec les filles. Max se perd autour des Champs. Il cherche le neuvième. L'Abreuvoir, vous connaissez ? Les gens marchent vite, ne répondent pas à l'accent du Sud. Il fait froid, la neige n'est plus très loin. Le Fouquet's est fermé pour cause d'inventaire. Bizarre. On rentre. Nicole proteste. On rentre !

Le lendemain, la DS se gare sur le parking de la gare d'Austerlitz. Jojo récupère Anne, la septième. Les trois Marseillais ont loué trois emplacements aux environs des Champs, grâce à une lettre de recommandation du Cannois. Robert a glissé un post-scriptum. Je me porte garant de Ciaro et de Max. La mise en place est enfin terminée. Ciaro motive les filles. Max a une objection. Bibi veut repartir avec lui à Marseille. Nicole râle. Anne est muette. Depuis qu'elle est arrivée de Marseille, elle n'a pas dit un mot. Jojo confirme. Elle est vraiment muette. Bibi ne supporte pas son silence. Bibi ne supporte plus les yeux langoureux de Nicole pour Max. Bibi sent la jalousie lui refroidir les mains. Elle veut rester près de Max. Et puis, Max, j'ai quelque chose à te dire... Plus tard, Bibi, plus tard. Max a déjà payé le mois d'avance sur les Champs. Plus tard, Bibi, plus tard.

30

Le Chauve est heureux. Son front se déride, son sourire défie, ses yeux brillent.

La commission rogatoire a été lancée, il y a à peine deux jours. Bon boulot, les gars. Les gars de la Mondaine n'ont pas lésiné. Près de trente flics sur le terrain, une dizaine de proxénètes interpellés, trente filles sous les verrous. Le Chauve applique le règlement. Les filles sont relâchées, les gars attachés au radiateur. L'inspecteur principal est assis derrière son bureau. Le stylo roule sous ses doigts. Face à lui, le jeune homme ne baisse pas les yeux. Qu'a-t-il à se reprocher ? Pas grand-chose, pense-t-il, pas grand-chose. Depuis qu'on lui a passé les menottes, ce matin à l'aube, il cherche à savoir quel imbécile a bien pu le balancer. Jojo ? Le Cannois ? Nicole la jalouse ? Vu la satisfaction du Chauve, ce n'est pas une opération de routine. Le jeune homme n'est pas dupe. Des proxos comme lui, il y en a des centaines à Marseille, des milliers en France. Le *modus vivendi* est clair. Les proxénètes gèrent les trottoirs des villes, assurent la sécurité des commerces avoisinants et informent régulièrement les condés de la Mondaine. C'est la raison pour laquelle les braqueurs n'aiment pas les julots. Trop de femelles chez les sapés, trop de vices, trop d'embrouilles.

Les braqueurs, les vrais, sont des rebelles. Sans concession.

L'arme au poing, le poing levé. Enfin, presque...

De temps en temps, les flics rappellent à l'ordre le beau monde pour mettre à jour les fichiers et trouver de nouveaux correspondants dans le Mitan. Depuis la fameuse affaire de la valise, le Chauve a suivi les aventures de l'équipe de la Belle-de-Mai. Et les affaires de Max. Pour l'inspecteur, pas de doute, l'homme influent de la bande, c'est Robert le Cannois qui jongle entre pieds-noirs et Corses, entre Nice et Marseille. À Cannes, il joue le caïd et arbitre des différends autour du placement des machines à sous et des filles. Il est respecté mais rend compte à d'autres personnes qui font les banquiers dans la came, des hommes qui prennent du poids dans le Mitan avec leurs dollars en petites coupures. Comme Albert le Niçois. La liste est longue. Et derrière, comme d'habitude, ses adversaires, ses bêtes noires, Mémé, Antoine. Ou le patron de L'Artistic. Le Chauve est obligé de respecter Antoine. Antoine sait que le Chauve travaille pour les Canards. Un bon chimiste, dit-on. Le Chauve sait qu'Antoine et Mémé ont fait fortune dans la came.

Le Chauve ne peut pas tout cacher. Il doit rendre compte à Paris. Faire en sorte de ne pas arrêter que des Corses. Pourtant, il tient là, sous ses yeux, peut-être le jeune voyou, décrit comme un « malfaiteur redoutable » dans la note de synthèse, qui pourrait déstabiliser l'empire du Calenzanais. Une chance, il n'est ni corse, ni napolitain, ni sicilien. Une chance. Le Chauve se voit déjà manipuler le jeune voyou marseillais, pas tout de suite, non, mais dans quelques années, une fois que tout sera prêt pour renverser le roi. On lui a promis une île, aux Caraïbes, non loin du Venezuela. L'une des cent îles achetées pour un gramme de came, sa came, par Ricord.

Le Chauve met son index sur le roi.

Le jeu d'échecs est posé sur le coin du bureau, le seul nid à poussière. L'inspecteur aime les jeux de stratégie. Tu sais jouer ? Max ne répond pas. Il a décidé de ne rien dire. Il préfère retourner aux Baumettes. Pour le moment, tu n'es qu'un pion, Max, un bon soldat qui travaille pour ceux qui sont derrière. Comme dans toute société, tout jeu de société, il y a des fous, des cavaliers. Mais tu vois, petit, moi, je préfère les tours. C'est la seule pièce qui peut prendre la place du roi de sa couleur. Le Chauve enlève le fou et le cavalier. Il prend la tour entre ses doigts et pousse doucement le roi sur le damier. Max ne comprend pas sur quel terrain l'inspecteur veut le faire jouer. Le Chauve se lève. Max est assis, la cheville droite attachée au pied de la chaise par une cordelette, les poignets enchaînés dans le dos. L'inspecteur s'approche de son oreille et lui murmure. Si tu veux, petit, je peux t'aider à monter dans la tour, à éliminer le fou et le cavalier. Tu piges ? Max lui fait front. Si vous me dites pourquoi je suis là et qui m'a balancé, alors... L'inspecteur rejoint son fauteuil et croise les pieds sur le bureau. Il fait un résumé du rapport. Tu connais Nicole, non ? Il y a deux semaines, elle a voulu gruger un client sur un chèque. Une pratique courante chez les bouchonneuses des Champs, que tu connais mieux que moi. Passons. La passe est montée de cent francs à trois mille cent francs mais, petit problème, elle doit retirer le fric dans une banque de Strasbourg. Ni une, ni deux, Nicole prend une copine avec elle, pique une bagnole sur Paname, direction l'est du pays. En réalité, c'est ton ami Ciaro qui a envoyé les filles avec le chèque. Après avoir retiré la somme, elles apprennent mystérieusement que leur bagnole volée a été signalée à la police, qu'elles risquent de se faire pincer. Ciaro leur dit alors de se débarrasser de l'engin et leur demande d'aller voir un ami, toujours à Strasbourg, qui a des voitures en réserve. Le patron du bar, un ami de Ciaro, leur refile une voiture volée, bien entendu, et les voilà reparties vers la capitale. Je te dirai pas comment elles se sont fait attraper, mais je peux juste te dire que ta Nicole, elle a tout balancé.

Max connaît l'histoire par cœur. Mais sous une autre version. Pendant que le Chauve lui a assené sa vérité de flic, toujours aussi compliquée, Max a quand même noté un renseignement qui lui a longtemps échappé. Bien sûr, il sait depuis deux mois que Nicole s'est fait serrer avec le liquide du chèque dans une voiture volée. Mais ce qu'il n'a jamais su, Ciaro le lui ayant caché pour une raison qu'il ignore encore, c'est l'intervention du patron du bar de Strasbourg. Max connaît cet homme de réputation. Ce bar fait partie d'un vaste réseau de prostitution à l'échelle européenne, tenu par les Zemour de Paris, eux-mêmes associés à des Lyonnais et Grenoblois d'importance détenant une kyrielle d'établissements en France, Allemagne et Belgique. La force de ce réseau, c'est la mise en place des filles « tournantes » sur le modèle des harems du nord de l'Afrique et des bordels orientaux. Les bars et hôtels changent de filles périodiquement pour le plus grand bonheur des clients... Mais ces derniers temps, le réseau est sur le qui-vive, accusé d'avoir balancé la poule aux œufs d'or, la Main d'or du Comité, la main dans cent kilos d'héroïne pure. Et quand le Grand Marcel se fait enrhumer, c'est tout le Milieu européen qui tousse, même si les flics ne peuvent remonter jusqu'à lui. Marcel a toujours les numéros personnels des ministres dans sa poche. Dans la guerre des jeux, rien n'est joué d'avance et même des hommes de l'acabit de Marcel peuvent faire l'objet d'un contrat. Sans compter la Famille de New York qui n'aimerait pas perdre à nouveau cent kilos. Elle a déjà tiré un trait sur la disparition de cent cinquante kilos, cachés dans une DS sur la route de Paris, mais trop, c'est trop !

Le Chauve attend une réaction du jeune homme.

Max, qui le regarde dans les yeux, dit simplement. Vous m'avez rien appris. C'est presque insultant. Max ne peut pas lui dire sa vérité, il pense *sa* car il comprend depuis peu qu'il n'y a pas qu'une seule vérité. La sienne est toujours différente de celle de son associé, même d'un intime, incroyablement différente de celle d'un flic. C'est le premier enseignement du Mitan, la cruciale leçon à retenir pour nourrir toute ambition. Croiser les vérités pour se faire la sienne. Pourtant, il sait que la proposition du flic peut jouer en sa faveur. Mais le flic ne sait pas tout. Max ne peut lui dire que sa Bibi est actuellement sur le point d'intégrer les « tournantes ». Sur le point, en *stand-by*. Elle partira en Allemagne, si Max parle à l'inspecteur. Et s'il parle, c'est aussi ses proches, sa mère, ses sœurs qui en pâtiront.

Le Chauve a deviné. Max confirme pour ne pas laisser planer de doute. Je ne dirai rien. Vous en savez plus que moi, inspecteur, je ne dirai rien. Je ne suis qu'un simple soldat. Le Chauve a remis les pièces en place. Il a pris un pion, un soldat, et l'a jeté à la poubelle. Tant pis pour toi, jeune con, tant pis pour toi. Tu sais, le juge est énervé, très énervé contre ceux qui ne veulent pas collaborer. Je ne te fais pas la morale. Sache juste, petit, que tu vas fêter tes vingt ans en prison. C'est bien dommage pour ta gagneuse car, pendant que tu tourneras comme un lion en cage, ta Bibi, elle ira tourner comme les autres. Et ne compte pas sur moi pour la mettre en cabane. J'ai d'autres chattes à fouetter.

Leçon numéro trois

Une, deux, trois semaines. J'attends une nouvelle déflagration.

Je reprends langue avec d'anciens associés pour me faire un peu d'argent de poche. En un week-end, armé d'une équipe de jeunes informaticiens, on dévalise la moitié des distributeurs de billets de Lille et de Lens. Un profit de deux petits millions de francs. Le minimum nécessaire pour commencer l'enquête dont seul Dieu sait où elle va m'emmener.

Je retrouve la France non sans plaisir, les couleurs chaudes de l'automne européen et les torrides ambiances des clandés parisiens, dont les plus importants n'ont pas changé de main depuis plusieurs années. Un signe que les condés y puisent leurs bonnes informations. Et quelques billets. Et cette routine que je déteste tant. Acheter la presse tous les jours, épier les moindres règlements de comptes, laisser traîner mes oreilles dans les bars de banlieue.

Un mois et toujours rien. La presse s'attarde sur un sans-grade tombé quelques jours après la mort du Belge, mais la presse, comme d'habitude, a sauté sur l'occasion, telle une pute inculte, pour se faire un gros titre sur la tête d'un beau voyou. Je ne m'étais même pas renseigné sur cette affaire. C'est le prénom du mort, Antonio, qui me rappelle au bon souvenir de l'un de mes honorables correspondants de la police française, pour reprendre les beaux mots du contre-espionnage.

Antonio, c'était mon pseudo durant une autre guerre trop longue à raconter. Plus tard, peut-être. Je reprends contact avec lui, après m'être assuré via sa maîtresse qu'il ne m'étoufferait pas dans les sales draps de la République.

Plaisir de te voir, Antonio. Il n'a pas changé. Petit, l'air filou, ses fidèles bottes de vieux cow-boy et le flingue toujours à découvert. Dans sa chaussette gauche. Toujours droitier ? J'évite le coup de pied. Qu'est-ce qui te ramène sur Paname, Cheker ? Juste un problème à résoudre. La mort du Belge. Il me fixe longuement, finit d'avaler la boulette de brandade. Autour de nous, que des Portugais, pas d'oreilles. Tu roules pour lui ? Disons que je marche à la prime. Il me fixe à nouveau. Tu sais, ces derniers temps, il était mal. Au début de l'année, il est allé faire un tour en cabane pour une histoire de gonzesses. Ce jour-là, j'ai compris que. Il hésite. Lui verse la fin du pichet. J'ai compris qu'il avait des ennemis. Tu veux dire à la Chancellerie ? Il regarde autour de lui, se lève, prend son portable et se dirige vers le bar. Demande, en portugais, de lui garder l'emmerdeur. Revient s'asseoir. Sourit. Les grandes oreilles.

Qu'est-ce que je disais ? Ah, oui, euh, non, je crois pas, pas un coup tordu de la Chancellerie. Comprends avec moi, Cheker, comment un mec présenté depuis trente ans comme un caïd peut-il se faire attraper pour une histoire de proxénétisme ag-gra-vé ? Je réfléchis trois secondes. Deux solutions. Soit ce n'est plus un caïd, soit. Il me fixe à nouveau, un sourire narquois au coin des lèvres. Soit quoi ? Soit on l'a mis au trou pour le garder au chaud. Il ouvre son Laguiole. Autrement dit, pour pas se faire refroidir. Il l'a dit. Refroidir. Je le sens chaud. Pourquoi l'avoir refroidi six mois plus tard ? Il m'envoie tordu. Eh, dis, Cheker, j'ai rien dit, moi. C'est toi qui pronostiques. Que sais-tu, toi le voyageur ? Rien, pour le moment, rien, mais il y a bien quelque chose qui m'a surpris. Le jour de sa mort, disons que j'étais pas loin. J'ai appris la nouvelle alors que je lisais ça. Je lui lance l'article, découpé et plié en quatre. Il chausse ses lunettes, déplie le bout de papier. Me le tend.

Dit, cherchant un peu les mots.

Si je te suis, il s'est fait refroidir après la publication de la cassette, le mercredi d'après, histoire que les tueurs te laissent un signe ? Hausse les épaules. J'ai pas dit ça. Je trouve la coïncidence troublante. Il me fixe à nouveau. Écoute, Cheker, je suis à deux mois de la retraite. Ces histoires, ça fait des années qu'elles me font plus bander. J'ai pas envie de me retrouver avec un sac sur la tête en train de compter jusqu'à trois. Je le rassure. Ce ne sont que des suppositions, d'accord ? Avoue que la coïncidence est troublante, non ? Toutes les coïncidences sont troublantes, tu le sais aussi bien que moi, Cheker. Tu délires. Et puis, comment peux-tu faire le lien entre la cassette et le Belge ? Enfin, tu. Je sais, comme toi, qu'ils se voyaient en public comme en privé, pour les affaires que tu sais. Mery était connu pour sa discrétion et ses relations proches du pouvoir. Il se croyait intouchable, il était même admis au Château. Tu n'es pas étonné, toi, le grand flic, qu'un mec comme ça ait pu laisser de telles confidences ? Il pose le verre lentement. Je ne vois toujours pas où tu veux en venir. Regarde sa montre. Faut que je file. Heureux de t'avoir revu, Cheker. Mais fais gaffe où tu mets les pieds.

Je reprends le chemin du parc Monceau. Mâche l'avertissement. Fais gaffe où tu mets les pieds. Fais gaffe où tu mets les pieds. Je m'installe sur le même banc, le froid accroché à mes joues rondes. Reprendre depuis le début. Le contact, la fille avec le portable ? Comment la retrouver ? Je n'ai pas encore osé appeler le journaliste. Je prends le portable, tape le numéro du pistonné. Allô, ouais, dans cinq minutes, tu me dois bien ça, ouais, c'est urgent. Je traverse les Champs et entre dans la brasserie du rendez-vous. Il est déjà là, impatient. T'as un tuyau, Cheker ? C'est sa façon de me dire bonjour. Je ne lui ai jamais filé un seul tuyau. Il en rêve. Je le sais. Dis-moi, ces derniers temps, le Belge, il avait une petite amie ? Il me regarde, presque méprisant. J'en sais moi ! Je le toise. Fais pas le con avec moi, monsieur le VIP, sois gentil, veux-tu ? Il avale son café d'un trait, simule un mal de ventre. Le stress. Alors ça vient ? Il a peur, je le vois dans ses yeux. Je ne sais pas de quoi mais il a peur. On le dit, oui. Mais, bizarre ou pas, elle a disparu depuis sa mort. Disparu ? Oui, personne ne l'a revue en France. Il sourit. J'enchaîne. Tu l'as connue ? Il scrute sa montre. Je n'ai pas beaucoup de temps. Tu sais comment retrouver sa trace ? Il se gratte l'oreille. J'ai son ancien numéro de portable. Si tu as des connaissances, tu peux peut-être. Donne toujours, je vais voir. Son prénom, c'est Julie, enfin tu comprends. Voilà les numéros. Je lui griffonne le mien, au cas où. Il se lève. Je ne suis pas sûr que ce soit la direction à suivre. Tu as lu les derniers articles ? Il fait le beau, comme d'habitude, mais il a toujours mal au ventre. Je me lève, lui murmure. Tu sais ce que je pense des articles, non ? Il enroule son écharpe rouge autour de son cou, une empreinte de son passé révolutionnaire. Lâche. La Vipère est toujours dans les parages. On sait jamais, il pourrait t'aider à la retrouver. Salut, Cheker, et n'oublie pas de renvoyer l'ascenseur. J'ai attendu qu'il sorte et qu'il passe derrière la vitre. J'ai tapé avec le poing gauche et levé le doigt en signe de reconnaissance. Pas le pouce, non, l'index, histoire de le garder sous pression. Il en rêve.

Chapitre sept

La Belle Hélène

31

Max gratte une allumette, allume une bougie rouge. Il la pose doucement sur le plancher, prend l'enveloppe. Bibi est allongée à ses côtés. Ses cheveux sont teintés de blond, ses sourcils bruns ne forment plus qu'une fine ligne courbée. Elle est toujours aussi belle. Bibi dort d'un sommeil profond, de celui qui berce les femmes de trois longues nuits d'amour. Le lit est le seul meuble imposant de ce studio du dix-septième parisien. Pas d'armoire, pas de chaises. Deux petites valises sont posées au sol, ouvertes aux mains fouilleuses. Une seule table sépare cette pièce en couloir d'un frigo et d'une cuisinière. Max soupire, perplexe. Depuis quelques mois, des crises d'insomnie lui font allumer bougie sur bougie. Mais ici, dans ce pied-à-terre, il soupire d'une nouvelle force, d'un nouvel élan. Max déplie le feuillet dactylographié à l'en-tête du ministère de la Justice. Il doit apprendre par cœur les douze départements. En prison, il n'a jamais voulu ouvrir cette enveloppe. Une superstition, certes stupide, comme le lui rappelait Walter, son codétenu, mais Max a voulu connaître les limites de l'obstination, la force de la patience. Il a gagné le défi, s'offrant même le luxe d'attendre cette troisième nuit de liberté, mais il a aussi raflé des insomnies. Sous les verrous, un cauchemar lui revenait souvent, surtout lorsque les nuits étaient glacées. Éva passait son bras autour de ses épaules mais la main de la chanteuse se détachait soudain de l'avant-bras, comme tranchée, et tombait dans un vide infini. Le vide. Walter lui avait dit. Le vide, c'est la mort.

Bouches-du-Rhône. À la lueur de la bougie, le plus difficile, c'est de lire et relire entre les tirets. Bouches-du-Rhône. Sa ville, son quartier, ses amis. Pour le reste, ce n'est que le parcours de Nicole retracé méticuleusement par le juge d'instruction. Le curieux a bien fait son boulot mais, comme d'habitude, il s'est arrêté aux petites frappes, aux soldats. Ciaro et le Cannois ont écopé de six mois, dont trois avec sursis. Max s'est souvent rappelé le jeu d'échecs et les doigts fins du Chauve. Soldat ! Quinze mois ! Le curieux a sanctionné la jeunesse, la fougue, l'impertinence. Le juge est persuadé de son devoir de morale, de sa théorie de la libération par le travail d'une jeunesse qui fout le camp. La sanction, c'est le visage gris de la prison, monsieur Vander, mais ces quinze mois de prison, monsieur Vander, ne sont pas perdus, non, oh non ! Vous aurez le temps d'apprendre un métier, de reprendre des couleurs. Le ton est sec, le visage marqué par un régime de sanctions. Gris.

Un métier ? Soldat ?

Max recompte. Douze. Il reste au moins quatre-vingts départements à découvrir, conquérir, et plus loin, les archipels d'outre-mer, les Antilles, dernière escale avant l'Amérique. Changer de métier ? Max sourit. À la bonne heure ! Il murmure à l'oreille de Bibi. J'irai revoir le juge, bientôt, non pas avec des menottes autour des poignets mais avec une belle bagnole, une Porsche, comme tous nos amis de la place des Ternes, j'irai le remercier pour ses conseils. Si cela peut contribuer à lui donner quelques couleurs... Max rit tout seul. Rictus de prisonnier. Isolé. Bibi se tourne. Tu fais quoi ? Rien. Dors, ma belle, dors. Bibi tourne le dos. Quinze mois sans pouvoir border une femme, c'est peut-être la sanction de trop. Il faudra que je le dise au curieux. J'en profiterai pour lui montrer mes feuilles de salaire, mon statut de commercial, mes divers postes de vendeur. Max a cogité sur les paroles du juge. Le commerce est la seule activité dans laquelle il puisse s'exprimer. Achat, vente, marge. Pas le petit commerce, comme ceux de Poujade, non, ça, il le laisse aux abrutis. Il pense au commerce international, export, import, aux commissions, à la considération, aux belles affaires.

Walter l'a aidé. Celles qui alimentent les grandes surfaces et les centres commerciaux, celles qui permettent d'investir dans l'immobilier et dans la société du divertissement.

Walter est de bon conseil. Un homme d'affaires est toujours respecté par ses pairs. Et la prison ne fait-elle pas l'affaire ? Les malfaiteurs n'ont rien d'autre à faire.

Quelques jours avant sa libération, Max a compté les symboles notés discrètement sur le mur de la geôle. Vingt triangles, des propositions d'affaires. Puis sept ronds, sept demandes d'association pour des casses d'importance, une fleur pour un secret, et un carré magique, une libération anticipée, volée. Mais la magie n'a fait qu'illusion. Le plan d'évasion a été au dernier moment attribué à un lieutenant d'Albert le Niçois, une somme de plusieurs métiers à lui tout seul. La prison est d'abord l'école de la patience. Max n'a jamais réussi à battre Walter. Walter peut rester dix minutes sans bouger un cil, comme Bogart, comme ces anges aux figures sales.

Bibi s'étire, ouvre difficilement les yeux. Quelle heure est-il ? Je sais pas, pas loin de six heures, le jour se lève. Bibi regarde en direction de la seule fenêtre de la garçonnière, donnant sur le boulevard Pereire. Tu fais quoi, Max ? J'ai longtemps réfléchi en taule. À moi, à toi aussi. Tu sais, c'est incroyable le nombre d'affaires que l'on m'a proposées. Mais il faut que je te dise une chose, Bibi. Max cale un coussin sous sa nuque. J'ai participé à un chargement. Bibi s'est assise sur le lit, plaquant le drap sur ses seins nus. Quoi ? Un mec de Toulon, un ami de Charlot, est venu me trouver dans la cour. On l'avait aperçu au casino de Beaulieu, le soir de la grande fiesta avec Ciaro et Nicole. Tu te souviens du mec qui avait offert le champagne au bar ? Bibi pense surtout à Nicole, cette salope qui a tout balancé ! Elle dit non. Max enchaîne. À l'époque, je savais pas qu'il faisait partie de la bande du Pont, de la bande des Toulonnais. Il était au courant de mon coup de main à Charlot. En taule, il a longtemps tourné autour de moi, m'a espionné. Il s'est rencardé auprès de mecs de la Belle pour être sûr des garants. Enfin, j'en sais trop rien. Un jour, il m'a demandé vingt mille, deux briques. Il m'a promis le double, à la sortie. Il m'a dit que Charlot se portait garant de l'affaire de son côté et que je devais pas m'inquiéter. Il a même rajouté. Toulon, c'est le tonneau des Danaïdes ! Alors j'ai dit d'accord. D'accord pour vingt mille.

Bibi a allumé une cigarette, laissé tomber le drap. Tu m'avais promis une nouvelle vie, Max, un mariage, arrêter les passes. Une larme s'échappe. Je t'ai envoyé deux mandats par mois, pour ta cantine, ton *Canard* à lire, tes tubes de dentifrice, pensant à toi chaque fois que je montais un portefeuille, tu. Bibi jette son visage sur le coussin, vide le sel de son âme. Regrette, muette. J'aurais dû suivre le banquier parisien. Un peu trop vieux, vraiment con sur les bordures, mais plein aux as. Si je l'avais suivi, je serais pas là à tirer sur cette putain de clope comme une pute dans un bistrot sans nom ! Le banquier, lui au moins, est un escroc de haut vol, toujours en fraude, jamais sous les verrous...

Bibi refuse la main du Belge. Soudain, elle pense aux vingt mille. Se relève d'un bond, révoltée. Avec quel fric t'as chargé, Max, avec le fric que Léon t'as jamais envoyé ? Max lui lance un regard glacial. Il a attendu jusqu'au dernier jour mais il n'a jamais rien reçu. Juste des promesses. Max doit se ressaisir, ne pas montrer son affliction. Il a soudain envie de lui balancer une gifle mais il retient sa colère. Lui prend la main. Bibi, je sais, Léon est un indic. La valise, c'est le point de départ de l'enquête qui a permis de coincer la Main d'or dans sa villa. Walter est un ami du chimiste. J'ai d'ailleurs compris que je n'avais pas été mis dans sa cellule par hasard : le Chauve a voulu me punir croyant que Walter me punirait à son tour. Le jour où Walter s'est décidé à m'en parler, j'ai bien senti qu'il voulait m'étrangler alors j'ai pris les devants. Je lui ai dit que la commande venait d'un mec et que nous n'avions pas été informés du contenu de la valise. Je ne lui ai jamais balancé le nom de Léon, mais je crois qu'il a compris tout seul.

Bibi est comme magnétisée par les mots de son julot, mais ne perd pas le nord. Quel fric, Max, avec quel fric ? Max hésite. Il a juré de ne rien dire. Et comment lui faire croire que l'argent provient des poches des gardiens des Baumettes ? Max doit trouver une explication, sans pour autant se lancer dans une joute métaphorique, dans ces envolées de mots qui ont animé ces longues journées face à l'expérience de Walter, cet ancien gardien de la paix. Un homme qui cherche d'abord « L'album de la comtesse » avant de lire les gros titres du *Canard*. Le monde est petit. Max ne doit pas non plus s'épancher sur le bourru et malicieux Walter. L'homme cumule les titres. Homme de confiance de la Main d'or, fournisseur de produits chimiques de la Main d'or, grand manitou des machines à sous de la Main d'or. Il connaît tout, les associés de L'Artistic, les clans corses, Sucette, le Service, mais laisse le Belge deviner. Jour après jour, le Belge a découvert un pan de l'organisation des Corses dans la Blanche. Des anecdotes, il en a plein la tête, toutes enregistrées, comme les noms, en cercles. Il n'avait cependant pas compris comment la Main d'or pouvait tourner cinq kilos de pure tous les jours avant d'aller garder son troupeau de moutons dans son domaine de quatre cents hectares !

Bibi sort Max de sa rêverie. Max a trouvé. J'ai emprunté à la « banque ».

À la banque ?

Max explique à nouveau, remplace gardien par voyou. Aux Baumettes, il y a toujours plusieurs beaux mecs, des voyous, qui se retrouvent ensemble et forment un petit groupe. Leur point faible, c'est le jeu, ce sont des flambeurs, et même en cabane, ils ne peuvent s'empêcher de parier. Pour pas perdre la main, ils organisent des combats entre des détenus et jouent les bookmakers. Bien sûr, tout est pipé mais, que veux-tu, c'est le prix à payer pour se distraire. Alors tout le monde joue le jeu. Et puis ils jouent aussi à l'extérieur via des hommes de confiance, souvent des anciens prisonniers, qui prennent leur marge. Pour certains, c'est un vice, pour d'autres, une façon de se faire du fric, de se payer un cabanon dans les calanques. Bibi connaît. Merci, Max, pour les vices, je donne tous les jours... Donc les voyous forment la banque pour financer des paris ? Exact ! Ils appellent ça la culbute. Max n'ose pas regarder Bibi. Décidément, les mots chahutent les esprits. Mais Bibi a laissé passer l'outrage. La culbute ? Ouais, la culbute. T'as besoin de cent, ils te filent cent mais tu leur rends cent cinquante. Bibi siffle. Belle arnaque. Tu leur demandes vingt mille pour le chargement, tu leur dois donc, attends un peu, trente mille ! Et comme t'espères gagner quarante mille, tu gagnes donc dix mille sans rien faire. Pas mal. Max lui lance un regard d'admiration. Bibi a changé, semble avoir pris de l'assurance. Elle compte désormais comme un banquier. Max siffle à son tour. Bibi rougit légèrement. Max ne connaît pas le banquier. Pas encore. Tu t'es fait arnaquer, Max !

Bibi a lancé la phrase avec une telle douceur que le Belge en reste stupéfait. Arnaquer ? Moi ? Bibi ! Tu vas pas me dire que tu... Bibi n'a pas trop eu le temps de lui parler, à son Max, depuis trois jours. Non, un beau chat à fouetter qui ronronne le jour et même la nuit. Bibi arrache le drap, se lève, prend une casserole. On va boire un café. Je vais t'expliquer quelques règles d'arithmétique.

Elle prend la parole sous les yeux ronds du Belge.

La saisie des cent kilos à Marseille dans le labo de la Main d'or, c'est pas que vingt milliards de francs qui sont partis en fumée. Elle prend un stylo et déchire un bout de feuille blanche de son agenda. Elle a toujours besoin de gribouiller pour parler de chiffres.

En 1963, pendant que Kennedy se faisait buter, le kilo de blanche se vendait autour de soixante mille francs, six briques, prix de gros, came non coupée bien sûr. Je ne sais pas si tu sais, Max, mais la coke qui vient du sud de l'Amérique, elle valait le double ici. Douze briques le kilo. Début 64, il y a eu quelques saisies, ici, au Mexique et aux States, des pertes sèches, et comme la Main d'or contrôle presque tout le business à Marseille, il a du mal à rattraper le temps perdu. C'est d'ailleurs à ce moment-là que des réseaux sont tombés en France et en Europe, comme par hasard... Donc aux States, les prix ont flambé en trois temps, d'abord, neuf briques, puis au printemps douze, et enfin quinze briques ! Tu vois la différence, Max ?

Bibi lâche son stylo, prend la chaussette et verse lentement l'eau chaude sur le café moulu. Ce n'est plus le tonneau des Danaïdes, Max, c'est la caverne d'Ali Baba !

Max retient sa langue. Se parle vite. Tu peux raconter ce que tu veux, ma Bibi, mais t'es loin de savoir pourquoi. Il a promis. Garder pour lui. Ce sont les Corses qui ont fait marron, à leur tour, les Siciliens. Les Corses n'avaient pas eu Cuba, mais ils avaient mis les Familles, la Commissione, à l'amende. Pas de Cuba, pas de came. Les Siciliens n'avaient pas pu virer l'avocat guérillero. Kennedy s'y était opposé, malgré les tentatives de la CIA. Les Siciliens avaient mis toutes ces années à rembourser une partie de leur dette, au prix fort. Les prix avaient flambé car la came arrivait très doucement.

Walter l'avait prévenu. Ne le raconte jamais. Surtout pas à une femme.

Max reste quand même estomaqué. Est-ce bien la même Bibi, celle que j'ai volée aux bras de son proxo de frère ? Bibi, et ses vingt-deux ans, n'est plus la demoiselle obéissante, prête à donner de son âme pour conquérir de la pitié en espèces trébuchantes. Bibi est résolue à ne pas finir en ombre sous un lampadaire ou pire en fille sans joie d'un bordel de la côte des Pirates.

La caverne d'Ali Baba... Bibi pense au banquier, à son profit. Max pense à la culbute, à son profit. Pas deux fois la mise, comme on lui a promis, mais dix fois, jusqu'à vingt fois plus. Moi, changer de métier, pour quoi faire ? Il revoit l'index du Chauve posé sur le roi. Il se souvient aussi du juge d'application des peines qui lui a recommandé de ne pas trop se faire remarquer... dans les Bouches-du-Rhône. Il se rappelle cette journée de mars 1965, il y a plus d'un an, où il avait fêté ses vingt ans au champagne avec Castro, son confident, son gardien, sa cantine, son facteur. Castro était passé aux Grandes Baumettes. Ils se sont retrouvés autour du *Canard* comme deux frères sur la comtesse. Castro le barbu répète à qui veut l'entendre que la révolution est en marche, siffle *L'Internationale*, ferme les verrous. Il est aussi le trésorier de la caisse des « révolutionnaires », ces rares gardiens qui rêvent de changer le monde, de brûler la guillotine, de fermer les prisons. Terre et Liberté. Castro a donné quelques leçons d'humanisme à Max, lui laissant même quelques bouquins à découvrir. La révolte gronde dans les yeux du révolutionnaire. Il lui parle de Debray, de Che Guevara, de Ben Barka, des pays non alignés, de la Tricontinentale, des trafics d'armes, nécessaires oui, autrement, comment faire ? Castro s'emporte. L'égalité devant l'éducation n'est qu'un leurre de la grande bourgeoisie pour endormir les travailleurs, les forçats du taylorisme. Regarde-moi, Max, ai-je eu le choix ? Cela fait trois générations que nous gardons ceux qui ne supportent plus les lois des nantis, trois générations que l'on mâche le mot Révolution. Il faut s'unir, c'est la seule solution, comme du temps du maquis.

Max s'est toujours méfié de la sympathie affichée de Castro. Le Belge ne veut pas tomber dans le piège de l'amitié avec un gardien. Un jour d'évasion, il devra être assez fort pour lui briser la nuque. Pas d'amitié mais de la sympathie. Castro est le meilleur cantinier du pénitencier, la trentaine juste dépassée, espiègle jusqu'à la déraison, jusqu'à la mise en place de cette fameuse banque-à-tout-va. Le trésorier Castro se tient au courant des événements qui secouent régulièrement le Mitan marseillais. Par l'Intersyndicale, il suit les épisodes de tous les autres Milieux de la métropole. Et se confie. Lorsque le moment sera venu, quand la Révolution éclatera, il faudra s'allier avec les meilleurs flibustiers du pays, ceux qui connaissent les coulisses du capitalisme. Je sais pour le Comité.

Quel Comité ? Max a prétexté l'innocence, les mains pleines d'ironie.

Castro a eu le mot juste.

Max comprend aujourd'hui pourquoi. Grâce à Walter, à ses longues heures en tête à tête, aux interminables silences, à la méfiance et, furtivement, aux confidences. Walter lui avait parlé de ces rares réunions secrètes qui réunissaient les Corses. Que les Corses. Comme au temps des grands trafics révolus. Piastres, or. Un conseil parallèle, une annexe exécutive du Comité, où même les Napolitains, ceux du Skating, sans parler des Turcs, Libanais ou Arméniens, ne sont invités sous aucun prétexte. Max avait senti que Walter avait dérogé à l'omerta corse, qu'il n'aurait jamais dû affranchir le Belge. Walter n'a plus jamais causé de Blanche. Il se laissait aller à parler des machines à « fruits », des baraques, des filles, de la nouvelle génération menée par des têtes brûlées comme Tany et le Tio, les Zemour à Paris... Walter lui a conté quelques affaires non élucidées par les curieux, ces centaines de kilos passés dans des valises d'hommes d'affaires connus et de diplomates. Il lui a dit connaître le nom de celui qui a tué le Commissaire. Max n'avait pas insisté. Walter avait quand même parlé.

Le Commissaire a fait passer beaucoup de came grâce aux valises diplomatiques et grâce, aussi, à la CIA, ses collègues du renseignement. Il était associé à ceux de L'Artistic, Antoine, Marcel et d'autres financiers. Il était chargé de payer les Turcs qui ont rapporté des tonnes de morphine-base, des tonnes. C'est vrai, je fournissais l'équivalent en précurseurs, j'en tenais pas. Le Commissaire était machiavélique, trompeur, un véritable oncle Picsou, peut-être le plus riche de tous. Il hébergeait les Turcs, et pendant leur sommeil... Ils les a tous tués. Un par un. Enterrés, disparus. Il a volé les Turcs, il a volé Mémé, Marcel et les autres. Mais un jour, Mémé, le seul voyou de la famille, s'est aperçu du manège. Un Turc s'était plaint. Mémé a prévenu le condé. Arrête tes conneries, me pousse pas dans les orties. Il y a eu un coup de froid et les Canards, malins, qui avaient su par le Chauve, l'inspecteur chimiste, ont doucement approché le Commissaire. Un mec précieux. Marcel est allé voir Marius, l'un des patrons des Canards. Il est à nous, ce mec, vous n'avez pas le droit de nous le prendre.

Marius aurait répondu. Il est venu tout seul. Y a rien à toi, Mémé, c'est pareil. Mémé n'a rien dit. Et c'est pas bon quand un Corse ne dit rien, crois-moi, petit. Le lendemain, on a retrouvé le corps du Commissaire criblé de balles. Une guerre. Pour un condé.

Walter avait prédit.

C'est la fin d'une époque. La came nous rend fou. Elle va nous tuer, tous, un par un !

De la cellule, Walter a entendu comme tout Marseille la rumeur qui a déclenché la colère des Napolitains. Après l'embuscade de mai 1965 contre le Commissaire, un soldat des Canards avait fait passer le mot à L'Artistic. La vengeance est un plat qui se mange froid.

32

Max n'a pas récupéré ses bénéfices du chargement. Castro n'a pas récupéré sa mise. Castro a donné son feu vert à Max dans un bistrot de Pointe-Rouge. Je te fais confiance, j'attendrai plus longtemps mais il faudra que tu allonges une prime, vu ? Max donne sa parole. Max n'a pas écouté le juge des peines. Il a appris à se déguiser pour se lancer dans le grand commerce. Les Toulonnais lui ont ri au nez. Charlot lui a donné une valise. Deux fausses barbes, trois fausses moustaches, cinq paires de lunettes, une perruque et des ustensiles pour le maquillage. La première fois, Bibi a beaucoup ri. Max aussi. C'était il y a déjà deux mois, quelques jours après avoir quitté leur garçonnière du boulevard Pereire. La séance de transformation avait eu lieu dans un nouveau deux-pièces, situé tout près de la place des Ternes.

Max n'a pas encore récupéré les bénéfices du premier chargement.

Il a retrouvé Charlot à L'Abreuvoir, les yeux fixés sur une carte du Var. Il l'a convaincu. T'as quarante mille, Max, quatre briques, c'est rien, rien du tout. Si tu remises, tu gagnes huit, le double ! Et toujours sans rien faire ! Charlot est malin comme un singe. Il lui a présenté ses deux oncles, Zoby et Mimi. Max a tapé dans la main de Charlot. Le Toulonnais a donné sa parole sous les yeux des oncles.

Max en sait un peu plus sur les tontons de Charlot.

Walter lui avait parlé de Zoby, un homme trouble, escroc à tout-va, introduit au plus haut niveau dans les coulisses de la diplomatie. Carambouilles et compagnie. Zoby a dû avoir un coup de déprime après la mort du futur patron de la Tricontinentale. Et Mimi ? Walter avait cherché ses mots. Mimi est un homme important, pas tant que Marcel ou Marius, non, mais quand même. Il a un bon contact à New York, gardé du temps de Caracas. Zoby, c'est son premier paravent. Mimi fait partie d'une équipe très discrète, des Toulonnais, des Lyonnais. Ils ont pris d'énormes bénéfices dans des braquages en Allemagne, en Suisse, en Italie et dans d'autres vols jamais divulgués. Des coups extraordinaires, réglés à la seconde près sans le moindre coup de feu. Jamais ! Certains prétendent que Mimi fait partie des Canards, mais non, non, enfin un peu mais il a poursuivi sa route avec d'autres. Walter n'est pas allé plus loin dans les confidences. Tout est lié, Max, tu verras par toi-même. On s'affranchit par les actes, pas toujours par la parole.

Durant ces deux mois de liberté, Max est resté d'une égale discrétion. Il ne pose jamais de questions et vole toujours quelques réponses dans des moments d'ivresse collective, lorsque la flambe prend le pas sur l'omerta. Il écoute, observe, exécute. Bibi occupe désormais un salon de massage et fait des extras dans des parties de jambes en l'air du show-biz et autres cercles luxueux. Max s'occupe temporairement de jeunes femmes pour le compte d'amis de la Belle ou de L'Abreuvoir. Il loue les places, gère chaque portefeuille, dispose des guetteurs et veille à la sécurité en échange d'un pourcentage sur le chiffre d'affaires. Max doit suivre la mode, cette loi du grand commerce édictée à l'avance par les généraux. Les « tournantes » viennent vendre des bouchons de champagne dans les bars montants du huitième. C'est à la mode. Comme les clubs privés. Et les partouzes. Les bars appartiennent en sous-main à des amis de Mimi, des cousins et autres associés corses. L'Abreuvoir est d'abord un clan familial. Mimi, et sa femme Aude, Zoby, Charlot, et d'autres personnages de passage ou associés de circonstance, tous ont un lien de parenté, par alliance ou par oncles interposés. Et quelquefois par filles recrutées.

Charlot, lui, n'a pas changé. Il bavarde toujours autant même s'il sait se retenir devant les piliers du bar. Depuis Marseille, il a fait du chemin. Après avoir fracturé quelques banques en Allemagne avec son inséparable Roger Miro sous la protection de Roger la Bricole, il est resté quelques mois sur Toulon pour profiter des folies du Petit Chicago, des nouveaux spectacles érotiques et des parties fines avec ses amis. Deux jours après l'assassinat du Commissaire – tu parles, ça a fait le tour du monde, cette histoire ! –, il s'est fait serrer par les flics avec Cookie, autre Toulonnais de la bande, pour une sombre histoire de dettes sur des baraques à sous. Les flics les ont même soupçonnés d'être les deux tueurs à moto du Commissaire ! Après quelques jours au trou, ils se sont barrés à Genève, accompagnés d'un Italien de Toulon, pour y déposer une valise de lingots d'or. Au retour, ils se sont fait à nouveau serrer par les Suisses. Ils ont dû faire intervenir Mimi par le jeu habituel des avocats. Max commence à comprendre le circuit. Pour ce clan, l'or est une valeur sûre, et la Suisse, un paradis pour les lingots.

Charlot a toujours le doigt pointé sur la carte. L'ongle suit une route dans les environs de Marignane. Il regrette son ami Miro, son Jumeau, du sang italien, racé comme lui. Roger, c'est mon copain d'enfance, mon confident, mon modèle. Depuis tout petit, il réussit à s'infiltrer partout. Il est à la fois insaisissable, personne ne sait où diable il peut être, et indispensable. Personne ne peut se passer de lui. Et impossible de suivre son train de vie ! Je, je.

Soudain Charlot ne trouve plus ses mots. Que se passe-t-il ? Max pose sa main sur l'épaule du Toulonnais. Que se passe-t-il ? Charlot baisse les yeux. Roger s'est fait serrer hier soir. Je lui avais pourtant dit que c'était un plan de merde, tout ça pour des documents, des plans secret-défense, tu parles !... Charlot tend le journal à Max. Quatre dangereux malfaiteurs arrêtés par l'antigang. Roger Miro serait le cerveau d'une nouvelle équipe. Max note. L'équipe, c'est des amis à toi ? Charlot explose. Tu parles ! Des petites frappes qui travaillent pour le Service, des imbéciles qui seraient incapables de voler le sac d'une bourgeoise ! Max ne sait quoi dire, ne les connaît pas. Il se doute qu'ils font partie de la bande des Lyonnais de Paris, une équipe très liée au Service, des contacts dans toute l'Europe, en Union soviétique et même en Afrique noire. Le Belge veut rassurer son ami. Mais s'ils travaillent pour le Service, ils vont sortir bientôt, non ?

C'est compliqué, Max. En ce moment, le Service est un peu en déconfiture, des bagarres internes. Certains ont préféré prendre des places vaquantes chez les Francmacs, d'autres ont carrément changé de bord. Peut-être que Roger aura une chance pendant leur procès, j'en sais rien. Mais aujourd'hui, je suis emmerdé, Max, vraiment emmerdé. Avec Roger, je devais organiser ce coup mais je suis obligé de m'occuper de l'avocat, des relations, faire jouer les protections. Je suis trop déconcentré. Charlot sent le Belge frémir. C'est ton tour, Max, à toi de jouer. J'en ai parlé à Zoby. Il a dit que cela devait arriver un jour. Tout arrive un jour quand on est patient. Il m'a dit de te le répéter. Tout arrive un jour. Max ne laisse même pas filtrer l'ombre d'un sourire. Il compte sur les doigts. Cinq jours. Il lui reste cinq jours pour trouver une équipe. Max n'a pas le choix. Il doit réussir avec la manière, devenir enfin un homme de l'art, faire ses preuves pour approcher la bande de L'Abreuvoir. Appliquer les trois S de Walter. Souplesse, stratégie, sécurité. En finir avec le S de soldat.

Zoby a tourné la carte du Var vers lui. Il parle vite. Deux voitures en rase campagne. Dans la première, trois hommes et une sacoche avec quarante-huit briques. La seconde est un Land-Rover de la police avec quatre hommes armés. L'avantage, c'est que personne n'a jamais pensé à aller piquer la paye de mille ouvriers. L'inconvénient, c'est que les baraques de l'Étang vont se mettre en grève ! Zoby lance un ricanement, mesquin. Max ose. Qui est dans le coup ? Zoby le toise. T'occupe pas, le Belge, c'est mon domaine. Alors, tu marches ? Max regarde Charlot. Combien ? Vingt pour cent pour Zoby et moi, pour l'information et la protection. Et cinq pour cent pour l'informateur. Charlot regarde Zoby. Max compte dans la seconde. Il lui resterait trente-six briques. À six, cela fait six briques chacun. Zoby lui tend la main. Max hésite. Rien pour le Service ? Zoby ment. C'est son métier, sa passion, son vice. Non, rien pour le Service. Max serre la main de l'escroc. Banco !

Boby, Adrien et la Belle Hélène. Avec Max, cela fait quatre. Pas six. Réduction d'effectif. Souplesse. Max ne doit pas oublier la prime pour Castro. Max a retrouvé Bibi en compagnie de Boby dans le deux-pièces des Ternes. Max s'écroule dans un fauteuil en cuir et raconte l'affaire. Boby connaît des hommes de L'Abreuvoir, les amis de Miro, la main-d'œuvre du Service. Depuis huit mois, Boby ne dort plus deux nuits dans le même lit. Le Fou est en cavale. Il a non seulement fait la belle aux policiers, la nuit du réveillon, mais il est activement recherché pour tentative de meurtre. Max n'a pas le choix. Il ne peut se passer d'un tel casse-cou, capable de faire danser une patrouille sur un pied, ni oublier qu'il est un prétendant de sa sœur. Boby est d'accord. La cavale coûte très cher. Avec les billets, il pourra se payer de nouveaux papiers, peut-être même une opération chirurgicale. Max prend le risque de s'associer avec un cavaleur, peut-être filé, mais c'est le prix de la confiance qu'il accorde à son ami et complice. Le Fou n'est pas un voleur.

Si le coup marche, Max pourra compter sur le Fou.

Bibi est restée à Paris pour préparer le retour des braqueurs, leur trouver un alibi et un appartement. Max a pris le volant d'une Maserati, volée quelques jours plus tôt par Charlot et pourvue de fausses plaques. Le voyage a tenu ses promesses. Toutes les trois heures, Boby s'est réveillé pour voler une nouvelle voiture. Par deux fois, au petit matin, ils ont semé une patrouille de flics, d'abord en coupant trois virages en épingle d'une seule lame, puis en roulant à près de cent soixante kilomètres à l'heure, oubliant la ligne blanche. Boby a raison. En cavale, on vole toujours de grosses cylindrées pour passer incognito ou pour semer les condés !

À la hauteur de Valence, les deux intrépides font une halte dans une auberge tenue par un ami de Robert le Cannois, l'une des mille adresses en Europe où n'importe quel affranchi du 11.43 peut prétendre à un repos mérité, massage compris. Boby en compte plus de trente sur la nationale 7, se faisant fort de connaître toutes les issues de secours et les serrures des serveuses. En cas d'urgence ! Le patron est vite mis au parfum. Les pigeons sont là, au bout du comptoir. Deux représentants d'assurances vie. Les Marseillais ajustent leur postiche. Pendant que les commerciaux finissent leur café-cognac, Max et Boby s'avancent vers les duos cravatés. Sortent un insigne. Police. La 404 blanche, dehors, elle est à vous ? Le plus gros manque de s'étouffer. Oui, monsieur, à moi. Veuillez présenter vos papiers et ceux du véhicule. Les quatre hommes sortent sur le parking, désert. Boby prend les clés de la 404. C'est bien celle-là. On doit la rapporter au commissariat le plus proche. Elle a été volée ce matin. Des braqueurs, très dangereux. Il faut faire vite, il y a des otages. L'assureur ne comprend pas. Des flics en civil qui n'ont même pas de voiture. Il n'a pas le temps de réagir.

La 404 a déjà disparu.

La 404 a stoppé non loin de la gare, à deux pas de la Belle. Max frappe à la porte. Police. Il rajuste sa fausse barbe. Il entend la voix de sa mère, la clé. Elle ouvre, hurle. Max n'est pas là ! Referme la porte violemment. Boby est planqué dans les marches. Ils laissent éclater leur rire. La porte s'ouvre doucement. Max ! Un flic ? T'as donc pas changé, Max. Max ne cherche plus son père. Parti. Rayé de sa mémoire. Boby fait l'imbécile en jouant avec sa fausse barbe. Martine n'en peut plus d'attendre. Elle le supplie. Rejoins-moi, vite, Boby, sinon. Le Fou reste stoïque. La cavale, c'est pas une vie de couple. Victor, le petit frère de Max, est chargé d'aller trouver Adrien au bar de la Gaîté. Victor revient, essoufflé. Le bar est fermé. Tu peux te débrouiller pour trouver Adrien ? Victor opine. La porte claque.

Max a choisi Adrien non pas pour ses gros bras, mais pour son expérience dans les commandos marines. Un tireur d'élite, hors pair. Tout le contraire de Boby. Mais il y a une autre raison. Adrien est le cousin de Nicole. Et depuis la condamnation pour proxénétisme de Max, la famille de Nicole a une dette. C'est le moment de régler les comptes. Max s'assure contre le vol du magot à la fin de l'opération. Victor est revenu deux fois, d'abord pour dire que les condés sont déjà en planque derrière la 404, puis pour annoncer la bonne nouvelle. Adrien les attend demain, le 30, sur les premières marches de la Bonne Mère. Pourquoi là-haut ? Victor hausse les épaules. Pourquoi pas ? Max se tourne vers le Fou. Tu viens ? Boby hésite. Martine ou Hélène. J'arrive. Si les flics sont déjà en planque, ils risquent d'attendre longtemps. Martine enrage. Je t'aurai prévenu.

Les deux hommes traversent en courant les voies de chemin de fer, passent les Cinq Avenues, et longent une rue assombrie par la tombée de la nuit. Max pourrait y retourner les yeux fermés. Le château de la Belle Hélène. De Belen. Deux autres sœurs aussi belles que Belen, une mère russe, noble, folle. Un haut mur de pierre entoure le parc de la grande maison bourgeoise. Max trouve la clé à la même place. Ils traversent le parc à pas de velours, se dirigent vers la gauche, aile ouest. Ils aperçoivent Belen, seule, allongée sur un canapé, un livre dans les mains. Les lumières sont tamisées, l'ambiance cossue. Ils frappent à la porte. Belen hésite. Qui est-ce ? Police ! Belen ouvre, hébétée. Mais comment êtes-vous entrés ? Belen enlève ses lunettes. Les garçons montrent leur insigne. On a forcé la serrure. Nos collègues embarquent vos sœurs et votre mère. On a quelques questions à vous poser. Boby est derrière Max. Il passe sa main sous l'épaule de son ami et tire sur la barbe. Belen pousse un cri, surprise. Mais. Elle pose ses mains sur les hanches. Max ! Elle retrouve les yeux noirs, le menton fort, les épaules de nageur. Elle se jette dans ses bras. Max ! Vous n'êtes pas suivis au moins ? Les deux hommes éclatent de rire. Ils enlèvent leurs postiches. Les yeux de Belen brillent comme de regret. On peut rester là cette nuit ? Belen en rougit presque, balbutie. Bien sûr, ça tombe bien, je suis toute seule. Ma mère et mes sœurs sont parties plusieurs jours à Nice.

Max a toujours aimé cet endroit. Il se souvient surtout de cette soirée mondaine où la mère de Belen avait fait demander des ballons d'opium pour entamer une soirée littéraire. Belen a gardé ce sourire complice, régénérateur, qui laisse découvrir une parfaite dentition. Mais le sourire n'est pas son seul charme. Max craque pour ses longs cheveux blonds et sa silhouette de mannequin. Ils sont assis dans de larges sofas, un intérieur orangé, musique classique. Belen écoute attentivement l'exposé de Max. Max lui propose cette fantaisie car c'est une promesse de longue date. Belen boit les paroles de Max. Avec joie. Je ne le ferai pas pour l'argent. Juste pour la fantaisie. Belen n'a pas changé. Il n'y a que la fantaisie qui la fait rêver, comme celle du cinéma. Max lui prend la main, tendrement. J'ai des contacts à Paris. Je te promets de te trouver un rôle. Un « beau » rôle. Mais avant, je. Belen a craqué. Cela faisait des années qu'elle voulait le faire. Elle l'a regardé longuement, puis l'a embrassé.

33

Belen a enfilé sa jupe, la plus courte. Ses talons hauts martèlent le macadam. Son maquillage, exagéré, un fond de teint sur ses taches de rousseur, semble fondre sous l'angoisse. Elle porte une perruque, cheveux noirs, épais, et des lunettes de soleil. Boby a reconnu les longues jambes de la jeune comtesse russe. Il envie Max. Elle a appris le rôle par cœur dans les bras de Max. Tu devrais faire du cinéma, Max, écrire un scénario. La 404 est garée au bord de la route, le capot ouvert. Les Marseillais ont repéré les lieux hier à la même heure. Charlot avait raison. C'est le meilleur endroit. On pourrait presque toucher du doigt les avions qui atterrissent.

Vingt pas derrière la 404, les trois hommes se sont accroupis derrière un long mur séparant la piste de la route. Adrien, Boby et Max sont invisibles, armés, maquillés. Selon l'informateur de Zoby, les ailes d'une Caravelle frôleront le convoi. C'est la prime d'adrénaline du braquage, la source d'excitation du plan. Si le convoi passe à la seconde près sous les ailes, ce sera comme au cinéma. La perfection. Charlot l'a répété à Max. Le chauffeur de la première voiture est toujours impressionné par le bruit assourdissant de la Caravelle et peut même s'arrêter pour admirer le spectacle. Le chauffeur a longtemps été mécanicien. Il travaille désormais à la sécurité de son entreprise, celle qui assure la maintenance des moteurs de la Caravelle. Le dernier jour du mois, il transporte une sacoche depuis une banque de Martigues jusqu'à la zone industrielle de l'aéroport. Pas loin de cinquante briques. Habituellement, ils sont trois mais le jour J, ils ne seront que deux. Trois policiers les escorteront.

Max lève les yeux. Le temps est dégagé, la route déserte.

L'avion ne doit pas avoir de retard.

Le chauffeur de l'Aronde ralentit. À moins de cinquante mètres, une femme aux longues jambes fait un signe de la main. Le convoi s'arrête. Dans le Land-Rover, un policier dit. Attention. L'autre bâille. Il se demande souvent pour quelle raison ils accompagnent l'Aronde. Qui peut se douter que la paye de mille ouvriers est transportée par deux vieux en combinaison de travail ? Le chauffeur en combinaison ouvre doucement la vitre. Max lui a répété. Le conducteur, Belen, pas le passager. Il faut qu'il regarde vers la gauche, en direction de l'avion. Pas vers nous. Ensuite fais en sorte d'attirer l'attention des flics toujours vers la gauche. Vers l'avion. Mais il ne faut pas qu'ils descendent, pigé ?

Monsieur. Les yeux bleus de la jeune comtesse papillonnent. Ceux du vieux mécanicien apprécient. Monsieur... Le chauffeur regarde par-dessus l'épaule de la belle. La Caravelle est à une minute. Énorme. L'ombre va bientôt planer sur le convoi, sur la jolie brune. Le bruit ne leur parviendra qu'après l'atterrissage, la terre tremblera, la mécanique s'emballera. Superbe. Toute ma vie à régler les réactions du moteur anglais. Monsieur, je suis tombée en panne. Pourriez-vous m'aider, s'il vous plaît ?

Le chauffeur, son voisin, les flics sont tous tournés vers l'oiseau d'acier. Il tombe du ciel. On y va ! Le trio grimé s'engouffre dans la brèche. Belen est au milieu de la route, les yeux levés au ciel. Les trois policiers profitent du spectacle inédit, se foutent pas mal de l'avion, lorgnent les belles jambes... Adrien et Max mettent les flics en joue. Boby, le pistolet-mitrailleur au poing, ouvre la portière de l'Aronde, côté droit, et donne un violent coup de crosse au passager. Belen sort un flingue de son sac violet. Quatre détonations. Côté gauche du convoi, les pneumatiques ont explosé. Elle n'a pas tremblé. L'avion frôle les braqueurs. Côté droit, Boby a rafalé au ras du sol. Les réacteurs rugissent. Les vieux tremblent. Les flics ont jeté leurs armes par la vitre. Soudain, le policier enclenche une vitesse, tente d'accélérer mais Boby, le doigt agile sur la détente, fait exploser le pare-brise du Land-Rover. Adrien s'est jeté en arrière pour éviter les balles. Les vieux ont machinalement levé les mains en l'air. Belen a ramassé les armes à terre.

Un policier se tient l'épaule, une balle logée dans l'omoplate. Il n'en revient pas. C'est la première fois que des voyous tirent sans sommation sur des flics, la première fois en France ! Les voyous ne sont plus ce qu'ils étaient ! Des fous !

La route est toujours déserte. L'avion s'est posé dans un vacarme extraordinaire. La 404 est déjà à cent mètres. Pas de mort, un peu de sang, pas de traces, que des cartouches, pas de problèmes et la sacoche. Les visages des braqueurs sont toujours tendus. La 404 roule six minutes. Tout a été minuté. Six minutes, c'est le temps nécessaire à un commissaire pour réagir, mettre en place des barrages, organiser la battue aux braqueurs fous. Il reste vingt longues minutes avant que tout le monde soit en place. Le bande à la Belle Hélène n'est pas encore à l'abri d'un accident de dernière minute. Ils montreront leur joie quand ils seront arrivés sains et saufs à l'Auberge dans la banlieue de Lyon. Cette nuit.

La 404 entre dans la cour d'un garage. Adrien a tout prévu. C'est un as de la logistique, des adresses aux quatre coins de la France, en Italie, en Suisse, un accessoiriste hors pair du Milieu aux mains armées. Adrien a fait des stages en Afrique noire au sein du contre-espionnage, sous les ordres de son ami Labbé, l'un des ambassadeurs français des trafiquants d'armes. Belen enfile l'uniforme d'hôtesse de l'air, Max, celui de commandant de bord. La casquette lui va comme un gant. Max prend la sacoche. Boby et Adrien ont confiance. Ils doivent s'occuper de faire disparaître la 404. Adrien préfère le broyeur à l'allumette. Impossible d'identifier la voiture. Eux vont prendre la direction de Lyon déguisés en employés d'EDF. La 4L est déjà prête. Boby ne peut s'empêcher de passer la main sur les fesses rebondies de Belen. Elle adore rendre les hommes jaloux. Elle profite de leur point faible, elle les toise, de la cocaïne dans le nez. La faute à sa mère et tous ses amis, marquis et comtes, acteurs et lettrés, qui ne pensent qu'à brûler leur temps dans la fournaise orgiaque du château. Belen est superbe avec son petit chapeau bleu, son chignon aux reflets roux. Max est toujours tendu.

On se retrouve à l'Auberge avant minuit. Et n'oubliez pas.

Mythe du bac.

Mythe du bac. Le couple de l'air est arrivé le premier devant la porte blindée de l'Auberge. Max répète le mot de passe. Mythe du bac. La porte s'ouvre sur une odeur de cheminée. Max tient la sacoche à sa main droite, comme un vrai commandant de Caravelle. Belen referme la porte. La salle forme un vaste carré. Sur le côté gauche, un long miroir accroché au mur domine un bar. Un barman, veste noire, chemise blanche, nœud papillon, sert une trentaine de verres de champagne. Autant d'hommes entourent le zinc, habillés de costards sombres. Max serre des mains. Un homme le précède et lui présente des surnoms, trop d'inconnus. Belen est restée plantée au milieu de la salle, éclairée par un immense feu de cheminée. Max ? Les regards se sont tournés vers l'hôtesse. Belen se sent confuse dans cet uniforme. Elle ôte son chapeau et défait son chignon. Un silence enveloppe ses gestes précis. Ses pupilles sont dilatées. Il ne lui reste plus de poudre. Sa gorge cherche les derniers cristaux, sa langue mouille ses lèvres séchées par l'envie, par le manque. Max s'approche. Il faut que je te présente. L'homme lui tend la main. Zoby. Belen. Zoby prend la jeune femme par la main et l'approche du comptoir. Il lui donne un verre. Zoby a remarqué la dilatation. Les lèvres. Il lui murmure. Vous voulez devenir actrice ? Elle regarde l'homme au fort accent corse, puis Max. Fait oui de la tête, les lèvres pétillantes. Max sourit. Zoby appelle l'Acteur. Belen ne l'avait pas reconnu avec sa moustache. D'habitude, vous... L'homme n'est pas insensible aux taches de rousseur. Il promène ses yeux bleus, langoureux, sur le visage de Belen. Il répond, froid. Un nouveau personnage dans un film italien. La moustache n'est pas fausse. Clin d'œil. Belen connaît son point faible. Et votre femme ? Elle se repose. Le face-à-face est interrompu. La porte s'ouvre sur les compères du braquage déguisés en employés électriques. Max se retient. Embrasse

Belen devant l'Acteur. Un frisson accompagne la longue rasade de champagne.

34

Zoby s'est assis au milieu des Lyonnais, le groupe majoritaire. La plupart des hommes réunis dans ce club privé, coincé au bord du Rhône, possèdent la carte tricolore du Service, un accessoire de luxe pour ces figures du Milieu. C'est Adrien qui l'a glissé dans l'oreille de Max entre deux poignées de main. Paris, Nice, Lyon, Grenoble, Marseille, Toulon et quelques électrons isolés tout au long de la nationale 7. Quelquefois les exilés, de gré ou de force, de la diaspora criminelle s'invitent au colloque. Max n'aurait jamais pu imaginer qu'un club privé puisse être l'antichambre des Combinards. C'est comme cela que Belen les nomme. Connards de combineurs. Pour la Belle Hélène, c'est le summum de la vulgarité, de l'inhumanité, un signe de fin de race, pire, de dégénérescence. Elle ne les supporte plus. Tous ces hommes la font littéralement vomir. Elle avait marmonné sa rancœur lorsqu'elle avait demandé à Max, son commandant de bord, dans quelle planque il allait l'amener. Charlot avait juste dit à Max que le club appartenait à un mec important du Service de Lyon, une planque sûre, des galeries et des abris souterrains. Max se doute que le lieu sert à des messes de toutes sortes, des séances initiatiques des Petits Clubs aux dernières trouvailles de la torture. Max n'en sait pas plus.

Jusqu'à cette soirée-là, le Belge n'a jamais voulu en savoir plus.

Belen en connaît quelques-uns de vue. Elle les a vus sortir de belles voitures et marcher d'un pas lourd vers l'escalier de la grande villa de Nice. Les Combinards ont un faible pour les soirées coquines qui hantent les caves voûtées. Sa mère adore recevoir les Combinards car ils sont au cœur des secrets de l'État et, pour certains, de son cœur. Elle les appelle par leur prénom, les réclame en aparté, et se souvient des opérations clandestines en cassant des flûtes à champagne. Ils sont presque tous Résistants de la première heure. Presque. Les intimes de sa mère ont travaillé pour le Bureau de renseignements du Général. Maman s'occupait de coder les messages. Mythe du bac. C'est l'histoire des planeurs allemands, dans le maquis du Vercors. Le nom de code de maman était Sonia. La villa cache toujours les encanaillements aux yeux des juges trop curieux. Les Combinards et autres filleuls laissent leurs uniformes, leurs cartes, leurs flingues au vestiaire tenu par deux Vénézuéliennes au teint cuivré. Toujours les mêmes. Aude, la femme de Mimi, la grande copine de Zoby, les place à la demande dans de telles soirées privées. Les filles travaillent dans un hôtel à Avignon. Elles ont été envoyées par ceux de la Carlingue depuis les faubourgs de Caracas.

Drôle de monde, Max, drôle de monde.

Max ne porte pas de jugement. Il observe.

Certains posent trois doigts sur la table. D'autres se parlent à l'oreille. La principale discussion tourne autour du commerce de l'héroïne. Un surnommé Sucette prend soudain la parole. D'une voix autoritaire, il casse le potin. Il y a des oreilles indiscrètes, ce soir. Quelqu'un se porte-t-il garant des invités ? Les regards se tournent vers les trois nouveaux, peu sur Belen. Zoby se lève d'un canapé en cuir noir. Il dit. Nous sommes ici pour redonner un second souffle au Service. Pour cela, il faut intégrer de nouvelles forces. Un homme siffle les jambes de Belen. Elle est toujours la seule femme. Elle revoit sa mère au milieu du maquis avec tous ces hommes, certains sont là, sous ses yeux, avec leur mine patibulaire et leur discours républicain. « Belen ». La poisse. Sucette a l'idée fixe, le « R » roulé. Quelqu'un s'en porte-t-il garant ? Zoby prend la sacoche des mains de Max. Quarante-huit briques. Garant ! Cela suffit-il ? Max sent l'arnaque. Il n'a pas monté cette opération pour les yeux globuleux de Sucette ! Il se souvient de la promesse de Zoby. Pas pour le Service. Max sent monter un coup de sang, reprend la sacoche des mains de Zoby. Le regarde droit dans les yeux, articule. On fait comme prévu. Zoby sourit. On a bien dit cinq pour cent pour l'informateur ? Max regarde Sucette. Des mains ont plongé dans les ceintures. Zoby sourit. L'informateur, c'est le Service. Belen croise le regard de l'Acteur. Il est assis au bar sur un tabouret. Que fait-il ici ? Tout le monde sait que c'est un proche d'Antoine, mais Belen ne l'a jamais vu dans la villa de sa mère, n'a jamais entendu parler de ses quelconques services au service du Service. Max sort une liasse de sa poche. Voilà, les cinq pour cent. Il donne l'enveloppe à Zoby. Tu auras tes vingt pour cent à Paris. Sucette regarde Zoby, étonné par la dernière remarque de Max. Quelle part ? Zoby esquive. La part de Mimi. Max coupe le face-à-face. Pour l'instant, ni moi, ni Belen, ni mes deux hommes n'avons l'intention de rentrer dans les rangs du Service.

Zoby ouvre la sacoche. Une pile de *Canard enchaîné*.

La soirée ne s'est pas mal finie. Pourtant, quand Zoby est devenu tout rouge, le barman a parié dix contre un que le Corse ne ferait qu'une bouchée du jeune Belge. Mais le barman a perdu. Max a esquivé. Boby a sorti une crosse. Belen s'est de suite interposée. Non ! Je ne suis pas d'accord. Moi aussi, j'ai pris des risques et j'en prends aussi en venant ici chez les Combinards. Il faut pas tout mélanger. L'Acteur a tourné la tête. Quelle effrontée ! Elle a repris son souffle. Des coups comme celui-là, il y en a autant que de grosses entreprises, non ? Alors pourquoi s'arrêter là ? Nous venons de vous montrer la voie, nous, trois hommes et une femme, quel flic pourrait penser à ça ? L'un d'eux s'avance. Moi ! Tout le monde a rigolé. Même Sucette. Zoby a vite compris. Le vol des payes, c'est la nouvelle planche à billets. Zoby a desserré les dents. Il est nerveux mais il comprend vite. Très vite. Le Service aura plus à gagner en organisant lui-même des vols de sacoches, que de piquer ces cinquante briques. Pire, il faudrait éliminer Max et les autres...

Les Combinards suivent l'idée de Zoby. Le champagne a de nouveau pétillé dans les bouches. En aparté, Zoby a établi l'organigramme. Adrien sera chargé de la logistique. Max et Belen, du repérage. Boby et quelques autres têtes brûlées, des hommes entraînés aux commandos, de la sécurité. Belen a refusé. Elle leur a dit. Je ne suis pas des Combinards. L'Acteur lui a fait un clin d'œil, peut-être un signe de solidarité.

Cette nuit-là, elle a posé un lapin à Max. Pour le plus grand bonheur de l'Acteur. Max a trouvé d'autres sources de satisfaction. D'abord, les félicitations de quelques pointures du Milieu. Puis des propositions de boulot à l'étranger sur des litiges, des extorsions de fonds. Avec Boby. Mais surtout, sa plus grande joie, c'est l'accolade de Zoby en signe de réconciliation à l'aube. Abraccio. J'ai du boulot pour toi. Rien à voir avec le Service ? Zoby et Max ont souri. Non, que pour nous deux et mes associés. Ah, Max, je dois te dire aussi. Pour gagner tes huit briques dans l'autre jeu, t'es bien parti. Très bien parti.

Max comprend alors. Il est passé à deux doigts de l'arnaque.

Après trois jours de reclus, les braqueurs ont partagé le magot. Adrien et Belen ont refusé, comme promis. Zoby, déjà reparti pour la Suisse, a emporté sa part. Douze briques. Boby et Max se sont partagé le reste. Dix-huit briques chacun. Boby a compris ce jour-là ce que le mot caïd voulait dire. Il a surtout compris que les braquages importants, réalisés en équipe, sont taxés par un caïd, un homme qui a réussi, par la ruse, par la force, à se glisser au centre des flux d'informations, des renseignements qui donnent du boulot aux voyous, des tuyaux qui servent à manipuler les soldats dans une guerre d'état-major. Un bon tuyau, c'est la flambe, la richesse subite, un mauvais, c'est la prison ou la mort. Boby comprend. N'est-il pas recherché pour un vol de quelques caisses de vins ? Et pour tentative de meurtre sur le tenancier ? Pourquoi a-t-il suivi ce tocard rencontré la veille de ce maudit braquage ? On ne l'y reprendra plus. Dorénavant il en avisera son ami, le Belge.

Boby compte une seconde fois.

Dix-huit briques. L'illusion de la richesse. La flambe. Vivre.

35

Max n'a pas revu Boby depuis quatre mois, après l'avoir quitté devant l'Auberge. Depuis deux heures, ils se congratulent sous l'œil aguerri de Fernande, la patronne du bar de la Gaîté. Fernande, c'est la générosité incarnée, une tombe, un homme. L'équipe de la Belle a posé sa gouaille autour de ce zinc, et ses flingues dans la cuisine. Fernande mène son petit monde à la baguette et pas question de laisser une crosse dépasser de la ceinture ou de la chaussette ! Un centre d'affaires, oui, mais pas une poudrière ! Fernande abuse souvent du jeu de mots. Depuis que la poudre, la Blanche, se vend dans les rues de Marseille, Fernande râle. Elle préfère les braqueurs, les Robins des Bois, et ne supporte pas les vendeurs de mort, encore moins ceux qui la produisent dans les villas d'Aubagne ou d'ailleurs.

Max est descendu de la capitale avec Bono, son bras gauche, toujours prêt à batailler pour un oui, pour un non. Bono n'a pas encore trente ans mais il compte déjà une réputation de solide proxénète. C'est aussi un vieux copain de Boby et de Martin, un ami de la Belle. Tous les quatre sont d'accord sur le même point. Il faut se lancer dans les machines à sous. C'est vrai que le gros du marché est dans les mains des Corses mais pourquoi ne pas se lancer dans l'aventure sur Paris ? Il suffirait de proposer leurs services à Mémé ? L'idée n'est pas d'eux. Max et Bono ont été envoyés dans le quartier pour trouver des mains solides, des placiers, des durs, qui peuvent tenir des patrons de bar par leur vice. Ou par les couilles ! Boby raffole de l'expression. L'éternel cavaleur est nerveux. Depuis l'affaire de la « sacoche », il a dépensé le magot en un rien de temps. Max lui a fait justement remarquer. T'avais qu'à miser tes sous, charger au moins quatre briques. Si tu m'avais écouté, t'aurais déjà les bénéfices dans la poche. Moi, à mes dix-huit briques du casse, j'en ai rajouté huit. D'accord, il m'en reste plus que vingt. D'accord, je suis pas en cavale même si je suis tricard ici, mais au moins je suis pas à la rue !

Le ton de Max est presque doctoral. Un peu trop au goût de Boby. Il lui enverrait bien son poing dans la gueule mais il a besoin des conseils de Max et de sa protection. Et puis, Max et Bono sont missionnés par Mimi pour trouver des appuis dans le projet des baraques.

Boby est sur la liste.

Dehors, une pluie fine tombe du ciel automnal. Des goélands planent sur les toits de la Belle. Max cache son anxiété. Comme d'habitude, il est allé apporter un bouquet de fleurs à sa mère et un jeu de boules à son frère Victor. Victor tousse. Ne veut pas aller voir le médecin. Sa mère s'inquiète. La toux est de plus en plus rauque, les crachats de plus en plus fréquents. Décidément les nouvelles ne sont pas bonnes, aujourd'hui. Même Bono, pourtant souriant, nanti d'un optimisme inné, trouve la pluie triste. Est-ce à cause de la rumeur qui prétend que les Calenzanais ne tiennent plus la ville comme aux grandes heures de l'après-guerre ?

36

Direction nationale de la police judiciaire. Document à tenir au secret. Pour tout renseignement supplémentaire ou avis informé Sécurité du territoire, contre-espionnage et ministères concernés dans les délais les plus brefs.

Synthèse concernant le surnommé Boby.

Le 26 octobre 1966, Boby, interpellé à Marseille alors qu'il était recherché pour tentative de meurtre, appelait à l'aide une bande de jeunes gens dirigée par Max Vander, proxénète, ami dudit Jojo le Grec, qui sera tué accidentellement deux ans plus tard lors d'un HU, et parvenait à prendre la fuite grâce à l'aide de ceux-ci. Max était appréhendé pour ces faits et condamné à un an de prison. Bono Paul, lui aussi proxénète, connu des quartiers de l'Opéra et de la Belle-de-Mai à Marseille, occupait une place à part entière dans le Milieu. Il sera par ailleurs appréhendé quelques mois plus tard à Toulouse en compagnie de Boby et d'un autre complice, porteur de pistolets automatiques. Quant à Boby, toujours en fuite, condamné à mort par contumace en mars 1967, il reconnaissait avoir participé à plusieurs HU dont l'un en Corse. Même si cette cavale s'inscrit dans le contexte général du banditisme, il faut signaler trois éléments de la plus haute importance.

Sur la carrière de Boby, d'abord. Évadé plusieurs fois de prison ou d'un tribunal, objet de plusieurs mandats d'arrêt, condamné à mort, Boby vit d'expédients, de proxénétisme, et il est considéré comme un individu très dangereux n'hésitant pas à ouvrir le feu sur des fonctionnaires de police. Son ivresse pour le danger en fait un élément incontrôlable. Se refusant pour le moment à toute collaboration avec nos services spécialisés sur les activités liées au grand banditisme, la fin de cette cavale devra correspondre à la fin de sa carrière au niveau Alpha, et être sanctionnée par une lourde mise à l'épreuve. Son éventuelle participation à des programmes HOMO de la Sécurité du territoire ne serait en aucun cas prétexte à la mansuétude de nos services.

Sur son exceptionnelle audace, ensuite. Quelques jours après sa tentative d'interpellation à Marseille, il a été formellement reconnu par l'un de nos fonctionnaires comme l'un de ses agresseurs. Le fonctionnaire, qui fut à plusieurs reprises l'objet de menaces, comme ses proches, a subi un véritable « passage à tabac » de la part de quatre jeunes hommes, alors qu'il était en train de réviser son concours d'entrée au rang d'inspecteur principal dans un jardin public. Il aurait personnellement dit à ce fonctionnaire de ne jamais se retrouver sur sa route, sauf pour lui donner quelques renseignements confidentiels. Depuis cet incident, l'inspecteur a été muté dans le nord de la France à la demande de ses supérieurs. Il n'est pas exclu que Boby soit en mesure de pouvoir l'intimider dans sa nouvelle affectation au regard de l'organisation très structurée de cette bande de malfaiteurs qui fréquentent toutes les grandes équipes du Milieu tant sur le continent que sur la Corse. Une autre source digne de foi précise que ce « passage à tabac » aurait fait suite à une descente musclée d'une équipe de dix policiers dans le bar où l'équipe de Max Vander avait défendu Boby. Vexés de ne pas avoir pu appréhender Boby et malmenés par ces jeunes truands, les policiers seraient intervenus deux jours après, saccageant entièrement le bar. En réaction, des personnages importants du milieu proxénète auraient voulu punir l'un de ces policiers dans un lieu public.

Sur son équipe, enfin. Homme de l'art (armes, protection) de Max Vander, il ne compte pas moins d'une quarantaine de relations d'affaires dans toute la France, en particulier avec les Toulonnais et les Lyonnais, mais aussi en Espagne, en Allemagne, en Belgique et en Italie. Au-delà du proxénétisme, des vols à main armée et d'une activité de contrebande circonstanciée aux vols de véhicules de luxe, cette bande est en train de jeter son dévolu sur plusieurs secteurs d'activités considérés comme sensibles, à savoir la drogue, les armes et les nouvelles technologies dont les matières nucléaires. Cette compartimentation des activités, si elle n'est pas nouvelle en France, doit cependant attirer l'attention des services spécialisés sur les éventuelles relations avec les pays d'Europe de l'Est et, de façon plus prudente, avec d'éventuels « honorables correspondants ». Il est important de signaler que cette bande, constituée pour l'essentiel de Marseillais, n'est qu'une branche parmi d'autres d'une organisation structurée à l'échelle européenne et dont l'ambition serait à terme de pouvoir installer divers centres d'affaires dans les Caraïbes et dans les pays francophones de l'Afrique noire. Inutile de préciser dès lors que les activités classiques de ces trafiquants d'envergure internationale – fausse monnaie, trafic d'or, d'argent et de pierres précieuses, proxénétisme international, fraudes et escroqueries en tout genre – seraient à terme supplantées par celles liées au divertissement (casinos, pari mutuel, jeux de hasard), aux ressources naturelles (pétrole, gaz, eau) et, dans l'inévitable triangulaire DPP – diplomatie, pouvoir, protection –, aux détournements de capitaux transférés, notamment en provenance de la France et de l'ONU.

Chapitre huit

La Grande Josette

37

Max gratte une allumette, allume la bougie. La pose sur le plancher et prend l'enveloppe. Bibi est toujours allongée à ses côtés. L'enveloppe ne contient pas de lettre, juste un petit mot et une liasse de billets.

Mythe du bac, pour ton année sabbatique, un petit million, Jojo.

Mythe du bac... Les Baumettes.

Max avait retrouvé Walter dans la cour des Baumettes. Douze mois à tuer le temps.

Walter a ri. Mythe du bac ! Je ne savais pas que les gars du Service avaient de l'humour !

Walter l'a nargué, d'emblée. La sacoche de la Belle Hélène, vé, quel coup ! Max a les mots précis, le regard brillant, l'honneur sauf. Tu ne devrais pas fricoter avec ces mecs, Max, ils ont tendance à mélanger le discours à la méthode. Je sais que c'est pas nouveau d'organiser des braquages pour financer les élections, mais là, ça dépasse les bornes.

Max n'a cure des conseils de Walter.

Entre deux coups de vent qui ont secoué ces premiers mois de 1967, Max n'a pas cherché à approcher Tany dans la cour. Lui, Tany, n'aurait même pas levé les yeux sur le Belge. Trop petit. Une mouche. L'homme fort des Canards est protégé par une armée d'affidés. Tany est fou. Dans les couloirs, il pique des colères. Hurle.

Les Corses sont morts, vive les Corses !

Les Corses n'ont cure des crises de claustrophobie du caïd.

Grâce à Walter, à Castro, Max a réussi à percer le secret. Tany est à l'ombre pour s'être cru invincible. Trois ans fermes. Hasard ou coïncidence, le beau Napolitain s'était fait serrer par les condés quelques heures avant la mise à mort d'Antoine. Pour venger le Commissaire. Brelicaté jusqu'aux dents, le Tany ! Les flics corses l'avaient mis à l'amende à leur manière, aidés par les juges. C'était quelques semaines après la mort du condé en 1965. Les Canards, Marius en tête, avaient fait jouer leurs relations politiques pour casser la procédure, des ministres au procureur. Mais l'affaire avait mal tourné. Et Tany n'en finit pas de hurler. Les Corses sont morts. Vive les Corses ! Qui oserait le mettre à l'amende, ici, dans sa prison ?

Les nouvelles sont arrivées avec le printemps. Par Castro.

La première a juste fait sourire Max. Et Walter.

Castro a jeté *Le Provençal* sur la paillasse. Hold-up fou. Quarante millions envolés en moins de deux minutes. Une garnison de légionnaires privés de primes ! Max allait pouvoir mieux vivre sous les verrous, cantiner sans compter. Jojo le Grec avait remplacé Max. Boby allait se refaire une partie de flambe. Comme prévu, Belen n'y avait pas participé, ayant suivi les yeux de velours de l'Acteur sur les plateaux de cinéma. Max avait reçu une carte postale de Pigalle. L'Acteur est formidable. Il attend ton prochain scénario. Tendrement. Belen, ta Mythe du bac.

Qui aurait pu penser à voler la paye des légionnaires ?

La seconde nouvelle a fait l'effet d'une bombe, comme jamais de mémoire de directeur. Un long silence a soudain plombé les serrures. Sauf celles des cellules de Tany et de ses hommes. Le Corse est mort, vive le Corse ! Dans l'heure, Tany a été mis au cachot par sécurité. Castro a bégayé. Il est mort. Neuf balles de 11.43. Il est tombé dans le piège. Le Corse, l'ami de tant d'hommes d'honneur, se faisait fort d'affronter les menaces. Se montrer. Pour l'honneur. Marcher sur la ligne de mire, faire trembler le doigt sur la détente. Qui oserait après le coup manqué de Tany ? Quel Napolitain aurait le courage de faire couler le sang d'un Corse de Calenzana ? Max n'a rien dit. Il a attendu deux jours, deux longues journées comme tous les autres, avant de retrouver la promenade. Et Walter.

Walter n'a pas attendu, n'a pas entendu la rumeur glisser sous les portes des Baumettes.

Walter connaît trop bien la sanglante mentalité des Napolitains, sait que les Canards ont lavé le cerveau au grand ami de Tany. Celui qui n'a peur de rien, celui qui est capable d'arrêter le moteur d'un Cessna, trois kilomètres au-dessus de la planète pour voir la peur gagner les plus coriaces, celui qui peut, à lui seul, emboucaner la planète. Pour Walter, seuls deux, il fallait être deux, l'un conduisant, l'autre tirant d'une main de fer, d'une épaule de marbre, seuls deux intimes de Tany ont pu monter une telle embuscade. Ne pas trembler. Et Walter semblait avoir raison. Dans les jours suivants, alors qu'un avion affrété par Mémé déposait le corps de son frère à Calenzana, aux pieds de la Vierge Restitude, le Tio et Gaby, l'homme de l'ombre de Tany, étaient portés absents du Skating. Tout comme le Chauve, l'inspecteur, chimiste, condé, voyou.

Dans la cour, les Corses ont porté le deuil, un foulard noir autour du cou.

Les autres, savants ignares de la bêtise, ont tout dit. Vengeance du *Combinatie*, complot des Libanais, opération commando des hommes de la CIA ayant voulu venger Kennedy, la main noire des Siciliens, et même celle de Fidel ! Dès la mort d'Antoine, les Canards, comme un seul homme, avaient fait courir le bruit pour se laver des accusations. Antoine était un indic. Il a été abattu comme un indic. Antoine a joué un double jeu, balancé des réseaux, il a été puni. Qui aurait eu le courage de le crier. Mort pour un condé. Qui ?

La sonnerie du téléphone chasse les macabres pensées de Max. La guerre résonne toujours au coin des rues de France. Allô ? Bibi le caresse du bout des lèvres. Zoby, oui, ça va, j'ai l'enveloppe. Quand ? Dans une heure ! Mais ça fait que deux jours que je suis... OK, d'accord, je viens. Avec une valise. Bibi se lève. Tu pars ? Ouais, une affaire urgente à Toulouse. Tu ne trouves pas étonnant que Zoby t'appelle aussi vite ? Max ne comprend pas tout de suite. Il doit avoir besoin de moi. Bibi l'enlace. Fais attention à toi, Max, je voudrais pas que tu. Max lui a mis la main devant la bouche. Ne t'inquiète pas. Je commence à comprendre certaines choses. Dis-toi bien que la prison, ce n'est pas si terrible que ça. On apprend beaucoup de choses, tu sais. Et puis les choses changent. Le clan des Calenzanais est en train de se disloquer. Antoine est mort, ses frères sont en cabane, et leurs hommes de confiance tournent leur veste au moindre coup de feu. Je suis dans le bon wagon, Bibi. La jeune femme fait la gueule. Elle n'a pas la force de lui dire. Ne me laisse pas sur le quai, Max. Mais le Belge n'est déjà plus qu'une odeur. Quand reviendras-tu ?

Max a posé la valise dans la malle de la Porsche. Un cadeau de Boby, volé puis maquillé. Boby lui doit la vie sauve. Sans l'intervention du Belge au bar de la Gaîté, Boby aurait été condamné à mort, à coup sûr guillotiné. La voiture de sport se gare doucement devant L'Abreuvoir. Le temps des coups d'accélérateur intempestifs, des freinages brusques ou des poursuites autour de l'Arc de triomphe va bientôt revenir. Bientôt. Prudence. Max franchit la porte du bar. Zoby lui fait signe de passer la porte de la cuisine. Max ne reconnaît personne en traversant la salle. Il serre juste la main de l'Allemand, l'homme de confiance parisien de Zoby, qui veille sur les trois parties de cartes, un œil sur la triche, l'autre sur la caisse. Max monte une dizaine de marches et retrouve le Corse dans un appartement ressemblant à un chalet des Alpes. Le bois recouvre plafond, murs, plancher.

Zoby est fier de retrouver son protégé. Tu m'as l'air en pleine forme ! Max doute. Ses poches sous les yeux sont gonflées de fatigue. Zoby tempère. Des poches de liberté, Max, de liberté. T'as de la chance d'avoir une femme comme Bibi. Max n'a pas oublié. Merci pour la cantine, un an, c'est long. Zoby le rassure. On ne remercie pas pour ces choses-là. Ce n'est pas une question de temps. Quelquefois, il vaut mieux être à l'abri que sur le front. Tu piges ? Maintenant que les Calenzanais sont décapités, va falloir prendre la relève !

Zoby a ouvert la porte de son bureau. Sur la porte, une plaque. « Zobi and Cie, Private Detective, New Orleans » comme dans les grands films noirs d'Hollywood. Un souvenir d'Amérique ! Tu vas bientôt comprendre, Max, à quoi servent les détectives ! Le Corse s'est assis derrière un bureau en bois massif, après avoir refermé la porte. Une odeur de cigare fait comme un nuage autour des lunettes du caïd. Max est nerveux, concentré. Il sait que le premier entretien après un long temps de repos ressemble à un discours d'embauche. Ferme ou provisoire. Walter l'a préparé. Le large cou de Zoby s'enfonce doucement entre les omoplates comme un amortisseur hydraulique.

Depuis un an, on s'est fait accepter par le Milieu. C'est vrai que des vieux braqueurs sont en colère car, eux, ils ont toujours respecté les ouvriers. Mais bon, je leur ai fait justement remarquer que ce n'est que de l'argent public. Ce sont surtout les syndicats qui crient au scandale, les syndicats !

Il rit, s'étrangle.

Maintenant, il faut passer à la vitesse supérieure si l'on veut ne pas se faire flinguer comme des lapins de garenne. Car, comme tu le sais, la guerre entre les Napos et les Corses va faire de la place pour de nouveaux bateaux dans le Vieux-Port. Hier, ici même, on a décidé de mettre le paquet. J'ai quelques idées dont je te parlerai plus tard.

Zoby lui lance un sachet de cent cinq grammes de poudre. Ouvre-le.

Max s'exécute. Zoby esquisse un sourire. Plonge tes doigts, tu vas voir, une surprise. Max fouille, sort du bout des doigts un cheval en plastique, pas plus gros que le pouce. Walter lui avait expliqué que les Narcotiques réalisaient des séminaires sur une qualité de poudre exceptionnelle. The White Horse. Un seul chimiste arrivait à tourner avec autant de précision, d'amour. Zoby murmure. Deux cent trente-six au point de fusion, la meilleure, les Américains se l'arrachent à prix d'or. Avec ce paquet de Horse, ils peuvent obtenir jusqu'à huit kilos à la revente. Zoby se lève, prend le cheval entre les doigts. À Marseille, c'est trop chaud. Les condés sont sur les dents depuis la disparition d'Antoine. Ils tournent autour des Canards, mais ils n'arrivent pas à trouver la faille. Ici, à Paname, on est plus tranquilles. Avec Mimi et des amis communs, on a décidé de monter notre propre filière. Le chimiste est partant. Il suffit maintenant de trouver des fonds. Mimi se porte garant d'industriels qui ne veulent rien savoir. Et puis. Zoby se rassoit. Pose le cheval sur sa main droite tendue. On va pouvoir compter sur d'autres amis, des Lyonnais et Toulonnais, et sur les Siciliens du neuvième, de bons protecteurs. Mais, pour l'heure, on a besoin de toi pour aller chercher quelques dettes.

Max reste dans le brouillard.

Qui peut bien se cacher derrière les Siciliens ? Des cousins des Américains ? Des hommes du Service ? Max ouvre la bouche mais le Corse le fait taire d'une main levée. Il a prévu la réponse. Oh, je sais que tu n'aimes pas trop les Combinards, mais quelquefois vaut mieux s'associer avec Belphégor que réciter dix fois Jésus Marie, la main dans le bénitier. Dans le métier, on ne croit pas trop aux miracles ni aux messes rituelles. Actuellement, ils offrent une protection royale et s'ils arrivent un jour au pouvoir, ce sera le jackpot !

Zoby tripote un boulier chinois. Max devine qu'il n'a jamais su compter avec des chiffres arabes. Sait-il écrire ? Le Corse a posé les coudes sur la table. Son cou oscille. Max, tu ne connais pas encore mes, enfin, toutes nos activités mais tu vois, avec Mimi, et grâce à Charlot, on a décidé de t'affranchir. Oh, rien de comparable avec les

Familles américaines, nous, on ne fait pas couler le sang ! Son rire est un rien moqueur. Il poursuit. Depuis qu'ils ont investi dans le cinéma et qu'ils ont mis le grappin sur les cachets des acteurs, ils se font aussi leurs films ! T'as bien vu le direct avec Kennedy, incroyable, et tout ça pour une connerie de Las Vegas, peut-être même des, enfin... Ici, on travaille à l'empirique. Rien de tel qu'une bonne descente dans une cave pour se faire la main. Tu verras, t'as même pas besoin de tuer le cochon pour faire du saucisson. Tu connais le brûleur ? Max fait non de la tête, les bras croisés. Au lieu de chauffer les pieds des vieilles pour savoir où elles ont planqué leurs économies dans la cheminée, tu crames les poils du nez des chefs d'entreprise pour leur demander de cracher au bassinet... Pour le Général !

Zoby passe sa langue sur sa lèvre inférieure comme pour gratter un bouton de fièvre invisible. Max a remarqué plusieurs fois cette manie. Toujours dans des accès de sadisme. Le goût de la torture, peut-être... Max n'a pas le choix. Walter l'a prévenu. On t'offre jamais le choix. Si un caïd prononce le mot, affranchi, tu n'as que deux solutions. Accepter en lui tendant la main ou te barrer à l'autre bout du monde sans jamais lui tourner le dos ! Et s'il est corse, tu te lèves. Il viendra à toi pour étreindre ta confiance. Méfie, le Belge ! Si tu poses pas une condition, il te flinguera un jour sans sommation. Une condition est toujours un signe d'honneur.

Zoby s'approche du Belge. Max ouvre les bras. L'abraccio est viril.

À une condition, Zoby. Le Corse comprend qu'il ne s'est pas trompé. Il est fier de son instinct. Si tout va bien, d'ici deux ans, il pourra créer son propre parti politique, faire la nique au Service. Devenir un homme aussi respecté que son cousin aux cartes tricolores. Être reconnu, puissant. Ne plus extorquer les clients sous la menace d'un chalumeau. Serrer la main du Général avant de le jeter dans le bain de la République. Une seule condition, Zoby.

Laquelle ?

38

Durant ces longues heures de route escarpée pour rallier Toulouse, Max a eu la chance de retrouver la trace d'Éva. Non pas dans les bavardages intempestifs de Zoby, mais dans les propos plus posés de Mimi, le tuteur de Charlot. Zoby a lancé la discussion sur le sujet pour montrer à Max qu'il était en mesure, et sur-le-champ, de répondre à sa condition. Les deux Corses ont longuement parlé dans leur idiome, et bien que Max soit en mesure de comprendre le sens de certaines phrases, il n'a pu déceler dans ce verbiage chantant la trace de la belle Éva. Zoby, assis à côté du chauffeur, s'est retourné vers la banquette arrière. Somnolant, Max a ouvert un œil sur les lunettes de Zoby. Je crois que je l'ai, ta condition ! Elle est actuellement en tournée en Belgique avec une troupe de joyeux lurons. Mimi l'a vue, il y a environ une semaine à Bruxelles. Max se relève. Quoi ? Malgré les virages serrés qui annoncent la descente du Massif central vers la plaine de la Garonne, Mimi reste impassible. Je l'ai vue comme je te vois et tu veux que je te dise ? Zoby, l'air roublard, tapote l'épaule de l'oncle. Ne lui dis pas ça, Mimi, le petit va devenir tout rouge de colère ! Mimi cherche les mots, les bons. Eh bien, à Bruxelles aussi, les chanteuses ne font pas que dans la dentelle. Max ne comprend pas le message de Mimi dont le ricanement le fait cracher par la fenêtre. Quelle dentelle ? demande Max. Et le Libanais ? Et Samy ? À l'annonce du surnom, les deux Corses perdent leur espièglerie. Mimi hésite à prendre la parole. Parler du Libanais, des Libanais en général, n'est pas très normal pour quelqu'un qui vient juste d'être affranchi des petites affaires locales. Zoby cède. Il a disparu au Proche-Orient. D'après Éva, qui a eu une fille avec lui, il aurait été kidnappé par des seigneurs de l'opium pour ne pas avoir tenu sa parole. Depuis quelques années, il n'a plus donné signe de vie. Zoby laisse volontairement planer un doute sur la disparition. Pas question, pour l'instant, de se lancer dans un long cours de géopolitique du Proche-Orient. On ne s'affranchit pas que par les mots.

Durant une cinquantaine de kilomètres, les trois passagers en restent à leur réflexion personnelle. Mimi aurait voulu expliquer à Max en quoi le récent krach de l'Intabank du Liban est lié à la disparition de Samy et comment des familles corses du Milieu, de puissants clans se sont retrouvés presque ruinés. Que la faillite de cette machine à laver a poussé les blanchisseurs, conseillés par des hommes des Familles italiennes, à investir directement dans les casinos sur la Côte, tout autour de la Méditerranée mais aussi à Londres. Et, comble d'usurier, par une famille de cinq hommes venus d'Algérie, des Séfarades en Z. Mais à quoi bon affranchir une jeune pousse de vingt et un ans sur les circuits de l'argent ? Zoby, lui, s'égare sur la façon dont il va extorquer les cent millions à son ami détective. Max, lui, tient la piste de son Éva. La savoir séparée, même tragiquement, du Libanais, mère d'une fille et toujours dans le show-biz, le comble d'espérance. Pour la conquérir, il sait qu'il va devoir passer avec brio son premier échelon d'affranchi et se faire un surnom dans la nouvelle filière. Max se rappelle le défi lancé au gros Emmett, dans la cour de l'école. Pour Éva, un général de Marseille !

Mimi gare la Ford devant le musée des Augustins. L'ami détective aime jouer le détective. Le rendez-vous a lieu sous les arcades qui cernent la cour carrée du cloître toulousain. Bové n'est pas un détective célèbre. Spécialiste des affaires de mœurs, cet ancien officier de marine a connu Mimi en Amérique du Sud. L'homme longiligne, dont la minceur évoque la silhouette du Général, a monté cette affaire de limier en empruntant à son ami corse, connu dans le Milieu pour être un usurier sévère mais néanmoins patient. Sur les centaines de prêts qu'il a pu concéder depuis son retour du Venezuela, Mimi se dit fort d'avoir toujours récupéré les gages. Sauf un. Un seul. Devant l'importance de la somme, autour de trente millions, le créancier garagiste n'avait pas eu le choix. Jusqu'à nouvel ordre, les bénéfices du garage automobile fileront dans les poches du Corse et le mécanicien basque doit se consacrer dans l'heure à toute transformation de DS en partance pour l'Amérique. Le détective, lui, a remboursé sans pénalités. Grâce à l'avance, Bové a monté sa petite entreprise, une simple façade. La nuit, il veille à ses activités occultes et, le jour, il blanchit les bénéfices. Faux clients, fausses factures, usage de faux. Un détective ne travaille-t-il pas dans le plus grand secret ? Ne bénéficie-t-il pas de l'indulgence de quelques amis en uniforme et de la protection de Mimi ? Et la carte tricolore du Service ? Bové protège quatre filles dans un salon privé, deux machines à sous dans le bar clandestin du Capitole, au cœur même de la mairie, et n'a jamais refusé de miser sur une voiture truquée en partance pour l'Espagne. Jamais plus de cinq cents grammes. Mais cette fois-ci, il sent que les deux Corses, accompagnés du jeune porte-flingue, n'ont pas fait le déplacement pour rien. Bové a soudain peur. C'est Zoby qui lui parle, sèchement. Tu as oublié, Bové ? Le détective ne comprend pas. Le message, Bové, le message ? Bové sort le télégramme de Mimi de sa poche.

Augustin passera te voir dans trois jours pour te donner l'adresse de Mireille. Salut.

Le détective a suivi les instructions. Salut veut dire à neuf heures du matin. Mireille, c'est la voiture à conduire chez le garagiste toujours endetté. Et Augustin, c'est bien sûr le musée. Bové ne comprend toujours pas. Où est la voiture ? Zoby enlève ses lunettes. Il n'y a pas de voiture, du moins, pas encore. Mimi prend le ton monacal, celui qu'il affectionne pour faire trembler les mauvais payeurs. Bové, tu sais qu'il ne faut jamais nous mener en bateau. Oh, je sais bien que la marine, ça te connaît, mais il faut que tu te rendes à l'évidence, Bové, sur ton cher canal du Midi, les péniches ne se font plus tirer par des bœufs. Bové n'a pas pu esquiver le coup de genou de Zoby. Mimi lui tire l'oreille. La prochaine fois que tu fais tes affaires d'immobilier tout seul, on te la sectionne sans sommation, vu ! Bové est plié à terre, son poing dans la bouche pour contenir sa douleur. Max lui tend la main. Allez, debout. Le détective a pourtant tout sécurisé. Il n'y a que... La salope !

Sandra !

Bové a présenté Sandra, l'un des tapins du salon, au paysan. Une collègue. Le paysan n'a pas résisté. Deux jours après, le détective a obtenu la promesse de vente des cent hectares jouxtant le futur aéroport international de Blagnac. Le plan d'extension, tenu encore secret, s'étale sur les terres du paysan. Bové a mené une longue enquête pour savoir lequel des quinze agriculteurs de la liste serait en mesure de signer sur-le-champ. Confronté à des problèmes de trésorerie, le paysan a sauté sur l'occasion... Mais Sandra a attendu trop longtemps sa part. Exaspérée, elle a doublé le détective. En avisant Mimi, elle est sûre de prendre une commission bien plus importante et de pouvoir bénéficier d'une chambre dans un hôtel parisien. Sandra adore les partouzes, le champagne et les hommes à fric. Tout le contraire de son boulot au salon !

Mimi passe les menottes à Bové. Les yeux du détective ne quittent plus les dalles polies des Augustins. Il aurait dû se douter. Maintenant, c'est trop tard. Discrètement, les quatre hommes quittent le musée. Zoby donne un billet de cent francs au guichetier. Ce dernier, employé à la mairie, est un sympathisant du Service. Il offre un clin d'œil en signe de complicité.

Le monde est petit.

Durant le court trajet, Mimi a craché par deux fois au visage de Bové. Tu sais, dans notre métier, il y a une règle, ce n'est pas la seule mais elle vaut pour toutes les autres. Il ne faut jamais doubler un associé. Pourquoi ne nous as-tu pas parlé de l'affaire de l'aéroport ? Quand je t'ai prêté l'argent pour ton business, j'ai eu confiance en toi. C'est primordial, la confiance, dans notre métier. Je suis triste, Bové, très triste.

La Ford s'arrête devant une villa d'un quartier résidentiel, à quelques cordées du canal. La villa est l'une des multiples planques des hommes de Mimi, un point stratégique avant l'Espagne, avant le Maroc ou l'Amérique. Avant le

Refuge. Max ne comprend pas très bien la stratégie des deux oncles corses. Il suffirait de casser la promesse de vente, de changer les noms ou même de constituer une société pour réunir les parts de chacun. Puis de mettre le détective à l'amende en lui reprenant les filles *ad vitam æternam*. La porte du garage s'ouvre sur un homme d'une cinquantaine d'années en pantoufles. Zoby et Mimi échangent des mots en corse avec son occupant. Max comprend qu'il attend une voiture pour fuir en Espagne. Il ne l'a jamais vu. Il ne pose pas de questions. Zoby attache Bové sur une chaise au milieu du garage. Une ampoule éclaire faiblement le béton au sol ainsi qu'un petit atelier d'ébéniste. Max reconnaît les outils du bois, repense à son père mort le lendemain du meurtre d'Antoine. Étrange coïncidence. Bové tente de parler. Sa voix est étouffée par une boule de tissu placée dans sa bouche et imbibée d'essence. L'homme aux pantoufles pose une bougie aux pieds de Bové. Le détective pleure, la gorge gonflée de vapeur de pétrole.

Mimi s'est assis sur un banc, face à lui. Dit. Ne t'inquiète pas, je ne vais pas te brûler la langue. Ce n'est pas dans notre tradition de se faire baiser par des moins que rien dans ton style mais, comme je te l'ai dit tout à l'heure, il ne faut jamais doubler des hommes de confiance. Ce que je vais te demander n'est pas facile à accepter mais, comme tu l'as compris, il serait inutile de résister.

Mimi baisse son regard sur la bougie.

Max, je crois que notre ami voudrait souffler la flamme de cette bougie. Ce n'est pas tous les jours que l'on fête nos retrouvailles, hein, Bové ?

Max approche la bougie de la bouche du détective. Un filet d'essence coule sur sa chemise blanche. Un mélange d'urine, de larmes et d'essence forme une grosse flaque. Bové tente de se débattre, de dire quelques mots mais l'assistance reste impassible. Mimi se lève soudain, prend la bougie des doigts de Max et frôle plusieurs fois le chiffon embouché. Il veut juste voir la peur, la panique dans les yeux de Bové. Son passage chez les Canards lui a appris les rudiments de toute négociation. La règle est unique. Dominer avant de discuter. Torturer si nécessaire. C'est rarement nécessaire. Après... Alors ? Mimi insiste quelques secondes mais le détective n'en peut plus. Il tombe dans les pommes. Mimi se tourne vers Max, interdit par cette initiation toulousaine. Tu vois, il faut pas grand-chose pour prendre un cabinet de détective à son compte.

Zoby bâille, regarde sa montre. L'homme aux pantoufles jette un seau d'eau sur Bové, ôte le chiffon. Bové tremble de froid, de peur. Que dois-je faire ? Zoby prend la parole. Le premier jour du mois, tu recevras un émissaire à ton cabinet. Tu lui remettras vingt pour cent du chiffre. Mot de passe : essence. Tu t'en souviendras... Chaque fois qu'un homme se présentera avec ce mot de passe, tu devras l'aider, le planquer s'il le faut. Vu tes relations à la mairie, je veux connaître tous les projets liés à l'immobilier et à l'extension des activités aéronautiques sur les communes voisines de Toulouse. Pour cela, tu vas établir un fichier des élus, mentionner ceux qui sont déjà touchés et par qui, vu ? Je veux savoir leur situation familiale, l'adresse des écoles des enfants, et surtout leurs points faibles, jeu, maîtresses, prostituées. Je te ferai passer une liste d'élus proches du Service et des contacts, des amis corses. Ils devraient t'aider à infiltrer les grandes entreprises et le milieu de la presse.

Bové tremble de froid. Il sait qu'il ne signera rien. Que tout est verbal, que tout est une question d'honneur, de parole. Bové a compris la leçon. Ne tient pas à hurler sous les coups de marteau, pieds, chevilles, genoux. Bové a horreur de la mort. Essence. Il s'en souviendra. Racket, il surveillera. Zoby, oui, il trahira. Le temps venu.

La Ford longe le canal du Midi et s'arrête devant la gare Matabiau. Mimi accompagne Max sur le quai. N'oublie pas ce que je t'ai dit, pendant le voyage. Je veux que tu me trouves une femme, intrépide, volontaire, blonde, même style que ta Belle Hélène. Charlot devrait t'aider à trouver ton bonheur sur les *ramblas*. Il te faut faire vite, Max, le temps nous est compté. On se retrouve à Toulon, comme prévu. Avec la fille. Bon voyage.

Tchao, tchao.

Max s'installe dans un wagon de première classe. Il ne porte plus de flingue. Trop dangereux quand on est interdit de séjour, quand on est surveillé, quand on franchit une frontière. Son passeport est extrait d'un lot volé dans le nord de la France, à la frontière belge. Un coup merveilleusement préparé par Charlot avec l'aide d'un jeune voyou dont la mère travaille à la préfecture. Les plus beaux coups sont souvent les plus simples à exécuter. Il suffit de trouver LA bonne personne. Être patient. Comme en prison.

Le train s'arrête à Perpignan. Son voisin de première classe, un collectionneur de statues khmères d'Angkor, lui a expliqué l'œil de Dali, la gare de Perpignan, le nombril du monde. Le collectionneur lui a donné un conseil. Le marché de l'art est en plein boom. Le collectionneur est un proche de ministre de la « Kulture », Malraux, un initié au commerce de l'art. Spéculation, mon garçon, spéculation. Et vous ? Max improvise. Il pourrait lui casser le rêve en lui donnant des précisions sur la cocaïne que prisent les grands de ce monde. Lui donner l'adresse du fournisseur. Mais il préfère s'inventer un personnage. Julien Lebon, agent immobilier. Et puis soudain, une main ferme sur l'épaule. Les policiers jettent un œil sur le passeport. Rien à signaler ? Non. Vous allez où ? Barcelone.

Sur le quai espagnol, Charlot est impatient. Il n'aime pas les yeux de ces deux hommes qui ne ressemblent pas à des flics. Charlot est impatient. Il n'a que deux jours pour mettre Max au parfum de l'ambition du groupe. La blanche filière, le Refuge. Mais avant, le prochain hold-up. Mimi a tout prévu. Un couple attend Charlot et Max dans une chambre d'hôtel, un immeuble tout en hauteur situé dans une rue perpendiculaire aux ramblas. Le vieux quartier abrite des intérêts d'anciens de la Carlingue, des collabos accueillis sans gêne par les franquistes. Le port de Barcelone est incontournable pour les voyous français, attirés par les affaires délicates, les casinos et les liens maritimes avec l'Afrique du Nord et l'Amérique du Sud. Mais le port est surtout un havre de paix pour les cavaleurs. Ils restent pourtant une proie facile pour les hommes du contre-espionnage. Charlot a refusé de devenir l'un de ces informateurs de l'ombre, d'infiltrer les commandos basques qui cherchent armes et explosifs. Charlot ne veut pas s'éparpiller. Il est pour le moment chargé de mettre en place une partie de la filière pour l'Amérique. De trouver de l'argent. Muni d'une vraie carte de chef de la brigade financière, Zoby a déjà réussi l'exploit de détourner près de cinq millions de francs. Les oncles préparent un gros coup, à terme, quatre cents kilos par trimestre via les Antilles, avec l'aide de Casta et de ses amis du bar du Gondolier. Casta a perdu Cuba mais pas l'honneur, ni la fougue du grand trafiquant. Il garde toujours l'espoir de botter les fesses de Fidel, de lui faire bouffer son cigare !

Max a droit à l'abraccio. Content de te revoir, Max, mais ne restons pas là. Charlot réussit à voler l'image d'un visage de l'ombre. Moustache épaisse, visage rond, nez pointu. Le taxi dépose les Français devant l'hotelito Carmen, calle del Robador. Rue du Voleur. Durant le trajet, Charlot a averti le Belge. Dans trois jours, tu vas refaire le coup de la Belle Hélène près de Toulon. J'ai tout préparé pour le voyage. Tu vas pas être déçu. Mais... Max anticipe. Mais quoi ? Mais je crois que Bibi ne va pas être heureuse ! Charlot lui lance un clin d'œil. Ils rient ensemble. La porte de la chambre s'ouvre sur un homme en tenue de sport et sur une femme aux cheveux blonds, presque blancs. Max évite le coup de foudre. C'est pas le moment de se déconcentrer. Charlot invite les trois hôtes à s'asseoir autour d'une table basse entourée de larges coussins. L'hôtel est petit mais Charlot n'a pas pu résister à l'occasion de louer deux chambres séparées par une seule porte. C'est Sandra qui a transformé la seconde pièce en salon. Max ne peut éviter le rapprochement. Sandra ? Il se rappelle les mots de Mimi sur le quai. Une fille comme Belen. Une inconnue ! Ah ! Les vieilles canailles, les enfoirés !

Charlot éclate de rire. T'as pas fini, Max, pas fini !

Max renvoie un large sourire à Sandra. Sandra, c'est le sosie de Michèle Morgan, les yeux noirs, pas bleus. Max est incollable sur les femmes de Gabin au cinéma et sur ses pouliches normandes. Sandra fixe Max avec insistance. Charlot présente le troisième homme. C'est ton chauffeur pour Toulon, formé à la bonne école. Clin d'œil de Charlot. Max n'aime pas ce tic. Il imagine facilement que ce jeune homme brun, apparemment fier de sa personne et de son physique athlétique, provient du sérail. L'homme brun tend la main au Belge. François Scapula. On m'appelle aussi Lebrun.

Charlot prend une valise et l'ouvre d'un coup sec. Il égrène le plan à suivre.

J'ai réussi à me procurer une grosse berline et des fafs français. Sandra et toi, Max, vous êtes M. et Mme de La Rochelle, couple d'industriels de Lyon. Voilà les passeports. Toulon est sur la route entre l'Espagne et la vallée du Rhône, c'est tout con. Lebrun, tu joues le rôle du domestique, le chauffeur de la Bentley. Tu trouveras le nécessaire pour te déguiser dans cette mallette. Vous partez demain matin, passez la frontière en début d'après-midi, à l'heure du changement des troupes à la frontière, et devriez arriver à Nîmes tard dans la soirée. Vous serez attendus dans un grand hôtel où vous passerez une nuit tranquille. Les chambres sont réservées. J'ai préféré cette option au cas où vous seriez filés. Le lendemain, vous reprendrez la route, direction Lyon. Lebrun, tu t'arranges pour entrer dans Avignon et semer les éventuels suiveurs. Adrien et Martin vous attendront devant l'église du Castellet. Les oncles ont tout prévu. Max et Sandra, vous suivrez Adrien, Bono et Martin et vous ferez peur aux passagers de l'autorail tandis que toi, Lebrun, tu resteras dans une villa près du Castellet. L'opération terminée, vous reprendrez vos habits de riches et de valet, filerez tout doux sur Lyon puis Paris. Si tout va bien, on se retrouve dans quelques mois ici même à Barcelone pour se lancer dans le grand bain. Des questions ?

39

Comment ne pas se souvenir de cette première soirée en Espagne ? Pourquoi avoir laissé Sandra dans les sales pattes de Pablo ? Pourquoi n'ai-je pas mis une balle dans le front de ce fils de pute ? Max est assis au comptoir du Chedos, un bar tenu par un homme du Canet en cavale, un ami d'enfance de Robert le Cannois. C'est une relation comme Max en compte plus d'une cinquantaine, de la frontière italienne jusqu'à Alicante. Une liste qui s'allonge tous les jours, même aux Baumettes !

Depuis le braquage de la paye des cheminots avec Sandra, Max est devenu le patron d'une équipe d'une dizaine de gars, avec la bénédiction de Zoby. L'équipe s'est spécialisée sur les braquages, non pas sur un territoire bien précis, mais sur toute l'Europe. Chaque pays, même à l'Est, possède une base logistique sur laquelle les hommes du Belge peuvent s'appuyer. Fini le temps où les minots de la Belle travaillaient pour des noyaux d'olive, pour des fourgues trop profiteurs, trop mouillés avec les flics de quartier ! Terminé les sans-grade ! Les vols à main armée sont volontairement espacés, dispersés, inédits. Adrien, Boby, Bono, Martin ou Max veillent sur une vingtaine de filles qui assurent la « caisse », le fond de roulement pour mener la grande vie et anticiper des cantines trop longues. Le métier est circulaire. La « caisse » finance la mise en place des braquages, des extorsions, des chantages. Voitures volées, faux papiers, accessoires, planques, armes, munitions, informateurs. Et protecteurs.

Mimi et Zoby sont les anges gardiens, chacun d'eux pouvant activer une sonnette d'alarme, fournir un avocat ou interpeller un magistrat. Sans compter les opportunités offertes par d'autres anges gardiens, ceux qui, comme à Marseille, comme à Paris, veulent renverser la hiérarchie du Milieu.

Sans compter les offres de commissaires pour devenir l'intouchable indicateur ou celles d'espions sans imagination. Le métier est circulaire. Le fric des braquages et compagnie finance d'autres sources de profit, de lavage, de blanchiment. Là, un container chargé de jeans, ici un bateau chargé de munitions. Hier, une extorsion à Nantes, aujourd'hui, une mise personnelle sur un, deux, trois sachets de cinq cents grammes de Blanche, demain... Les braquages, dont certains exigent deux à trois mois de préparation, sont les rares moments où le groupe se retrouve. Malgré les gamelles, les sorties à pas d'heure, malgré les filles qui craquent pour le train de vie fastueux, la solitude guette souvent le quotidien de ces hommes traqués par le temps et débandés dans l'espace.

Le plat de tapas soulève une forte odeur de *rognones a la plancha*.

Le Chedos ressemble à un large couloir de métro. Des encadrements de photographies de mai 68 sont accrochés au mur face au long comptoir chromé. Il y a maintenant six mois, le patron du Chedos a été rappelé au bon souvenir du Service pour ses talents de photographe. Seul l'initié devine que ces photographies sont des fiches de renseignements. Le profane n'y voit qu'un rêve d'étudiant détruit par des forces armées. Sur l'une d'elles, Max a reconnu Sucette en première ligne d'une manifestation, bras dessus, bras dessous avec des compagnons de route de Toulon, Paris, Marseille et surtout Lyon. Sous la photo, une légende en castillan. Amis de tous les pays, le temps de la révolution est venu. Max a retenu la phrase en castillan, langue qu'il maîtrise en balbutiant pour la conter à son ami Castro. Le gardien a dû rêver trop fort. La Révolution est un gros pétard mouillé.

Max aime retrouver ses amis du Refuge dans ce bar aux conversations bruyantes et aux belles silhouettes. Le Chedos est le rendez-vous d'étudiants rebelles au fascisme de Franco. Derrière la vitre sans tain, le patron travaille pour ses protecteurs avec un appareil japonais dernier cri. Les Basques font bégayer le dictateur. À chacun sa révolution. Le caballero tient langue à Max dans un français approximatif sabordé de catalanismes. Et Sandra, des nouvelles ? Max lance un regard lugubre en direction du serveur. Aux dernières nouvelles, elle a disparu. Max ne peut en dire plus. Le serveur ne cherche pas à en savoir davantage. Les confidences du groupe des Français sont dangereuses. Le serveur imagine le sosie de la belle actrice dans les bras d'un émir. Dommage, elle était belle.

Max attend l'arrivée de Charlot.

Depuis l'hotelito Carmen, il ne l'a revu que trois fois à Paris, Toulon et Bruxelles. Il se souvient très précisément de Sio et Alex, dit les Neveux de Marseille, croisés sur le Boulevard de Paris et à L'Abreuvoir. Des drogués du jeu, capables de dilapider la fortune d'un oncle d'Amérique en une seule nuit. Sio dit le Boxeur accompagnait Alex. Tous deux étaient montés dans l'appartement de Zoby, au-dessus de L'Abreuvoir, pour rencontrer un autre Marseillais, Zé Orsini. Charlot avait invité Max pour le présenter aux jeunes logisticiens d'un vétéran du trafic d'héroïne.

Max délaisse les rognons.

Le souvenir des rires fous de Sandra lui inflige un terrible vague à l'âme. Même si Bibi est enceinte. Même s'il a réussi à trouver l'adresse d'Éva à Paris. Mimi a fini par lui avouer qu'Éva est une relation insulaire. Son père est un Corse du continent, un lointain cousin de Mimi, par alliance. Max a bien ressenti le malaise de Mimi. Le Corse est depuis longtemps amoureux d'Éva. Max n'est pas pressé comme avant. Pour l'instant, là, assis au comptoir du Chedos, Max cherche des yeux noirs, l'odeur de cette première nuit barcelonaise, avant le braquage de l'autorail. Sa première grande nuit initiatique à la jouissance à répétition. Après le hold-up, pendant la grande fête parisienne, Max avait répété à Mimi. Je veux Sandra. Mimi n'avait pas bronché comme pour accepter le deal. Je laisse ma part du hold-up des postiers à toi et mes amis de la Belle. En échange, tu me laisses Sandra. Elle est d'accord pour bosser à Barcelone. Je lui ai trouvé une place en or dans un réseau de bourgeois. Les partouzes, elle adore ça. Alors ?

Le point d'interrogation sert toujours au marchandage.

Mimi a opiné. Mais à une condition, dix pour cent sur les gains. Mimi l'a pris dans ses bras. Abraccio. Un instant volé à la hiérarchie.

Sandra est restée les huit premiers mois de l'année 1968 dans un vaste appartement du centre de Barcelone. Intégrée dans un réseau tenu par un vieux Français, très proche de l'intelligentsia catalane, elle a connu les plus grandes orgies où de nombreux hommes influents des Pyrénées venaient s'encanailler avec les beaux voyous. Elle a par la suite fréquenté des gitans catalans, artistes pour la plupart et exilés en France, des hommes durs qui ont introduit l'héroïne dans les cercles débonnaires. Une héroïne fabriquée quelque part autour de Marseille et achetée en banlieue parisienne sud. Sud-est. Est.

Les nouvelles villes, bandes, les nouveaux camps, bandits. Une nouvelle donne, banque.

Lors de son dernier voyage à Barcelone, Max n'avait pu retenir la gifle. Sa première lourde gifle. Jamais il n'avait frappé une femme aussi fort, encore moins l'une de ses protégées. Sandra avait pleuré. Des cernes noirs cerclaient ses prunelles noires. Ses bras étaient percés de trous d'aiguille et une infâme croûte s'agrippait à son poignet gauche. Pourquoi, Sandra, pourquoi ? Sandra n'avait pu donner d'explication sérieuse. Elle mélangeait ses arguments, prétextant qu'elle ne pouvait plus assumer son standing de call-girl, jurant qu'elle était tombée dans un piège tendu par un jeune gitan. Un mélange de jalousie, d'amertume et d'abandon avait donné la force à Max de lui balancer la gifle. Max avait côtoyé pour la première fois les ravages de cette drogue. N'est-ce pas le manque qui fait la richesse des gens du Comité ? Même s'il jure l'argument commercial extraordinaire, Max reste persuadé que cette drogue sert de palliatif à la misère financière, à la dépression morale. Que seuls les faibles tombent dans le trou noir. Il a croisé des artistes parisiens, gonflés de cocaïne et d'héroïne, stimulés par leur libre arbitre. Et après ?

Max a réagi dans la minute. Il a poussé Sandra dans la Porsche, direction Gérone, bu un café dans un village des contreforts pyrénéens, pris le chemin du Refuge. Celui des voyous de tout poil. Une ferme au bout d'un chemin, une planque, un bout d'exil, un centre d'affaires, une réserve d'utiles accessoires. Escale d'une petite semaine. Sandra a fait tourner les têtes, celle de Jacques, le beau-frère de Charlot, intendant en chef du Refuge. Max a dû se fâcher plusieurs fois contre les mains baladeuses du Toulonnais. Sandra a fait trois fugues dans les collines aux vaches. Max a compris an bout d'une semaine qu'il ne pouvait pas gérer la folie du manque. Pas seul.

Contraint de retourner en Belgique pour récupérer un demi-million de dollars, Max a poussé Sandra dans la Porsche, direction Barcelone. Pas pour trouver de l'héroïne, mais pour trouver le dealer, Pablo, le jeune gitan. C'est lui qui doit payer le manque à gagner. Pablo a reçu Max et Sandra, accompagné de deux cavaleurs du Refuge, dans le quartier du cimetière. Sur la tombe des dealers. Le face-à-face a tourné au pugilat entre les trois Français et la vingtaine de gitans sortis, comme des feux follets, des mausolées blanchis à la chaux. La nuit obscure a versé le sang sur les tombes. Sandra est soudain tombée comme happée par les sirènes de la mort. Le combat s'est arrêté. Le cœur s'est soudain déchiré.

Pablo pleure Sandra. Max a le doigt sur la détente. Pablo est sombre. J'ai une dette. Tu peux compter sur moi, amigo. J'ai beaucoup d'amis en France. Tu peux me demander dans n'importe quel camp. Demande Pablo Perpi. Max a appris la leçon de Joseph le Balafré. Il vaut mieux tenir un homme avec des dettes qu'une fille par la braguette. Mais la dette n'efface jamais la douleur.

Charlot a pris Max dans ses bras. Abraccio.

Il s'efface. La porte s'ouvre sur la Grande Josette, suivie de Bono et de sa protégée, Samira. Josette ! C'est le cadeau, la tradition. Josette n'avait pas eu le choix. C'est elle, pour sa beauté nordique, son allure, que Martin et Bono avaient réussi à retourner quelques heures seulement avant que Max sorte des Baumettes. La tradition. Une fille à la sortie de prison.

Champagne ! Charlot s'amuse avec les cure-dents. Les tapas ont toujours un air de « reviens-y ». Ils m'ont trouvé sur la route, dit-il, de la veine, pour changer ! Max a payé l'addition en petites coupures de dollars tout en remarquant le manège entre Bono et Josette. Bono sait que Josette va remplacer Sandra à Barcelone. Max a décidé qu'elle ne fréquenterait pas les gitans, l'héroïne et les cercles d'affaires catalans. Josette apprécie la détermination de Max, sa franchise. Elle est si heureuse d'avoir pu quitter les gitans de Paris et leurs sales manies de frapper les femmes !

Charlot monte dans la Porsche de Max, une bouteille de champagne à la main. La DS conduite par Bono suit tranquillement la voiture de sport. Les phares jaunes défrichent les premiers virages serrés de la Sierra del Cadi.

L'horaire d'arrivée au Refuge est précis. Le jour entre midi et quatorze heures. La nuit, entre minuit et deux heures. En cas d'urgence, un signal est activé à partir d'un émetteur situé à dix kilomètres du Refuge. Le boîtier est planqué à l'intérieur d'un transformateur électrique. Les transformateurs sont des planques idéales, tellement énormes que personne n'y fait attention. Une idée lumineuse de Max. Et le Belge n'est-il pas connu pour ses bonnes idées ? Depuis le début de l'année, n'est-il pas fiché au grand banditisme, au club des cent plus grands ? C'est la bonne idée des flics, une promotion pour Max Vander. Le dernier avertissement.

Charlot se marre soudain.

Paraît que Sucette veut créer un nouveau pays sur Paris. Tu vois pas qu'un jour il soit une vedette de l'Intérieur ?

Max ne pense pas à l'avenir, préfère rester concentré sur le montage de la grande filière. Charlot a justement une bonne nouvelle. Il lit un câble de Louise, sa maîtresse parisienne, en provenance de Miami. Roger doit te téléphoner pour le cadeau de ta mère. Max sourit. Exactement ce qui est prévu. Max ne connaît pas très bien Roger Miro, l'ami d'enfance de Charlot. Il l'a rencontré quelquefois à L'Abreuvoir. Un type malin au premier coup d'œil. En moins d'un an, Miro a appris la langue de Shakespeare pour aller au contact, là-bas, en Amérique. Le veinard. Le message de Miami est clair. Roger a établi le contact avec l'Américain. Charlot est chargé de la mise en scène, de taper les trois coups. Il l'avertit. Je viens de prévenir le couple. Dans quatre jours, ils prennent le bateau à Naples. J'espère que pour notre premier envoi, ils vont pas se faire pincer ! Roger doit les recevoir à Miami, c'est lui qui va gérer l'affaire avec Louis Cirillo, le boulanger de Manhattan. Le boulanger de Genovese. Le vieil ami de Mimi.

Max ne peut rien dire. Il n'a pas pu assister à la mise en place sur Marseille, ne veut pas abuser de son interdit de séjour.

Max a une autre carte en main. Cet été, je suis tombé par hasard sur Chico le Portoricain dans un cabaret parisien. Une superbe métisse aux seins nus avait pris la place d'Éva. Je suis allé voir le patron et tu sais ce qu'il me répond ? C'est un caprice du Portoricain ! Et comme il est plein aux as... Bref, je suis allé voir le basané, fagoté d'un costume blanc aux manches trop longues. Chico respirait l'or, dents, bagues, collier. De l'or partout ! Pour qui te prends-tu, le basané ? Je lui ai dit. Il s'est levé et m'a dit. No comprendo le français. J'ai pas eu le temps de lui en mettre une. Le patron est arrivé avec une bouteille de champagne pour stopper l'ébullition. Il nous a présenté et comme on a des connaissances communes... Ce con de Chico m'a tout balancé. Devine pourquoi il était à Paname ? Charlot connaît la réponse. Mouche Max. Le Portoricain est en contact avec les associés des oncles, ceux du Gondolier, Casta, Mari, les anciens Cubains et de nouveaux Canadiens. Paul fait toujours la jonction entre les deux groupes. Depuis qu'il s'est fait plumer par les Siciliens, il a décidé d'emboucaner la planète. Peut-être, reprend Max, mais le Portoricain est prêt à recevoir des valises. Les nôtres, pas celles de M. Paul.

Les deux voitures sont arrivées un quart d'heure avant minuit. Un quart d'heure à attendre. Max a préféré garer la voiture dans une rue sombre du village espagnol situé à deux kilomètres du Refuge. Pour lutter contre le froid, le groupe s'est lancé dans une bataille de boules de neige, restes bientôt fondus d'un hiver précoce. La bataille a duré deux minutes. Des phares ont éclairé la dernière boule qui s'est écrasée au pied des hauts talons de Josette. La voiture noire a d'abord ralenti, puis a doucement accéléré au-devant du groupe. Les Français ont caché leur visage. Charlot, le col en laine remonté jusqu'au nez rougi par le froid, a pu jeter un vif coup d'œil. Deux hommes. Il a cru reconnaître le passager. Ce même visage de la gare. Charlot garde l'info pour lui. Si ce sont des flics, ils seront obligés de nous attendre sur la route. Si c'est le cas, il en avisera Max et ils rejoindront la grand-route, puis Gérone. Et s'il le faut, Toulouse. Boby est planqué dans la région toulousaine. Boby n'est jamais loin.

Le clocher a sonné douze fois. Le convoi a repris la route verglacée. Charlot guette la voiture noire mais ne réussit pas à la voir. À moins d'un kilomètre du Refuge, il demande à Max de s'arrêter. Les dernières bulles de champagne forment un trou fumant dans la neige. Toujours pas de voiture en vue. Peut-être ont-ils déjà localisé le Refuge ?

Les phares s'éteignent sur le mur décrépi du Refuge. Les volets sont fermés. Le corps de ferme est constitué de trois bâtiments en forme de U, orienté plein sud. Sur le côté gauche, une grange de vieilles pierres sert normalement de séchoir à tabac. La grange est accolée à une maison de plain-pied, où des pierres rougeâtres forment des taches inégales sur le tapis de chaux blanche. À droite, un hangar, fermé au nord par des planches de bois, abrite quatre grosses berlines. Les trois Mercedes des Lyonnais ont des plaques allemandes. La 4L des intendants marseillais est immatriculée dans les Pyrénées-Orientales, le premier département français situé à une cinquantaine de kilomètres de l'autre côté du massif. Max a toujours cette putain de mélancolie qui le reprend. Comment effacer les cris de Sandra, les coups de pied dans la porte de la chambre ?

Max attrape le bras de Josette. Les talons s'enfoncent dans la neige damée par la masse des véhicules. La porte du Refuge s'est ouverte sur une ombre chinoise. *¿ Quien es* ? Charlot ! Il crie. Qui veux-tu que ce soit à cette heure-ci ? La grande pièce centrale de la maison s'ouvre sur une cheminée de trois mètres de large. De part et d'autre, deux bancs soutiennent le silence de huit hommes bruns. Au milieu de la salle, une très longue table, vingt couverts note Bono, accueille deux parties de cartes. Huit autres gars. Pas une seule femme. Où sont les filles ?

Josette est soudain prise de panique. Seize mecs, plus mes trois acolytes, dans ce trou, non, merci ! Elle ne pense pas à mal, non, Max la protège. Elle pense plutôt à la cuisine, aux courses, à la vaisselle. Le coup d'œil panoramique l'effraie. Apparemment, l'eau n'est pas courante. Pas de coin cuisine dans la grande salle. Pas de robinet. Les bougies remplacent l'électricité. C'est la cheminée qui chauffe les dix chambres.

Jacques est heureux de retrouver des hommes de sa bande. Il en a un peu marre de se taper les Lyonnais du Borgne et les autres, un de Bordeaux, l'autre de Poitiers, celui-là de Nantes, celui-ci de Lille, et ces trois-là de Paris. Jacques, comme tous les autres, manque de perdre la tête en voyant les talons aiguilles. Max flaire l'instinct des animaux et s'empresse de prendre Josette par la taille. Les hommes chiquent la misère sexuelle. Max serre les mains. Ici tout le monde le connaît. De surnom. Club des cent. Les jolies filles, Belen, Bibi, Nicole et Josette, les braquos sur commande, des extorsions ni vu ni connu. Sa bonne entente avec Charlot et ses oncles, installés à cheval entre la Corse, la nationale 7 et la région parisienne, une entente vue du meilleur choix. Sans oublier la came, comme tout le monde.

Reste un mystère. Est-il vraiment protégé ?

La lueur des flammes lèche les visages durcis par la cavale ou la prison. Les Lyonnais sont hébergés par Charlot, en souvenir d'un service rendu en Allemagne, un braquage qui aurait pu mal tourner. Le Borgne, le patron de cette bande redoutable, n'avait pas hésité à ouvrir le feu sur un cortège de sirènes. Aujourd'hui, ils se planquent. Ceux qui sont autour du feu n'ont pas bougé, ni parlé. Jacques, l'intendant de Charlot et de Roger Miro, les locataires en chef du Refuge, fait les présentations. Que des surnoms. Moins on en sait, mieux on se porte. Les huit hommes bruns, presque de taille égale, ne retiennent que celui de Grande. Josette n'a pas l'habitude de s'épanouir dans une telle ambiance. Sur les huit lascars, six attendent le feu vert pour l'Amérique, un cargo au départ de Barcelone. Ils vont rejoindre les rangs de la filière latine, celle de Ricord et de ses indispensables associés, tel Lucien, l'ami de Tany, des Canards, et des réseaux connexes implantés à Bogota, Caracas, Porto Rico et, plus au nord, à Miami, New York ou Montréal. Emboucaner la planète. Jusqu'à ce que les veines éclatent, que les banques craquent.

Jacques est l'oreille du Refuge, l'encyclopédie des cavaleurs et des porteurs de valises. Jacques présente la Grande Bouche. Mis à l'amende par son patron nantais, incapable de rembourser la bourde, il a choisi la piste du Refuge. Le rêve américain. Dans le Milieu et partout en Europe, le Refuge est devenu l'un des plus sûrs tremplins pour les Amériques. Le Refuge, c'est l'idée de Roger et Charlot, les Jumeaux. Un lieu tranquille, pas loin du pays, pouvant offrir plusieurs services. Exil temporaire ou définitif, cache, lieu de réunion, planque. Une officine aux multiples conseils. Comme la France, l'Espagne bétonne ses côtes méditerranéennes. Un Eldorado, là, tout près... Jacques continue la ronde. Voilà, Deux-Oreilles, un escroc expert en ferraille, toutes taxes comprises. Le cinquantenaire est habillé comme un lord anglais. Durant la guerre d'Indochine, une grenade lui a percé un tympan. Je pars pour le Brésil. J'aurais préféré naviguer dans une cabine de luxe, en première, mais le destin me joue toujours des tours désagréables. Josette sourit. Elle partirait bien aussi au Brésil. Elle connaît quelques Corses qui ont pris des parts dans des casinos. De vrais gentlemen. Comme Deux-Oreilles.

Un large rayon de soleil a réveillé le couple enjoué. Après un câlin silencieux, Max est allé chercher des bûches pour relancer le foyer. La nature s'est couverte d'une fine couche de glace. Ciel bleu, vent glacial. Le Refuge est planté sur une colline arrondie par les vents des versants. Tout autour, d'autres collines tout aussi rondes, blanches. Et là, au nord, l'immense chaîne des Pyrénées. Le versant espagnol est déchiré par d'énormes aiguilles.

Un homme est venu se planter dans le décor. Salut. Salut. Max ne l'a pas remarqué à son arrivée. Je m'appelle Elliot. Sa paume est large. Il serre fort. Magnifique, n'est-ce pas ? Max l'admet. Je préfère les Alpes. Maritimes. Elliot se met à faire des exercices d'assouplissement. Les deux hommes sont dans la cour, face au hangar. La Porsche est à toi ? Elliot se frotte les mains pour chasser le froid. Disons que oui. Combien ? Deux cent quarante, en moins de quarante secondes. Comme le point de fusion. Elliot sourit. Josette a rejoint le trio. Josette. Elliot. Max présente toujours bien. Elliot doit avoir autour de trente-cinq ans. Max regarde toujours vers le haut des cimes. Josette marche sur le chemin déneigé. Max la rassure. Je te rejoins. Il se tourne vers les larges épaules. Moi, c'est Max. Max Vander. Elliot n'a jamais entendu parler de lui. Peut-être par les Lyonnais... Que fais-tu ici ? Elliot répond en toute confiance. Comme tout le monde. J'attends. Tu es attendu là-bas ? Elliot fait signe de la tête en direction du hangar. La DS. Disons que je supervise. Max comprend vite. Ce n'est pas le chauffeur. Les chauffeurs ne sont pas encore levés. C'est pour bientôt ? Max a posé la question de trop. Ce n'est pas son habitude. Elliot ne répond pas. La confiance a des limites. Si un jour t'as besoin, tu peux me trouver au bar sur les Champs. Je suppose que tu sais lequel ?

Charlot s'est approché de Max. Elliot a croisé Charlot sans sourciller. Charlot est furieux. Le signal de la radio vient d'être activé. Une urgence ? Qui peut bien arriver à onze heures du matin ? Jacques distribue des armes aux hommes qui sortent de la ferme, et leur donne un emplacement à chacun. C'est la précaution habituelle quand une DS se trouve sous le hangar. Le Refuge est depuis peu surveillé par une équipe de Bordelais. On les soupçonne de s'être spécialisés sur le vol des DS chargées, avec la complicité de douaniers trop gourmands. Derrière les Bordelais, il y aurait un clan corse d'Ajaccio, les Calonna, connus pour avoir des relais à Rio et qui ont été lésés sur un transport de cent kilos. Une embrouille de plus entre ceux d'Ajaccio et de Bastia. Max interroge. Pourquoi ils signalent leur approche en urgence ? Charlot revoit l'ombre de la filature, le type à la gare, la voiture. Il doit y avoir un problème.

Dix minutes plus tard, une DS pointe son nez arrondi, suivie d'une voiture d'escorte. Jacques a reconnu les visages. Faites passer le mot. Tout va bien, ce sont des Marseillais. Max s'est approché, a reconnu le chauffeur de la DS. Un homme de main des Napolitains. Il mate Charlot d'un œil sévère. Charlot se sent tout à coup gêné. Il faut que je t'explique, Max. Ton explication a intérêt à être claire, Charlot. Écoute, Max, c'est un malentendu. Un malentendu ? Tu te fous de moi ? Depuis quand les Canards utilisent le Refuge ? La décision a été prise par nos amis du Gondolier. C'est Mimi qui a reçu l'ordre. On n'a pas le choix. De toute façon, pour la came, il n'y a pas de guerre. Tu parles ! T'es pas au courant, Charlot, de tous les cadavres qui tombent dans les carrières ? Ils veulent notre peau ou quoi ? Max est furieux. Jette son fusil à terre. Si L'Artistic apprend qu'on partage des sous avec Le Skating, on est morts ! Charlot tente de le rassurer. Max, arrête tes conneries, et qu'est-ce que t'y comprends, toi, à la guerre ? C'est ton problème ? Non, bon. Tu pourras toujours en parler avec Zoby et Mimi, ou avec ceux du Picpus. Tu sais, dans cette histoire, nous ne sommes que des soldats. Charlot ouvre à nouveau la bouche mais se retient. Depuis qu'il est inscrit au Club des cent, depuis que Zoby l'a pris sous son aile, Max parle trop. Trop fort.

Il ne faut pas se croire maître de sa destinée.

Les jeunes Napolitains se font allumer des clopes par Josette. Max range ses poings. Regarde sa montre. Dans deux heures, il doit être en Andorre pour récupérer Adrien. On en reparlera dans trois jours, Charlot. J'ai quelques trucs à mettre en place à Barcelone. Max va chercher Josette au milieu des yeux enflammés, et la pousse sans ménagement dans la Porsche. La voiture de sport s'engouffre en dérapant dans le chemin et disparaît sous les aiguilles des Pyrénées. Mes affaires ! Josette est au bord des larmes. Crie. Mes affaires ! Max loupe sa gifle, manque de peu l'embardée. Ta gueule ! On t'attend à Barcelone.

La neige a lentement fondu sous la pluie fine. Les collines ont retrouvé une verdure éclatante qui tranche avec le gris bas de plafond. Les aiguilles sont invisibles. Josette s'est installée dans un appartement, à deux pas des ramblas. Elle partage la place avec Samira, la belle de Bono, sur l'une des meilleures artères de la cité catalane. Max l'a prévenue. Pas de came. Pas de gitans. Pas d'embrouilles. Si t'as un problème, tu vas voir le serveur du Chedos, celui de l'autre soir. Max a vite adopté la technique du beau voyou. Dans chaque ville jugée importante pour ses affaires, les pourboires payent des informations. Les voyous boivent trop, calment leur trop-plein de solitude avec des confidences. Et pour s'acheter une oreille, placée au bon endroit, Max sait être généreux. Une Porsche ! Adrien, qui est assis sur le siège-baquet de la sportive de Max, ne peut le croire. T'as filé une Porsche à un serveur ? Max rigole. Adrien s'est fait prendre au piège. Tu crois que j'achète des bagnoles ?

Max enfile les virages, pied au plancher. Les dérapages sont contrôlés par une main ferme. Adrien apprécie le coup d'œil du pilote, les trajectoires glissées au millimètre. Max sait qu'Adrien n'a peur de rien. Avant de traîner ces guêtres de proxénète avec la bande de la Belle, il avait fait ses classes de braqueur avec des Lyonnais dirigés par le Borgne. Celui du Refuge. Adrien l'avait quitté, écœuré. Je te jure, Max, voler des gens, ça me pose pas de problèmes, mais manquer de se faire prendre par les condés en train de violer les banquières, ça, non, c'est pas mon style.

Adrien est venu en Espagne pour discuter d'un coup extraordinaire. Le problème, c'est l'informateur. Il veut vingt pour cent et refuse de marchander. Max contrebraque. T'as pensé à le faire disparaître ? Adrien n'est pas si stupide. Tu ferais liquider un ancien ministre, toi ?

La Porsche se gare sous le hangar. Il est midi et demi. Les DS ont disparu. Un coupé Maserati trône aux côtés d'une seule Mercedes des Lyonnais et de la 4L des intendants. Le ciel gris-blanc laisse tomber des flocons tourbillonnants. Charlot est sur le pas de la porte. Rentrez vite, la soupe est encore chaude. Et Josette ? Quoi, Josette ? Max est resté devant l'entrée, dos au chemin. Charlot lui fait face, dos à la porte. T'aurais pu nous l'amener. Max le taquine. Toujours aussi obsédé. Soudain, Charlot pose les mains sur sa tête. Murmure. De la visite. Max ne comprend pas. Arrête de faire le con. Je te dis que j'ai laissé Josette à Barcelone. Charlot ne bouge plus, comme hypnotisé. Parle à nouveau, les lèvres cousues d'un fil invisible. Pas Josette, non. Pire.

40 bis

Urgent Télex Interpol

Avisons SRPJ Marseille de l'opération suivante :

Nous, Garde civile espagnole, avons procédé à l'arrestation de malfaiteurs français au lieu-dit Le Refuge, près de la ville de Gérone. Parmi eux se trouvent Max Vander et son partenaire Adrien X, soupçonnés d'avoir pu participer au HU de l'autorail. Un stock d'armes et des passeports vierges ont été découverts. Dans un temps voisin, les maîtresses respectives des deux Français étaient interpellées à Barcelone. Des renseignements nous ont permis de localiser un autre refuge à Barcelone. Durant cette opération, deux policiers de la Garde ont été grièvement blessés. L'un des individus a été tué. Cependant le chef de la bande de malfaiteurs lyonnais, surnommé « le Borgne », a pris la fuite. Rappelons qu'Adrien X a longtemps fait partie de cette bande. Un autre malfaiteur de Toulon, Roger Miro, l'aurait amené au Refuge en attente d'un départ prochain pour l'Amérique. Enfin, de nombreuses voitures de luxe venant de France ont été remarquées devant Le Refuge. D'autres personnes ont effectué des séjours importants, comme le prénommé Colin, recherché pour avoir perpétré un meurtre à Barcelone, Boby X et Bono X, tous amis de Max Vander. Demandons assistance juge instruction suite commission rogatoire. Urgent.

Chapitre neuf

Rambo

41

Rambo n'a jamais voulu le croire.

Comment ai-je pu être manipulé avec autant de subtilité, moi, le seul homme de tous ces réseaux qui manie la plume avec autant d'imagination ? Aucun stratège n'est plus fort que moi. Personne n'a jamais pu m'égaler sur le papier. Personne.

Rambo a toujours voulu écrire des romans policiers. Son rêve, son dada. À la fin des années 1950, il a proposé plusieurs manuscrits à des maisons d'édition. Des grandes, des grandes ou rien. Depuis l'école primaire, Rambo a le vertige de la célébrité, du show-biz à la mode américaine. Il a toujours rêvé de monter les marches de Cannes. Il a toujours pensé que ses manuscrits feraient d'excellents scénarios pour le cinéma d'Hollywood. Il s'est toujours vu dans cette grande villa, isolée sur la montagne du Luberon, le stylo à la main, la vue sur la Méditerranée, au loin, comme un trait bleu, une source d'inspiration. Personne ne peut l'égaler sur le papier. Personne. Il en est persuadé. Mais dans cette prison américaine, à quelques jours de sa nouvelle vie, il jette ses lignes à la corbeille. Le papier, c'est de la théorie. Dans la réalité, les lignes ne suivent pas toujours les lois de l'esprit. Et jamais il n'aurait pu écrire un tel scénario. Jamais.

Depuis ce jour de 1969, où il s'est fait interpeller les

mains dans la poudre, il parle, ne veut plus entendre parler d'écrire. Il balance aux agents du Bureau des narcotiques, reconstitue les organigrammes, nargue le policier français invité au grand déballage. Mais Rambo ne dit pas tout. Il a finement compris que le flic français négligeait des propos brûlants, tournant autour des mêmes laboratoires comme une aiguille autour d'une veine dégarnie. L'inspecteur a des ordres. Ne pas blesser les hommes de Sperlonga. Sait aussi que Rambo a reçu des instructions de son avocat.

Rambo, si tu parles une seule fois de Marcel, tu es un homme mort. Si tu accomplis ta tâche jusqu'au bout, tu auras non seulement la vie sauve mais nous t'aiderons à publier tes mémoires. Nos amis ont besoin de tes mémoires pour justifier leur politique de répression. Les lois vont bientôt changer, chez nous. Ne te trompe surtout pas de noms car d'autres personnes pourraient souffrir de ta clairvoyance.

Clairvoyance. Le mot a fait sourire Rambo, mais pas le message de l'avocat. Il pense surtout à sa fille même s'il la sait protégée par une équipe de Bastiais. Dans le Milieu, l'une des règles d'or est de ne jamais toucher aux femmes. Le moins possible. Mais cela n'empêche pas Rambo, si loin de la France, de broyer du doute. Ils sont capables de tout.

La nuit, Rambo doute de tout. De ce qu'il tente d'inventer, de déconstruire, de reconstruire, de démêler, d'assembler. De ce qui pourrait porter à confusion dans ses propos de repenti. Bien sûr, il peut toujours revenir sur un point précis, reconstituer, à partir des divers organigrammes qui s'entrecroisent à foison sous le contrôle des Corses et des Napolitains. Rambo ne peut pas faire ça à sa fille. Il doit aller jusqu'au bout de cette machinerie, reconnaître qu'il n'est qu'un pion de l'échiquier, mélanger les vérités.

À quelques semaines de sa nouvelle vie, de son futur visage, il ne peut éviter de réfléchir à sa vérité. S'il osait déclamer la vérité, sa vérité, il pourrait défaire tout un monde, mettre la planète à feu et à sang, renverser des régimes, même les plus forts. Surtout les plus forts.

Les Fédéraux ont peur de Rambo et, comme le flic français, ne cherchent pas à tout savoir. Rambo a une peur bleue de la mort. Il dit bleue car il pense à la couleur du canon, froide, œil lisse.

Le message des Fédéraux est clair. Tu en dis trop, t'es un homme mort. Même message que celui de l'avocat.

Rambo a choisi le verbe repentir pour échapper au contrat, à la mort. Il a choisi de vivre. Entre les interrogatoires, la nuit, il anticipe les questions, les pièges, les témoignages. Il mélange des noms avec des surnoms et gonfle sa veine d'écrivain pour fabriquer le merveilleux scénario. Prépare sa nouvelle carrière, ici, aux États-Unis. Rambo brode son canevas, lance des messages entre les lignes, doit se souvenir. Nos amis ont besoin de tes mémoires pour justifier leur politique de répression. Rambo doit d'abord régler quelques comptes personnels. Chacun s'y retrouvera. Il ne se fait pas de soucis pour que ses amis lui trouve une grande maison d'édition. L'édition, c'est le même univers que la presse. Un canal de diffusion d'information, de propagande, l'abrutissement des masses. Il peut, il va le prouver.

La nuit, Rambo pense aussi à sa dette. L'avocat a été clair. Tu nous dois cent kilos de came pure, un manque à gagner de cinq millions de francs. Pour le moment, on saisit ton compte, vingt kilos de pure et ta prime de vingt mille dollars. Avant de s'occuper de ta fille.

L'immersion en eaux troubles a duré une dizaine d'années.

Rambo n'est plus allé vendre ses livres d'occasion sur les marchés d'Aix, de Salon ou de Carpentras. Il a tout donné à l'abbé Pierre. Rambo est écrivain. Pas libraire d'occasion. Il sait écrire, d'autres non. L'heure de découvrir l'envers des intrigues policières a sonné. Il le sait, le sent, le provoque. Il traîne dans les bars et les cocktails mondains, y découvre les futurs personnages de son œuvre. Le jour, il écoute, la nuit, il intrigue entre virées dans des boîtes aixoises et insomnies. Il côtoie les beaux voyous, croise le Tio, Tany et Gaby, les inséparables Napolitains, et d'autres personnages, visibles, invisibles du Mitan marseillais. Rambo est écrivain mais personne ne le publie. Alors il tente le Diable, accepte des extras qui n'ont rien à voir avec le boulot de limonadier ou de gigolo. Conduit une voiture d'une ville à une autre, d'abord en France puis très vite en Europe. Dix fois, vingt fois. Rambo est un modèle pour les recruteurs. Il parle plusieurs langues, porte beau et peut mener n'importe quel homme d'affaires à la ruine. Rambo est un escroc, aussi à l'aise en costume de ministre qu'en salopette de plâtrier. Pour les recruteurs du Milieu, Rambo a des qualités exceptionnelles pour faire le grand saut, franchir l'Atlantique, ouvrir une ligne. Aller au contact. Tamponner.

Tu t'imagines, Rambo, tout ce que tu vas vivre ! Tout ce que tu vas pouvoir écrire !

Rambo se voit déjà dans la villa du Luberon, le bureau au milieu de sa bibliothèque aux mille livres. Rambo n'aime pas l'idée de mourir mais il ne peut expliquer le fait que la peur lui soit si peu familière. Rambo a besoin d'adrénaline mais pas de celle du stress, non, pas de celle du stress. Rambo découvre vite que les gangsters, ceux qui doivent imposer, se montrer, être au contact pour négocier, ceux qui ne peuvent éviter la prison, ceux qui flambent dans les soirées mondaines, dans les casinos, ceux qui baisent les plus belles actrices, qui raillent la fatalité, ces gangsters-là, oui, sont aussi des marionnettes. Ils font abstraction de la pitié, sont juges et parties, « papes » d'occasion. Ils ont un féroce appétit de pouvoir, se font accompagner des meilleurs spécialistes, exhibent de grands prédateurs au nez de leurs concurrents. Ils font la guerre pour un sourire de trop. Ils sont sur les nerfs, le qui-vive, le quai de la mort. Mais ces beaux voyous-là ne sont que des marionnettes.

Dans sa prison américaine, la poubelle déborde. L'organigramme est une pyramide. Sur la pointe, Rambo a dessiné un camembert découpé en quatre parties égales. Rambo hésite à écrire les noms, retient sa vérité. Dessine le golfe Persique, la côte des Pirates, imagine la Finance, l'homme de l'ombre du Général, en train de s'envoyer les blondes scandinaves du harem de Sharjah, des cageots à bananes remplis de millions de dollars. Rambo peut faire sauter la Cinquième République. Ils le savent.

42

Tayet est un play-boy, un vrai, yeux bleus, sourire carnassier, haute taille sur larges épaules. Comme Max, c'est un enfant de la Belle-de-Mai. Tayet fréquente les clubs parisiens, sexy à souhait, où le show-biz se retrouve pour briller. À trente-cinq ans, Tayet n'a pas encore trouvé de rôle, ni premier, ni second. Personne ne veut de ce gabarit qui ressemble tant à celui du Pistachier, le protégé du Tio. L'Acteur déteste les doublures, ceux qui jouent le double jeu, baisent ses femmes. Les amis de Tayet ne sont pas les amis de l'Acteur. L'Acteur a beaucoup d'amis. Boxeurs, jockeys, patrons de Cercle, producteurs du show-biz, diplomates, hauts fonctionnaires, flics. Un carnet d'adresses à faire pâlir n'importe quel beau voyou. Tayet a mis longtemps à comprendre. C'est devenu une obsession. Combien de temps vais-je continuer à chanter des conneries dans des cabarets à deux balles ? Tayet est chanteur. Pas connu, non, à part une chansonnette passée sur les ondes comme une étoile filante.

Grâce à Éva, sa grande copine du show-biz. Il l'a connue dans un bar en Corse du temps du Libanais. Éva avait craqué sur les yeux bleus. Pour continuer à le toucher, le fouetter, elle a aidé Tayet à devenir l'une de ces comètes de la radio, le temps d'une saison, l'air d'une chanson.

Éva est impatiente, charme à tout-va, jette les hommes comme elle achète des bijoux place Vendôme. Elle les fait mariner comme des sardines. Tayet lui a parlé du Belge. Il paraît qu'il attend que tu fasses la moitié du chemin. Éva lui a donné une gifle. Tayet n'a pas compris. Elle lui a juste répliqué, l'air faussement insensible. Il peut toujours attendre. Une artiste se fait toujours attendre.

Elle a pensé. Si tu savais, Tayet, si tu savais.

Éva connaît les producteurs. Cinéma, télévision, radio. Le triumvirat de la planète blanche. Héroïne, blanchiment, aliénation. Le triumvirat adore consommer de la cocaïne dans des vases de cristal, c'est toujours plus chic que l'héroïne. La Blanche, c'est pour les *has been*. Éva a tout géré. Elle a fait écrire une chanson à Guy, un professionnel. Guy a monté un tour de table. Un producteur, un distributeur, une radio. Le professionnel de la chanson a un cousin, énarque, qui cumule les trois postes. Il est au conseil d'administration des trois sociétés. Les parents du cousin ont été accueillis par le Tio sur le port de Marseille. Choyés, protégés, placés. Le Tio a introduit le cousin. Échange de services. Le cousin gère les plus gros contrats du monde merveilleux de la chanson. Il dit. La chanson est nécessaire. Elle fait rêver les pauvres cons. Comme la loterie. Bain de pieds démocratique. Sens aristocratique de l'arrogance.

Comme le cousin, Guy préfère les chasses en Sologne aux plateaux de télévision. Depuis que son animateur préféré est tombé à New York sur les Fédéraux avec cinquante kilos dans ses bagages, Guy déteste la chaleur des plateaux. Mais Guy ne désespère pas. L'animateur est bavard. Comme son ami Rambo. Il s'en sortira. Vite. Guy n'a pas fait signer un contrat à Tayet. Il lui a ouvert la braguette. Il ne touchera pas de droits. C'est comme ça, pour une comète. Le professionnel est cruel. Si tu plais aux producteurs de la télévision, alors, on te fera signer un contrat. Éva a rassuré Tayet. C'est comme ça dans ce métier, il faut savoir attendre.

En refermant la porte capitonnée du bureau de Guy, Tayet a aperçu l'une de ses amies de bringue parisienne, fidèle de L'Abreuvoir. Habituellement, Louise attend dans le couloir d'un hôtel de Montmartre. Elle fait circuler le bruit qu'elle est une protégée d'un commissaire de la Mondaine. Tayet sait que Zoby a une fausse carte de commissaire. Tayet sait beaucoup de choses. Louise travaille à domicile et prend des cours de chant. Elle est la maîtresse de Charlot. Et d'autres aussi mais seulement pour leur voler des informations.

Que vient-elle faire chez Guy, l'exubérant homosexuel de la chansonnette ?

Tayet rêve déjà d'une autre chapelle. Dans cet univers de paillettes, tout est cloisonné pour les sans-grade. Tayet veut devenir producteur et chanteur. Rambo lui a soufflé l'idée. Tayet est souvent à court d'idées. Rambo, son ami, possède l'art de l'imagination. C'est Marro, l'ami de Casta du Gondolier, qui les a fait se rencontrer. Et grâce à Éva, Tayet est devenu imprésario. La chansonnette écrite par Guy fut un pétard mouillé. Le professionnel de la chanson a été vexé. Il a proposé à Tayet de prendre la place de Becker, imprésario. Tu verras, on apprend vite. C'est mieux pour toi.

Tayet a travaillé un mois. L'imprésario est revenu, voyage annulé, un problème de visa pour les États-Unis, une dette sur les bras. Tayet est resté un mois avec Becker. Devant Guy, Becker et Tayet ont fait semblant de ne pas se connaître. En aparté, Becker lui a demandé. Tu as des nouvelles de Claire ? Claire va pas mal, merci pour elle. Toujours à Montréal ? Ouais, toujours à Montréal. Elle voit toujours autant de monde. Sourires complices. Becker insiste. Tu n'as pas encore vendu tes parts du cabaret ? Tayet éclate de rire. Il me faudrait vendre Claire avec !

Becker n'est pas contre. Il connaît bien Claire. Claire, la belle Bastiaise, gère le cabaret Chez Claire et protège quelques belles à l'accent provençal. Sucette n'a jamais pu séduire Claire du temps de ses escapades canadiennes. Les parts du cabaret changent de mains tous les six mois. Tayet et Becker en sont les nouveaux heureux élus, comme une noria d'autres élus, comme des lettres sur des boîtes. Les imprésarios sont des intermédiaires, c'est bien connu. C'est le terme employé par les juges d'instruction. *Intermédiaires sur le sol américain*. Comme l'animateur de télé, comme Rambo, comme Tayet ou Becker. Comme une dizaine d'autres personnages qui traînent leurs belles gueules d'artistes, vraies ou postiches, dans les aéroports du monde entier. Les tournées des artistes, des grands, des stars, sont internationales. Afrique, Amérique et depuis peu Asie. Comme les tournées des hommes du Milieu, internationales. Et le même objectif. Emboucaner la planète.

Rambo est sorti une première fois de prison en 1961, à la suite d'une escroquerie dans une librairie. Une chance, la prison, comme souvent.

À Fresnes, il a partagé la cellule avec Nom-de-Dieu, un vieux briscard qui ne cesse de pester contre les juges. Et les curés. Nom-de-Dieu est un opportuniste qui a décidé de n'appartenir à aucune équipe. En réalité, ce titi parisien travaille souvent pour une équipe soudée de Marseillais, des hommes spécialisés dans l'attaque de voitures et fourgons blindés. Blouses grises. Décimée en partie par un commissaire breton débarqué à Marseille, l'équipe des Blouses s'est éparpillée dans les bars du boulevard de Paris pour multiplier les chargements pour l'Amérique. En parallèle, l'équipe fournit des hommes à la mairie de Marseille pour tirer les oreilles des mauvais payeurs et coller les affiches.

Nom-de-Dieu, lui, n'a pas eu cette chance. Pendant que ses comparses négociaient des tableaux de maître à un receleur d'Anvers, il s'est fait prendre à la douane avec un calibre. Deux ans sans sursis. Rambo a promis de l'aider à la sortie. Donnant, donnant. Nom-de-Dieu le présente à un autre détenu, le Baron. Rambo tombe sur un as du vol à main armée, proche des hommes du Service. Le frère du Baron vient d'être inculpé dans une escroquerie sur prêts d'hypothèques. Par défaut. Comme Zoby et Labbé, le trafiquant d'armes, laissés aussi par défaut dans la nature. Rambo les a déjà rencontrés mais ne dit rien au Baron. Tout s'apprend.

Rambo apprend vite que le Baron est impliqué dans des trafics d'armes avec l'Afrique et que ses plus proches amis ont investi dans le cinéma. Le matériel d'enregistrement est souvent réquisitionné pour des séances privées, secrètes, pour monter des dossiers. Chantage, pression, extorsion. Les amis du Baron sont des racketteurs hors pair, les films en main, les brûleurs dans l'autre, mais ils se font plumer par le Service. Trop de fibre patriotique. Rambo se lie au Baron. Le Baron lui promet de proposer ses manuscrits à ses amis du triumvirat. Donnant, donnant.

Après Fresnes, Rambo retrouve le Baron à Sao Paulo. Ils croisent des dizaines d'hommes en cavale, tous intégrés dans la filière de Ricord dont des connaissances qui rendent service au Contre-Espionnage. Le Baron offre la gérance d'un salon de thé à Rambo. L'écrivain refuse de vivre à Rio. Rambo n'est ni libraire, ni vendeur d'épices. De retour à Sao Paulo, il tombe sur une vieille connaissance marseillaise. Doudou est proche des équipes du Boulevard, de Nom-de-Dieu et d'agents de change parisiens. Doudou se confie vite. Il a peur, très peur. Il doit repartir aux États-Unis mais il se sait surveillé par le Bureau des narcotiques. Il l'apostrophe. Rambo, tu n'es jamais allé aux States ? Non, pourquoi ? Tu aimes toujours écrire des romans ? Ouais. Très bien, va faire une photo d'identité. Dans une semaine, tu pars pour Mexico, puis Miami.

Rambo devient Lucas Darlo, un collaborateur de l'ambassade de France, doté d'un passeport diplomatique. À Mexico, il est pris en charge par un autre Français, l'un des bras droits d'Agosti, tous deux associés à M. Paul. L'homme demande des nouvelles de Mimi. Rambo le rassure. Il va bien. Toujours à l'heure. Les deux hommes rigolent. Rambo s'envole pour Miami. L'homme de Mexico lui a remis un bracelet aztèque. Le contact a le même bracelet.

Il t'attend entre dix heures et onze heures au bar Barcelona. S'il n'est pas là le premier jour, tu reviens les jours suivants à la même heure. Si dans une semaine il n'est pas là, tu rentres, vu ?

C'est la procédure. Un créneau horaire, un rendez-vous dans un endroit chic sans flics et un signe de reconnaissance. Rambo découvre enfin Miami. Les Cubaines s'arrachent vite la plume virile de l'écrivain, mais Rambo doit écrire une autre histoire.

Le contact ressemble à la description du Mexicain. Il est accoudé au zinc du Barcelona. Même bracelet. Rambo ne sait toujours pas pourquoi Doudou a peur, pourquoi c'est lui, Rambo, qui va au contact. Rambo s'assoit sur le premier tabouret. L'homme remarque le bracelet. L'homme met une casquette. Rambo lève les mains, encerclé par une douzaine de Fédéraux. Les Cubaines les insultent. *Hijos de puta.* Rambo ne peut même pas mentir. Il est suivi depuis Sao Paulo. Incroyable ! Il comprend la réticence de Doudou. Rambo s'est fait piéger. Les Fédéraux ont un objectif.

Tu connais Zé ? Rambo le connaît de nom. Il dit. De nom. Je connais mieux les Neveux. L'agent du Bureau des narcotiques fait partie de cette nouvelle génération de policiers qui ont décidé de briser les reins des trafiquants français. Le chewing-gum sert de minuteur. Il répond. Avec votre manie des surnoms, c'est difficile de s'y retrouver. Tu veux parler de Roger et Charlot ? Rambo décline l'invitation à parler des Jumeaux. Non, dit-il, si vous connaissez Zé, vous connaissez les Neveux.

Mike ne sourit pas. Il est tombé sur un vicieux, exactement son style. Rambo, écoute. Je m'appelle Mike. Il y a quelques années, j'étais à Cuba. J'ai livré M. Paul et d'autres au service de l'Immigration. Rambo s'en fout. Je ne connais pas les Cubains, pas personnellement. Mike s'assoit sur le bureau, prend une liste de noms et reconstitue les organigrammes. Deux cents noms, Rambo, du monde entier, tous dans la Blanche. L'écrivain est soudain pris de vertige. Je ne connais personne. T'es sûr ? Mike prend une série de clichés. Nous avons des informateurs en France. Chaque fois que tu loues une voiture à l'aéroport de Marseille, clic, le petit oiseau ! Rambo se prend la tête à deux mains. Tout ça n'existe pas, c'est du roman, vous avez tout inventé, *fuck you*, Mike !

L'Irlandais reste calme. Il reprend les photos. Sort un autre cliché. Ils sont chargés de recruter des hommes comme toi, l'écrivain, des hommes qui ont de l'ambition, des hommes qui sont astucieux, malins. Des intermédiaires qu'ils sacrifient un jour ou l'autre. On appelle ça du *turn-*

over chez nous. Rambo pense à l'animateur de télé, à Tayet, à Becker, à Doudou. Ce qui nous intéresse, ce sont justement les contacts que vous, les Frenchies, avez ici aux États-Unis, à Miami, à New York ou à Las Vegas. Je veux Zé, ici, sur le territoire américain pour qu'il prenne trente ans.

Rambo voit déjà les personnages dans son prochain polar. Mike marque son impatience. Les bulles de chewing-gum narguent le silence de Rambo. L'écrivain comprend vite. Doudou est bien sûr dans le coup. Il a été approché par le Bureau. C'est un recruteur du Bureau et le correspondant de Zé ! Rambo devient soudain blanc. Une photo montre Marcel en compagnie de trois Libanais (les noms sont inscrits en légende). Les grosses berlines sont immatriculées en Suisse. Mike ne cache pas ses ambitions. Celui-là, je vais bientôt me le faire, mais je veux me le faire ici à Miami. Celui-là, chaise électrique ! L'Irlandais hurle dans l'oreille droite de Rambo. *Fuck you* ! Rambo a compris. Il n'a pas le choix. Mike sort la photo. La dernière. Rambo tient sa fille dans ses bras. Il n'a pas le choix. Elle ou toi. C'est quoi le deal ?

Rambo retrouve le Baron à Sao Paulo. Tremble. Le contact n'est jamais venu. Rambo a un message de Mike pour Doudou. On doit partir ensemble sur Paris. Doudou est embêté, mais pas pour Rambo, pas pour le piège qu'il lui a tendu. Non. Il vient d'être contacté par un puissant clan d'Ajaccio, un village pas loin, le village de ceux qui, comme les Venturini et Marcel, ont gagné la guerre du *Combinatie*. Les Calonna ont récupéré le chimiste au cheval en plastique. Deux cents kilos, pureté exceptionnelle. Que faire ?

Rambo et Doudou s'envolent pour Paris, via Madrid. Les deux *undercovers* français reprennent langue avec des proches de Zé. Ils savent que par lui ils peuvent approcher directement Marcel, même si les deux ne sont pas les meilleurs amis du monde. Toujours l'orgueil. Certains disent même qu'ils s'accusent mutuellement de se voler des voitures truquées. Une rengaine chez les Corses. Tu me la rends quand, la voiture ? Rambo pique des crises de panique. Il ne se sent pas à la hauteur pour faire tomber Zé. L'homme, sa famille, son clan, ils sont trop importants. Depuis l'épisode de Miami, il n'a plus d'inspiration. La réalité dépasse la fiction. Il ne lui reste plus qu'une solution. La prison. Rambo a peur des représailles en France. À Miami, Mike a prévenu Rambo. Cela peut durer des années. Cela ne peut jamais arriver.

Dans les mois qui suivent, Doudou tombe dans l'affaire du frigo de l'armée américaine, près de cent kilos avec en ligne de mire Marcel et son frère Philou. Doudou a balancé les contacts à Miami et les grands patrons français. Doudou est le correspondant de Zé, pas de Marcel. Depuis les morts du Commissaire et d'Antoine, Zé et le Grand Marcel se livrent une guerre sourde, sournoise, à qui battra des records.

Après l'arrestation de Doudou, dont le double jeu avait été découvert par les trafiquants français, Rambo a pris peur. Peur des voyous, peur d'être réveillé par Mike. Toujours peur de la mort. Il a préféré retourner en prison, en France, faire une pause, réfléchir. Il connaît tous les organigrammes, il est capable d'embrouiller Mike, de lui voler son contrat. Sur un coup de tête, il se jette sur des flics, brise son interdit de séjour dans le Val-de-Marne. Trente mois sans sursis. Mais Rambo n'aime pas les coïncidences. Il sort un mois avant l'assassinat d'Antoine. Lui aussi aurait travaillé pour la CIA.

À Miami, Mike l'avait prévenu. Si tu entends parler d'un contrat sur mon ami Kennedy, tu me contactes par la procédure d'urgence. OK ? Dans les apéros, les gamelles, à Marseille, Lyon ou Paris, Rambo a entendu parler des principaux acheteurs des réseaux français. Familles de New York, de Boston. Et les possibles commanditaires du contrat manichéen. Santo Trafficante à Miami. Marcello à Las Vegas. Rambo avait conclu à la parano clanique de Mike l'Irlandais. Rambo en avait profité pour se renseigner sur les Irlandais, via son ami Labbé. Labbé ne s'est jamais caché de travailler avec la CIA.

Labbé est clair. Les mecs du Bureau sont manipulés. Ils doivent flinguer les Français. Les Français prennent trop de profits. Le profit doit changer de mule. Il ne faut jamais mésestimer le poids des Israéliens aux États-Unis. Ils ont besoin d'argent pour combler le trou des Six Jours, pour armer la diaspora. C'est pour ça que le Bureau tape sur les Corses, pour que les Zemour de Paris prennent les commandes.

Mais les Corses ne laisseront jamais le marché aux Juifs. Rambo le sait. Les Corses ont averti les Zemour. Le jour où vous faites dans la came, vous êtes morts.

Mike n'a jamais réveillé Rambo.

Il lui a fait parvenir un seul message par W44. Un mot. SOON.

W44 travaille à l'aéroport de Marignane. Il a connu Zé en prison dans le Kansas en 1952, puis l'a rejoint dix ans plus tard en Provence. Zé lui a présenté les Niçois, Albert en premier lieu, puis l'a introduit dans le Petit Chicago de Toulon. W44, c'est Rudy, le copain amerloque des Frenchies de la Côte. W44 a mis en place un vaste trafic de voitures volées entre l'ouest et l'est de la vieille Europe. Ouest, Est, pour son compte. Des voitures de luxe qui partent ensuite vers l'Orient, des Scandinaves dans la malle. Qui reviennent aussi avec des armes de Tchécoslovaquie ou avec de la morphine-base. Pour le compte d'opérations clandestines du Bureau, de la CIA. W44 renseigne l'Irlandais. Il note les allées et venues de tous les trafiquants d'héroïne, rangés sur trois niveaux. Alpha. Bêta. Gamma. Le Bureau classe selon une échelle financière. Spéculation. Accumulation. Flambe. SAFE BAG.

Rambo ne veut pas en savoir plus. Il doit baiser Mike. Il doit se débrouiller pour ne pas amener Marcel aux États-Unis. Le lendemain de la rencontre avec W44, Rambo a trouvé une voiture garée au milieu de la route. L'ordre est clair, comme l'eau minérale servie à L'Artistic.

Tu continues à travailler avec W44, on travaille aussi avec

lui, on travaille tous ensemble. Tu t'arranges pour faire tomber seulement des petits. Qui tu veux et Zé si tu veux.

Quelques mois plus tard, Rambo reçoit une lettre d'un cousin de Zé, incarcéré aux États-Unis après l'affaire du frigo. Zé, comme tous les Corses, peut compter sur une nuée de cousins. Sens familial d'abord, sens commercial ensuite. Le cousin lui propose de prendre contact avec un gars du Bronx à New York. Sur chaque kilo expédié aux États-Unis, les deux associés prennent deux mille dollars de commission. Du jamais vu. Le marché américain explose.

Rambo saute sur l'opportunité et s'envole pour Montréal. Il rencontre la femme de l'acheteur à deux pas de Chez Claire. Dans la foulée, il croise Tayet. Tayet a du mal à comprendre que l'objectif de Rambo est de retourner d'autres Frenchies. L'arrestation de Doudou est trop fraîche. Le moment n'est pas encore venu.

Rambo embarque pour Paris avec une avance procurée par la femme de l'acheteur. Orly puis nouvel avion pour Marignane. Clin d'œil à W44. W44 travaille dans une entreprise tenue par des hommes d'affaires corses. L'entreprise est l'un des relais de plusieurs équipes insulaires. D'Ajaccio. Pas de Bastia. W44 comprend aujourd'hui pourquoi, à sa manière. Les trafiquants de Bastia sont sur Nice. Plus rapide en bateau. C'est Albert le Niçois, l'ami de longue date de Zé, qui lui a fait remarquer la géopolitique. Bastia, Nice. Ajaccio, Marseille. Une simple histoire de lignes maritimes. W44 connaît la suite. Nice, New York. Marseille, Rio. Tous les chemins mènent en Amérique.

Rambo doit trouver un vendeur ou un homme bien informé. Rambo sait où retrouver Urbain dans les environs de Salon. Depuis peu, le vieil homme ne truque plus, s'est rangé des voitures. Ses maisons de tolérance lui permettent de vivre simplement, d'augmenter le compte de résultat d'un cinéma parisien et de toucher des liasses de dollars sur les expéditions. Urbain aime surtout la chasse à courre. Avec quelques amis de l'industrie du cinéma et Guy le Chansonnier, il a pu se payer un parc de cent hectares en plein cœur des mille marais de Sologne. Chasse privée.

Club privé. Rambo adhère. Urbain ne rechigne jamais à servir d'intermédiaire contre un pourcentage de bon aloi entre deux ruts de cerf. Il loue aussi sa chasse à des proches. À Labbé lorsque ce dernier doit recevoir des amis africains ou antillais. À Sucette lorsqu'il organise des chasses pour le compte d'une compagnie pétrolière qui chasse, elle, sur les noires terres d'Afrique. Sucette y croise d'ailleurs Labbé. Ils se sont connus par l'intermédiaire d'un instructeur du contre-espionnage, le spécialiste du vrai-faux et de la falsification, un homme infiltré dans les Petits Clubs pour le compte du Service. Proche du Pistachier, amateur de frêles actrices.

Markus, l'homme que personne n'a jamais vu.

Les yeux bandés, Urbain amène Rambo au contact d'Achille, le fidèle ordonnateur de Marcel, relation d'affaires chimiques de Walter. Impossible pour Rambo de retracer le parcours. Rambo a tout fait pour éviter Achille, mais quand on suit la trace du gibier... Achille tient le port de Marseille d'une main ferme, sans éclats de voix, comme un syndicaliste d'avant-garde. Achille est logisticien, présenté dans le Milieu comme l'un des cerveaux du trafic. Il a su convaincre, dix ans auparavant, les Familles siciliennes d'ouvrir le cercle à d'autres fournisseurs de morphine que les Libanais. D'éliminer Samy. Il leur a démontré que l'on pouvait traiter directement avec les Turcs. Que les Turcs investissaient déjà l'Europe centrale, une région qu'ils surnomment le Croissant d'or en hommage à leur drapeau.

Rambo ne pouvait pas savoir qu'il allait être reçu par Achille, cet homme recherché par les Fédéraux et balancé par Doudou, après l'affaire du frigo. Achille les reçoit dans une auberge sordide, d'un mauvais œil. Rambo doit garder son sang-froid. Réclamer à cet homme dix kilos de came tient de la gageure. Il doit avoir dix tonnes à son compteur. L'écrivain n'a pas le temps d'exprimer sa doléance. Achille ne s'occupe pas de ces broutilles. Alors l'écrivain, ça marche les bouquins ?

Le bar du village du Luberon est vide. Le trio savoure un dom Pérignon. Rambo assure. Pas trop le temps, en ce moment, mais je pense publier bientôt. Rambo assure. Ne jamais prononcer le mot héroïne. Insultant. Achille regarde les bulles. Tu as remarqué, Rambo ? Les bulles montent, montent et disparaissent. Les trafiquants corses parlent toujours par ricochet. Rambo a l'habitude. Il dit. Sauf quand on les boit vite. Achille apprécie. Il a entendu parler de l'efficacité de Rambo. Il sait que Rambo travaille pour l'Irlandais. Il faut que tu me dises ce qui se passe aux États-Unis. Tu as six mois pour veiller au grain. Je me porte garant jusqu'à cette date. Rambo a les mains moites.

Avant de partir, Achille se retourne vers le comptoir. Regarde Rambo dans le miroir Dubonnet. Je vais avertir des personnes de confiance de ta présence parmi nous. Et n'oublie pas le conseil de la route. Des soldats, Rambo, que des soldats.

43

Rambo a le feu vert des amis d'Achille. Dix kilos. Pour voir, tester le contact, brouiller les pistes. Achille n'est pas seul. Ils sont trois. Casta est le plus connu du trio. Arrêté deux fois pour la came. La première fois, il avait dit à l'inspecteur des stups de Marseille. Si tu m'arrêtes une seconde fois, je te paye une caisse de champagne et je rentre dans les ordres. Le lendemain de la seconde interpellation par le même inspecteur, le flic avait trouvé un colis devant chez lui. Douze bouteilles de dom Pérignon. Mais point de Bible. Tayet a donné un tuyau. Casta est un crack, ami personnel de Batista, un homme incontournable. Comme Paul, l'autre Cubain. Installé à Bastia, Casta mise sur l'immobilier et l'affairisme politique. De la place Saint-Nicolas, Casta ne se plaint ni du tourisme, ni du soleil. Il s'est toujours senti l'âme d'un touriste. Il a connu les plus grandes villes du monde, visité mille lieux, navigué sur de luxueux yachts et laissé des milliers de dollars dans les grands hôtels de la

Côte. Comme bien d'autres trafiquants, Casta participe à l'effort financier pour tirer profit de la situation. Chez les navigateurs de son acabit, les caisses noires se remplissent à la pelle. Un peu pour les cabinets fantômes, un peu pour les élus locaux, beaucoup pour lui. Casta a suivi une logique très en vogue aux États. La prise de participation. Casta est un lecteur assidu du *Journal officiel*. Un décret pour une marina ? Casta appelle son avocat d'affaires. Une station de ski, des résidences de luxe, une concession d'autoroute, des sociétés de travail intérim, des fournisseurs de travaux publics ? Participation. Bourse. Actions. Suivre à distance le modèle de Lansky, le financier de feu son ami Luciano. Ce voyou de Lansky qui a berné tous les Corses à Cuba ! Des holdings dans des paradis fiscaux, des comptes à numéro, une banque d'affaires à la City de Londres. Nassau, Luxembourg, Vientiane. Le tout recyclé dans des usines de torréfaction en Amérique du Sud, dans le nickel en Nouvelle-Calédonie et dans les centrales d'achat des débits de boissons. Sans compter les précieuses informations distillées autour de la Table ovale, au premier étage du Fouquet's, par le Marquis, Sucette et les cadors de la Françaffaire. Même but. Emboucaner la planète.

Casta aime la tranquillité du port de Bastia, les parties de cartes à La Brise de mer. Aux jeunes pousses qui rêvent de monter sur le continent, les calibres dans les poches, Casta conseille. Pour le moment, c'est Marcel qui tient le pays. Le seul à pouvoir lever trois armées, à mener deux guerres de front, les Cercles à Paris, les Napolitains à Marseille. Mais Marcel, il est comme moi, fatigué. On a fait l'erreur de mettre tout le monde dans la came, ces imbéciles de braqueurs, ces fatigués de la tête, on n'aurait jamais dû, et tout ça à cause des Siciliens, de Cuba, de notre orgueil. Un jour, bientôt, on va le payer. Cher, très cher. Il va falloir trouver un autre moyen.

Casta n'aime pas penser à tous ces soldats qui trinquent à la santé des généraux. Comme beaucoup de Bastiais, il n'apprécie guère les stratégies politiques de ceux d'en bas, du golfe d'Ajaccio, des villages qui surplombent le Valinco.

De ceux qui ont donné leur sang pour laver l'honneur du *Combinatie*. De ceux de Pila-Canale, le village des Calonna, des cousins de ce fou de Zoby, de ceux de Ciamanacce et de Tasso. Les trois villages, le triangle des Bermudes bien connu des navigateurs contrebandiers. Casta n'a aucune raison de participer à cette guerre, si ce n'est, peut-être, pour se venger des Canards qui ne sont pas étrangers à la désillusion cubaine. Cette expérience lui a laissé un air de fatigue pour les grandes causes et, depuis son retour en Europe, Casta tend juste l'oreille à l'écoute du continent. Des laboratoires installés en Allemagne ou aux Pays-Bas. Des expériences au Maroc, dans le fameux Croissant d'or ou dans quelques pays du golfe Persique. Et des propositions. Ce sont ses deux oreilles marseillaises, Mari et Marro, qui le tiennent au courant. Oh, grand, t'aurais pas dix petits millions pour un voyage ? Casta ne veut rien savoir, il donne un sou, en récupère cinq. Grâce à Mari et Marro, ses vieux compagnons de croisière.

Quelques jours avant l'assassinat d'Antoine, Mari avait remarqué le tour de chant de Tayet, un autre fatigué de la chansonnette qu'il avait utilisé pour infiltrer les Tupamaros en Uruguay. Tayet avait parcouru le maquis, la chanson française aux lèvres, accueilli comme un poète illuminé, situationniste de la prose. Les mercenaires avaient réussi à livrer en douceur deux cents guérilleros aux autorités. Ce soir-là, Marro avait été ébloui par la folie de Tayet qui, une fois sur scène, n'avait pas hésité à se mettre des plumes dans les fesses pour imiter, bondissant, Mata Hari. L'espionne.

Tu voles toujours sur le Canada ? J'ai du boulot pour toi, Tayet.

Rambo a le feu vert des amis d'Achille.

Du trio. Dix kilos pour voir. Ouvrir une autre route.

Mari associe toujours Tayet à Claire, la belle Bastiaise. Ne peut dissocier Tayet d'Éva. À chacun des spectacles d'Éva, il voit une nouvelle route s'ouvrir pour le Canada, les poches complices de Claire, des valises de dollars. Pour calmer son manque. Mari est un grand flambeur. Depuis deux ans, il a perdu deux millions de francs au casino. C'est ce qu'il dit. Perdre. Flamber. Au lieu de blanchir. Il perd juste trente, quarante pour cent de ses gains. C'est le prix à payer pour laisser les sales billets aux vieux amis de Casta. Sans oublier l'œil de M. Paul, le M. Divertissement du Grand Marcel. L'école cubaine !

Mari a convoqué Rambo et Tayet à Marseille. Depuis l'été, depuis les bulles d'Achille, Rambo a réussi l'exploit de faire venir l'acheteur portoricain à Marseille. Rambo ne l'a pas dit à Casta. Le vieux Corse n'aurait pas apprécié. Un acheteur ne doit jamais se montrer à Marseille. Mari n'a pas confiance en Chico le Portoricain mais le père Maneri s'en est porté garant. Maneri est un vieil ami de Casta du temps de Batista. Il a longtemps été associé à Trafficante et Marcello. Lors de la dernière réunion du Comité, à Monaco, Maneri avait insisté pour être assis entre Marcel et Casta en tant que représentant de la famille Genovese.

Chico a fait le déplacement avec deux gardes du corps. Avant de rejoindre Marseille, Chico a fait une halte à Paris. S'il n'avait pas fait virer la chanteuse française, il n'aurait jamais rencontré le Belge. On ne pense jamais aux histoires simples. L'avantage, c'est que Chico achète cher. Onze mille dollars le kilo. Une partie pour les Portoricains de Miami, l'autre pour des gangs de rue de New York contrôlés par l'une des cinq Familles. Mais il ne faut jamais croire un acheteur. Roger Miro, à Miami ou à New York, le répète souvent. Il ne faut jamais croire Chico, toujours vérifier, le faire suivre.

C'est la troisième expédition de Casta. Avec eux.

Pour la deuxième, Tayet a fait passer dix kilos à corps. Rambo l'a réceptionné à Montréal. De là, ils sont repartis pour Genève, les cent mille dollars sous la chemise. Ils ont déposé l'argent sur le compte Hanzen détenu par la femme de Casta. Mari a perdu trente pour cent de sa part au casino dans les trois jours. Tout s'est bien passé.

Pour ce troisième envoi, l'opération est délicate.

Tayet a dû mettre dans la confidence le secrétaire personnel de Johnny Hallyday, un crooner frenchie sur le départ pour le Canada. Mari a refilé les deux amplificateurs à Tayet, les trente kilos cachés sous les membranes. Tayet a réussi à glisser les amplis au milieu des guitares de l'idole des jeunes.

À la suite d'un coup de téléphone d'Achille, Guy a engagé Tayet pour s'occuper du catering, whisky, cocaïne, et les filles de Claire. Mais Rambo n'a pas pu récupérer les trente kilos à Montréal. C'est un ami de Miro, arrivé depuis deux mois sur New York avec dix kilos, qui a assuré le contact avec Chico le Portoricain.

Cookie, l'ami de Miro, est resté en Amérique sur ordre de Mimi. Cookie parle quatre langues comme Johnny Hallyday chante le rock and roll. Miro et Cookie préparent déjà le feu d'artifice, des centaines de kilos, la pyrotechnie des tontons de Charlot, la filière martiniquaise, le soutien logistique du contre-espionnage, de Duvalier et de l'amant de sa fille, M. Labbé. Rambo ne dort plus. Tout s'emmêle, vite, très vite, trop vite. Il pense à sa fille. Aux bars de la place Saint-Nicolas. Se rappelle.

On ne trahit pas les Corses. Les soldats, si tu veux. Pas les généraux.

Mike, l'inspecteur français, les traducteurs, tout le monde y perd son latin. Pourtant. Grâce à Rambo, à W44, le Bureau des narcotiques empile les dossiers, squatte les bars de Marseille, pose des nez électroniques dans les sous-marins pour capter les acides, détruire les labos. Mais depuis que les foyers des guérillas d'Amérique latine chantent l'*Internationale*, depuis que les réfugiés palestiniens s'unissent pour lancer des pierres, le Bureau s'incline devant la CIA.

La CIA, c'est le Mayflower, l'ombre de l'ombre de la Commissione. Mais ça, personne ne peut le croire. Sauf Casta et M. Paul. Briser les réseaux français, salir le contre-espionnage, répandre la rumeur. La sale rumeur du Mayflower. Les Corses sont les commanditaires de la mort de Kennedy. Récupérer les profits. Attendre le retour du Messie en Terre sainte.

Rambo a peur. Rambo a déjà scié une branche. Le jour même où il devait récupérer les trente kilos à Montréal, il a dû reconnaître le directeur d'une société du Luxembourg derrière une fenêtre sans tain. Mike l'a manipulé comme une bombe à retardement. Rambo avait refilé le contact de son acheteur, Chico, à un autre ami français, écrivain de comptoir, voulant s'associer au directeur luxembourgeois. Ils voulaient acheter des kilos pour le compte d'Italiens intégrés dans une filière suisse. Rambo leur avait fourni la came et le contact. La branche est tombée en Amérique, dans les marais de Louisiane.

Rambo a reçu des lettres anonymes et de petits cercueils. Rambo a pris peur.

Rambo se réveille en sueur. C'est lui qui a réveillé Mike. Désolé, Mike, je ne peux plus suivre la cadence. Je peux pas t'amener les patrons français aux États, ni Zé, ni Marcel, ni personne. Je veux sauver ma peau. Mike a insisté. Pas encore. On est prêt à scier deux autres branches. Non ! Rambo est à bout. Il se rend. Il a choisi sa nouvelle vie.

Avant d'aller tout mélanger devant Mike, changer les pions de place sur l'échiquier de l'inspecteur chauve, chimiste à ses heures de repos, Rambo a volé dans les plumes de Tayet. Tayet, c'est à toi de jouer. Si tu peux coincer Casta, ne te gêne pas. Sa came, c'est de la merde !

44

Charlot est enfin arrivé à Paris. Alors, Max, ces vacances en Espagne ?

Abraccio, abraccio. La bande joyeuse est presque au complet. Max, Martin, Bono, Boby, Colin. Et Emmett le Grec, le frère de Jojo, le petit gros de la cour d'école de la Belle. Le louis d'or de Léon, le défi à propos d'Éva.

Sio, le patron du bar Le Sulky, sert une nouvelle tournée. Sio est marseillais, souche italienne, les oreilles mâchées, un fondu de boxe, un drogué du jeu, des cartes, de n'importe quoi à l'emporte-pièce.

Charlot est heureux de retrouver son Belge. Je l'ai échappé belle, heing ? Charlot a été entendu dans l'affaire du Refuge mais les intendants l'ont couvert. De vrais soldats. Le stock d'armes, les passeports vierges, tout nous appartient. Furieux, les flics espagnols, qui avaient été informés du rôle central de Charlot par Interpol, ont décidé de mettre en cage Max et Bono à la place des Jumeaux, Charlot et Roger Miro.

Max est pressé. Il veut savoir ce qui s'est passé durant ses six mois passés à l'ombre. Tout. Par secteur. Boby, les braquos ? Boby tique. J'ai deux mandats de plus aux fesses, Max ! C'est pas de la tarte de changer tous les soirs de piaule ! Ça m'en fait quatre... (Silence, tous les regards le soutiennent.) Et je me suis évadé deux fois depuis les six derniers mois. Max le prend au mot. Pour te faire la belle, toi, t'es bon, mais pour faire évader les autres ? Boby colère. C'est pas de ma faute ! Je t'avais dit quinze heures, c'est à quinze heures que le camion de la cantine devait se barrer. Nous, on attendait juste après la grille, pas vrai Emmett ? Son frère Jojo est mort sous les balles des flics lors d'un braquage pour le Service. Ouais, vrai, même qu'on a failli se faire gaufrer. Heureusement que Boby avait gardé Josette auprès de lui, c'est elle qui nous a sauvé la mise. Les flics n'ont rien vu. Juste un couple et une belle femme.

Max insiste. N'empêche que j'ai glandé six mois. Va falloir rattraper ça, Boby. Je dois rendre des comptes, tu le sais bien. T'as un plan ? Boby allume une cigarette brune. Sûr, mais c'est en Espagne. Des gitans de Barcelone m'ont mis sur un plan de bijoux, des émeraudes, sur Alicante. Max s'attarde sur Josette. Est-elle toujours en Espagne ? Et Pablo ? Il me faut juste un gars. Les gitans me filent une équipe sur place et le matos. Max va droit au but. Combien ? La moitié. Environ un million de francs. Ils savent pas ouvrir des coffres alors que Bono. Bono fronce les sourcils. Il se rappelle le casse d'une banque à Bastia qui a failli mal tourner (tout ça pour payer des élections dans les quartiers chics de Paris). Pourquoi moi ? Ben, t'as bien appris pour les coffres, non ? Vous déconnez ou quoi ? On est à peine sortis de taule qu'il faut que j'y retourne ? Bono n'aime pas travailler avec Boby le Fou. Max se fâche. Je crois que Boby a raison. Il faut bien s'y remettre un jour. Bono aimerait lui répondre, et toi ? Mais il ne peut lutter contre le talent de Max. Bono soupire, donne son accord en croisant les bras. Max est pressé. C'est pour quand ? D'ici une semaine, autour du 1er juillet. 1969. Boby aime toujours rappeler les années. Une façon d'échapper au temps, de ne jamais oublier qu'il est en perpétuelle cavale.

Boby ajoute. Lebrun sera peut-être parmi nous. Il te passe le bonjour. Max se souvient. Le braquage de l'autorail, Sandra. Lebrun est aussi en cavale pour une affaire de cambriolage. Il est souvent sur Paris. Il s'occupe du passage. Max traduit. Il monte l'héroïne de Marseille à Paris, descend des valises de dollars en petites coupures. Et aussi de la fausse monnaie, des pierres, des armes de poing, des filles. Belgique, Allemagne, France, Espagne, Italie. Au choix.

Charlot prend la parole. Toujours aussi bavard. Ça commence à devenir intéressant pour nous. Max demande. Le « nous » a changé ? Charlot rigole. Oh, non, on est juste un peu plus nombreux. Cookie et Miro font des merveilles aux États. On peut compter sur trois points d'expédition. Le Havre et Rotterdam pour les bagnoles, Barcelone et Bruxelles pour les avions et bientôt. Charlot jubile. Bientôt la mer ! Charlot mime la brasse. Les oncles sont d'accord. Tout le monde est d'accord. Tu parles d'une idée ! Les regards se tournent vers Colin, un autre Toulonnais de la bande à Charlot. Colin fait partie de la bande du Pont, un ami de Fargette, une étoile montante de l'Arsenal. Colin gère le déplacement des filles vers les *Eros centers* allemands à partir des bars du Petit Chicago. Colin n'est pas aussi enthousiaste que Charlot. Mon frère s'est fait serrer aux Antilles avec quinze kilos et ça a été très chaud pour un des passeurs qui est persuadé d'avoir été suivi par le Bureau à New York.

Et puis y a une mauvaise nouvelle... Max interroge d'un regard inquiet. Bibi ? Non, répond Charlot, on lui a trouvé une villa pas loin de Marseille, non, pas Bibi, toujours au sujet de la Blanche. Sio s'est rapproché de la grande tablée. Sio a fermé le bar depuis que la réunion a commencé. Mais il veut entendre ça de la bouche de Charlot. Faire reconnaître aux autres que Sio le beau flambeur a toujours raison, que son instinct d'esquive ne le lâche jamais. Rambo a été arrêté par la Company !

Sio jubile. Je vous l'avais dit ! Vous n'écoutez jamais, vous, les Toulonnais ! Ah, pour faire les marioles à fourguer des filles en cloque aux yankees, là, vous êtes des cracks, mais pour sentir les balances, vous êtes minables ! Charlot s'est levé. Rambo n'a pas balancé ! Il attend le jugement, la caution. Il sait que tout le monde mettra la main à la poche, pour la teinche. Personne n'a intérêt à le laisser tomber, personne ! Sio n'est pas d'accord. Moi, c'est mon avis, mais je vous dis que le Rambo, il s'est fait retourner par la Company, et qu'il a déjà donné les labos. On va tous être marron ! Le Rambo, il va parler, parler, puis il va s'installer aux États sans faire un jour de prison, tranquille ! Sio croise les bras, ferme les poings. Les regards s'insultent.

Max intervient. Oh, vous allez pas vous foutre sur la gueule, maintenant, non ? Sio renvoie le Belge à ses vingt-cinq ans et à ses années de cabane. Oh, Max, tu te prends pour un crack maintenant ? Tu vas dire à Sio ce qu'il doit penser ? Le Belge s'approche de l'haleine anisée du Marseillais. Je te prends pour ce que tu es, Sio, un mec rongé par la défonce du jeu, qui abuse des protections du Service. Tu devrais faire attention aux bouffées de chaleur. Max esquive une droite, Sio un coup de tête. Charlot s'interpose. Arrêtez, merde ! Si vous voulez vous battre, attendez au moins que l'on monte les paris ! Charlot fait asseoir les joueurs.

Sio, si tu as un tuyau, c'est le moment. Sio apprécie. Je le tiens, d'ici, direct de l'Intérieur. Rambo aurait été retourné, il y a quelque temps déjà, par la Company. Il y aurait un Ricain basé en France, avec un nom de code, W quelque chose, qui serait la tête de pont du Bureau dans le sud. Max revoit les photos de l'album de Ciaro, les visages des deux Américains connus par le Photographe, Peter et Rudy. Peter n'est pas dangereux. Il couvre les envois des Canards. Rudy est un ami de Zé, proche des Niçois et d'Ajacciens. Max sait qu'il rend beaucoup de services à l'aéroport. Quelqu'un connaît Rudy ? Les visages font non d'un côté à l'autre. Boby ne peut s'empêcher. J'en fais mon affaire, des Ricains ! Max en profite pour l'éloigner de la discussion. T'es pas encore parti ? Boby le prend au mot. Moi, de toute façon, vos affaires de camelote, ça m'intéresse pas. Boby se lève. Viens, Bono, la route est longue.

La porte claque, les pneus de la Porsche crissent. Toujours aussi discret, le Boby.

Sio a remis une tournée. L'anisette donne des couleurs. Charlot s'est à nouveau levé, les lèvres pincées. Dit. Si Rambo cause, il n'hésitera pas à balancer Casta et Mari, et, sans eux, on aura du mal à trouver de la bonne came. Et j'ai trop peur que Rambo ait beaucoup trop d'imagination. Max le coupe. Il faut en parler à Zoby, lui seul peut confirmer l'info de Sio grâce à ses relations. Charlot désapprouve. Zoby n'est pas au mieux de sa forme. Il vient de perdre un investissement de deux millions de marks en Argentine sur du minerai. Sio se moque. Comment vous pouvez croire ça ? Moi je sais qu'il a escroqué ce fric sur une expédition de beurre, qu'il ne veut pas partager cet argent avec nous, qu'il ne pense qu'à monter son parti, qu'il vous ferait même marron s'il le pouvait ! Max laisse filer. Et Ferri, l'avocat ? Charlot est le seul de la tablée à connaître *de visu* le conseiller de Toulon. L'avocat pense que Rambo pourrait nous refiler son contact. Il a appelé un collègue aux États qui a proposé dix mille dollars à l'écrivain pour récupérer le contact. Rambo est d'accord mais il veut cinq pour cent sur chaque expédition. Sio exulte. Je vous dis, moi, ça tient pas debout cette histoire, Rambo, c'est une balance ! Il mérite la mort ! Colin tempère. Tu sais, le danger ne vient peut-être pas de lui. Depuis quelques mois, des balances, il y en a partout. Les flics sont en train de changer leur fusil d'épaule. Les mecs de la Company filent un max de blé à nos condés pour faire causer les balances. Depuis que le Général ne tient plus le pays, ça part en vrille !

Max comprend vite. Rambo veut marchander son contact aux États. Il faut donc le court-circuiter, retrouver au plus vite le Portoricain – il se souvient du cabaret mais Chico l'a quitté sans lui laisser d'adresse. Le Belge pense aux autres hommes tampons, s'adresse à Charlot. Et Miro, il en est où ? Roger fait la navette entre New York et Miami et maintient le contact avec Cirillo, le boulanger de Manhattan. Le tampon new-yorkais des Maneri. Il se débrouille pas mal mais, comment te dire, Max, enfin, je, disons que l'un de nos passeurs s'est fait serrer avec huit kilos à New York. Et d'après Zoby, qui a eu un écho de l'Intérieur, ce con nous a balancés, Roger et moi ! Max compte. Près de trente kilos saisis sur deux cents kilos expédiés, depuis que Cookie est parti sur le paquebot italien. Un peu moins de deux millions de dollars à partager à vingt, soit cent mille dollars chacun. Pas de quoi fouetter un chat. Le jour où l'on pourra envoyer deux cents kilos tous les mois comme les vieux...

Max se souvient du triste jour de décembre. Le jour du départ du paquebot, les flics espagnols lui avaient passé les menottes au Refuge. Charlot gonfle le torse, souffle l'espoir. La bonne nouvelle, c'est que Doumé a fait un passage à vide avec *Le Caprice* entre les Antilles et Miami. Vu la touche avec un haut placé de la douane de Miami, on peut envisager un premier voyage bientôt, disons, dans les trois mois qui viennent. Doumé a prévu de cacher la came entre deux plaques de marbre de Carrare, collées. Un travail fabuleux. Max a entendu parler de l'oncle Doumé, associé à Mimi. Il se prend au jeu. Et le passeur ? Boucan ? reprend Charlot. T'inquiète pas pour lui, le patron du *Caprice*, il rêve de se payer une île et un trois-mâts. Et avec lui, on profite de la protection de Labbé et de ses agents noirs aux Antilles.

Max connaît Labbé de nom.

Zoby lui avait conté comment il avait fait sa connaissance

lors d'une soirée passée au Grand Cercle à Paris. Labbé était chargé de surveiller des émirs pour le compte du contre-espionnage, des pétroliers soupçonnés de financer les Palestiniens et qui refusaient d'entendre parler des prochains Mirage. Zoby l'avait d'abord observé à travers une fenêtre sans tain avant d'aller lui parler. C'était dans ce contexte si particulier, Max l'imagine, que les deux hommes avaient échangé leurs cartes de visite. Pour mieux brouiller le jeu. Pour bâtir les fondations du futur Centre des républicains libéraux.

Perdu dans le souvenir, Max fait répéter à Charlot. Combien ?

La tonne ! En trois voyages, on se fait la tonne !

Charlot laisse passer l'ange. Renchérit. Avec ces milliards, on emboucane la planète ! On commence par l'Europe, puis l'Afrique, l'Asie, la planète, bordel ! On fait comme les Siciliens aux États, on importe et on coupe ! D'abord, on bouge les labos, on les cache dans des îles, aux Baléares ou au Cap-Vert. Les jeunes chimistes ne seront pas contre, suffira juste de les faire participer aux expéditions. Ensuite, on monte notre propre distribution dans le Nord, Paris, Lille, Strasbourg, Bruxelles ou Francfort. On connaît tous assez de monde dans ces villes pour ne pas se casser les reins. C'est là que l'on va faire du fric, des milliards, bien plus que les navigateurs ! Le sourire de Charlot bute contre un silence noir. Sio marmonne. Ils sont malades, ces Toulonnais, malades. Les regards se tournent vers Max. Depuis l'overdose mortelle de Sandra, Max a toujours posé son veto pour distribuer de la came autour de lui. Max sait que mai 68 n'a pas apporté que des pavés sous la plage. Des seringues aussi. Charlot le sait. Raison pour laquelle il a parlé du nord de la France. Pas du sud. Le jeune Corse ne laisse pas le Belge réagir. Avec tout ce pognon, on trouve de nouveaux associés, on choisit nos Turcs, on arrose l'Europe, les Amériques, on trouve d'autres débouchés, et on s'installe comme des rois aux Antilles ! Alors ?

Emmett Le Grec, peu loquace, retient un sourire de

complaisance. Et toi, le protégé des oncles, t'es assez con pour croire que, dans le Sud, ils vont nous laisser une place au soleil ! Le Grec est petit, nerveux. Charlot, dit-il, tu me fais pitié. Les vieux, ils ont déjà perdu Cuba, et toi, tu crois que tu vas les saigner jusqu'au sang, jouer dans leur pré carré ? Tu veux faire la guerre, toi, le petit soldat ?

45

Max pousse la porte du Picpus, une brasserie ordinaire proche du périphérique. Serre des mains, moites, tannées par le soleil, nourries au tabac blond, renvoie un sourire, libre. Cherche son homme. Ses deux hommes. Ne voit qu'une armée de filles tapageuses aux bras de connaissances parisiennes. Mimi a pourtant été précis. Ils seront au Picpus à vingt heures, le *Canard* sur la table.

Mimi était-il sérieux ?

Max retrouve souvent les amis de Mimi au Picpus. Mimi possède des parts. Il se dit que Stan le Lyonnais tient les murs. Qu'il n'a pas forcé pour les obtenir de l'ancien propriétaire. Comme souvent, le clan des imprésarios, les passeurs pour l'Amérique, tient table ouverte au fond de la salle. Le Picpus, l'équipe du Picpus, c'est un monstre. Zoby, motivé, n'a de cesse de lui répéter. Un monstre ! Si on le tue, on entre dans les cercles, on écrit une nouvelle page, un nouveau roman. Picpus, c'est un assemblage d'hommes et de caractères qui n'aurait jamais dû voir le jour. Un monstre. Un condensé de plusieurs équipes qui cherchent à faire des sous pour préparer la guerre. Le temps de la guerre n'est pas encore à l'ordre du jour mais.

Max a deviné.

S'il n'avait pas déjà deviné, il ne serait jamais allé à ce rendez-vous l'esprit tranquille.

Le Picpus, c'est comme un bateau. Il y a les navigateurs, les Corses, Mimi en capitaine, Zoby en second. Et des associés de l'ombre, banquiers discrets qui permettent au bateau de ne pas couler.

Viennent ensuite des matelots aguerris aux coups de feu, le même vice du jeu dans le sang. Sio et Alex, les Neveux marseillais, Jouxy, le bookmaker clandestin, Martin, le frère de la Belle, et deux, trois soldats du Service, le plus souvent envoyés dans des manifestations pour tuer quelques chevelus. Et les Jumeaux.

Et puis, il y a les flibustiers, ceux qui ne cachent pas leur révolte face aux seigneurs de la pègre, les folles antennes du Mossad, les frères Zemour. Les flibustiers ont rejoint l'équipe de Mimi pour affûter leur vengeance, préparer la guerre. Parmi eux, le traître juif, le Judas de la came, celui qui n'accepte plus le discours des frères de Sétif. Mimi l'a accueilli à reculons, soutenu l'air de rien par Philou, le frère zélé de Marcel. Mimi a sa petite idée. Philou aussi. Pour Marcel, pour lui faire une belle surprise. Judas râle. Les Zemour sont les seuls du Sentier à pouvoir charger sur des expéditions. Exclusivité. Avec l'aval de la Company, du Bureau, qui prennent des bénéfices, avec la bénédiction des flics de la Préfecture qui croient dur comme fer que les frères n'empoisonnent pas la planète. Discours philanthropique, enveloppes pratiques. La manipulation a un sale prix, noir, contagieux.

Les fidèles associés des frères, comme Judas, ceux qui ont gagné le siège de Montmartre par la force, ne peuvent être pris en flagrant délit. Il faudra un jour sauter le pont, déserter, trouver refuge chez les Corses, promettre de faire le métier. Gérer l'argent, les bénéfices, investir, carambouillir, préparer la retraite bourgeoise, celle qui prépare à mourir dans son lit.

Max a écouté Mimi et Zoby, depuis son retour d'Espagne.

Le Belge a deviné.

Mimi est à deux doigts de l'honorabilité. À deux doigts de prendre des parts dans un Cercle. Entrer dans la cour des grands. Zoby construit son château de cartes, creuse les fondations de sa prochaine honorabilité. Pas les cercles, mais les fonds publics. Mimi rêve du costume de Marcel, Zoby de l'imperméable du Marquis, le jeune protégé de Pompidou, le truqueur des vastes marchés publics. Zoby peste de ne pas pouvoir monter les marches du Fouquet's à la droite du Marquis, s'asseoir autour de la Table ovale. Comme son cousin, le sénateur, comme tous ces hommes de l'ombre qui se distribuent les cartes pour faire sauter la Banque de France. Zoby y croit. Le jour viendra. Mimi, lui, ne peut rien face à la puissance des cinq familles corses, des dix clans, des quinze Cercles. Il reste dans l'ombre des Pazani, attend son heure, la révolte des fous, des braqueurs. Des peur-de-rien.

Le Belge a deviné.

Charlot lui a confirmé à mots couverts. En bas, ils réfléchissent. Philou est fou.

Mimi n'a pas le choix. Il doit allier l'eau et le feu, Stan et Judas. Et les frères de Stan, et toute cette armada de Lyonnais et de Grenoblois qui veulent faire LE grand hold-up, démolir le clan de Sétif, prendre le tout-Paris.

Mimi a dit à Max. Je brouille les cartes. Va au Picpus.

Max ne sait rien de Stan, rien de l'homme. Du braqueur, oui, une équipe, des violents, issus du quartier de la Croix-Rousse à Lyon, ayant déjà conquis par la force de roses maisons de la nationale 7 et celles, en bout de route, parisiennes. Bientôt trente ans et déjà une grande figure du Milieu. Vols à main armée, carambouilles avec les ferrailleurs des banlieues, racket, filles en Allemagne, et cette rumeur qui le place dans la confiance des Zemour. Sale rumeur d'indic de flics. Max le sait. C'est impossible. Stan serait à l'origine des investissements des Juifs dans les Caraïbes, aux Antilles, d'Aruba à Saint-Martin. Boîtes de nuit, hôtels, restaurants, marinas. Aux Antilles, le tourisme est à la mode. Incroyable rumeur. Impossible.

Max cerne Stan d'intuition, d'instinct. C'est un violent. Et les violents, les hommes au sang chaud, ceux qui tournent aux fortes doses d'adrénaline, ont toujours été les maîtres du Milieu. À la fois proches des politiciens et toujours peu désirés autour de la Table du Fouquet's. On n'y prononce jamais le mot braquer. Jamais. Un paradoxe que Max ne comprend pas.

Le Belge cherche toujours du regard le *Canard* sous le bras.

Demande au barman moustachu. Le barman lui fait signe du menton.

Max traverse la salle, franchit une porte sur laquelle est inscrit « privé » et se retrouve sous une haute verrière sombre. Une table basse en verre de la taille d'un lit, quatre canapés en cuir blanc en ceinture, un frigo gorgé de champagne. Pas l'ombre de Stan. Personne. C'est rare. Les imprésarios ont pour habitude d'y inviter des amies pour draguer, aspirer quelques lignes de coco. Ils n'oublient jamais de rapporter quelques tubes de dentifrice d'Amérique pour alimenter les parties de la Côte, de Cannes à Saint-Tropez.

Soudain une voix d'homme. Becker a ouvert la porte, sourire frais, suivi d'une chevauchée de midinettes aux jupes courtes, excitées à l'idée de s'enflammer le sang. Becker est l'imprésario des Charlots, les quatre jeunes Français dans le vent. Max sait que Becker travaille avec Tayet. Voitures truquées, came d'est en ouest, dollars en sens inverse. Les rails enfilés, les filles se sauvent vers la salle. Sauf une. Et Becker. Max fait face à Becker, les pupilles en fusion. On fait pas les présentations ? Désolé, Max, voilà, je, c'est, elle habite Montréal, serveuse, Noëlla. C'est ta prochaine victime ? Becker s'esclaffe. Pas Noëlla, non, elle bosse chez Claire. Je l'ai invitée à prendre quelques jours de vacances. Max traduit. Pigeonne de service. Max enchaîne. Voiture américaine ? Noëlla tente de dissimuler son accent. Une Comet. 1969. Blanche. Becker casse les regards qui se charment. Elle est venue avec Tayet. Je lui montre un peu Paris et je me suis dit que.

Becker n'a pas le temps de continuer. Il se retrouve soudain contre le mur, les pieds en l'air, étranglé par une main puissante. Face à un regard de tueur. Becker ne tente rien. Il est soudain tétanisé par la montée d'adrénaline. Trop d'un coup. Max va droit au but. Comment oses-tu te montrer ici ! T'es pas au courant pour Rambo ! C'est bien toi qui as fait le lien pour les amplis de Johnny, non ? Becker fait oui de la tête. Il va s'évanouir. Alors tu crois pas que t'as les flics aux fesses ! Et tu viens nous les amener, les poches garnies de cette saloperie, mais t'as quoi à la place du cerveau, heing, t'as quoi ? Noëlla ne comprend rien. Johnny ? Les amplis ? Qu'est-ce que c'est ce truc ?

Max lâche l'imprésario, le toise. Ce truc, c'est un mec qui va dégager d'ici, et vite ! Becker ne comprend pas. Au Picpus, il y vient presque tous les jours. C'est sa seconde maison. Il sait aussi qu'il y a belle lurette que les flics ont cerné ce lieu de rendez-vous des voyous. Becker ne comprend rien. La cocaïne lui monte tout à coup au cerveau, le met au défi. Il se recoiffe. On se reverra un jour, Max. Becker lui balance un coup de pied entre les jambes. Max se plie en deux. Noëlla fait claquer ses talons sur la terrasse. Arrêtez ! Max a sauté sur l'imprésario et lui brise les côtes à coups de pied. Max entend une voix d'homme. Arrête ! Becker gémit au sol. Sa perruque a roulé sous une table. Max se tourne lentement vers la voix. Le barman les sépare. Becker se lève péniblement et quitte la verrière. Comme effrayé par l'entrée du moustachu.

Le barman invite Max à s'asseoir. Ouvre le frigo, fait voler le bouchon d'une bouteille de champagne. Les deux hommes se retrouvent assis, face à face. Le serveur enlève sa fausse moustache. Cela fait longtemps que j'entends parler de toi, Max. Il tend à Max un mouchoir en papier. Ta lèvre saigne. Pendant que tu étais au frais en Espagne, il s'est passé pas mal de choses ici. Je suis sûr que tes amis, Charlot le premier, n'ont pas oublié de te parler de leur dernier caprice ? Max ne répond pas. Entend les rumeurs sur Stan. Un homme redoutable, un véritable tueur démuni de pitié. Un expert qui monte sur la moto toujours en se signant. On dit qu'il s'entraîne dans la région de Francfort, dans un camp tenu secret où se mêlent terroristes, tueurs sardes et autres cervelles de moineau du Service. Si Max prononce le nom de code du camp, il en aura le cœur net. Babalu. Le barman fixe Max. Max répète, lentement.

Babalu. Le barman sourit. Babalu. Tend la main à Max. C'est vrai, j'aurais pu commencer par me présenter. Stan. Stan Zolto.

Max se rappelle maintenant ce visage. Yeux noirs, cachés sous d'épais sourcils, peau tannée par le soleil des Caraïbes, nez aquilin, lèvres fines. Un profil de rapace. Max se souvient de l'endroit. Stan était entré avec Labbé et d'autres carambouilleurs de luxe au Grand Cercle. En Espagne, lors des promenades, Max avait appris par Bono que Labbé était d'abord un important trafiquant d'armes, de diamants africains et de cocaïne importée du Brésil via la mer des Caraïbes. Haïti. Bono l'avait su par l'intermédiaire de Toulonnais employés comme passeurs entre l'Afrique et l'Europe, entre le Congo et Anvers. Ou Londres. Le recruteur du réseau de Labbé était un autre trafiquant d'armes, ex-fournisseur du FLN algérien, et, depuis peu, des nouveaux groupes révolutionnaires européens et sud-américains.

Max l'a deviné.

Zoby n'a-t-il pas été impliqué dans une escroquerie avec ce même Labbé ? La confidence de Zoby dessine un autre cercle. La sœur de Stan serait dans les bras de l'un des fils d'une grande famille toulonnaise, des ténors du Petit Chicago, les Leroy. Odette Zolto avec Milou Leroy, le fils du Géant de Toulon. Max fait immédiatement le rapprochement entre Labbé et Stan. Labbé, depuis une affaire retentissante d'escroquerie dévoilée par le *Canard*, a été mis au vert par le contre-espionnage à Haïti. Sous couverture d'entreprises bidons, il y est chargé de préserver les intérêts du premier homme d'État, Papa Doc, lui-même protégé par la France, proche voisine antillaise. Max est persuadé que Stan travaille aussi pour le réseau de Labbé, voire pour le contre-espionnage. Que Stan peut ainsi profiter des contacts avec les Familles de New York, proches de Papa Doc. Que Stan, comme le murmure la rumeur, pas celle des indics, n'a qu'une seule ambition. Renvoyer les quatre miliciens du Sentier à Sétif.

Stan et Max lèvent la coupe de champagne aux caprices du temps.

Judas aussi. Arrivé à pas de velours, le *Canard* sous le bras.

Stan se lance le premier. La tradition veut que l'on ne parle jamais d'affaires lors de la première rencontre, mais la règle comprend toujours des exceptions. Alors, on y va. Comme je le disais au Belge, les choses changent vite. Certains Lyonnais de Paris ne sont pas très heureux de voir les Zemour se prendre pour la race des seigneurs. Ils commencent à faire de l'ombre en Allemagne, à cumuler les carambouilles. Dans notre milieu, il n'y a pas de races, que des armées à lever, du fric à prendre et un honneur à respecter. C'est tout. Ces hommes-là ne sont pas que. Max l'arrête. Que veux-tu dire ? Mimi m'a envoyé pour parler du bateau, savoir combien vous étiez disposés à charger. Je ne veux rien savoir d'autre et je n'ai rien à voir avec les Juifs, c'est pas mes affaires.

Max suit son intuition. Pourquoi me parles-tu de cette famille ? Tu sais bien que les Corses ne veulent pas qu'ils touchent à la came ? Stan lâche un ricanement suspect. Les Corses, peut-être pas, mais les Canards se gênent pas. Max repense soudain à Tayet, à la filière canadienne, à Rambo qui s'est mis à table, à Richard, l'un de ses amis du Picpus, qui vient de prendre huit mois ferme pour une connerie de port d'armes. Un bon ami de Labbé et de Dan. Richard joue le tampon aux États, joue avec la paranoïa des balances, joue avec le feu. Comme il se joue de Dan, affidé des Zemour, oreille de la Préfecture, des condés bretons, tout aussi filous que les corses.

Stan a marqué un point. Les Napos. Mimi t'a pas affranchi ? Stan se lève, la coupe à la main. Pendant ton séjour en Espagne, Max, ces crétins de Juifs ont fini par virer le clan des Perret de Montmartre. Le moins con de ces proxos, Bethan, que tu connais peut-être, a trouvé refuge à Francfort aux côtés de Roger la Bricole. Voilà comment les Zemour remercient leurs associés ! C'est Judas qui a crié. Les enfoirés ! S'ils n'avaient pas eu l'appui de Bethan, jamais ils n'auraient pu virer les Perret. Max comprend vite. Et toi avec.

Stan apprécie. Continue. Avant qu'il se fasse débarquer, Bethan servait d'intermédiaire entre les Zemour et les Canards. Les Zemour avaient monté plusieurs écrans, trois, quatre mecs de confiance qui prenaient de grosses primes, mais l'argentier, c'était Bethan. Et c'est fort possible que même les Corses aient partagé des sous avec les Juifs. Ils sont forts dans le business, c'est vrai. Judas tape sur son genou, manque de renverser sa coupe. C'est toi qui le dis. On n'est pas dupe. Des hommes des Juifs sont utilisés par les Corses dans les casinos dans le monde entier, les jeux, les Cercles, gèrent même des caisses noires pour les condés du Service. Bon, d'accord, ils n'ont pas encore de parts, font tourner la boutique, c'est tout, mais moi, je sais que les Corses laissent faire.

Max, soudain happé par le dessous des cartes, demande à voir. Dit. Pour la came ou pour investir en Israël ? En Israël ! Judas éclate de rire. Mais en Israël, personne ne les connaît, les Zemour ! Les mecs du Milieu, là-bas, ils rigolent ! Non, termine Judas, le ton soudain grave, non, pour la came, oui, pour la came. Bethan s'est fait virer par les Zemour car il les doublait. Il a fait tourner leur fric pour son compte. Du coup, les Zemour ont confisqué la part et les arriérés, pas loin de deux milliards de centimes. Max compte en nouveau. Vingt millions de francs, soit un bénéfice sur la moitié d'une tonne expédiée.

Du bout du doigt, Stan racle les poussières de cocaïne, oubliées par les midinettes de Becker. Tente l'infime pyramide, dit. Bethan a proposé un marché à la Bricole. Il nous file la liste des tueurs du clan, à charge pour nous de commencer par le nettoyage. Les Zemour vont vite comprendre. Soit ils rendent les deux milliards, soit on poursuit le nettoyage. Judas voit déjà la scène, prévient. Et pour le Mossad ? Les Zemour rendent de précieux services et filent du fric. Stan hausse le ton. Je m'en bats les couilles, du Mossad ! Le Mossad n'est pas une création des Zemour, c'est plutôt l'inverse. Max attend la suite. Stan et Judas se regardent une poignée de secondes. Le problème, dit Stan, c'est le fric, lever une armée. Sans fric, on peut pas lancer la guerre et il est hors de question que l'on monte braquer pour éveiller des soupçons chez les condés. Judas opine. Reste la came. J'ai pris la place de Bethan. J'ai l'argent pour investir et la confiance des Zemour. Il suffira par la suite de les mouiller un peu plus sur la came, les prendre à revers et déclarer la guerre.

Max pense au bateau, aux projets des uns et des autres. Le monstre. Le Picpus. L'affaire se complique. À ce train-là, il n'y aura pas assez de profit pour tout le monde. Max ne peut s'empêcher de penser que, si le Lyonnais est proche de Labbé, formé au contre-espionnage, il doit se méfier de la brillance du discours. De la manipulation. Max fixe Stan. Qui se porte garant de Bethan ? Cette histoire pourrait être une mise en scène des Zemour, vous y avez pensé ? Je comprends pas pourquoi les Zemour l'ont laissé filer sans le buter. C'est pas des choses qui se font. On sauve pas la vie pour deux milliards. Judas allume une cigarette, énervé. Écoute, petit, Bethan, je le connais depuis dix ans. S'il a pu rejoindre Francfort et se faire accepter par la Bricole, c'est qu'il est très intelligent. C'est pas un bas de gamme ! Judas baisse les yeux, fixe le petit tas de coco. Bethan, c'est un agent du Mossad. Les Zemour ne peuvent pas le tuer.

Stan fait tourner le verre de champagne dans sa main gauche.

Max a deviné. Bethan est en sursis. Le temps de préparer la guerre.

Leçon numéro quatre

Julie. J'ai téléphoné à mon beau-frère. Il a appelé un cousin, un haut fonctionnaire détaché à la sécurité de l'opérateur, un géant des travaux publics. J'aurais dû m'en douter. L'ombre de Papon, les fausses factures du temps des premiers centres commerciaux, du parc des Princes, les réseaux gaullistes, toujours là, toujours aussi puissants mais, cette fois, suivis de près par les projecteurs de la justice. Depuis mon retour en France, je me régale. Les affaires traînent comme des casseroles aux fesses d'un président immunisé. Le camembert du président commence pourtant à couler. Ils n'ont pas changé depuis ? Je compte, reviens de plus en plus loin en arrière. Depuis le plan Marshall, oui, depuis mes premiers pas sur les Champs, devant les chars de Leclerc.

Je laisse Julie de côté. Faut pas rêver. Le journaliste m'a fait une description concluante. Julie est sans aucun doute la fille du 27 septembre. Mais si elle a joué un rôle, même mineur, lors de ce règlement de comptes, elle doit être enterrée quelque part en Amazonie. À moins que... Le Brésil ? Y aurait-il un lien entre elle et la guerre que se livrent le Brésilien et les puissants de la Brise ? Aurait-elle joué le rôle de la taupe pour l'une de ces deux équipes ?

La Vipère. Celui-là, je le sens pas. J'ai bien eu l'occasion de le croiser deux, trois fois à Bruxelles aux côtés de Max mais mon instinct ne semble pas m'avoir trahi. Je n'ai pas attendu le conseil du journaliste pour me pencher sur son cas. La Vipère est un voyou, un furieux comme il en faut pour tenir un parc de baraques, pour faire peur aux patrons réticents à l'implantation du jeu de hasard truqué. Il compte peu face aux généraux de la Table ronde. Ce que je sais, c'est qu'il récupère toujours les enveloppes des machines dans la région parisienne. C'est tout. Vu le peu de réactions suite à la mort du Belge, la Vipère ne doit pas être assez puissant pour s'attaquer aux commanditaires. Ou alors...

Bizarre paradoxe. Oublions la piste politique, la cassette, les sociétés occultes et, par extrapolation, la forte imbrication de ténors du jeu politicien avec les généraux de la voyoucratie, dont les plus puissants de la Table ronde, dans le monde des affaires, du jeu, du divertissement. Comptons. Trois mois depuis le coup de feu. Évaluons. Est-on en présence d'une guerre entre deux clans ? Non. Et même si les corps étaient broyés, dissimulés à l'opinion, je le saurais. Deux, trois hommes de la banlieue est sont tombés sous des balles. C'est tout. Conclusion à trois mois ? Le Belge n'a pas encore été vengé et rien n'indique qu'il le sera un jour. Sait-on jamais... Verdict ? Fort probable que son équipe, somme toute divisée et clairsemée sur le territoire, n'a pas eu les moyens nécessaires de lever une armée, déclencher la guerre, celle qui venge les puissants. Donc ? Le Belge a perdu de sa superbe ces dernières années. Ou alors...

Je me souviens, c'était quelques jours après le journaliste. Je traînais du côté de Pigalle. J'ai croisé Willy, l'expert en jade. Il a bien connu le Belge. Pour lui, souvent en contact avec les caïds de la banlieue sud et de la banlieue est, il n'y a aucun doute. On l'a abattu car c'était un indic. Il aurait balancé des noms à l'antiterrorisme, des proches du GIA. En échange, Rimano aurait fermé les yeux sur les baraques de Max et sur celle de ses associés, des Arabes de Seine-Saint-Denis. Rimano ? Willy a souri. Devine ! Tu sais, je lui ai dit, cela fait quatre ans que j'ai largué les amarres, alors moi, les mecs qui chassent les terroristes, ça me dit rien. Willy a mis le doigt sur ses lèvres. Je veux rien savoir des condés. Rimano est très puissant. Rimano a souvent rencontré le Belge, si tu vois ce que je veux dire.

Je veux bien croire Willy. Il n'a jamais voulu partager son butin avec les condés. C'est un solitaire, inconnu des services spécialisés, qui navigue dix mois sur douze sur les mers du Sud. Je me suis retrouvé seul à déambuler autour du Moulin-Rouge, la rumeur en tête. Max, un indic ? Dans le Milieu, la technique est classique. Lorsqu'on veut éliminer un personnage embarrassant, puissant malgré tout, on le salit. Il fut un temps, du temps de la Table ovale, où il suffisait de traiter un ennemi de gauchiste, d'homosexuel. Cette seule étiquette ne lui donnait même pas le temps de répondre aux calembours. S'ajoutait, si le coup de feu tardait, la terrible casserole. Indic. Balance.

Que penser ?

Le sixième jour après mon coup de fil, mon beau-frère m'a rencardé au pied de la Très Grande Bibliothèque. Son nom est Mendelson, Julie Mendelson, norvégienne. L'adresse de facturation, c'est deux rues à côté de chez moi dans le onzième. C'est un immeuble classé, un HLM de la mairie, style bel appart pour les pistonnés. Je suis allé voir. Le concierge m'a dit qu'elle avait déménagé depuis la fin septembre. Il semble intrigué. Autre chose ? Deux choses plutôt qu'une. Le concierge a été loquace, une vraie pie. Il m'a dit qu'elle devait avoir un ami, un homme avec des lunettes qui la déposait souvent à l'aube. Il était dans une Safrane noire, toujours avec chauffeur. Il s'est même souvenu du numéro de la plaque, l'année de naissance de sa mère, m'a-t-il dit. 1937. Dans le 13. Et un macaron, style ministre. Mais tu ferais un bon détective, toi ! Il me fusille du regard. Je prends un certain risque à rencontrer un mec qui est fiché aux quatre coins du monde, et tu me vannes ? OK, c'est bon, mon bon diplomate. Et l'autre point, c'est quoi, Sherlock ? Apparemment, elle n'a passé que deux coups de fil alors qu'elle avait pris un forfait de cinq heures. Plus étonnant, elle a signé le contrat le jour même de son appel. C'était deux ou trois jours avant qu'elle quitte l'appartement. Fin septembre. Je ravale mes félicitations. Il est tout émoustillé de jouer au détective.

Tu peux en faire plus ?

J'ai attendu deux jours. Au Méridien, j'ai entrepris un vieux lord anglais, chasseur de garçonnets exotiques. Je l'ai dépouillé sans vergogne, fier d'avoir plumé un pédophile. À la place du minot et en échange d'un petit million de francs, il a reçu le plus grand *touch down* de tous les temps, histoire que son vieux fusil ne serve plus qu'à soulager sa vessie.

J'ai retrouvé le diplomate sur les mêmes marches de la bibliothèque. Il est arrivé haletant. J'ai la plaque, Cheker, je l'ai ! Je l'ai cassé d'entrer. Tu sais, les tuyaux des RG, ils sont souvent troués. Il se pique. Les RG se trompent pas souvent, crois-moi. Peut-être, lui ai-je rétorqué, mais ils oublient beaucoup de monde. Alors, cette Safrane ? Il a déplié un bout de papier. La voiture est immatriculée au conseil régional des Bouches-du-Rhône, enfin était. Pourquoi ? Elle a été volée, il y a six mois environ. Je peux pas plus. Il me regarde de haut. Pour Julie, impossible de retrouver sa trace. Pas en France, ni en Norvège. Je peux pas faire plus. Il prend l'enveloppe, dix pour cent du magot du lord, et me souhaite bonne chance. Je fais l'innocent. J'en ai pas besoin.

Il se retourne. J'ai oublié de te dire un truc, Cheker. Quoi, un autre tuyau percé ? Non, répond-il, laissant filer un air malicieux. Si tu cherches les commanditaires du règlement de comptes de la rue d'Artois, t'es sur la bonne voie. Mais c'est comme la voie Georges-Pompidou, quand l'eau de la Seine monte, les flics sont obligés de la fermer à la circulation.

Je suis resté sans voix, le regardant disparaître dans une grosse berline noire aux vitres foncées. Comment, lui, diplomate d'une République bananière, a-t-il pu découvrir l'objet de ma petite enquête ?

Chapitre dix

Le bateau capricieux

46

Mimi a invité Charlot à monter dans l'appartement situé au-dessus de L'Abreuvoir. Mimi est allé droit au but. Dans quinze jours, début août, tu pars pour Miami. D'ici là, tu fais le mort, tu évites de téléphoner même d'une cabine. Mimi se lève, jette un coup d'œil par la fenêtre. Il poursuit, le dos toujours tourné. La veille de ton départ, tu files au salon de coiffure. Tu as rendez-vous à quinze heures. On s'occupera de toi, des papiers. Stan est passé me voir, hier soir. Judas a réussi à convaincre les Zemour d'acheter la moitié des cent kilos pour le bateau. Reste donc cinquante kilos. Max en prend dix, Stan aussi, les Neveux, dix. Reste vingt pour toi. Toi ou d'autres. Charlot ne bataille pas, n'a pas le choix. Vingt kilos, c'est près d'un million de bénéfices. Et toi, Mimi ? Mimi se retourne. Je partage pas mes sous avec les Juifs, et puis je ne suis pas très chaud pour me lancer dans l'aventure. Je n'ai pas de très bons souvenirs avec les Lyonnais. Mimi retourne à la fenêtre. Ce n'est pas son habitude. Un problème ? Mimi se tourne à nouveau vers son protégé. Non, petit, pas de problème. Du moins, pas encore. Allez, file.

La veille du jour J, Charlot prend le métro à la Concorde. Après avoir changé deux fois de direction, il ressort par la bouche de la Blanche, à deux pas du studio prêté par Mimi.

Charlot est entré sur la pointe des pieds après avoir vérifié qu'il n'était pas suivi. Faire le mort, c'est éviter les condés. En trois coups de ciseaux, le coiffeur lui a soulevé la frange, coupé les pattes et posé une paire de lunettes plaquées or sur son nez fin. Les deux hommes n'ont rien échangé d'autre que des regards complices dans la glace. Le coiffeur lui a tendu un passeport sans photo. Il lui a dit. Tu vas chez le photographe, première à droite, enseigne Flash. À bientôt.

Charlot entre chez le photographe, attendu par une forte odeur de pipe. Le timing est respecté. Le flash crépite. La photo est apposée sur le passeport. Au revoir, monsieur Durand. Charlot prend deux taxis, le métro, et rejoint le studio de Mimi. Là, il retrouve Myriam, une fille de Lebrun-Scapula, qui lui apprend cinquante mots en anglais et trois règles de grammaire. Avec ça, tu peux faire le tour du monde. Myriam ne lui laisse pas le temps d'apprendre. Elle lui donne la liste en se déshabillant. Tu bosseras dans l'avion. Elle étouffe sa fougue en lui mordant l'épaule toute la nuit.

Elle le réveille, le jour sonnant. Dis, Charlot, tu pourrais pas corriger Lebrun ? J'en ai marre de l'entretenir. Il m'a promis de me monter en Allemagne mais il est toujours occupé avec ses valises, son trafic de films sadomasos. J'ai envie de voir du pays, marre de ces bordels de merde, marre, marre ! Charlot lui griffonne un numéro de téléphone. Tu demandes à Colin. Il se chargera de te trouver une place en Allemagne. Myriam se love. Je peux pas rester avec toi ? C'est à ce moment-là que Mimi ouvre la porte. Jour J. Que fais-tu là, Myriam ? Mimi connaît toutes les filles de ses petits. Il s'occupe souvent de résoudre les problèmes entre proxénètes, de fixer les prix des gagneuses en bon juge de traites. Mimi regarde Myriam d'un mauvais œil. Il sait qu'elle a des problèmes avec Lebrun. Mimi aussi a des problèmes avec Lebrun : il n'aime pas que ses petits aient un mandat d'arrêt collé aux fesses. Mimi dit à Myriam de dégager. Myriam a les larmes aux yeux. Bon voyage, Charlot, et n'oublie pas ta leçon d'anglais.

Mimi ouvre le frigo et prend de la charcuterie corse. Il dit. Mon petit, dorénavant tu t'appelles Jean Durand, t'es célibataire et tu vis à Paris. Si tu tombes sur des curieux, dis-leur que tu es en vacances. S'ils insistent, dis que tu travailles dans le commerce international. Mimi regarde Charlot. Voyons, oui, bien sûr, rayon lunettes et optiques. Il sourit. Normalement, tu ne devrais pas avoir de problèmes. Et puis t'es assez grand pour te débrouiller. Charlot sort de la douche. Le corps athlétique nargue l'embompoint du Corse et s'habille d'un costard italien. Un tailleur du Sentier, cousin de Judas, lui fournit sa garde-robe. Le tailleur est l'un des plus grands fournisseurs du Milieu et de jeunes élus aux dents longues. Mimi coupe du pain et regarde son protégé par-dessus ses vieilles lunettes. Il a en face de lui l'élève formé par le maître, celui qui prendra sa suite. Si le clan de Stan, les Lyonnais, tient parole, si la bande du Pont de Toulon suit les enchères, si les voyages par bateau passent à l'as, Mimi pourra rejoindre le village en bienfaiteur. Comme son vieux cousin. Zoby pourra monter son parti et alors, et alors seulement, commencera la guerre contre les Zemour, la conquête de Paris, grâce à l'appui discret des clans corses. Mimi se voit déjà associé aux affaires internationales de ses amis de la Famille de New York et vibre d'avance au lyrisme de ce nouvel opéra corso-sicilien.

Mezzogiorno reconquista.

Charlot s'approche de Mimi. Tout va bien ? Mimi a les yeux qui brillent. Ça va, petit, ça va. Tiens, voilà tes billets d'avion. Tu es attendu à Madrid et Miami. Mimi retourne à table et s'assoit. Charlot croise les bras. Pas de message ? Mimi sourit, s'approche. Mimi ôte la bague en or massif de sa main gauche et la lui donne. Au revers du bijou sont gravées cinq lettres. Agora. Mimi passe le revers de sa main gauche sur sa bouche. Il murmure. Méditerranée de la lumière. Charlot comprend. Revoit sa grand-mère, le fucone, le livre posé sur un coin de la table. Pasquale Paoli. Mimi plisse les yeux. Celui qui viendra te chercher à l'aéroport saura te reconnaître. Les hommes du Mezzogiornio savent se reconnaître dans l'agora de la solidarité.

Charlot monte dans le taxi, direction Orly. Trois heures après, il atterrit à Madrid. Muni d'une petite valise, il se dirige vers la sortie. Il se rappelle l'attention de Mimi. On t'attend à Madrid. Dans le vaste hall, il n'oublie pas de mettre en évidence la bague qu'il porte désormais à sa main gauche. Cinq puis dix minutes, toujours pas de contact. Seuls des policiers en civil ont remarqué l'immobilité du Français. L'un d'eux rejoint le poste, prend le téléphone et compose un numéro. À deux cents mètres de là, un homme décroche le combiné. *Diga. Esta. Gracias.* L'homme de la cabine traverse la route, monte dans une voiture et démarre doucement, le hall en ligne de mire. Charlot a vu le manège des civils et préfère rejoindre le Hilton. Attendre dans une chambre ou au bar. Charlot se dirige calmement vers la sortie. Le taxi guette l'homme aux lunettes. Glisse lentement le long du trottoir et vient s'arrêter à sa hauteur. Charlot jette un coup d'œil au chauffeur qui lui rend un sourire. Taxi ? Il ouvre la porte. Hôtel Hilton. Le chauffeur lance de nombreux coups d'œil dans le rétroviseur. Ne peut s'empêcher de contenir un sourire. Charlot ouvre les deux vitres. L'air est sec, pas loin de trente degrés. Le chauffeur ne dit rien, se flatte la barbe, pousse sa casquette en arrière pour gratter ses cheveux bruns. Ne lève jamais ses larges lunettes de soleil. Bientôt vingt minutes qu'ils roulent. La ville n'est toujours pas en vue. Charlot ose un œil sur le panneau indicateur. Arganda 200 km. Pas de signe de la capitale. Bizarre. Le Corse se retourne sur un panneau situé en sens inverse. Madrid 50 km. C'est quoi ce bordel ?

Le chauffeur surveille le client, siffle par-dessus des mélodies qui s'envolent du poste radio. Charlot regarde la main gauche du chauffeur. Pas de bague. Charlot laisse glisser sa main sous sa veste. Pas de flingue. C'est ça le voyage. Pas de précaution, pas de filet, pas de solution d'urgence sous la main. Charlot retient des perles d'adrénaline. Le chauffeur ralentit et se gare lentement devant une cafeteria, seule ombre massive portée sur une immense plaine parsemée d'oliviers. Un homme à salopette semble attendre les cris des corbeaux sur la terrasse. Charlot ne comprend rien. Le chauffeur vient ouvrir la portière. Terminus. Charlot se lève doucement et, d'un bond, ceinture le chauffeur par derrière. Il hurle. C'est quoi ce bordel ? Charlot tire sur les cheveux du chauffeur. Le postiche lui reste dans les mains. Arrête, Charlot, arrête ! Le chauffeur crie en français. Charlot ne comprend vraiment rien. Comment connaît-il mon prénom ? Il se tourne tant bien que mal. L'homme, toujours immobile sur la terrasse, hurle de rire. Charlot croit le reconnaître. Elliot ? Le chauffeur se retourne. Lebrun ? Charlot ferme la portière d'un coup sec, jette sa peur éphémère. Bande de cons !

Les trois hommes s'assoient autour de la table ronde. ¡ *Cervesitas, por favor* !

Un vent chaud chasse les mouches des peaux humides. Charlot interroge. Pourquoi cette mise en scène ? Lebrun est le plus rapide. Disons que. Il hésite. On a un marché pour toi. Mais avant il faut qu'Elliot te dise une chose.

Le braqueur lyonnais boit une gorgée de bière. C'est simple, Charlot. Très simple. J'ai la possibilité de faire tourner de la came en Allemagne, aussi pure que la Horse. Comme je croise souvent Lebrun ici en Espagne, et que l'on fait un peu le même métier, on s'est dit que l'on pourrait peut-être travailler ensemble, sans dépendre toujours des oncles corses et, pour moi, de la Bricole et de ses associés. Lebrun croise les bras, prend la parole. Tu dois savoir, Charlot, que les oncles, même s'ils te protègent aujourd'hui, peuvent te foutre dehors demain, et tu sais pourquoi ? Parce que Mimi n'est pas du niveau de Marcel ou des autres têtes des Cercles. Elliot dit. Je viens d'avoir Stan au téléphone qui m'a confirmé le départ imminent du bateau.

Mais il a un autre message pour toi. On est tous au courant que c'est toi qui vas gérer les affaires des oncles, celles du Picpus, donc que c'est toi qui vas avoir le contact avec les Siciliens. Tu sais bien que le plus dur dans ce business, c'est d'avoir la confiance de l'acheteur, enfin d'un bon acheteur, protégé comme il faut. Charlot fulmine. Vous voulez que je double mes oncles ? Jamais, JAMAIS !

Elliot lui pose la main sur le bras. On a pas dit ça. Pas doubler, juste travailler avec eux, on est pas contre qu'ils prennent une commission. Charlot est soudain intrigué. Ah oui, et comment on fait ? Avec quel fric on mise ? Elliot lui serre le bras. Je devrais pas te le dire, mais je vais jouer cartes sur table. Tu te souviens au Refuge, la DS des Napos ? Charlot opine. Elle n'est jamais arrivée aux États. Comment ça ? rétorque le Corse. Elliot sourit. On a monté une embuscade avec mes amis lyonnais. On a tout pris. Cent kilos. Tu comprends ? Charlot hésite. Voler cent kilos aux Canards, c'est rien. Une goutte dans un océan, mais un trou dans le cœur si les Napolitains l'apprennent.

Elliot ajoute. Deux mecs nous ont échappé. Sûr, ils nous ont pas reconnus mais ce qui est certain. Charlot finit la phrase, lentement. C'est qu'ils ont envoyé les condés au Refuge. Alors, reprend le Lyonnais, vaut mieux être discret pour fourguer la came aux États et, avec Lebrun, on a pensé à toi et à Roger à New York. Si le coup passe, on gagne cinq cent mille dollars sans rien faire, assez pour le fonds de caisse, pour acheter la base aux Turcs et payer les chimistes. Charger le bateau !

Charlot mate Lebrun. Et toi, tu fais quoi du fric ? Lebrun se frotte les mains. J'investis dans la coke. On m'a dit que Roger à Miami a déjà pris des contacts avec des Péruviens et des Colombiens. À toi de voir, Charlot. C'est toi qui as les cartes en main. Toi seul. Lebrun a soudain les pupilles qui brillent. Prophétise. L'avenir, c'est toujours la drogue. Aujourd'hui, la Blanche, demain, la coke. Et comme on a appris que tu partais pour Miami, on a pensé à ce petit comité d'accueil. Charlot lance un regard embarrassé sur la bague puis sur les deux Français. C'est bien joli tout ça mais il reste des impondérables. Le hasard, bien sûr, le chien qui traverse la route d'une DS dans le désert mexicain, et les flics. Le plus difficile, c'est d'anticiper le travail des flics. Ceux de L'Artistic ou même du Skating vont vite être mis au parfum. Un jour ou l'autre, on sera obligés de payer l'amende et, à mon avis, on pourra pas s'en relever, et là, terminée, la grande carrière, finie l'Amérique !

Charlot repense à Mimi, à son courage à Caracas. Compte sur ses amis, les Neveux, Max, se sent soudain soutenu par le nombre, survolté par une chronique d'adrénaline annoncée. C'est risqué mais le jeu en vaut la chandelle.

47

L'avion a survolé Cuba, le plus haut possible, puis la ville américaine des Cubains en colère. Par le hublot, Charlot a pu admirer la rigueur architecturale des avenues et des rues, toutes perpendiculaires, et la plage parallèle, langue dorée du Nouveau Monde, cajolée en va-et-vient par une lame sans fond. Miami.

Dès l'immigration passée, le Corse a remis sa bague à la main gauche tout en s'asseyant dans le premier bar venu. Les policiers des frontières ont tamponné la fiche, à peine levé le nez sur cet homme aux lunettes cerclées d'or et voyageur de première classe. Le hall grouille d'un monde bruyant et bariolé, où il est bien difficile pour le voyageur novice de se croire au pays des merveilles. Est-ce cela l'Amérique ? La main s'est posée sur son épaule, la bague en évidence. Bienvenue en Amérique, Charlot, j'apprécie que tu sois à l'heure. L'homme s'est assis en face de lui. L'invite d'un œil noir à de la retenue. Tu veux un café ? Charlot a montré sa tasse. Non, ça ira. Alors, on y va. Les deux hommes sont entrés dans un taxi, se heurtant de plein fouet à la chaleur de cette fin d'après-midi du mois d'août. L'homme a juste indiqué l'adresse en anglais au chauffeur et n'a rien dit durant la demi-heure de route, circulant entre plages privées, buildings et larges hôtels endormis sous des cocotiers. Charlot a failli ouvrir la bouche mais il s'est soudain souvenu d'une remarque de Mimi. Ne jamais parler dans un taxi. Les taxis sont les oreilles du monde, et le monde est sans pitié. L'homme fait juste signe à Charlot de ranger sa bague, comme lui, dans une poche.

En voyant disparaître le taxi, au premier carrefour, l'homme a pris Charlot dans ses bras. Abraccio. Enfin, t'es là, c'est pas trop tôt ! Charlot reste stoïque. C'est quoi ce manège, tu pouvais pas me parler comme d'habitude à l'aéroport ? Cookie le prend par l'épaule, sourit. Tu voulais aussi leur signer un autographe, aux gars de la Company ? Allez, détends-toi, bienvenue aux États. *That's all, folks* ! La tête de Cookie ressemble à une bouteille de Perrier, front en pointe, yeux ronds et joues tombantes. Suis-moi. Ici, c'est vraiment l'Amérique !

La villa est bâtie sur une butte qui surplombe une piscine olympique et, plus bas, une plage privée. Les gros rouleaux de l'océan bercent un voilier et un hors-bord. *Welcome in Miami Beach*. Fais gaffe aux requins ! Roger surgit du salon par une baie. Charlot, mon ami ! As-tu fait bon voyage ? Roger n'a pas changé, sauf la moustache, rasée, et quelques mèches rousses qui donnent du relief à sa tignasse brune. Viens voir. Charlot découvre, rêve éveillé. La villa est en forme de V, ouverte sur la piscine. Des quilles de ciment de couleur rouge encadrent une dizaine de baies vitrées par lesquelles flottent des rideaux noirs. Rouge et noir. Les couleurs de Toulon, mon gars ! L'intérieur est spacieux. Regarde. Accroché au mur, un Miro. Charlot enlève ses lunettes. Un vrai ? Bien sûr, dit Roger, un vrai ! Les Siciliens ont tellement de fric à laver ! Un tableau comme ça, ici, ça coûte cent kilos de came, pas grand-chose, un bon investissement. Spéculation ! Charlot rebondit. Comme les timbres de collection que Labbé a fait imprimer à l'effigie de Papa Doc ?

Roger fait les gros yeux. Tu te moques ? Charlot le prend dans ses bras. Lui murmure. T'as pas changé. Alors ça va comme tu veux ? Roger s'écroule sur le canapé en cuir noir, son ami sur le dos. Il crie. Katy ! Les regards se tournent vers la lumière extérieure. Une femme aux cheveux blonds lissés par la baignade court vers la baie. Katy, Charlot est arrivé ! Katy fait un petit signe de la main tout en mettant son peignoir. Roger la dévore des yeux. Une bombe, murmure-t-il dans l'oreille du Corse. Une façon de marquer son territoire.

Charlot connaît par cœur les frasques des deux Toulonnais. *Sex, drug and rock and roll* ! Katy semble apprécier l'élégance du nouveau venu. Roger l'a prise par la taille et l'a attirée sur ses genoux. Si on parle vite avec quelques mots de verlan, Katy ne comprend pas grand-chose. Oh, je te rassure, elle est de l'équipe. Elle a déjà fait quelques voyages avec des valises (clin d'œil de Roger). Tu verras, ça passe comme dans du beurre. Charlot comprend. Son billet retour passe par Bruxelles, la ville chérie des oncles. Combien ? demande-t-il. Cent mille, comme convenu. On attend la moitié ce soir. Tu verras, c'est Hollywood. Les trois locataires de la villa éclatent de rire. Hollywood... Roger reprend la parole. Bon, comme tu repars dans deux jours, il vaut mieux que l'on discute maintenant, comme ça tu pourras profiter un peu de la vue (clin d'œil de Roger). Katy, tu nous prépares l'apéro ?

Une heure plus tard, le trio des hommes prend place sur la terrasse illuminée par deux lampadaires. Alors, c'est quoi les nouvelles ? Malgré le décalage horaire, Charlot ne peut échapper à l'impatience des Toulonnais. Disons que ça se complique un peu. Charlot rend compte des déboires de Rambo et du clan des imprésarios. Cookie intervient. On est au courant, c'est Rambo qui a balancé le frère de Colin, puis le passeur de Jouxy. Vingt kilos pour la Company ! Heureusement que la route mexicaine est toujours aussi bonne.

Charlot jette un œil au large. C'est le bateau ? Roger note le sourcillement de son Jumeau. Un problème, Charlot ? Vous savez bien que je trouve cette idée géniale, mais j'ai l'impression que tout le monde veut mettre des sous dans ce bateau, et j'ai peur que ça nous porte la poisse. On va tous se foutre sur la gueule, et ce sont les flics qui vont nous ramasser à la pelle ! Roger, impassible comme à son habitude, rassure son ami. Détends-toi, Charlot, le bateau est passé à l'as pour le test, tout va bien. Et puis, des bateaux, c'est pas ce qui manque. Ici, il y en a autant que des mecs de la Company. Cookie rit. C'est la faute à Lebrun et Elliot. Ils m'ont farci la tête pour que l'on monte une équipe ensemble sans les oncles.

Roger vide son verre de rhum d'un coup. Tu crois que l'on peut vraiment éviter les Corses ? Je crois que l'on n'a pas le choix, reprend Charlot. Max a rencontré Stan le Lyonnais à Paris. Il a l'intention de foutre en l'air les Zemour et, à mon avis, il a dû négocier avec Marcel ou avec Philou à Marseille.

Roger n'aime pas l'arrogance de Stan. Il sait par les Siciliens de New York que des Lyonnais proches de Stan ont tenté de fourguer de la mauvaise came à des camorristes installés au Panama, et même à des Jamaïcains. Cent kilos. Cookie approuve. Stan a la réputation de ne rien laisser au hasard. Comme il a le soutien des Leroy de Toulon, depuis que sa sœur convole avec Milou, il est en mesure de réunir pas mal de fric et de monter un tour de table béton. Et Roger de prédire. Et de nous faire de l'ombre. Bon, on verra ça plus tard. De toute façon, tant qu'on est là, on vend tout ce qui arrive. Maneri sera ravi.

Alors, Charlot, c'est quoi le message des oncles ? Le premier passage du bateau est prêt. Ils préparent les deux prochains. Trois cents kilos à chaque passage. Cookie siffle. Calcule déjà sa marge. Anticipe. Les Siciliens suivront sans problème. Au pire, on peut toujours passer par les Portoricains ou les Blacks. Discrètement.

La bouteille de rhum est vide. Roger jette un œil sur la piscine. Katy se baigne, nue. Au loin, le voilier n'est plus qu'une ombre dodelinante. Cookie se jetterait bien à l'eau. Soudain, le téléphone sonne une fois. Ils sont là dans deux minutes, dit Roger. Viens voir, Charlot, ça vaut le coup d'œil. Le trio s'est installé sur la dalle en granit devant la porte d'entrée. Roger appuie sur un émetteur. Le large portail s'ouvre sur une, deux, trois limousines aux verres fumés. Trois hommes sortent de la première Cadillac. Le premier ouvre la portière arrière du deuxième véhicule. Un homme vêtu d'un blazer bleu marine et d'un pantalon blanc monte les trois marches en direction des Français, suivi par trois gardes du corps. Il donne l'accolade à Roger, donne la main à Cookie. Roger présente Charlot. Mon ami. Maneri parle un peu français, avec un fort accent italien. Maneri rectifie. Pas Italien, Miro, no, Mezzogiorno. *Mezzogiorno reconquista*. Maneri lance un clin d'œil à Charlot. La poignée de main est ferme. Maneri porte la même bague.

Où est la belle Katy ? Elle se baigne. Allons voir ça. Charlot attrape Roger par le bras. Il est déjà au courant pour le bateau ? Bien sûr ! Tu sais, pour nous, c'est excitant, mais pour lui, c'est la routine. Des bateaux, il en reçoit au moins un par mois, tantôt de la came, tantôt de l'herbe colombienne, bientôt de la coke. Comment tu l'as connu, Roger ? Par l'intermédiaire de Mimi ? Roger a caressé sa moustache rasée. Maneri baise la main salée de Katy. En partie, oui, mais le monde est petit sur la Côte. Un jour que je me trouvais à Monaco, je devais laver dix millions au casino, j'ai commencé à me faire draguer par un mec, un Amerloque plein aux as. Alors, bien sûr, je l'ai vite dépouillé sans qu'il se retourne, si tu vois ce que je veux dire. Le lendemain, j'ai trouvé deux lascars dans ma piaule. Maneri est entré et m'a demandé de rendre la valise et les cent mille dollars. Cet argent lui appartenait et l'autre pédale aurait dû le perdre au baccara. J'ai expliqué à Maneri, que je connaissais de nom, que j'avais puni le dragueur de sa vanité. Tu comprends, Charlot, on chope pas Miro comme ça ! Il m'a regardé et m'a demandé en sicilien d'où j'étais. Je lui ai dit, Toulon. J'ai ajouté, à l'instinct, un nom qu'il devait connaître. Casta. Tu me crois si tu veux, mais j'ai vu la mort dans ses yeux, il tremblait de peur ! Il m'a laissé le fric. C'est un sentimental, ce mec, je l'ai senti au premier coup d'œil.

Les gardes sont restés sur la terrasse, faisant les cent pas autour de la piscine. Maneri a insisté pour que Katy passe une robe du soir et vienne s'asseoir à sa droite. Alors, les nouvelles de France sont bonnes, Mezzogiorno ? Charlot se sent désarçonné. A-t-il eu Mimi au téléphone lui indiquant l'arrivée du messager ? Charlot n'a pas le temps de répondre. Maneri enchaîne. Tu sais qu'on vient de perdre vingt kilos et, bon, ça va pas. C'est pas pour les vingt kilos, c'est rien vingt kilos, mais c'est pour les protections. Deux passeurs en quelques mois, ça va éveiller les soupçons et, pour éteindre l'incendie, va falloir que j'arrose des amis de la Company. Faut faire vite sinon c'est la Company qui va s'occuper de vous. Elle aime pas les branches malades. *Capito* ? Les trois Français se sont regardés, un peu gênés par les remontrances du boss de Buffalo.

Roger prend la parole. Justement, mon ami, nous avons décidé de changer de stratégie mais, pour cela on a besoin de votre aide. Maneri a allumé un cigarillo et dit. Je viens d'avoir l'oncle Mimi au téléphone. Il m'a parlé d'un message très important. Roger se tourne vers Charlot. Explique-lui. Charlot se lève, va devant la baie, revient s'asseoir sur l'accoudoir du canapé. On va continuer les petites livraisons, de l'ordre de vingt, trente kilos, en se servant de passeurs traditionnels, les stewards, les gars de la Navy, et multiplier les écrans. Si la Company met la main sur ces passeurs, elle mettra du temps à remonter la filière et pendant ce temps, nous pourrons nous concentrer sur de plus gros envois. Mais, pour cela, il faut que l'on partage les risques. On vous envoie plus de came mais, en échange, vous payez les cautions de ceux qui se font attraper aux États. Et les frais d'avocat. Maneri le toise. Je vois. Vous voulez me faire participer. Vous savez bien que la marchandise que vous me proposez, je peux l'obtenir par d'autres réseaux, les Napolitains par exemple. Alors que m'offrez-vous en plus ?

Cookie fait signe à Katy de sortir. Maneri refuse, passe la main autour des épaules de la blonde, nargue Roger. Miro lâche. Je suis étonné que tu acceptes de parler devant une femme, ce n'est pas l'habitude de. Maneri le coupe. Si Katy reste là, c'est pas pour tes beaux yeux, Roger, mais pour répondre de votre engagement.

Charlot ne comprend pas l'intervention du Sicilien. Puisque c'est lui le messager, il doit répondre au plus vite.

Il sait que tous les problèmes viennent de l'arrestation de Rambo à New York. Maneri a dû être mis au courant par ses touches à la Company. Personne n'a payé pour sortir Rambo. Maneri sait que Rambo est en train de parler. De dire ce que la Company a envie d'entendre.

Charlot demande à Katy d'aller lui chercher un verre d'eau. Les yeux de Maneri filent vers la cuisine. Charlot dit. Veuillez m'excuser. Rejoint Katy. Lui dit. Tu tiens à Roger ? Elle répond. Euh, oui, oui, bien sûr. Alors, ne reste pas avec nous. Roger n'aimerait pas que tu serves d'otage dans cette histoire. Allez, file.

Elle pose le verre sur la table. Disparaît dans le couloir. Charlot reprend sa place. Désolé.

Maneri éteint son cigarillo. Charlot reprend la main. Nous vous offrons des alliés de poids. Le Mossad. (Roger se retient pour ne pas s'étrangler. Cookie ferme les yeux, pense. Toujours aussi con ce Charlot.) Vous devez savoir que les Corses sont attaqués par une famille juive, un clan très soudé. À Paris comme dans de nombreux pays en Europe, ils disposent d'une logistique très importante, de solides appuis politiques et surtout n'hésitent pas à aider le Mossad quand il le faut. La guerre coûte cher, n'est-ce pas ? Ils nous ont garanti la moitié du chargement du premier bateau et bien plus à l'avenir. À vous de tenir à distance la Company, ce qui ne devrait pas être difficile vu le lien avec les services israéliens. Capito ?

Cookie et Roger sont au bord de l'asphyxie. Ne savent pas encore si Charlot joue un énorme coup de poker ou s'il dit la vérité.

Maneri plisse ses yeux, fait apparaître des plis de fatigue. Il est perturbé. Ses meilleurs clients sont pour la plupart issus de grandes familles juives de la côte Ouest, Los Angeles, San Francisco. Hollywood. Comment ce messager peut-il lire dans ses pensées ? Maneri cherche Katy du regard. Ne la voit pas. Préfère se concentrer. Dit sans entrain. Cela pourrait en effet rassurer mes associés. Les motiver à conclure le marché. Maneri doit reprendre l'avantage. Doit se méfier de la ruse des Corses. Dit. Ils seront garants pour les autres voyages ? Charlot comprend la ruse. Disons que la première, c'est justement pour voir si vous êtes sérieux. Si vous n'acceptez pas le marché, non seulement vous n'aurez pas l'appui de cette famille, mais vous n'aurez pas de came. Nous aussi, nous avons d'autres débouchés.

Maneri se lève, ajuste sa veste. Mimi m'a souvent parlé des voyages en voilier. Je vous cache pas que l'idée est belle, d'autant que j'ai de bonnes relations avec des gardes-côtes de Palm Spring, vous le savez déjà. Pas de problèmes pour faire entrer des tonnes par les Bahamas. Il faut maintenant s'entendre sur l'essentiel. Charlot garde la main. On peut faire un geste à partir de trois cents kilos. Dix mille dollars le kilo au lieu de onze, en gage de réciprocité et des bonnes affaires à venir. Car si tout va bien, d'ici la fin de 1970, vous aurez reçu une tonne. À vous de voir, Maneri.

Charlot cache sa victoire en levant son verre à Katy. Devine les pensées du Sicilien. Charlot sait. Les dollars sont une drogue, pire que la came. Il voit Maneri calculer, les yeux perdus dans l'eau salée de la piscine. Une tonne, dix paquets de cent kilos. Chaque paquet revendu, ici, aux États, vingt mille dollars le kilo.

Maneri sourit, lève son verre au bateau, à Katy. Secrètement au Mayflower.

Dix millions de dollars de bénéfices.

Mais où est Katy ?

48

Dans l'avion pour Bruxelles, Charlot n'a pu se retenir de draguer une hôtesse de la compagnie américaine, passeuse en puissance. Depuis la soirée avec Maneri, où Katy s'était enfermée dans sa chambre pour éviter l'appétit démesuré du Sicilien, et la journée suivante passée les fesses dans la Porsche cabriolet de Miro à siffler les belles Cubaines, le

Corse a lâché sa fantaisie sur la brune aux yeux bleus. Il tente de lui dire quelques mots en anglais, ceux appris de la bouche salée de Myriam, mais se retient soudain, passant sa main sur l'estomac. Le contact de la matière dure le rappelle à sa nouvelle fonction de banquier. Non pas les sommes vertigineuses qui doivent faire tourner la tête des associés de Maneri, mais juste les cent mille dollars qu'il porte à corps autour de la taille. Cookie, orfèvre en la matière, l'a contraint à porter l'argent. Il comptait sur la belle Louise, la maîtresse de Charlot, mais celle-ci n'est pas venue au rendez-vous. Un câble de Doumé, autre oncle de l'équipe, en provenance de la Martinique, reportait l'arrivée de Louise de dix jours.

Charlot passe l'immigration belge sans difficulté et retrouve les inséparables Max et Martin dans le hall. Dans la Mustang, en direction de Paris, le Corse conte l'escale espagnole, le vol de la came dans la DS des Napolitains, les flics avertis au sujet du Refuge, puis son incroyable baptême du feu dans la villa rouge et noir des Toulonnais. Les images impressionnent Martin mais laissent Max perplexe. Pourquoi tu prends tant de risques, Charlot ? Ce n'est pas à toi de diriger les négociations ! Max râle. C'est lui qui avait d'abord été désigné comme le messager des oncles, mais Mimi avait tranché au dernier moment pour la filiation. Max n'avait pas apprécié. Charlot se tait, maugrée. Il rendra compte à Zoby.

La Ford, qui appartient à Jouxy, franchit la frontière française sans aucune difficulté. Charlot n'en revient pas ! Depuis son départ pour l'Amérique, tout semble se dérouler avec la bénédiction des anges. Martin, lui, n'est pas de cet avis. Je vous dis que j'ai vu deux mecs en civil qui nous ont matés. Martin fouille dans la boîte à gants. Cet imbécile de Jouxy, étourdi comme il est, a bien dû laisser des trucs compromettants. Tenez, regardez, une publicité pour les paquebots italiens ! Quelle tête en l'air, ce mec ! Il veut vraiment nous.

Martin n'a pas le temps de finir sa phrase. Max freine d'un coup sec. À moins de cinquante mètres, des gendarmes leur indiquent de ralentir. Deux motards. Vous voyez d'autres condés ? demande Charlot de la banquette arrière. Non, deux, pas plus. La Mustang s'arrête, sage. Les motards examinent les papiers du véhicule. Puis ceux du trio. Vous venez d'où ? De Belgique ? Le trio reste muet. Veuillez descendre de la voiture. Le motard pose la main sur son revolver. Doucement, les trois compères mettent pied à terre et viennent s'asseoir sur le capot. Charlot allume une cigarette. En propose aux motards. Ils refusent. Max a déjà vécu cette même scène, sur cette même route. Max redoute l'arnaque. Repense à Elliot, aux cent kilos de la DS volés. Dit. Je peux voir vos papiers, messieurs. Les motards se regardent abasourdis. C'est justement ce que l'on allait vous demander. Charlot insiste. Je ne vous montrerai pas mes papiers tant que je ne serai pas sûr que vous êtes de vrais gendarmes. Charlot pose sa main sur l'estomac. Cent mille dollars. Pas intérêt à se faire serrer. Martin, lui, serre son petit sac. Les motards se concertent à voix basse, désarçonnés. Max jette un coup d'œil aux motos. Les clés sont dessus.

Le motard à la moustache montre sa plaque. L'autre cherche dans ses poches. Ne trouve pas. Semble désolé. Le moustachu fulmine. C'est le chef. Max profite de la seconde de flottement pour sortir son flingue. Ne cherchez plus, allez, vite, les menottes ! Le moustachu balance les bracelets. Martin a sorti son revolver et tient le duo en joue. Max met les gendarmes dos à dos, prend une paire de menottes. Main gauche du moustachu, main droite de l'autre. Idem avec l'autre paire de bracelets. Martin prend la plaque du moustachu, pique les deux flingues et leur enlève les bottes en les bousculant à terre. Charlot a compris. La voiture reste là. Les motards pourraient donner beaucoup trop de détails.

Max enfourche la première moto, Charlot derrière lui, et Martin la seconde. Les cavaliers s'enfoncent dans le crépuscule de la campagne calaisienne. Les deux motos parcourent une centaine de kilomètres et stoppent devant un bar de routiers. Max entre par la porte de service et revient quelques minutes plus tard avec des clefs de voiture. Échange standard. Éclats de rire. Le trio repart en direction de Paris. Le Belge savoure ces décharges d'adrénaline comme des cadeaux tombés du ciel. T'avais raison, Charlot, les anges nous protègent. Espérons que ça continue.

Charlot gare le véhicule à la porte des Ternes dans une ruelle tranquille. Le taxi les dépose devant L'Abreuvoir, quelques minutes avant minuit. Max pousse la porte en premier et tombe nez à nez avec Zoby. Abraccio. Alors, les petits, on laisse des indices dans la bagnole ? Le trio reste bouche bée. Martin repense au prospectus du paquebot italien. T'es déjà au courant ? Et comment ! Vous êtes un peu gonflés de piquer les bécanes des gendarmes ! Charlot ne dit rien. Si le vieux se met en colère, on risque d'être mis à l'amende. Ou pire, de perdre la commission sur la prochaine expédition. Le Corse retrouve le zinc, tire trois bières à la pression. Heureusement, que je connais le préfet du Pas-de-Calais. Il m'a promis de mettre les condés hors de nuisance. M'enfin, vous pouviez pas faire autrement ? Max ne s'incline pas. Tu voulais peut-être que Charlot leur donne les cent mille dollars et que Martin leur refile les émeraudes ? Martin pose le petit sac sur le comptoir. Le petit monde s'est approché des mains de Zoby. Cinq pierres. Magnifiques. Zoby se voit déjà avec le rouleau de billets dans la poche. Le petit monde connaît le circuit des émeraudes volées à Anvers, la plus grosse centrale d'achat de la planète. Les bijoutiers confortablement assurés organisent eux-mêmes quelques hold-up singuliers de leurs propres boutiques. Jamais mieux servi que par soi-même.

Zoby connaît les meilleurs intermédiaires africains, dont certains ont trouvé des emplois sur mesure dans la dernière-née des compagnies pétrolières. ELF. C'est par ces hommes d'affaires que Zoby a rencontré Labbé, de retour d'une mission au Congo-Kinshasa pour le compte du contre-espionnage. Et qu'il s'est compromis dans une sombre affaire d'escroquerie avec l'espion et le Baron. Tous des amis de Rambo !... Zoby n'a rien dit. Il a juste imaginé que l'argent de ces pierres allait lui permettre d'alimenter la caisse de son parti. Qu'il arriverait enfin au bout de cette longue route. Qu'il allait enfin pouvoir s'acheter une honorabilité tout en continuant ses belles affaires. Et se faire un pont d'or sur les cales du voilier.

Zoby tire le rideau, ferme à double tour. Petit, dit le Corse, ça te démange pas ? Charlot sourit. En un clin d'œil, il se met torse nu et dégrafe le corset. Cent mille. Zoby ne compte pas. Et pour le reste ? Charlot doit donc parler de la conversation avec Maneri. Rendre compte de l'activité de Cookie et Roger. Il a longtemps réfléchi dans l'avion et longtemps hésité. Le Corse est impatient. Alors ? L'Italien doit donner la réponse dans cinq jours. Zoby tape sur l'épaule de Charlot. Roger m'a dit que tu avais été formidable. Mais il faut faire attention avec les Ritals, ce sont des comédiens-nés. Pas trop d'enthousiasme, l'affaire n'est pas gagnée. Si les Ritals sont OK, Max prendra le premier avion pour finaliser le projet. Charlot ne comprend pas. Max, mais pourquoi lui ? Zoby n'aime pas que l'on conteste ses ordres. Répond d'un ton sévère. C'est toi qui décides maintenant ? Miami t'a tourné la tête ou c'est Lebrun qui t'a perturbé ? Charlot baisse les yeux.

Allez, faut aller se reposer.

Les petits passent la porte de L'Abreuvoir. Suivez-moi, dit le Corse. J'ai une surprise pour l'un d'entre vous. Des amis ont ouvert un nouveau restau il y a quelques jours. J'ai été chargé de faire chanter mon carnet d'adresses pour le remplir. Zoby ferme la porte. On y va à pied, c'est tout près. Max s'attend à tout avec le Corse. Une surprise ? Zoby est un magicien. À tout moment, il peut sortir du chapeau des faux billets, des pierres, des faux bons du Trésor ou des lingots d'or. Sur Paris, comme sur Bruxelles ou Londres, le Corse est au courant de mille trafics. Une véritable centrale du renseignement à la sauce toujours épicée des bureaux de la Résistance.

Zoby passe la porte du Valinco, salue le portier et dépose sa mallette au vestiaire. Bouge pas, je reviens. Max a déjà noté la présence des Neveux, Sio et Alex, accompagnés de quelques pointures du Milieu parisien, tous sapés comme des princes. Le restau ressemble plus à un cabaret sélect qu'à une brasserie. L'endroit grouille de monde. Au fond de la grande salle, des lumières blanches éclairent une petite scène. Max ! La voix féminine sort le Belge de son tour d'horizon. Belen ! Les deux amis s'étreignent longuement. Belen murmure, joue contre joue. Tu es magnifique, Max, magnifique. Elle lui prend la main. Viens, on rejoint Zoby à ma table. Il y a une surprise pour toi. Le Belge sursaute. Ce n'est pas toi ? Les yeux de la Belle Hélène affichent presque le désespoir. Je me suis mariée avec un jaloux qui serait capable de te couper en morceaux. Max serre quelques mains. La plupart des tables rondes sont occupées par des Corses, presque tous issus des villages du sud. Max tend la main à Jean et Vincent, les deux cousins en vue du clan des Calonna, une génération prometteuse. Les Bastiais n'occupent qu'une seule table.

Le couple s'assoit à la table réservée par Belen, déjà occupée par Zoby. Au fond de la salle. Le Corse a le sourire aux lèvres. Il dit. J'aurais été vraiment peiné que tu te fasses serrer par les motards, Max. Tu vois la scène, là-bas ? C'est un cadeau de Mimi. Pour toi. Zoby fait un signe de la main. Les lumières de la salle s'estompent, le brouhaha se transforme en chuchotement, le rideau s'ouvre. Max serre le verre de champagne, évite le regard presque envieux d'Hélène et celui, paternel, du Corse. La femme s'avance vers le micro. Les applaudissements chassent le sourd murmure. Max dissimule son émoi. La femme porte une longue robe pailletée, bleu nuit. Son maquillage, exagérément appuyé, fait ressortir le bleu de ses yeux, du même ton que la robe, et lui souligne des lèvres idéalement dessinées. Max avale la coupe d'un trait et se laisse emporter par les paroles de la chanteuse, douces et romantiques. Durant ses quarante minutes de show, de chant *a capella*, le public est hypnotisé par la belle à la voix de velours. Et quelle voix !

Le Belge ne détache pas ses yeux de la scène, tente de croiser le regard d'Éva. Plusieurs fois, il capte ses yeux lumineux mais ne peut, comme par pudeur, les soutenir. Puis Éva se met à virevolter autour des tables, fredonnant avec majesté l'une de ses chansons fétiches, *Où sont tous mes amants, tous ceux que j'aimais tant.* Max ne peut le croire. Il a souvent entendu parler de son finale, qu'elle n'a jamais voulu modifier par superstition, dit-on, depuis ce jour de chance où elle avait rencontré le premier amour de sa vie, le Libanais. Cette scène finale où les hommes ont le cœur qui s'affole, où toutes les femmes ont une soudaine envie de meurtre, où la belle Éva promène sa beauté au bout de ses lèvres, et sa fatalité... Max sent ses poils se dresser. Je suis la cible. Il faut que je sois à la hauteur. Il regarde à nouveau la foule qui a déjà les yeux tournés vers lui. Éva approche, frôlant de sa main gantée de noir, une joue ici, un nez là, soutient les regards envieux qui n'osent lui offrir un clin d'œil. Mimi a vu les choses en grand, discrètement, comme à son habitude. Mimi, c'est tout l'opposé de Zoby, sa pénombre, sa banque et, peut-être, un jour... Mimi avait cédé à la condition du Belge, se rappelant à sa parole, à cette blague qu'il lui avait jouée lorsque le petit s'était retrouvé face à Sandra à Barcelone. Mimi a quand même tenté, pour la dernière fois, la veille de ce tour de chant. Elle avait ri, jaune. Je vais bientôt avoir quarante ans, Mimi. Il me faut de la fougue, de la révolte, du mystère. Elle avait, de son côté, attendu, patiemment. Mimi lui offrait enfin l'occasion.

Éva pose une bise sur le front de Zoby, fronde la Belle Hélène et vient stopper son élan langoureux devant le Belge. *Où sont tous mes amants...* Max est pris d'un élan instinctif, d'une folle improvisation, comme un baroud d'honneur en souvenir des amitiés de la Belle-de-Mai, de Jeannot le disparu, de ceux qui sont là, les yeux braqués vers lui, lui, le héros malgré lui. Max se lève d'un bond et prend Éva par la taille. Il lui reste un couplet. Elle continue, émerveillée par la folie du bellâtre, émoustillée par la fougue du Belge. Les pupilles se dilatent, s'ébattent à coups de cils d'une fusion annoncée. Max connaît la chanson par cœur. Combien de fois n'a-t-il pas rêvé de prêter ses genoux à la belle Éva, pour qu'elle lui murmure, enfin, ces doux mots d'amants ?

Éva laisse le mot s'en aller sur le bout de ses lèvres et ferme les yeux.

Le baiser du Valinco.

49

Max a rouvert les yeux, sursautant, se cabrant sur le lit. Éva ? Le lit à baldaquin est vide. Éva ? Max jette un œil sur le calendrier. Février 1970. Dans moins d'un mois, il va fêter ses vingt-quatre ans. Éva doit être sortie. Depuis ce fameux baiser du Valinco, Max n'a pas résisté aux sirènes de la fièvre. Comment aurait-il pu faire autrement ? Jusqu'à présent, il n'a jamais dit à Éva combien elle avait perturbé ses rêves, comment il s'était raccroché à son sourire lors de ses parenthèses en taule. Max s'assoit sur le lit. Son cerveau foisonne de pensées diverses, comme soudain réveillé par l'énergie de la liberté, la frénésie des affaires. Et ce souvenir, flou, d'une nuit hantée par le visage rayonnant de Jeannot. Le Sicilien est assis à la terrasse de Léon. Max lui tire la manche de la chemise. Alors, quand tu reviens ? Et le réveil, brutal, sans réponse. Sans Éva.

Max oublie Jeannot, pense au boulot, le regard perdu sur les toits de Paris. Je suis un idiot. Et si Éva avait été le cerveau de Samy, son mari disparu ? Pas le bras opérationnel, non, loin de là, mais le stratège, le conseiller. Max cerne mieux le personnage de cabaret, son attirance pour les coulisses du genre humain. Éva a compris que la voyoucratie, cette savane de complots et de trahisons, ne peut obéir qu'au seul instinct guerrier des mâles. Que les femmes jouent un rôle secret, discret mais ô combien régulateur de la stratégie de survie de leurs hommes aux mille affaires. Comme un sixième sens. Éva est certaine. C'est une question de régulation hormonale. C'est comme le sexe, vous déchargez seul, pour votre seule satisfaction immédiate, alors que nous, les femmes, nous ne sommes jamais assez satisfaites. Éva insiste. Jamais assez.

Le givre s'est emparé du moindre recoin, tuiles, branches, fils, pour couvrir Paris d'un fragile tapis de cristaux. Le Belge ne pense même pas à repérer un sous-marin garé dans cette paisible rue du seizième, comme il a l'habitude, machinale, matinale, de le faire. Max gamberge. Il n'est pas tout à fait persuadé de ce que lui a rapporté Tayet. Tayet lui a dit de se méfier d'Éva. Crois-moi, Max, c'est elle qui a donné l'ordre à un associé du Libanais d'aller livrer Samy aux producteurs de la Bekaa. Samy a disparu et, comme par hasard, l'associé a repris les rênes du business. Certains prétendent qu'elle toucherait un pourcentage sur le trafic de base ! Max n'a pas confiance en Tayet. Il parle trop. Depuis cette soirée au Valinco, Éva ne s'est jamais mêlée des histoires du Belge, n'a posé aucune question sur toutes ces semaines passées sans nouvelles de lui. Max est son amant. Elle adore le savoir près d'elle, protecteur élégant, et profite sans ménagement de sa force d'athlète pour crier son bonheur d'un instant. Max le sait et s'en tient à ses performances. Mimi lui a appris à cloisonner. Débrouille-toi pour que tes protégées ne sachent rien de tes affaires et ne les mets jamais en compétition.

Éva est revenue avec des croissants.

Elle s'agenouille sur le lit, deux tasses de café dans la main. Ses mains disparaissent sous le drap. Ne trouvent qu'un amant dégonflé. Des soucis, Max ? Max a soufflé sur le liquide noir, trop chaud. Souffle. Jusqu'à maintenant, je n'ai jamais voulu te parler de mes affaires même si je sais que tu n'es pas dupe. Du temps de Samy, tu. Elle se lève d'un coup, se cabre. Ne me parle pas de ce mec, Max, jamais ! Je n'ai jamais su ce qu'il faisait, jamais participé à ses trafics, jamais ! Max est étonné. C'est la première fois qu'il la voit se fâcher. Mais pourquoi tu t'énerves ? Éva disparaît dans la cuisine. Max la rejoint. Que se passe-t-il ? Éva fond en larmes, se jette dans les bras du Belge. J'ai l'impression de tourner en rond, de refaire les mêmes erreurs. Mais pourquoi je tombe toujours folle des mêmes hommes ? Elle ravale ses larmes. J'ai lutté depuis des années pour effacer le souvenir de Samy, et puis tu es entré dans ma vie. J'essaie de ne pas m'interposer dans tes affaires, mais c'est plus fort que moi. Elle lève ses yeux clairs sur son amant. Max ne comprend pas ou plutôt... Que veux-tu dire ?

Le regard de la chanteuse semble déjà chercher le pardon. Il faut qu'elle lui dise maintenant. Si tu es là, aujourd'hui, avec moi, ce n'est pas tout à fait un hasard, cela fait longtemps que je connais tes sentiments envers moi. Max dit. Mimi ? Mimi n'est pas pour rien dans cette histoire, mais c'est plus simple que ça. Tu te souviens lorsque tu avais failli te faire écraser sur le Vieux-Port ? C'est Martin qui... Max regarde le visage soudain ridé d'Éva. Où veut-elle en venir ? J'étais à Marseille, j'ai vu l'embardée de la Jaguar de Tany, et sa colère contre vous deux. Mais où tu étais ? Je ne t'ai pas vue, pourtant, je. Elle pose un doigt sur ses lèvres. J'étais sur un yacht, à moins de cent mètres, face au bar, j'essayais tout bêtement des jumelles, j'ai braqué mes yeux sur le bruit. Éva se mord les lèvres, hésite. J'ai reconnu cet enfant, ce porte-bonheur, et j'ai voulu l'aider. Aider un enfant ? Oui, toi, je t'aurais reconnu parmi cent, et puis c'était aussi l'occasion de régler un différend avec les Napolitains. Elle soupire. J'en veux beaucoup à son père, je...

Elle ne peut pas aborder le sujet. Trop d'émotion, trop de haine, trop de honte.

Je suis allée voir le patron après l'incident. Il n'a pas voulu me parler. Comme je savais qu'il était sous la protection d'Antoine, je suis allée trouver le Corse. Je l'ai informé de la violente réaction de Tany, lui ai parlé de toi. Je sais pas pourquoi mais il m'a répondu qu'il allait s'occuper de vous deux, peut-être pour me rassurer. C'est comme ça qu'Antoine s'est intéressé à toi, qu'il me donnait souvent de tes nouvelles. Antoine a toujours rêvé d'avoir un fils comme toi, débrouillard, vif, rusé. Elle sourit. Max s'assoit face à elle. Ses jambes tremblent. Par Léon ? Oui, Léon, Joseph aussi et bien d'autres. Max reste sous le choc. Charlot ? Éva sourit. Charlot, ses oncles. Cela m'amusait de savoir que mon petit ange était veillé par des protecteurs, qui eux-mêmes y trouvaient une certaine consolation. Une consolation ? Oui, celle du père, du grand frère, celle de vies tordues, vicieuses, de tous ces mensonges à la bonne morale.

Max revoit sa jeune vie défiler à toute vitesse, ses joies, ses rencontres qu'il croyait tombées du ciel et ses larmes noyées en cachette.

Et Jeannot ?

Éva s'est levée, approchant le gris du ciel de ses prunelles chargées. Comment lui avouer que Jeannot était à ses côtés sur le yacht ? Comment lui dire que c'est elle, amoureuse éperdue du beau Sicilien, qui avait sur-le-champ envoyé Jeannot au secours des petits de la Belle ? Comment lui avouer son déchirement de ne jamais plus avoir eu de nouvelles de Jeannot, pire, de finir par croire au fil du temps que Tany s'était vengé le soir même comme la rumeur le disait ?

Éva ne peut toujours pas lui en parler. Elle a tenté depuis le baiser du Valinco, mais non, les mots restent dans la gorge, noués par la douleur. Elle dit, le dos toujours tourné, arrondi par le poids du secret. Qui ?

Il reprend. Jeannot, mon ami le Sicilien.

Elle retient ses larmes, croise les bras, les yeux fixés sur le givre. Je sais qu'Antoine a mené son enquête, apparemment sans succès. Et s'il a su quelque chose, il l'a emporté dans sa tombe à Calenzana. Max doute. Un homme aussi puissant, capable de lancer dix flics sur une affaire en passant un coup de fil à Paris, non, impossible. Tu mens, Éva. Elle soutient son regard. Écoute, mon amour, écoute-moi bien ! J'ai fait beaucoup de choses pour toi, j'ai même essayé de faire en sorte que tu ne tombes pas dans ce milieu, mais j'ai fait l'erreur d'en référer aux vieux Corses. Je dois te dire juste une chose. Elle hésite à nouveau. Il lui manque l'élan. À l'époque, à cause de cet incident sur la terrasse, en échange de cette demande auprès d'Antoine, ils m'ont demandé de ne pas aller chercher la Cadillac sur le port. Je crois que ce sont les hommes de Joseph qui s'en sont chargés. Samy devait livrer de la marchandise au père de Tany pour les Canards. Et comme j'avais un compte à régler avec le père de Tany, avec ma sœur Flora aussi, tu peux imaginer que j'ai sauté sur l'occasion. Max dissimule son épatement, prend le contre-pied d'un ton glacé. Tu t'es servie de moi, Éva, tu t'es servie d'un enfant, de ton porte-bonheur !

Éva se rassoit sur le lit, soudain absente. J'ai juste profité de l'occasion.

Max se rappelle les propos de Tayet. Ce connard avait-il raison ? Éva reconnaît son jeu, même accessoire, dans le trafic des hommes. Comment peut-elle ?

Elle poursuit. Je n'ai jamais voulu savoir ce que Joseph avait manigancé, mais Samy m'a affirmé par la suite que c'est le père de Tany qui avait lancé les condés sur l'affaire. C'est un ministre qui le lui avait confié lorsque Samy avait joué, disons, un certain rôle dans l'affaire de Suez. Mais Samy n'a pas profité de son blanchiment. Il a disparu quelques années plus tard. Qui a donné l'ordre, Éva ? La question choque Éva. Qui ? Je ne sais pas. Et pourquoi pas les Napolitains ? Éva ne peut contenir ses larmes. Je ne sais pas, je ne veux pas savoir, j'ai quitté ce milieu pour ne plus avoir de comptes à régler, et puis je. Max la prend dans ses bras. Elle frôle ses lèvres. On doit partir loin d'ici, Max, refaire notre vie ailleurs. Elle ne peut plus mentir. En ce qui concerne Samy, j'ai bien ma petite idée, mais c'est du passé, ça ne changera rien. Concernant le futur, je n'ai pas envie de venir te voir entre parenthèses comme tu dis si joliment. On pourrait. Elle s'est retournée. A chassé sourire, espoir. Elle sait que Max n'a pas l'esprit à s'arrêter. Il est ambitieux. Mimi lui a confié qu'il est un espoir du Milieu, un jeune plein de promesses qui connaît déjà les mille et une ficelles du métier. Elle sait. Que Mimi en est fier. Que Mimi se sert aussi de lui pour son ambition parisienne.

Elle murmure. Nous partageons le même espoir de revanche, le même désir de vengeance, le même souffle de vie. Oh, je sais que je ne suis pas la seule dans ta vie, cela m'est égal, puisque ton bonheur est ainsi fait, mais je voudrais quand même, si demain nos chemins devaient se séparer, que nous puissions ensemble régler cette affaire et. Max lui pose un doigt sur les lèvres. Ne dis rien, on ne dit jamais le nom des adversaires, ça porte malheur. J'ai compris, Éva, à qui on a affaire, et je comprends maintenant pourquoi tu m'en parles aujourd'hui. Éva lève ses yeux violets sur le front de son amant et l'embrasse de toute sa bouche.

Ses yeux sont devenus gris. Elle soupire. Il sort de prison dans une semaine. Je sais, répond Max, je sais. Max l'enlace, lui mordille l'oreille.

C'est le moment d'en profiter.

50

Tany a explosé de colère, de cette colère blanche que seul un héritier peut déclarer en toute tranquillité. Sûr d'être pardonné. La coupe de champagne est allée briser le large miroir, derrière le bar du Skating. Cela fait dix jours que je suis là, avec vous, que j'attends mon fric, dix jours que vous me menez en bateau ! Maintenant, ça suffit ! je veux ma part tout de suite ! Et me racontez pas d'histoires car j'ai eu tout le temps de vérifier. Pendant ces trois années que j'ai passées à l'ombre, vous avez envoyé au moins trois tonnes aux États, vous avez fait tourner mon fric. Tany regarde en direction du bout de table, mate Marius. Combien de haras vous vous êtes payés avec mon fric ? Marius joue avec une cuillère. Tany, les temps sont durs, tu sais. Pendant que tu as joué à la belote, tranquille, nous, on a essuyé les coups de partout, on s'est fait piquer une DS. La Company nous a serré des passeurs. Et puis, tu me parles de trois tonnes, mais t'es fou ou quoi ! Si on a envoyé cinq cents kilos, c'est bien le pire, pas vrai ? Marius se tourne vers les autres associés du Skating. Pas vrai ? Six visages, portant le deuil de la parole de Marius, opinent. Gégène marmonne. Les temps sont durs, petit, c'est plus comme avant. On a même été obligés de vendre quelques affaires pour tenir la route, tu.

Tany lance une nouvelle coupe dans le miroir. Éclate à nouveau. Mais vous êtes pires que les Corses, nom de Dieu, mais vous allez pas me le faire à moi, non ? Je vous connais comme si vous m'aviez fait, là, tous autant que vous êtes, je suis comme vous, alors pas d'embrouille car vous savez pas de quoi il est capable, le Tany. Le Napolitain laisse filer trois secondes de silence. Répète, la colère serrée dans ses poings. Vous savez pas ? Alors un conseil. Demain, je suis là à midi. Je veux ma part et allez, je suis sympa, pas un milliard mais deux. Cela vous apprendra à vous foutre de ma gueule ! Marius se lève et se dirige vers le bar. Un sourire narquois aux lèvres, il pèse ses mots. Et tes deux milliards, le mariole, tu les veux en nouveaux francs ou en anciens francs ? Marius a eu juste le temps de se baisser, évitant de peu une troisième coupe. Tany s'est levé. D'un méchant regard, il les a fixés un à un, n'éprouvant tout à coup plus aucune estime pour ceux qui l'ont formé à la méthode des Canards. Demain, je serai là à midi. La porte claque. Marius et ses amis veulent voir, entendre. Marius prend un pari. Mille qu'il veut nous tuer. Gégène prend. L'héritier lève les yeux vers la fenêtre et se met à danser, comme un fou, un véritable fou. Barrit. Les Napolitains sont morts, vive Sperlonga ! Tany saute dans le cabriolet Triumph, démarre en trombe. N'entend pas les Canards se marrer...

Tany file retrouver le Tio. Lui seul peut lui confirmer ce qu'il a grappillé depuis sa sortie de prison, ces minces informations qui l'autorisent à penser que les Canards n'ont pas modifié leurs bonnes vieilles habitudes. Et que, contrairement à leurs dénégations, les associés du Skating n'ont eu de cesse de faire tourner de la base, faisant travailler dix laboratoires à la fois tout en se faisant marron entre eux. Tany reconnaissait là la formidable entreprise qu'il avait quittée, les menottes aux poignets. Même s'il est fier de retrouver les vieux Napolitains, il ne peut s'empêcher de penser que lui, Tany, le protégé des Canards, celui qui aurait dû régler son compte à Antoine, s'est fait escroquer comme un vulgaire associé de pacotille. Au volant du cabriolet qui le mène à l'un des refuges paisibles du Tio, un cabanon de la calanque de Sormiou, Tany ose même penser à l'invraisemblable, à cette idée qu'il n'a eu de cesse de rabâcher durant sa trop longue incarcération. Et si l'un des Canards l'avait balancé aux condés ? Ce scénario n'est pas impossible, pense-t-il à voix haute. Ils n'ont jamais eu une entière confiance en moi, me prenant toujours pour un trouillard. Et moi, Tany, moi libre, moi, je suis pas un trouillard. Et s'ils me font un coup tordu, moi, Tany Zampa, je vais leur montrer que le fils peut manger le père. *Viva Sperlonga* !

Tany gare le TR4 devant le cabanon. Une odeur forte de sardines l'accompagne sur la terrasse devant une grille chauffée à blanc. Le Tio apparaît dans l'encadrement de la porte. Ah, Tany, je t'attendais. Putain, ce soleil, on se croirait à Alger. Quel bon vent ? Tany s'est assis à califourchon sur une chaise en bois. Un vent de panique. Ils veulent rien savoir. Le Tio tourne les poissons. Tu t'es énervé ? Ah, et comment, tu aurais fait comment, toi ? Les yeux bleus du Tio, aussi clairs que l'eau des calanques, le fusillent. Tu me demandes à moi, comment j'aurais fait ? À moi ? Le ton, presque blessé, invite Tany à raison garder. Ouais, tu les aurais amenés faire un tour d'avion et tu leur aurais fait le coup, bon, maintenant, j'arrête le moteur, et on cause. Mais moi, je suis pas pilote. Et toi, t'as pas voulu venir avec moi. Les yeux du Tio se sont mis à pleurer le sel de la grillade. Sois heureux que j'aie bien voulu te recevoir avant d'aller les voir. Je suis pas du genre à. Tany le coupe. Oh, tu vas t'y mettre, toi, mais putain, qu'est-ce que vous avez tous contre moi ? Tu peux te mettre à ma place, non ? Ces vieux escrocs ont fait tourner du fric, mon compte, et ils disent oh, tes deux milliards, tu les veux en anciens ou en nouveaux francs ! Le Tio éclate de rire. Ils t'ont dit ça ? Et, oui, ils se sont foutus de ma gueule, là, devant tout le monde, les sales bâtards de Napolitains ! Le Tio titille. À moi, ils n'auraient pas osé. Tany sent la moutarde lui remonter au nez. Toi comme les autres, t'as beau avoir fait le ménage pour eux, réglé la vengeance du Commissaire, tu. Le Tio s'approche soudain de l'insurgé avec une fourchette. Si tu parles une seule fois de cette affaire, je te crève les deux yeux et je te les fais manger en omelette, pigé ?

Tany reprend son souffle. Il sait que les paroles du Tio ne sont jamais données. Si demain ils me donnent pas l'argent, je. Tany se lève. En contrebas, les vagues poussées par la houle font onduler les bateaux des pêcheurs. L'endroit est déserté par le soleil brûlant. Je lève une armée, je les enterre, mais pour cela, mon ami, j'ai besoin de toi. Il faut que tu ailles les convaincre de me donner ma part. Il n'y a que toi qui sais, qui peux arriver à les faire cracher au bassinet. Le Tio lui tend une assiette et un verre de blanc. Le Tio connaît bien la façon de procéder de son ami. Il sait qu'il va tout faire pour l'amadouer, lui promettre la fortune, la lune. Il sait que Tany a la puissance pour lever une armée, que son baratin pourrait faire croire à un eunuque qu'il peut toujours baiser, que Tany peut aussi compter sur quelques relations d'affaires en France et en Italie, et pas des moindres. Le Tio va droit au but, le palais ensardiné. Si tu te mets en guerre contre tes amis, il va falloir de l'argent, un trésor et trouver des amitiés en face. Tany acquiesce. J'y ai déjà réfléchi, j'ai eu le temps ces derniers mois. Tu sais, Corses ou pas Corses, à partir du moment où ils pourraient m'aider, enfin nous aider à faire des sous, je crache pas dessus. Et puis, si cela pouvait nous aider à prendre des parts dans les Cercles, pourquoi pas. Alors ?

Deux heures plus tard, le Tio gare le cabriolet devant le cabanon dans un nuage de poussière. Tany est en nage. Il aurait eu tout le loisir d'aller se baigner, reposer son humiliation au milieu du chant des cigales, mais il n'a pas bougé de la terrasse ombragée par de grosses cordes tressées. Tany doit tenir sa langue, ne pas montrer de signes d'impatience. Son ami n'est pas homme à écouter des jérémiades. Le Tio entre dans la pièce et ressort une serviette à la main. Il la passe autour du cou, comme un boxeur avant un match. Dit. Ils n'ont rien voulu savoir. Tany est tout aussi direct. Tu les as menacés ? Le Tio éponge les perles de sueur. J'ai failli les faire sauter à pieds joints dans la Méditerranée, mais j'avais oublié de mettre des munitions dans le calibre. Tany sourit. Pas à moi la connerie, je t'en prie. Dis-moi ce qui s'est vraiment passé. C'est simple. Quand je suis entré, ils ont commencé à me parler d'une méchante affaire. À mon avis, ils avaient prévu mon arrivée. Ils ont voulu m'embobiner, me faire partir encore à Porto Rico, bref, j'ai annoncé la couleur, le solde de ton compte. Marius a parlé. Il m'a dit. Il n'y a que Tany pour te monter la tête. Laisse tomber le petit pour le moment, il est pas encore capable. Moi, pas capable, et de quoi ? s'exclame Tany. Il est pas capable de faire tout seul. Sans nous, il est perdu. Va le raisonner, va lui dire que, demain, il aura sa part, quarante briques, pas une de plus. Là, j'ai un peu cassé du bois, histoire qu'ils comprennent que moi, je suis capable et je leur ai dit d'aller se faire foutre. Tany prend un verre de blanc. Le Tio arrête son bras. Arrête tes caprices, Tany, on est pas au cinéma. Si tu continues comme ça, je vais finir par croire qu'ils ont raison, que t'es pas capable. Tany sue de grosses gouttes. Dit. On va voir Gaby. S'il se range de notre côté, on va pouvoir tirer les Canards avec du gros sel, crois-moi !

Midi. Un vent du désert souffle sur la ville. Tany saute par-dessus le cabriolet, ouvre la porte du Skating et annonce la couleur. La valise, et vite ! Marius, étonnamment seul dans le bar à l'heure glorieuse de l'apéritif, lève la valise et la pose sur la table. Trois vieux copains de Tany du temps de la gloriole avec les filles ont suivi ses pas. Gaby et le Tio ont préféré prendre la mer. Gaby avait eu la même réaction que le Tio. D'accord pour devenir riche avec toi, mais, demain, tu vas y aller seul, nous montrer que t'es capable. Marius propose un verre. Tany, toujours debout, refuse. Dit. Si le compte est bon, je trinquerai avec toi. Sinon...

Marius pose la valise sur la table, l'ouvre. Il y a le compte. Quarante briques, comme convenu avec le Tio. Tany croise les bras, inspire. Je crois que ni moi ni le Tio, mon ami, n'avons été compris. On en veut pas une comme ça, de valise, mais cinquante pour que le total fasse deux milliards. C'est quoi vingt millions de nouveaux francs pour vous, pas grand-chose, surtout quand on les gagne avec l'argent des autres, sans prendre de risques, hein, Marius ? Le vieux Napolitain ne fait trembler aucune ride, reste de marbre devant l'insolence du petit. Écoute, petit, tu me fais beaucoup de peine. On a toujours été bons avec toi, comme avec ton père, on s'est occupés de toi comme d'un petit prince, on est décidés à passer la main, on en a assez. Ne fais pas de bêtises. Tu sais, Tany, tu n'as qu'à me dire, « Garde la valise, Marius, dans deux mois je compterai deux cents millions », comme on a toujours fait, et. Tany se rue sur la valise et la balance dans les mains de ses hommes. Il s'est approché doucement de son aîné, survolté par cette nouvelle humiliation. Quand je suis parti au trou, j'avais une valise, comme celle-là, avec cent briques. Tu sais comme moi, même si vous vous êtes fait voler une bagnole, escroquer par le pape, ce que vous me devez. Alors, écoute bien le petit, Marius, écoute bien. Je suis pas fou, je sais très bien ce que je fais et d'ailleurs je vais te le montrer. À partir d'aujourd'hui, je vais vous faire voir que je vais devenir plus riche que vous, à la régulière, non pas comme certains de ce bar qui m'ont vendu aux condés, il y a trois ans. Tu pourras leur dire, aux autres. Dis-leur que le Tany, à la régulière, il va bientôt les rendre fous, pas fous de colère, non, j'ai encore un peu de respect pour les vieux, mais fous de jalousie, juste de jalousie. Juste plus riche que vous.

51

Roger est arrivé le premier à Milan, accompagné de son ami Louis Cirillo, le boulanger de Manhattan. Roger a laissé Katy entre les mains de sa nièce lesbienne à New York. Sage précaution. C'est Cookie qui avait eu l'idée en voyant *La Dolce Vita*, le film kaléidoscope de Fellini, dans un immense cinéma de la Huitième Avenue. Il en était revenu tout excité, retourné. Il faut que tu te maries, Roger, dans un château en Italie. Roger avait ri de bon cœur comme à chaque blague du polyglotte. Cookie avait fait les comptes de tête, en regardant le film, le cœur chamboulé par la forte poitrine d'Anita Ekberg. Le coup de foudre l'avait comme réveillé d'un profond sommeil. Un signe, oui, un signe pour en finir avec ce trafic trompe-l'œil, prendre au plus vite les bénéfices. En profiter. Investir dans le cinéma, comme les Familles aux États. Divertir, jouer, gagner. Roger, il faut fêter ça, il faut que tu te maries en Italie, vite. Montrer à nos amis que nous avons les meilleurs contacts du moment, les plus chers, des intouchables, qu'on est pleins aux as. Écoute, Roger, si on tient compte du troisième voyage du *Caprice*, notre compte dépasse les dix millions de francs, un milliard de centimes !

Roger appuie sur la télécommande. La grille s'ouvre lentement. La longue Buick soulève une fine poussière et roule doucement sur l'allée bordée d'abricotiers en fleur. Des guirlandes lumineuses annoncent la grande fête du soir. Louis l'Américain a tenu à conduire la Buick. Roger est derrière, seul, le bar ouvert sur une bouteille de dom Pérignon. Le milliard, pense-t-il, j'ai sûrement gagné un milliard mais il faut que j'en gagne dix fois plus pour payer ce putain de train de vie. Va falloir que je regarde à la dépense ou que je monte une bonne carambouille. À cent mètres, au bas de l'immense escalier de pierre du château vénitien, une femme attend son futur mari. Près de trois cents personnes l'entourent, les mains chargées de pétales de roses et de billets. Charlot ouvre la portière noire sous l'acclamation de la foule. Une pluie de dollars, des faux frappés à l'effigie de Roger, un cadeau commandé spécialement par Maneri, s'évente lentement au milieu des invités. Au pied du château, sous d'immenses cèdres, un cordon-bleu de la cuisine française venu de New York donne les derniers ordres à une nuée de serveuses. Pour remercier Roger Miro de son remarquable travail aux États, les Toulonnais ont dépensé sans compter, aidés par des associés de l'ombre, désireux de marquer leur philanthropie. Comment Ferri aurait-il pu refuser la liasse tirée des fonds secrets de la République, caisse noire dont il a la charge de multiplier les bénéfices ? Ferri est un avocat de bon conseil, banquier pour les uns, laveur de profits pour les autres, capable dans l'heure de faire tourner un milliard de dollars autour de la planète sans laisser de trace, de réciter par cœur les comptes à numéro de ses clients, sûr de ses anges gardiens qui veillent sur les paradis fiscaux. C'est lui, l'équivalent du *consigliere* des Siciliens, qui s'est occupé des préparatifs de la fête, du choix du traiteur à la liste des invités. Toulonnais d'adoption, Sicilien de sang, Ferri a donné un seul coup de fil à Palerme pour offrir ce magnifique lieu à Miro. L'avocat a fait crépiter son carnet d'adresses, invitant à tour de bras des industriels milanais, des hommes d'affaires de toute l'Europe, d'éminents représentants des Familles de la côte Est ou des banquiers monégasques.

Sans oublier les Pirates.

Le débat a fait rage entre Zoby et Mimi, et l'arbitrage de Ferri fut presque inutile. Lorsque Zoby a déclaré à Mimi que les Pirates devaient être de la fête, Mimi a refusé. C'est eux ou moi ! Cette fête, c'est aussi la célébration de nos mariages d'affaires avec des gens qui sont peut-être des voyous, mais qui respectent certaines valeurs. Mimi voit d'un mauvais œil l'énergie que déploie son associé et ami corse pour constituer un parti politique. Mimi ne crache pas dans la soupe. Compter sur des amis politiques, ce n'est pas pareil que faire de la politique, entrer dans le jeu de tous ces faux culs qui baissent leur pantalon pour gagner un panier d'électeurs ! Mimi méprise ces cliques de poules mouillées et, plus encore, ceux qui, dans l'ombre, tirent profit des manipulations. Zoby sait par ailleurs que Mimi a un vieux compte à régler avec les Canadiens, du temps de l'affaire de Caracas. Mimi lui avait confié. Les Canards m'ont doublé. Ils ont préféré attirer l'attention des flics sur des petits, comme moi, pour laisser peinards ceux du Canada. Et parmi eux... Mimi sait que les voyous sont un mal nécessaire pour la démocratie, mais il se rend compte depuis mai 68 que le Milieu est devenu une annexe du Service, un réservoir de main-d'œuvre, manipulé depuis les ministères par des hommes sans scrupule. Savoir que certains ont même fait fortune dans la came ne l'incite guère à les rejoindre sur les bancs de la République.

Mimi est catégorique. Non, Zoby, jamais, tu m'entends, jamais je ne tremperai dans ces magouilles ! Zoby avait noté la fatigue du Corse. Tu n'as pas toujours dit ça, Mimi. Et puis ce n'est pas nouveau que le Milieu rende quelques services à la République. Toi qui prétends mettre un pied dans les Cercles, comment crois-tu que tu pourras composer avec les politiques ? Toi qui possèdes tout cet argent à laver, comment comptes-tu faire pour l'investir en France sans te faire dénoncer ? Mimi l'a regardé droit dans les yeux. Ne fais pas de chantage avec moi, mon ami. Tu sais bien que, dans mes coffres en Suisse, il n'y a pas que de l'argent. Mais je vois que les gars du Service, le Sucette en tête, te bourrent le crâne pour que tu constitues une façade bien-pensante. Je vais te faire une fleur, Zoby, au nom de notre amitié, en souvenir des dossiers qui dorment dans les coffres, pour que tu puisses continuer tes affaires dans l'immobilier et que je puisse, à mon tour, laver mon fric, tranquille. J'accepte la présence des Pirates mais à une seule condition : que Sucette et sa clique ne soient pas là ! Zoby a haussé les épaules et a finalement accepté. Non pour lui faire plaisir, mais bel et bien parce que Sucette a délaissé le Service pour une entreprise bien plus puissante, spécialisée dans l'import-export de la banane. Et de l'or noir. Et que jamais Sucette ne serait venu en Italie se montrer aux côtés des condés voyous de la vieille garde.

Roger et sa femme ont serré cent mains, donné mille baisers. Miro a retrouvé des copains d'enfance, ceux de la bande du Pont de Toulon, des associés, connus, inconnus, de Paris, Lille, Lyon et Marseille. Des Milanais. Des exilés venus spécialement des quatre points cardinaux. Qu'il est loin le temps où ta femme faisait les couloirs à Pigalle... Qu'il est loin le temps où l'on braquait les coffres des entreprises du Sentier... Tu te souviens, la fois où on s'est fait piquer par les gars de la Pref... Deux ans que l'on t'a pas vu, Roger, paraît que ça marche fort aux États... Tu veux une autre coupe de champ...

Peu avant minuit, Roger rejoint sa femme pour assister à l'embrasement du feu d'artifice. Charlot s'est avancé sur la grande terrasse, entourant les solides épaules de son ami. Une fusée a libéré le mot « Horse ». Les Jumeaux sont restés sur la terrasse, observant les allées et venues des invités, les coudes posés sur la rambarde. Porte-parole des oncles, Charlot n'y est pas allé par quatre chemins. En quelques minutes, il a pu mettre un nom sur chaque visage, reconstruire chaque équipe d'associés à partir des groupes de chimistes dont certaines, à la grande surprise de Roger, ne sont formées que de couples. Mari et femme au labo comme à la ville !

Charlot a insisté. C'est de plus en plus compliqué, Roger, de gérer les affaires ici. Les labos, les équipes tombent comme des mouches et de plus en plus de mecs veulent croquer de la Blanche. Des industriels, des promoteurs, des toubibs, même des artisans, ils en ont marre de blanchir du fric pour les voyous, ils veulent toucher. À Marseille, on dit que la moitié de la ville touche du fric de la came. C'est à y perdre son latin ! Roger consent. Ouais, nous, c'est pareil, la demande explose. Mais les Siciliens sont fous de rage car des tampons, surtout les Portoricains, tentent de les doubler, montent leur propre business. Charlot acquiesce. Tout le monde veut en croquer. Mimi se fait du souci. Pour la came ? reprend Miro. Non, pour Zoby. Il a déposé les statuts de son putain de parti. Pompidou est paraît-il fou de rage. Miro allume un havane. Et le Marquis, il en pense quoi ? J'en sais trop rien. Depuis qu'il est député, il a pris un peu de distance avec la Table ovale. Du temps où Pompidou était Premier ministre, il s'en est donné à cœur joie en monnayant de belles affaires avec Marcel et les vieux fantômes de la garde du Général, surtout en Corse et à l'Outre-mer. Philou le tient à l'œil. Ce con de Marquis a l'intention de voter la nouvelle loi sur les stups, faire passer l'amende à vingt ans au lieu de cinq. À mon avis, ça cache un truc, d'autres fleurs à cueillir.

Max lève les yeux sur la terrasse, attiré par les ombres. Il laisse sa Bibi au bras de Sio et monte deux à deux les larges marches en marbre de Carrare. Ah, Max ! Charlot le prend dans ses bras. Je t'attendais. Tu te souviens de Roger ? Bien sûr. Max félicite Miro. Magnifique, cette fête, mais il y a une tache d'huile. Les trois hommes se penchent comme un seul homme vers le groupe aux turbans. Éclatent de rire. Comment se fait-il qu'ils soient là, ceux-là ? Max regarde les Jumeaux. Charlot tire le premier. C'est Ferri, l'avocat. Il peut pas s'empêcher de montrer qu'il est proche des hommes de la Finance. Roger gronde doucement. Oh, mais c'est quoi tous ces mecs-là ? Pour le Marquis, je vois mais là, désolé, je suis *out*.

Max, toujours au fait de la « Mare aux canards » et d'autres sources, explique. C'est pas compliqué, Roger. Depuis que le Général a démissionné, son bras droit, la Finance, celui qui a mis les Parisiens dans le merdier de Ben Barka, s'est retrouvé au placard. Disons que c'est Juillet, l'ombre de Pompidou, qui l'a mis à l'amende. Roger soupire. Et ça change quoi ? C'est pas que les hommes qui changent, Roger, c'est aussi le monde. Il se dit que ce sont eux les futurs princes de la planète. Le pétrole. Charlot ne suit plus. Tu nous amènes où, là, Max ? T'es bourré ou quoi ? Max lance un violent regard aux Jumeaux. Mais vous avez quoi dans votre cervelle ? Pour le moment, les Pirates veulent profiter de l'argent liquide, comme tout le monde. Roger commence à piger. Tu veux dire qu'ils veulent se lancer dans la came ? C'est fait ! lâche Max. Un chimiste de chez nous tourne déjà pour eux en Syrie ou au Liban. C'est la Finance qui l'a sorti de taule. Charlot pose le verre. C'est le merdier, je vous dis, si les Arabes s'en mêlent, c'est foutu. Les Israéliens vont pas tarder à nous casser les burnes ! Max s'abstient. Garde pour lui les menaces qui pèsent sur les Zemour.

Roger lance un rond de fumée. Vous faites pas de souci, mes amis, dès qu'on aura assez de tune, on va pouvoir aller s'éclater du côté de Baranquilla en Colombie. Il paraît que les Colombiennes ont un joli petit nez et un sens inné des affaires ! Roger fait un pas de salsa, la main posée sur le ventre. Charlot reprend au vol. T'es à peine marié que tu veux déjà mettre la main aux fesses des latinas, putain, tu changeras jamais ! Calme, calme, mon ami. Dites-moi plutôt ce qui va se passer dans les prochains mois, et après je vous révélerai un petit secret.

Charlot se met en selle, explique. Trois nouveaux bateaux dans les six mois à venir. Les bureaux de change qui explosent face aux trop grosses valises de dollars. Les investissements en Bourse. Tany, lâché par les Canards, qui s'embarque dans l'histoire. Et la réunion de Casablanca. Mimi a confirmé la date. C'est en juin, dans trois mois. Roger, il va falloir que tu te déplaces. Ah, non, d'ici là, je me serai installé en Colombie. Miro se marre. Putain, j'en peux plus, des Américaines !

Max retourne les Jumeaux vers le plancher des vaches. Tu vois, Roger, le mec avec un verre de champ dans chaque main ? Ouais, dit-il. C'est Stan, Stan Zolto, et à côté, Elliot. Ces deux-là, il va falloir les surveiller, reprend doucement Charlot. Il se dit que Stan a des idées sur Paris. Mais c'est un braqueur, non ? demande Roger. Justement, rétorque son Jumeau, il est en pleine forme, il tire sur tout ce qui bouge. Il est en train de monter une équipe avec des jeunes amis de Casta, des fous furieux de Bastia, et des Marseillais. Monter sur Paname. Il a l'accord des Cercles, Max ?

s'étonne Roger, peu informé des affaires françaises. Il vaut mieux pour lui. On peut pas faire la guerre sur deux fronts en même temps.

Stan lève les yeux vers le trio. Fait un signe de la main.

Roger le lui renvoie. Se tourne vers ses deux associés. Eh bien moi aussi, les gars, je suis en pleine forme et, croyez-moi, l'avenir, il est pas à Paris ! Il est en Colombie, au Pérou, au Brésil, dans la coco. C'est avec ça qu'on va emboucaner la planète !

Chapitre onze

La cavalerie

52

Novembre 1971. Max est en colère. Il tire les cheveux d'Alex, lui braque la lampe dans les yeux. Alex crie. Laisse-moi la vie, Max, déconne pas, je ferai ce que tu voudras mais ne me tue pas, ne me tue pas ! Alex a les mains attachées derrière le dossier de la chaise. Dix heures déjà qu'il gueule à la vie, qu'il bouscule la mort. Alex n'a plus la force de laisser les yeux ouverts. Il sait que Max, Boby, Bono et Martin ne vont pas lui laisser la vie. Se maudit d'avoir fait équipe avec Sio. Alors, reprend Max, tu me racontes l'affaire depuis le début. Je veux tout savoir. Depuis le début, tu m'entends, qui vous avez arnaqué, combien vous avez touché. Alex se résigne. Ne peut plus lutter contre les coups de marteau, ne peut plus jouer l'évanouissement. Alex se résigne. Enlève-moi ces putains de menottes. C'est bon, je vais vous raconter. Alex se masse les poignets. Il est toujours assis, ligoté par les pieds. Les yeux beurrés de gifles.

Quand Charlot et Roger ont été arrêtés en Italie l'été dernier, Sio et moi, on s'est dit qu'on pouvait monter de la came aux États, le faire en direct, en commençant par cent kilos. Mais il nous manquait le contact aux États. Mimi avait refusé de nous le donner, alors on est passés par Zé. C'est bizarre, ils ont le même contact. Martin lui file une baffe. Qui vous a aidés ? Alex se reprend. On a préféré toucher Zé par le Rouge et Ticelli. On a été obligés de les mettre dans l'affaire. Cirillo n'avait pas voulu traiter avec Sio. Il l'avait fait suivre aux États et il s'était aperçu que Sio flambait tout son fric dans le luxe, les putes et surtout les casinos à Las Vegas. C'est Ticelli qui nous a servi de tampon, il avait l'habitude. Sio est allé voir nos amis du Boulevard de Paris. Quand ils ont su que Zé nous avait refilé le contact, ils nous ont avancé la came, cent lokis, même le fric pour les frais. Putain, on avait quand même la trouille ! Si une autre équipe nous avait tendu une embuscade, on était marron. Alex grimace. Mais on a quand même eu chaud. Filez-moi un verre d'eau, merde, je crève de soif. Ta gueule ! lui rétorque Boby, on s'en fout de ta soif, tu devrais crever la bouche ouverte. C'est quoi, vous avez eu chaud ? Ben, c'est Zé qui nous a foutus dans la merde, je suis sûr qu'il a monté ce coup pour nous doubler. Alex tousse. Voilà ce qui s'est passé, du moins ce que j'en sais. Zé nous a présenté un ami à lui, Rudy, un Ricain qui l'avait aidé du temps où il était à l'ombre aux États. Il lui a payé une garde-robe et le Rudy est monté aux États avec une liste de contacts, de vieux amis de Zé et des Familles. En réalité, le Rudy, c'est un mec de la Company. Il a fait le tour des États avec un collègue à lui qu'on a vu plus tard, à Marseille. Ils sont allés à Vegas, à Corpus Christi, à La Nouvelle-Orléans, à Salt Lake City et bien sûr à Chicago, mais les Siciliens se sont méfiés, et Rudy et son pote de la Company sont rentrés bredouilles. Et c'est là que les mecs de la Company, ils ont fait une erreur, heureusement pour nous, sinon j'y serais là-bas avec les Jumeaux, *in jail*. Rudy et son pote, le condé client, sont venus à Marseille, et comme vous savez, surtout en ce moment, c'est interdit qu'un acheteur vienne renifler autour des labos. Zé les a fait tourner en bourrique, pas croyable ! Il nous les a renvoyés à New York. Avec Sio, on venait juste de récupérer un million de dollars pour notre boulot habituel. Zé nous a câblé un mot. On a compris. On les a fait marcher, vous pouvez pas savoir ! Max l'interrompt. C'était quand ? Alex bredouille. Quelques jours avant Noël, pourquoi ? Tu veux dire que, depuis ce temps-là, vous êtes dans le collimateur de la Company ? Ben, on est pas les. Max lui colle une gifle monumentale. Mais t'es vraiment un taré, bordel, tu veux qu'on y passe tous ou quoi ! OK, Max, ça va, cool. Si tu veux savoir, ça fait longtemps que les mecs de la Company nous ont à l'œil. Si on n'avait pas tant de protections, crois-moi, il y a longtemps que la Company nous aurait rayés de la liste. Et Charlot, à mon avis, n'y est pas pour rien. Pour la première fois, Max ressent comme une fronde de trahison l'envahir.

Ensuite ? On a vite compris que les undercovers voulaient amener le gros poisson dans les eaux territoriales. Zé ? demande Martin. Bien sûr, Zé, ça fait trop longtemps qu'il les emboucane ! Bref, on les a fait revenir à Cassis et on s'est occupés de Rudy. Max sent la moutarde lui monter au nez. T'es en train de nous éloigner de ce qui nous intéresse, Alex, alors reviens vite à notre histoire. Alex demande à boire. Plus tard. Continue, Alex, et ne nous raconte plus de salades, d'accord ? On a monté les cent kilos aux États, on est rentrés avec le million de dollars. Martin lui présente un verre, laisse filer l'eau à terre. Alex ravale sa salive.

Et puis ? dit Martin. Et puis, et puis, Sio m'a dit, « On fait la cavalerie. » Max comprend enfin. Il s'en doutait depuis le début mais il n'aurait jamais imaginé que les Neveux auraient pu faire un tel coup aux grands du Boulevard. Alex poursuit, résigné. On a fait attendre ceux du Boulevard pour les payer et on a gardé l'argent. Sio n'a pas pu s'empêcher d'aller en cramer au jeu et on s'est retrouvés coincés. C'est là qu'on est venus vous voir. Vous aviez le passage, et nous, les sous et la marchandise. Max s'agite. Mais comment Sio a fait pour se faire coincer à Orly ? Il pensait qu'avec cinquante mille dollars il n'y avait pas de problème à la douane. Et le reste du fric ? demande Martin. On avait prévu le coup. Deux hommes à Cirillo accompagnaient Sio sur le même vol, chacun avec cinq cent mille dollars. C'est peut-être une chance que les douaniers aient focalisés sur Sio, on est sûrement passés près de la mort ce jour-là.

Max connaît la suite. Sio en prison, Alex se retrouve seul avec plus d'un million de dollars en poche, une dette envers ceux du Boulevard, une dette envers l'équipe de la Belle. Max n'a pas compris tout de suite. Alex est revenu le voir, lui a proposé un autre voyage, cent kilos de plus en lui promettant de lui payer les deux voyages, plus une prime de dix pour cent. Un total de trois millions de francs. Alex regarde ses pieds. Cela fait une longue minute qu'il voit Max réfléchir, faire les cent pas. Alex n'a jamais vu la mort d'aussi près, il connaît la punition. Alex, s'il pouvait, se donnerait des coups de tête, se frapperait avec une matraque. Regrette, silencieux. J'aurais dû apprendre le métier de chimiste au lieu de me gonfler les veines avec cette putain de came. J'aurais dû continuer à dépouiller des canailles dans les boîtes de nuit, à Aix, à Paris. Max, toujours pensif, ne peut que désespérer. Avant de châtier l'imbécile, il doit récupérer l'argent, au moins les sous qui correspondent à l'achat de la came, deux millions de francs. Max refuse de prendre sur une autre affaire. Il pourrait demander à ses protégées de bosser un peu plus, chercher un braquage commandé ou brûler la banque avec des faux bons du Trésor. Max cloisonne. Pas de liens de fric entre chaque business.

Max s'assoit en face d'Alex, toujours penaud. Il te reste combien en liquide ? Alex n'a pas le choix. Il sait que l'équipe de Max ne prendra pas de gants pour le torturer. Il sait que son père, acoquiné aux vieux du Boulevard, ne va pas rester les bras croisés. Max est impatient. Combien, Alex ? Cent millions. Max se lève, s'approche d'Alex. Tu as une chance infime de garder la vie, Alex, je te le dis, je te l'ai dit. Je sais que tu viens de dire la vérité, je sais que tu m'as fait marron. Mais si tu t'obstines, je. Max lui envoie une nouvelle gifle, gueule. Je t'emmure vivant, t'as pigé ! Alex annonce. Cent cinquante, je te jure, j'ai pas plus ! Alex anticipe. Max a besoin du fric. Pour le récupérer, il doit me sortir d'ici. Le temps de faire monter le fric de Marseille, j'aurai l'occasion de m'enfuir. Max n'abandonne pas les enchères. D'accord pour cent cinquante mais je veux ton appart à Paris, plus les meubles, ta commode Boule. Alex tente de protester mais reçoit une nouvelle gifle. Boby est passé par là. Boby n'aime pas attendre. Il a attendu des mois avant que Max vienne le sortir de la prison de Tarragone, une dizaine de jours avant cette descente à la cave. Le Belge avait réussi à toucher un maton lié aux voyous politiques des commandos basques. En échange, Max a dû donner quelques noms de mercenaires français qui bossent clandestinement pour l'armée espagnole dans les Pyrénées. Max et Martin se sont présentés en faux policiers munis d'un mandat d'extradition. Le maton a fait le reste. Aujourd'hui sans le sou, Boby attend bien plus que cette poignée de millions pour rendre justice, pour montrer à cet imbécile qu'il vaut mieux réfléchir à deux fois avant d'aller faire marron ceux de la Belle. Boby a ouvert son couteau devant les pupilles hallucinées du voleur. Bon, quand est-ce qu'on le finit, le fatigué ?

53

Max doute. De tout. N'arrive à rien expliquer. Quelqu'un les a sûrement balancés aux condés, Boby et lui, mais il n'arrive pas à mettre un nom. Putain de métier !

Max contemple l'Atlantique, les mains dans les poches du ciré jaune. Comme tous les soirs de cet été caniculaire, le Belge borde le coucher de soleil sur l'Amérique. Cette Amérique qu'il n'a pas encore vue. Cette Amérique qui lui prend ses amis, comme Charlot, qui ne lui rend pas ses profits. Cette Amérique qu'il aurait dû fouler après la réunion à Casablanca, une affaire comme cent autres qui n'a pas vu le jour, malgré la présence des Jumeaux, Roger et Charlot, malgré l'aide d'un homme de parole, proche du Royaume, malgré l'enjeu de la négociation et les profits escomptés.

Mais c'est ça aussi l'Amérique, cent affaires en vue, une seule qui se réalise.

Alex est passé à la caisse. Max lui a sauvé la vie. Il a retenu le couteau de Boby. Laisse-le, avait-il ordonné à son soupirant de beau-frère, quand on le croisera, on aura l'occasion de rigoler. Alex pourra toujours servir à mille choses, à l'image d'un bon soldat, vaillant, discipliné.

Pourquoi suis-je allé en prison ?

Max se retourne sur Éva. Elle est allongée sur une large serviette de plage, le regard plongé dans le dernier *Paris-Match*. Elle lève les yeux sur son bel amant, l'invite à l'amour. La plage est déserte, lui murmure-t-elle, viens. Max hésite. Non pas par pudeur, la plage se vide aussi vite que la marée monte, mais par lassitude. Éva, son rêve d'enfant, son caprice de jeune étoile du Milieu, ne le fait plus rêver. Il préfère autant les conseils que les câlins. Éva l'a ressenti. Elle sait déceler cette faible lueur qui habite son Belge lors de ses périodes d'angoisse. Max regarde au loin, les derniers reflets rougeâtres du soleil sur les vitres des grands hôtels de Deauville. Meurt d'envie de crever l'écran, de devenir un général, de renverser le pouvoir établi, de pouvoir arriver à Deauville et s'acheter dans la minute un restaurant, un casino, une boîte. À la mariole, comme un Corse, un vrai. Ne plus discuter. Ne plus se fâcher. Ne plus courir après tous ses avoirs. Faire comme les trafiquants, acheter des haras, là, entre Deauville et Paris, acheter les paris, acheter la fortune.

Il repense soudain à Alex, sait qu'il a fait preuve d'honneur en le descendant à la cave. Mais le Milieu n'aime pas les indulgents. Le Milieu, Max l'entend, parle d'une seule voix. Tu aurais dû le tuer, ce fatigué, tu nous aurais débarrassés d'un moins que rien, d'un drogué. Le Belge le dit à Éva. J'en fais des cauchemars. Elle le prend dans ses bras. Il résiste. Ne veut pas qu'elle le cajole. Qui a bien pu me donner, Éva ? Elle enlève ses lunettes de soleil. Pourquoi tu t'obstines ? Et puis, tu me racontes si peu, le Belge, tu fais mystère de tout. D'un côté, tu as raison, je veux rien savoir mais, si je dois te donner un conseil, tu devrais regarder autour des oncles. Entre le Zoby qui dégoupille avec sa politique mafieuse et Mimi qui monte des parties de jambes en l'air sur la Côte, ce n'est pas un bon parti. À leur place, je n'aurais pas laissé les Jumeaux dans les mains de la Company. Pourquoi n'ont-ils pas payé la seconde caution ? Max n'est pas étonné d'entendre les petits secrets du Milieu dans la bouche de sa séduisante partenaire. Quoi d'étonnant quand on ouvre ses draps à un charmant voyou et qu'on croise à chacune de ses sorties mondaines les clandestins de la Cinquième République ? Max a sa petite idée. Tu sais, la première caution a coûté un demi-million de dollars aux oncles, aux grands associés. Et puis c'est la faute aux Jumeaux. S'ils étaient restés tranquilles à Boston, comme le juge le leur avait ordonné, ils se seraient pas fait arrêter à côté de New York. Et combien cette fois-ci ? ose Éva. J'ai entendu parler de cent mille dollars chacun. Le fric, c'est pas le problème. Mais il y a quelque chose qui me chiffonne. Dis-moi, dit-elle, en lui enroulant les mains autour du cou. Lâche tes soucis, Max, n'aie pas peur, je suis une tombe. Elle fait le signe de la croix sur ses lèvres.

Max résume. J'ai pas confiance en Richard. Lequel ? Celui qui tourne avec la bande à Labbé ? Max adore son fameux sixième sens. Tu le connais ? Disons que non, fait-elle en souriant. J'en ai entendu parler, c'est tout. Sa liaison avec la fille de Papa Doc fait rire tout le show-biz ! Max dissimule sa surprise. Richard est entré dans le business par Lebrun. C'est lui qui l'a présenté aux Neveux, Alex et Sio. Tu parles d'une association... Si j'avais été flic, c'est bien par eux que j'aurais infiltré le Milieu incognito. Éva rit. Elle pense soudain à ce condé voyou qui n'ose pas montrer sa Ferrari, un bon copain de Tany, qui se fout du mot incognito. Un amant fougueux, aussi. Pourquoi ris-tu ? Rien, je pensais au mot incognito. De ta part, c'est bien vu. Max poursuit. Richard est sorti de taule quelques jours après mon affaire avec Alex. Les Jumeaux en cabane, les Neveux mal en point, Lebrun a eu l'idée de relancer Richard à court d'argent. Petit à petit, Richard a assuré la réception aux

États et, comme les Neveux, il s'est montré gourmand. Je sais qu'il a tenté de négocier un pourcentage avec les oncles sur les voitures mais en vain. Comme ils ont refusé, Richard a commencé à flamber, à parler, à dire qu'il était un important trafiquant, un ami de Labbé, qu'il connaissait Sinatra, qu'il allait bientôt acheter tout le milieu du cinéma en France. Des paroles, trop grandes.

Et puis, il y a l'arrestation de Tayet. Max attend une réaction de l'amie de Tayet. Éva fait l'innocente. Il s'est fait serrer ? Les gars de la Company ont attendu qu'ils vendent la came pour le coincer avec quatre cent mille dollars. Et alors, demande Éva soudain devenue distante, tu crois qu'il a joué l'indic ? J'ai appris que Casta et les vieux du Gondolier n'ont pas l'intention de payer la caution. Ce taré de Tayet pourrait bien faire comme Rambo, son ami, se mettre à table, s'acheter une vie à l'américaine flambant neuve. S'il le fait, crois-moi, on va pas faire long feu.

Éva prend une longue inspiration. Tu crois qu'il y a un rapport avec l'affaire Alouette ? Max admire la façon dont sa belle chanteuse joue son l'air-de-rien. Max lui renvoie la balle. Je t'écoute. Après tout, reprend-elle, je vois pas pourquoi je pourrais pas t'affranchir. Elle lui passe la main dans les cheveux. Se souvient de Jeannot, des cheveux de Jeannot, de l'odeur de sa peau. Alouette bossait avec tout le monde. Je n'ai jamais su comment il pouvait mépriser avec autant de cynisme le genre humain. Il travaillait souvent avec Labbé, d'ailleurs, c'était son ami. Une espèce d'agent noir, proche des gaullistes de gauche, proche de rien. Si tu veux mon avis, en arrêtant Alouette, la CIA a fait payer à Labbé et au contre-espionnage le fiasco du complot contre Papa Doc en Haïti. Labbé a cru qu'il pouvait doubler la CIA en utilisant l'appui des Familles. Max regarde Éva parler. Jamais il ne l'a entendue parler avec autant de précision, de rigueur et d'exactitude des hommes, des réseaux et des complots. Et se demande, là, à quelle sauce il va être battu par les griffes de la belle amante de Saint-Jean...

Éva s'est levée, pieds nus dans le sable encore chaud.

Plage déserte, jour fuyant. Les rouleaux de haute marée accompagnent les lèvres du couple. Éva semble éclairée par une lumière intérieure, peut-être ce sixième sens qui lui donne cette faconde, cette quête permanente de vouloir comprendre le monde qui l'entoure. Max comprend entre les mots. Il sait par le *Canard*. Il sait par les Corses. Même s'il ne sait pas tout. Mimi lui a bien parlé de cette histoire de troc, de l'arnaque des Siciliens envers les Corses, mais Mimi, interrompu dans son élan par un coup de fil, n'a jamais terminé l'histoire. Et comment en savoir plus ?

Éva le détourne de ses pensées filantes.

Max, s'il le faut, si je peux, sache que tu pourras toujours compter sur moi.

Éva tourne doucement le dos à l'Amérique, à Max, se retourne vers les lumières de la ville. Laisse, entre chien et loup, couler cette soudaine montée de larmes, salées par une terrible désillusion. Repense à ce qu'elle lui a soufflé, il y a déjà quinze ans, assise à la droite de son futur mari, dans un wagon en provenance de Gênes.

Je ferai tout pour te sortir de ce milieu, tout pour t'envoyer en Amérique.

Demain, elle en est maintenant persuadée, Max va poser son premier pied en Amérique, dans l'idée, abracadabrante, de sauver la French Connection qui file à vau-l'eau dans les égouts de la planète. Et ce jour-là, ce sera un terrible fiasco pour Éva. Un terrible fiasco.

54

Interpol, 15 décembre 1971
DOCUMENT À DIFFUSION RESTREINTE SECRET-DÉFENSE

En liminaire, veuillez prendre note des derniers renseignements concernant l'activité de trafiquants français.

Le 22 septembre 1971, les douaniers US découvrent 84,5 kg d'héroïne dissimulés dans une Ford transportée sur un navire italien en provenance de Gênes ; suite à cette saisie, Richard X est interpellé trois jours plus tard par le service des douanes ; le 6 octobre 1971, LABBÉ est arrêté à Marly-le-Roy ; le coffre de sa voiture contient 106 kilos d'héroïne ; LABAY aurait organisé le passage de 4 voitures ; le même jour, Roger Miro et ledit « Charlot » sont extradés vers les USA après avoir été arrêtés en Italie au mois d'août en compagnie dudit « Sio » et de Ferri, l'avocat de cette organisation internationale de trafiquants ; à noter que les deux derniers ont été relâchés.

Renseignements fournis aux autorités américaines hors PV par ledit « Charlot » lors de son extradition d'Italie vers les USA.

Les trois sources les plus actives d'héroïne dans la région de Marseille sont décrites comme suit :

1/ Mari et son cousin CASTA sont les exploitants d'un ou plusieurs laboratoires d'héroïne, source pour lesdits Neveux, Labbé et autres ; en plus de ce que MARI et CASTA vendent à leurs sous-traitants, ils ont leurs propres méthodes d'expédition et leurs propres clients aux USA. La morphine-base est fournie par ledit « Fany », en relation avec des marins turcs qui jettent la marchandise en mer par-dessus bord, base ramassée par « Fany ». CASTA pourrait avoir un laboratoire en Corse qui tournerait la base ;

2/ le second groupe est celui de HENRI P. de Propriano et de DÉDÉ, son homme de paille, lié à la famille CALANNO. DÉDÉ est notamment chargé d'investir l'argent du trafic sous la forme de chevaux de course et de commerces liés au café. Ce groupe est la source pour les Corses d'Amérique du Sud, dont RICORD et autres, et pour les Corses de Madrid et de Barcelone ;

3/ le groupe suivant est celui des Canards, mené par Nicolas VENTURINI. Les Canards sont une vieille association de dangereux criminels spécialisés dans les hold-up, la contrefaçon de monnaie, la traite des Blanches et le trafic d'héroïne depuis la Seconde Guerre mondiale. Ces dernières années, avec l'arrivée de nouveaux membres, elle est devenue très active dans le commerce de l'héroïne. Un policier, non identifié, est connu dans le milieu pour être un excellent chimiste.

La source a par ailleurs indiqué qu'un certain Marcel opère sous la protection d'un avocat fort connu en France, impliqué dans l'affaire BEN BARKA. Ses lieutenants sont les frères ZEMOUR, impliqués dans une guerre de bandes et qui sont depuis à la tête du commerce d'héroïne de Marcel. Enfin, la source a fait mention de l'importance de l'organisation des frères ORSINI sans pouvoir en dire plus. Un laboratoire pourrait être installé dans une clinique privée située près de la place Castellane à Marseille.

55

Cinq heures du matin. Tany attend, assis sur un rocking-chair, derrière la grande baie vitrée de la villa. Du haut du promontoire, à deux coups d'ailes de la Méditerranée, Tany attend. À l'est, le soleil se réveille doucement de sa longue nuit d'hiver. Tany imagine cette ronde terre qui tourne et lui, le roi, Sa Majesté, qui attend d'être frappé par les rayons de la vie. Du saint sacrement. Au large, plein sud, les étoiles dansent la mort, la fin de leur monde, la fin d'un caprice de Dieu. Tany ajuste sa couverture posée sur sa longue silhouette. Impossible de dormir, ça, non. Il attend le signal. L'inspecteur, l'ami, le chimiste, Le Chauve, l'a affranchi. Le téléphone, une sonnerie, avant le lever du soleil. Tu seras le seul à suivre la dernière croisière du langoustier.

Sonnerie. Une fois.

Tany jette un œil sur sa montre. Presque six heures. Il y

a déjà foule au Vieux-Port, ça va jaser. Tany se lève, prend les jumelles. Deux lumières tanguent. Deux cônes de lumière, puissants, éclairent à bâbord et tribord la pêche miraculeuse de cette nuit froide. L'inspecteur lui a promis. On s'arrange pour refiler l'affaire aux douaniers. C'est sûr, ça va faire du bruit mais la casse sera limitée. Et puis, qui se permettrait de te salir ? Tany avait apprécié. Qui en effet pourrait remettre en cause le Grand Napolitain ? Qui, à part son ami le Tio, son guerrier, son ami, et Gaby, sa doublure au ball-trap de la gâchette ? Qui, à part Marcel, déjà fatigué par toutes ces guerres ? Et puis pas pour ça, non, pas pour quelques sacs de came, ils en ont tellement envoyé les Corses, ceux du Boulevard, les Niçois, non, pas Marcel...

Tany aime les compliments proférés par ses condés voyous. Il est parvenu à les prendre aux Canards, pas tous, non, mais au moins le chimiste. Celui-là. Depuis la sortie de prison, les Canards ont laissé Tany tranquille, lui permettant même de repasser la porte du Skating. Tany sait qu'ils ne peuvent pas tuer le fils élu. Il s'en amuse comme les Marius et consorts s'en moquent. Tany a récupéré des affaires par la force, monté des arnaques musclées, misé sur les plages, continué à gérer les bars du Commissaire. Tany a protégé des équipes de braqueurs, pris sa part, trinqué à la nouvelle vie, aux casinos et au Pistachier.

Tany baisse les jumelles. Il peut maintenant voir à l'œil nu les deux vedettes qui entourent la star, entendre les moteurs du *Caprice* qui ramènent la mauvaise nouvelle, imaginer son ami le Tio, les mains noires de cambouis, lever ses yeux de chat sur la bonne affaire. Et Gaby, courir après un fantôme pour l'abattre d'un coup de faux, de feu. Tany est seul. Il attend. Suit des yeux les trois bateaux qui disparaissent dans le chenal. Le soleil pousse les trois chevaliers de l'Apocalypse au pied du fort Saint-Jean vers un épisode sensationnel. Tany attend. Allez, maintenant, on va se la jouer à la napolitaine, comme au bon vieux temps !

Tany traverse le jardin, ouvre la porte d'un cabanon. Debout, soldat !

Tany a fait comme tous les matins. Il a attendu que le

soldat lui prépare le café et lui rapporte le journal du maire, *Le Provençal*. Pas un jour sans prendre des nouvelles du trafic, des interpellations, des saisies. Depuis que l'Intérieur a mis le paquet, que les Américains envoient des taupes aux gadgets électroniques, la guerre contre la drogue est un nouveau sujet de rigolade sur la Canebière. Pas pour tous. Pas pour ceux qui sont incarcérés aux États. Le danger vient de là-bas. Quand les repentis crient leur vengeance, l'écho fait tomber les soldats, trembler les généraux. Il y a un an, c'est Ricord, l'un de ses acheteurs, qui est tombé en Argentine. Tany sait que le danger vient de l'ouest.

C'est pour ça qu'il a décidé de carambouiller cent imbéciles comme on lui a appris.

À la parole, à la mariole.

Il fredonne. *Tombe la neige, tombe*. Jette un coup d'œil sur le calendrier. Il faudra mettre une croix sur la Saint-Aubin. Le soldat dépose le journal sur la table de la cuisine. Goûte le café, avant le chef. C'est bon. Tany fredonne. *Tombe la neige, tombe*. Le soldat tombe des nues. Depuis quand tu chantes, Tany ? T'étais pas né que je chantais déjà, nigaud, et puis, ça te pose un problème ? Le soldat fait marche arrière, face à Tany. Il l'a déjà vu attraper une chaise pour un mot de trop. Pas tueur, non, mais violent, capricieux. Il faut éviter de tourner le dos au Grand. Tany prend le bol dans une main et s'approche de la fenêtre. Des marines, légères, voilent la Bonne Mère auréolée par un soleil printanier. Un temps de miracle, pense Tany. Si tout se passe bien, il faudra que j'aille voir le pape, lui demander de célébrer la Saint-Tany, le premier mars. En l'honneur du Grand, de son intelligence, de sa revanche, de sa richesse. Pour le bien qu'il va faire aux Américains, au Vatican.

Tany pose la tasse et attrape le manteau en loup. Un cadeau du Pistachier, le brave ami du Tio. Celui-là, un jour, je lui ferai jouer ma vie. Repense au tournage du film *French Connection*, où il avait pu, lui comme ses associés, le Tio, Gaby, son ombre de l'ombre, toucher la main de Gene Hackman et piller les accessoiristes de quelques uniformes des condés de la Company. Il aurait dû écouter le Tio, engager des sous dans cette superproduction, mais Gaby l'en avait dissuadé. Elle est pas bonne, l'affaire, avait-il dit. Et puis, Casta, dans le film, n'est pas présenté sous un bon jour. Gaby avait rigolé, seul. Comme souvent, Tany n'avait pas compris. Comment comprendre un homme qui laisse des amants flirter avec sa femme pour les découper en morceaux, décapiter les têtes ? Tany jubile. Je vais leur en faire, moi, du cinéma, en Technicolor, comme jamais l'Amérique n'a pu l'imaginer, pas même ces fatigués de la tête de Hollywood. Je vais l'emboucaner, la planète, et ni le Marquis ni les Corses pourront empêcher Tany de faire ce qu'il a décidé de faire.

Tany laisse monter le frisson, savoure la giclée d'adrénaline.

Ce coup-là, ils vont tous s'en souvenir.

Tany monte dans la Jaguar. Dit au soldat. Au Tanagra.

La berline quitte la villa, située au milieu des pins, non loin du vallon des Auffes. Longe la corniche Kennedy, prend l'avenue de la Corse avant de s'engager sur le quai de Rive-Neuve. Arrête-toi là. Je continue à pied. Je viens ? demande le soldat. Non, rien à craindre. Le soldat regarde Tany soulever le manteau noir et le poser sur ses épaules. D'un coup d'œil, Tany a vu le langoustier de Boucan. Au pied du fort, au pied de la douane. Sur le quai, la criée attire mille Marseillais en quête de fraîcheur. Qui pourrait imaginer ce que cache la chape de ciment sur le *Caprice* ? Tany fredonne. *Tombe, tombe la neige*. Allonge le pas jusqu'à la première terrasse. Personne. Il fallait s'en douter. Ils ont tous décampé. Non, pas tous. Tany aperçoit Mari, l'associé de Casta, en pleine lecture du *Provençal*. Lui adresse un salut de la main. Mari ne bouge pas. Ses amis du Gondolier sont furieux. Casta est furieux. Tout le monde est furieux et le Tany, comme à son habitude, il vient montrer son manteau, histoire de dire sans dire qu'il fréquente du beau linge. Mari soupire. Il changera jamais, le Napolitain, jamais. Mari a quand même un doute sur le jeu de Tany, sur ce qu'on lui a rapporté, mais non, il peut pas avoir fait ça. S'il a fait ça, le Tany, dans l'heure, là, au milieu des filets, il se fait découper avec une scie. Vivant. Tany continue sa ronde, longe le quai des Belges. Tany se retourne sur une Jaguar E, la même que celle de ce maudit jour où les gosses de la Belle l'avaient humilié. Il y a tout juste seize ans, presque jour pour jour. Tany n'avait pu retenir Gaby, le justicier de sa bande.

Mais c'est autre chose que Tany ressent tout à coup, comme un vide, l'impression de ne pas avoir été à la hauteur, l'impression, aujourd'hui, de se rattraper enfin. Le futur, le vide, l'inconnu. Pense aussi au Petit Belge, à Martin, à ces petits qui, même s'ils ne sont pas devenus des généraux, n'en demeurent pas moins futés, rusés. Sauf aujourd'hui, car eux aussi, ils ont mangé des sous. Et, eux, c'est pas sûr qu'ils s'en remettent. Ils ne sont toujours pas à la hauteur. Ce sont des mouches. Rien que des mouches.

Tany voit au loin les arcades, la mairie, et l'un de ses points de chute, Le Tanagra. Si tout s'est bien passé, Lomini l'attend. Soudain, une main agrippe son manteau. Oh, Tany, on dit plus bonjour ? Tany se retourne sur un homme au fort accent marseillais, une de ces anguilles du trafic que pas même la Company n'a dans ses fiches. L'homme porte un jean et un duffle-coat. Tany est obligé de lui répondre. Ouais, j'ai pas les yeux partout, ce matin, ça va. Tu vas ? Je vais, je vais. T'as des nouvelles ? Ortiz a toujours le mot pour rire mais même Tany ne sait quand le prendre au sérieux. Il peut lui parler du pillage de containers, de fausse monnaie, de paris clandestins, voire du cours du nickel en lançant une blague sur les Rothschild. Ortiz n'est pas une mouche. Il a déjà mené une guerre, peut-être deux, et tient de sa main d'artiste le quartier des Arméniens. La base. Les labos. Des nouvelles de quoi, mon ami ? Ortiz fait un signe du menton en direction du fort. Tany ne peut s'empêcher de fredonner l'air de potron-minet. *Tombe, tombe la neige...*

Ortiz connaît Tany depuis toujours. Il l'a vu grandir, pleurer quand il se faisait racketter à l'école, se faire pousser par ses amis de braquage lors du casse de la caisse d'allocations familiales. Tany, c'est une légende pour les caves, une fille pour les marioles. Un très bon organisateur, un beau parleur, un vicieux, mais surtout pas un mariole. Pas comme Ortiz. Pas comme cent autres, un jour à Marseille, point fixe du compas, des ordres, le lendemain à courir la planète, à courir après les derniers rayons du soleil, après les cageots à bananes remplis de dollars. Ortiz l'a appris en sortant du ruisseau. L'avenir appartient à ceux qui se couchent le plus tard possible. Après cinq heures, après l'heure de la perquisition.

Ortiz, lui, sait.

Comme une poignée de trafiquants, il a vu Tany et ses sbires faire la tournée des bars, éviter les vrais trafiquants, prendre les enveloppes des misérables. De ces imbéciles qui croient devenir trafiquants en mettant des sous sur des kilos imaginaires. Ortiz aime toiser le Grand. Elle est belle, ta chanson, Napo, mais la neige, elle est pas prête de tomber. Demain, peut-être. Tany sait aussi que les hommes de l'envergure d'Ortiz se doutent qu'il devra passer à la caisse, un jour, comme un braqueur de mauvaise fortune, pour ne pas qu'il perde la tête, pour éviter qu'on lui fredonne l'air de la marraine.

Tany se tourne vers le fort. Ils l'ont trouvé ? Ortiz ne sait pas. Je sais pas de quoi tu parles, Tany, mais déjà, on cherche celui qui a balancé l'affaire. Et je peux te dire qu'il a intérêt à aller se planquer en Amazonie ! Ortiz l'a fait exprès. Tous les deux jouent. Tany arrête la chanson. Il paraît que les Indiens achètent des miroirs, par bateaux, tu pourrais m'accompagner, non ?

Ortiz s'approche de lui. Murmure. On veut pas savoir ce que tu as fait, Tany, t'as de la chance, t'as bien fait de dépouiller la basse-cour. Mais t'avise pas de recommencer sans demander notre avis. Un coup comme ça, ça pourrait faire trembler la République, tu le sais, même si tu t'en bats les couilles, comme nous tous, mais tout le monde ne va pas sortir indemne de cette histoire. Tany fait l'imbécile. Qu'est-ce que tu racontes ? Toi, moi, on est pas en prison, on est pas malades, on a perdu combien ? Trente bâtons ?

Cinquante ? Mais c'est quoi, ça, c'est rien ! Tu devrais faire attention quand tu parles au Tany, Ortiz, je t'aime bien, tu le sais, on est amis, mais me parle plus comme ça, tu veux, ça me vexerait. Ortiz ne le laisse pas finir. Il pourrait l'abattre dans la seconde, tirer un trait sur le claustrophobe. Il préfère la parabole. Avant de dire qu'on est amis, Tany, il vaudrait mieux que tu économises ta salive, comme je le fais, là. Ne me fais pas dire ce que je devine, ça pourrait te porter malheur.

Tany tourne les talons. Fredonne. *Tombe, tombe la neige, il ne viendra pas ce soir...*

Ortiz regarde le dos en loup. Il a toujours détesté les méthodes des Canards, mais ne peut qu'admirer le zèle des disciples du Skating. L'énorme culot. Peut-être un milliard, rien qu'à la parole. À la mariole, et toujours la même folie en tête.

Tany poursuit sa balade. Passe au Tanagra, sous les arcades, quai du Port, retrouve Lomini. Lomini a son âge, près de quarante ans, mais pas sa superbe. Le Toréador porte toujours une cartouchière de cuir marron, quarante-huit cartouches de calibre 30. Au cas où. Le Toréador se croit toujours en guerre, brûlé par de longues années de prison qui l'ont rendu paranoïaque. À la suite du défi lancé aux Canards, Tany n'a pas eu trop de mal à le convaincre de le rejoindre dans son armée d'intrépides. Comme à son habitude, Tany lui a fait miroiter la lune, lui promettant du galon dans la pyramide du Napolitain. Aussi, quand Tany franchit la porte du bar, le Tanagra, le Toréador s'empresse de lui ôter le manteau tout en commandant un cappuccino. Depuis le quai de Rive-Neuve, Tany s'est rapproché du *Caprice*. Il n'est plus qu'à une centaine de mètres. Des arcades, il aperçoit un défilé de voitures, une foule de badauds, docile mais sans aucun doute chahutante, qui doit commenter l'événement du jour, de l'année. Du siècle. Tany reste silencieux, refuse, d'un revers de main, de recevoir à sa table la basse-cour, ces « stériles du cervelet », comme il les surnomme non sans malice, ces coquelets que son équipe vient élégamment de dépouiller. Le café avalé,

Tany hausse les sourcils en direction de son ami. Le Toréador sourit, fait non de la tête. Un sourire pour le succès, un non pour faire comprendre au Napolitain qu'il n'a pas vu l'inspecteur. Tany est attendu ailleurs. C'est vrai qu'ici, pense-t-il, on est à la vue des suppositions. Des supputations.

Tany demande à Lomini de le suivre. Le sbire s'exécute, le manteau déjà dans les mains. On va au Mareva. Ils reprennent le quai des Belges, croisent une voiture banalisée de la préfecture de police, saluent discrètement le chauffeur, et filent dans les ruelles étroites qui protègent l'Opéra. Le Mareva se trouve près de l'un de ses bars de bouchonneuses, Le Clemenceau. Le Mareva, c'est l'un de ses points de chute, comme aiment écrire les flics, un point noir parmi d'autres, où les soldats attendent sans attendre de verser leur sang pour consolider l'immunité du patron. Décidément, dit Tany à son acolyte en poussant la porte du bar, on peut plus faire un pas sans tomber sur un condé. L'inspecteur chauve est là, au fond de la salle, flanqué de deux stagiaires. Les deux hommes s'assoient. Tany siffle maintenant l'air du petit matin. *Tombe...* Alors, combien ? L'inspecteur ne semble pas très heureux. Combien ? Qu'est-ce j'en sais moi, dit-il d'un ton détaché, ils n'ont pas encore ouvert le langoustier. Tany s'amuse. T'as les oreilles qui ont sifflé ce matin ? Et comment, répond, penaud, le chimiste. On s'est pris un savon au bureau, je te raconte pas ! Tu devrais pas chanter, Tany. Ce matin, ça me ferait plaisir de t'entendre pleurer. L'inspecteur est un éternel mécontent, toujours en train de gémir ses poumons qui le brûlent et de demander une indemnité pour son tour de main. Lomini, impatient, insiste. T'as bien une idée quand même, non ? L'inspecteur marmonne, hésite, les mains nerveuses. Je dirai autour de quatre cents kilos. Putain, vous auriez vu les collègues des stups, fous qu'ils étaient, se faire doubler par les douaniers, les amis des Corses, là, devant tout Marseille, pile dans le Vieux-Port ! Tany éclate de rire. Je vois qu'il n'y a pas que les voyous qui se font la guerre ! L'inspecteur regarde le Napolitain avec ce même œil, celui qu'il ose lancer lorsqu'il se demande par quel miracle il a pu se mettre dans ce pétrin. J'aimerais bien savoir pourquoi tu m'as l'air de bonne humeur, Tany. T'es bien le seul ce matin.

Le flic ne sait pas.

Lorsque Tany lui a fait passer le message comme quoi le *Caprice* allait partir pour les États, chargé de langoustes fraîches, il a juste compris que Tany voulait régler un compte avec d'autres équipes, dont peut-être celle du Gondolier. À Marseille, les coups volent de plus en plus bas, la confiance s'étiole. Après l'arrestation de Ricord, et malgré la reprise de la filière par don Buscetta, le Sicilien sanguinaire, Tany et associés ont dû charger leurs kilos sur des transports peu fiables. Ils ont perdu plus de cent kilos, huit cents millions de centimes, et perçu, comme un terrible écho, les quolibets des Corses.

Le flic a un doute. Énorme. Voir Tany qui fredonne un air de glace, à l'aube de la plus importante saisie jamais réalisée en France, qui plus est à Marseille, par des douaniers, frappe l'esprit du condé voyou.

Qu'a-t-il encore manigancé, le Tany ?

L'inspecteur sait qu'il ne doit pas poser directement la question, contourner la réponse. Demande. T'as pas perdu de l'argent au moins ? Tany se lève d'un bond, le sang aux joues. Mais pour qui tu te prends, le condé, mais comment tu peux parler à Tany sur ce ton ? Et en quoi ça te regarde si j'ai perdu de l'argent, hé ? L'inspecteur passe la main sur son crâne fraîchement rasé. Évite les regards étonnés de ses deux stagiaires. Écoute, Tany, c'est pas la question, il se pourrait bien que l'on récupère un bout de l'enquête, alors, je veux juste m'assurer que t'es pas dans l'histoire. Il hésite, continue. J'ai assez de problèmes comme ça. Morin a des doutes. Tany pose les mains sur la table. S'approche du flic. Morin, ton grand chef, je l'emmerde, le jour où je vais y mettre une fille sous la ceinture, il fera comme tout le monde, il se prendra pour un ange, et tu sais comme moi que, ce jour-là, il se brûlera les ailes. Comme je te brûle tes poumons, comme je m'amuse de te voir trembler. Tany balance sa chaise en arrière. Fait fi du silence qui plane dans le bar. Lomini lui pose le manteau sur les épaules. Tany monte la voix, sans crier, articule, ne se retourne pas. *Tombe, tombe la neige, il ne viendra pas ce soir.*

56

Regarder autour des oncles. La phrase d'Éva résonne, cogne, comme une migraine insolente. Regarder autour des oncles... Max est allé rejoindre Bibi, dans sa villa sur la Côte. Bibi prend soin des deux filles, Bibi tient la banque. Elle est sa raison d'être, bien plus que ses amantes de passage, sa racine. Bibi vient du ruisseau, du torrent de la vie qui sépare d'emblée les riches des pauvres, les farfelus des parvenus. Comme son Belge, son impertinent, son secret, son fidèle, son amant de toujours.

Bibi est assise à ses côtés, le carnet de bord entre les doigts. Max n'aurait jamais cru. Gamin, il était persuadé de la richesse des hommes du Milieu, à l'image du Balafré, et de cette fuite en avant inéluctable qui n'a de cesse de replacer le voyou sur l'échiquier de la société. Max ressent cette plaie qui ne cicatrise jamais. Qui dégouline de sang quand vient l'heure de la vengeance, qui semble se refermer au premier temps d'une valse câline. Bibi est son sang, son équilibre, sa patience et son énergie. Max se sent en confiance.

L'heure d'un premier bilan vient de sonner. Soupir. C'est l'hécatombe, Bibi, l'hécatombe. Les imprésarios sont tous en cabane, ils se mettent tous à table. Bibi a les yeux fixés sur les comptes. Alors ? demande le Belge. Il reste cent cinquante millions, l'équivalent de l'amende payée par Alex. Max devrait lui dire mais il n'ose pas l'avouer à Bibi. Lui aussi, arrêté comme d'autres petites frappes du Picpus. C'est l'hécatombe. Que comptes-tu faire, Max ? Bibi lui prend la main. T'as des nouvelles de Boby ? Max évite le regard enjôleur. On est montés en Espagne avec Bono et Martin pour le faire sortir mais on s'est fait rouler par le directeur de la prison. Ce con, il n'a pas pris le fric et nous a fait raccompagner jusqu'à la frontière par les condés ! Bibi éclate de rire. Max sourit aussi. C'est pas très rigolo, poursuit-il, car on a besoin de ce killer de Boby, avec lui, au moins, s'il y a une. Max s'arrête net. Une guerre ? reprend Bibi. Max, je t'en prie, je ne suis pas dupe, je connais le Milieu autant que toi. Vu toutes les interpellations autour de toi, c'est sûr que ça va mal tourner un jour ou l'autre. Et puis, cette affaire du *Caprice*...

Bibi regarde Max marcher vers la terrasse de la villa. Une ombre face à la lumière éclatante qui frappe les pins. L'été est chaud, très chaud. Bibi le suit, se love contre lui. Max a envie de lui raconter comment lui et ses amis de la Belle se sont fait rouler dans l'affaire du *Caprice*. Mais il ne doit pas. Bibi tient les comptes, c'est tout. Si ses amis venaient à apprendre que Max se confie à une femme, même la mère de ses filles, ils seraient obligés de lui rappeler. Tout Belge qu'il soit. Il faut faire tourner ce fric, Bibi. Moi comme les autres, on risque d'en avoir besoin pour les avocats si ça tourne mal. Bibi lui souffle. T'es le meilleur, Max, le meilleur. Si t'arrives à passer entre les mailles du filet, il restera plus grand monde à Marseille. Il suffirait que Tany soit. Max se retourne, lui serre involontairement les poignets. Ne parle pas de ce Napo, Bibi, il. Max ne peut pas lui dire. Elle sait pour Jeannot mais rien de plus. Max prend les clés de la Porsche sur la table. Justement, Bibi, il faut que j'aille régler un petit problème. Max dévale l'escalier, se retourne, ne voit pas les larmes, feint de les ignorer, sait que c'est toujours la même déchirure pour elle de voir son homme partir et de penser qu'un jour, demain peut-être, il pourrait être rayé de ce bas monde sans avoir entendu la détonation.

Max s'est arrêté à Marseille, le temps de se grimer d'une fausse barbe et de monter dans une Mehari ouverte aux quatre vents, conduite par Martin. La Mehari suit la route du feu, qui permet aux Marseillais de rejoindre La Ciotat.

La Mehari s'enfonce dans les calanques, manque comme chaque fois de caler dans les montées caillouteuses et plonge vers le port industriel. Les deux hommes restent silencieux, gênés par le bruit assourdissant des deux chevaux du véhicule. Mais ils savent. Ils savent que, cette fois-ci, c'est peut-être la bonne. Dans un nuage de poussière blanche, la Mehari s'arrête devant un cabanon de pêcheur, à deux pas de la mer.

Paolo est là, comme promis, seul, protégé simplement par un vieux fusil de chasse, appuyé contre un rocking-chair en osier qui monopolise l'ombre de la minuscule terrasse. Max connaît Paolo depuis moins d'un an, présenté à la va-vite par Mimi. Paolo avait refilé un tuyau à Mimi pour une escroquerie à réaliser sur la Société industrielle des allumettes. Mimi avait refilé le bébé à Zoby qui, entre deux tournées liées à sa pathétique carrière politique, avait pu gratter quelques dizaines de millions. Mais Paolo, proxénète à ses heures de sieste, est d'abord un rouage de la filière blanche, grâce à sa connaissance parfaite de la Côte et à ses vieilles amitiés qu'il salue d'une main virile sur le port de Sète. Paolo serre les mains des deux amis de la Belle. Dit juste. Suivez-moi et mettez ces casquettes, ça va cogner. Le soleil est à son apogée. Le trio monte dans une barque. Max s'étonne. On part avec ce truc ? Paolo n'aime pas. Tu me prends pour un imbécile ? Attends, le Belge, attends. Le moteur hurle. Trente longues minutes. La barque s'engouffre entre les deux parois verticales d'une calanque. Paolo suit les marques apposées sur le calcaire. La barque sort de l'ombre et vient glisser contre un embarcadère de bois frappé de plein fouet par le soleil brûlant. Martin et Max se regardent, impressionnés par le lieu. Comme une clairière, un rond de vingt mètres de rayon, une impasse bordée de blanches parois qui culminent à plus de cent mètres. Et là, au milieu de nulle part, trois planches accrochées à de solides cordes et un bijou qui attend sagement son tour. Un magnifique jouet pour voler sur la mer. Allez, montez là-dedans. Max est impressionné. Le moteur du hors-bord marque trois-cents chevaux. Banquette en cuir, frigo, matériel de pêche au gros. Une Porsche des mers. Le hors-bord suit le chenal, sort comme une bombe des verticales et coupe la mer d'huile d'une lame d'écume. La carapace blanche du monstre tape de toute sa puissance la Méditerranée et file vers l'ouest.

Quelques milles avant Sète, Paolo coupe le contact. Tout va bien ? demande-t-il. Les deux amis opinent du chef. Avant d'aller voir les autres, je dois vous dire un truc. Bon, je sais pas si c'est vrai mais, dans tous les cas, ç'a à voir avec le *Caprice*. J'ai un vieux copain dans les douanes. On s'est retrouvés par hasard au bar du Louvre à Sète. Il m'a dit que Tany n'est pas innocent dans l'affaire. Max rajuste la casquette. C'est tout ? Non, bien sûr, dit Paolo, c'est pas tout. Vous êtes pas cons, vous devez savoir qu'il s'en est mis plein les poches dans cette histoire et. Martin le coupe. Merci, ouais, on s'en est rendu compte. On a aussi perdu vingt millions dans l'affaire. Max lève la main. C'est pas grave, on n'est pas à vingt millions près, mais ça dépend des circonstances. Continue, Paolo. Paolo se sert un verre de blanc, tiré du frigo. Paolo regarde sa montre. Scrute en direction du port. Un problème ? Non, répond Paolo, non. Mais je préfère ne pas vous le dire, car je sais que vous allez pas me croire. Tiens, là. Les trois hommes sont debout. Une vedette surgit soudain par tribord et vient se placer à hauteur du hors-bord. Martin est pris d'une violente montée d'adrénaline. Merde, les douanes. Paolo le rassure. C'est mon ami. L'ami invite le trio à monter sur la vedette. L'ami n'a pas l'air ravi de serrer la main de voyous. Pense. On ne sait jamais. Un jour ou l'autre.

Paolo lui chuchote deux mots à l'oreille. L'ami opine. Je dois faire vite. Voilà, c'est Cambou qui nous l'a donné hors PV. Tany a tout manigancé. Il a piqué près de deux milliards et a fait savoir le départ du *Caprice* à un de mes collègues des douanes. Max, qui a enlevé sa fausse barbe, se passe la main sur le visage. De haut en bas, comme pour se laver de la confidence. Même si la rumeur s'est dégonflée sous l'effet de la riposte violente de Tany (celui qui bave, Gaby se charge de le découper en deux !), elle est toujours présente dans l'esprit de ceux qui ont cru aux vaines promesses de Tany, de ses Napolitains, mais surtout de tous ceux, comme les oncles, qui ont perdu la came et monté l'opération. Comme Paolo, comme des dizaines d'autres de par le monde et les mers, Siciliens et autres boucaniers du dollar. Le douanier ne semble pas à l'aise. Il sait qu'il délivre un secret de polichinelle, mais il n'aimerait pas se faire repérer avec ce trio, en pleine mer.

Paolo l'incite. Allez, va au fond. Le douanier plonge, les mots en apnée. Tany aurait été informé du départ du Caprice par un Corse. Un certain Doumé. J'en sais pas plus. Allez, maintenant, descendez.

Paolo refoule les deux de la Belle sur le hors-bord. Il n'en sait pas plus mais je crois que c'est assez. Ils regardent la vedette démarrer en trombe. Se retrouvent, hébétés, perplexes, songeurs, à regarder fuir la nouvelle. Doumé, l'oncle Doumé, mais pourquoi lui ? C'est Martin qui a lancé l'hameçon. Pourquoi lui ? reprend Max, pourquoi lui ? Va savoir. Depuis que Tany tourne sans les Narcas, il est de toutes les sauces, toujours prêt à mettre le paquet sur des expéditions. Et toi, Paolo, t'en sais plus ? Non, répond laconique le Sétois, rien de plus.Vous, vous voulez toujours aller au rendez-vous à Sète ?

Martin a stoppé la Mehari sur le bas-côté de la route. Ils ont laissé Paolo à son fusil, le hors-bord dans la calanque et repoussé le rendez-vous sétois à plus tard. Pour aller traiter d'une affaire, même si c'est de viande blanchie par des services vétérinaires zélés, il est de mise de ne pas être perturbé par des ondes négatives. Et là, après les dires du douanier...

L'endroit est désert malgré la beauté du site. Les deux intimes se sont assis sur les rochers qui surplombent les calanques de Cassis, à quatre cents mètres à la verticale de l'eau turquoise. Faire le point. Max a juste grommelé ces quelques syllabes. Martin a vite compris. Regarder l'horizon pour faire le point. Martin connaît son homme par cœur. Combien de fois ne l'a-t-il pas suivi, les yeux fermés, sûr de la force de son Belge, de son audace, de sa confiance ? Martin a anticipé. Il connaît la route par cœur. Cap Canaille.

Martin réveille Max, noyé dans l'imbroglio des affaires. Tu as dit Canaille, Martin ? J'ai dit, oui, cap Canaille. Max jette un caillou par-dessus les falaises de Subeyran. Tu l'as dit, mon ami, tu l'as dit, un monde pourri, un monde de véritables canailles, quelquefois je. Max se ressaisit. Je devrais faire mes valises, partir pour les États ou les Antilles, changer d'univers. Éva en rêve. Martin le nargue gentiment. Tu n'auras pas le temps, Max. Ils te rattraperont comme ils ont attrapé les autres, Doumé le premier. Et puis, je fais pas confiance aux vieux, même les Corses, le temps n'est plus à la confiance. Max jette un regard sur la route, vérifie au toucher qu'il porte le calibre sur lui. Tant qu'à faire, se protéger.

Confiance ou pas, on a une voiture qui nous attend à Biarritz. Martin semble étonné. Elle n'est pas encore partie ? Non, répond son ami, le carrossier a eu des problèmes. Il ne connaît pas la voiture. Il a fallu qu'on aille chercher la fiche technique en Allemagne. Elle devrait être prête dans quelques mois. Et la came, tu l'as ? Max regarde au large une vedette des douanes qui s'approche doucement d'un voilier. Justement, il y a un problème. Paolo, tout à l'heure, m'a dit que depuis deux, trois mois, après l'affaire du *Caprice*, il n'y a plus de came sur le marché. Plus de came ! s'exclame Martin, comment ça ? Plus de came, c'est pas de came, rien, zéro. Les labos sont gavés de morphine, les chimistes tournent mais paraît que la liste d'attente est longue. Les premiers kilos sont réservés depuis longtemps. Martin semble écœuré. Toujours les mêmes, et je parie même que le Tany, il est dans le coup ! Et personne pour le mettre à l'amende ! Max opine. Le seul qui pourrait se le permettre, c'est le Tio mais il miaule dans l'ombre du Grand. Et Philou ? demande instinctivement Martin. Max lance un nouveau caillou. Lui, c'est pas parce que c'est le frère de Marcel qu'il peut mettre Tany à l'amende. Les Corses ne peuvent pas bouger. S'ils venaient à toucher à un cheveu du Napolitain, ce serait une guerre avec les Canards comme jamais Marseille n'en a connu. C'est pour ça que Tany s'amuse à escroquer tout le monde, même ses vieux amis des Narcas.

Reste bien d'autres fous mais c'est pas Marseille, c'est pas la came. Max pense à Stan, à la discussion que lui a rapportée Mimi, à demi-mot, Paris, la folie des Lyonnais aidés en douce par quelques jeunes fous de Bastia, touchés par Casta.

Max murmure. Brise de mer. Il se tourne vers Martin. Ce matin, on a fait les comptes avec Bibi. Il nous reste cent cinquante millions. Martin précise. Il te reste. Te. Ouais, reprend Max, mais bon, c'est aussi grâce à toi que j'ai réussi à gagner le pactole. Martin l'admet. Il a passé du bon temps dans la cave avec Alex. Il faut que je te demande un truc, mais tu me promets, pas d'imprudence, pas d'embrouilles et tu rends compte tous les soirs, d'accord ?

57

Alors, comment tu les trouves, ces chemises ? Le Tio s'est doucement retourné vers la voix. Cela faisait plusieurs semaines qu'il ne l'avait pas vu. Ni entendu. Le visage de Philou est comme angélique, fier de pouvoir mettre la nouvelle terreur des Marseillais dans ses petits papiers. Le Tio est toujours très étonné de croiser Philou dans la rue. Coïncidence ? Peut-être, oui, peut-être. Le cadet de ses soucis, la coïncidence. Ils sont tous les deux face à la devanture du plus luxueux magasin de la rue Sainte, à deux pas de l'opéra. Le Tio, par instinct, pour comprendre enfin le manège du Corse, l'a suivi dans le magasin. Le patron a délaissé son seul client, des épingles accrochées aux quatre coins de son costume, s'empressant de venir saluer les deux hommes. Il est l'un des cent gestionnaires, redoutable, trop honnête pour être voleur, de Marcel, de ses frères et de ses invisibles associés. C'est Philou qui s'occupe de lui. L'enveloppe est toujours prête, le stock de fringues toujours débordant de nouveautés griffées. Messieurs, je. Philou le renvoie d'un revers de main vers le client immobile. Je m'occupe de monsieur. Philou parade doucement, passe en revue les chemises en soie comme un simple boutiquier payé à la commission. Le Tio, fidèle à sa réputation, ne dit rien. Il pourrait se payer le magasin, piquer le gestionnaire aux Corses, racheter les cent boutiques de la rue Sainte d'un claquement de doigts. Mais il n'éprouve pas cette envie. Il n'aime pas l'argent facile. On dit que le Tio est plus riche que son ami Tany. Lui dit que non. Il répond, toujours. Je dépense tout dans les chevaux, comme les vieux des Canards ! Mais tout le monde rit, après lui, car ce sont les vieux des Canards qui justement lui font gagner des fortunes. Alors il donne, joue, se moque, brûle des sous, de l'adrénaline, de la sueur, du sang. Les vieux tiennent les paris, les haras, les bars, les hippodromes. On dit qu'ils sont la banque des grands banquiers, qu'ils pourraient faire couler le Crédit Lyonnais, la banque des Rothschild, des Boussac, des Dassault. Des Mirage. Le *nec plus ultra* des affaires saines. Comme le nucléaire. Presque saines. Les trafics de Zoby, de la viande plombée aux faux bons du Trésor, sont ridicules, comptent pour du beurre. Les Canards ont de quoi faire tourner le Marquis en bourrique. Faire fondre Sucette sous le torride soleil des paradis fiscaux.

Philou passe la main sur la soie. Tu choisis, c'est à toi, ce que tu veux. Le Tio n'aime pas qu'on le cajole, encore moins qu'on lui tourne autour comme un vautour. Le regarde chatouiller la toile lisse. Et si j'en veux pas, de tes chemises, Philou ? Le Corse le fixe, quelques secondes, pas plus, impossible. Les yeux du Tio sont extraordinairement bleus, presque blancs. D'indifférence. Philou a les mots justes. On dit que Tany n'est pas au mieux ces temps-ci. Il sait qu'une légère brouille liée à l'affaire du *Caprice* laisse planer une marine entre les deux comparses, amis depuis une quinzaine d'années, réunis comme deux frères par les Napolitains. Je m'en fous, répond le Tio, il fait ses affaires, je fais les miennes. Pour le moment, je m'attache au harnais. Le Tio rit doucement. Philou, dans un geste soudain, imite un étalon se cabrant, comme s'il montait à l'arbre. Le Tio sait depuis longtemps que celui-là, ce frère-là, n'est pas une lumière. Que les autres frères n'hésitent pas à l'éloigner des grandes affaires, des ventes d'armes justement aux mille carambouilles avec le Vatican, des services rendus à la Cinquième République. Juste par superstition, pour ne pas faire envoler les mille profits. Qu'on lui demande de ne pas faire trop de javas, trop d'éclats, entre une folle partie cannoise et une soirée arrosée dans un casino. Mais Philou est un joueur, un brûleur de vie. Marcel, le premier, se méfie de lui, même s'il n'oublie jamais de lui demander conseil, curieux d'entendre un argumentaire souvent farfelu mais rarement éclairé. Marcel aime avant tout son instinct de chasseur, sa façon d'assembler les exceptionnelles énergies pour monter une affaire, une équipe. C'est lui qui.

Qui ? demande le Tio. Philou a senti le moment. Il sait que le Tio est toujours en affaires avec Tany, que le Napo n'est pas au mieux avec les Canards ; les Narcas sont fatigués, ils veulent mourir comme des bourgeois, la croix du Mérite accrochée à leur légende. Impossible de voir le Tio au Skating, ni dans un bar des Catalans, encore moins au Tanagra ou au Clemenceau. Impossible de l'approcher sur les hippodromes. Philou sait que l'endroit où on se trouve est souvent perturbateur d'humeur. Qu'un homme, même solidement constitué, peut être déstabilisé dans un lieu inhabituel. Comme cette boutique. Sa boutique. Son territoire.

Philou énonce les deux syllabes. Besson. Le Tio a levé le nez. Les deux frères ? Il laisse passer trois secondes de trop. Quand ? Philou sent monter la belle affaire, la fine équipe, son rêve, celui qui le réveille depuis que le plan attend la phase d'exécution, celui qui le charge d'adrénaline depuis qu'il cherche à approcher le Tio. Il n'y a que lui. Les deux frères sont d'accord. Même Stan, consulté pour avis, est d'accord. Il n'y a que lui. Mais comment sortir le Tio des crises de paranoïa de Tany, des griffes de ses cent soldats ?

Le Tio laisse filer un rictus, un clignotement de l'œil gauche. Il y a longtemps qu'il attend cette heure où les Corses, les proches d'Antoine, ceux de L'Artistic, se mettront en quête de lui faire partager une affaire en signe d'un deuil enfin enterré. Il sait aussi que le coup, la touche, peut le mener en belle, lui renvoyer cette décharge de chevrotine, juste pour le souvenir d'avoir osé décimer une grande famille de Calenzana. Le Tio est serein. Il sait que personne n'est en mesure de lutter contre les vassaux tueurs de Gaby, contre l'intelligence machiavélique de son Tany. Personne, pas même les deux frères Besson, malgré cette rumeur qui leur prête déjà de formidables braquages.

Sans munitions. À la mariole.

Le Tio prend une seule chemise, laisse tomber un billet. Ne contracte jamais de dettes, cette sale maladie du capital. Quand ?

Le Tio est arrivé avec les premières lueurs matinales. Philou a allumé un feu sur la terrasse du cabanon posé en bord de plage de la calanque de Sormiou. À moins de cent mètres de celle du Tio. Les deux regards se tournent vers la plage. Deux hommes descendent lestement d'un petit voilier, les souliers à la main. Le Tio les a déjà croisés en ville. Deux, trois fois, un coup d'œil vite échangé comme avant un départ truqué, les partants achetés. Le même monde. Les Besson ont joué les bookmakers mais sans passion, sans raison. Le Tio connaît déjà la réputation qui colle à leur peau tannée de braqueurs. Virils, déterminés, froids, vaillants, rarement sanglants. Les deux frères sont inséparables, comme deux couteaux dans une même main, deux cartouches dans un même canon. L'un jovial, coureur, débonnaire à ses heures de rigolade, l'autre, d'une rigueur extrême, un curé briqué de calibres, un préposé diabolique à l'entrée au séminaire.

Le Fier et le Santon. Serge le Fier arrive en premier, les pieds mouillés de sable gris. Le Santon grommelle une bonne journée. Le Fier dit, sans préavis. Juste une condition, avant de commencer, pour que ce soit clair entre nous.

Moi, mon frère, on n'a jamais demandé à vous retrouver aujourd'hui. On n'a besoin de personne. Sache, le Tio, que c'est Philou qui a insisté. On veut plus parler des vieilles affaires. Santon, oh, dis-leur, toi. Le Santon finit d'enlever le sable qui lui colle aux chevilles. J'ai rien à dire. Il regarde le Tio dans les yeux. Le Tio a compris. Serge bouscule son frère. Je te parle pas des affaires, dis-leur pour les autres. Santon pose le calibre sur la table. Le caresse d'une main précise, précieuse. Les Lyonnais, les frères Stan, il va falloir compter avec eux. Le Tio, Parisien à ses heures nocturnes, protecteur enjoué du milieu du cinéma, des scènes orgiaques des fantasques boîtes de nuit, sait qu'un seul mot peut rallier ses amis, Gaby et Tany, Philou, les frères Besson. Le Tio est au courant de tout. Toujours. Il a des antennes dans les ministères, les ambassades, à la direction de la police judiciaire, dans les cours d'appel. De grandes oreilles qui ne peuvent imaginer le nom qu'il prononce sur le ton de l'homélie, sans point d'interrogation.

Paris.

Chapitre douze

La guerre

58

Martin a suivi Max. Ils se sont arrêtés à la villa de Bibi. Max l'a prévenue. Martin va repasser dans quelques jours. Il prendra l'argent. Bibi a demandé. Tout ? Max a répondu oui. Ses yeux pleins de promesses, déjà parés à la culbute, au gain miraculeux. La Porsche est repartie sur les chapeaux de roues, de nuit. Six heures par les petites routes, la main droite toujours posée sur le frein à main. Jamais Martin n'avait eu aussi peur dans une voiture de sport. Six heures, un record. Max a laissé Martin, porte d'Italie. Martin sait ce qu'il doit faire. Max a été précis. Max gare la Porsche dans une rue proche de l'Étoile. Veut savoir. Passe d'abord à L'Abreuvoir. Mimi est là, inquiet, dépité, à deux pas de rejoindre l'Allemagne, de fuir même, au Venezuela. Mimi est au courant. Oui, la came se fait rare. Non, c'est pas dangereux, je ne pense pas. Il ne pense pas.

Zoby descend les marches de L'Abreuvoir. Ambiance tendue entre les Corses. Max ne demande pas. Il sait que les douaniers sont au courant des trafics de Rungis. Les douaniers ferment les yeux sur les containers de bananes, sur les affaires de la Finance, sur les magouilles africaines de Sucette, les diamants, les armes, le pétrole. Que des bananes, des cageots à bananes remplis de dollars. Zoby est intouchable pour le moment. Il possède trop de dossiers compromettants au coffre. Zoby n'est pas au courant.

Contredit Mimi. De la came ? Bien sûr, tiens, va voir du côté de Beaumont, les Arméniens de Marseille ont toujours du stock en douce.

Max quitte L'Abreuvoir, retrouve Éva. Passe devant le Fouquet's. Voit l'intendant de Marcel qui fume une cigarette sur la terrasse. Se promet. Un jour, je mettrai les pieds autour de la Table ovale. Il sait que ce n'est pas réservé aux seuls Corses. Que l'exception fait partie de la règle. Éva est toujours aussi belle, rayonnante. Elle n'ose pas répondre à la fougue de son mignon. S'il savait. Pour s'asseoir à la Table, il faudrait qu'il grandisse vite, plus vite que Tany, plus vite que les Casta et M. Paul, toujours là, magiciens de l'ombre, plus vite que ces Lyonnais qui viennent de réaliser, coup sur coup, les deux casses du siècle. Max ne dit rien à Éva. Elle ne veut rien savoir, lui chuchote, juste. C'est dangereux. On est suivis depuis quelques mois, on me l'a dit, c'est sûr. Moi, je m'en sortirai, mais toi, tu seras l'exemple, la marionnette que l'on agite pour laver plus blanc que blanc. Éva lève les yeux vers l'étage du Fouquet's. Ils tirent les ficelles, fais-moi confiance, ils feront de toi un guignol. Max l'a frappée sans avertir. Je ne suis pas un guignol. Allez, casse-toi, je veux plus te voir. Éva est partie, les doigts tracés sur sa joue droite.

Max a changé de trottoir. Le contact, celui qui a le contact aux États, occupe un bureau sur les Champs. Rini est un homme d'affaires, héritier d'une dynastie de nobles banquiers, à la fois conseiller fiscal, chasseur de têtes et gestionnaire de parcs immobiliers. L'une des courroies obligées du conseil en lavage, des astuces en courtage, des arnaques sans partage. Le contact est un homme de la mafia, côte Ouest des États. Un vrai, pas comme Rini qui s'y croit, qui en rêve, mais qui n'est qu'un intermédiaire entre la côte Ouest et l'ambassade. Rini a des parts à Las Vegas. Rini est associé à Sinatra. Rini est un homme de la CIA, de la Company.

Rini avait averti son ami Richard que la Company le filait. Richard avait demandé à Labbé. Labbé avait confirmé. Le contre-espionnage avait confirmé. Max n'a jamais su.

Richard et Labbé cumulent à eux deux deux cents kilos de came saisie. Ils sont aux États en repentir. Rini n'a rien pu faire. Juste prévenir.

Rini est en contact avec des Lyonnais. Rini invite des hommes d'influence à la chasse en Sologne. La chasse, c'est réservé aux hommes, aux vrais, triés sur le volet, qui d'un Petit Club, qui d'un Service, qui de la Table ovale, qui du pétrole. L'hallali du dollar. Max n'est pas encore de ce monde. Il tourne autour, a juste réussi à convaincre Rini de lui refiler le contact.

Rini ouvre la porte blindée à Max. Il est direct. Cela tombe bien, Max, mes clients se plaignent, plus de came depuis le *Caprice*. Ils sont persuadés que les Corses l'ont fait exprès pour faire grimper les prix. Une revanche de plus depuis Cuba. Max ne comprend pas. Cuba ? Trop long à t'expliquer, le Belge, voilà le bracelet. N'oublie pas l'avance, je travaille jamais pour la gloire. Max a dévalé les marches, remonté les Champs, retrouvé la Porsche. Il hésite. Quel passeur ?

Bono met le contact. La Maserati tourne comme une pendule. Direction Marseille. De jour. Bono ne craint rien. Papiers en règle, une carte de presse que Lebrun lui a fait suivre depuis la prison belge et une liasse de fric pour la route. Bono prend la sacoche dans les mains de Bibi, près d'Aubagne. Elle l'embrasse tendrement en signe de confiance. La Maserati se gare dans une ruelle de la Belle. Bono attrape la sacoche, rejoint les deux jeunes fous, la nouvelle génération de la Belle, sur les marches de la gare Saint-Charles. Quand Martin a prévenu les petits par téléphone, ils se sont congratulés. Enfin, du boulot ! Avant de monter dans la voiture de sport, Martin a prévenu Bono. Si t'as un problème, on descend avec Max, mais fais en sorte de bien tenir ta place. Bono a demandé une condition. La Maserati de Charlot. Martin a accepté en lui lançant les clés du bolide. Tiens bien la droite. Ta droite.

Bono suit les pas des deux petits. Les petits ont déjà préparé le terrain. Ils savent où trouver Ortiz, l'homme de l'ombre des Arméniens, issu, lui aussi, de la Belle. Ortiz marche. Je n'ai pas le temps. Bono est à ses côtés, les petits derrière, fiers comme des coqs. Bono le relance. Ortiz s'arrête. Les petits regardent les filles, les mains sur la crosse. Regardent au loin, entre deux hautes maisons, Notre-Dame-de-la-Garde. Ortiz allume une cigarette. Bono sait qu'il le tient jusqu'à extinction. Il a réussi le plus dur. Écoute, Bono, je t'aime bien, c'est pas le problème, mais n'insiste pas. Bono insiste. Pas cent, quatre-vingts, merde, c'est pas la mer à boire ! Ortiz tire nerveusement sur sa cigarette. Bono en remet une couche. C'est pour le Belge, tes amis de la Belle. Ortiz hausse le ton. De qui tu me parles, toi ? Le Belge, le Suisse, l'Allemand, c'est pareil ! Rien, tu m'entends, il n'y a rien, c'est pas le moment. Bono a bien compris. Ortiz ne peut s'empêcher de prévenir Bono, comme il aurait prévenu un autre de la Belle, par solidarité, juste par solidarité.

Un conseil, martèle Ortiz, arrête de chercher de la marchandise. Repars dans le froid, va te congeler à Paris et restes-y tout l'hiver. Au printemps, avec les fleurs, je t'en garderai. Si tu m'écoutes. Ortiz a ravalé son SINON. Ortiz est pressé. Je te dis pas à bientôt, Bono. Tchao.

Bono a hésité, pas longtemps. Étrange manière de le renvoyer sur les roses. Bono entend l'avertissement d'Ortiz mais ne comprend pas. Bono n'est pas un trafiquant. Il tient la sacoche. Que faire ? Allez, les petits, on repart. En attendant, il faut trouver une planque. Bono marche vers la rue du Paradis. Ils marchent vite, entrent dans les grands magasins, se perdent, se retrouvent, sèment tout suiveur, éloignent les condés. Fuient la poisse. Bono entre seul dans un magasin. Salut ! Le gérant, un Arménien, vieille connaissance d'Ortiz, embrasse Bono. Quel bon vent ? Bono l'embrouille. Ortiz va venir chercher la sacoche. Tu sais où me trouver ? L'Arménien reste sans voix devant les liasses. Siffle. Confirme. Laisse partir le trio. Ils sont fous. L'Arménien sait qu'Ortiz ne passera pas, que jamais Bono ne pourra recevoir de la came. Il a une idée. Téléphone à Ortiz. Ortiz, ouais, trois fous, là, qui viennent de déposer des costumes, ouais, après ta visite, ouais, quoi ? non, non, non, ils n'ont pas compris, non, ouais, à tout de suite. L'Arménien a fermé le magasin. Je reviens tout de suite. A tiré le rideau, a posé les liasses sur la table, dans la pièce du fond. Cent cinquante millions. Quitter Marseille, prendre le premier bateau pour le Brésil, aller faire fortune. Ils me retrouveront jamais. Ils ne pourront pas s'attaquer à l'équipe d'Ortiz, trop fort pour eux. L'Arménien compte les billets. Trois fois. Les renifle, les imagine accrochés autour de sa taille, lui, sur le pont du paquebot, Tchao, Bonne Mère, Tchao, les Turcs. Ortiz est entré par la porte de service. Furieux. Mais ils sont malades ! Et toi, l'ami, qu'est-ce que tu fais à contempler les pascals ? L'Arménien a les yeux qui brillent. On partage, Ortiz, moitié, moitié. Demain, je me barre au Brésil ! Ortiz sourit. L'Arménien déborde d'idées saugrenues, obnubilé par le frottement des billets entre ses doigts. Ortiz le retient par l'épaule. Range-moi cette idée au placard, c'est l'argent de mes amis. De tes amis, mais ils sont barjos ou quoi ? C'est le Belge qui. L'Arménien n'a jamais vu autant d'argent. Je m'en fous moi du Belge ou du pas Belge, et puis c'est qui, celui-là ? Il est où ? À Paris ? Ortiz range les sous dans la sacoche, stoppe la rêverie d'un ton brut. Allez, va ouvrir le magasin. Tu perds de l'argent, imbécile !

Ortiz retrouve Bono trois jours après. Par hasard. Bono, de son côté, s'est laissé vivre, entre grasses matinées et grosses bringues. Bono s'est autorisé un petit million de commission pour la route, le risque, le service. Bono n'a pas été invité sur l'affaire. Martin l'a prévenu. C'est le fric de Max, ses économies. Ortiz a fait suivre discrètement Bono. Bono n'a rien vu venir. Bono prend la sacoche en pleine gueule. En pleine rue. À deux pas de la préfecture. À deux pas du commissariat. Ortiz le prend par le bras, l'entraîne dans un coin reculé du jardin, à l'ombre d'un dattier. T'as pas compris, Bono ? Tu veux que je te fasse un dessin ! Alors, écoute bien, écoute bien car c'est la dernière fois que je te le dis. Si vous cherchez de la marchandise, aujourd'hui, hier, demain, vous êtes morts !

Bono réussit à se dégager de la poigne d'Ortiz. Mort, mort, mort, t'es fou ou quoi, ça n'existe pas ce que tu dis, Ortiz ! Bono n'a pas vu le frère d'Ortiz sortir de la voiture, à dix mètres du jardin. Surprend Bono. Puisque tu comprends pas, dit Ortiz. Bono saisit tout de suite en voyant le frère. Ortiz n'a même pas parlé. Le frère anticipe. Alors, on cherche la mort ? Bono devient soudain blanc. Blanc comme. Le frère, c'est une légende, un invisible, un mythe. Il n'aime pas se déplacer, se faire voir, se faire entendre. Il ne comprend pas pourquoi les hommes sont aussi cons. Le frère est bref. Voilà, petit, Ortiz t'a laissé un sursis. Il n'aurait pas dû. Le frère sort un calibre de son veston italien. Bono panique. Déconnez pas, merde, c'est pas possible, vous allez pas. Le frère appuie sur la détente. Bono fait un geste de recul, mains contre face. Les deux frères se marrent. Un petit clic, pas de balle, juste une mise en scène, un ultimatum. Le frère tient les six balles dans sa main gauche. Ortiz lance la sacoche aux pieds de Bono. Les deux frères s'éloignent de l'ami du Belge, pétrifié, comme abasourdi par cette détonation imaginaire.

Bono pose le téléphone, soupire. Il sort de la poste, la sacoche toujours sous le bras. Personne à Paris. Pas d'avis. Bono revoit la scène du jardin. Ne croit pas un instant au manège des deux frères. Hésite. Ont-ils dit vrai ? Bono ne sait pas. Il ne sait pas que les champs de pavot en Turquie sont piétinés. Que les producteurs voient fondre leurs stocks. Que même les plus grandes équipes n'envoient plus de came aux États depuis deux mois. Que le *Caprice* a jeté la suspicion ! Bono planque à nouveau la sacoche. Il est tard. Il sait où trouver de la came, peut-être de moins bonne qualité, mais il a entendu dire.

Bono et ses deux petits descendent la Canebière, s'engouffrent sous les arcades et entrent au Tanagra. L'équipe de bras cassés est bien là. Lomini en tête de liste. Bono ne reconnaît que Félix, un Corse qui a tourné casaque pour rouler dans le sillage de Tany. Rien de bon. Bono invite Lomini à part. La conversation se murmure à mots couverts, codés. Une minute, à peine. Lomini, rarement jovial, laisse filer un contentement au son d'une tournée générale. Tâte discrètement sa cartouchière. Le Toréador est l'homme de Bono. Dans cinq jours, à l'aube, place du 4-Septembre. J'y serai. Moi aussi.

Bono n'a rien dit à personne, trop fier de pouvoir remonter cent kilos sur Paris. Il a hésité mais s'est très vite ravisé. Ce sera mon coup. Ma surprise. Max et Martin ne m'en voudront pas. Impossible.

Les petits sont arrivés à six heures au volant de la Peugeot. Bono conduit, la sacoche à la place du passager, cachée sous un blouson de cuir, les petits derrière. Doucement, il s'est garé sur le bas-côté de la place du 4-Septembre. Un petit l'a dit. C'était il y a deux jours, le 4 !

Bono regarde défiler les premières marines du mois, poussées par la sécheresse du Sahara. Le silence s'est invité dans l'habitacle de la Peugeot. La pression monte. Plus que vingt minutes. Si tout se passe bien, dans douze heures, ils sont à Paris, dans deux jours, avec la prime, dans deux mois, riches comme les vieux. Bono rêve tout haut. Répète. Les vieux ont fait leur temps, place aux jeunes. Les petits sentent l'adrénaline monter dans les jambes. Ils voudraient bien marcher, détendre le stress, mais Bono a refusé. Il a dicté sa façon, avec les mots d'un aîné. On bouge pas, on se fait pas remarquer, on attend dans la caisse. On prend Lomini avec nous. Il nous guidera vers la planque et, là, on fera l'échange. Les petits n'ont pas osé objecter. Habituellement, on échange d'abord un otage, puis la marchandise. L'otage, c'est pour se protéger. Un de chez eux, un de chez nous. Si tout va bien, bonne came, bons billets, chacun retrouve les siens. Bono n'y a pas pensé. Lomini ne lui a pas proposé.

Plus que deux minutes. Les mains cherchent les flingues. Bono a jugé bon de les prendre au cas où. Lomini s'est bien recommandé de Gaby, de Tany, mais rien n'autorise Bono à penser que le Toréador est de bonne foi. Bono jette un dernier coup d'œil dans les rétroviseurs. Toujours rien. Déjà une minute de retard. La place est quasi déserte mis à part quelques ménagères matinales qui promènent les cabas. Bono tape des doigts sur le volant. Suit du coin de l'œil une femme qui vient de quitter l'avenue de Corse. Bono l'a pile dans le rétro intérieur. Grande, cheveux longs, un panier en osier sous le bras. Bono soupire. Trois minutes, bientôt quatre. Bono retrouve le rétro. La femme a disparu. Angle mort. Le rétro intérieur a toujours un angle mort. Elle est peut-être descendue du trottoir. Elle est peut-être en train d'attendre la fortune, là, dans l'angle mort.

Comme eux. La fortune des sans-souci.

59

Le Toréador a voulu le faire seul. Pour l'effet de surprise, la poussée de fièvre, pour monter en grade, se montrer. Pendant deux jours, il s'est habitué à marcher sur des talons, à poser la perruque sur ses cheveux bruns, coupés pour l'occasion. Lomini a mis un ami corse dans le coup. Félix du Tanagra a eu la partie facile. Ces imbéciles n'avaient même pas planqué la sacoche ! Un troisième larron, chauffeur d'occasion, a récupéré le Toréador et Félix, le pied sur l'embrayage, l'autre déjà sur l'accélérateur. Et la chance, la suprême chance, aucun témoin à buter. Lomini a sur-le-champ scellé le pistolet-mitrailleur dans les fondations d'un chantier proche des Catalans. Une opération minutieusement préparée, parfaite. Pas de témoins, pas de traces.

Lomini avait prévenu Tany, entre deux parties de billard. Tany n'avait pas sourcillé, ni même tiqué lorsque son Toréador lui avait annoncé le surnom du berné. Tany aurait été incapable de se rappeler son vrai nom. Trop loin, trop faible. Accord tacite. Couverture absolue. Presque à penser. Un peu de fantaisie après le *Caprice*. Jouir de l'ordre de faire tuer, commander, écraser, surprendre. Épater les Napolitains. Épater le Tio, l'avertir aussi de ne pas trop s'éloigner de son Tany, de ne pas trop s'acoquiner avec les Corses, les Besson, les frères Stan. Paris, c'est les paillettes, Marseille, le stroboscope.

Tany a juste écouté le flash spécial, assis au Mareva. Trois morts, rafalés, des hommes de la Belle-de-Mai, impliqués dans des affaires d'extorsion de fonds ou de racket, récemment reconvertis dans le trafic de drogue dont la notoriété, des « durs », n'est plus à faire. Les enquêteurs s'orientent vers un règlement de comptes entre bandes rivales. Tany soupire de la bêtise. La bonne blague ! Tany ne sent aucune satisfaction. Il a beau voir Lomini et ses complices fêter leur succès à coups de bouchons de champagne, a beau s'imaginer un peu plus riche, juste un peu plus, il ne trouve aucun plaisir à danser sur les cadavres de. De qui, déjà ?

Belen est arrivée, essoufflée. Max est là, seul, perché sur un tabouret de bar, devant un café fumant. Belen sent que Max ne sait encore rien, non, il ne la regarderait pas avec ces yeux de filou, toujours partant pour la sentir vibrer, cavalière, toujours à conquérir. Elle le cherche depuis deux heures, depuis que l'Acteur lui a appris la nouvelle par téléphone. Des copains à toi, non ? Elle avait sursauté, reposé le combiné, tremblé de tout son corps, pleuré de tout son cœur. Elle avait enfilé une robe, la première, moulante mais tant pis, noire. Dans l'ascenseur, elle s'est revue, cavalière, aux côtés d'Adrien et de Max, braqueuse d'un jour, la Caravelle, puis jalouse, oui, jalouse, le soir où Éva, avec ses presque vingt ans de plus que son premier amour, lui avait ravi la vedette. Belen a couru. Elle l'a trouvé, seul, dans un bar de la rue du Soleil, face au petit matin d'un lendemain terrible, atroce, infernal. Elle a plongé, humide, dans les larges épaules. Elle n'a pas pu prononcer la phrase, celle qu'elle a ruminée tout au long de ses pas perdus sur les trottoirs parisiens, entre deux taxis, deux points de chute. La phrase. Elle ne peut pas. Max ne comprend pas.

Elle essuie ses larmes. Tu sais ? Max ne sait pas, non, quoi ? Bono, il. Elle ne peut pas. Les deux clients du petit matin jettent un coup d'œil sur cette belle créature qui gémit dans les bras du beau julot. Bergman contre Bogart. L'un pense au film *Casablanca*. L'autre a une idée canaille. Belen parvient à regarder Max dans les yeux. Ils ont tué Bono, hier. Max a fermé les yeux. Fermé son poing. Surtout ne pas faiblir devant une femme. Surtout aussi forte qu'un homme. Il demande deux calvas. En tend un à Belen. On sait qui ? Belen fait non de la tête, le Rimmel en berne. Max relève le dos. Froid, rester froid. Il se lève, laisse un billet de cent francs, prend la main de Belen. Viens. Le ciel de Paris se grime de gris. Max refuse de penser. Rester froid, le sang-froid, les idées claires. Agir. Vite. La Porsche démarre doucement. Max abandonne le coup d'œil habituel, le coup de pied sur le frein pour signaler aux condés qui le suivent depuis bientôt deux mois que la journée va commencer. Les condés n'ont vu que la belle à la robe moulante. Tiens, on dirait. Belen est connue, reconnue, adulée par des troupeaux d'hommes en manque d'affection. Presque une star. Un seul objectif pour le Belge. Retrouver au plus vite Martin, et des copains de la Belle qui traînent dans la capitale. Savoir qui. Se venger, vite, lever une armée, vite, répondre par l'outrage, vite. Sauver l'honneur. Punir, avant le boulot des condés. Max résiste à la tristesse. La Porsche brûle des feux rouges. Les condés aussi. Ceux de la Préfecture ont des ordres. Ne pas arrêter la Porsche du Belge. Les condés, à Marseille, ne comprennent pas. Trois morts, pour quoi ? À Paris, à la Préfecture, au Fouquet's, personne n'a découpé la brève. Les cadavres de qui ?

Max a demandé à Belen de lui raconter son dernier tournage. Change-moi les idées. Elle ne trouve pas les mots. Il sait où il va. Neuvième arrondissement. Il gare la voiture devant le siège du parti politique de Zoby. Entre sans frapper. Se trouve face à une réunion matinale, quatre hommes, une secrétaire. Zoby se lève. Des affiches du contre-amiral de Gaulle sont posées sur la grande table. Pompidou est malade. Prévoir, c'est gouverner. Max ne devrait pas se montrer mais il s'en fout. Il n'a qu'un seul souci. Zoby tend l'oreille, marque sa nervosité. Je sais, Max, je sais. Je l'ai appris hier soir, tard. Tu peux compter sur moi, à Toulon, on a déjà une petite idée. Si elle se confirme, quelqu'un montera te voir. Pour le moment, reste sur Paris, c'est mieux.

Max tourne les talons. Ne se fait pas beaucoup d'illusions. Zoby, c'est pas son monde. Les syndicats, les réseaux de Résistants, l'immobilier en Sardaigne, les marinas, les usines aux capitaux siciliens, les travaux publics. Domaine réservé aux Corses. Max retrouve Belen, monte les tours, à peine cinq minutes. L'Abreuvoir est presque vide. Personne ne sait, tout le monde s'en fout. Mimi lui rétorque. On ne met jamais tous ses œufs dans le même panier. Il faudra y penser. Max ne peut pas mais le coup de poing le démange. Max revient au pas de course. Les condés jubilent. Un peu d'action, on va peut-être se barrer au soleil, à Marseille. Se marrent. Une bonne guerre, des soucis en moins ! Ils suivent la Porsche.

Max dépose Belen devant le Drugstore des Champs. Elle lui fait signe de la main. Se dirige vers la première cabine. Max va faire un tour pour rien, juste pour hurler sa déchirure, seul, dans son bolide. Monter les tours sur les berges. Belen demande Martin. Martin ? C'est Belen, oui, oui, demain, par le premier avion, oui, non, pas Max, je lui dis, promis, oui, c'est qui ?... Belen laisse tomber le combiné. N'entend pas Martin qui continue à parler. Elle ne peut le croire. Elle a juré de ne pas le dire à Max. Il doit attendre demain. Elle remonte dans la Porsche, les condés. T'as les condés aux fesses, Max. Je sais, c'est pas nouveau. Alors ?

C'est un Bastiais, un récent compagnon d'intimidation, qui a ramené Martin et Filipi, autre vieil ami de la Belle-de-Mai, d'Orly vers le centre de Paris. Max ouvre la porte, ouvre les bras à Martin, remercie le Bastiais et Filipi. Allez boire un verre en bas, je veux parler à Martin. Martin n'a pas réussi à trouver les tueurs. Il hésite, chevrote. Bono et les petits n'ont rien dit à personne. Connaissant Bono, cela m'étonne pas, trop fier, trop heureux d'arriver à l'improviste avec la came dans les mains ! Quel con ! Nos amis de la Belle sont en train de mener l'enquête, on aura même des tuyaux des condés corses. Il paraît qu'ils ne comprennent pas. Tout le monde trouve ça étrange, le lieu du rendez-vous, les deux petits derrière, et aucun témoin. Vraiment bizarre. Martin soupire, mal à l'aise. Et du côté de Sio ? Max croise les doigts. Il cherche aussi. Et les Lyonnais ? Max pense soudain, par ricochet, aux Toulonnais. Il reste encore un homme important, libre, peu visible, qui pourrait peut-être l'aider. Un homme qui a perdu trente millions dans le *Caprice*. Pas encore important mais efficace. Le Géant. Max ose faire un lien entre le carnage et le *Caprice*. Martin regarde autour de lui. Un deux pièces, ordinaire, les fringues d'une femme sur des cintres, deux fenêtres qui donnent sur une cour aveugle. Pas le moment de savoir quelle poupée habite dans ces trente mètres carrés du vingtième. On fait quoi ? demande Martin. On descend ?

Max a pris le temps de réfléchir depuis la visite de Belen et cette longue nuit passée à ses côtés, comme deux frères de sang, deux hommes, les yeux grands ouverts. Non, les condés n'attendent que ça, qu'on les mène direct sur ces enfoirés. Martin ouvre la bouche mais se retient. C'est pas le moment, c'est pas important, pas encore. Martin sait que Belen a tenu sa promesse. Elle n'a pas parlé de Tany. Max ne peut compter que sur Martin. Peut-être sur l'aide, même minime, des cousins corses de la Belle Époque. Tente de voir aussi avec les Toulonnais, Martin. Allez, je m'occupe du matériel.

Martin est descendu aussitôt sur Marseille. Arrivé à temps pour entendre les premiers signes. À la Belle, c'est l'effervescence autour des familles endeuillées, entre colère hystérique et vengeance froide, latente. Inéluctable. Martin, aidé de Filipi, peut compter sur vingt, peut-être trente hommes de calibre, main sûre, sang-froid. Un homme, le genre d'individu dont on se garde de toucher la main, un indic de première instance, a tenu à rencontrer Martin. Ne me demande pas qui me l'a dit mais on m'a chargé de te le répéter. Le coup vient des Corses, du Rouge, depuis l'affaire du mec de la Company. Martin, lucide, l'a envoyé promener. Reste à l'Évêché, c'est plus sûr pour toi. Faut pas dire de telles conneries. Les condés devraient te mettre à l'amende, te laisser à la cave. Casse-toi ! Non, Martin est attiré par un autre bruit, une rumeur qui court derrière l'Opéra.

Martin quitte la Belle et passe la porte de la Belle Époque, un autre bar toujours très informé des départs pour les États. Martin sait qu'il risque d'être congédié sur-le-champ. Martin, malgré la gravité de l'affaire, n'est rien comparé à la puissance des deux cousins qui tiennent le débit de boissons. Une mouche. Les cousins ont participé, sur la fin, à la victoire de leurs oncles dans la si longue vendetta du *Combinatie*. Les cousins sont les protégés de feu Henri de Propriano, grand trafiquant corse, autre malheureux Cubain ruiné par les barbus de Fidel. Relation de Samy le Libanais, protecteur, en douce, d'Éva. Autre Corse invisible, grand ami de Casta, de M. Paul. L'histoire qui tourne en rond comme le *Granma* autour de Cuba. Martin n'a pas été déçu. Jean l'a pris à part. Jean a l'âge du Christ crucifié, le corps athlétique, la mentalité, la vraie. La parole. Jean a joué franc-jeu. Tes amis, on les a prévenus, pas nous, non, ils sont pas venus ici. Ils ont bien fait car, crois-moi, on se serait occupés d'eux dans l'heure. La voix de Jean est posée, habituée aux règles. Pour le moment, on sait rien, juste qu'ils cherchaient de la marchandise, qu'il fallait pas, qu'ils se sont fait plumer. Martin s'est levé. Jean lui a juste dit. Cela me fait de la peine d'en arriver là. Dis au Belge qu'il peut compter sur moi.

Martin marche vers le Vieux-Port. Filipi l'apostrophe devant le Grand Hôtel. Je sais, j'ai trouvé ! Depuis hier, il se dit que le Belge est un indic, que ses hommes sont morts à sa place. Filipi halète. Reprend son souffle. C'est terrible, Martin, terrible. Ils veulent salir Max, ils veulent se laver de leur connerie, putain, depuis quand on tue pour avoir cherché de la came ! Filipi est à bout. Les deux petits, il les avait formés à l'école du racket, de la violence codée, du langage rodé. Salir Max, mais qui ? Filipi ne sait pas qui. Enfin, si, la rumeur dit bien, mais c'est trop gros. Il le dit du bout des lèvres, comme pour éviter que le nom ne soit éventé.

Tany. Martin sursaute. Tany ? Revient à la rumeur. Salir le Belge pour justifier la tuerie, l'accuser encore et toujours pour l'éliminer bientôt. Depuis la mort d'Antoine, il y a quinze ans, salir l'image d'un condamné sans défaut est devenu une mode relancée par les Napolitains. Martin repense au *Caprice*, à cette autre rumeur qui prête fortune à Tany, à cette impensable arnaque, à la colère des Toulonnais. Max avait raison.

Quinze jours. Cela fait quinze jours que Bono fait le fantôme. Quinze jours que la rumeur enfle comme une vague sur le Vieux-Port. Max ne comprend pas. Lui qui n'a jamais touché la main à un condé, qui est reconnu comme un homme de parole, de confiance, lui qui a refusé de jouer le jeu du condé chauve, l'ami de Tany, il y a plus de sept ans, lui qui n'arrive même pas à la cheville du Napolitain, pourquoi lui ? Depuis la mort de Bono, c'est le visage souriant de Jeannot qui le hante et cette folle envie d'aller en découdre avec Tany, face à face. Tany le salit, défend ses propres sbires, son Toréador. Lomini n'a pas pu s'empêcher de sortir des liasses et de faire le fanfaron. C'est ma tournée, des francs belges ! Max a demandé aux copains de la Belle d'identifier les autres. Lomini n'était pas seul. De ne pas tirer sans savoir, de canaliser la haine. Bientôt, la guerre. Bientôt. Avec Martin, en attendant le rendez-vous de cet après-midi au Sacré-Cœur, ils ont fait les comptes. Trente, quarante hommes maximum, chez eux, contre. Max a fait répéter à Martin. Deux cents, peut-être trois cents soldats, droits dans les bottes. Dans la Ferrari 365 GT, prêtée par Rini, les deux amis n'ont pas réussi à s'entendre. Max veut encore attendre, négocier, Martin veut ouvrir le feu sans sommation.

La Ferrari se range derrière la Porsche de Milou. Ils doivent être à l'intérieur. Martin reste au volant. Max monte les marches du Sacré-Cœur, fait un bras d'honneur, aveugle, à ceux qui sont toujours accrochés à ses basques. Milou l'attend au pied du bénitier. Fait signe du menton de le suivre. Le Géant est assis, seul, au milieu des mille bancs de Notre-Dame. Max le rejoint. Le Géant taquine les deux mètres, des mains larges, poilues, des yeux noirs, petits, cruels. Le Géant n'a pas fait le déplacement de Toulon pour rien avec Milou, le fiancé d'Odette, la sœur de Stan. Il murmure. Tu peux pas faire la guerre, personne peut faire la guerre contre Tany. C'est pas qu'il soit trop puissant, c'est pour autre chose. Max ne comprend pas. Doit laisser parler. Le Géant fixe le crucifié. Si tu veux te sacrifier, tu peux, mais sache que personne ne lèvera le petit doigt. Je fais quoi alors ? Tu te débrouilles pour descendre à Marseille. Tany est d'accord pour te donner les preuves. Quelles preuves ? s'exclame Max. Il a des preuves comme quoi t'es une balance. Max retient une injure, sent un frisson lui glacer la nuque. Je. Le Géant le coupe. Tu fais ce que je te dis. Jean est d'accord pour faire le pape. Mais, je. Je sais, reprend le Géant, on te connaît, on se fait pas de soucis, t'as la carrure d'un mariole, une parole. C'est comme ça, Max, dans notre église, on n'est jamais maître de son destin. Allez, et évite de rouler en Ferrari, ça énerve Tany. Max quitte la basilique, monte dans la Ferrari, bafouille. On descend, Martin. Je t'expliquerai en route.

Martin a troqué la Ferrari contre une Talbot, un veau. Le patron du garage, le Carrossier, expert en cachettes, n'a pas voulu serrer la main du Belge. Le bruit court déjà sur la couronne parisienne, dans les bars d'Aubervilliers, chez les gitans blonds. Le Belge est un indic. Le patron travaille aussi avec les condés. Pour réaliser d'autres planques.

La Talbot a traversé la France en quinze heures. Un veau

avec, à son bord, deux touristes. Max a dû rassurer ses amis, sa famille, faire le tour des maisons pour chasser la rumeur. Et compter les hommes pour renverser le général. Si peu. Depuis trois jours, Max et Martin circulent déguisés, évitent le soleil, montent dans des coffres. Filipi joue la grande oreille, envoie des gamins dans les bars, lève les rumeurs dans les filets jetés dans le Vieux-Port. Entend la même rengaine. Le Belge est un indic. Le Belge est un indic. Calomnier, calomnier, il en restera toujours quelque chose. Le Bastiais, l'homme au cœur de pierre, les a rejoints sur Marseille. Ne cesse de répéter. Calomnier, calomnier...

Max attend le rendez-vous de huit heures.

Hier, il est allé voir les cousins à la Belle Époque. Max n'a pas tremblé. Ils ont écouté. Vous faites venir Tany, devant vous, devant moi, qu'il apporte la preuve ! Qu'il apporte la preuve ! Jean lui a serré la main. Il sera là, Max, je fais le nécessaire. Max a le trac. Il pressent que Tany va l'embrouiller, faire son cinéma habituel, entouré de ses hommes calibrés jusqu'aux dents, prêts à mettre le feu à l'Opéra, au pays, enfin prêts à emboucaner la planète.

Max laisse Filipi, Martin et une dizaine de soldats devant la préfecture.

J'y vais seul. C'est mon fric, mon affaire, mon honneur.

Max pousse la porte du bar des Corses. Huit heures moins cinq. Vincent tape sur le bar avec la crosse de son .38. Le bar se vide lentement. Huit heures moins trois. Jean apprécie l'exactitude du Belge. Dit. J'espère que Tany ne va pas nous la jouer à la napolitaine. Vincent rit. Vincent adore jouer le pape, donner la bénédiction, absoudre les péchés. Huit heures. Max n'a rien voulu boire. Il a prévu sa défense même s'il redoute de ne pas être à la hauteur du seigneur marseillais. En quelques mots, peut-être même un seul, Tany peut le ridiculiser, le mettre ventre à terre, l'écraser comme une mouche. Huit heures deux minutes. Max jette un œil à l'extérieur sur la place Félix-Baret. Regarde sa montre. Dit à haute voix, face à la terrasse, le dos tourné aux Corses. Dans une minute, s'il n'est pas là, je. Max s'arrête, croit avoir aperçu l'ombre d'un groupe d'hommes. Sûrement les siens qui s'impatientent, comme lui. Je file. Huit heures cinq. Il ne viendra pas. Tany, le Grand, le Napolitain, ne viendra pas. Max jubile, panique, jubile. Dit. Je me casse. De toute façon, c'était à lui d'arriver en avance, pas à moi, je m'en vais ! Jean ne le retient pas. Le Belge a raison. Presque. La porte se ferme.

Jean colle son nez contre la porte vitrée. Cet enfoiré de Tany, il. Le Corse fronce soudain les sourcils. Oh, putain, viens voir ça. Vincent rapplique. Trois voitures se garent à moins de cent mètres. Tany sort de la deuxième, majestueux, comme invité à un gala de bienfaisance. Le manteau du Pistachier jeté sur les épaules. Une flopée de sbires l'entoure. Jean murmure. Il est fou, ce mec. Tany pousse la porte, salue les Corses d'une poignée de main légère. Où est-il ? Il cherche partout, ne voit personne. Les sbires sont restés dehors, remplissant les cinq tables. Jean croise les bras. Le Belge vient de partir. Tany sort un calibre. Quoi parti ? Tu parles ! Il est pas venu, c'est sûr, je vous l'avais dit, c'est une balance ! Vincent s'avance. Il vient de partir, on te dit, il a attendu comme toi tu es là, devant moi. Vincent toise Tany. Tany a toujours eu peur de Vincent. Tany range le calibre à la ceinture. Jean prend le bras du Napolitain. Vous vous êtes manqués, de rien, une minute, même pas. Le Corse sait que cette parole suffit. Pas la peine d'en rajouter avec un Napolitain. Faire comme d'habitude. Ne pas lui laisser le dernier mot. Tany ne salue pas, passe la porte, file vers les bagnoles, les sbires autour de lui. Vincent prend son cousin par les épaules. Il est fou, ce Tany, complètement fou.

60

Ils se sont donné rendez-vous sur les docks. Ils pourraient avoir cette guerre dans la bouche, la chiquer comme du bon vieux tabac marocain, compter les morts. Se marrer, même.

Ils pourraient intervenir, arrêter le combat inégal de la mouche contre l'éléphant, se rappeler pour certains de la solidarité de leur enfance, lorsqu'ils vivaient dans le ruisseau, dans les jupes de la Belle. Comme Ortiz. Mais Ortiz ne cesse de le rabâcher aux deux frères Besson. Ils l'ont cherché, on les a avertis. Des têtes de mule. Depuis, les expéditions ont repris, malgré les réseaux qui tombent à l'eau, malgré les trafiquants importants qui n'ont pas su négocier à la mariole les piètres propositions des grands condés. Ils n'ont jamais compris le jeu des ministres, hypnotisés par la danse de la Company, par le jeu pourtant truqué de la diplomatie internationale. Les labos s'écroulent, les chimistes se pendent, la relève, formée depuis plus d'une décennie, prend la main, cycle naturel des prédateurs de l'ombre. Eux, ils rigolent des gros titres de la presse, du démantèlement-de-la-French-Con-nec-tion. Eux, ils préparent déjà le futur, sans le savoir, presque sans le vouloir, respectant non sans humour la formule à la mode. La nature a horreur du vide. T'as raison, Gaston, tu parles, Charles. C'est le vide qui n'existe pas. Il n'a jamais existé chez l'homme depuis qu'il joue avec le feu. Emboucaner la planète, charcler les marraines, se la faire parrain, tuteur, tutoyer le non-dit. Ils pourraient aussi s'apitoyer sur le sort de Casta et de Marro, arrêtés, il y a une semaine, à la sortie du Gondolier. Mais non, de tout ça, ils n'en ruminent même pas le plus petit exploit.

Philou est arrivé le premier, toujours aussi fier d'avoir réuni sous sa superbe, son instinct de chasseur de têtes, la nouvelle vague. Philou est planté là, accompagné de deux gardes, au kilomètre DEUX, sur le quai de la Joliette. Deux sur quarante, l'espace, la voie royale pour expédier, importer, exporter. Les grues sont immobiles, les quais vides. Jour de grève. Philou serre la main de Stan. Stan bâille. Il n'a pas dormi. Comme beaucoup, il a profité de la nuit, apprivoisé l'ivresse, enfilé champagne sur whisky, filles sur fessées. Son frère, son ombre, son cerveau droit, son homme d'affaires n'a pas pu venir. Un problème au Casino, hier soir, rien de grave. Philou et Stan regardent le soleil se lever, dos à la Bonne Mère. Stan sort une topette de la poche, avale une nouvelle gorgée de whisky. Il a vu arriver les deux frères. Il ne veut pas voir le Santon se fâcher pour une rasade. Le Santon ne boit jamais, n'y trouve aucun intérêt. Comme Gaby. Comme un véritable homme de l'ombre. Le Santon l'a averti, il n'y a pas deux jours, alors qu'ils découpaient un coffre au chalumeau près de Toulon. Je vais me fâcher, avait-il dit, les yeux gros. Stan n'a pas bronché, a jeté la bouteille de malt écossais. Un cadeau de Marcel, par la main de Philou. Pur malt.

Ils sont quatre. Reste le retardataire, toujours le même. Viendra, viendra pas ? Le Tio n'aime pas les réunions. Quand le piquent ses crises de paranoïa, il n'a confiance en personne, pas même en ses sérieuses relations ministérielles. Rien de plus important, pour lui, que de se sentir seul, sur son yacht. Cinq minutes à attendre, à scruter la mer pour voir débouler le hors-bord vrombissant du Tio. Ils sont debout au milieu du quai, emmitouflés dans de longs manteaux, le nez rougi par le frais mistral.

Stan parle pour Judas. Voilà, il y a un mois, Judas a été obligé de refroidir un petit du Picpus. Le petit avait été volé par Dadoun, un mec capable de la bande des Zemour. Dadoun avait récupéré cent vingt kilos de came. Le Santon n'aime pas les histoires de came. Abrège, tu veux, je suis pas venu pour parler de came. Stan lui prend le bras. T'es venu pour charger un container ? Philou sourit jaune. Lui non plus, ça le fait pas marrer.

Je finis, une minute, reprend Stan. On a trouvé la faille. Philou sursaute. Quelle faille ? Oh, les gars, ça fait des mois que l'on cherche la faille pour briser la glace et, maintenant qu'on a le piquet, vous perdez la mémoire. Stan tâte la fiole. Renonce. Un peu d'explications, peut-être, ouais, c'est vrai que Paris, pour vous, c'est la province, mais bon, là, il y a matière à réfléchir. Depuis l'affaire du *Caprice*, Dadoun se faisait chambrer par les Zemour. Ils y ont perdu pas mal de came, via Judas, qui avait servi d'intermédiaire, vous suivez ? Bon. Les Zemour ont fait passer le message à

Dadoun. Tu te débrouilles, mais nous, on veut récupérer au moins le fric misé au départ.

Dadoun s'est mis à rôder et il a eu vent des cent vingt lokis du petit. Il a mené en belle ce fatigué de la bande à Mimi, pam, pam, à lui la fortune ! Et pourquoi Judas n'est pas intervenu ? demande Philou. Tout simplement parce qu'il compte bien se servir de cette affaire pour lancer la guerre.

Alors, on y est, pense Philou. On y est presque. Il lui manquait ça, la faille, pour que Marcel soit d'accord. Pour mettre les Zemour à l'amende. Une bonne fois pour toutes. Leur faire payer de s'être mis dans la came.

Philou siffle, anticipe, dit. Judas récupère les lokis, bute Dadoun et d'une pierre, deux coups, il se met les Zemour et leurs copains de Lyon sur le dos. Stan se frotte les mains. Le début de la fin. Tu en penses, Santon ? J'en sais, moi, c'est pas mon problème. Je suis venu chercher ma part, comme mon frère. Si vous voulez Paris, ne vous gênez pas, moi, j'ai d'autres chats à fouetter. Le Santon, plus proche de Marcel que de son lunatique de frère, connaît la puissance des cinq familles corses, des dix clans, des quinze Cercles. Sait que les Zemour jouent encore dans la cour de récréation. Que Stan et sa folle clique doivent avoir la permission de se lancer sur le sentier de la guerre. Philou lui tend sa part, une solide valise avec cinq lingots d'or. Stan le chambre. T'as les jetons, Santon ? T'as peur de te retrouver avec des plumes dans le cul sur la scène du Moulin-Rouge ? Stan connaît les limites du Santon. Ce dernier peut encore rester calme. Encore. Si t'as besoin de main-d'œuvre, je peux te recommander quelques amis, mais moi non, Paris, ça me file des crises d'*antiquaire*.

Il rit, seul, au milieu du quai.

Stan apprécie les mots du Santon. Donner les amis pour la guerre, c'est comme couper le ruban tricolore, s'assurer du soutien. Et les amis, Stan les a déjà croisés sur les derniers braquages en Suisse. De jeunes fous qui se sont invités au grand bal du Milieu, sans faire-part, la fronde au bout des calibres. Les petits de La Brise, du bar de Bastia, attendent le feu vert pour monter à la capitale. L'un des meneurs, Domi, n'a d'yeux que pour le Santon, tourne autour de Stan. Stan lui a bourré le crâne. Paris, c'est la Californie, t'as même pas à tirer un coup de feu. Les Juifs travaillent avec les condés de la Pref, main dans la main, ils ont les hôtels, les condés touchent dix bâtons par hôtel, tranquilles, en fermant les yeux, comme les copains gaullistes, pourquoi on se gênerait ? Les Zemour se sont endormis et puis ce sont pas des tueurs. Il faudra juste penser à démolir quelques Lyonnais, des peureux aussi, pour ne pas se faire baiser par des balances. Paris, crois-moi, Domi, c'est le Pérou et la Californie réunis !

Philou sort Stan de sa rêverie. On est quand même obligés de voir avec Marcel, même si, cette fois-ci, je vais avoir des arguments – il pense à la faille. Le Santon et son frère ont déjà tourné les talons. Stan sort la fiole, boit une longue rasade. Demande. Il est où, le Tio ? Philou regarde au large, derrière les longues silhouettes des cargos. Va savoir, peut-être en Australie, à boxer contre des kangourous. Stan sourit. Dommage, j'aurais bien aimé avoir son avis. Philou hausse les épaules. Il s'en fout de Paris, il est comme le Santon. Il n'a besoin de personne. Et puis, en ce moment, il ne jure que par les hippodromes et la Bourse. Stan pense soudain à Tany. À cette folle soirée où, accompagné du Santon, du Tio et du Napolitain, ils ont braqué une banque en plein cœur de Berlin. Et, aussi, à la petite guerre. Tu crois que le Belge va s'en sortir ? Philou semble perplexe. Il se dit qu'il cherche des tueurs, que Martin, son Italien, lui a refilé des adresses à Milan. Il fait dire qu'il n'a plus rien à perdre, que Tany a plutôt intérêt à se mettre des yeux dans le dos. Stan est surpris. Il compte s'attaquer à lui ? Il n'a plus rien à perdre, qu'il dit, et c'est bien vrai. Il a perdu une dizaine de copains depuis l'affaire des cent cinquante briques. À mon avis, il va l'emboucaner au Tany. Stan s'enfile la dernière goutte. On y va ?

61

Max n'a pas voulu fêter ses vingt-sept printemps. Il a passé la journée à chercher la solution, celle qui lui permettrait, enfin, de laver l'affront de Tany. Il a d'abord commencé par renvoyer Éva, les six heures du matin à peine sonnées. La veille, Éva lui avait ouvert la porte de son appartement, celui de son ancien mari, le Libanais. Elle s'est embrouillée. A commencé par lui dire. T'as bien fait de venger ton ami. A tenté de lui dire enfin pour Jeannot, poussé son amant à buter Tany, Gaby, et même celui qui l'a si longtemps malmenée, le père de Tany. Éva ne connaît pas la colère des calibres, la folie assassine. Elle est spectatrice. Éva s'est retenue. Elle s'est embrouillée de mots complexes qui ont commencé à saouler Max.

Depuis que Bono a disparu, Max est irascible. Il pensait que sa colère se calmerait en descendant en Corse éliminer l'un des trois salopards, mais non. Le sang a coulé, la révolte continue à gronder. Tany a riposté. Il s'amuse à crier, Le Belge est un indic ! comme il a eu entonné, Les Corses sont morts ! Pire, il donne de la sale mentalité au Belge, cette mouche, l'accuse d'avoir saboté l'évasion de Boby. Et puis, le feu a repris les morts. Gualbert, d'abord, tué à deux pas du bar de la Gaîté. Gaby est monté tout seul, l'a supprimé sans pitié, pour faire comprendre. Tany, lui, a enfoncé le clou. Le Belge est un indic depuis le jour où il s'est mis à table dans l'affaire de la 403, de la valise, de la came. C'est lui qui a balancé au condé. Tany l'a dit au Mareva, il y a quatre mois déjà. Il a même ajouté. L'inspecteur peut vous le confirmer. Je le sais depuis toujours. Pas vrai, le Chauve ? Le Chauve a opiné de la tête sans enthousiasme, la vérité bloquée dans la gorge. Comment contredire le Tany ?

Max a riposté trop vite, dans la journée. Toujours accompagné de Martin, il est parti à la recherche d'Ortiz mais, devant L'Artistic, il n'a pas eu le courage de pousser la porte du bar des Corses. Martin n'a pas eu le courage, non plus. On dérange pas les puissants avec une casserole d'indic accrochée par Tany. Dans la minute, à deux pas de l'église des Réformés, ils ont croisé le Rouge. Par hasard. Le Rouge, l'associé fantasque des Neveux, avec qui Max et Martin ont souvent partagé des sous, partagé le champagne, le Rouge a eu la parole déplacée. Un indic devrait se planquer. Max a tiré, d'abord sous les pieds, chante, le Rouge, chante ! Martin a tenté de le calmer mais le Belge a vu blanc, comme un choc, une envie soudaine de se faire justice, d'abattre la rumeur. Le Rouge est resté à terre, gémissant. Tu pourras aller le dire à Tany.

Max a demandé à Éva de partir. Mais je suis chez moi ! Max l'a prise dans ses bras, l'a déposée sur le palier. J'ai besoin de calme. Et si t'as quelque chose à me dire, accouche ! Elle n'a rien dit. Trop tard. Max a téléphoné à Martin. C'est décidé, on part boire à la fontaine. Six jours auparavant, des pistoleros de Tany ont enlevé deux lointains copains de Max, des innocents, retrouvés dans une flaque rougeâtre. Tany l'a fait, juste pour montrer sa puissance, sa justice, sa police, plus forte, éléphantesque, impunie. Max a cassé un bar, tout, du plancher au plafond, de rage, d'impuissance. Et depuis six jours, il hésite. Laisser la vie à Tany, oui, comme le Géant et d'autres le lui ont recommandé, mais commencer par éliminer le Toréador. Ou partir loin, là-bas, en Amérique sur un bateau, comme il en a toujours rêvé, depuis ce train italien, depuis Éva. La boucle est peut-être en train de se refermer. Il a mis Éva à la porte, devant ses hésitations, ses contradictions, averti Martin. Martin a averti Filipi. Prépare les armes, les munitions. Colt 45, un automatique Herstal, un .38 Spécial, et un Sten aussi pour mon ami de Milan. Max a averti Emmett le Grec, sorti depuis peu de prison. Emmett sait ce qu'il doit faire. Il le fera. Suivre Lomini, jour comme nuit. Boby est incarcéré. Impossible d'aller le libérer. Le libérer aujourd'hui, c'est voir tomber les condés demain, prendre du trou, ne pas finir la vengeance. Max fera chanter le Toréador, lui coupera l'oreille, l'enverra à Tany.

Martin est arrivé seul, montant les marches quatre à quatre, découvrant Éva sur les marches. L'ignorant. Max a suivi Martin dans les escaliers, le calibre dans le dos. Max a repris sa Porsche. On va où ? Bruxelles. Martin doit ouvrir l'œil. Ils sont toujours derrière nous, Max. Ouais, je m'en tape. Ils nous suivront pas jusqu'en Belgique. La voiture banalisée met le clignotant, à trois kilomètres de la frontière. Martin ne voit même pas les douaniers. La voiture passe sans contrôle. Martin ne comprend pas. Hésite. Tu crois que. Max le coupe sèchement. Écoute, Martin, on va tourner en rond toute notre vie, nos jours sont comptés. Il faut profiter de l'occasion. Martin ne comprend pas. Quelle occasion ? T'es pas au courant ? reprend Max. Quoique, ouais, c'est possible, t'étais à Milan. Il y a trois jours, Judas a buté Dadoun, tu sais, là, cette belle menée au petit du Picpus. Les cent lokis ? Quoi cent ! mais non, cent vingt, tu parles d'une arnaque au prix où ça se vend actuellement aux États. Bostoni, il est fou furieux ! C'est lui qui a servi d'intermédiaire, tout le monde le cherche ! Martin ne voit pas où Max veut en venir. Et alors ? Max lâche, la langue fière. Mimi est un peu au cœur de l'histoire. Hier, il a demandé à me voir. Il m'a dit qu'il n'y avait plus de problème, qu'on pouvait lancer la guerre, mais qu'il fallait laisser la vie à Tany. Martin regarde droit devant lui. Le bolide avale la ligne blanche, l'aiguille sur deux cents. Le ciel s'éclaire soudain d'un nuage bleu. La neige dort, glacée, au nord, à l'ombre des haies, des arbres sans feuilles, de ce plat pays qui ne sera jamais le sien. Au téléphone, Martin avait juste répondu aux ordres. Maintenant, il comprend le veto levé par les Toulonnais. Et le début de la fin. Max devance Martin. Le début de la fin, oui, c'est déjà parti.

La Porsche dépose Max à l'aéroport de Bruxelles. Martin lui file un passeport, récupéré chez le coiffeur habituel, prend le volant. Je t'attends. Le vol Alitalia est à l'heure. Les hôtesses, toujours aussi charmantes. Le survol des Alpes enneigées, enchanteur. Max descend la passerelle. La voiture l'attend au pied de l'appareil. Un ami de l'aviation civile de Zoby a fait le nécessaire pour le VIP français. Mais Zoby l'a prévenu. C'est bientôt les législatives, je dois me tenir à carreau. Max n'a rien osé dire. Zoby n'a-t-il pas fourni les armes à Judas pour liquider l'un des cerveaux des Zemour ? Ne veille-t-il pas à la sécurité de Sucette, maintenant élu de la République, prêt à la présidence ?

L'homme parle un français hésitant mais Max ne cause pas. Ce n'est pas lui qu'il est venu voir. La Fiat s'arrête dans une petite rue qui donne sur la piazza del Duomo. Martin a déjà préparé le terrain. Il avait rencontré Enzo, Napolitain de Naples, pas de Sperlonga, pas de Marseille, sur un braquage. Enzo s'est échappé de prison. Il a besoin d'argent pour la cavale. Il est là, au rendez-vous, devant le Duomo, le journal sous le bras. Et le parapluie jaune, comme convenu au téléphone. Max fait tomber une pièce, près du parapluie. Enzo se noie dans la foule, Max dans son sillage. Ils entrent dans un bar. S'assoient au fond, accoudés à une table en fer forgé. J'ai un travail pour toi. Enzo a les cheveux frisés, les dents écartées, la peau usée par l'alcool, la fête, la nuit, la cavale. Enzo demande. Quand ? Bientôt, répond Max, bientôt. Enzo est pressé. Combien ? Max connaît le prix. Hésite entre un kilo de came et une brique. Une brique. Enzo est fauché comme les blés. Tu es un ami de Martin, toi ? Max comprend. OK, deux briques et une part dans le prochain braquo. Enzo ouvre son journal. Lui montre un homme gisant dans son sang. Un carabinier. Tu sais combien ? Max ne veut pas le savoir. Enzo, c'est un Napolitain. Ne pas lui laisser le dernier mot. C'est pas toi, tu peux pas flinguer un flic. Enzo perd pied. Et pourquoi ? Max lui montre la date. Ce jour-là, t'étais en cabane. Enzo a du mal avec la liberté.

Max lui fait passer un acompte pour les frais, et un passeport français. On vient te chercher à Nice dans une dizaine de jours. Voilà, une adresse. Enzo prend le papier, finit le cappuccino. Et le matériel ? Max a bien affaire à un vaillant. Tu veux quoi ? Un Sten, calibre 9 mm parabellum. Tu l'auras. J'espère, soupire Enzo. Max se lève, serre la main du Napolitain, fait trois pas en avant, deux pas en arrière. C'est important. Très important. Enzo ne répond pas. Max est fier. Ne jamais laisser le dernier mot à un Napolitain. Jamais. Parole de Corse.

Max a découpé l'article dans *France-Soir* en date du 28 mars. Avant-hier. Deux Lyonnais abattus en plein jour. Des proches de Zemour. Un règlement de comptes. Max a plié l'article, l'a glissé dans la poche de son pantalon en velours. Ils sont forts ces journalistes, trop forts... Aline, l'une de ses protégées, est toujours au lit. Il a griffonné un mot. Je reviens dans une semaine. Tous les soirs, je serai chez Lola, au bistrot de Jacob. Il l'a posé sur la table de l'appartement de la rue du Soleil. Discrètement, le Belge a ouvert une petite valise. Affaires personnelles, fausse barbe, fausse moustache et une prière, inscrite à la main sur un bout de carton beige, un talisman que lui a offert Jeannot, un soir de fête chez Léon. Max a étouffé le clic, la fermeture de la valise. Ouvre la porte, prend la valise et descend doucement les escaliers en bois. Martin a laissé tourner le moteur de la Porsche. Il fait nuit, presque noire. L'ampoule qui éclaire l'angle de la rue s'est étouffée dans la tempête de la veille. On aurait cru la fin du monde. Martin ne s'est pas couché. Cela fait deux nuits que je dors pas, Max. Je sors de Paris et tu prends le volant.

Les phares balaient une brume hésitante jusqu'à Auxerre. Martin a réussi à tenir jusque-là. À toi, Max. Max a pris le volant. A tendu l'article. T'es au courant ? Martin bâille. Non. Lit. Siffle. Tu crois que c'est le moment ? Max sourit sa vengeance, sa mise en scène. Disons que ça peut pas mieux tomber. Au moins, on est sûr qu'on se fera pas remonter les bretelles par Mimi, et surtout pas par Stan. Martin ne répond pas. Max a compris. C'est vrai qu'ils auraient pu nous donner un coup de main, mais tu sais comme moi que les problèmes s'accumulent depuis que Roger et Charlot se sont fait serrer. Ils auraient pu au moins nous inviter sur le dernier voyage, ça nous aurait arrangé le portefeuille. Max approuve en silence. T'en fais pas, Martin, après ce coup-là, on pourra retrouver notre place. Et puis. Max cherche les bons mots, roublards. Si les oncles disparaissent à leur tour, il restera qui ?

Martin a les yeux gonflés par la fatigue, par cette longue préparation, le stress de mal faire. Les essuie-glaces se sont tus. La Porsche accélère à la moindre ligne droite, double des camions, que des camions. Putain de vie. Max le fait répéter. Putain de vie, oui, pourquoi on n'est pas comme eux, tranquilles, à aller livrer du pétrole ? Max rétrograde, enfile une série d'épingles à cheveux. Pourquoi tu évites toujours de parler de Stan, Martin ? Je sais pas, je le sens pas, ce mec. Il est fou. Et puis, ses associés à Marseille, le Santon. Quoi, le Santon ? Il parle jamais, celui-là, on sait jamais ce qu'il pense. Qu'est-ce qu'il peut faire de tout son fric ? Max n'en a pas la moindre idée. Il connaît juste sa filiation naturelle avec Marcel et quelques grands de L'Artistic. On l'aurait même présenté au Fouquet's. Il ne bande qu'au braquo, paraît-il, et c'est vrai, il est capable. Martin pense bien sûr à Tany. Dit. Si Tany prend la mouche, le Santon va le suivre, c'est sûr. Max ne croit pas. Non, Tany, il en a peur, du Santon, une trouille bleue. S'il allait le chercher, il serait obligé de reconnaître qu'il a peur. Il le fera pas.

62

Dix-huit heures vingt. L'Alfa Romeo longe doucement le quai du Port, s'arrête face au commerce d'articles de pêche. Max connaît les arcades, le quai par cœur. Vient à penser soudain à Jeannot, à cette incroyable altercation Chez Dédé. À la Jaguar de Tany. Dix-sept ans déjà. Et pourtant, rien ne semble avoir changé. Max refuse de se perdre dans le marais des chefs d'inculpation. Ce n'est pas le moment. Martin a eu beau insister, il ne sera pas de la fête. Max l'avait fusillé du regard. C'est mon affaire, mon honneur. Le Tanagra est coincé entre les cannes à pêche et le bar à l'enseigne Le Lido, anciennement Chez Dédé. Martin est au volant. Les deux Français portent barbe et moustache. Max a préféré un long manteau pour mieux dissimuler le fusil de chasse. Les Italiens sont à visage découvert, inconnus, en bras de chemise, à l'aise. Les PM à vue. L'empoigne avec les deux Italiens a été forte, pour ne pas dire tendue. Enzo avait frappé du poing sur la table. Je veux le Sten. Parabellum. C'est ça ou je repars. Max n'a pas eu le choix. De rage, il a jeté l'autre pistolet automatique, un .08 Luger, au frère de cavale d'Enzo, venu prêter main-forte, histoire de jouir au parfum des balles. Pour la gloire, seulement pour la gloire.

Max attend le signal. Il est assis à côté de Martin.

Comme tous les jours ou presque, Lomini balance les francs du Belge sur le comptoir du Lido, puis du Tanagra. Un chemin anisé, vantard, gueulard et cette pièce dans le juke-box pour entendre le tube d'Adamo. *Tombe la neige. Il ne viendra pas ce soir*. En souvenir du caprice du patron.

Le Toréador sort du Lido, jette un coup d'œil vers le quai, caresse de la main droite son 11.43, une cartouche dans le canon. Passe la porte du Tanagra. Dans la seconde, un homme sort du Lido, enlève son chapeau mou et, tout en le faisant tourner dans ses doigts, quitte les arcades. Max devine les mots du Toréador, la main aux fesses de la serveuse, les francs du Belge sur le comptoir. La tournée de l'indic. Max revoit la Jaguar de Tany, les chaises cassées, la fronde de Dédé. Il imagine le Toréador avec son complice, autre Italien, autre voleur de valise, autre assassin.

Max ouvre la portière de l'Alfa. Les deux Italiens sortent de l'arrière du véhicule, les pistolets-mitrailleurs en bandoulière. Enzo passe devant Max. Personne ne semble faire attention au trio qui marche vite vers le Tanagra. Enzo a carte blanche. Il a mémorisé le visage du Toréador, de son complice, mais là, au moment d'entonner la marche funèbre, il ne voit que des dos. Enzo devient soudain calme, comme frappé par la foudre qu'il déclenche de ses mains tatouées. Enzo est un fou de blues. La salve doit toujours être dans le rythme. Boum, boum, boum, boum. Enzo ne fait pas attention à son compagnon qui rafale la vitrine, ni à Max qui a réservé sa cartouche de chevrotine au souvenir de Bono et des copains de la Belle. Enzo fredonne l'air favori de John Lee Hooker. *Boum, boum, boum, boum.* Max n'a vu que le Toréador. Il l'a vu s'effondrer comme une branche, morte, après la dernière sanction d'Enzo, après la vingt-deuxième douille, celle qui est toujours réservée à la première cible, par superstition. Enzo a jeté le PM, sorti un revolver, n'a pas fini le travail. Une femme crie toujours malgré l'odeur de soufre qui déchire les murs, malgré le silence, insupportable. Et la menace. Max le prend par le bras. Non, on y va. Enzo regarde Max, dans les yeux. Max baisse la tête, n'a jamais vu une telle dilatation des pupilles, refuse de convaincre. Fais ce que tu veux. On s'en va. Enzo achève Lomini d'une balle dans la tête. Max découvre le visage de Bostoni, pense. Merci, vieux, Dieu te le rendra.

Enzo prend le temps de murmurer. On achève bien les taureaux.

Les trois hommes sortent des arcades, allongent le pas vers le carrefour Saint-Jean, quai du Port, montent dans l'Alfa. Martin enclenche la première. L'Alfa passe doucement devant la terrasse du San Francisco en direction du centre-ville, double une voiture des stups et disparaît. Max a lancé un regard terrible au Chauve, l'air de dire, le hasard fait bien les choses. De lui faire comprendre, de faire passer le message au Grand, à Tany. La calomnie est terminée. La guerre ou la paix.

Sur la route d'Aix, Enzo fredonne toujours sa mélodie.

Boum, boum, boum, boum.

Et rajoute, avant d'éclater de rire, pour évacuer.

One Bourbon, One Scotch, One Beer. Let's go out tonight.

Leçon numéro cinq

Le Belge, un indic ? Je me prends au jeu. Non pas de savoir s'il fut un indic, j'en doute, sauf peut-être pour une affaire d'État, mais de comprendre la rumeur. Si la rumeur a été balancée, elle ne vient pas des Arabes. Ils ont certes du pouvoir dans les grandes villes, mais ils ne sont rien, absolument rien, comparés aux groupes corses. Certains avancent l'argument du racisme mais je n'y crois guère. Sur la forme, oui, ancrée dans l'imaginaire des colons, des mélancoliques, des feignants, mais sur le fond, non. La question n'est pas de savoir s'il existe une race supérieure mais de savoir comment un groupe d'individus peut pérenniser le contrôle d'un territoire. Le territoire est la mamelle d'un bandit de grand chemin. Un point d'ancrage de sa signature, sa police, sa justice, sa fierté. Le reste, c'est du cinéma pour les persécutés.

Et cette rumeur, d'où peut-elle bien venir ? C'est comme pour les Corses et pour certains hommes forts du Milieu, comme le Santon ou le Tio, des exceptions qui confirment la règle. Pour comprendre les histoires parisiennes, il faut d'abord courir la Côte, de Malaga à Palerme, avant de trouver une place sur le Vieux-Port. Des places chères, très chères. Tout part de là. J'ai mis longtemps à l'accepter, à m'en persuader, mais le centre nerveux est en bas, là-bas.

Je l'ai compris aux Antilles.

Grâce à Willy, toujours lui, je peux rencontrer Momo

dans le Sud, un électron libre d'une bande bien organisée autour du business des machines à sous et des stups. L'un va souvent avec l'autre. Momo, l'électron des Salonais, est discret. Rien à voir avec le démonstratif des hommes de la couronne parisienne. Pour lui, aucun doute. D'ailleurs, il le sait. Il a entendu la rumeur mais pas celle liée au terrorisme. Si c'était le cas, il le saurait aussi, lui, un proche des généraux algériens. Momo est discret. J'ai de la chance d'être introduit par Willy. Il me le répète. Enchaîne. Pourquoi tu t'intéresses au Belge ? J'ai expédié comme d'habitude. Privé, j'ai dit, privé. Momo s'en fout. Dit. Le Belge, ces derniers temps, il était mal, on disait, c'est un indic, pour les baraques, pas pour le reste, non, le reste, c'est autre chose. C'est pareil que l'autre, là, celui du Vaucluse, Monge, ouais, Monge, il s'est cru dans un western, lui, le Belge, le shérif, face à mes amis, les Indiens. Tu sais, Willy te l'a peut-être dit, mes amis, ils n'aiment pas les Américains, tu piges ? Je pige. Momo s'en va. Il doit partir en clandestin sur Alger. En se levant, il m'a tendu la main. Si t'as besoin d'explosifs. Clin d'œil. On verra. Il faut d'abord que je règle un truc. Tchao.

Momo s'est noyé dans la foule du cours Mirabeau. Disparu dans Aix, la ville frontière, celle où l'on se retrouve pour les affaires, une ville aux mille énigmes. Comme toutes les villes en France où trône une cour d'appel. Bizarre. Je repense aux Salonnais, à Max. Lors de ma première entrevue, tout à fait fortuite, le Belge venait de sortir de taule. Onze ans. Un trou noir, trop long, il le savait mais il avait de la ressource. Il avait l'honneur sauf. Voulait se refaire vite, avait déjà des plans, des appuis. Il m'avait parlé d'Aix, il m'avait dit. Si je dois recommencer, ce sera ni à Paris, ni à Marseille, mais à Aix.

Pourquoi Aix ?

Je commande un autre café, éparpille mes pupilles sur le cours. Cette ville est comme sa gent féminine, belle, bourgeoise, hautaine, presque glaciale. Je pense soudain à un vieux Marseillais que j'ai croisé aux Antilles. Il est souvent à Aix. Au bar que tu sais. Si t'as besoin... Aujourd'hui, j'ai besoin et avec un peu de chance. Je laisse deux euros, longe le cours. Le bar que tu sais est ouvert. Je scrute au hasard. Une main se lève au fond. Ma bonne étoile m'a toujours suivie. Un juge croit toujours à l'association de malfaiteurs car il condamne toujours le hasard. Ce n'est pas forcément vrai. Il me tombe dans les bras. Abraccio. J'avais oublié ses racines corses. Il n'a pas oublié Cheker. T'as pas changé, Antonio, quel bon vent ? Antonio, oui, j'ai oublié, lui aussi. Il me fait un signe discret. Derrière, deux condés en civil. Ne t'inquiète pas, ils ne sont pas venus pour toi. Je m'inquiète justement. Je n'ai pas pensé que je pouvais être suivi. Il n'a pas changé, lui, malgré les poils blancs sur la barbe mal rasée. Les bières s'empilent sur la table ronde. Les souvenirs affluent. Ne jamais être pressé avec eux. Prendre le temps, donner le temps au temps pour que le temps tende à l'infini, libre. Il parle des Antilles, des plages, des Américaines de Miami, des casinos, puis me fixe. Mais tu m'as pas encore dit ? Ses yeux sont malicieux. Même s'il se dit rangé des voitures, il a toujours l'instinct en veille. Justement, tu vas peut-être pouvoir m'aider. Je lui conte dans le détail. Il semble gêné. Pas à l'annonce du Belge, mais à celle de Mery. Je le sens, en profite. Tu crois à cette piste ? Il passe sa main sur les poils blancs. Je crois rien, moi, tu le sais, je sais juste que. Il hésite. Bon, c'est pas un secret d'État, ils sont tous à l'hôtel des allongés, alors. Je l'écoute. On a toujours grossi le trait du personnage, le Belge comme Mery d'ailleurs. Le Belge, tout le monde le prenait ces derniers temps pour un caïd, mais il n'a même pas été convié à la Table ronde, à l'arbitrage des baraques. On a dit aussi qu'Aix, c'était sa ville, que toutes les boîtes étaient à lui, mais tout ça, ce sont des foutaises. Aix, c'est quinze mecs, comme une équipe de rugby, et Max, il jouait le rôle du remplaçant, pilier, oui, mais remplaçant quand même. Les autres, les titulaires, se sont souvent servis de son image, très médiatique. Calomnier, calomnier. Tu parles, un mec qui a fait vingt ans de prison ! Son surnom est toujours sur les lèvres des fatigués de la presse qui comprennent rien à rien. Il finit le verre d'un trait. Fait signe au serveur.

Reprend. Par contre, on m'a dit, à toi de vérifier, que Max avait une touche avec un grand condé, qu'il aurait filé une liste de noms, des politiques de l'ETA. Ça, c'est possible. Que ce condé, justement, a bien connu Mery. Mais là, c'est pas mon rayon.

Il m'a promis d'en savoir plus. Je le crois.

Je suis remonté à Paris. Nouvel hôtel, une suite avec vue sur le Louvre. J'ai besoin de souffler, de réfléchir. Les morceaux du puzzle ont du mal à s'emboîter. Il y a plusieurs pistes. Je prends un stylo, je. Le portable sonne. Le journaliste. T'es où ? À Paris, lui dis-je. On se retrouve dans une heure. L'homme à l'écharpe rouge est là, derrière la vitre de la brasserie. J'évite le doigt, en signe de revanche. Il paraît serein. Je sais où est Julie. Il a dit ça comme il aurait commandé un café. Moi aussi. Je le prends au bluff. Je sais qu'il va me faire du chantage, je te donne tu me donnes. Comment ? s'étonne-t-il, c'est pas possible. Si, je dis, si, elle est assise dans le coin, avec les lunettes noires. Il sourit. Tu changeras jamais. Je me lève, il me suit. On s'assoit à sa table. Elle enlève ses lunettes. Norvégienne, aucun doute. C'est bien elle. Il me présente. Julie. Elle me tend la main, laisse filer un sourire. Se reprend. Je ne devrais pas. Elle a un accent absolument charmant. Reprend. Je ne devrais pas. Se mord les lèvres. Le journaliste s'invente une excuse. Descend aux toilettes. Nous sommes en sécurité. Vous pouvez parler. Non, en sécurité, non (elle pianote avec sa main gauche), non, pas ici, ailleurs. J'en profite. On y va. Elle me suit. Je laisse l'écharpe sur la table. Il comprendra. Nous montons dans un taxi, retrouvons l'hôtel. Elle ne paraît pas surprise par le luxe. Elle doit être habituée. Je commande du champagne, ça va ? Elle enlève son long manteau. Allume une cigarette. Regarde le Louvre, éclairé, par la porte-fenêtre. Je peux ? Elle ouvre la porte, souffle le froid sur le bruit de la ville. Referme la porte, s'installe sur un fauteuil. C'est une bombe. On a le temps, lui dis-je, on attend le. Elle s'évanouit. Je la porte sur le lit, mouille une serviette-éponge, la lui passe sur le front, délicatement. Il a toujours eu du goût, le Belge. Elle respire à peine. Ouvre les yeux. Où suis-je ? Quoi lui répondre ? Vous êtes à l'abri, le parc Monceau, vous inquiétez pas, tout va bien. Elle me souffle. Je ne dors plus. Je n'ai plus confiance en personne. J'ai réussi à m'enfuir, ils m'ont, je, vous êtes mon seul espoir. Des larmes gonflent ses yeux bleus. Reposez-vous. Elle me retient le bras. Non, restez, je vous en supplie. Ils peuvent être là, ils me cherchent, ils sont avec des flics. Ils veulent me tuer. Une bouffée de paranoïa l'envahit, elle tremble. Je pense bien sûr à la fameuse cassette, à Mery, à ces voyous de politiques. Les élections présidentielles approchent. Mais s'ils avaient voulu la tuer, pourquoi est-elle toujours en vie ? Suis-je manipulé par elle, par le journaliste, par le contre-espionnage ? Garder la tête froide. Lui donner confiance, la rassurer, la protéger. Elle s'est recroquevillée sur le lit.

Je n'ose la déshabiller. Je n'ose la prendre dans mes bras. Lui murmure. On verra demain. Dormez, Julie, dormez. Je me tais. Me dis. Demain est une autre histoire. Une dette à honorer. Je tiens un bout du puzzle. Une dette à honorer. Un autre tome.

Chapitre 13

L'autre guerre

63

Ministère de l'Intérieur, juillet 1973, document secret-défense
Informations relatives à la fusillade du Tanagra

Rappel
Le samedi 31 mars 1973, vers 19 heures, sommes avisés d'une fusillade qui vient d'éclater quai du Port à Marseille, au bar Le Tanagra. Plusieurs individus, au moins trois, ouvrent le feu et disparaissent ensuite. La fusillade se solde par quatre morts et deux blessés. Contrairement aux usages, les tueurs n'hésitent pas à abattre des innocents et même une femme. Ce manque de mesure prouve que nous avons affaire à des individus très dangereux, pris dans l'engrenage d'un conflit très dur. Sommes par ailleurs freinés par le mutisme des témoins et le peu d'indications laissées par les tueurs.

Découvrons les corps de Lomini dit le Toréador, truand marseillais connu de notre documentation, et de Bostoni, trafiquant international de drogue. Notre enquête nous permet de conclure que seul Lomini fut la cible d'une bande de voyous, nouvel épisode sanglant d'une véritable « guerre des gangs » entre d'un côté, Max Vander dit le Belge, et de l'autre Tany Zampa. Bostoni, arrêté en compagnie de Casta et de Mari en janvier dernier dans le cadre d'une ILS puis relâché, apparaît étranger à la fusillade.

Grâce à des informations recoupées, il est indéniable que ce règlement de comptes est la suite logique de la mort de trois amis du Belge, exécutés en pleine rue six mois auparavant. Une source réputée bien informée nous a précisé que ces trois amis avaient été les auteurs d'une escroquerie au cours d'une transaction sur une livraison d'héroïne au détriment de l'équipe Gaby/Tany, et punis par la suite. Les partisans des deux clans s'étaient condamnés à mort.

Un mois avant la fusillade du Tanagra, rappelons qu'une équipe de policiers postés en surveillance a été contrôlée sous la menace d'armes par un groupe d'individus dans le quartier de la Belle-de-Mai. Après avoir engagé des pourparlers et s'étant assurés que les personnes en surveillance étaient de vrais policiers, les quatre individus, non identifiés, ont pris la fuite après avoir désarmé les agents et volé leurs armes.

Les résultats de l'opération déclenchée le 10 avril

Rappelons ici certains termes qui traduisent l'état d'esprit dans lequel cette opération d'envergure a été entreprise.

« Le résultat, relativement aux crimes commis, pourrait être décevant quand on connaît la personnalité des individus mis en cause et leur mutisme légendaire » ; « Mais des infractions incidentes, détention d'armes, infraction à interdiction de séjour, seront sans doute relevées » ; « Aussi est-il permis d'espérer l'élimination temporaire de certains de ces truands ».

Dix-huit « points de chute » ont été soigneusement déterminés à Marseille, Cassis, Salon, Manosque, Vitrolles et Martigues, et Paris et sa région. La majorité de l'équipe du Belge se trouvait alors dans la capitale. Avons interpellé Max Vander et l'une de ses amies, rue du Soleil à Paris, ainsi que le prénommé Martin et un Italien prénommé Enzo, évadé d'une prison italienne et détenu pour HU aggravé. Avons découvert deux pistolets automatiques, de fausses pièces d'identité, quatre paires de moustaches et une perruque factices. Au total, onze personnes interpellées et huit procédures distinctes établies en flagrant délit sous divers chefs d'inculpation, notamment celui d'association de malfaiteurs. Notons par ailleurs que Max Vander fait déjà l'objet d'une procédure pour proxénétisme à Paris et qu'il est formellement mis en cause dans une affaire d'introduction frauduleuse de stupéfiants aux USA. Neuf autres interpellations des partisans du Belge ont eu lieu dans le sud de la France ainsi que de nombreuses perquisitions.

Du côté des partisans de Tany Zampa, malgré les cinq points de chute minutieusement choisis, une seule procédure a été transmise au parquet de Digne pour détention d'armes contre Toci Jean, demi-frère de Zampa.

Pensons avoir fait le tour de la personnalité des interpellés d'une manière assez claire pour qu'il n'y ait aucun doute sur leur attitude face à une machine à écrire. De façon générale, aucun des partisans du Belge ne semble connaître les victimes de la fusillade. Tous ceux qui résidaient à Paris ont fourni le même alibi, à savoir leur présence dans un bar parisien, tenu par un ami du Belge. Le Belge indique par ailleurs ne pas connaître le prénommé Martin, se trouvant chez lui aussi par hasard, et ne peut situer Le Tanagra, bar connu pourtant de tous les Marseillais. Le soir de la fusillade, il se promenait sur les Champs-Élysées. Enzo, quant à lui, prétend être arrivé le 6 avril à Paris en sa qualité de « touriste », invité par Martin. À Marseille, du côté de l'équipe de Zampa, les déclarations n'apportent pas plus d'informations.

Conclusion

Notre enquête n'a pas abouti à la découverte de la preuve juridique de la culpabilité des malfaiteurs cités. Aucun aveu n'a été recueilli sur la fusillade du Tanagra. Il n'en reste pas moins que notre conviction est faite et que pour nous Max Vander, les sur-

`nommés Filipi, Martin et Emmett, et leurs amis, sont à titres divers les auteurs et les complices de cet acte de banditisme.`

64

Max tourne en rond dans la cellule. Attend Castro, son vieil ami, bientôt à la retraite. Les pantoufles, le fric qui tombe tout seul, la grande famille autour. Castro a changé son fusil d'épaule depuis les barricades de mai 68. Il a pris du bourgeois dans les formules, mis de l'eau dans son vin rouge. Castro avait souri, il y a six mois, lorsque, du haut de son nouveau grade, il avait fait l'entrée du Belge. Je ne t'ai pas oublié. Max non plus ne l'a jamais oublié. Castro lui a rendu quelques menus services, des mandats, des bricoles, des lettres pour Emmett, et d'autres copains de la Belle ces dernières années. C'était la grande époque, celle où les labos tournaient à plein régime, celle où la guerre... La clé cliquette. Castro entre sur la pointe des pieds. Pose le document sur la table. Max prend les feuillets, cherche, pose son regard sur la sentence. Condamné à trois ans de prison ferme, à trois ans d'interdiction de séjour par le tribunal correctionnel de Paris pour détention d'armes et de munitions, usage de faux documents administratifs et proxénétisme. Pas cher pour Le Tanagra. C'est Castro qui vient de le murmurer. Il se permet, il le connaît, c'est son ami. Pas cher... Max sait que le danger ne vient pas de cette affaire. Les Italiens sont des tombes, il n'y a pas de témoins. La preuve. Ces trois ans, c'est pour l'exemple, peut-être même pour l'écarter du tourbillon meurtrier. De la guerre.

Non, c'est le reste, cet autre interrogatoire par les stups, lors de la garde à vue à Paris. Il n'a rien dit. Juste répété son état civil. Dans les heures suivantes, on l'a descendu aux Baumettes pour être à la disposition du tombeur de la French Connection, Morin. Max a découvert ce qu'il ignorait jusqu'à présent. Les déclarations des repentis, le doigt des flics pointé contre les braqueurs, comme lui, associés de circonstance, et ce voile jeté par les magistrats sur les vrais trafiquants. Ceux qui comme Tany mettent au garde-à-vous une ribambelle de condés voyous, à Marseille, sur les bas-côtés de la nationale 7, jusqu'à Paris, Bruxelles, dans les îles. Le Belge pourrait mettre tout ce petit monde à genoux, le faire hurler de malheur devant les mille ans de prison, changer de vie, partir enfin en Amérique, s'installer à Miami ou San Francisco. Buter Richard. Les condés des stups ne lui ont même pas proposé. Ils l'ont senti, reniflé, celui-là, il ne dira rien. Demander à un beau voyou de se repentir, c'est aussi perdre un peu d'honneur pour un condé à la morale. C'est une règle, comme il en existe des chapitres entre flics et truands. Entre copains de la rue, du village, du clan. Castro n'a même pas abordé le sujet. Il sait que Max est une tombe. Une vraie.

Max n'a pas besoin de relire le document qui cumule les charges, les sales mots des amis de passage, ces maudits baveux mariés à la Company. Il connaît par cœur les déclarations des deux Français, dont celles de Richard. Celui-là, un jour.

Drug Enforcement Company, audition de Richard Doe., octobre 1971.

Mars 70 : Richard sort de prison. Lebrun lui donne des détails sur le trafic d'héroïne. Il lui demande de recruter des passeurs pour aller aux USA. Lebrun représente les intérêts des Neveux, Sio et Alex. Richard parle de la proposition à son vieil ami, Labbé. Richard a connu Labbé via un détenu de la centrale de Haguenau. Labbé doit réfléchir. Les Neveux promettent mille dollars par kilo livré à New York à Richard. Labbé a réfléchi. Il va fournir un véhicule pour les USA. Richard se porte garant de Labbé auprès de Lebrun et autres. Labbé se charge de la Bentley. Lebrun confie à Richard que le Belge est dans le trafic d'héroïne. Max est associé à Charlot. Richard rencontre Max au salon de coiffure. Max raccompagne plusieurs fois Richard à son domicile, avenue Hoche.

(...) De mai 1970 à septembre 1971, Richard & co. réalisent onze expéditions vers les USA. (...) Début mai 70, Richard est à Paris. Au Café du Roi, il retrouve Lebrun, Sio, Alex, Siméon et Charlot. Ces hommes présentent à Richard le contact aux USA. Le contact est JD. Ils disent à Richard d'être prudent. Richard a connu JD à Fresnes. La came appartient à Charlot. Charlot connaît l'acheteur aux USA. Charlot a un associé en place aux USA. Richard rencontre Max, Lebrun et un Corse. Ils se rendent dans l'appartement de Reiss occupé par Lebrun. Reiss est en vacances en Italie. Arrivant de Marseille par train, Lebrun remet 30 kg d'héroïne à Richard. Richard remet la came à Labbé. Richard part à NY via Bruxelles, Nassau et Miami. La Bentley est conduite par un homme de Labbé. La Bentley embarque le 22 mai au Havre. L'homme de Labbé fut le garde du corps de Labbé lorsque ce dernier était chef des services secrets de Tschombé en Afrique. Labbé remet la marchandise à Richard, à NY. Le 27 mai, Richard retrouve JD devant Air France, 5e avenue à NY. Richard dîne avec l'associé de Charlot. L'associé est Roger Miro. Miro cumule deux ans de séjour aux USA dans le cadre de l'association.

(...) Début décembre 70, Labbé contacte Richard pour une nouvelle expédition (la 4e). Cette mission lui est confiée par les Neveux et le Belge. MAX est intéressé à chaque livraison. Il est peu visible dans les transactions. Richard part à NY via Bruxelles, Londres, Los Angeles et San Francisco. Richard rencontre Ticelli (TC). TC lui dit : « Une Cadillac est attendue à NY. » Alex et Sio arrivent à NY. TC héberge un Corse, Rosso. Richard, TC et Rosso se rendent à Fort Lauderdale. TC doit réceptionner 100 kg de came d'un marin. Rosso connaît le marin. Rosso a déjà assuré d'autres expéditions.

(...) Mi-janvier 1971, TC revient à NY. TC dit à Richard : « Les Neveux ont engagé des tractations avec des policiers américains des stupéfiants. » Le vrai organisateur de ces tractations est le vieux Zé qui dirige les opérations depuis Marseille. Zé aurait dit aux Neveux qu'il leur trouverait un acheteur aux USA. L'intérêt pour le groupe des Neveux est d'éviter l'acheteur de Charlot car le groupe doit lui remettre la plus grosse, du moins une part importante des bénéfices. Max représente le groupe Charlot et Miro. Les Neveux discutent librement avec cet homme. L'homme est undercover. Les Neveux lui demandent de retrouver une voiture détournée de sa destination. Après la Noël 1970, les Neveux apprennent que l'homme est un agent des narcotiques. Alex dit à Richard : « Il existe un dossier en cours devant le "grand jury", et l'affaire va éclater un jour. »

(...) Courant février 1971, Richard part en France et rencontre Max à plusieurs reprises. En utilisant le réseau de Labbé, Richard et Max envisagent des expéditions vers les USA et des contacts avec les acheteurs US. Les Neveux demandent à Richard de prendre contact avec l'acheteur. Sio est en effet en prison. TC refuse de retourner aux USA. Max et Alex ont repris en main l'équipe de Charlot depuis que Charlot et Miro sont en prison. Max remet par deux fois de l'argent à Richard, 10 000 FF et 50 000 FF, des avances à remettre à Labbé. Richard présente Labbé à Max en compagnie d'Alex. Alex connaît déjà Labbé. Richard assiste à une conversation entre Alex et le Belge. Alex fait état des comptes du trafic. Max détient en compte 30 kg d'héroïne et 200 000 FF.

Max arrête là. Les pupilles enragent. Une violente migraine l'empêche de continuer. Tous ces amalgames le font vomir. Ne comprend pas. Pourquoi Richard ne parle-t-il pas des puissants ? Il y a encore d'autres auditions, mais la lecture n'est pas très intéressante. Son avocat est serein. Il n'y a rien, aucune preuve. On trouvera des contradictions. On se battra, on mettra le prix, mais on se battra. Tu sortiras bientôt. Tu ne seras pas l'exemple. Les paroles de l'avocat lui permettent de garder espoir.

Et l'espoir vient des oncles. Pour le moment, il reste intouchable. Qui pourrait aller les réveiller à cinq heures du matin, eux, les vieux de la vieille, les roublards de la République ? Et avec quelles preuves ? Qui osera les balancer ? Qui osera balancer des Corses ? Personne ! Max n'imagine personne raconter tout ce que les plus grands condés savent déjà, les intimes, ceux qui savent doser le sel et le poivre pour protéger les basses œuvres des politiques.

L'espoir vient aussi des amis. Mais les amis sont hors jeu, hors vie, hors la loi.

Max relit les noms balancés par Richard. Tous à l'amende. Les Jumeaux ont pris vingt-cinq ans de prison ferme à New York. Les Neveux sont incarcérés en France et attendent leur jugement, comme lui, dans deux ans, peut-être plus. Il est de bon aloi en France de garder les chevaux aux écuries pendant que les bookmakers continuent à parier sur les cracks. Ou sur les challengers. Labbé, l'espion, JD, le casseur de hippies, Ticelli, tous à l'ombre en France. Dans le même wagon. Rosso, lui, a préféré prendre le maquis en Corse, aidé en douce par quelque parent de l'Évêché. Reste le pauvre Siméon, celui qui n'a pas vu le coup venir. Max pense souvent au petit Corse, à cette rumeur de l'île qui lui attachait le mauvais œil au velours de sa veste. Siméon a cru pouvoir se sortir des griffes de Judas, se faire la malle avec la grosse valise pleine de came. Mais la main de la manipulation l'a rattrapé sans scrupule. Judas, lui, n'a qu'à bien se tenir. Max a appris aux Baumettes, par Castro, que Judas rencarde aussi des condés. Que Stan le sait. Que Stan ne va pas tarder à faire le ménage devant sa porte. Max repense à cette guerre sourde, souterraine, qui commence à faire trembler les caïds parisiens du Sentier. Max aurait dû se rapprocher de Stan, sans soubresaut. Ils ont partagé des expéditions, des petits paquets, comme avec les autres du Picpus. Mais Stan ne lui a jamais demandé de l'aide. Max revoit la bouche, les mots sales de Tany. Se prend la tête entre les mains, tente de sortir la rumeur coup de poignard du sac de migraine.

Le Belge est un indic ! Le Belge est un indic !

Max ne prend plus la peine d'écrire à Éva. Il n'a toujours pas compris pour quelle raison elle s'est mise à trembler, à frémir, à glousser, lorsqu'elle lui a annoncé, dix jours après Le Tanagra, la mort de Zampa. Le père. C'était à la centrale de Poissy. A-t-elle cru que cela lui permettrait de calmer sa soif de vengeance ? Castro les avait enfermés dans une cellule, loin des oreilles. Elle était arrivée rayonnante, bas résille, chapeau à fleurs, comme une cantatrice à l'aube de la retraite. Max a insisté. Tu ne devrais pas rire de la mort du père. C'est pas pareil. Elle n'avait pas pu s'empêcher. Elle avait gardé son rictus, entre sourire forcé et crainte affichée. Max l'a prise pour une folle. L'a giflée, d'un coup sec. Elle était à deux doigts de lui dire. Elle est partie, l'œil poché, sans se retourner. Il l'a regretté bien plus tard. Elle devait s'occuper du juge d'application des peines. Mais rien ne vient. Ni peine, ni Éva, ni juges.

Max est seul. Max ne compte plus les jours qui filent, froids, monotones. Il compte les morts. Ceux de Paris, entre les amis de Stan, les Siciliens comme on les surnomme dans les couloirs de la République, et les Zemour. Et ceux que personne ne retrouve. Il compte les morts. Les siens ? Non. Ils sont tous en prison. Même Enzo. Enzo s'est fait ramasser par les gendarmes. Il est là, aux Baumettes. Il fait le mort. Comme Max, le mort. Martin a réussi à sortir par la grande porte. Il est le seul ami du Belge, le vrai, l'intime qui peut lui venir en aider. L'enlever. Que fait-il ?

65

Marcel a tapé du poing sur la Table ovale. Personne n'a sursauté. Il a longtemps hésité à organiser cette réunion. Ses amis d'économie, aujourd'hui ennemis, demain peut-être amis de raison, les Zemour, mais jamais véritablement amis dans le sens corse de l'union, du clan, ont imploré.

Arrêtez le massacre !

Les associés de Marcel ont demandé une trêve. Depuis la mort de trois tueurs du Mossad à Paris, la flambée du prix du pétrole, la tension au Proche-Orient, la pression de ceux qui contrôlent les affaires saines de ceux qui ne peuvent apparaître au grand jour, les associés de Marcel ont imploré.

Arrêtez le massacre !

Du côté de l'Intérieur, de l'Extérieur, du contre-espionnage, des cabinets ministériels, de salons aveugles de l'Élysée, ils ont tous imploré les *public relations* du Grand Marcel.

Arrêtez le massacre !

Marcel a retapé du poing sur la Table. Deux fois.

Les cinq autres convives font taire leur murmure. Ils ne sont pas nombreux, aujourd'hui, à quelques jours de la nouvelle année 1975. Le Santon, placé à la droite de Marcel, pensait y voir au moins le ministre, le premier de la classe, pas pour la gloire, non, juste pour entrevoir l'envers du décor. Une fois, une seule. Mais le ministre a dû rejoindre l'autre table de négociations, fier de jouer le *go-between*, l'indispensable courroie de cette guerre de l'ombre. Marcel l'a excusé. A dit en prélude. Il s'est proposé pour jouer l'intermédiaire. Il aime gaspiller de la salive, c'est son métier. Marcel a toujours le poing fermé, le visage crispé. Tourne les yeux vers M. Paul pour y trouver la confirmation. On avait parlé de dix, maximum. Paul opine. Marcel ouvre les deux mains, étire les dix doigts. On m'a parlé de trente-six, ça fait beaucoup. Stan ne peut pas laisser passer. Il connaît bien Marcel. Pas trente-six, non, trente-neuf. Tu as oublié les trois de cette nuit. Marcel se garde de froncer les sourcils. Garde sa voix, grave, autoritaire. Stan, je t'aime bien, c'est pour ça que nous sommes là, autour de cette table, alors ne joue pas avec les chiffres, c'est mieux. Stan adore la candeur du Corse, des Corses, leur façon de se troubler pour un détail et de rester stoïques devant la pire des catastrophes.

Stan insiste. Prévu quarante-deux. Regarde sa montre, Marcel, Paul, puis Pazani. Les trois puissants. Rajoute, laconique. Dans quelques heures. Marcel ferme les poings. On n'a jamais été contre ton action mais, là, si on lève trop longtemps la barrière, on verra pas venir le train. Marcel lève le menton en direction de Pazani. Le juge de paix, désigné il y a quelques semaines par le conseil extraordinaire des cinq familles corses, joint les mains. Tu sais, Stan, toi, tes frères, tes jeunes de la Brise, tout le monde a peur de vous, même les Chinois du treizième. Pazani sourit, se rappelle une anecdote, un détail. Paul le Cubain se rappelle. L'Indochine, les piastres, l'or, les filles friponnes. Stan attend le pire. Tu vois, reprend Pazani, les Chinois, eux, ce sont de bons gestionnaires, mais ils ne veulent pas coopérer, c'est vrai, c'est pas plus mal, c'est pas notre culture, mais au final, si vous continuez à nous tuer tous les financiers, ceux qui font tourner le divertissement, on va être obligés de se séparer de vous, de vous envoyer au Brésil. M. Paul profite de l'ouverture, rappelle Stan et ses frères à l'ordre, aux instructions. Joue avec un stylo. Qu'est-ce que vous voulez ? Prendre tout Paris ? On vous a prévenus, non ? On n'est pas contre que vous liquidiez les soldats mais on vous a dit de faire gaffe aux intelligents, et vous, fadas que vous êtes, vous les liquidez en premier. C'est pas la guerre, ça, c'est une liquidation judiciaire que vous nous faites !

Stan voudrait que son ami le Santon, le protégé de Marcel, intervienne mais il ne décroche pas un mot. Comme d'habitude. Stan enchaîne, vif. Tu dis ça maintenant, Paul, tu as raison, mais personne ne veut votre banqueroute, pas moi, personne, vous êtes trop puissants, toi Paul, toi Marcel, toi Pazani, et même toi Philou. Nous sommes vos amis mais faut bien se rendre compte que le nettoyage s'imposait ! Les Juifs, là, ils ont commencé à nous menacer en Allemagne sur les Eros, puis ils vous ont mis la Company dans les pattes, balancé à droite, à gauche, construit leur nid au-dessus de votre cheminée, de votre fucone. Sans parler de la came, du petit mené en belle. Et si on n'était pas intervenus, et reconnaissez qu'au début vous avez pas bougé le petit doigt pour compter, vous seriez morts à petit feu, asphyxiés. Eux, main dans la main avec le Mossad, ces tarés qui ont cru nous la jouer, à nous, à NOUS, eux qui se désignent comme les seigneurs de la pègre, alors qu'ils sont manipulés par les espions des États, même ceux de Castro ! Vous avez vu le résultat ?

Stan a touché le point faible. Marcel ne peut réfuter l'argument du Lyonnais. Les Zemour sont allés trop loin, il le sait. Il sait par le truchement de ses oreilles de la diplomatie, celle des ambassades et des consuls, celle des réseaux russes comme nord-américains, que des organisations criminelles, tout aussi puissantes que les Familles, veulent investir le marché de la drogue. De l'héroïne, oui, mais surtout celles qui commencent à faire parler d'elles, la cocaïne, le cannabis.

Pazani prend la parole, rappelle l'ordre du jour. Les Zemour sont prêts à payer.

Stan le sait. Cela fait deux fois qu'il entend la nouvelle. La première fois, c'était de la bouche d'un ami condé, un ami d'enfance de son frère aîné, apôtre de la Grande Muette, expert de l'industrie des armes.

Stan écoute la suite du pape sicilien. Ils sont prêts à vous filer une partie de l'Allemagne, disons les trois quarts des Eros, trois bars sur Montmartre et un hôtel sur Biarritz. Stan reste stoïque. Une partie de Biarritz lui appartient déjà. Il lui a suffi d'abattre une étoile montante du Milieu lyonnais pour récupérer quelques biens. Un service rendu au ministre pour étouffer une sombre histoire d'incendie dans une boîte de nuit. On ne brûle pas des innocents. Pazani le Sicilien, l'ami de Mimi, attend la riposte. Stan pose les yeux sur chacun des cinq visages. Je crois que nos interlocuteurs n'ont pas bien compris. Se tourne vers Marcel. Toi qui les connais bien, toi qui leur as fait croire qu'ils pourraient un jour partager des affaires avec vous, les Corses, les puissants, les Cercles et *tutti quanti*, eh bien, tu pourras leur dire que moi, le Santon, les autres petits de Bastia, on va continuer le travail, la guerre. C'est pas très correct de nous faire déplacer pour entendre des choses pareilles.

Marcel retape du poing sur la table. Dit, calme. On t'a dit tout à l'heure, pour la barrière, le train, il vaut mieux regarder à deux fois, un train peut en cacher un autre, plus puissant, plus. Stan le coupe. Des menaces ? Tu oserais, Marcel, à moi, au Santon ? Le Santon n'attrape pas le mot au vol. On peut pas disparaître, tu le sais, on vous rend service. Pazani se gratte la gorge. Les Zemour ne veulent pas faire d'autres concessions. C'est ça ou, enfin, c'est Zaoui qui me l'a dit, c'est ça ou ils dénoncent les carambouilles, les casinos, les. Paul lève soudain la voix. Comment peuvent-ils nous menacer ? C'est grâce à nous qu'ils font les marioles, et ils osent ce marchandage ! Paul est devenu rouge, fier. Le Santon n'a pas voulu briser le silence, l'odieux chantage. Il a d'abord regardé Stan. Puis Philou. Philou, dont les interventions ne sont pas souhaitées par son frère, a compris. Paul, en homme d'honneur, en homme blessé par la plus grande escroquerie du siècle, en homme averti, s'est levé. A prononcé la dernière phrase. Encore un petit effort. On baissera la barrière plus tard. Marcel soupire, pense au ministre. Une mauvaise nouvelle, une autre.

66

Stan se passe de l'eau sur le visage. Regarde à droite, à gauche. Les toilettes de l'hôtel de Lisieux, de Pazani, du Sicilien, ressemblent à une cale de bateau. Des souvenirs de long cours trônent aux murs boisés. La négociation est dure. Ils, lui et ses amis, ont mis la barre haut, très haut. À la mariole. Les Zemour ont bien tenté d'envoyer d'autres fous du Mossad mais les patrons de Tel-Aviv ont refusé. Ils n'ont pas apprécié l'épisode du Thélème. Ont fait dire aux Zemour en berne, le jour même de l'enterrement de William, le plus voyou de tous, dans une scène digne du grand pardon. MANIAC. En hébreu. La pire des insultes.

Stan se regarde dans la glace. La forme, la grande forme. Le Thélème, un grand tour de magie, un coup de génie. Le souvenir est encore vivace malgré les dernières péripéties de la vie parisienne. D'une balle, deux coups, pense-t-il avant de remonter autour de la table. Stan avait vu juste.

Dans son camp, certains s'étaient octroyé le droit de renseigner les condés. Il ne pense même pas à Judas, depuis six mois déjà, renversé de son piédestal imaginaire. Un de moins. Ni à son compagnon de feu, attiré par les trompettes de la renommée. Un de moins. Pour Le Thélème, le bar à l'angle du boulevard Saint-Germain, il a envoyé tordu au troisième mouchard. On a rendez-vous avec les Zemour à seize heures. Le mouchard avait alerté les condés dans la minute, Broussard en tête. Demain, à seize heures, le Yalta du crime, l'armistice du siècle parisien. Au Thélème. Stan s'était posté à moins de cinquante mètres, déguisé en plâtrier. Les flics avaient perdu le sens de l'orientation. Un carnage. William et un homme de confiance, morts sous les balles. Edgar, le frère de William, grièvement blessé. Stan a gardé les coupures de presse. Le troisième frère, en affaires au Canada, a même parlé d'un génocide. Un scandale. Sauf à Tel-Aviv. Sauf à New York.

Arrêtez le massacre !

Stan monte les marches en colimaçon, rejoint la tablée. Les Zemour n'ont pas voulu venir. Ils ont bien essayé de riposter en arrosant le bar des Pazani de plusieurs rafales, blessant l'un des frères, mais là, pour assister à leur mise à mort, ils ont préféré envoyer un intendant. Stan ne sait pas quel est son nom, son prénom, et ne veut pas le savoir. Il sait juste que, après la fusillade, la criée a doublé. Pazani montre la valise. Dit. Si Marcel n'était pas intervenu, on aurait pu monter les enchères. Ils rient. Stan lui fait remarquer. J'ai de la peine de ne pas avoir fini le travail, ça commençait à devenir passionnant, la lutte entre les condés et les voyous ! Ils rient encore. La guerre des polices ! Ah, ah, ah ! Stan sait que l'important, ce ne sont pas les quatre millions de francs qui sont dans la valise, mais le reste, la liste. Pazani a demandé à l'avocat de faire taper la liste. Et de la faire signer aux Zemour, pour la gloire, pour l'armistice, pour en finir avec cette première manche. La liste des promesses tient dans un seul feuillet. Stan la prend dans les mains. Savoure les retours à la ligne. Des bars, des hôtels, des garages, le profit de carambouilles en cours, des parts dans des établissements à l'étranger, Belgique, Allemagne, Angleterre, Irlande, des comptes à numéro dans des paradis fiscaux. Inchiffrable. Quoi ? demande Stan. Inchiffrable, on peut pas dire combien, énorme, murmure le Sicilien. J'aurais jamais pu croire qu'ils possédaient autant d'affaires. Stan prend un air frondeur. Tu pleures les morts, mon ami ? Non, répond le pape, pas les morts, pas les morts. Il pense à son frère dans son lit d'hôpital. À l'idée que tout cet argent ne compensera jamais la haine, l'image de la fusillade, le dernier soubresaut des Zemour, la vengeance. Stan a compris. Il le prend par l'épaule. La guerre n'est pas finie, crois-moi. Tant qu'ils ne seront pas tous enterrés, on pourra toujours refaire le coup du Thélème, remercier les condés, de se faire la guerre.

67

Tany a fait son apparition aux Baumettes. Comme un saint qui viendrait tendre la joue pour se repentir de ses péchés ! Max ne peut le croire. Son pire ennemi est là, sous le même toit, vénéré comme un curé de campagne, entouré d'une garde d'enfants de chœur ! Tany n'est pas là pour longtemps. Tout le monde le sait. Lui aussi, il pourrait faire exploser la Cinquième République, emboucaner la planète en dressant une liste des officiels qui puisent dans sa gamelle.

Max est à bout de nerfs. Par trois fois, sa demande de mise en liberté provisoire a été refusée. Il a perdu quinze kilos, de mémoire, de colère, de migraine, de réserve. Il attend de l'aide d'un vieil ami du Balafré, le « parrain des parrains » comme on ose le surnommer, toujours dans l'ombre, pas vu, pas pris. L'avocat de Max attend une grâce médicale. Le vieil ami du Balafré, pirate de la Méditerranée, gardien de la Belle-de-Mai, a toujours veillé sur la carrière du petit, du protégé. L'avocat a réussi à convaincre un docteur. Max est entré au centre anticancéreux de la prison-hôpital des Baumettes. Mais le diagnostic n'a pas séduit le juge. Le juge a montré les mots de Richard, de nouveau entendu par la Company. Max est le troisième plus grand personnage du Clan des Marseillais. Max a hurlé. Lui qui n'est plus rien, lui qui traîne toujours sa casserole d'indic, ici, aux Baumettes, lui, une mouche aux ailes coupées dans les mains d'un gamin sadique. Comment ce con de Richard peut-il dire une telle ânerie ? Qui lui souffle dans l'oreille ? Un condé voyou de Marseille ? Le chimiste ? Les hommes du Service ? Et pourquoi me donner une telle dimension ? Pourquoi moi ? Pour me faire porter le chapeau, pour faire sortir au plus vite Mimi et Zoby de prison ? Pourquoi ? Quelles mains me manipulent ?

Castro entre dans la cellule. Max ! Tany vient de parler à Enzo. Max reste incrédule. Quoi ? Je te le dis comme je les ai enfermés tous les deux dans une geôle chez les avocats. Enzo et ses racines napolitaines. Tany et ses crises à la napolitaine. Deux larrons en foire. Max les imagine parler avec les mains, langage de muets, dialogue de bons entendeurs. Enzo est en partance pour l'Italie, bientôt extradé. Tany peut l'aider à mieux vivre. Castro répète. Tany va l'aider. Pour quoi faire ? demande sans entrain le Belge. Soupire en s'asseyant. Il n'y a que pour Le Tanagra, je vois rien d'autre. Des soldats, il en a des containers, posés sur les docks, prêts à donner leur vie pour l'honneur. Castro cherche, tente de donner la réplique, juste pour le rassurer. C'est une histoire entre Napolitains, Max, rien de plus. Tany le retournera pas. J'en suis sûr. Max le prend au mot, désespéré. Tu donnerais ta parole contre ma liberté ?

68

Le Fier et le Santon, les deux frères inséparables, sont montés les premiers à Paris. Le Tio, comme à son habitude, n'a pas donné de date d'arrivée, ni de lieu de rendez-vous. C'est sa force, au Tio. Il peut retrouver n'importe qui, n'importe où, dans l'heure, au pire dans la journée. Depuis sa formation accélérée chez les Narcas, il possède le plus gros carnet d'adresses du continent et des îles, même les plus éloignées du centre jacobin. Magistrats, condés, la crème des hommes d'affaires sans parler des hommes de l'ombre de la République. Un mystère. Les deux frères sont descendus dans leur hôtel du huitième situé à deux pas des Champs. Le Tio les a rejoints, sans surprise, au Drugstore, à l'heure du déjeuner.

Ils sont tous les trois attablés, discrets, sans aucune protection rapprochée. Si ce n'est, peut-être, cette table à droite, un couple de civils mal fagotés, ou peut-être, au fond, ces deux hommes d'affaires aux costumes italiens. Le Santon dit timidement au Tio. L'Acteur, il ne faut pas qu'il vienne ici, tout le monde le connaît, ça va faire du bruit. Le Tio savoure une glace au chocolat. Tiré à quatre épingles, il a osé passer sa serviette autour du cou. Au grand dam des deux frères, de la honte, contenue. Putain, t'es jamais content, toi. Le Tio finit l'assiette. Je vais voir. Le Tio se lève, ôte la serviette, et rejoint le bar. Serge le Fier l'observe au téléphone, le voit revenir. L'écoute. Il n'aime pas ça, le Pistachier, mais bon, comme ça fait longtemps qu'il vous a pas vus, on le retrouve dans sa garçonnière.

Ils ne payent pas. Le garçon note, comme d'habitude. Le patron se félicite.

Dans le taxi, silence. Serge est toujours embêté de se retrouver entre les deux carpes. Ils ne disent jamais rien, semblent toujours penser à mille choses. Serge tente. Il paraît qu'il a un surnom depuis la carambouille. Les deux voisins ne disent rien. Le Millionnaire français. Le Tio sourit, malicieux. Serge devine que le Millionnaire est en sursis.

C'est là. Le trio descend devant un immeuble signé Lefebvre, 1934, rue de Varenne. Sept étages face au musée Rodin. Un homme les attend en bas. Le Tio s'avance, lui touche la main. On dirait la doublure du Pistachier, en plus costaud. Ils montent dans l'ascenseur. L'Acteur, justement, ouvre la porte métallique au septième et dernier étage. La garçonnière est vaste. Quatre pièces tournées plein sud, d'immenses baies vitrées donnant sur une large terrasse, un intérieur très coloré, *hippie fashion*. Une jeune femme prend le soleil de décembre. Nue. Belle vue, pense Serge. Comme souvent, le Pistachier mélange les genres. Froid avec les copains, avec les frères, bouillonnant avec le Tio. Et le Tio en joue. Le regard posé sur les longues jambes, il dit sèchement. J'espère que l'on n'est pas montés pour rien. L'Acteur ouvre la baie, siffle la fille. Va t'habiller et sers-nous du dom Pérignon. Elle passe devant lui, les lunettes noires sur le nez, seul accessoire sur sa peau blanche de Nordique. L'Acteur ne peut s'empêcher de suivre ses hanches. Elle est folle, elle dit que le froid et le soleil, ça fait circuler le sang, ça lui libère les chacras ! Les deux frères se sont installés dans un canapé en cuir orange, aux formes rondes. Le Tio et le Pistachier sont assis en face sur deux fauteuils en mousse jaune. Alors, demande le Tio, tu t'es renseigné ?

L'Acteur déguste ce moment-là. Ce n'est plus du cinéma, du moins, c'est son cinéma à lui, pour lui, rien que pour lui. Il se lève, allume une blonde. Ses yeux bleus semblent dilatés. Je veux rien prendre sur ce coup-là. Serge réfrène un sourire. S'il riait, c'est le Tio qui serait en colère. C'est pas le moment. Il se la joue, le Pistachier, le je-suis-un-voyou. L'Acteur entame sa ronde autour du salon. Le Santon soupire. Le Tio l'a entendu. Il ne veut pas que le Santon s'impatiente. Bon, tu accouches ou on rentre à la maison ? L'Acteur se rassoit. Croise les jambes, en confiance. On peut le trouver ces jours-ci au George V sous le nom de Samuel Flatto. Il est en affaires avec. Le Tio le coupe. Je veux pas savoir avec qui il baise, avec qui il trinque. Je veux juste savoir combien on peut en tirer. L'Acteur se relève. Sa dernière caramb, c'est de l'ordre de trente milliards de centimes.

Le Santon adore cette odeur de fric. Il sait que le Juif ne va pas laisser sa fortune. Il préférera crever, la main sur la Torah. Il a suivi la longue discussion entre les Lyonnais et les Zemour, grands amis de Flatto. Il sait que ces derniers sont vraiment des durs à cuire. Au chalumeau. Mais pas des tueurs. C'est ce qui a tué William, c'est ce qui attend les autres s'ils ne respectent pas les délais de livraison.

Silence, long, hermétique. Le Tio soupèse. Trente milliards, trois cents millions nouveaux, ça me paraît acceptable, t'en penses, Santon ? Il opine du chef. Et toi, Serge ? *Idem*. L'Acteur ouvre la bouche mais se ravise. Pourquoi leur demander si son ami Tany va être de la partie ? Ridicule de poser une telle question. S'il n'y participe pas, au moins aura-t-il une part. L'Acteur doute mais l'arrivée de la bouteille, des lunettes noires, de la déesse nue, lui rend soudain un frisson de satisfaction. Une nouvelle chronique du Milieu à écrire, bientôt, quand il sera réalisateur, producteur, comme Al Pacino, Scorsese, comme ses amis des États qui ont su donner une âme aux visages de ces anges aux figures sales. Aux grandes Familles.

Ils trinquent au succès.

L'Acteur étend le plan de l'hôtel George V sur la table basse. Un bon point, dit-il, Samuel est un maniaque du temps. Je comprends pas comment un mec recherché par tous les condés peut être aussi cadré par la pendule. Serge comprend. Il est tout simplement protégé. L'Acteur le déçoit. L'Acteur reprend. Bien, tous les matins, lever à six heures, petit déj trente minutes plus tard, réception à huit heures. Là, un ami, calibré, l'attend. Après je sais pas, il disparaît du côté des ambassades, des grandes banques, le Lyonnais, Paribas. Le Tio semble surpris. Et comment tu sais ça, toi ? L'Acteur montre la belle, revenue dans le froid. Elle s'est occupée de lui. Et puis, je peux pas décevoir des amis qui montent à la capitale, l'air exténué. Il joue, toise le trio. C'est son métier. Il hésite, éteint sa cigarette dans un cendrier en argent. Il y a un problème, cependant.

On l'écoute. L'argent est en Suisse, au chaud, dispersé dans de nombreux comptes à numéro. C'est pas un problème, ça, dit Serge, vraiment pas un problème. Cela pourrait le devenir, enchaîne le play-boy, pour la signature. On l'embarquera, c'est pas un problème, on te dit. Si vous le dites, alors.

Le Santon plie le plan et le glisse dans la poche de son imperméable. Ils se lèvent. Le Tio prend son ami par le bras. T'es sûr de vouloir rester là ? L'Acteur fait mine de jeter un œil sur la terrasse. Je suis très occupé. Tenez, voilà son numéro, on sait jamais, elle pourrait vous aider.

Samuel s'est levé, comme tous les matins, à six heures. Il a embrassé le dos de la belle du Nord, s'est levé d'un bond, a jeté un œil sur le miroir. Rien de tel qu'une bonne nuit dans les bras d'une folle. Quelle importance ? Il file sous la douche. Pense vite. Dans quelques jours, c'est Noël. Je fais ma dernière embrouille et je file voir le soleil se lever sur Tel-Aviv. Dans un an, je deviens député, je me lave de mes péchés. Plus tard, je. La porte vitrée de la douche s'ouvre lentement. La belle tient un flingue. Elle est habillée. Derrière elle, un homme barbu tient ses bras croisés. Demande. Bonne nuit ? Samuel ferme le robinet. Reste sobre, l'air de rien. Il a appris à garder son sang-froid durant les Six Jours face à d'autres kamikazes. Le Barbu demande à la fille de les laisser. Samuel sent qu'il ne doit pas résister. Il n'a jamais vu ce visage. L'homme n'a pas d'accent particulier, peut-être une pointe provençale. Je peux faire quelque chose pour vous, monsieur la-fausse-barbe ? Le Barbu sort un 11.43. Tu t'habilles et tu évites de parler. Moins tu parleras, moins je serai fatigué.

Samuel s'avance dans la chambre. Voit deux autres hommes. Je peux savoir ce que. Le Barbu lui assène un coup de crosse. Ta gueule. Je t'ai demandé de la boucler. Samuel s'est affalé. La fille prend le pouls. OK, dit-elle. C'est bon ? Le Barbu lui fait signe. Elle passe son manteau et file. Elle sait ce qu'elle doit faire. Elle descend par les escaliers. Le groom est au rendez-vous, habillé en civil. Le groom est un jeune Corse, une oreille du clan de Marcel. Marcel, lui, ne sait pas. Un extra comme un autre pour le groom. Elle le suit. Ils descendent au sous-sol. L'ambulance est prête. Ils se déshabillent, passent une tenue blanche, remontent par le même passage. Personne à cette heure-ci. Frappent à la porte. Deux coups griffés, un puissant. Le Barbu ouvre. On y va. Les deux comparses entourent Samuel, toujours K-O, le portent comme un homme qui aurait les deux jambes cassées. Les deux infirmiers passent devant, le Barbu ferme la marche. Lui aussi, changé, habillé de blanc.

C'est Serge qui a commencé l'opération. Samuel a retrouvé son esprit, son exubérance. Il n'a pas eu besoin de tergiverser pour comprendre l'intention des infirmiers. La cave sent le renfermé, le vin soufré, la demande de rançon. Samuel a beau chercher, il n'a jamais vu ces visages. Peut-être celui-là, la carpe, assis dans le coin, qui semble faire des mots croisés. Ces yeux bleus, presque transparents, peut-être sur un hippodrome, en médaillon dans la presse. Ou peut-être.

Chez le Pistachier ?

Cela fait deux heures qu'il le répète. Je n'ai rien ici et puis, de toute façon, j'ai tout cramé. Serge le traite bien. Samuel est assis sur une chaise en osier, pas de menottes, pas de liens aux chevilles. Juste une ceinture qui le fixe au dossier. Serge commente. T'as l'air d'un guignol, là-dessus, tu faisais comme ça avec les Arabes pendant la guerre ? Samuel ne rit pas. La guerre ne le fait pas rire. Même si c'est elle qui lui a permis de devenir un col blanc de l'embrouille. Il dit. On va pas y passer une semaine, Israël m'attend. Le Tio, le stylo dans les doigts, compte les répliques. Lui dit. Je note tes répliques. Plus tu parles, plus tu payes. On est entre gens de bonne constitution, on te demande pas de marcher sur l'eau, juste dix petits milliards, anciens. À toi de voir, la Paternelle. Samuel n'a pas attendu cette remarque pour savoir que l'équipe qui vient de le kidnapper connaît la musique. La Paternelle, son coup, son arnaque, son éternel refrain, cent sociétés écrans éparpillées dans des paradis fiscaux, là, tout près de Paris. Plus de six cents millions de francs détournés dont le tiers en billets usagés. Un modèle. Un scandale à la française.

Il pense à la proposition. Dix milliards, plutôt cent millions de francs, un sixième de son arnaque. Trop, il ne peut dépasser dix pour cent. Il ne doit pas. Il n'est pas seul. Il doit des comptes. Il joue la partie avec l'homme, toujours derrière lui. Dix milliards, je suis ruiné, c'est à peine la moitié de ce que j'ai gagné. Le Tio se lève. Prend un marteau, posé à terre, s'approche des cheveux noirs, hirsutes. Tu sais ce que je tiens dans les mains, Samuel ? Samuel ne peut se retourner, ne veut pas se retourner. Dit. Deux milliards, j'ai pas plus ! Le marteau tombe doucement sur une épaule. Tu as droit à trois propositions. Je sais que tu es un gentleman, que tu vas tenir ta salive. Dis-toi que tu participes au sauvetage d'une banque que tu viens de plumer. Sois généreux, une fois dans l'année, il faut savoir être généreux. C'est bientôt Noël. Le coup tombe avec force sur le haut du crâne. Samuel résiste, se mord les lèvres, retient l'onde de choc qui court le squelette. Lâche. Trois milliards, pas plus. L'onde pénètre à nouveau par le sommet, résonne contre la dalle de ciment. On est quatre, dit Serge, quatre, pas cinq, quatre. Comme les doigts de ta main droite, si t'es pas d'accord. Alors ?

69

Tany n'a jamais cherché à voir Max aux Baumettes. Jamais. Peut-être le respecte-t-il, peut-être rigole-t-il de le voir à l'ombre, peut-être prépare-t-il le chemin de croix du Belge, peut-être veut-il persuader d'autres repentis, d'autres témoins illuminés de faire passer le Belge pour le plus grand trafiquant du monde, peut-être. Mais qui peut bien savoir ce que Tany pense ?

Tany est sorti des Baumettes en un tour de passe-passe.

Tany a un autre tour dans son sac. Pour rigoler. Peut-être. Il a juste dit à Enzo. Quarante plaques. Rapproche-toi de lui, il est tout seul, le malheureux. Je pourrais l'empoisonner, le faire disparaître, l'enterrer, là dans la cour devant tout le monde, lui broyer sa langue de balance, mais non, j'ai encore envie de rire. Max t'a foutu dans la merde, Enzo. Dieu le lui rendra à coups de pelle. Tu auras ta cantine à Milan, ta vie assurée, les quarante plaques, comme promis. Je te dirai quand il faudra.

Castro n'a jamais rien su. Max non plus.

Enzo a été extradé, recondamné à perpétuité en Italie. Il a attendu. Il a réussi à convaincre Martin. J'ai un plan pour sortir Max des Baumettes. Tu me sauves, on le sauve, on fait la fête au Tany. Martin a hésité. Pas beaucoup de soldats autour de lui. Lui-même obligé de travailler en Italie pour échapper à la foudre de Tany. Martin a fait le tour de la Belle, déguisé en curé. Il est revenu bredouille chez lui, dans la banlieue de Milan. Reste Fafa, son ami, en cavale en Italie. Fafa est un autre chapardeur de la Belle, exilé pour d'autres problèmes. Fafa est d'accord pour filer un coup de main à Martin. Il connaît la mentalité de Max, sa sobriété, sa parole, sait qu'un jour viendra où il pourra compter sur lui. Car Max n'a-t-il pas tenu tête au Grand Tany ? N'est-il pas la prochaine étoile dans le ciel de la voyoucratie marseillaise ?

Fafa a réussi à convaincre deux autres Italiens. Enzo est prêt à s'envoler. Max aussi. Mais, pour lui, c'est une surprise. Fafa a laissé tomber son boulot temporaire de kidnappeur avec les Calabrais. Fafa, Martin et les deux jeunes fous ont tout prévu. Sauf la mort.

Les tirs nourris des carabiniers ont sifflé la cavale. Enzo n'a pas pris le temps de se retourner sur les deux corps. Les deux jeunes Italiens se sont sacrifiés pour l'honneur au pied de la prison de Milan.

Enzo a suivi Martin et Fafa sur le chemin de la folle liberté.

Enzo a fait le mort pour aller sauver Max. Il faut

attendre, attendre. Il a fait semblant de trouver un stratagème. Il a attendu quelques semaines avant de recevoir le signe de Tany le Napolitain. Enzo a rajouté une fleur à son tatouage de dur à cuire, une offrande à la nouvelle décharge d'adrénaline.

Mener en belle.

Martin est fier, ce matin, d'aller sur le plateau, derrière le camp d'entraînement des Milanesi. Il va chercher les sous, le partage, pour la cantine, les mandats, pour Max, son ami, son sang. Un jour, ils vont lui faire la peau, au Tany, tout puissant qu'il est, le descendre à la cave et commencer par lui couper la langue avant de discuter. Martin bout d'impatience.

Martin stoppe la voiture devant le camion chargé de cigarettes. Enzo est là, les muscles ouverts aux courants d'air. Il s'approche. Ils s'embrassent. Comment va Max ? C'est la première fois que l'Italien lui demande des nouvelles de son ami. Bien, il devrait bientôt. Enzo vient d'ouvrir la porte arrière du camion. Les charnières grincent. Martin ne comprend pas. Où sont les cigarettes ? Enzo se place devant lui. Disparues, vendues. Et les clients ? Déjà partis, répond Enzo, envolés. Martin ne comprend pas. Il croise les yeux d'Enzo. Tu me. Martin n'a pas le temps de finir. S'écroule. Râle. Enzo monte dans le camion, allume le moteur, recule aux pieds du corps toujours énervé. Enzo sort son flingue, son bijou, sa femme, elle, fidèle. Ses balles préférées. 9 mm parabellum. Enzo savoure toujours cet instant où le condamné perd son sang, comme un cochon, où le condamné revoit passer sa vie comme un film de Visconti. Enzo pense aux cochons, à la tradition sicilienne. Des bouchers, ceux-là. Approche le canon. Appuie sur la détente. Je te dois bien ça, mon ami. Et embrasse la Vierge pour moi. Si tu la vois. C'est pas sûr.

70

Les quatre parts sont posées sur la table du cabanon. Serge n'arrête pas de se marrer. Raconte pour la troisième fois, un verre de blanc à la main, gai, fier. Vous auriez vu la gueule des douaniers suisses... et la tronche du banquier... Putain, quatre milliards, c'est pas tous les jours ! Et l'autre imbécile qui tapait dans le coffre, et Bernard le Barbu qui lui criait. « Un barrage d'Arafat ! t'es foutu ! Tu parles, on a tellement tourné avant la Suisse qu'il a bien cru qu'on était déjà au Liban !

Le Santon fait les cent pas sur la terrasse. Au loin, un hors-bord passe comme une flèche, disparaît derrière une calanque. Le frère taquine. T'énerve pas, Santon, le Tany, il veut juste nous voir pour le casse de Nice, là. Te fais pas de bile, déjà, il va falloir qu'il passe la porte de L'Artistic. Le Santon ne sent pas ce rendez-vous. Dit. Je comprends pas pourquoi il nous a demandé de venir avec le pognon, et puis, il manque cent briques. Serge ne suit pas. Il va pas nous mettre à l'amende, il veut juste nous associer. Quatre milliards, c'est pas grand-chose. Il se marre. J'en sais rien, reprend le Santon, mais je commence à le cerner, le Tany, quand il commence à tourner en rond, à se la jouer à la Napolitaine, je le sens pas. Serge est optimiste. C'est son tempérament, le soleil du Santon. Je vois pas de nuages. Le barbu tousse. Même si c'est pour l'histoire du Juif, que veux-tu qu'il nous dise, le Napo ? Bernard est comme le Santon. Il est persuadé que le Grand s'est fait avoir par le Pistachier. Que le Juif a vite compris que le coup avait été balancé par l'Acteur. Et maintenant, l'autre, le Samuel, il fait du chantage. Il connaît tout le monde dans le cinéma. La production, c'est sa blanchisserie. Le Santon n'a pas peur, non. C'est pas de la peur, juste un sentiment de se faire rouler par le Napolitain. Il en est capable. Il l'a vu, comme tous les autres du Milieu, salir le Belge, lui couper l'herbe sous les pieds, lui voler ses hommes. Sans compter les autres histoires, les casinos, la coco.

Le bateau longe le quai en bois. Serge range les liasses dans un sac de jute, rejoint le Santon et Bernard, le Barbu, sur le ponton. Le Tio est aux commandes. Allez, on se presse, on va pas s'ennuyer.

Une trentaine de minutes plus tard, le hors-bord slalome dans le Vieux-Port, trouve sa place, pas très loin du bar, Le San Francisco. Un homme du Tio les attend sous un timide soleil de janvier. Ils s'engouffrent dans une Citroën SM, ressortent devant l'Église des Réformés, poussent la porte de L'Artistic, trébuchent contre le brouhaha des parties de cartes. La table est réservée. Le Tio bat les cartes. Mille points, ça va ? Il joue avec Bernard, doué, comme lui, à la parole plus qu'à la triche.

La pendule Ricard marque seize heures.

Il est à l'heure. Il entre, avec la cavalerie aux fesses. Et Gaby, l'ombre de son ombre. Les parties s'arrêtent. Paul le Cubain, la casquette de navigateur rivée sur des cheveux poivre et sel, taquine d'emblée. Oh, mais c'est le petit des Napos qui va là, alors, ce casse de Nice, tu t'es fait avoir ? Tany ignore le Corse, même s'il ne digère pas la réflexion. Il n'est pas venu pour jouer aux cartes. Il prend une chaise et s'assoit à califourchon face à la table. Gaby reste debout. La cavalerie a été poussée dehors par un seul geste de main du Cubain. Les quatre associés continuent les annonces. Oh, dit le Napo, je suis pas venu pour tenir un cierge, alors on laisse les cartes deux minutes. Ils finissent le tour. Ça va, on t'écoute, mais fais vite, on a du boulot. Serge adore l'emmerder.

Tany joue du ton de l'autorité. Samuel s'est plaint au Pistachier. Je viens d'avoir l'Acteur au téléphone, il devient fou, il dit qu'il ne pourra plus être en haut de l'affiche, qu'il. Le Santon le casse. Tu peux pas te dépêcher un peu, on vient de te dire qu'on a du boulot. Tany se pique. Change de ton. Les gars, vous vous êtes trompés de cible ! Le Samuel, c'est le plus brave mec de la terre, il nous donne des coups de main, des faux papiers ! Il donne même des mandats en prison ! Les quatre regards se tournent vers le Napo. Ils viennent de comprendre dans le même laps de temps. Tany le joue, l'air paternel. Il faut rendre les sous, tous les sous. Le Santon, pourtant peu loquace à L'Artistic, même si c'est son quartier général, s'emporte. On n'était pas au courant. On nous a dit que c'était une croix de Saint-André, une canaille, on l'a griffé, on lui a pris les sous, on l'a même pas tué, ni coupé une oreille, il a donné les sous, c'est fini, il lui reste toujours cinquante-six milliards, non !

Tany dit, moelleux. Moi, je vous le dis, c'est pas pour la guerre, je sais que vous avez pas peur, que même la Sicile peut venir, et que vous vous régalerez, mais là, pour la mentalité, c'est pas bon, ça se fait pas, il y a des choses que je peux pas vous dire, mais c'est pas bon, croyez-moi, il faut rendre les sous au Juif. Gaby rajoute. Je vous le dis, les gars, Tany, il a raison de chez raison, c'est du pain empoisonné. Le Santon perd pied. Il connaît la musique de Tany mais reste attentif à la parole de Gaby. Joue sans tricher. On a déjà mangé cent briques. Il regarde à nouveau Gaby. Les Napolitains ne réagissent pas. Cent briques, c'est rien. Le Santon regarde le Tio qui opine. Dit. D'accord, on va rendre les sous, moins les cent briques, mais on t'avertit, devant tout le monde. Ils regardent Paul. On va faire notre petite enquête, on connaît ta bouche. Si c'est vrai, ce que tu dis, Tany, tu donneras les sous au Juif. Mais avant, tu gardes les sous pendant deux jours. Si c'est pas vrai, Tany, tu nous rends les sous dans deux jours à huit heures précises, devant la pendule. Le Santon rajoute. Et n'arrive pas à huit heures cinq.

La pendule Ricard marque huit heures moins deux. L'équipe est au complet. Seul le Barbu paraît nerveux. Les trois autres n'ont jamais eu meilleure mine. Retrouver le Tany et le Gaby dans de telles circonstances, c'est pas tous les jours ! Les vieux Corses ne veulent pas rater le rendez-vous, pour rien au monde. Surtout pas le poivre et sel. Ils poussent la porte. La pendule marque huit heures et une minute. Le Santon s'approche des deux Napolitains. Pour une minute, j'en connais qui sont morts. Les Napolitains ne peuvent rien dire. Ils se sont fait avoir. Bêtement. L'Acteur n'a pas voulu jouer. C'est son métier, son cinéma, mais pas ce coup-ci, pas au Tio, pas à son protecteur.

Tany pose la valise sur le bar dans un silence poursuivi par l'éternité. Je compte pas, dit le Santon, j'espère que tu as rajouté les cent briques qui manquaient. Tany a les yeux rougis par la colère, par la honte. Il vient de se brûler les ailes en deux jours. Comme une mouche écrasée par un éléphant. Le Barbu allume cigarette sur cigarette. Tany rompt le silence, toise l'assemblée de corsaires. Alors, on fait quoi maintenant, on le tue, le Tany ? Il défie. Il ne reste que ça. La bouche, les mots, la fronde. Il vient de perdre l'honneur, là, chez les Corses. Le Barbu intervient. Je te donne ma part, Tany. Il ouvre la valise, prend une enveloppe, la tend à Tany. Je te dois bien ça. Tany se tourne vers Gaby. Tu vois, le Tany, il a eu raison de se manifester. Ses amis auraient pu penser à lui pour aller griffer le Juif, non ? La remarque s'adresse à son ami de toujours. Le Tio n'apprécie pas. Il sait que Tany est furieux, blessé. Mais il sait aussi que son ami napolitain lui a fait des petits dans le dos. Des gros, de la taille de plusieurs casinos, de la taille de cargos, bourrés de pétrole, d'armes. Et là, devant la valise ouverte aux quatre milliards, le Tio jubile. Il vient de laver sa dette envers les Corses. Il vient d'effacer ce maudit jour où les Canards lui ont lavé le cerveau pour aller croiser Antoine. Ce maudit jour où il aurait dû laisser partir Gaby. Seul avec ses calibres, avec sa conscience.

71

Il vient de partir. Le barman raccroche le téléphone. Transpire. Il vient de rigoler de la honte de Tany avec le Tio, son compagnon de cartes. Il ne voit plus que le dos du Tio, un point, puis du flou. Le barman joue à quitte ou double. Il n'a pas eu le choix. Quitte, je meurs. Double, je rejoins les Napolitains, je monte le club de rugby, je brille, je deviens riche. Tany tient toujours ses promesses. C'est Gaby qui le lui a dit. Depuis l'affaire des quatre milliards, le Tio se méfie de ses proches, pas ceux de L'Artistic, ni ses amis des Cercles, ceux-là sont des marioles, des vrais. Non, il se méfie des faibles, de tous ceux qui s'agitent autour de lui, pour le traiter en héros, pour espérer une promotion, qui dans une boîte de nuit, qui sur un chantier, qui dans l'administration. Depuis un mois, il n'a pas revu Tany, ni Gaby. Ils ruminent la honte, traînent la casserole. Il sait par ses grandes oreilles que les deux inséparables marmonnent une vengeance, que Gaby a déjà sa petite idée pour remettre les pendules à l'heure. Il se rappelle l'avertissement du Santon à L'Artistic. Pour une minute, j'en connais qui sont morts. Le Tio n'a pas de remords. Il trouve par ailleurs que les mots du Santon sont l'expression d'un pardon. Pense que la loi du Milieu, pourtant intransigeante dans un coup pareil, ne pardonne pas les vicieux. Et le Tio ne comprend pas. Dans les virages qui le mènent à sa modeste villa, derrière les plages de Cassis, il ne peut arriver à comprendre comment un homme aussi riche que Tany, aussi puissant, capable de faire disparaître n'importe qui, le Président américain et le *capo di tutti capi* réunis, puisse s'amuser à rouler ses amis. Non, vraiment, il ne comprend pas.

Le Tio lève le pied de l'accélérateur. Il est seul. Sa femme et son fils doivent être en ville. Il ouvre la portière, sort une jambe. Sursaute soudain. Le coup de feu résonne dans l'habitacle, lui brûle les tympans. Il cherche le calibre sous le siège. Sursaute de nouveau, passe la main sur sa jambe. Du sang. C'est pas vrai, pas moi, pas lui, il peut pas, pas comme ça, pas chez moi, ce putain de Napolitain. Troisième sursaut. Le Tio est allongé entre deux voitures. Sans flingue. Quatrième sursaut. Il ne veut pas monter dans la barque qui se présente soudain. Il déchire l'aile de l'ange. Non, pas maintenant, je veux vivre ! VIVRE ! Il ne sent pas la cinquième balle, dans l'épaule, ni la sixième, veut savoir, avant de partir sur la barque silencieuse. Sept, huit, je dois les compter, se persuade, si je les compte, je reste sur terre, je perds pas pied. Il revoit soudain la valise, le Bernard qui tend l'enveloppe, il revoit Tany râler, lui dire. « C'était moi qu'étais désigné pour Antoine, t'aurais dû attendre ! Comme prévu. Neuf, dix, les pas se rapprochent, une voix, je la connais, putain, non, pas lui, si c'est lui, je suis mort. L'ombre se rapproche. Pas lui, onze, douze, vas-y, treize, continue, c'est mon numéro du bonheur, mon pays, ma ville, allez tire-la, cette treizième balle ! Il ne peut plus crier. Il voit, comme dans un songe, l'ombre de la mort, une main, floue, qui soulève un masque de clown, un calibre qui tangue devant ses yeux transparents, et là, oui, enfin oui, l'image qui s'éclaire. Vas-y, Napo, vas-y, tire !

Le Tio ouvre lentement les yeux. Ne veut pas voir le blanc. Une main tient la sienne. Le flou joue le songe d'une mort annoncée par balles. Il se souvient. Le masque de clown, le visage. Il vient juste de descendre de la barque. Il a choisi la vie. Il ne peut lever la main, pas de force, pas de bouche. Des tuyaux percent son corps. Ses yeux prennent de nouveau une couleur bleutée, restent clairs. Il la voit. Il ne peut lui parler. Elle se tait, pleure, essuie ses larmes. Cinq, dix, trente minutes. Il devine le chirurgien, les infirmières, panique devant les ombres qui planent de nouveau sur son corps. Arrive à articuler, dans le creux de l'oreille de sa femme. Tany. Tany. Ne faites rien, ne vous vengez pas, pas de guerre.

Elle ne répond pas. Elle sait ce qu'elle doit faire. On le lui a déjà demandé.

Elle descend les marches, retrouve les deux frères devant l'hôpital. Elle serre la main de Serge. Inspire de courage. C'est Tany, il vient de me le dire. Le Santon fait un pas pour monter. Non, dit-elle, non, il dort, il va s'en sortir mais il doit rester seul, se reposer. Les deux frères ont compris. Ils attendent le renfort. Trois hommes se postent devant l'hôpital, un autre à deux pas de la chambre. Le Santon est d'accord avec son frère. C'est un miracle, il n'y en aura pas deux.

Ils passent des nuits à tourner en ville, à échapper aux

regards, à vérifier. Des nuits, planqués dans un coffre de voiture, l'œil collé au trou. Et puis vient le jour, l'heure, l'explosion du temps qui se venge. Ils se cachent dans le cimetière Saint-Pierre. Ils le connaissent par cœur. Mômes, ils venaient aider les grands à planquer des sacs de morphine. Ils restent une heure, cachés dans une tombe factice. Gaby est toujours ponctuel. Une fois par semaine, Gaby vient se recueillir sur la tombe de son fils. Le gravier craque sous les semelles du Napolitain. Ce jour de mars, il n'a pas le temps de voir venir la punition, ni de demander pardon à son fils d'avoir tué un ami. Gaby s'est effondré, pâle, sale. Serge n'a pas oublié la balle dans la nuque. Pour éviter un second miracle, pour venger son Tio, son frère d'armes, pour souffler les bougies du Belge, ces trente et un ans. Les deux frères ont le sentiment du devoir accompli. Sans masques. Tuer l'ombre, c'est éteindre la lumière. Sans masques.

Deux heures. Deux heures après l'assassinat au cimetière, Tany est parti seul vers le Vieux-Port. Il a crié, plus fort que d'habitude, comme un fou, un aliéné qui a perdu son étoile, comme un bébé affamé. La cavalerie, une trentaine de soldats, l'a suivi en courant. Coco, les deux frères Venturini et deux autres marioles des Narcas ont répondu dans la minute à la crise de Tany le Magnifique. Tany leur a dit pour Gaby sur un ton menaçant, la gorge sombre. Ils se doutent aussi pour le Tio, l'autre petit, celui qui a su grandir sans eux, qui a fait fortune à l'ombre des médiocres, de tous ceux qui se font tailler des costumes en soie aux Baumettes.

Ils se sont retrouvés en bas de la Canebière. La cavalerie a formé un cercle. Au milieu, Tany, tel un taureau dans les arênes, qui tourne autour des vieux sages, toujours aussi puissants, aussi hâbleurs. Un combat sans arbitre à qui lutte sans merci. Des flics tentent de passer les yeux par-dessus le cordon. N'en croient pas leurs yeux. Tany Zampa, la vedette du Milieu, l'intouchable, vocifère. Cette fois, je passe pas, je passe pas ! C'est vous qui avez tué Gaby, je passe pas, je passe plus ! À partir d'aujourd'hui, c'est la guerre ! Tany n'a pas oublié l'affront, il y a huit ans, et ses milliards envolés dans les poches des vieux Canards. Tany bondit, brandit la menace. Nicolas Venturini, le maire en second de Marseille, l'invite à la retenue. Calme-toi, petit, c'est pas nous, on n'y est pour rien dans cette affaire. Tany hurle, prend à témoin le cercle qui aimante les badauds. C'est la guerre ! La dernière ! Je vais tous vous tuer, tous ! Nicolas préserve son sang-froid. On te dit que c'est pas nous, et puis arrête de t'exciter, tu vois pas qu'il y a les condés ! Tany hurle. Je m'en bats les couilles, des condés, je vais les tuer aussi ! Les flics ne tiennent pas à être témoins. Tournent les talons. C'est leur carrière qui est en jeu. Face au maire, face à Tany le Magnifique, rien à faire, seulement fermer les yeux. Tany hurle, coupe la foule. Je vais tous vous tuer, tous, vous, les Corses, tous ! Les soldats le suivent par grappes. Nicolas regarde le manège. Se tourne vers ses amis. Vous êtes sûrs que le Tio est mort ?

Le Tio a le bras en écharpe. Grimace. Un mois, déjà, qu'une armée veille à sa seconde vie. Et le cimetière de Marseille qui compte ses nouvelles tombes. La guerre vient d'éliminer les feux follets de Tany. La famille de Gaby presque au grand complet. Reste un seul frère, planqué, aux Baumettes. Apeuré. Les deux frères, épaulés par des hommes au sang froid, terriblement froid, ont fait le vide autour de Tany. Le premier cercle. Mais les cercles sont larges, invisibles, prêts à l'assaut. Tany, dans un moment de panique, a demandé de laisser le Tio. Le geste n'a pas fait sourire le miraculé de Cassis. Le Tio pousse la porte du Skating. Sait que Tany est indésirable depuis la scène de la Canebière. Le Tio est prêt à tout mais il hésite. Il est venu persuader les Narcas. Ils lui doivent beaucoup. Toujours les mêmes. Coco, les Venturini et deux, trois associés. Ils l'attendent sans l'attendre, comme si rien ne s'était passé. Le Tio est là pour plaider sa bonne foi, pour remettre la vérité aux justes. Dit. Je peux pas lui pardonner. Je sais que c'est pas lui qui a tiré, je l'ai vue, l'ombre, mais tel que je le connais, il devait être là, pas loin. Le Tio ne laisse passer aucun signe, aucun rictus de la peau. Dur, comme le fer.

Coco doit le prendre à revers, ne pas attendre qu'il demande. On sait tout ça, mais on sait aussi que tes amis sont allés trop vite en besogne. Le Tio pense à cette fois où il aurait pu acheter père et mère des Narcas, dans le ciel de Provence, lorsqu'il avait coupé le moteur du Cessna, qu'ils les avaient vus pleurer. Pour voir, juste pour savoir. Lève légèrement la voix. J'ai des amis, ils l'ont prouvé, ils n'ont pas mélangé la guerre et les affaires, ils ont laissé la vie à Tany. C'est à vous, maintenant, de choisir votre camp. Nicolas prend la parole. Écoute, Tio, ça nous fait de la peine tout ça, ces morts, mais faut rester lucide. Si vous continuez la guerre, qui va récupérer les affaires ? Il y a trop de fric en jeu. On s'est battus pour vous, pour vous deux, pour que vous puissiez monter des affaires saines, vous protéger, et maintenant, vous voulez vous enterrer ? Laisser les affaires aux politiques ?

Nicolas a gardé le mot juste, poignard, pour la fin. Les politiques. La pire des espèces, pour le Tio, des girouettes, des mauviettes, qui n'ont même pas le courage de leurs actes. Des poules mouillées. Il y a la relève, dit le Tio, ils s'occuperont des affaires. Moi, je viens vous chercher pour le prendre, lui. Je veux même pas de ses affaires, vous pourrez les garder. Coco revient à la charge. On peut pas, le Tio, et ce serait un mauvais choix de ta part. On ne vit pas deux fois. Ni toi, ni tes proches. Tany commencera à faire le vide autour de toi. Il a deux cents soldats, des oreilles partout. Il prendra ta femme, puis ton fils. Il t'enverra les doigts, une oreille. Et tu seras obligé de lui porter un bouquet de fleurs.

Le Tio a soudain honte, honte de ne pas pouvoir réagir, honte de filer doux comme un agneau face aux beaux parleurs, à ces maîtres chanteurs. Ne réagit pas dans la minute. Grimace. Se sent soudain ensorcelé par la dernière parole. Pourtant, il se l'était promis. Ne pas leur laisser le dernier mot. Et là, la pensée à fleur de peau, il ne peut réagir. Trop tard.

72

Allô, Santon ? Ouais, qui veux-tu que ce soit ? Le pape ? C'est pas le moment de déconner. Écoute, là, devant la baraque, il y a une Simca, tu sais celle des condés, une 1100. Je fais quoi ? Le Santon, à l'autre bout du fil, prend une voix sure. Tu prends le flingue, s'il faut payer pour le flingue, on paiera. Je t'attends. Raccroche. Serge a bien compris. La guerre est dure. Les deux frères et le Tio ont fait passer le mot à Tany. Pas toi, ni tes associés pour les affaires, mais le reste... Le reste tombe comme des mouches. Disparaissent au premier coup de mistral. Explosent avec les bombes. La presse titre la revanche du Belge. Tany a bien réagi. Il a fait passer le même message. Pas vous, non plus, pas vous. Serge, comme les autres, reste sur le qui-vive. On ne peut même pas faire confiance à ces condés, dehors, qui font peut-être un extra pour Tany.

Serge sort de la villa voisine de la sienne. Il vit chez le Santon la plupart du temps. Et comme tous les matins, c'est lui qui va faire le tour de garde pour éviter le pire. Revient sur ses pas, passe à deux mètres de la Simca. Quatre hommes en imper, pas discrets. Serge est physionomiste. Il est capable de mettre un nom sur tous les condés, de les reconnaître au premier coup d'œil. Mais ceux-là ? Serge pousse la porte. Le Santon passe un manteau. Je les connais pas, dit Serge. Des Parisiens ? interroge son frère. J'en sais rien. Serge ouvre sa veste, montre le calibre. Le Santon hésite à prendre le sien. Un seul, ça ira. Ce serait faire un cadeau aux condés de nous envoyer tous les deux aux Baumettes pour des calibres. Les deux frères montent dans leur voiture, quittent la zone pavillonnaire. Serge est surpris, dit. C'est bizarre, ils se montrent et ils nous laissent partir. Le Santon a déjà jeté un œil par la vitre arrière. Dit. Ils nous suivent à cent mètres. La route traverse une forêt de pins. Deux écureuils traversent soudain le chemin, virent à droite et grimpent sur le premier arbre.

Serge suit toujours d'un œil intrigué la Simca qui ne quitte plus le rétroviseur. Pense. Dans une minute, on est sur la nationale. Là, j'en fais mon affaire. Plus que ce dernier virage avant de. Serge pile d'un coup sec. Une voiture bloque le chemin, en travers, à soixante mètres. Regarde le rétro. On est coincés. Prend le flingue. Hurle. On est cuits, merde, on est cuits ! Le Santon a vite compté. Quatre derrière, deux devant qui croisent déjà leurs tirs et trois ou quatre autres tireurs embusqués derrière les arbres. Dont deux de son côté. Dix contre deux. Serge fait feu devant lui. Un homme tombe. Les deux frères tentent d'éviter les éclats de verre mais que faire ? L'embuscade a été réglée comme du papier à musique. Ils sont armés de pistolets-mitrailleurs, ont mille munitions. Se régalent. C'est la fin.

Serge réussit à éliminer les deux combattants postés à leur gauche. Il n'y a que par là qu'ils peuvent espérer prendre la fuite. Ils sont blottis contre les sièges avant. Le moteur est leur seul paravent. Les balles frappent la tôle, déchirent les vitres. Soudain le Santon hurle, s'affale. Serge se lève, offre sa nuque aux faux policiers. Serge tombe de tout son corps sur son frère qui se tient l'épaule. Serge, merde, Serge. Serge ne répond pas. Du sang coule de ses lèvres, les yeux sont vides, l'âme s'est envolée, emportée par la force de la balle.

Le Santon prend le calibre. Il ne lui reste qu'une seule solution. À gauche, les arbres et la villa à cent mètres, en point de mire. Il ouvre la portière, abat deux hommes derrière lui et monte les genoux. Dans la seconde, il se voit sur le terrain de football, voit l'entraîneur, entend ses vociférations. Tu vas les monter, ces genoux ! Courir vite, c'est monter les genoux, bordel, monter les genoux ! Le Santon ne voit rien, n'entend rien, slalome entre les arbres, court vite, vite, vers la villa. Les balles viennent s'encastrer dans les troncs, filent, sifflent, claquent. La mort est là, elle l'attend, c'est sûr, elle a été prévenue. Elle court, elle aussi, coupe les arbres, va faire exploser la villa, Serge sous le bras. Elle arrive.

Il ne se rappelle pas l'ambulance. Pas non plus la main de cet homme âgé qui l'a allongé sur le canapé de la villa. Encore moins les flics qui sont arrivés les premiers, avant les infirmiers. Il s'est réveillé à l'hôpital. Sa femme lui a dit. C'est juste l'omoplate, c'est rien, tu as eu de la chance. Elle s'est mise à pleurer. Le Santon n'a pas défailli. Il a compris. Il se souvient soudain d'avoir vu les écureuils fuir le danger. Deux, comme eux.

Le Santon marche seul. Ne parle à personne. Même pas aux matons. Il réfléchit, pèse le pour, soulève le contre. Évite de penser à son inséparable, à sa gouaille, à sa joie de vivre, à toutes les scènes de leur vie de marginaux qui n'en finissent pas de tourner dans sa tête. Le magistrat n'a pas réussi à savoir. Ni la Simca, ni les condés voyous, ni le reste. Trois ans fermes pour port d'armes. Le Santon a vite calculé. Il fera la moitié s'il se tient à carreau. Le Santon ne parle pas. Pas un mot. Il vit reclus, isolé, renâcle même à descendre au parloir. Sauf pour voir M. Paul. Il ne cesse de réfléchir. Il a besoin de lui. Il se rappelle les paroles divinatoires de son frère. L'avenir, c'est les baraques. Les machines à sous font monter la fièvre dans les bars. Dans les bois. L'avenir, c'est aussi la guerre, la grande guerre. Il aurait pu pardonner beaucoup de choses à Tany le Magnifique, mais ça, cette maudite embuscade, sa vie, presque volée, celle de Serge, envolée, ça, non, jamais. JAMAIS. Comme d'habitude, Tany n'a pas tenu sa parole. Et depuis ses premiers mois passés aux Baumettes, même si le Santon ne parle pas, on vient lui parler. Il ne répond pas mais ceux qui osent, ceux qui anticipent la puissance, la riposte, ceux-là prennent le risque. Tu dois savoir. Santon, le Tany, il vous a fait pousser des cornes dans le dos. Santon, le *Caprice*, il a même partagé la prime avec les gabelous. Santon, il a plumé le Pistachier à Nice, au casino. Santon. Santon. Santon. Et le Juif à la cave. Et le reste, tout le reste.

Le Tio est monté à Paris. Il a retrouvé les bookmakers, les hippodromes, les vieux des Narcas, le Gibus en vue, les boîtes de nuit et la nouvelle génération, celle des gitans blonds de banlieue sud. Il est allé aussi aux États, laissant planer une odeur de mystère sur ses déplacements, sur ses affaires. Il sait que le Santon va avoir besoin de munitions. Les munitions, ce sont des liasses de billets, des cartons de liasses, des containers de cartons. Une montagne pour ne pas accoucher d'une souris.

Le Santon a demandé Paul au parloir. Seul Paul peut lui donner les armes, les soldats, les guerriers, les feux follets qui pousseront le Diable au paradis. Paul est au mieux avec les Bastiais. Paul tape souvent sur les épaules des nouveaux barons du gaullisme, et même sur celles plus frêles d'hommes qui tentent de s'afficher avec des bouquets de roses. Rouges. Paul a la force de l'âge, de l'habitude, des mots. Même ceux qui ont pris le maquis, allumé le front, même ceux qui se sont déchirés après Aléria écoutent les bons conseils de Paul. Sans parler de Sucette, son vieil ami, sans parler des Corses d'Afrique. Paul est l'un des rares à pouvoir boire un verre à Ajaccio avant d'aller retrouver le comptoir de La Brise. Le Santon y croit. Stan et ses frères n'ont-ils pas gagné la bataille de Paris en s'aidant de la terrible force des braqueurs de La Brise ?

Le Santon fait le mort.

Il écoute l'autre murmure qui file entre les barreaux. Il pourrait poser ce murmure dans le creux de sa main, fermer le poing, doigt après doigt, lentement, étouffer ce bruit qui n'est que vapeur. Le Belge est un parrain. Le Santon laisse dire. Jusqu'à maintenant, à part les trafiquants corses, les braqueurs de Lyon et de Bastia, à part quelques équipes de l'ombre, pas vu, pas pris, aucun des fatigués des Baumettes ne peut se douter de la force du Santon. De sa puissance, de ce bras de fer qui l'oppose à Tany. Le Santon ne parle pas. Il réfléchit. Il laisse courir la rumeur. Le Belge est un parrain aux Baumettes. Il sait qu'à l'extérieur les généraux ne relèveraient pas la tête sur le passage de Max, même entouré de cent soldats. Le Belge est un parrain. C'est vrai. Le Santon ne parle pas mais l'envie le titille. Il le répète à Serge, toujours assis sur la même marche. C'est vrai, c'est lui qui mène la guerre à l'extérieur. Ce sont ses fidèles, vingt, peut-être cinquante, cent, de la Belle, de Paris, même de Londres ou de Francfort, qui font tomber les soldats de Tany comme des mouches, oui, de simples mouches. C'est vrai. Ce sont les hommes du djebel, ses lieutenants, qui viennent de mettre à l'amende de vrais hommes d'affaires du divertissement, qui viennent de leur piquer les premiers parcs de machines à sous. C'est vrai, c'est bien lui, c'est bien le Belge qui va casser la baraque, qui va mettre Tany dans une bouteille, le renvoyer par la mer sur les plages de Sperlonga, là-bas, loin, à jamais. Le Santon entend son frère rire. Il se force. Ne trouve toujours pas le sourire de la moquerie.

73

Il faut que j'arrive à lui parler. Le Belge tourne en promenade. Espo tente de suivre le pas de son ami. Espo l'avertit. Il ne parle à personne, c'est pas la peine. Il le faut, c'est important. Espo a trouvé le pas. On lui a dit, répété. Deux mecs qui marchent au pas, synchronisés, peuvent écrouler un pont. Alors, pour tuer le temps, il rêve de voir s'écrouler les murs des Baumettes. Dit. On va le faire tomber. Max s'arrête. Espo peste. Mais pourquoi tu t'arrêtes, merde, j'étais synchro ! Le Belge sourit. Toujours aussi fada, toi. Ils repartent du même pied. Passent devant le Santon, toujours muet, toujours seul. Max lui lance chaque fois un regard d'humanité. Il ne connaissait pas personnellement Serge le Fier mais il savait qu'il était un garant de la mentalité, un homme courageux, droit, bon. Max ne s'arrête pas. Personne n'ose s'arrêter, sauf les ignares, les opportunistes. Tu fais comme tu veux, Espo, mais débrouille-toi pour qu'on se croise dans les couloirs. Je dois lui parler, le plus vite possible.

Espo a croisé l'amitié de Max aux Baumettes. Auparavant, il était trop habitué à compter les sous des braquages avec son équipe pour calculer le Belge. Et puis le Belge, malgré son coup de feu au Tanagra, malgré sa volonté d'en finir avec Tany le Magnifique, ne pouvait pas se retourner dans Marseille sans entendre ce bruit infernal de casserole. Accroché par Tany. Le Belge est un indic ! Il a fallu qu'Espo prenne le chemin grillagé des Baumettes pour se rendre compte à quel point l'image du Belge pouvait être différente. Pour lui, aucun doute, Max n'a jamais rien balancé, même pas une bouteille à la mer. Il aime l'aisance du Belge, sa façon de placer et de choisir les bons mots, à l'ancienne, comme les vieux trafiquants de la Joliette. Max est entêté, ambitieux. Mais Espo a décelé en lui cette rare énergie qui habite les grands stratèges, ceux qui savent cloisonner leur vie et leurs actes en bâtissant un empire sur les ruines de la misère du monde et, mieux, sur les forteresses des grands bourgeois de la Cinquième. Espo en est maintenant persuadé. Quand Max aura réglé leur compte aux Napolitains, le Belge saura se rappeler ce service.

Cette énorme prise de risque.

Le Santon n'en veut pas au petit Espo de l'avoir dérangé. Il a juste de la chance de s'être recommandé de son ancien patron de braquage. Un bon ami de Serge.

Cela fait un mois que le Belge attend. Un mois à se croiser en promenade, à se regarder dans les yeux, à ne rien dire. Le Santon a fait passer un petit mot à Espo. Demain, dans le couloir, avant le parloir. Le Santon en sait assez sur le Belge. Sa casserole, sa souffrance, sa solitude, malgré les frêles amitiés carcérales et cette guerre qu'il a lancée avec trop d'appétit, la faim au ventre, les gamelles vides, les vies sacrifiées. Et la belle menée par l'Italien, Martin, ce frère d'armes, de cœur. Le Santon évite la compassion. Ne doit rien afficher.

Le Santon descend les marches. Max attend son tour. Max s'approche doucement, seul. Seul à seul. Les matons en profitent pour griller une cigarette. Max lui tend la main. Il ne peut pas lui faire la bise. Il va pouvoir le tutoyer, comme il est d'usage entre hommes du Milieu, mais il ne peut pas lui tendre la joue. Plus tard, peut-être. Max le regarde dans les yeux, cherche une vie, une résurrection. Lui dit. Merci. Le Santon le fixe intensément, comme pour lui dire sans parler. Laisse passer de longues secondes. Tu dois pas me dire merci, Max. Pourquoi tu me remercies ? Le Santon se mouche, poursuit. Je t'ai rien donné, jamais, je t'ai touché la main, une seule fois, je t'ai jamais fait de cadeau. Max saisit la chance, baisse le menton. Tu es en train de réaliser mon rêve, c'est ma lutte depuis dix ans. Tous les matins, il me tarde une seule chose, c'est d'ouvrir le journal, compter les morts, deviner ceux qui n'y seront jamais plus aux côtés de. Le Santon le coupe. Ne dis pas, Max, ne dis pas. Il n'existe plus, celui-là, il vit, tu le sais comme moi, mais il n'existe plus.

Max sent soudain les jambes qui se défilent. Voudrait lui dire, prends-moi, je suis ton soldat, je ferai la guerre à tes côtés, je te serai fidèle, on partage maintenant la même haine. Mais il ne peut pas. Il cherche les mots pour se reprendre. Si j'avais une bouteille de champ, on se la boirait ensemble, et même que tu veuilles pas de ce merci, je te le dis encore une fois. Merci. Le Santon regarde cet homme dans la force de l'âge, cet homme qui, malgré toutes les misères que le Napolitain lui a infligées, porte sur ses épaules de beau gosse l'espoir de trouver un allié de choc. Le Belge est ruiné mais il n'a pas perdu le culot, la fougue, l'espoir. Le Santon est flatté. Pour la première fois depuis la mort de son frère, il ressent un souffle de vie reprendre le cours de ses veines.

Le Santon passe devant la porte qui les sépare du parloir. Par une petite vitre, il voit s'avancer une femme au long chapeau noir, habillée comme une artiste de théâtre. Il fait trois pas, revient face au Belge. On s'est vus ici, on se reverra dehors. Revient à la vitre. La femme, d'un certain âge, relève légèrement la manche de son pull en cachemire. Regarde sa montre, croise un regard, là, derrière la porte qui s'ouvre habituellement sur son ange gardien. Mon amour est en retard, pense-t-elle. Le Santon serre la main du Belge. Il a envie de lui parler plus longuement, de le prendre à la fantaisie d'Éva, à cette Corse qui a connu les bras des plus beaux voyous de ces trente dernières années, qui n'a jamais eu le courage de se venger du père de Tany. Si elle l'avait fait, ni lui ni le Belge n'en seraient là, suspendus à la folie du fils, du protégé des Canards, de cette incroyable bande d'Italiens qui ont su mettre les Corses à genoux en jouant la *Marche funèbre*.

Max a franchi la porte, rejoint Éva.

Le Santon monte les marches pour retrouver sa cellule. Serge est assis sur une marche, toujours la même. Le Santon s'arrête, le regarde. Serge lui dit. Les baraques, frérot, les baraques. Il ne te reste plus qu'à casser la baraque. Crois-moi, on est tous d'accord, ici. Le Belge est un bon soldat.

Index des personnages

Table

Impression réalisée sur CAMERON par
BRODARD ET TAUPIN
La Flèche

pour le compte des Éditions Stock
31, rue de Fleurus, 75006 Paris

Imprimé en France
Dépôt légal : octobre 2002
N° d'édition : 25307 – N° d'impression : 14748
ISBN : 2-234-05519-9
54-02-5519/1